贵州新文学大系

1990—2019

GUIZHOUXINWENXUEDAXI

短篇小说卷

第四卷 2014—2019

贵州省作家协会／编

贵州出版集团
贵州人民出版社

图书在版编目（CIP）数据

贵州新文学大系. 1990—2019. 短篇小说卷. 第四卷, 2014—2019 / 贵州省作家协会编. -- 贵阳 : 贵州人民出版社, 2022.12

ISBN 978-7-221-17594-6

Ⅰ. ①贵… Ⅱ. ①贵… Ⅲ. ①中国文学—当代文学—作品综合集—贵州②短篇小说—小说集—中国—当代 Ⅳ. ①I218.73

中国版本图书馆CIP数据核字(2022)第252579号

书　　名　贵州新文学大系1990—2019・短篇小说卷・第四卷（2014—2019）
丛 书 名　贵州新文学大系1990—2019
编　　者　贵州省作家协会

出 版 人　朱文迅
统　　筹　黄　冰
责任编辑　梁　丹
装帧设计　王丹丽
出版发行　贵州出版集团　贵州人民出版社
社　　址　贵州省贵阳市观山湖区中天会展城会展东路SOHO办公区
　　　　　贵州出版集团大楼（邮编：550081）
印　　刷　深圳市新联美术印刷有限公司
开　　本　787 mm × 1092 mm　1/16
字　　数　682千字
印　　张　34
版　　次　2022年12月第1版
印　　次　2022年12月第1次印刷
书　　号　ISBN 978-7-221-17594-6
定　　价　98.00元（精装）

本书获2019年贵州省出版传媒事业发展专项资金资助

概　述

中国新文学已经走过了百年历程，贵州新文学的脚步亦步亦趋，漫长的一个世纪的确需要回眸和展望。前辈已经编辑出版了《贵州新文学大系1919—1989》，本书是对1990至2019年贵州新文学短篇小说的巡礼，完成贵州新文学短篇小说三十年的回眸。《贵州新文学大系1990—2019·短篇小说卷》选编的基本原则是作品在国内核心刊物上发表或获得省级以上奖项，并且具有较高的质量和一定的影响力，能够代表贵州三十年来的短篇小说创作成就。

1990年代以来，随着社会转型和各种文学思潮的兴起，短篇小说创作明显走向多元化，无论是创作题材、手法、语言还是主题意蕴，都与过去有很大变化，呈现出丰富多彩之势。这也同样反映在贵州作家这一时期的短篇小说创作中。

欧阳黔森无疑是这一时期贵州短篇小说创作的佼佼者，他的短篇小说几乎都是在《当代》《人民文学》《中国作家》《花城》《长城》《新华文摘》等国内一线刊物上发表。早在2003年中国文联出版社汇集了当时全国优秀短篇小说家，由著名学者孟繁华主编“短篇王文丛”，欧阳黔森的短篇小说集《味道》列入了第一套六位作家六本专著出版。这些小说继承了从蹇先艾到何士光优秀短篇小说的传统，立足贵州生活，书写贵州形象，艺术上精雕细琢，语言上独树一帜，给我们提供了精致写作和精致阅读的典范文本。1999年，标志着欧阳黔森的创作进入喷发期的小说《十八块地》，讲述的便是“我”

于20世纪60年代在十八块地农场下乡接受再教育的经历，知识青年留下的只是对逝去的青春岁月和美好感情的无限怀念。欧阳黔森的短篇小说不少是以地质队的故事为题材，这与作家年轻时的地质勘探工作经历有关。《丁香》《远方月皎洁》《有人醒在我梦中》都是写地质队的爱情故事，这些故事无不含蓄、温婉和感伤，让人动容。

欧阳黔森的小说题材广泛，作品内容十分丰富，如《心上的眼睛》写娄山关革命圣地和现代军人的崇高，充满了理想主义和英雄主义情怀。欧阳黔森在小说开篇写道："我不止一次站在娄山关的隘口，俯瞰一片巍峨的群山。"这就奠定了小说的豪迈基调，接下来针对娄山关地势险要，发出"是否不可逾越"的诘问，引出对历史与现实的书写。小说结尾处，眼盲军人摸到刻在娄山关山壁的毛体字时，突出了他的主角形象，生理失明的军人拥有无比明亮的内心世界，并依托"心上的眼睛"遥望连绵起伏的群山。《兰草》书写了对青春爱情的追忆。第五军在知青下乡时期来到武陵山腹地的三个鸡村，认识并爱上了当地女子兰草。他为了兰草不仅参军参战，还立志成为诗人，写了许多关于兰草的诗。多年后的聚会上偶遇兰草，谈话间对她的生活有所了解，昔日纯洁无瑕的兰草，在生活的摧残下已不复当年美好。第五军对年轻时节的美好回忆，终止于一场嬉笑怒骂的聚会。《姐夫》延续了欧阳黔森对爱情主题的表达，书写生活中的真情与假象。"我"与肖一水相爱两年，都已经到了谈婚论嫁的地步，却迎来了未婚妻一水的不辞而别。"我"与一水看似感情亲密，但彼此并非真心相爱，只是表面的假象而已。一水对前男友李成栋旧情难忘，离家出走只为寻找李成栋并与他和好。而"我"在历经一水出走一事之后才发现，"我"真正喜欢的人是一水的妹妹二清，最终四个有情人都终成眷属，这个令人啼笑皆非的结局，也不禁令人思索，爱情才是走向婚姻的基础。《丁香》写了一则还未来得及说出口的爱情故事。文中始终郁结着一股丁香般的忧愁，作者以诗意化的语言表现丁香姑娘香消玉殒的短暂人生。《梨花》中塑造了美如花开、洁白无瑕的梨花形象。梨花不同于寻常的农村妇女只会操持家务。她是三个鸡村唯一考起中等师范学校又被分回公鹅乡中学当老师的，更增加了人们对她的敬重。从梨花嫂、梨花老师到梨花校长的身份转变，描绘了梨花积极进取、富有事业心的成长过程。《五分硬币》以诙谑的笔调讲述神圣爱情被世俗消解，甚至沦为世俗的替代品。小说主要讲述"我"对感情的珍惜和怀念，表达的是对青春、理想和爱情的向往和追求，主旨颇具象征意味，幻想的破灭更加表现了"我"对感情的珍惜。《有人醒在我梦中》讲述"我"在农场下乡时懵懂而又真挚的初恋，后来"我"又鬼使神差地离开了白菊，以至于白菊在以后的岁月里不断来到“我”的梦里。小说既有对知青下乡辛苦劳作的回忆，又有对青年时代甜蜜初恋的怀念，表达了对青春易逝、爱情难得的感慨。在《远方月皎洁》中，欧阳黔森仍在讲述“我”对青春时代的初恋的怀念，“我”在做地质工作时认识了卢春兰并与她有了朦胧的感情，但由于地质工作需不断迁徙，我们相约在不久的将来在七色谷见面。然而，卢春兰送给“我”的黄狗被同事宰杀，“我”不仅没有保护好黄狗，也没有兑现自己的诺言。小说试图指出，年轻人很容易忘却一生中最美好的东西，但青春易逝、年华不再，美好的事物不可能再次出现，人们只能是无眠地睁开双眼怀念远方皎洁的月光。小说《味道》则讲述了三个层面的爱情故事：“我”与方冰的恋爱关系、方冰父母动人的爱情传奇、“我”编造的乱七八糟的爱情剧，欧阳黔森讽刺了现实生活和虚构剧本中虚假的爱情故事，而对方冰父母忠贞如一的爱情经历表示崇敬。

2003年，欧阳黔森发表小说《断河》，这部小说是欧阳黔森运用民间传奇的代表性作品。《断河》写尚武的古朴民风，充满了蛮荒和神秘色彩，充分展示了作家极其丰富的想象力，该小说在2004年就入围第三届“鲁迅文学奖”。《断河》虽然主要讲述了麻老九在断河边的人生经历，但在残酷的争斗中却包藏着深切的爱。龙老大闯荡江湖，仇家众多，为了保护同母异父的弟弟麻老九，他不与弟弟相认，而是狠心地让麻老九在断河里打了几十年的鱼，其目的是不让仇家来向麻老九寻仇，这是在乱世中不得已而为之的办法。小说不仅表现了浓厚的亲情，还表现了深厚的爱情，梅朵对老刀和老狼都怀有真挚的爱情，最终却以死殉情；麻老九经常在梦中会见死在断河的女人，他为这个梦境守候了一辈子。在高山深谷、尚武成风的武陵山脉，在残忍的爱中总是蕴藏着浓厚的情感与人性。小说《断河》在短篇小说的篇幅内讲述了百余年的历史，截取时代断面讲述历史变迁和人物命运；小说讲述了传奇式的事件与情节，塑造了传奇式的人物形象。小说写道：“老刀说一不二。老刀刀法绝顶，百发百中。老刀以刀为荣，老刀视刀为生命。老刀一头野猪毛似的黑发，一身古铜色的横肉，站在哪儿都是一堆力的肉阵。每当人们出口称赞他时，他眉一扬，横肉一抖，然后从他厚实的唇中咬出：‘无他，唯手熟尔。’”“老狼也是这一带出名的刀客，刀又快又准，且胆大包天，打地上走的猎物，从不用枪。一次与一头云豹相遇，只用了两刀，一把刺中喉咙，一把刺中心口。老狼浓眉大眼，一堆黑肉凸起来，油亮亮能看见人影。”

老刀与老狼的冲突是因为老狼与老刀的女人偷情，老刀决定与老狼决斗。决斗完全依照江湖规矩，正所谓“一言既出，驷马难追”，英雄惜英雄，即使有夺妻之恨和杀狗之仇，老刀也坚守江湖规矩，老刀坚守自己的枪从不打地上走的，但老风又规定他不能用刀，因此老刀两次有机会杀死老狼，老刀都放弃了。龙老大也是《断河》的主要人物，他纵横江湖、心狠手辣，是乱世中的枭雄。龙老大为了保护弟弟麻老九，让弟弟几十年如一日地在断河里打鱼，在这乱世中他不得不这样做，既表现了他的狠毒之心，又表现了他的兄弟之情。龙老大重兄弟情义，希望麻老九强大起来，他送给麻老九一个女人，后又狠心淹死这个女人，就是想激起麻老九的血气，但麻老九是个软骨头，龙老大不得不继续对他狠下去，因为只有这样，麻老九才能活下去。小说结尾，解放军枪毙了龙老大，小说主人公的命运安排极具象征意义。

何士光曾评说："人们在说到欧阳黔森的短篇小说的时候，常常会说起他的《敲狗》。这固然是一篇精粹的作品，在那仿佛是不动声色的叙述后面，黔森以一种慈悲的胸怀，对人性作了一次深深的审视。但黔森让我乃至都有些惊讶的短篇小说，又还是他的《断河》。文学作品中不是有一种境界，叫作史诗？不妨望文生义的话，这种境界里就有史也有诗，是诗一般的史，史一般的诗。通常史诗都会是鸿篇巨制，但《断河》却绰绰约约地让人感到，黔森就只用了短短的篇幅，来窥探了这种史和诗的意境。"

《敲狗》所描写的屠狗方式"敲"，比"杀"更加凶残，厨子为了做生意，以这种方式屠杀了无数条狗。因为陷入经济困境，中年汉子才神色黯淡、很不情愿但又无可奈何地把自家的黄狗交给了厨子。经济状况稍有好转，中年汉子首先想到的就是赎狗，原来他是因为父亲得急病要钱救命才卖狗的。但厨子不吃这一套，不认"赎狗"这样的道理，由此与中年汉子产生矛盾而相持不下。最后是徒弟在半夜偷偷把黄狗放了。小说通过厨子、中年汉子、徒弟对待黄狗的不同态度，探讨了人性的温度与深度，中年汉子和徒弟都表现了人性的温暖。何士光认为《敲狗》"是一篇精粹的作品，在那仿佛是不动声色的叙述后面，黔森以一种慈悲的胸怀，对人性作了一次深深地审视"。《敲狗》写人们食狗肉的不人道行径，表达了对狗的同情、怜悯，小说的语言独具特色。《敲狗》2009年位居第二届"蒲松龄短篇小说奖"榜首，其颁奖词写道："小说在无情中写温情，在残酷中写人性之光，是大家手笔和大家气派。大黄狗再次绽开的笑脸，狗主人与大黄狗之间难以割舍的真情，使得徒弟冒险放掉了师傅势在必得的大黄狗。大量生动鲜活的如何敲狗的铺排，只是为了最后放狗的一笔，在狗的眼泪里，我们看见了人的眼泪，由狗性引申出来的是对人性的思考，对提升人的精神品质的呼唤。小说不仅在结构上有中国古典小说的神韵，在道义和人性的刻写上，也见出传统文化的底蕴，小说通过写狗对主人的依恋，厨子对情感的冷漠及徒弟的被感动，折射出人性的光芒，把人性解剖这个文学的宏大主题，用‘敲狗’这个断面展现得曲尽其妙，称得上是短篇小说的典范文本。”《敲狗》曾是全国中考和高考阅读理解大题，其意义不言而喻。

欧阳黔森在短篇小说《扬起你的笑脸》中讲述乡村教师田大德在梨花寨教书的故事。田大德学问高，为人洁身自好，他甘于清贫，扎根乡村；他心地宽广，宅心仁厚；他特别关爱学生，就像漫漫长夜中的火光照亮了学生的心灵。小说结尾以极具象征意味的语言描绘了田大德对学生心灵的影响，那山谷里夜的火光和斑斓从未熄灭从未消失从未离开他们的心，他们的心从此没有寒冷的感觉，他们的心有了灵魂的温度，扬起笑脸就成了他们的一种人生态度。欧阳黔森在小说中写道：“在我的脑海里，那堆火从来不曾熄灭过，而那张在火光中辉映的笑脸，至今灿烂无比。”“扬起你的笑脸”既可以说是欧阳黔森特别看重的一种处世哲学，也可以说是他重点张扬的人类精神。欧阳黔森试图通过田大德对学生的关爱赞扬乡村教师的奉献精神；欧阳黔森希望以爱的火光温暖心灵，希望以爱的火光照亮人世，他认为田大德老师的心可以用人间最美好的词来赞誉。美好人性一直是欧阳黔森小说创作的重要主题，尤其是生活困难的革命时代，人们最终都得回归日常的物质生活和人际关系，人性美放射出耀眼的光芒照亮人心，温暖时代。

谢挺也是贵州的实力派作家，他善于写小人物和庸常生活，总能把生命之轻与生活之重表现得入木三分，让人不禁唏嘘。《怎样给别人，也给自己一个机会》把一个离婚又再婚的中年男人的处境深刻地勾画出来，故事平淡而富于人情味。《靠近》以一个中学地理教员“我”的视角进行叙述，没有明显的故事情节，只有对小人物庸常生活的真实记录。这个显得有些“无厘头”的作品，却给人一种说不清道不明的感伤，这多半是因为作者以其深厚功力写出了人们在庸常生活中的困顿、挣扎和无可逃脱。《杨花飞》《扶贫札记》《玉米粒的下午》《手心的温度》都写出了小人物的生存困境。谢挺的作品中也有另类风格，如《华山论剑记》是对“华山论剑”故事进行的新编，这篇在《人民文学》上刊载的故事新编充满了机巧。而《普陀》则以先锋派手法叙述了麻风村人寻求自救的故事。谢挺的短篇小说集《有青草环抱的房间》荣获第四届“乌江文学奖”。颁奖词写道：“以诡异的景象，曼妙的意趣，迷惘的记忆，或探寻现代都市人内心矛盾与精神缺失，或言说特定时期人们的内心流向，表现出作者对短篇小说创作的把握。”正是因为谢挺对短篇小说创作的准确把握，才成就了他实力派作家的地位。他的小说《杨花飞》获得《北京文学》杂志文学奖。

如果说欧阳黔森、谢挺还多以现实主义创作为主，偶尔尝试现代主义的手法，那么冉正万、王华、戴冰等则在现代主义的道路上走得更远了。冉正万的短篇小说以新和奇见长，它们往往荒诞不经，但却并非脱离生活，相反地，它们正是以荒诞的表象反映了生活的本质。《飞鼠》写村民汪中文夫妇最初因家中出现一只长翅膀的老鼠而显得恐慌，继而他们发现了飞鼠的商业价值，以卖票的形式向前来看新奇的乡邻们收取费用，最后，村民们竞相仿效汪中文的发财路，各自施展手段企图也能逮获飞鼠。《口叼鲜花》里出现了一只会说话的猫，不过，它不是大自然创造的奇迹，而是人类有意制造出的行骗工具。主人公为了这只会说话的猫耗费了自己的所有积蓄，也葬送了爱情。这样的荒诞故事也许在现实生活中并不多见，冉正万正是把这种人为的荒诞揭示出来给人看。《路神》虽然将文久良对儿子的思念描写得几乎成了神话，但能看出老父亲想念和期盼与儿子见面的那份亲情的可贵与感人。所以，这应该是一种回归现实主义的写作。《一只阔嘴鸟》讲述了一位高寿老人的孤独与怅惘。以照片为楔子，通过老人的回忆，把现在、过去、未来相串联，在跳跃的时空中感慨世事无常、昔人已逝、光阴不再的苦闷情绪。阔嘴鸟则寄托了老人对伴侣的思念以及对少时的回忆。

王华善于讲故事，同时也善用文学语言，她笔下的故事情节与文学语言是不可分割的，离了其中任何一个，王华的小说世界将会大大逊色。《一只叫耷耳的狗》把狗与人置于相对照的位置上，展现了狗的忠诚、友善以及人的势利和不义。小说结尾处写道，“狗和人不一样，狗只记恩不记仇，人只记仇不记恩”，可谓点明了全文主旨。《曹赛是条狗》同样也表达了“狗和人不一样”的主题，只是，它不再是赞扬狗的忠诚，而是揭示了在趋炎附势的社会中人不如狗的怪象。《白猫黑猫》从两名进城孩童的视角，展现了城市的浮华和底层生活的艰辛。《逃走的萝卜》可以说是一篇把王华的语言天赋发挥到极致的作品。它以儿童的思维和视角进行叙述，充满天真童趣，语言跳荡而清新，有一种不经意间引人会心微笑的魔力。《埃及法老王猫》和《香水》延续了王华短篇小说的主题意蕴和叙事风格。《惩罚》却把底层叙事发挥到了一个更为宽广的层面，夏貌貌寻找遗弃的自闭儿子，不惜离家甚至遭亲人唾弃，与福利院跑出的残疾儿周森森相依为命，流连于城市街头，如痴如醉地按照最笨的方法寻找着，故事感人至深，催人泪下，回归了现实主义叙事。

戴冰的短篇小说创作成果丰硕，其作品风格多样，涉猎面广。《弑》以奇特的想象力讲述了一个君王被刺的故事，历代君王以及最新继位的“我”，无论怎样设法祛除暴戾，推行仁政和励精图治，都难逃宿命一般地最终被臣子暗杀。世界万物无不在一个圆圈之内循环，这种循环不是简单的周而复始，万物只是循着既定的轨迹前行，在这种重复中，它们早已发展，由此生生不息。戴冰的小说，建构的是一种富有荒诞意味的艺术世界，揭开荒诞的外壳，却发现荒诞中隐含着生活真实，小说家正是要借不同于我们习以为常了的日常生活形态而把生活的多义性与丰富性展示出来。《杀心》以充满魔幻现实主义的手法讲述“我”多次“杀人”未遂的故事。透过少年的视角回忆往事，揭露在少年内心隐秘的角落，潜藏着极端化的个人想法。作品以小见大，通过家庭生活的杂芜呈现世界的纷繁复杂，以晦暗的童年生活展现人与人之间的隔阂与猜忌，少年的“杀心”之举，实则为抚平个体心灵的创伤。在《拾枪》等小说中，戴冰多次谈到了博尔赫斯，不仅是谈到，而是以博尔赫斯的方式，将博尔赫斯的文本组织进了自己的文本之中，其景仰之心“昭然若揭”，其匠心无疑深得博氏三昧。戴冰也有现实关怀的小说，《桃花》以一个女疯子的故事为题材，展现了作者对“底层”的关怀。《天籁》以音乐为引线，抒写了对青春岁月的怀念。

作家赵剑平始终把目光投向人们的现实生活，试图以一支笔来反映人们的外部生存状态和内部精神世界。但他又绝不是谨守着现实主义写作方法，对现实生活作白描式的刻画，相反地，更重视作品氛围的营造。赵剑平的短篇小说一般没有引人入胜的故事情节，作者似乎有意淡化故事，甚至有意把主题意蕴埋藏起来。例如，在《白羊》中，作者呈现给我们的故事再简单不过了——雨山爷只爱养黑山羊，某天，他的一只黑山羊被别家用白羊调换，耿耿于怀的雨山爷坚持寻找黑山羊，但当他得知黑山羊被腰子伯所养，而且它给腰子伯带去了好运，雨山爷毅然放弃了换回黑山羊。《白羊》不仅表现了雨山爷对腰子伯的宽容与友善，它那种透露着淡淡苍凉的叙述中更映射出一种人世的凄苦与人性的温情。《美丽的恐惧》与《白羊》有异曲同工之妙，它表面上写蛇的故事，实际上是写人事。蛇本是一种令人恐惧的动物，整个小说几乎弥漫着悬疑和恐怖气氛，但正因为对蛇的恐惧，反而让主人公涂康与周丽丽夫妻两人破除嫌隙、重归于好。这种对小说氛围的精到把控，可以说是赵剑平的长项。《事故》中讲述了眯老汉的儿子外出务工，在工地上意外触电身亡，应用工方的要求，乡长长庚带领眯老汉一家以及向家湾的族人，前去深圳谈判这起事故的解决方案。作者通过这起农民工事故，展现了官商勾结的丑恶嘴脸，肇事方试图以金钱收买人心，暗箱操作，防止事态扩大化。在凹眼睛与向家湾人、长庚的交涉过程中，将商人与官僚、平民百姓间的区别对待展现得淋漓尽致。但在小说结尾，乡长长庚打算向上级汇报事故调查报告的行为，体现了对生命的尊重，同时也表达了对人性的呼唤。

赵朝龙的作品似乎都与乌江有关，这条蓝色的大动脉是赵朝龙小说创作取之不尽的源泉。小说《祭江》刻画了一群为生活所迫铤而走险的祭江汉，他们虽然违反法纪偷伐国家林木，但是在面对森林火灾时，他们毫不犹豫地放弃了个人小利，齐心协力扑灭了大火。祭江汉们是血性的，尽管他们在生活的重压下变得彪悍蛮横，但这磨灭不了他们骨子里的深明大义。《蓝色乌江》写青年大学生王孝毕业后被分配至乌江边的绞滩站工作，为此他与恋人分手，忍受江边孤寂、清苦的生活，为改造乌江挥洒汗水。但他最终得知，自己之所以会被分配到乌江，是因为自己的上司兼好友赵桥从中操作。王孝感到愤懑，但他无法去恨赵桥，因为他像赵桥一样知道，乌江需要一批有知识有力量的青年来改造和守护。所以，尽管王孝委屈不平，但他除了感慨命运的捉弄之外，依然坚守乌江，为改造乌江天险奉献自己的光和热。赵朝龙笔下的乌江汉们具有许多共性，他们都正直、有血性、重道义，在艰苦的生存环境下奋斗不息，为情和义不惜抛洒热血。

袁政谦是一个现实主义作家，他的作品多朴素、平实，其动人之处往往在于，作者善于从细小的事物中发掘深意，以小见大，让有限的故事生发无限的内涵。在小说《九九》中，作者把人物置于老人九九无意中捡到四万元巨款这样一个戏剧化事件中，以此反映众生百相。捡到巨款并没有给老人带来好运，老人反而为此担惊受怕，忍受良心的煎熬，另外，子女们也因利益之争与老人的关系变得非常微妙。老人在临终前把巨款的藏匿地点告诉了失主，为自己保住了清白，寻得了解脱。《还乡》写“我”带着十六岁的儿子重返当年插队的乡下，缅怀当年的岁月。这个作品没有明确的故事情节，它更像一篇叙事抒情散文，其巧妙之处在于，作者设置了十六岁儿子这个角色。儿子从小在城里长大，不知人间甘苦，对乡下的一切显得漠不关心，他与当时十六岁便下乡插队的“我”形成对照，这样一来，现在的时代与过去的岁月也形成了对比。

杨打铁是一位骨子里带着诗意的小说作家，她的作品不刻意追求故事情节的跌宕，而是注重文字的感觉和作品氛围的营造。可以说，杨打铁是沿着萧红、迟子建等女作家的道路前行的，她们小说作品的内质是相通的，即充满童真和诗意、散文化倾向明显、在平实的叙述中尽现人生世相。《铁皮屋顶》是一篇散文化的小说，它没有明显的故事情节，而像是儿童呓语一般，语言里充满了孩童般的天真，叙述视角也自然而然融会了孩童眼睛里的新奇。读者或许可以从《铁皮屋顶》中读出萧红《呼兰河传》的某些感觉。《碎麦草》也是以孩童为主角，以孩童的口吻进行叙述。《碎麦草》的感人之处在于，它虽然在叙写着一个并非明快的故事，但却举重若轻，让人并不觉得感伤。作者对生活中的苦难抱以宽容之心，正是这样，才更让我们感受到她对生命的热爱。

何文的《老爸贵干》写一个略带叛逆性格的少年与常年不相见的父亲之间的龃龉与和解。作品的语言俏皮、跳跃，略带一些痞气，并且很好地融合了贵州本地方言俚语，因此使整个小说显得有韵味和张力。这篇小说很好地展现了青少年在成长过程中对亲情、友情的渴望，他们虽然叛逆不羁，但其实内心里始终充满善与爱。《人相》的行文风格与《老爸贵干》一样放荡不羁，其故事看似荒诞不经，却折射出人世百相。小说主人公夏米因怜悯贫病交困的叔叔，而毅然放弃财产和爱情，决心回去照顾叔叔。但我们又绝不能以此断定夏米是一个正直、老实的人，他身上表现出来的人格远比这复杂。身无分文的夏米在小吃店蒙混吃喝，他故意刁难店员，与女顾客纠缠，尽显出无赖和野蛮的本性。尽管如此，夏米仍不忘在自己吃饱喝足之时，努力争取为叔叔打包一碗面回去，足见其内心善良的一面。最戏剧化的是，叔叔的贫与病全是装出来的，他实际生活光景非常好，还是这家小吃店的老板，他认定夏米的归来是为贪图财产。《人相》把人性的复杂和人生的荒诞刻画得淋漓尽致。《猎狗》也是一篇挖掘人性的小说，文中描写了一个出人意料的结局。在一次旅行中揭露故事真相，撕开了伪装下的双重面孔。一向被视为放荡不羁、生活混乱的叔叔，其实早已失去性功能，他只是习惯了过洒脱自由的生活，而表面上看起来保守规矩的苏尼和晓君才是真正的放浪之人。

杨村以塞罗拉为题材的两个作品——《钟声悠扬》《天高云淡》可谓是姊妹篇，二者的人物形象、故事情节、主题意蕴都相关联。《钟声悠扬》塑造了韩太师这样一个“多余人”形象。韩太师曾是年轻有为的大学毕业生，他放弃女友和留在城里工作的机会，毅然奔往塞罗拉这个偏僻中学，试图在这里实现抱负，成就伟大的教育事业。可事实上，他很快就被现实磨平了理想，又因为恋爱的打击，他变得精神失常，从此只能以敲钟为生，逐渐沦落为一个可笑而可悲的多余人。《天高云淡》中的主人公德厚与韩太师在精神特质上神似。德厚原是塞罗拉中学的一名语文老师，他有着文人的附庸风雅和迂腐固执，骨子里却又趋炎附势、善于钻营。德厚试图在仕途上出人头地，可实际上他最终止步于乡文化站站长的位子，并最终一败涂地，成为一个人见人厌的酒鬼。韩太师和德厚虽然都可笑而可悲，但作者并非完全以戏谑的笔调来调侃他们，而正相反，这是一种带泪的笑，作者以他们的悲剧来展现小人物的命运沉浮。

姚辉的《狗影中的时光》用过去与现实交错叙述的方式，讲述了一个有关光阴流逝的故事，颇具先锋小说的意味；王剑平的《城市形状》以白描手法勾画出了城市的浮华、困顿和荒诞。这些作品的出现，无疑也为贵州20世纪90年代短篇小说创作带来了新的活力。

黄冰小说的主角几乎都是女性，她以极其细腻的笔触，描画了女性内心世界最隐秘的角落。《红楼里的小乔》故事说不上新颖，但那如喃语一般的诉说，它便带上了独特的韵味。小说通过一个年轻女性“我”的视角，描绘了小乔的生活悲剧。小乔年轻时儿子病夭，她随之被丈夫离弃，独居多年的她再度遭遇爱情，却最终以失败和绝望收场。小乔的悲剧其实正显示了女性的脆弱和无助。女性的这种脆弱与其性格、能力、地位等因素都无关，而是由女性的自然角色所命定的。女性身体里的母性和妻性让她们把“情”看得如此重要，一旦这种“情”崩塌，她们便会在生活里变得无所适从。小说独特的视角和构思极具艺术性。

与上述颇具现代和先锋意味创作风格的作家相比，进入新世纪的第一个十年，郑吉平、韦昌国、孟学祥等人则依然走着传统现实主义之路。郑吉平的《李茶叶》写农村人李茶叶通过卖苦茶脱贫致富的故事，《你在我的城市，我在你的家》刻画了从滨海城市到贵州山区支教的女教师形象；韦昌国的《城市灯光》写农村人进城务工而改变了生活境遇，《麦子的夜晚》讲述了农村留守妇女的不幸遭遇；孟学祥的《老牛·老人》叙述了老人与老牛之间的深情厚谊，《迎春》描绘了毛南地区老年妇女过迎春节的美好画面。这些作品都极尽朴实，它是农村生活的真实写照。

进入新世纪的第二个十年后，有实力的青年作家肖江虹、肖勤等开始跻身贵州短篇小说作家行列，但发表的数量不多，肖江虹有《天堂口》和《当大事》两篇，肖勤有《丹砂的味道》《艾蒿地》两篇。而更年轻的作家如李晁、曹永等也崭露头角，他们在短篇创作上势头强劲。

肖江虹的小说作品往往充满沧桑之感。《天堂口》刻画了一个火葬场老员工的形象。范成大在火葬场的岗位上兢兢业业，在他的眼里，他的工作是送每一位逝者去往天堂。范成大对死者的尊重，其实也是对生命的敬畏与尊重。《当大事》由农村老人去世而无人手操办丧事这样一个事件引申开来，以小见大，反映了因农村青壮年进城务工，造成农村劳动力流失的危机。

肖勤的小说似乎总与现实生活保持着一定的距离，因而具有一种神秘的美。《丹砂的味道》从仡佬族人去世后以丹砂陪葬这样一个事件为线索，叙述了奶奶一生的故事。“我”被老祖公认为是奶奶的“转世之身”，这当然是迷信之说。“我”这个角色的设置，正好与奶奶是相对照的，奶奶的经历代表了老一辈人的生活，而“我”是代表了新生的一代，“我”是奶奶那个时代终结的见证者。小说故事离奇，又有着“转世”“冲傩”等情节因子，充满了神秘意味，以及一个时代逝去的感伤氛围。《艾蒿地》以虚实结合的手法，设置了房地产开发商与琴师这两组俗与雅相对照的角色，描画了人在现实生活中被欲望钳制的困境，展示了人们接受“雅”的洗涤并最终逃脱世俗物欲的可能。

李晁、曹永、钟华华等八零后作家虽然是后起之秀，其起点却都比较高，他们在近年的贵州文坛乃至全国文坛发出了自己的声音。李晁笔下的故事多与青春有关，充满了对青春岁月的缅怀之情和淡淡感伤。《纪念麦黄》以少年麦黄和“我”为主角，叙写了人在年少成长过程中的青涩、迷惘和执着。《童年朋友》等小说无不是这一题材的继续延伸，它们构筑了李晁文学世界中的独特怀旧情绪。怀旧书写也是文学创作的永恒主题，但八零后的李晁能把怀旧感伤写得如此精致，的确有其过人之处。

曹永是个擅长讲故事的人，他的小说构思巧妙，情节曲折离奇，以故事的出人意料来突显深意。《我们的生命薄如蝉翼》以少年李碗丧父和弑叔一事为线索，展现了困苦环境下生命的轻贱。李碗很早就失去了母亲和哥哥，在父亲坠崖去世后，他便彻底成了孤儿，但这还不是李碗悲剧的全部内容。因为赔偿金的问题，李碗一怒之下亲手杀死了叔叔。这无疑是一个深重的悲剧，而这悲剧正好诠释了“我们的生命薄如蝉翼”。《关于怪胎的处理方法》与冉正万的《飞鼠》惊人的相似，只不过曹永笔下的怪胎不是长着翅膀的老鼠，而是一只长两个脑袋的猪。长两个脑袋的猪最初被人们认为是怪胎，被竞相参观，可自从村中降生了一个长三只眼的婴儿之后，怪胎便很快被人们冷落了。《龙潭》写村民曹多奎受全村人推举下龙潭寻找水源，而重利轻义的乡邻们却因不愿兑现对曹多奎许下的利益，有意将他葬身于龙潭之底。传说中的龙潭巨蟒没有吃掉曹多奎，反而是人比蟒歹毒，为了利益不惜制造出人吃人的悲剧。

钟华华是一个始终关注乡土、关注底层生活苦难的作家，他的作品沉郁而感伤，语言充满张力。小说《乌鸦停在黑瓦上》讲述了一个因兴修火电厂而家园被毁的故事，它是为现代文明冲击下失落的家园所唱的一首挽歌。《渡》通过胡屠夫与提调官两家人从友好到敌对再到相安无事的故事，强调了宽容与谅解的可贵，“渡”既是渡人也是渡己。

尹文武的小说风格多样，善于刻画小人物的琐碎生活，长于心理和细节描写，以此展现人生事态，并运用黑色幽默的手法，使得文中处处充满辛辣的讽刺和悲凉的意味。《王熙凤》由一群务工人员的日常生活折射出当代人精神上的空虚。住在幸福小区的王登峰过得并不幸福，从始至终都无人领会他的特立独行。王登峰与用“大红花”票券去迎春楼消费的王辣狗、张东羊等人不同，闲暇之余用来看书学习，票券也是用于兑换生活费，一次偶然的机会让他把对生活的希望寄托在小桃子身上。但透过窗户的缝隙，不仅看到了小桃子的行为举止，也看到了王登峰的宿命。这个被王登峰命名为“王熙凤”的充满情欲与暧昧的窗口，同时也成为终结他生命的命运之窗。《铃声悠扬》通过哑巴的感情线串联起一曲爱情的悲歌。哑巴十年如一日的守候，坚持每日规律性的打铃，铃声也在无形中成为张瞎子和哑巴感情的催化剂。但作者并未沿着这条线索续写二人的感情，而是以意在言外的方式表现了哑巴的一往情深以及张瞎子默默无闻的爱意。《铃声悠扬》把世俗人生中纯粹的爱刻画得入木三分。

夏立楠的《猫眼》讲述了“我”的打工经历，以及“我”与一个陌生女孩从相知、相识到相爱、相离的情感历程。透过猫眼“我”能看到诡异奇谲的画面，在文中建构起虚实相生的场景，使小说带有实验性色彩。女主角飘忽不定的踪迹，成为男主角心中挥之不去的魅影，又像是他想象的幻影。无疾而终的结局隐喻身处大千世界，在百无聊赖的生活中，存在着许多令人意想不到的事件发生。《春河》的风格与《猫眼》不同，作者将目光聚焦于生活在城市边缘的人群。他们居无定所，四海为家，辗转于城市与乡村之间，在暖春时节出发，寒冬之际返程，不断地为生活奔波，渴望拥有自己的家。文中围绕“我”生病的母亲，讲述了在面对苦难生活时，邻里间相互依存共克时艰的岁月。生活周而复始，只剩下疲于奔波的身影一直在继续着。

丰一畛的《后遗症》讲述了知识分子褚楚和许东陌的庸常人生。小说明显具有后现代和荒诞性质，作者以其冷峻的笔调，不动声色地描摹了知识分子一地鸡毛的生活琐事。炸酥肉、房间布局、烧水、洗澡等看似无足轻重的细枝末节，却有力地烘托了主题。二人作为精英阶层，仍然过着杂乱无序的生活，通过对社会精英——知识分子从物质到精神上的剖析，对这个充满欺和瞒、拜金主义盛行的浮躁时代进行有力地鞭笞。文中所表现的精神症结可谓是当代社会的写真，就如C城是理想，K城是现实，二者之间始终存在无法弥合的裂隙。

贵州文学传统是以短篇小说而闻名于中国文坛的，从蹇先艾的《水葬》到何士光的《乡场上》《种苞谷的老人》《远行》再到欧阳黔森的《断河》《敲狗》《丁香》等，都是耳熟能详、脍炙人口的作品。蹇先艾、何士光、欧阳黔森是不同时代贵州文学的领军人物，他们支撑起了贵州文学的高地。纵观近三十年的短篇小说作品，我们可以把它们分成三个时期来考察，即1990年至1999年段、2000年至2009年段、2010年至2019年段。这三十年间，贵州短篇小说创作显现出新与旧交织的景象。到新世纪的第一个十年期间，贵州短篇小说已经进入了相对成熟和稳定的发展期，其风格逐渐形成。迈入21世纪的第二个十年时，贵州短篇小说的现代品质更加彰显。近年来，一批青年新锐作家突起，为贵州短篇小说的创作加入了新鲜强劲之力，这是传承贵州文学传统的希望所在。

（执笔人：谢廷秋　颜水生）

目录

2014

2015

龙志毅

途　中

王凯刚被提拔为副专员，接到的第一个任务就是：带领本地区四十人和全省代表团一道，去北京出席农业学大寨会。那是1976年的11月末，粉碎“四人帮”后不到两个月。这天晚饭之后，他们从所住的友谊宾馆出发到人民大会堂。友谊宾馆住了好几个省的代表，每省几个大客，可谓浩浩荡荡。

王凯作为一个专区的召集人、分组组长，他已知道今晚在大会上作报告的是副总理陈永贵，不过以华国锋为首的党中央领导人将全部出席，可谓盛况空前，王凯因此抱有很大的兴趣。他们的车队来到天安门广场停下后，便排着队依次进了人民大会堂。此时离开会尚有一段时间，王凯便和本专区的几个人在大厅里找了一张桌子坐下喝茶。

电铃响了第一次，王凯过去来过人民大会堂多次，他知道这铃声是提醒台下的参会者入场了。他站起身来，习惯地往西侧去上厕所。他的座位号在前左区六排中间，开起会来进出不方便，必须在会前解了小便才能坚持到底。这也是他的经验。上厕所的人很多，好在位子（小便池）不少，流动很快。

王凯上完厕所，挤出人群，正要入场时，忽然有人在身后拍了他的肩头一下，他回头一看，一把抓住对方的双手，惊喜得有些语无伦次：“是你？赵强，怎么会在这里遇见！”对方从容而略带幽默：“可见这个世界太小了！”“你来开会？”又错了，他的本意是“你来开农业学大寨会？”，他知道那晚上前来听报告的不止农业学大寨一个会。对方依然幽默：“哪有资格开会？我是来打工的！”王凯看了看对方胸前的工作人员证，把已到嘴边的话又咽了回去，改口道：“工作人员也不简单，要信得过哩！”赵强眼见王凯一脸诚实，不想再调侃他了，遂说“谁知道呢”作为过渡。于是二人开始拉起家常来，他们有近三十年没见面了，有多少话想说呢？可就在这时第二次电铃声响了。王凯知道这是告诉主席台的一般成员入场了！二人于是急匆匆地交换了住地的楼号和房号、电话，便各就各位。他问赵强在哪个区域哪一排。赵强潇洒地一笑："只有资格坐后几排无表决器的座位！"

当王凯吃力地挤进自己的位子，刚好坐下时，第三次电铃响了，顿时华灯齐明，华国锋等领导从主席台右侧出来，频频向台下挥手，然后步入座位。他身后有一段距离，是叶帅、李先念等。

此时此刻，全场掌声雷动，王凯机械地和大家鼓掌，内心却想着和赵强偶然相逢的事。他并不在乎赵强的调侃，他们是什么关系啊？赵强是王凯的入党介绍人，地下时期还是单线联系人！自从调离云南后近三十年了未见一面。只听说他当了右派，而且当得冤枉。但这是怎么一回事，他一无所知，机会难得，该了解个清楚了。他又想到明天上午是小组讨论，会议一结束就委托副组长先主持明早的会议，自己睡到十点左右，对，就是这样！当他的思绪回到会上时，陈永贵副总理已经开始作报告了。

回程的车上，王凯正好和副组长、专区农工部长坐在一起，他便将自己当晚要去会见一个将近三十年不见的战友如何如何告诉了他们。农工部长一连说了两个"应该"，并答应明天早上他来主持讨论，王凯什么时候来都可以。

王凯回到自己的房间，从抽屉里取出一包五香花生米，便往赵强所住的工字楼走去。他上了五楼找到赵强所住的房间，这是一间发文室，幸好屋里尽堆放着文件，赵强一人独住，二人可以闭门长谈了。他将花生米往桌上一放："准备带回去过年的，可惜没有酒！"他说着，不无惋惜。赵强笑道："巧！我正好买了一瓶！"说着他打开了花生米包，抓了几颗往嘴里一塞，有滋有味地嚼着，像是在自己家里一样随便！"你1950年调到西南党校学习就没有回去过？"赵强一边嚼着花生米一边问。王凯正要回答，却见领文件的人一个接一个地进来了。他以为今晚谈不成了，还不知要发到几点哩！便悄然而出，坐电梯下到底楼，心里不无遗憾，但也无可奈何。他走出大厅，穿过院子才到他们所住的北配楼。他刚走到门口，若有所悟便停了下来。何不同赵强吹它个通宵？经过这么多风风雨雨，彼此都有很多话要说要问，憋在心里难受！于是，他又折转身走向电梯间。

回到屋里时，几个讨论组的工作人员正在向赵强领取文件，见他又回来了，赵强并不感到意外。他指指门边那张椅子示意他坐，只说了一句："自己倒水喝！"

文件很快便发完了。原来赵强事先便做好准备，每个地、州、市一个大信封，写上应发文件数量，到时只需点数便行。发完文件屋里又只有他们二人了。赵强笑着问王凯："怎么样？我算得上一个熟练工了吧？"王凯只勉强笑笑，却有一种心酸的感觉。

赵强从容不迫地拿出他那瓶酒，将一个空茶杯涮了涮，倒了小半杯给王凯，说："怎么样？心有灵犀一点通，你我都想抓紧机会畅谈一番，还是你先来吧！”王凯连忙回应：“还是你先来，你的经历特殊！”赵强也不推辞，笑道：“那我就抛砖引玉吧！你想了解哪方面的经历？”王凯说：“当然是反右方面了！”赵强喝了一口酒又吃了几粒花生米，然后慢吞吞地说：“怎么说呢？当时我是地区反右办主任。我并不高明，只是认真研究过右派的六条标准，因此心中有数，便在下面报批的拟办意见中总是写上‘不够条件，退回’，顶多写上‘批判从严，可给一定处分，但拟按人民内部矛盾办’。日子久了，他们就说我是立场问题。”他们二人多数时间是在小小的争论后沉默相对。交谈是和谐的，有时也有交锋。比如赵强认为，有的人在关键时刻不敢坚持原则，明明知道是不对，也不敢哼一声，随风倒！王凯则认为要具体人具体分析。赵强在交谈中不无得意地说他至今不后悔，因为他当时敢于坚持“实事求是”，一个人给支部书记提了尖锐的意见。王凯说事情是复杂的，于是又扯到了动机和效果的关系。后来王凯不期然地甩了一句：“我知道你是冤枉的，现在快出头了吧？这次叫你来工作，就是信号。”赵强笑道：“你这么看？”其实他自己又何尝不是这么看的，只是不说罢了。最后，王凯告诉赵强：“我去年来北京时见到了老同学叶一萍，人家还专门问到你哩！”赵强听了很激动，要王凯第二晚便带他去。王凯笑道：“别慌，我来安排！”

星期日大会休息，王凯领着赵强去看望故友叶一萍。早在定南县工作时，王凯在一次会上偶然见到了分别近三十年的叶一萍。他被邀请到她家做客，在畅叙友谊之余，叶一萍特别问到赵强的情况。其言语和表情都给王凯一个强烈的印象，怎么说呢？借用苏东坡的诗句吧，“不思量，自难忘”。王凯当时除了将所知道的情况倾盆而出之外，也想帮帮忙使他们之间早已断了的线重新接上，但他却无能为力，自己和赵强不也早成了断线的风筝吗？现在既然有了机会，他也就有所作为了。自那天晚上长谈之后，他便为赵、叶安排会面的事宜。赵、叶二人都感到不可思议，而且迫不及待。叶一萍听说赵强来北京了，在电话里叫了一声“啊，他来了！”便足足有一分钟没有说话，最后才终于从话筒里传出话来：“你告诉他，我今天晚上来看他。”赵强也一样，得知叶一萍的消息后便迫不及待。王凯当了一次很出色的导演，先安排他们通了一次电话，然后才是星期日的见面，这样互相都先有个充分的思想准备，以免突然相见带来不可想象的场面。电话是在王凯的房里打的，他拨通后将话筒递给赵强便关上房门到隔壁串门去了，目的自然是给赵强一个可以畅所欲言的空间。他走出房门时下意识地看看表，是夜里十点整。王凯在隔壁房间里和几个人天南地北地侃了一个来钟头，回到屋里赵强刚放下电话不过五分钟，正一个人坐在那里发呆。见王凯进来他才从梦中惊醒似的，说：“我们已经商量好了，服从你的安排，星期天在她家见面。”王凯笑道：“这样好，先通个电话让情绪缓和一下，以免得脑充血什么的我负不了这个责！”赵强笑笑：“哪有那么严重？冲动的时期早已过去了。”王凯又是一笑：“过去呐？在电话上一谈就是一个钟头！”赵强伸出拳头给了王凯肩上一拳，并不作正面回答，只说了一句："睡觉吧，明天早上还要听报告哩。"说着便离开了王凯的房间。

倒是王凯这个第三者有些反常，他失眠了，躺在床上翻来覆去睡不着，往事悠悠挥之不去。

国内硝烟正浓的1948年，赵强和叶一萍高中毕业了。两人都报考了北京大学。叶一萍"皇榜高中"，考取了北大的中文系，赵强呢？临到考试时突然改报了云南大学。他的这一反常行为在全校引起了震动和议论，为什么这样？他的学习成绩除了体育和音乐，门门功课在全班都是第一。稍次一些的叶一萍能考中，赵强是绝无问题的。他对关怀者的回答是家庭经济困难，只有王凯和少数人心里明白，是组织上要他留在昆明坚持斗争，他服从了组织的要求。

顺便说几句，那时学生中的地下中共党员和"民青"成员，绝大部分是品学兼优者，具有必要的凝聚力和号召力。这大概也是"存在决定意识"吧，当时他们的"存在"不仅没有权力作为依托，而且处于非法的境况之中，只能用自己的"品学兼优"来号召同学。与此相反，当时的"三青团"在学校里为什么遭到白眼甚至在一些学校中立不住脚，其中的一个因素就是他们多数吊儿郎当，在同学中毫无威信。这是当时存在的一种社会现象，可惜至今还没有看到有人对这种社会现象做出研究和结论。

扯得太远了，还是把话题收回来。失眠的王凯想起了他们欢送叶一萍的事，当时叶一萍和王凯都是赵强单线联系，彼此并不明确地知道对方是党员，但也心照不宣。他们活动的阵地是一个公开的社团，叫云岭社，有百十来人，是学校中最大而又能左右全校"局势"的社团。他们决定以社团的名义欢送叶一萍，那是一个星期天的下午，来了六十多人。地点在大观楼旁边的一个小半岛上，名叫"鲁家花园"。王凯听说这是滇军将领鲁道源的别墅，他随滇军58军出省抗日后一直没有回来，他的家属也没有在这里居住。王凯记得那是一座三边临水的花园洋房，虽然雕梁画栋、曲径幽徊，却是空芜荒废，游人可以自由出入，甚至住上十天半月大概也是无人过问的。他不知道这个地点是谁选的，一下来了这么多人闹腾，事先是否应取得主人的同意？他连问都没有问过这一类的事，只觉得环境既幽美又封闭，可以畅所欲为一个下午。

那个下午他们也真是畅所欲为了，先是边跳边唱尽情欢乐。跳累了就坐下来唱歌，多为禁忌歌曲，如《四烈士挽歌》（指1945年昆明"一二·一"的四烈士）、《山那边有个好地方》，也有抒情惜别的歌曲，如《友谊地久天长》。跳罢唱罢之后，便三三两两自由组合在小岛上闲游漫谈。赵强却领着几个人准备野餐，炒饵块和红烧鳝鱼，参加的有叶一萍和苏星。王凯见苏星去当炊事员了，便也跟着去帮忙。王凯知道，赵强和叶一萍之间的感情此时正在超越一般朋友的界限，当天的一言一行更是显示出难舍难分的味道。野餐后一行人离开鲁家花园来到大观楼公园，准备从这里乘马车回城。王凯灵机一动向众人提议，让赵强和叶一萍先走，其余人再留下逛逛大观楼公园。大家对王凯的提议心知肚明，立即报以热烈的掌声。赵强和叶一萍也不推辞，二人上马车时只有赵强向大家挥挥手说了一句："恭敬不如从命！"

尔来三十年矣！王凯感到时光如流，人生易老，就这样翻来覆去，折腾到下半夜才迷迷糊糊地睡去。

星期天早餐之后，赵强和王凯便按约定时间到叶一萍家去。叶一萍住在百万庄一栋干部宿舍里，是她丈夫分得的房子，他在经济部门工作。

王凯去过叶一萍家，熟门熟路，省去了东寻西问的麻烦。叶一萍的丈夫出差到上海去了，儿子在北大荒，女儿在延安当下乡知青，赵强都已知道了的，故而也省去了一些见面时必须有的话题。然而作为第三者的王凯却见识了一场不同一般的故友重逢，他们没有像电影上常有的那样热烈拥抱，激情难抑，甚至连手都没有握。就这么在那小小的客厅里站立着互相审视着对方，那目光给第三者王凯一个强烈的印象，像是在审视着远去了的旧情旧事遗痕，审视着近三十年的沧桑变化。过了大约分把钟，叶一萍略带感慨地说了一句："赵强，我们都老了！"赵强也似乎如梦初醒，回应了一句："你还不显老，比我想象的年轻。"叶一萍淡淡一笑，感慨地说："是吗，你想象过？"叫赵强怎么回答哩？王凯适时地插了上来："唉，都坐呀，怎么只站着说话呢？"叶一萍这才笑道："哟，你看我这个人，坐，坐。"

三个人这才同时坐下，那时沙发一类的家具还没有进入私人民宅，叶一萍家客厅里只有几张藤椅，却也显得整洁清爽。

品茗忆旧事，促膝话当年。然而忆旧事也好话当年也好，总是多少带着一些苦涩味。这倒不仅仅因为对赵强的遭遇感到不平，就是被赵强刚才戏称为"一帆风顺"的叶一萍和王凯也有自己的难言之隐。这二十多年来，能有几个人是一帆风顺的？是非凭人道，甘苦我自知。

好在这一切都已成为过去，只是老友重逢这些旧事理所当然地成为不可避免的话题罢了。他们最关心的还是未来的走向，那一个接一个的政治运动是否真的"过去了"？对这类事赵强似乎最敏感，他提醒王、叶二位不要太乐观。"不是报纸上还在高喊'批邓反击右倾翻案风'吗？还说凡是毛老人家说的话、决定的事都要坚决照办！"谈到这里，赵强显得很激动。他提高嗓门说："原话我记不得了，大体上就是这个意思，如此说来不是一切照旧？"王凯不完全同意赵强的看法，他说斗争肯定还有而且还会很尖锐，但历史是不会重演的。他问赵强："不知你注意到了没有，这次大会的报告就没有再提什么'批邓反击右倾翻案风'，这不就是一个很好的信息吗？"王凯的话提醒了叶一萍，她说："哎，差一点忘了，我来给你们看一样东西。"说着便站起身走进卧室，很快地拿出一个笔记本翻开来递给赵强："你们看这个。"赵强很感兴趣地接过笔记本，王凯也连忙凑了过去，只见上面记录了如下一段话：

中兴伟业，人心为上。停止批邓，人心大顺；冤案一理，人心大喜；生产狠狠抓，人心乐开花。

赵强反复读了两遍，将大腿一拍，激动得站了起来：“太棒了，一针见血，一服当前的济世良药！哪里来的？”叶一萍微微一笑略带兴奋还加几分神秘：“据可靠消息，‘四人帮’被抓的第三天，叶帅要他的孩子去看望一个很知名的老领导，告诉他‘四人帮’被抓的消息，要他做好出来工作的准备并问他对当前有什么意见。他便提出了这三句话的建议，目前在北京正迅速传开，被称为新的‘隆中对’哩！”赵强听了迫不及待地问：“这位有名的老领导是谁？”叶一萍这时微微一笑故弄玄虚地说道：“你们猜？”赵强再次从桌子上拿起那本子反复琢磨，过了大约一两分钟若有所悟，笑道：“我想起了一个人，不知对不对。”叶一萍笑道：“别忙别忙，我们来做一个少年时代的游戏。”她顺手从桌上取出一支笔递给赵强，然后伸出右手说：“你写在我手心上。”赵强写了，她又将笔交给王凯并伸出了自己的左手，王凯也写了。她兴奋地笑道：“真是英雄所见呀！”然后将两只手往二人面前摊开，只见写的都是“胡耀邦”三个字。她先问王凯：“你怎么猜到的？”王凯毫不犹豫地回答道：“我做过几年青年工作，多次听过他的报告，用这种通俗的四言八句表述某种思维或决策，是他的独特风格。”赵强不等叶一萍询问，便兴奋地插了进来：“不仅仅是一种风格，更重要的是高瞻远瞩的素质和敢想敢说敢为的品质。1975年的科学汇报提纲不就体现了他的这种品质和雄才大略吗？”王凯连忙接了过去：“完全正确，你比我站得高，看得远！”看得出来，他说这话是真心实意的。三个老朋友也就没有在谁站得高这一类的事情上多费唇舌，而是将话题转到对国家前景的预测，足足议论了一个多钟头才转移话题，谈到了自身的事情。

先是叶一萍听了赵强的一番议论之后顿有所悟，她以暗含情谊的目光瞅着赵强，感慨地说：“赵强，我收回见面时说的那句‘我们都老了’的话。说你外表略老，也许是几十年来第一次见面，心里装着的还是二十来岁的赵强，这是一种错觉。听了你刚才的话我发现你不仅人不老心更不老！说文一点八个字：敏锐依旧，良知未泯。”三个人都笑了，赵强笑得有些心酸，他说：“你的评价太高，消受不起呀，不过我倒是觉得一个身处逆境的人，只要他不自我沉沦，对事物的敏感性往往超过顺境中的人。至于外表嘛，自然规律不可违，已经开始有白头发了，怎么不老？”王凯终于有了插话的机会，他说：“现在实行领导班子老中青三结合，中的下限是五十五岁，你们俩都才五十的边上，大显身手的日子还在后头。不要过早地说什么吾老矣一类的话了。”赵强笑道：“在我们三个中你是小弟弟，当然可以说漂亮话，说到大有可为那要看将来的环境了。”叶一萍似乎对往事更感兴趣，她放下那老还是不老的话题问赵强：“你那天在电话上说你去了鲁家花园？”这一问使赵强的感情又转了一个弯子，他说：“嗯，去了，自从1948年离开昆明后也回去过几次，都没有时间也没有心情去旧地重游。这回当工作人员来北京，心情大不一样，路过昆明时按捺不住便跑去看了看。”叶一萍问：“怎么样了？”赵强说：“好像是收归国有成为大观楼公园的一个部分了，现在叫南园。”他说得很平淡，其实在平淡语言掩盖下的是汹涌的感情波涛。他没有对两个老朋友倾吐那天独自一人游鲁园的心情和感受，更没有说出他还在感慨之余写了一首诗：

梦断鲁园三十年，形影如絮亦如烟。
垂柳依稀犹可认，柳下不见故人颜。

这是那天晚上在来北京的62次列车上写的，他当时没有想到会在北京见到叶一萍，甚至不知道她是否还在北京。现在相见了也不能将它拿出来呀，那将会产生什么样的结果呢？他是一个理智支配行为的人，什么事可做什么事不可做，全在理智的控制之中。引用一句古话就是“使君自有妇，罗敷自有夫”。而且据王凯说，叶一萍和她丈夫的感情甚笃。至于自己就更不用说了，人家小方与你赵强患难与共二十年，没有发过半句怨言，而且体贴入微。但人的感情是复杂的，一边是患难与共的恩爱夫妻，一边又是旧情难断的老友。赵强躺在火车卧铺上甚至在想，如果三十年前游鲁家花园之后自己更主动一些又会是一个什么样的结果呢？王凯一伙分明是给他机会，让他陪叶一萍乘马车先走，而自己却规规矩矩地坐在她的后面，不敢有所突破，以至到了叶一萍家门口，人家已经发出进去坐坐的邀请，自己却主动握手告别。否则……早已时过境迁还否则什么！那剪不断理还乱的隐情便只好让它深藏于心底了。这样的隐情也可以归之为“人之常情”罢，道德规范不了，法律更管不着，全靠自我控制。

赵强想到那首不能公布的诗和当时的心情，便走了神，有好几分钟没有说话。王凯看出来了，叶一萍也似乎有所察觉，便都主动打破沉静。王凯先谈起了他那年的昆明之行，主要谈了在昆明那天独自一人冒雨游翠湖和大观楼的感受。他说当时也很想找一两个老朋友叙叙，但无处寻觅，百感交集也写了一首长短句。他坦然地将它念了出来：

廿载一挥手，旧地忽重游。
景色依稀仍如故，韶华已东流。
猛雨洗翠柳，更显其葱郁。
笑迎风浪寻常事，湖上可泛舟。

于是三个人又以他的长短句为题议论了一番。叶一萍说："情景交融，内涵深刻，是一首好词。"赵强也接过叶一萍的话议论了一番，除了充分肯定，还多少带点调侃的语气，说他笑迎风浪，有点夸张。对他王凯来说，风也是有的，但是是一帆风顺的风，是"好风凭借力"的风。至于逆风，也有那么几次，比如"文化大革命"，但不过一二级而已。王凯和叶一萍都不同意赵强的见解，说他在这个问题上过于偏激，不能说一定要被打成敌我矛盾的才算遭到迫害。王凯甚至上纲上线地说："如果这样看，实际就是为'左'的那一套开脱。请问，'反右倾机会主义分子'伤了多少人？插红旗、拔白旗伤了多少人？反瞒产伤了多少人？死了多少人？还有……"不待王凯说完赵强连忙接了过去："好了好了，算我思想片面。"他一连说了两次"算我思想片面"，态度确实也是真诚的。于是三个人便不再纠缠，将话题转到了他们所知道的一些云南地下党员和"民青"等地下党的外围组织成员这些年来的遭遇。熟人旧事张三李四，一谈起来便是一大片。

三个老朋友的谈兴正浓，王凯终于看了看表，说："哦，都快十二点啰，我们是不是出去找个小饭馆填填肚子，再商量下午去哪里玩玩。"看样子他是想请客了。叶一萍笑道："别，我已经准备好了，只要你们不嫌寒酸就行。"赵强说："寒什么酸？一碗面就行。"叶一萍说："不是面，是串肉米线，干米线（米粉）一大碗，够了吧？"她说着便站起来拿出一盘早已蒸好的香肠和油炸花生米，更令赵、王二人吃惊的是，还有一盘云南乳扇。当然还有两瓶啤酒，够意思了。三个人于是坐下喝酒吃菜，话题也就自然地转到生活上来了。叶一萍首先说明了她不主张上饭馆的原因：现在的北京饭馆，当然八大饭店除外，顾客一般要经过以下程序：站立等空位，少则十多二十分钟，多则一个钟头；得了位子坐下来点菜，又得等上至少半把个钟头；有的饭店还得先排队购票然后再去候位子，一顿饭吃下来至少也要一个多钟头。所以她宁可在家吃一碗面也不愿去饭店"享受"。她还特别说了那盘香肠的来历：北京一些大的副食品店每天有香肠一类"高档"食品供应，每人半斤或一斤，卖完为止。也不是每天都有供应，碰运气！眼前这一盘香肠就是她昨天碰运气买来的！赵强很有兴趣地接过话题："到底是首都，还可以碰运气吃香肠，我们那里是每人一个月一斤肉，要吃什么花样都在这一斤肉上做文章。"说得三个人都笑了。叶一萍说："你们不妨抽空去商场转转，碰运气买点香肠什么的带回去过春节。"

凡是外面来北京开会的人，没有不走这一条路的。王凯接过话题，不是有几句话吗？"东北虎西北豹，西南人见了什么都想要！东北虎西北狼，四川耗子来盗糖。"三个人又笑了一阵，谈笑中引发了议论。叶一萍说："其实你们买回去的东西很可能就是从你们那里来的。北京自己能出产什么？大白菜！全国支援首都才支撑了这么一个局面。"赵强说："这就是批唯生产力论，'宁要社会主义的草，不要资本主义的苗'所必然的结果。经济已经到了崩溃的边缘，再不把‘四人帮’搞掉，1961年、1962年那种局面很快就要回归，而且可能比那时更惨。”王凯说：“有些事很有讽刺意味，有些话说的也不对。不是说‘四川耗子来盗糖’吗？其实四川本身也是产糖的地方，为什么还要跑到北京来‘盗’呢？”叶一萍笑道：“你‘盗’了？”王凯说：“如果将排队购买也说成盗，我不仅盗了，而且是江洋大盗，你们猜我来了这几天已经买了多少水果糖？”叶一萍很有兴趣地猜道：“五斤？十斤？”王凯摇摇头说：“二十一斤！”叶、赵二人惊奇，叶一萍问道：“买这么多干什么，补行婚礼？”王凯笑道：“补什么行婚礼？全是为他人作嫁衣裳。出发前直接向我提出帮买斤把水果糖的就有十四人，有的还不好意思直接提出，但我看出来了，都是在一个单位上班，早不见晚见的人，你能不照顾一下人家的这点点小欲望吗？”赵强说：“你真有本事，不是一人一次只能买一斤吗？你天天往王府井跑？”他和王凯虽然同住一个宾馆，但不住在一栋楼里，故而不知道他每天的行踪。王凯笑道：“我跑王府井干什么？友谊宾馆的商场每天中、晚餐后一般都有供应，排上队买了一斤后再回头买，运气好的话一天可以买到三四包（斤）哩！”赵、叶二人又笑了。三个人围绕生活供应又议论起严峻的经济形势和对粉碎“四人帮”之后的展望。

一顿简单的午餐，三个老朋友边吃边谈，竟然用去了将近两个钟头却言犹未尽。王凯提议到外面去走一走，立即受到了赵、叶二人的拥护。看来他们是难舍难分了，三十年后重相聚，谁知再聚又何年？

至于到什么地方去，却是颇费了一番商量。王凯说：“离颐和园最近，逛园子去吧。”叶一萍说：“还不如去圆明园，虽荒凉却有意思。”别说赵强和王凯没有去过，就连在北京多年的叶一萍也没有去过。自从去年她从五七干校调回北京后便听说近一两年那里开始热闹起来。有些人到那里去敞开胸怀，纵谈国事发古之幽思，追寻中华民族失去的底气，唤醒民族的自强；有的人去那里骂“四人帮”；还有的人到那里……总之，五花八门什么都有，那里成了一块类似“治外”之地。叶一萍的介绍引起了赵、王二人的兴趣，三个老朋友一致决定：冒严寒，访荒园。

（原载《山花》2014年第6期）

2014年

王 华

埃及法老王猫

既然我不高兴，她也就懒得理我。有我在的地方，她尽量不靠近，一副很高傲的样子。我想，如果能的话，其实她很希望我不要出现在她的视野里。可是我们只有一室一厅，厕所和厨房挤在一个小阳台上，她要是不做饭，不上厕所，肯定不能老待在那两个只能容一个人或竖着或蹲着的空间里。更何况，她是那么地爱看电视，尽管这时候我拿着遥控器，还霸占着看电视的最佳位置，她还是朝我走了过来。我用余光发现，她走过来时并没有看我。她别着脸看着电视机的方向，但她又无法做到对我视而不见，因此，她故意把脸上的高傲加厚，以此来保护她的自尊。

我的快意开始膨胀，我要让她在我的情绪影响下心情变坏，既然她让我不高兴了，我就不能让她高兴。在这一室一厅的房子里，我有一个两平方不到的私人空间，它在我们共同拥有的那间卧室靠窗户的墙角，我在那里放了一台电脑。一般情况下，我在家的时候都待在那个地方，在那里上网，在那里煲电话。通常情况下，也能找到一种拥有隐私的感觉。但是今天我的心情很坏，这种情况下那个空间就实在是太小了，它连容纳你的身体都那么有限，又怎么能容纳得下你的恼怒呢？更何况，它的旁边，就是我和她共用的那一张床，那床上有她的气味，我要是不想被憋坏，就得到外面去，到客厅去，那里毕竟稍宽些。因此，我抢先占领了我并不喜欢的电视机。

她选择了旁边的单人沙发坐下，眼睛始终盯着电视画面。她咳嗽了一声，我知道她其实很想说话，但又碍于面子。我还知道她很想说“你不是不爱看电视吗”或者是“《新闻联播》马上开始了”。她爱看中央电视台《新闻联播》节目。我从她身上看到了我们老百姓对这个节目的盲目狂热。因为视野有限，他们把自己的求知欲寄托于这个节目。他们的求知欲却又建立于虚荣心之上，似乎能从那里知道些国际国内的事情，平庸的人也不平庸了，闲下来的时候能从嘴里蹦出些国际国内的话题，自己就显得与众不同了。她嘲笑过我，说我不关心国家大事。我反过去嘲笑她，你倒是很关心国家大事，可哪一件归你管了？

她很看重人的等级，而且一直希望自己也能做一个上等人。她曾经因为我为她网购的一个包裹上写着“徐丽平女士”而幸福得不得了，因为在她需要我解释“女士”一词的时候，我对她说“女士”就是对女人的尊称。而她又很坚信，受不受人尊重跟等级有关。

现在，徐丽平女士已经有些沉不住气了，因为离中央电视台《新闻联播》节目开播只差两分钟了，而我却在有事没事地换台。我无心看电视，所以哪个台都不能让我停下来多看一眼。我这样做只是为了惹徐丽平女士生气，最好能让她大光其火。后来，我发现了一个正在说猫的节目，画面上全是猫。我生气不正是因为猫吗？所以就停了下来。节目里说，这些猫跟埃及法老王猫很相像，怀疑它们其实就是埃及法老王猫的后裔。画面上除了猫还有金字塔，而那些猫，跟我从路上捡回来，现在又被徐丽平女士撵出门去的那只很相似。

徐丽平女士无心看猫，又或许她也是因为猫而怒气冲天也说不定。她冲我断喝一声——把遥控器给我！她应该是准备跟我大干一场的，她全部的表情都暴露了这一点。我原本也以为自己会跟她大干一场，但奇怪的是，我却显得相当冷静。我说，你看清楚了，你撵走的是一只埃及法老王猫。她或许被我的“法老”一词给镇住了，突然收起火焰去看画面。但我却突然把电视关掉，扔了遥控器。我要出门了，我要去找猫。她冲我气汹汹地问，你去哪里？我说，我去找我的埃及法老王猫。

并不是说我的生活中必须要有只猫，当初我捡它回来只是因为它在流浪，又正好被我撞见，现在我要去找它，也只是因为它已经进了我家，而且已经被我看成是家庭的一员。像前面两次一样，我在小区的各个角落里寻找。天色已经很暗，为了让别人明白我只是在寻找一只猫，我一路上都在喊它的名字，碰上个人，我就打听。尽管我知道别人并不一定会理我，但我还是要假装打听。转了几圈都没找到，我就像前面两次那样失去了兴趣。我甚至发现自己并不那么热切地希望找到它，虽然我敢肯定如果它立即出现，我就会立即激动起来，就会再一次把它当宝贝一样抱回家，但它要是不出现，我其实也并不会要死要活。也就是说，我已经怀疑自己为这只猫动怒的意义了。

它的确是个麻烦，况且我家并不具备养宠物的条件。

既然是这样，我就不再到那些灯光照不到的地方去叫唤了。我像小区里那些不把《新闻联播》看得很重要的老太太一样转着圈儿。她们是为了锻炼身体，我却不知道是为了什么。不断有人投来目光，因为她们都不认识我。老太太们并不都很慈祥，尤其当她们发现你侵占了她们的空间的时候。小区里凡空出来的空间都是她们的，宽的地方她们跳舞，窄的地方她们散步。花草树木都跟她们亲，而跟我却保持着一种距离，像老太太们一样跟我保持着一种距离。我很能理解这种距离，这个小区是她们的。而我，不过是暂时租住在这里的一个过客而已。于是，我决定回家。

中央电视台《新闻联播》节目还没结束，正在播国际新闻，说的都是别的国家如何如何地乱。我瞟了徐丽平女士一眼，却发现她正看着我。她竟然能放下这么重要的节目不看，而关心我是否找着了猫。不过我并不因此而感动，我都懒得搭理她。找没找着，她看一眼就明白了，还用问吗？但她其实是想问另一个问题：埃及法老王猫是啥猫？她显然相信了我刚才瞎扯的话。我感觉到一种捉弄人的快感。如果继续，将会给我带来无比的快乐。于是我说，埃及法老王猫就是皇家猫，连人都要崇拜的猫。她的脸色骤然巨变。她问，那……瑞瑞……真那么名贵？我把我的视线斜斜地拖得很长。我突然发现自己其实并不是真为徐丽平女士撵走了那只叫瑞瑞的猫而光火，我光火的是她的那种不着调。她正在为自己撵走了一只名贵猫而惶惶然，因为她是那么地景仰名贵。她尽管只是一个清洁工，每天在一家保洁公司被人派到这里抹窗户，那里擦地板，但这并不影响她向往上等人的生活。她像一只站在井里的青蛙，看着井口那棵果树，自以为是地认为自己只要跳一跳就能摘到树上的果子。因为视野有限，她看不见自己与理想之间那一个遥不可及的距离。她买那些样式时尚但质量和做工都相当粗糙的衣服，她总以为只要衣服样式时尚了，她自己也就变时尚了。她每天穿着那些花哨却总能看到线头的衣服，脖子上挂一个劣质的看起来却闪闪发亮的挂件，就以为自己离上等人的距离近了。她还很高兴接受一些自作多情的人的施舍，把一些旧衣服带回家，第二天就穿到身上去。那些虽说是旧衣服，但质地确实比她自己买的要好些。她喋喋不休地告诉我，那家人都是什么样的人，家里如何气派，这衣服又买得多贵。她很为那几件旧衣服骄傲，也为自己能得到那样的人的施舍而自豪。那些旧衣服她穿起来并不一定合身，但她很爱穿，似乎一旦穿上，她也就成了她景仰的那种人了。我很奇怪，她怎么就从来没能从镜子里看出自己的不和谐来，衣服（不论是她自己买的，还是别人施舍的）跟她这个人的不和谐，它们永远都在嘲笑她，嘲笑她的皮肤粗糙打褶，而且永远都是泥巴的颜色，嘲笑她的指甲永远都洗不干净，嘲笑她那张土啦吧唧的满是太阳斑的脸。

她站在镜子前换衣服。自从来到城里，她就养成了城里人的习惯，回家就换上家居服。有的城里人也会穿着家居服到外面走，那一般都是些不太讲究的，上街买个酱油或者醋什么的，就不愿意换来换去，嫌麻烦。可徐丽平女士不是那样的，她讲究，即使出门到楼下，也一定要穿上正式的服装。

她肯定是要去找那只叫瑞瑞的猫，因为现在那只猫的身价变了。之前她只不过把它看成一只土猫，现在它是一只埃及法老王猫了。即使她并不愿意真相信，但也宁愿假装糊涂，因为她去找猫的时候，就能让小区里的好多人都知道，她养了一只名猫，但现在它不见了。

十年前，徐丽平女士毅然卖掉了我们家的那间老房，用卖房得来的钱到镇上租了个门面做起了生意。从那以后，她就为自己树立了一个远大的理想，一定要混成个城里人。为了实现她的理想，她把我也拉上，她自作主张地为我选择了一个目标：考上大学，以后找一个稳定的工作。她像只狡猾的狐狸，左手打着她的算盘，右手按着我的计算器。那时候我已经上初二了，而且成绩平庸。在这之前，我并没有为自己的未来做过认真思考。我像绝大多数胸无大志的农村姑娘一样得过且过，心里只想着混完初中就到广东打工去。看见那些从广东回来就变得与众不同的姑娘们，我就觉得那是自己毕生追求的目标了。也就是说，她为我打算得太晚了。

但她看不见这一点，或者说她根本就不打算看见这一点。她脑子里只有她的理想，别的她都视而不见。她想当然地提着一些自认为会被看好的礼物去找我的各科老师，希望他们变成那些礼物的奴隶，为我补课。她对他们说，我家内内必须考上大学。我上学的时候她本来为我起名叫瑞瑞的，但不知道是报名时老师没听清楚，还是她没说清楚，报名册上我的名字变成了“内内”。她知道的时候也不晚，但老师说叫内内其实比叫瑞瑞好，因为内内这样的名字特别。既然是这样，她便认可了这个名字。就像那时候认可这个名字一样，这时候，她也认可老师提出的关于课余时间补课的建议，并且很乐意交补课费。

我们的中学就在镇上，那时候，学校的不良补课风气还没能侵袭到这样的地方，我们的老师都还保持着单纯的教学初衷。每天认真上课，认真修改作业，有时间的话打打小麻将而已。可以说，是徐丽平女士提醒了他们。就在我的几位老师收下她交来的补课费，在每天放学后和周末的下午为我额外安排辅导时间后，很快就有人发现这其实也是一条生财之道。紧接着，他们就想起自己其实也听说过城里的那些老师天天为学生补课，一个月补课费要高出工资几倍。然后，他们就发现班里的学生们其实个个都需要补课。再然后，我的伙伴就日渐多了起来。

这时候，徐丽平女士又不踏实了。她觉得如果一个老师要辅导几十个学生的话，那她的内内就分不到多少东西了。她给我转了校，就像当初卖房子不跟人商量一样，给我转校她也没跟人商量，就连我，她也没问过我愿不愿转，或者愿意转到哪一所。她总喜欢自作主张。

她把我转到了一所离县城很近的私立学校。那时候，私立学校刚刚兴起，据说那样的学校对教师的要求更严格，对学生也管得更紧。而且私立学校比公立学校更看重升学率，因为升学率是它们的生存之本。据说私立学校的老师清一色都很卖力，因为越卖力报酬就越高，报酬越高他们就越卖力。所以，尽管私立学校收费高，她还是毅然决然地把我转到了那里。

她对我说，你必须把成绩提起来，因为你今后必须考上大学。既然是必须，那我便没有退路。她没给我退路，就像她从来也不给自己退路一样。她是我的母亲，我是她的产品，她希望我从平装变成精装有什么错？因此，我也像她那样对自己说，你必须专心致志，必须刻苦勤奋。

那所私立学校虽然离县城比较近，但并没有近到可以看得见县城的灯光的地步。它实际上处在一个比较荒芜的地方，四周只有一些散落的农户和庄稼。也就是说，这个地方其实很适合教学，老师和学生们即使想荒废时间，也没处荒废去。不过，有些时候事情也并不那么简单，毕竟来这里上学的也并不都如我一样带着一个重大的使命，或者说并不都像我一样把父母的指望当成重大使命。学校的大墙关得住身体，却关不住荷尔蒙。很多人开始尝试着谈恋爱，而且很快就发现谈恋爱这件事情要比上课和做功课有意思很多。于是，我也开始收到情书。它们有时候藏在我的语文书里，有时候又夹在我的数学书里。除此之外，我还总是要碰上那一对眼睛，无论我从操场走过，还是从教室里出来，甚至是在女厕所门口。写情书的那个男生跟我同班，他其实大可不必那么麻烦。所以，他后来不写情书了，晚上直接到女生寝室门口叫我，说有事要跟我讲。我当然知道他要讲什么，所以我不会出来。但他不肯罢休，老在寝室门口吵吵，这样我就不得不出来了，因为别人已经有意见了。

可我很害羞，这是我最没出息的地方。我也不知道自己身体里哪来那么多难为情，跟陌生人说话我要紧张要脸红，跟半生不熟的人说话我也要紧张也要脸红，不管他们是男是女。从小就这样，长大了还这样。如果没这个毛病，我完全可以直言不讳地告诉他，我没时间玩，因为我必须把成绩提起来，不是提一点，而是提很多，要提到能考上重点高中，因为必须考上重点高中，才有可能考上一所不错的大学。我还可以告诉他，我没他那么自由，我身上背负着使命，我不能辜负了母亲。但实际上我什么都没说成，我在寝室门透出的灯光下把脸红得像给泼了一盆猪血，舌头扭得发痛，也没把我想表达的意思表达出来。要命的还不是这个，而是那家伙想当然地把我的难为情看成是扭扭捏捏，看成是被幸福冲昏了头脑，这样就没完没了了。

这样一来，我自然是要受到严重影响的。我每天都在被迫分心，就像我被迫来这所学校一样。不要指望提高成绩了，反而下降得让徐丽平女士瞠目结舌。于是，她跑到学校找我们校长。在她看来，她交了那么多钱，就有权要求学校给予她相等价值的货，因为她做生意讲究的就是这个，别人给她一块钱，她绝不只给九毛钱的货。等她弄清楚是什么原因后，她便找到了给我写情书的那个男生，并且狠狠地给了他两嘴巴。

她打出了他的鼻血，又冲着他夺目的脸吐了一泡口水。她问他，你以为你是哪个？不管她的内内未来如何，她都得先把她看得更高，只有这样，她才能坚决地制止一些阻挡她的内内朝着高处走去的苗头。他怎么能让我分心呢？怎么能诱惑我去走歪路呢？他活该。

她只好又把我转回到原来的学校。她认为还是把我放在她的视线之内要安全些，她可以盯紧我。

我伤了她的心，因为她付出了那么多钱和心血，还有希望，但我却让她失望了。别人在她那里买东西从来都是一分钱一分货，但她花了那么大的价钱，却从我这里买回了一大堆失望。她在我面前哭了一个晚上。她一边流着没完没了的泪，一边说着没完没了的“必须”。

她说，我们这辈子必须住进城里去。

她说，不只是住进城里去，我们必须在城里有自己的房子，有户口。

她说，我们必须像真正的城市人那样生活，而不是像有些人那样到城里住一间破房子，每天挑个菜担子去卖菜，或者就是推个板车卖水果。

听起来，好像她也很被动，也像我一样是在执行另外一个人的使命，但她跟我不一样。我因为被动而总是不够坚定，但她是坚定的，她的使命感比我强。

她说，你必须考上大学，因为你这辈子必须有一个稳定的工作，每月必须有一份不错的工资，必须能保证今后有钱买一间房子。

我被她这些“必须”压迫得喘不过气来，而那一年我又正好是中考，所以，我再一次无可奈何地伤害了她——我连普通高中都没考上。

我想她应该认了吧，别再固执了，人可以有很多种活法，何必非认准一种不可呢？可她偏不，她似乎跟我较上劲了——你要让我失望，我偏偏要强加给你希望，不管你接不接受，我只管往你身上加，像加衣服那样。

她竟然为我选择了高费高中！

她的钱来得并不容易。她是这么说的，也是我亲眼看见的。她为了能多赚钱，已经尝试着换了两种生意，如果这一种生意还是不如她想象得那么能挣钱的话，她还打算换第三种。她对赚钱满腔热忱，却又缺乏一个精明的大脑，因此，她显得比别人要辛苦得多。她怕我看不见她的辛苦，专门提醒我：“我为了赚钱累死累活。”她要我明白，她给的希望跟别的母亲不一样，重量也不一样。也正因为这个，我没有选择逃避的权利，再重也得扛着。如果我不想被压死在她的希望之下，就只得咬牙努力。

我们在县城里租了一个单间，墙脚放个电磁炉煮饭。她为了能监督我，白天去镇上赚钱，天黑前就赶回县城来。第二天天没亮便起床收拾好我一天吃的饭，又赶回镇里去赚钱。我要是想心安理得地吃她做的饭，我就得问心无愧。因此，我像她希望的那样努力，我给自己加作业量加钟，我用一双充血的眼睛去看我敬爱的老师们，去看那些对于我来说并无吸引力的题目（我甚至因为被迫去接受它们而对它们痛恨至极）。我的头发一天天变得枯黄、干燥，但我的功课却像徐丽平女士希望的那样一天天好了起来。为此，她很高兴，即使我的头发变得枯黄、干燥她也很高兴。

三年后，我如她所愿考上了大学。她看起来像是松了一口气，带着我到各个亲戚家去走，像炫耀自己的宝贝那样到处跟人说我，说我考上大学了。我们那些有限的亲戚里，确实只有为数极少的一两个考上了大学，我是第三个。但徐丽平女士认为，这并不像考试按考分排名次，因为我比那两个要晚生一些年头，他们排在前头只是因为他们先出生而已，因此她依然把我当第一看待。她对亲戚们说，我家内内聪明，虽说初中的时候成绩很差，但高中的时候用心一点就把大学考上了。她还说，你们当初说我让她上高费高中是把钱往水里扔，结果怎样？我就清楚，我的钱，没有打水漂的，我从来就晓得我们家内内不是个笨娃。她满脸骄傲，而且因为高兴也不再掩饰。亲戚们带着嫉妒恭维我，也恭维她，也有真心仰慕的，那种目光更能催生人的虚荣心。我在收获这些的时候也膨胀着虚荣心，同时也渐渐理解她为什么要树立一个远大的抱负了。

我原本以为，这下我也应该松口气了。我上的是师大，如果不出差错，四年后，我回到县里头考个中学教师，就算圆满完成她的心愿了。我们再共同努力几个年头，凑点钱在县城买一间房，就算功德圆满了。可我没想到她的理想会升级，而且升级得那么快，我的四年大学还没念完，她就把“城”的标准提高到了市级。

我们起码要住在市里，如果你不能在省城工作的话。住县城哪能算城里人呢？不还是农村吗？她说。

你也不看看，从镇上搬到县城来的人，大把大把的是。她说。她总是不喜欢跟大多数站在一起，总要一个人标新立异。既然搬往县城的人那么多，她就不能做那么多人中的一员，一定要做搬往省里或者市里的少数人中的一员。

于是，大学毕业后我不得不在市里参加各种招考。就在我像只瞎眼苍蝇一样到处乱撞的时候，她把她的生意转让给了别人，来到了市里。她做事情总是不留后路，她那么喜欢背水一战。她像只类人猿一样摊着两手说，我在镇上已经没有生意了，现在来靠你过日子了。她说，你必须在这里找到一份工作，要不然我们怎么活下去？她还是那么喜欢说“必须”。她用一个又一个的“必须”把我往悬崖上推，我摇摇欲坠地站在她用“必须”垒成的垫脚石上拼命抓住崖壁，拼命往上攀，可我好不容易攀上一个岩头，却又看到了另一个岩头。

她从她的积蓄里拿出一点钱来租了一间房子，并且安心地住了下来。我们又睡到了一张床上。我记得，除了大学四年时间和上私立学校那有限的一学期以外，我们一直就是这么睡的。因为这个，我身体每发生一毫米的变化都被她监控着。我没有秘密可言。虽说我早在二十多年前就从她的身体里剥离出来了，但似乎一直都没有被剪断脐带。二十多年来，我虽然并不需要用脐带汲取营养，但它依然牢固地存在着。她操控着脐带，随时把我掌握在手中，她把她的欲望通过脐带压进我的身体，让我有效地分担她的重量。她是全天下最狡猾的母亲，她让你离开她的子宫却又不剪断脐带，这样她就永远不会失去控制你的大权，她就可以在你的身上任意播种她的愿望。她是个聪明的庄稼人，广种，绝不会颗粒无收。

可是如果我都从子宫里爬出来了，还要被脐带拴着，那我爬出来又有什么意义呢？我无数次地被这个问题烦恼，却找不到解决问题的办法。她虽说跟我连着脐带，却似乎感知不到我的心思。我那颗心诞生于她的身体，她却不知道它在想些什么。或者说，她装作不知道它在想些什么，因为她只顾自己，她只服从于她的心——我这颗心的母亲。而她的心也跟她一样自私，它根本就不管它的孩子在想些什么。

一张双人床，她睡一边，我睡一边。我希望睡沙发，她不让。

你要是嫌弃我，那就让我睡沙发好了。她说。

她这是在拿话堵我，她知道我不会那么做。我是从她身体里爬出来的，我会怎么想她很清楚。

我不能表现出我嫌弃她，因为她是我的母亲。为了保留一点可怜的距离，我一直侧着身体，拿背对着她。一具正在老去的身体，跟一具正在成熟的身体并排躺在一张床上，还是同性，又并非同性恋，我觉得很不自在。可她却侧过身来冲着我的背，把那种已经不被一个成人看好的母亲的体味逼近我的鼻子。

她说，我今天在街上随便逛了逛，这个城市我很喜欢，我觉得我们的选择是对的。她把她的想法强加给我，就说是“我们的选择”。

我说，别把锅盖揭早了，我还没找到工作呢。

她说，你可不要泄气啊，我们已经没有退路了。

我说，你不住在市里就活不了吗？

她说，你傻呀，人往高处走啊。

她说，工作一定要找，找不到就不要放手。

她说，明天我也去找份事情做，挣份菜钱也行。

她倒是说到做到，第二天就真找到了一家保洁公司，做起了清洁工。既然她都安下心来了，我也没有别的选择了。因为我的路从来都是由她来选择的，我是她的产品，她有权力决定把我销往哪里。我只能瞎着眼继续撞墙，一头撞这里，一头撞那里，把头撞出了许多洞，才好不容易得到了一所小学的面试通知。试了一堂课，对方说可以试用。

我就是在这个时候发现了我的仇恨，因为她对我好不容易才争取到的这份工作表示出了轻视。当我终于通过试用期，正儿八经拿到了那所小学的教师资格时，我的欢天喜地却在她近乎无情的目光跟前一点一点变冷。我都能听到冷水滴落到热铁上时发出的“吱吱”声，还有青烟冒起。徐丽平女士就那么看着我一点一点由热变冷，然后才说，你一个大学生才当了个小学教师，也值得那么高兴？她说，你千万别让别人晓得你不过是做了个小学教师，丢脸。我知道她说的这个“别人”，是她的那些亲戚朋友，还有我的那些同学和朋友。她明确表示，亲戚们知道了臊她，我那些同学和朋友知道了，臊我，但臊我也等于臊她。

她最后表现出无比的大度，说，先做着吧，有合适的机会再考别的。

仇恨并不是这个时候才长出来的，它应该在很早以前就出生了。它是我和徐丽平女士的孩子，她是它的父亲，我是它的母亲。出生后它像私生子一样被我藏着掖着，今天，徐丽平女士不小心就把遮蔽物掀开了。我在事实面前无话可说，只能一遍又一遍地噘着嘴拼命让自己保持冷静，我不能让自己冲上去抓扯徐丽平女士，因为她是我的母亲，即使我对她充满仇恨也改变不了这一事实。我试着用一种仅仅显得严肃的态度告诉她，找一份她所说的稳定的工作很不容易，虽说看起来机会很多，但想争取这些机会的人要远比机会本身多出好几百倍，我已经尽力了。我还告诉她，我是按她的标准去努力的，公务员不行，教师也是拿国家财政拨款的。我说如果她不再要求一定要稳定，我可以不做小学教师。我说如果她能为我提供后台，她要我去做市长都行。到这个时候我还受着她的束缚，一切都以服从她的意志为前提，而且是心甘情愿的。如果她把她的意志强加于我是可恨的，那么她使我变成了她的一个傀儡就该仇恨了。可是她却意识不到这一点，她反而在记恨我对她的嘲笑。她摆出一副至高无上不容侵犯的表情，骂我是个不知好歹的东西。她严肃地落着泪，表现出对我的巨大失望。

她那具由内而外都与城市格格不入的身体在不住地颤抖，她说我明明知道她是土里长的石头生的，还跟她说后台。不能说她糊涂，她还知道自己是土里长的石头生的。她就像一棵不着调的庄稼，谁都知道它长在农村才有前途，它却向往着城市的花园。它把脚从柔软而又充满营养的泥土里拔出来，盲目而无畏地踏上了水泥大道。它走得很艰难，但它从来没想过要回去，它只是一味地埋怨别人不能如它所愿地帮上大忙。她连挖苦带讽刺地说，你要是能做上市长，我跪你跟前拿舌头替你洗脚。她为了能做一个她认为的上等人，甘愿下贱，我真为自己有这样的一个母亲而羞耻，我如果不能重新选择一位母亲，那我就必须离她远点。于是，我开始收拾自己的东西，我决定离开她。衣柜门上贴着一块穿衣镜，我老在镜子里看见自己。如果是平时，我倒是很喜欢看看镜子的，但今天不行。我讨厌看到镜子里那个长得太像徐丽平女士的家伙，我不愿接受这个模样。后来，那块镜子在我和徐丽平女士的一次抓扯中碎了。因为她要阻止我收拾东西离她而去，我又执意要那么做，最后她不得不狠狠地甩了我几个嘴巴，我的鼻血溅到了镜子上，我又不能还手打自己的母亲，就只好拿台灯去打镜子。镜子尖叫一声后，我就看到了像闪电或者像树根一样的裂痕。

后来，我们就都哭起来。一老一少，又长得那么像的两个女人，各自找一个地方，用自己的方式哭泣。

由于我不能做一个没良心的人，所以我只能放弃离开她的打算。她说，我从来就没有想过要撂下你不管，我一个人拉扯你那么艰难都没有想过，你长大了翅膀长硬了就想把我撂下，你太没良心了。

我们到离我那所小学近一些的地方重新租了一间房子，她又在附近找了一家保洁公司，就算安顿下来了。没过多久，她又在附近看中了一套两室的房子，并用她的全部积蓄交了首付，要我负责每月的按揭款。她都不让我发表意见，就先拿话堵我的嘴。她说，你不是讨厌跟我睡一张床吗？这个是两室，以后你就自己住一个房间。她说，别人买房全靠自己呢，你有我给你付首付款，应该知足。

紧是紧巴点儿，但我们生活上节约点，咬咬牙，就过去了。最后她说。

很久以后，她抱回了一只猫。但不是那只叫瑞瑞的猫，可她硬说是。你看它哪点长得跟瑞瑞不一样？她说。其实她也知道那并不是瑞瑞，但她得意于自己找到了一只跟瑞瑞一模一样的猫，而且把它带了回来。我说，它虽说跟瑞瑞长得一模一样，但它不是瑞瑞。她说，它绝对就是瑞瑞。

猫逃到屋角，紧张地看着我们，我们却在为它是不是瑞瑞而争吵。那只叫瑞瑞的猫，名字是我起的，因为我当时想讨好徐丽平女士。我说，你不是一直埋怨我把你给起的名字弄丢了吗？这回，我们把它找回来。我不讨好她，她就不会让我把猫留下来，因为她说她讨厌一切长毛的东西。出于要吃肉的目的，所以她才能容忍猪，而养只猫，却一点好处都没有。她说，养牛能犁地，养狗能看家，要是在农村，养只猫也还可以捉耗子，可这城里的楼房里又没有耗子。我为了这只猫巴结着她，我说，城里人都喜欢养宠物，你现在也是城里人了，养只宠物也是正常的。

现在，她却主动带回来一只猫，而且硬把它叫瑞瑞。看起来，是她在巴结我讨好我。但我明白她其实是在讨好另一种东西，一种我说不清楚的东西。

她问我，你肯定它是只名猫？

但真相是它其实就是一只普通猫，一种遍地都可以看见的最普通的猫，包括那只叫瑞瑞的猫也一样。即使它们真就是埃及法老王猫的后裔，它们也无法变得名贵，因为它们太多了，谁都知道，物以稀为贵。

我说，我没说瑞瑞是名猫。

她说，你说了的。

我说，那是你自己说的。

她的声音大起来。你不说它是名猫，我为啥要那样说？她说。

我感觉到她很巴望听到谎言，而不是真相。于是我说，你想它是就是吧。她很不满意我的回答，大声说，啥叫想它是就是呢？你就说是不是？她在谎言与真相间摇摇晃晃，需要我给她力量。

我只好说是。

尽管我提醒她这只猫并不像流浪猫，但她还是固执地留了下来，并且固执地把瑞瑞这个名字强加于它。猫为了表示抗议，号了一个晚上。被它吵得一个晚上没睡好觉的徐丽平女士两眼充血，上班路上一个接一个地打着哈欠。我的学校和她的保洁公司在一个方向，每天早上我们都要一起走上一段路。我其实很不喜欢跟她走在一起，我害怕在这个时候碰到熟人，害怕别人知道她是我妈。但她每天都一定要跟我走在一起，要么她等我，要么她要我等她，反正得一起出门，一起走完那段路。

今天她在这条路上遇到了一个熟人。严格意义上说，只是她把别人当成了熟人，因为看起来那人并不怎么认识她，或者说，是不想被人知道她认识她。但是既然她那么热情，别人也只好应酬一下，反正打一个哈哈也不需要花很长时间。别人并没有问她眼睛为什么红了，她主动说的。她说，你看我眼睛是不是很红？昨晚没睡好觉，被猫吵的，我家那猫叫春。别人说，哦——你养了猫啊？她说，是呢，我养了只王猫，埃及王猫。别人就把眼睛睁得很大，连连感叹，眼珠子转了几圈，大概是在寻思那应该是一种什么样的猫。她便解释说，名猫，很贵的。别人还在感叹，她便跟人家说再见走了。

然后，她开始跟我说那人，说她是个孤老太，她的卫生是由她的那家保洁公司定期去做，每星期公司就派一个人去替她打扫一次。她说她去过两次，所以跟她很熟。

我感觉她巴不得全天下人都知道她养了一只埃及法老王猫。晚饭后，她的电话就会响起来，来电话的都是因为看见了她的未接电话。她狡猾地让她的电话变成了传呼机，这样不管打多少电话都是别人付电话费。像她刚买了房那会儿一样，她传呼的几乎都是乡下的亲戚，当亲戚们把电话打回来的时候，她就跟他们说猫。她说，我整天就侍候一只猫哩。她说，这是别人送给我们家内内的，埃及法老王猫啊，贵得很，所以比侍候人还要麻烦。刚买房那会儿，她就跟亲戚们说了好久的房，现在她决定要说很久的猫。她要向那些亲戚宣布，她过上城里人的生活了。她告诉过他们，等明年年底交了房，她就把户口迁上来，她从此就是真正的城里人了。她要让他们明白，她跟他们不一样，她比他们都强，都值得骄傲，都值得被羡慕。

可她说的多半是假话，我听她说着那些假话心里就急，因为我知道谎言一旦被揭穿就会带来无比的尴尬。但她不怕，她似乎准备了金钟罩铁布衫，她相信没人能揭穿她的谎言。我用眼神提醒她，我明白地告诉她，我不跟她站在一边，我不愿意跟她一起站在撒谎的队列里。她不但不难为情，反而摆出一副类似于正义的面孔对我说，他们要是打电话给你，你千万别乱说话。她怕我当叛徒，怕我向亲戚们揭穿她的谎言。她一直把我当成她的同党，一个总是思想动摇总有叛变企图的同党。

我寻思了很久，大约明白了她为什么当着我的面公然撒谎而不脸红，或许她把她的撒谎归罪于我了。如果我很有出息，她就不需要撒谎，正是因为我没出息，所以她不得不那么做。如果是这样，那我揭穿她的谎言就比她撒谎更可恶。既然如此，我便没有资格指责她了。我想我能做的就是自己多努力一点，竭尽全力地帮助她朝着理想更靠近一些。

我做了一份家教，每天放学后还可以挣一百块钱。这样算起来，这份工作比我正经的那份工作挣钱还多些，所以我几乎相信，我和徐丽平女士的生活即将好起来了。

但是其实不然，徐丽平女士突然又多了许多忧虑。那天晚上我做完家教回到家，她说起了她的忧虑。原因是她那天下午突然发生了肚子痛的事情，而且据她说，差点把她痛死了。她向我详细描述了当时的情形，说她当时正站在窗台上擦玻璃，肚子突然像被玻璃划着了那样痛了一下，接着就痛个没完，就像她吞了一肚子玻璃碴，胃一个劲儿地搓着玻璃碴，一个劲儿地痛。她拼命忍着，却怎么也忍不住。她痛得汗水像下雨，就从窗台上摔了下来。旁边的同事看见了，大惊小怪地叫起来，主妇这才过来了。主妇要打120，她没让。她说她只是肚子痛，吃点药就行。主妇忙为她找来一种药片，又为她倒来一杯水，她吃了药才慢慢好了。肚子好些后，她又继续干活，等活干完，她的肚子就全好了。

这件事情给她提了个醒，她得出一个结论：她不能生病。

我生不起病。她说。

我不像你有医保。她说。

她因为自己不像我有医保而唉声叹气，她说这就是她一定要我有份不错的工作的原因，她说级别高的医保也高，就她今天擦窗户那家，两口子的级别都很高，所以他们生病都不用自己掏钱。国家拿钱给他们治病，所以他们啥病都生得起。她在提醒我，我不能满足于现状，我还应该为高级别的医保而奋斗。

既然我现在的状况还不能让她满意，那我刚穿到身上的这件新T恤就应该受到她的攻击。她远远地伸过手来，怕脏似的用两个指头拈住它抖了两下，说，我们现在没条件买新衣服，我们要还房贷，还要付房租，还要吃饭，你又不是工资很高。她要我明白，我们的目标不是只管身上漂亮。但我觉得起码的体面应该有，毕竟我每天要面对那么多干净漂亮的城市学生，还有那么多整齐的同事，甚至是那么一间城里的小学。我只不过是用我今天做家教的五十块钱换来了这件被放进了花车的处理品，因为我觉得它即使是处理品也要比我身上的和衣柜里的T恤好一些。我试了试觉得合适就穿着没脱下来。我也知道自己做家教不单是为了买衣服，我只打算花这一个五十，另外的五十我会交给徐丽平女士存起来。可是徐丽平女士认为我是在撒谎，她不相信我会只花掉这一个五十，她宁可相信我花掉一个五十就会接着花掉第二个五十，因为我看上了这一件衣服，就会接着看上另一件。更何况，五十块钱一件T恤，在她看来是很贵的。她列数了她的所有衣服，没有一件是超过五十块的，最贵的一件就是三十二块。她说当时人家给的底线是三十五，她都硬跟人家杀掉了三块钱。她觉得她不得不提醒我，我们要想住进新房子里去，就还要面临拿什么钱来装修的问题。如果我为了漂亮而忘记了这一点，我们就只能推迟住进新房子里去的时间；如果我忘乎所以，甚至有可能等不到住进去享受一下就被迫把它卖掉。因为拖延的时间越长变数就越大，谁也不能保证她不会生一场病，今天她的身体已经给她发信号了。她这些年来都没认真生过一场病，但这并不表明她一辈子都不会认真生病。更何况她认为我不需要衣服打扮也很漂亮，因此也就没必要去跟人家比穿着，最主要的是没必要去花那些冤枉钱。

只有长得不如人的人才需要衣服去装扮。她说。

再有就是快老了的人，像我这样的，再不穿就没机会穿了的人，是可以考虑一下买衣服的。她狡猾地说。

那只遭到徐丽平女士绑架，被迫叫作瑞瑞的猫，一直坐在一边看着我们。它一声不吭，不发表任何意见。它在我们家吃得很差，这些天好像瘦了。

然而有一天，徐丽平女士却因为我买了一斤猫粮回来而大动肝火，她在这笔小得可怜的花销面前提出了一个巨大的问题：你就没有想过我们还要装修房子？我觉得她实在是小题大做，所以我提醒她，这斤猫粮才花掉五块钱。没想到她非但不惭愧，反而火气更大，她质问我，难道五块钱就不是钱吗？

我不是不理解她，为了她那个迅速把户口迁进城里来的理想，她已经把我们的生活水平降低到了不能再降低的程度。五块钱可以买一大堆烂菜叶，也可以买十个馒头，但现在我用它买了一斤猫粮。

它就是只猫，哪有权利比我们吃得更好！她说。

我说，这猫粮并不比饭好，只不过猫吃起来味道比白饭好而已。

她说，你管它吃起来味道好不好，它有吃的就行了。

我为那位被绑架者感到委屈，徐丽平女士那么看好它，可以为了得到它而冒背负小偷名声的险，可到头来并不认真对待它。我也被徐丽平女士绑架，她也一样地不认真对待我，但我是她的孩子，她有权利这么做。如果她不能绑架自己的孩子，又不能随意支配她的生活，那她生个孩子出来又有什么意义呢？但它是只猫，非但不是她生的，而且跟她八竿子打不着，就因为它生得像那只被她撵出门去的猫，而那只猫又有可能是只名猫，它就遭到了她的绑架。

吃了很久白饭的冒牌瑞瑞，对我给它买回来的廉价猫粮爱得发疯。它像牛一样打着响鼻，又像猪一样狂吞，它都等不及嚼碎，直接往下咽，有时候就卡住了，伸着脖子噎得要死过去一样，这就使它丢失了一只猫的全部矜持和尊严。以至于徐丽平女士无论如何也不相信它吃的只是五块钱一斤的东西，以她对猫的了解，她只相信以傲慢著称的猫只会对一块肉或者一条鱼卑躬屈膝，而绝对不是一些鱼形的面疙瘩。而且由于怒气蒙蔽着她的心，她也不愿意听我解释。她宁可相信我骗了她，也不相信那些猫粮只要五块钱。她踢翻了猫碗，把猫也吓跑了。她痛恨我对她撒谎，也痛恨我为这只猫花钱。因为痛恨，她免不了眼泪花直闪。她一脸的悲愤，好像她是喜儿，我是黄世仁。喜儿冲着黄世仁悲声质问，我们还要装房子啊，哪个给你权利乱花钱了？

我也很悲愤，明明我才是喜儿，她才是黄世仁。因为她是母亲，十年来她一直把她的理想压在我头上，十年后，她又不容分说地把一套房子的重量强压给了我。是母亲的身份给了她压榨我的权利，二十年的房贷全落在我一个人头上。我不论是睁着眼还是闭着眼都只能看见自己弯着腰背负着她的理想的样子，而她却在后面举着鞭子，我一旦懈怠她就抽我的小腿。就这样，她还要跟我说装修，我才二十多岁，我觉得我承受不了了。所以我要冲她咆哮，我说，你少跟我说装修，就那房子我得还二十年的贷款，这二十年里我每个月的工资都得交给银行，二十年后，我是四十岁！我得提醒她，我很害怕这个“二十年”，它意味着我的全部青春，意味着一个女人一生的整个有效期。可是她也有她的算盘，她现在快五十了，除去她嫁人前的二十年不算，她也搭进了近三十年的时间，就是说她也搭进了一个女人一生的整个有效期，所以她觉得她完全有资格比我更大声地咆哮。她甚至抹起了眼泪，说我没良心。她质问我，你只晓得你的二十年，你为啥子就看不见我的三十年呢？她说，我不光前面搭进去了三十年，往后我还得搭，你把工资拿来还贷，你吃啥子？不得我挣钱来糊你的嘴吗？她说，你才搭进去二十年，我搭进去的是一辈子。因为这个，她又开始埋怨我不思进取。她原本指望我发愤图强的，可我看起来却安于现状。情况是显然的，如果我出息了，她就不用那么累，更不用搭进一辈子，甚至可以拿后半辈子来享受。因为我没出息，她才不得不去做清洁工，天天爬窗户，替人洗马桶。她对自己的那份工作深恶痛绝，她恶心那些马桶，她觉得洗那些粘着黄色大便的马桶比抓猪粪牛粪往地里施肥要恶心得多，她现在提起来还想反胃。她担心自己哪一天从窗户上摔下去，不管楼层多高，她都认定自己经不起那一摔。要是摔死了，她这辈子就不划算了；要是没摔死，那她这辈子就更不划算了。她说，我要是摔残了，就得拖累你半辈子。我累了半辈子，一天好日子没舍得过，到头来摔成个瘫子，想过好日子也没法过了。因此，她得出一个结论：摔死了倒省心，要是摔不死，她的后半辈子和我的一辈子就全都搭进去了。

而我却不想轻易给予她理解，在她抹着泪控诉的时候，我甚至有些幸灾乐祸。不仅如此，我还恶毒地骂她活该。我说，这都是因为你自不量力，你住着乡下那间房子，种着庄稼，即使不种庄稼，在小镇上做个小生意，日子起码是轻松的。但你非要做城里人，非要把自己弄得那么苦那么累，还要把我也拉进去，让我跟你一起受苦受累，你不是活该是啥子？

因为我的恶毒，她打了我两个耳光，左边一个，右边一个。由于我没有防备，她打得很准，而且因为她那双劳动人民的手足够敏捷，两个耳光一个都没有闪失。我的脸迅速变得滚烫而且紧绷，我知道它很红，而且正在肿起来。我们的战斗也因为这两个耳光而出现了暂时的停顿，一小会儿的愣怔过后，我决定还击。即使她是我的母亲，我也要还击。半秒钟之内，我已经做出了一个重大决定：还击了她，我就不再认她这个母亲。去她的城里人，去她的房子，去她的出息，我要自我，我要平静的呼吸，我要……

我用的是我的指甲。我的肉体是她给的，但指甲是后来我自己长的，从她子宫里带出来的那一小点指甲早都被剪掉了。我不想用她给予的肉或者骨头去还击她，我怕它们会害怕它们的母亲，那样的话我就很难达到目的了。指甲是我自己的，它绝对服从于我，因为我才是它们的母亲。徐丽平女士以为打了我，战斗就该结束了，她甚至都开始收拾战场了。她迅速抹干净脸上的全部眼泪，准备歇口气再来教育我。她一点也没想到我会还击，因为战场上硝烟已经散尽，空气已经变得很和平。再说，她不相信一个孩子会还击她的母亲。殊不知，在这种毫无征兆的情况下，我的指甲已经迅速长出很长。它们受我意志的支配，迅速长长，而且保证足够地尖利。于是，她也是在一种毫无防备的情况下，挨了我的还击。我也是两下，左一下右一下，而且我的手也足够敏捷，两下都没有闪失。不同的是，我用的是指甲，它们在徐丽平女士的脸上犁出很深的槽，一边四条，鲜艳夺目。

徐丽平女士被我的突然袭击弄傻了，她的脸现在很痛。她像我那样，拿手去摸脸，结果摸到了血。

而我的指甲，却是满载而归，它们每一个都吃到了一口徐丽平女士的皮肉。它们带着战利品和我一起走进房间，跟我一起收拾自己为数不多的几件衣服。我决定离开，从今以后再也认不得徐丽平女士。

最初的傻劲儿过去，徐丽平女士终于还是疯了。她用脚踢开了门，举着一双带血的手上来抓扯我。她不能让敌人逃掉，她抓住我的头发，想用这种方式报复我，同时想留下我。我当然不能由着她，我既然刚才都还击了，现在就没有理由不还击。我还用我的指甲。我像猫一样挥着锋利的爪子，而她扯掉了我大把大把的头发。不知道她为什么不用指甲，她一直在喊：你抓烂我的脸了，我怎么去见人！我想她大概是怕我不好去见人，所以才没用指甲。但她抓掉了我的好多头发，难道头发抓掉了就不怕见人吗？她为自己养了一个不长良心的孩子而绝望，她说我是要挨雷劈的。到这时候，她还想着她的房子，她说我要是被雷劈了，那房子的贷款谁来还？她说她已经老了，一个月已经找不来两千块钱了。最后她说，你要是丢下我不管，我就从这楼上跳下去。她在威胁我，但我相信，如果我真要掉头就走，她也会掉头就跳下去。因为她的表情是那么地绝望，就差我掉头一走，她就对这个世界彻底失去念想了。

我们的第二次大战在她的绝望中停了火，她做出的姿态是只要我不走，怎么打她刨她都行。她已经满脸是血，我的指甲一点也没留情，因为它们是我生的而不是她生的。她做好了往楼下跳的准备，而我却犹豫了。即使她不是我的母亲，我也不能害死一条人命，更何况她实际上还是我的母亲。我一犹豫，她就表示，只要我不撂下她不管，她可以不计较我的良心。而我，在看到她满脸的血以后，就发现自己已经可以接受和好了。我虽然也掉了很多头发，但战果显然还是倾向于我的。

接下来，她开始检讨。虽然是检讨，但同时还是在骂我。她说，你个狼心狗肺的东西，老娘是心头烦才对你冒火呢，你倒好，还敢还我的手，把我抓成这样。她说，你个遭雷劈的，就没想想，我们就靠你做个家教和我每天给人洗马桶，要哪年哪月才凑得起装修房子的钱啊？我就是被这件事情惹得心烦，才对你冒火呢。我们要是钱宽裕的话，我会吝啬那五块钱？她说，我打你是不对，但那并不说明我不心疼你。你是我身上掉下来的肉，我不心疼你，还不心疼我身上的肉吗？她说，我是不该打你，但我正是因为心疼你才要打你，因为你不争气，不跟我一条心。我们靠不了别人，只能靠自己，你靠我，我靠你。我们要一条心，一起努力，把日子过成别人羡慕的样子，不要让别人低看我们。她说，我是因为你不懂事才打你的……

她说了很多。

她用检讨和对我的埋怨炮轰了我的反动思想，她把它们轰炸成碎片散落一地，这样我就变回去了，变成了原来那个还算孝顺的内内。于是我内疚起来，我打了一碗盐开水，拿了棉签放到她跟前，我希望她洗洗她的脸。她接受了，而且像个孩子那样撒着娇要我为她洗。我拿起棉签蘸上盐水，小心地抹着我的战利品。她一边挺着脸一边咝咝吸气，表示她很痛。这样一来我的内疚就加深了，我一边洗一边吹着气，希望她能减轻一些痛苦。洗完她的指甲伤，我便开始梳理自己的头发。我的头发掉得可怕，而且头皮也痛得夸张。不过这样，我心里的罪恶便抵消了一些。

幸好你的头发厚——都是你这个没良心的做下的好事，你要是不抓我的脸，我也不会扯你的头发。她说。她把我掉头发的责任也推给了我。

她说，我明天出门，别人问我脸上是咋回事，我怎么说啊？

她说，我就说猫抓的。

她说，我总不能说我是挨自家姑娘抓的。

既然睁着眼睛就免不了尴尬，我们就关了灯，做出睡觉的样子。这样对谁都有好处，我不想说话就可以不说，她想说话，也不用担心我看见她的表情。她提出，我们还要像以往一样同心协力为她那个理想奋斗，我沉默着接受了她的意见。最后她说，你看能不能在你的朋友或者同事们那里借来点钱？她说她也去试试。她既不想推迟住进新房子，也不愿意住毛坯房，那我们就只有想借钱的办法。

然而，这年头借个钱比杀个人还难。杀个人，只需要你有勇气就够了；而借个钱，不光得有勇气，还得别人也有胆量。你有勇气开口，别人也没胆量借给你。因此，我不想让她失望都没办法。当然，她跟我一样没有收获。让她失望的不光是我，还有她自己。我以为这样她就不好怪我了，不过她还是向我提出了质问：难道我还得回到乡下去找亲戚们借钱？我想，她不到万不得已是不会那么做的。以我对她的了解，我宁可相信她到天桥下去下跪乞讨，也不相信她会去找亲戚们借钱，但现在看起来她的确已经到了万不得已的地步。她正脱着衣服，中途却发起了傻。她的手停留在第二颗扣子上，眼睛看着离她一米远的地面，自言自语地说，只怕我真得回乡下找亲戚们借钱了。

她显得很可怜，很无助很无奈，还有一种被逼良为娼的愤慨。她一直都很要强，又似乎一直都被一个什么人逼着，非要比亲戚朋友们都强，所以这一下要她回去求人借钱，实在是一件极其困难的事情。但是，她的面前没有别的路可走，她只有回头去找亲戚们。要怪，也只能怪她太自不量力。别人都脚踏实地地走一步看一步，她却先把目标定到最远处，而且一个人不管不顾地朝前跑，跑了很远的路，才发现那个目标离自己依然很远，而且有高山、河流阻隔。凭她的能耐，她一个人显然过不去。她必须倒回去，去找亲戚朋友们帮她一把。然而，她认为这样是要挨嘲笑的，他们会满嘴讽刺地问她，你不是跑得最快吗？怎么现在又回来了？

但即使这样，她也得回去。因为相对于理想来说，被嘲笑一回其实算不了什么。

三天后，她回去了。走的时候表情有些悲壮，好像是去就义。她冲我说了一些类似于遗嘱的话，什么好好上班，好好做家教，饭就在家里吃，别吃外面那些东西，别乱花钱。

就这样，她消失了整整一周。我不得不说，这一周是我二十多年来最幸福的时光，但我却有些想她。她在的时候我觉得我的世界很逼仄，可她真走了，我又觉得少了点什么。

她算得上是小有收获，但她并不见得有多高兴。她一进门就跟我诉说她借钱的艰难和辛酸，亲戚们都不那么乐意借钱给她，因为她们的钱都不闲。即使暂时还存在银行里，那也是像孩子一样订过了终身的，并且是已经看好了嫁娶日子的。他们把它借给她了，就极有可能耽误了嫁娶。有的甚至害怕徐丽平女士还不起，那样的话，他们的钱就打水漂了。但徐丽平既然回去了，就是要借到钱才能回来的。更何况，他们还毫不留情地嘲笑了她。他们说，谁相信啊，你也会没钱？他们说，我们没钱别人信，说你没钱，谁也不会相信的。他们说，没钱能到市里买房子吗？他们说，没钱你敢去城市里生活？既然他们尽情地嘲笑过她了，哪能不借钱给她呢？徐丽平女士哪能让他们白白嘲笑呢？不过，他们似乎并不认这个账，他们想白嘲笑一回就算了。如果他们想赖账，徐丽平女士也只能干瞪眼。所以，她采取了另一套措施，那就是谦虚和恭维。徐丽平女士不是一向都很骄傲吗？这一回她变得谦虚了，而且谦虚得都没法说。她竭尽所能地恭维他们，竭尽所能地贬低自己来取悦他们，差不多就是死乞白赖了。后来，还是她答应写借条，定好还钱日期，并保证逾期不还，按每天多少钱加滞纳金，才算把钱借到手了。

由于她的不容易，我的无用就被衬托了出来。如果我有用，她哪能那么低三下四，那么卑躬屈膝呢？即使我自己挣不来那么多钱，我能借来，也可免了她去丢架子啊。可我什么都不能，挣钱也不能，借钱也不能。因此，她用恨铁不成钢的眼神看我的时候，我一点也不敢表示反对。我给她烧了一盆洗脚水让她泡泡脚，我还表现出一副很羞愧很自卑的样子。这样，她多少可以得到一些宽慰。

由于钱不多，在装修房子的问题上，徐丽平只能以保证最低价格来勉强维持起码的体面。在这件事情上，我稍显得有些用处。我会网购，从主材到配件我全在网上购买，我能找到全网最低的价格而且看起来又还不错的货。她负责找装修游击队。房子不大，她借来的那点钱总算勉强应付下来了。我又在网上买了几样简单的家具，我们就急急忙忙搬进去了。

新房子里味道很重，我们住在里头的时候就把窗户和门全打开。尽管天气已经变冷了，我们晚上睡觉也不关窗户。夜里很冷，她就挤到我的床上来。虽然对于我来说，能心甘情愿受这份冻就是因为我终于可以拥有自己的房间和床了，但我还是忍受了她。她说，过一阵气味没了就可以关着窗户睡觉了，那时候我就不会来挤你了。她说，你以为我喜欢跟你挤呀？她说，我就是喜欢跟你挤也得慢慢学会自己一个人睡呀，到时候你嫁了人，你的床上睡着我女婿，我还能来跟你挤吗？她因为终于在城里拥有了自己的房子而心情舒畅，所以跟我说话的时候便用了玩笑的口吻。而实际上，在这种情况下两人挤一起我也能从她那里得到好处，毕竟她在榨取我的体温的时候，我也在榨取她的体温。

吃过晚饭，她提议我们也去小区里散个步，并且还要带上那只埃及法老王猫。她不知什么时候专门为它买了一条绳子，却不知道该怎么套上去。我拿过来研究一番，给猫套上了。可猫不习惯被绳子套着，死活不走。我对徐丽平女士说，要不我们就不带它了。她说，不行，一定要带上它，我养它就是为了这时候能让它跟我们一起散步呢，城里人散步时不都带只狗啊猫啊的吗？

我只好抱着它出门。我并不反对抱一只猫，实际上我很喜欢抱猫。进了电梯，她就叫我把它放下来，她说要让它好好感受一下电梯。然后她又说起了亲戚们，她说他们大多数人虽说见过电梯，但从来没想过哪一天自己也能住进电梯楼里。她因为自己住进了电梯楼而骄傲自满，而看不起那些没有远大理想的亲戚。她说，等条件再好些，我把他们都请上来耍耍，让他们也来享受一下。我知道，她其实是为了向他们炫耀一下，但我没有戳穿她。

下到楼底，我把绳子交给她。

你为啥不牵？她问。

我说，还是你牵吧，我不用牵。

她笑起来，说，你个鬼姑娘，意思是说你已经是城里人了，我还需要装，是吧？

我说，你真聪明。

我们母女俩难得这么和睦，这一切都是因为终于在这座城市里有了自己的新房子。她不住地仰着头往上看，并不好好散步。我问她看啥子呢，她说她看我们家在哪里。我们家在十五楼，她仰着脖子从一楼一层一层往上数，直数得脖子发酸，眼睛发花。但她并不打算停下，她还要从楼顶往下数。她说她刚才眼睛数花了，数半天也没找着我们的家在哪里。我说，只要我们回去的时候它在就行，现在你不用找到它在哪里。她却犟得很，硬要找到它在哪里。无奈，我只好找一些参照物，帮助她找到了我们的家。

然后，她才开始好好散步。她牵着猫，由于猫不像狗那样可以好好走，它随时都觉得脖子被套着不舒服，所以总是想往后挣或者往前奔。这样，她也就只能有一步没一步地走。小区里散步的人不多，因为像我们这样着急住进来的人也不多，或许正是这个原因，她把能碰上的人都看得很金贵，每遇上个人，她都要跟人打招呼。反正饭后没事，大家也乐意停下来说上两句话。她问别人牵的狗多大了，别人问她牵的猫多大了。猫和狗一见面就要打，狗显得很憨，傻乎乎地追，猫逃两步突然转身就舞起了爪子，狗鼻子被抓痛了，叽叽叫，猫全身毛发奓起，呜呜叫。狗的主人说，这猫凶哩。徐丽平女士说，是嘍，这猫是名猫啊，叫埃及法老王猫，我家姑娘说的。她心虚，拉上我壮胆。她还很狡猾，即使别人识破了她的谎言，她也已经把责任推给了我。别人大概从来没听说过这种猫，因为从她这里长了见识，便把眼睛睁得雪亮，不过看完了猫，就又怀疑了，便来看我，说，我还以为就是只土猫呢。我心里虚得很，赶紧抱了猫走开。徐丽平女士跟上来，说，你走那么快搞哪样？不是散步吗？

我说，你以后少跟人说它是埃及法老王猫。

她故作天真地问，为啥？

我不吭声，我想我都不用再说什么。

她却说，怕啥？我家的猫，我想说它是啥猫就是啥猫，别人管得着吗？

我想，她说得也有道理，如果让这只猫叫埃及法老王猫能让她心情愉快的话，为什么不可以呢？

回家的时候，因为猫不能好好地走，她还把它抱了起来。这可是一个很大的转变，因此我很惊讶。我问她，喂，你不怕猫了？她没吱声，我只能自以为是地猜想，可能是这只猫给她带来了城里人的感受，所以她可以原谅它长了一身的毛。又或许，她抱猫是为了找到另一种城里人的感觉。

她在电梯里跟我说，我明天就回去。她说，我得回去想办法挣钱来还账。她说，我想过了，我还回镇上去做生意，那里又有亲戚，地头也熟，差个钱缺个子儿啥的，都找得到人帮忙。

第二天上午，我把她送到汽车站。买好票后，还有二十分钟才发车，我们便找个地方坐下来，有一句没一句地聊着。

她说，还是要发奋，你年纪轻轻的，哪能就混吃等死呢？

我说，好的，我尽量发奋。

她说，我走了你最好还是关着窗户睡，别让小偷钻进去吓死了你。

我说，关着会甲醛中毒的，我宁愿小偷钻进去，反正我们家里也没啥可偷的。

她说，你傻呀，那会吓死你的，小偷都拿着刀。

我说，他拿着刀也没关系，如果他长得帅，我就对他说，我会考虑跟他谈朋友。

她打了我一下，恨着我说，没个正经样儿。

我嬉皮笑脸地说，你放心挣钱去吧，家和姑娘我都替你保护好，你还完钱回来，我保证她们都好好的。

她说，还有猫。

我说，对，还有我们家的埃及法老王猫。

过了几天，她打电话来，说她的生意已经开张了，她又找人借了点钱，门面也是赊着的。她说现在山里的人都搬到镇上来了，镇上比前些年更热闹了，生意也更好做了。

又过了一阵儿，她摸黑来到了城里。说是搭熟人的便车上来的，来看看我，连夜就要赶回去，因为她不能耽误了生意。她带来了一块腊肉和一些蔬菜什么的，对我说，这阵没那阵紧张了，要我还是适当地把伙食开好一点。她还给猫带来了一些鱼干儿，说是小孩子们下河捞的，她找他们要来晒干的。她说开始他们还不干，她说她要拿去喂一只埃及法老王猫，他们就干了。说这话的时候，她同时流露着一种捉弄了人的开心。

不知道是不是灯光的原因，我觉得她的气色比在城里那会儿好了很多。我又想起了庄稼，庄稼长在乡下总是要比长在城市里精神得多。

（原载《天涯》2014年第2期）

欧阳黔森

兰 草

兰草是一个女孩的名字，她本姓蓝，也不清楚她咋个整的，反正后来她的有效证件上显示姓兰名草。

姓兰又名草，在那个年代，的确不同凡响。这个平凡的名字，于当年可是有点小资情调的意味。远的不说，就说最近的，比起兰草的大哥和二哥的名字来讲，要说兰草没有小资情调，谁也不信。

我认识兰草的时候，正是青春年少时，那时候，她长得又瘦又小，像荒谷深涧中缺土少肥的小草。从女孩步入少女的这个过程，在兰草身上，似乎变化不大，说白了，就是妙龄女郎该有的特征，她兰草都没有。这当然就导致了我在荷尔蒙浓度最高的时候，对她也没有什么感觉。一句话总结，就是没把她当女人看，更多的是怜惜她的纤弱，像兄长爱护小妹一样。

那时候姓兰名又叫草的，并不是什么好名字，但确实有点小资。那时候对小资的态度，人民群众是鄙视的。蓝草排行老三，上面有两个哥哥，一个叫蓝海军，一个叫蓝空军，也许两个哥哥的名字太响亮太爽口，等到蓝草出生时，她的父亲便给她取了一个既凡又贱的名字。蓝草父亲的理由很简单，这孩子生下来像一只猫大，大家都说难养活。蓝草父亲对蓝草母亲说，你看这孩子这么小，又是个女孩，实在不好意思取名叫陆军吧！蓝草母亲说，女孩怎么了？毛主席说妇女能顶半边天，还为女民兵写诗，说“中华儿女多奇志，不爱红装爱武装”。早就说好的，第三个孩子叫蓝陆军，不能不算数吧！蓝草父亲说，我也想我们家三军都齐了。蓝草父亲一指床上猫大的蓝草小声说，你想过没有？她要叫陆军，要是养不活死了，你我肯定是反革命分子，你信不信？

蓝草母亲当然信，那时候莫名其妙就是反革命分子的人够多了。那时候，今天你是当权派，明天你或许又成了造反派。其核心指南就是发动群众，一时斗你，一时斗他，一不小心自己也被斗了，那也是常态。刚开始还斯文点，文攻武卫，后来急了干脆就武斗，再后来砸碎了公检法，再再后来，政府被由群众造反派组成的革命委员会所取代。你说累不累，听起来就累，还不要说身在其中了。有了这样的背景，蓝草母亲不信都不行，她也小声地对蓝草父亲说，你说取什么吧！我看叫蓝花吧！蓝草母亲平时很喜爱花，尤其喜欢香气扑鼻的花，像茉莉花呀，兰花呀！当年有一首叫《茉莉花》的歌，被视为靡靡之音，是摧残革命青年斗志的罪魁祸首，是不能随便传唱的禁歌。这样，蓝茉莉肯定是不能叫的，那就求其次吧！兰花生在深山里，自开自香，又不惹眼。蓝草父亲横了蓝草母亲一眼说，早给你讲过，戴花要戴大红花，你看人家解放军同志、三八红旗手、知识青年、工人阶级、贫下中农们，要戴就戴大红花。别哪壶不开你提哪壶，我看就取名叫蓝草吧！草这东西山上到处都是，命贱，易活。

无论怎样，蓝草终于活了下来。可她活得像棵干草，那模样，走起路来也颤颤悠悠的，像是风一吹，不倒就要折。

那时候，蓝草那样子怪可怜的，像棵干草嘛，谁也没往“小资”这方面想。那时候喜欢小花小草的，在人民大众眼睛里可是“小资”情调。这“小资”在人民群众口里是常常不离口的，教育年轻人时就把“小资”说全了，说你小资产阶级思想太严重。在那时候，有“小资”思想的青年人就是有着不良倾向的人。

蓝草名字像“小资”，人却“小资”不起来。一棵干草无法让人感觉到“小资”的味道。“小资”的味道，在当时看来，就是有点像上海知青的味道。人看起来嫩嫩的，说起话来软软的，还特别讲清洁，尤爱小花小草。

一些上海女知青，就算几人一间房，或者房间旁就是臭烘烘的猪圈牛舍，也不影响她们的爱好！时不时，她们从山中采来几束花，带回几株兰草养在窗前。就是她们养了兰草，蓝草的名字像“小资”才约定俗成地成为大家的惯熟想法。幸亏蓝草长得不“小资”，这也少了不少的麻烦，至少贫下中农们并没有故意让她干重活。个别特别“小资”的上海女知青却吃了不少苦头，贫下中农们的感情很真挚，说你不是来接受贫下中农再教育的么？来干这活干那活，目的就是要消除“小资”思想。你要不干，就是不真心接受贫下中农再教育。一般来讲，这样的帽子扣下来，谁也戴不起。要不戴，也只有一个办法，就是老老实实接受贫下中农再教育，别无他想。

那时候，我的身子骨算强壮的，这得益于我爸是地质队员，那时候地质队工资高，待遇也好。从以下一条标语可见一斑：“地质工作是尖兵，它的工作上不去，犹如一马当路，万马不能奔腾。”当然，不是说地质队员就不饿饭，只是相对一般人而言。一般人每月粮食定量不超过二十五斤，我爸的工种决定了他的定量能达到四十二斤。我爸常出野外到山里找矿，一去大半年不在家。回家时，总能节约一些粮食给他的儿女们吃。后来一打听，才知道父亲在工作之余问山要食物。不是抓了几斤鱼，就是捉到一只野兔子，或是网到一只野山鸡，运气好的时候能打到一头野猪。这些招数我自然是学会了的，那时，学校只要一放假，我就找父亲去，还美其名曰是响应号召，那号召在当时谁要敢阻挡，他一定是个反革命。号召说，"学生也是这样，学工、学农、学军，也要批判资产阶级"。到地质队野外分队当民工，算是学工，再就是上山采竹笋拾蘑菇的，算是学农，把这学工学农做好了，就是用实际行动批判了资产阶级。一举多得，何乐而不为呢？有了这样的经历，知识青年上山下乡的号召，于我来讲，简直就是欢呼雀跃。不像有的人，装高兴。我是真高兴。

我高兴地响应伟大号召来到了武陵山脉腹地一个叫公鹅公社的地方。那地方真远，那时，我们一行三十多人大车马车地走了整整两天。到了公社，我们又分成了三组，分别去了三个鸡村组、野鸭塘村组、王家沟村组。

到了三个鸡村组，一路上兴高采烈的我们，除了我还在傻乎乎地笑以外，其余的人像霜打了的秋茄子，蔫了。

茄子蔫了，至少形态还在，皱巴巴的皮下还有些肉。草蔫了，基本上就干枯了。蓝草那时就像一棵无依无靠的枯草，只要有一点风，仿佛就会离地飘零。当时是否有风，真无法回忆和考证了，但蓝草确实像被风吹了一样，又蔫又枯地倚贴在竹篱笆墙上，让人感觉如果没有了那竹篱笆墙，风一定会吹走了她。

在那似乎一切都蔫了的时刻只有我走向了蓝草，因为她不仅蔫还枯。我从腰杆子一侧解下军用水壶来，递给蓝草。那时候这东西很惹人眼，解放军行军都用它，那时候我们对解放军太崇拜了，包括他们使用的东西。谁要是有一双解放鞋、一条军用黄皮带，那可是招人嫉妒的，何况我有一个少见的军用水壶，这一路走来，不知吸引了多少目光，引来了多少话题。不过，得意的我始终没有暴露秘密，这个秘密就是地质队员人人都有这种水壶。我离开家，上山下乡接受贫下中农再教育，父亲唯一能送我的，就是这个水壶了。这不，水壶起了大作用，又蔫又枯的蓝草，像是有了点生气。

看见蓝草咕噜咕噜地喝水，我无话找话说，你叫蓝草？蓝草一边点头一边白了我一眼，说，你叫什么不好，叫第五，怪怪的。我说，我爷爷、我爸爸都姓这个，我不姓这个行么？你爸姓蓝，你不可能姓黑吧！我恶毒地把目光直往她脸上扫，那意思是你要姓黑名草，这就与毒草没什么本质上的区别。那时候"毒草"这个词，运用得很广泛，谁要沾上了，肯定倒霉透了。

蓝草当然感觉到了我那灼热的目光，她并不以为意，她挪动了一下身子，换了一只脚支撑，看似想更舒适一点，可结果却是一脸痛苦的表情，她的另一条腿肯定麻木且酸痛了。这时，刚好生产队队长吆喝我们过去，我应声拔腿就走。没走几步，我又停了下来。我听见蓝草在呼唤我，我回头见蓝草伸出她那纤纤细手说，第五军，我的脚麻了，你扶我一下。我走过去把她像扛一捆干草一样提起来放在肩上，这样能快步追上同伴们。同伴们见我扛着她，没有一个有异样的眼神，在那时候人人都很注意男女接触的分寸，稍不注意会被人说成是流氓行为，那也是常态。同伴们没有异样的感觉，只有一个理由可以解释，那就是没人把蓝草当成一个漂亮女人，甚至没有人在意她是一个女人，就是有人意识到她是一个女人，也只是把她当一个小女孩来看。

我也是这样看的，所以，她一呼唤，我根本不多想，扛起她就跑。她那时如果不像一棵又枯又黄的小草，而是像一朵漂亮的花，我绝不敢有如此行动。这样的行动，一定会被认为动机不纯，我的助人为乐顿时变成了耍流氓。

到了知青点，我见有一大堆干稻草，就把蓝草抡起来丢进了那堆稻草里。蓝草进了草堆就不见了，好一会儿她才左拨右推地从草丛里爬了出来，愤怒地大声喊道，第五军，第五军……

我知道蓝草是想骂我的，可她从草里钻出头来，第一眼看到的是生产队队长，她那句骂我的丑话就没好意思说出口。

生产队队长伸长了脖子对着刚冒出头的蓝草左看右看，怜惜地说，这娃娃崽饿饭得很。说完扭头对我们大家一挥手：知识青年光荣地来我们这里了，我没文化，也不知咋个讲好，不过，今后只要我们有一口饭吃，绝不会少你们一口。

见生产队队长激昂慷慨地说着，这情景好像在什么电影里见过，记不住电影里的情节是怎样发展的，我们一时也不知从哪儿说起，你看我我看你的，有点犯傻。

也许队长也感觉到了有些难堪，他一拳上了我的肩，说，她叫你第五军，你爸还是你爷是第五军的？我们这里是革命老区，贺龙的红三军在我们这里可是无人不知呀，这第五军在哪点？

见队长误解，我有点慌乱。我说，我不是第五军。不，我是第五军。我爸爸姓第五，我就姓第五了，我刚出生时七斤半，爸妈说我壮实，就起名“军”字了。

生产队队长哈哈大笑起来，他又一拳打在我的肩上，说，你小崽要得，现在张军、李军多得很，你叫第五军，太牛了。说着又擂了我一拳，说，你爸姓第一的话，你就牛上天去了。说完他瞪圆了一双牛眼上下打量我，然后自言自语地说，姓第五？太奇怪了，都姓第五了，还不干脆姓第一。

我说，队长，我爸姓第五，我只能姓第五。我听我爸说过，在我们老家有姓第一的。

队长惊讶地说，还真有姓第一的呀！我说，这有什么奇怪的？我知道有叫牛乡、马寨、猪屯、狗村、鸡舍的，奇怪了，这里为什么叫三个鸡村呢？实在要叫，也应该叫三只鸡嘛！我伸出了三根手指。

队长白了我一眼，有些激动地说，我们这里几百年前就叫这名了，咋个就不能叫三个鸡村了？见我没反驳（我也不敢反驳），他一挥手说，别给我要知识青年的派头。你们这些小青年是来接受我们贫下中农再教育的，今天我就教育教育你们。在我们这里只讲“个”，不讲其他的，记住了没有？

知识青年们互相对了一下眼，然后齐心合力地用最后的一点力量高呼，记住了。我们实在是想让他早点走，该干啥干啥去。

这一带地处武陵山脉东部的原始森林边缘，让我们记忆最深的是这里的语言很有特点，说话像唱歌。我们很快学会了当地土语，最好玩的就是量词简化了，说什么都讲“个”，如一个牛、一个马、一个鸡、一个鸭等。我们插队的地方叫三个鸡便不足为怪了。

入乡随俗，我与兰草彼此了解时都用当地话。我说，兰草，你家几个人？兰草说，五个人，父母生了两个男的一个女的，男的是哥女的是妹。我说，我家十个人，父母生了四个男的四个女的，我是个老五。兰草忧虑地说，这个日子，什么时候是个头呀？我说，你怕个哪样？有哥我在，你就放个心吧！

我们在三个鸡村待了整整三年，在这三年里，兰草依然还是枯草一棵，根本没有女人的特征，美女这个称谓实在与她联系不上。她人瘦饭量不小，没见她比别人吃得少，大家见她那模样，都尽量照顾着她，她就剩一身皮包骨了，怕她再吃少了，还不知成啥样子呢？

春耕秋收时都让她少干活，珍贵的肥肉尽量多给她吃。特别是春耕时节，体力消耗大，大家只要见到点油星，就口水直往肚里吞。那个时节，青黄不接，大白米饭想都别想，就是粗粮也不是让你敞开了吃，上顿土豆，下顿苞谷的，就着一点盐酸菜下肚，没有油水，不管吃多少那肚子也觉得饿。

肥肉在那时节太珍贵了。生产队队长是个好人，见我们知青都这样了，他总会在我们最渴望肥肉的时候，给我们惊喜。这惊喜就像圆了我们的一个梦，这个梦是我们最美好最期待的。队长从家里拿出一块腊肉，这腊肉他家也没几块，他能拿出来，我们真是感激不尽，像过节一样喜悦地迎接这块肥腊肉。虽然每人只能分到两片，但对于我们来讲，已经非常知足了。那肉四指宽、一指厚，肥得亮晶晶的，咬在嘴里，满口油香。在我们看来，这是世界上最好的美食。兰草总能多得两片，我们都很羡慕她。

那时候她还叫蓝草，战友们都宁愿叫她兰草。其实蓝草与兰草一个音，但喊者和被喊者似乎约定俗成蓝草即兰草。直到我们返城了，兰草依然像棵枯草，没有山涧兰草迷人的幽香。

兰草不再像棵枯草，而像山中兰草芳香四溢的时候，已是1982年春。那个春天异常美丽，一切似乎都欣欣向荣。可是，就在这个春天，队长去世了。队长在包产到户中尝到了甜头，马车换了拖拉机。赶马车他是把好手，但不等于驾驶拖拉机就得心应手。结果，在一个暴雨天赶路，队长与车掉下了悬崖。

知青们几乎都回到了三个鸡村大队，为队长送行。在这样悲痛的时候说兰草香气袭人，的确有点不好。不过，谁都感觉到了兰草的变化，枯草的样子荡然无存，简直就像枯草发新芽，浑身洋溢着青春的气息，鲜嫩而蓬勃，真像棵山涧中的兰花草，翠蓝翠蓝的，站在她身旁，刹那间感觉芳香弥漫。

送走了队长，气氛依然肃然。想起在三个鸡村三年的插队生活、队长对我们的好，我们的话题不可能在兰草的变化上，多半都在感慨队长。

回到城里，平静下来，才细细回味到兰草的芳香弥漫，也细细想起了兰草的举手投足。在插队的三年里，说实话，我从来不太注意兰草的形象，不就是一棵枯草么？我帮她干重活，帮她抢饭。这抢饭我得说明一下，免得没有这样经历的人误解。那时候我们知青点自己做饭吃，每次开饭，就那么一盆饭、一锅汤菜。十几个如狼似虎的饥饿之人，要不抢饭吃，那是不可能的。兰草本来就又瘦又小，抢饭吃，她根本无优势可言。每次，她吃完一碗饭，再想添一碗吃，盆里早空了。兰草再瘦再小，也是要吃两碗饭才够的。我几乎能吃四碗，最少也是三碗才够。知青点吃饭，有一个约定俗成的规矩，就是吃完一碗，再添一碗。为了能快一点把碗里的饭吃完，我练就了一口吃饭的好功夫，一大碗饭，在我嘴边，不会多于一分钟就会被吞进肚子里。那已不是什么吃饭，简直就是倒饭进口，几乎不经过咀嚼，直接到了胃里。这样，我有三次机会往碗里添饭。

我吃完了饭，见兰草才吃到半碗，我总是从她手中拿过碗来，冲向那饭盆，再晚一点那盆绝对只剩下空气。在众目睽睽之下，我把最后的米饭压进兰草的碗里。我知道有人不服，谁都想吃，可我这行为，不是为我自己，而是为了一个弱小的人，大家也就不吭气了。事后我想，兰草那时如果是个美女，战友们一定会认为我动机不纯，幸好兰草像棵又蔫巴又枯萎的小草。这样，我的行为才有了合理性。否则，战友们早与我拳脚相对，早就伤了感情。

这次，在三个鸡村，战友们为队长送行，的确气氛不对，毕竟队长死了，兰草就是变成了一朵花（确实也变成了一朵花），焦点也不在兰草身上。不过，话题虽然不在兰草处，眼睛里却少不了兰草。特别是我，几乎对兰草是一见钟情。这话有点不准确，细想也准确。兰草像一朵花开，我还是第一次见到。只是，见她像花一样绽放时，时间不对，地点不对，我总不能在为队长送行的时候，对兰草表达什么吧！

这种想表达的愿望很强烈，特别是回到城里后。兰草的芳香和举手投足，真是像花一样在开。

几天里，满脑子是兰草以及兰草的芳香，那芳香在我八平方米的宿舍里弥漫开来，熏得我似醉非醉的，想找个理由见一见兰草，又觉得理由并不充分。心正无所适从时，一场诗会解决了这个问题。

那年，诗人雷抒雁为张志新烈士写的《小草在歌唱》正风靡全国，只要有诗歌集会，就诵唱这首诗。那时候，诗人是最受欢迎的人。我没想到兰草也喜欢诗，更喜欢诗人。

在那场激情澎湃的诗会上，我见到了兰草。

我们站得很近，起初并没有发现彼此。想是那个诗人的朗读太吸引人了，那诗人声音嘶哑，发出的声音却掷地有声，真是声泪俱下哪！我真的被感染了，眼里泪花花的。

完了，该散场了，一扭头，我发现了兰草。我的眼睛说是泪花花的了，其实还没凝聚成泪珠，只是感觉眼睛朦朦胧胧的，但这并不影响我看见兰草。兰草并没有看见我，直到我喊了她，她几乎来不及抹掉泪水，对我嫣然一笑。

她说，第五军，你咋个来了？我说，我咋个不能来？她说，你也喜欢诗？我说，当然。她说，我咋个没看出来你还喜欢诗呀？她说这话自然是指我们在三个鸡村插队那三年。

我说，我也没看出来，你也喜欢诗。

她擦了擦眼睛，扭头往诗人看去。她看向诗人，我当然也看，诗人在我们的注视中走了过来。

诗人人不高，头却抬得很高，瘦小的他见到我这样体格雄壮的人，并没有半点自卑。他有些目中无人，虽然我高大地站在兰草身旁，但他看也不看我一眼，直接对兰草说，我们走。

兰草看了我一眼，说，这是第五军，我们是插队的战友。

诗人还是不看我，对兰草说，哦！然后一副桀骜不驯的样子看着我。

我真有点纳闷，我从来没招惹过他，他神经有问题吧！这样看着我。要不是兰草在，我真想一巴掌过去，打他一个跟头，或者一把抓他起来，像提小鸡似的。

兰草似乎感觉到了我眼睛里渐渐显露的凶悍，她走到我们中间站着，她知道我的力量，因为眼前的诗人，确实比她在三个鸡村插队时好不了多少。我要是一动手，一不小心，诗人变成死人，麻烦就大了。我无法判断兰草站在中间是维护诗人呢还是保护我，当然，维护诗人的意味更明显些。

我当然得走，不走说不定真得出事，诗人断手断脚的，多不好，可不能短腿缺手地朗诵诗吧！

我走的时候，兰草说，第五军，过几天我们战友聚聚，我来找你。

我说，再说吧！我也看都不看诗人一眼，抬腿走人。

等了几天，兰草并没有来找我。我知道，这样的等待太焦心，我就是一个不愿焦心的人。在等待的几天中，我反复地背诵另一首写张志新烈士的诗。这首诗是诗人北岛写的。我太喜欢这首诗了，不知兰草是否读过。我反复背诵，是想在她来找我时，我也朗诵给她。

可是，她没有来。我真的有点伤心。

刚好，那年有一首歌在传唱，每天早上的广播里都有，歌名叫《我爱你，老山兰》。这首歌越听越坚定了我的一个决心——我要当兵去，我要上前线。往大了说，我要保家卫国，守护边疆；往小了说，我要守卫老山，不能让敌人践踏老山中的兰草。人就是这样，一旦坚定了目标，决不放弃。

我就是这样的人。

我如愿去了云南前线，可等我这个新兵刚结束训练，前方战斗也基本结束了。老山是什么样的山，我不知道。可我想象，老山一定像我家乡的山一样，山涧里一定长满了兰草，兰花一开，整个山谷芳香弥漫。我也知道，敌人再也不可能伤害到老山上的兰草了。

心愿未了，我决不放弃。我终于到了老山，作为一名边防军战士守卫在老山上。在猫耳洞里（战壕里的防炮洞），战友们在写入党申请书，我在写诗。

三年后，我退伍回家乡。胸前没有军功章，怀抱里捧回了一株老山兰。

三个鸡村知青点的战友们都来为我接风，唯独缺了兰草。战友刘劲松紧握着我的手说，第五军，你不说我也知道这三年你为了谁，你不要难过。

我笑着说，我难过了吗？

刘劲松说，看起来不太像。

我当胸打了他一拳，说，你不信我？

刘劲松说，当然信，你是我们知青点唯一的英雄。好！今天我们就来个一醉方休。

那时候，只要是从边防下来的，都被视为英雄。我知道，我不是英雄，我只做了一个男人该做的事。

那天真的一醉方休了，怎样回的家我也不知道了。可就在那天，我知道兰草结了婚，又离了婚。那人就是那个诗人，诗人移情别恋，到处奔波，根本顾不上家。一朵鲜花插在牛屎上，牛屎毕竟是牛屎，不是肥沃的土地。结局就是，不是牛屎干巴，就是花朵枯萎。离婚当然是最明智的选择。

第二天醒来，我的第一件事是给老山兰喷水，让它显得更加翠绿欲滴。第二件事是写诗。在诗中我幻想着不是我上了前线，而是兰草。兰草死了，在我心中；我又愿她活着，在遥远的从前。诗名干脆就叫《热爱兰草》：

你爱绿色
你说绿透了就是蓝色

不信看天空，看大海

你走时，送了我一盆
绿油油的兰草
穿一身绿油油的军装
你说老山兰绿得美丽
你要去那儿救死扶伤

很多年过去
你没有如约
带来一株老山兰
我知道你已化成了一株老山兰
永远长在了老山上

从此我热爱兰草
爱兰博大、深邃
永远有一盆兰草
生动在我蓝色的窗口

这不是诗，是我对初恋的祭奠。

这些事都是我二十五岁以前的事，往后的日子，我成了诗人，作家是我没预料到的。《热爱兰草》这首小诗，一直没发表过。很多年过去，我把这首诗用在了一篇小说里，将这首诗献给小说中的女主人公是恰当的，小说中的她美丽而大方，有着东方女性所有的魅力，她真的上了老山前线，牺牲在了老山上，并化成了一株老山兰。

好些年我都不知道兰草的消息，偶尔遇见兰草的两个哥哥蓝海军、蓝空军，也没好意思问。我也没有刻意寻找她，只是在报纸上、文学期刊上不断发表诗歌和小说。我从不用笔名，为的就是让兰草知道我在干什么。她不是热爱诗歌热爱文学吗？我要证明的是，谁才是真正的诗人。她的那个诗人，后来我知道是谁了，这个谁，的确没必要再提起。一句话可以概括，就是打着诗歌之名，干着损伤诗歌勾当的人。后来因诱骗少女，进了监狱。诗人本是受人尊敬的，有了这样的人，诗人在人们眼中成了痞子的代名词。20世纪80年代初，风起云涌的诗人何止百万，大浪淘沙后，留下的才是金子，才是真正的诗人。兰草热爱诗歌，以身相许的诗人，却是一个伪诗人。这是兰草的悲哀，我一直这样认为。可怜的兰草呐！

我结了婚，女人极像兰草。我一直忠于她，我所有的财产都是她的，包括我自己，我们夫妻恩爱一晃就是三十年。

有一天，战友刘劲松打电话给我，说三个鸡村知青点的战友已经走了两个了，说不定哪天又走一个，说大家聚一聚吧！时间定在今天下午六点，在山海馆酒楼888包房。

我一听山海馆酒楼，心里咯噔了一下。这些年陆续搞聚会，刘劲松都是召集人，从未安排过市里的高档酒店，今天是怎么了？从老刘嘴巴里说出这样沧桑的话来，安排最高档的酒店也在理，我能不去吗？就是多带点钱吧！

这一去就遇见了兰草。我一进山海馆酒楼888房间，兰草就直奔我而来，她兴奋地喊我，第五军，第五军。

我也兴奋地喊她，兰草。

兰草伸开双臂说，三十多年未见了，来，拥抱一个。

我当然也拥抱了兰草。我说，兰草，你怎么长成这个样子了？

兰草退了一步，摆了个姿势说，不胖不瘦，不难看吧？第五军，你还想扛起我丢进那个稻草堆呀！

战友们一听，都笑了起来，笑声立刻把大家带到了遥远的从前。不知不觉我们三个鸡村的土话更浓了，笑声也像三个鸡村人的笑，狂野而高亢。

那天，大家七嘴八舌地谈论着过去，笑声不断。不过，这些笑声始终充满着一个味道，这味道谁都知道，沧桑的味道。

那天，我格外小心，谈到兰草时，话题都是她又瘦又小像棵枯草时的事。她像一朵花开芳香弥漫的那些日子的事，我一句不说。不说，其实比说起还令人感觉异样，这异样似乎传染了在场的每一个人，没有一个人谈起兰草像花开一样的日子，仿佛兰草没有那样的日子。

兰草其实仍然有她花开时节的风韵，五十五岁的人了，还像个四十多岁的模样。看得出来，她日子过得很不错。这也是那天我很高兴的理由。兰草的生活，比我想象中要好得多。

有了这个高兴，酒当然是要喝的。几杯酒下了肚，我终于爆发了，我说，兰草，我要了结一个心愿。

她说，了个啊！

大家闻言，都看着我们。我明白战友们的目光，我知道他们想看到什么！

特别是刘劲松，他眨巴着眼睛，分明是告诉我，亲一亲兰草。这家伙知道我的秘密。我结婚的时候，刘劲松一看见我老婆就把我拉到一边，说，你可真绝，到哪里寻找到了另一个兰草？太像了。老刘此时肯定误解我了，他以为我想了结初恋时的遗憾。

就是兰草也误解了，她大方地扬起脸连说，了个啊！了个啊！

我站起来说，了个就了个。于是，我背诵了北岛那首写张志新烈士的诗——《宣告》，这首诗本来是三十三年前我准备朗诵给兰草听的。三十三年前，她没有实现诺言来找我，我去了老山前线，她嫁给了那个诗人。我当然自信我的朗诵水平，我低沉的男中音，加上一个真正诗人对诗的理解，兰草一定会热泪盈眶吧！

听完我的朗诵，兰草咯咯咯地笑个不停，而且笑得眼泪都快出来了。她笑得上气不接下气地指着我说，第五军，这是你的心愿？

咯咯咯……她又笑了起来。

笑得我有些莫名其妙，我强压了愤怒说，你笑什么？

想不到，我话一出口，大家都笑了起来。

我再次强压了怒火说，你们笑个什么？这好笑吗？

战友们七嘴八舌地说，要亲，你就亲一个嘛，都这一把年纪了，还念个什么诗嘛！不是我们说你，现实一点行不行，还像个年轻人似的，别太理想啦！

兰草继续笑，说，第五军，你太可爱了。

我真有点“秀才遇到兵，有理说不清”的感觉。突然，我想起写《小草在歌唱》的诗人明天要来市里，正好我接待他。他的诗不是曾令兰草流泪满脸吗？她还嫁给了朗诵这首诗的人。

我说，兰草，明天我介绍写《小草在歌唱》的作者给你，你们认识一下。

兰草说，《小草在歌唱》是首歌吗？

顿时我真的无语了。

无语，不等于我会真的生气，或拂袖而去，像我这个年纪的人是不会轻易这样做的。我不知道兰草为什么这样，也许这是她拒绝回忆往事的最佳方式。有些往事是不堪回首的，这一点我很明白。善于忘掉过去，也许是兰草的过人之处。兰草现在生活在哪里，她没有告诉我，她对于我仍然像个谜。就像三十三年以前，她为什么放弃对战友我的诺言？她为什么嫁给那个朗诵别人诗歌的人？为什么短短一年又离了婚？离婚后她又怎样走过三十多年的岁月？一句话，三十多年来她给岁月留下了什么样的痕迹，我们不得而知。

可我不是这样的人，为了理想中的她，我去当兵，为了她的爱好，我成了一个诗人，我从不麻烦和打扰她，一句话，我只注重我应该怎么做，而不在意她为我做了什么。我一直信奉承诺就是债务，也许兰草并不这样认为，也许她早已忘记了那不经意的一个承诺，但我从未忘记。

很早很早以前，我读过一首诗，这首诗说：不是一切大树／都被风暴折断／不是一切种子／都找不到生根的种子／不是一切真情／都流失在人心的沙漠里／不是一切梦想／

都甘愿被折断翅膀/不是一切火焰/都只燃烧自己/而不把别人照亮/不是一切星星/都仅指示黑暗/而不报告曙光/不是一切歌声/都掠过耳旁/而不留在心上……一切的现在都孕育着未来/未来的一切都生长于它的昨天/希望/而且为它斗争/请把这一切放在你的肩上。

我正是这样去追求去担当的，像《宣告》《这也是一切》《小草在歌唱》那些震撼人心的诗行，今天，依然在历史的天空中闪烁着光芒，并照耀我前行。我坚信不疑。

兰草还热爱诗歌吗？她为之流泪的诗歌还在，她的诗心还在吗？我忍不住还想问她。我知道她一直在逃避，可我不是个逃避的人，我要知道……

我说，兰草你看报纸吗？

兰草摇头。

我说，兰草你还看文学杂志吗？

兰草还是摇头。

我大声说，你知道，我是个诗人了吗？我是一个真诗人。

兰草也大声说，不知道。我只知道，你是第五军，我的战友，在我兰草最艰难的时候，曾帮助过我。

我无话可大声说了，我借着酒劲红着脸，赶紧上卫生间。在卫生间的镜子里，我抹去眼角的泪后去服务台结账。还没走到服务台，刘劲松一把拉过我说，往哪儿走？我说，买单。刘劲松说，人家兰草早买单了。走，回去，你的兰草还在那里。

我说，你说的是老山兰还是我老婆？她们都在家里。

刘劲松说，老五，大家都这把年纪了，再说，兰草都三十多年没见了啊！这个，可不能不欢而散。

我说，老刘，讲个什么话，这是当然。

（原载《人民文学》2014年第10期）

肖 勤

艾蒿地

一

若达先生一言不发地看着眼前这把琴已经三四天了，从这琴一进门开始，他就觉得有什么地方不对，但他又说不出这个异常在哪里，近段时间他的心有点乱，精力集中不起来。

苏泊来了，脚步轻细、忐忑，像你才打过她一样。这孩子心性太深，吃什么都不长肉，小脸巴巴瘦，成天走路做事都带着恍惚劲儿，让人看了除了心疼还是心疼。

苏泊给他沏了杯新茶，是谷雨时节的翠芽，清香沁心。她推开琴案前半扇梨花木雕花窗，窗外芭蕉两棵、栀子一株，叶绿花白，和着刚下过的雨，淡香入室，让人神清气爽。幸好有这场雨，外面成天闹哄哄，灰尘扑天，窗子很久没敢开了。

这样的日子还能继续多久？若达惆怅地想。围墙外天天都是挖掘机和推土机的轰鸣声，小院已经成了一座孤岛。他不想做钉子户，也害怕做钉子户，他没有那种打持久战的能力和体力，自古以来秀才不和武师斗，以他这种并不擅长与人交往的性格，又能钉出个什么结果来？

“弹一个给我听听。”若达先生指着琴对苏泊说。苏泊便在她自己的琴前坐下来。

照例是《高山流水》，学了六年的琴，十一岁的苏泊已经很得若达的真传了，可是苏泊的琴声总是差点温和、厚道，这次又一样，该往稳里走的音，走着走着就散了。

若达直叹气，说：“出去玩吧。”苏泊便怯怯地退出去了。

一缕阳光斜射进来，照在若达面前的这把琴身上。这是一把仲尼式古琴，老杉木为头，椿木底板，通体油漆色为栗色，琴纹为唐琴以后常见的冰纹断，而从所用的灰胎八宝灰来看，应是北宋后期的古琴。照理说这样一把古琴应该有些时日了，但琴身上的冰纹断却浅短无力，不像年代久远之物。

送琴来的是经常到琴房来听琴的秋素。秋素有一个特别土俗的名字，叫柴加财。

二

不晓得从哪个傍晚起头，柴加财开始觉得心头空，三层楼的别墅，从楼上走到楼下，从花园走到阳台，越走血压越高，胸口越闷。给高大路讲，高大路嘲笑他说："有钱人都有这毛病，钱多烧的，不信你再甩出去两千万试试，捐个村小太蚂蚁，捐个初中高中的才够嗨。"

他说："高市长你抬举我，我哪有那么粗的腰？"说完探过身子给高大路点烟。

高大路还小他三岁，但这家伙已经习惯了等着人给他点烟。看着高大路享受的样子，柴加财心头那股无名火又开始往上蹿，吓得他赶紧从花园钻进厨房，灌了两大杯冰水。

庙子里的师父跟高大路的调调差不多，只是出家人的言语要中听得多。半年前师父就说了，你得捐善款做善事，钱这个东西就像一盘菜，吃多了吃伤了吃胀了，要消化消化，要不然天长日久的总得积出毛病来。

这让他犯愁了，这些年不是他惦记别人的钱就是别人惦记他的钱，如今要他把钱毫无方向地给一些压根没想着惦记他的钱的人，他上哪儿找去？

师父说修学校、资助贫困生，随便他。他这才半疯半瞎地找到了个去向。

送走高大路，花园里的盆栽又少了一盆，那是棵金弹子，造型很好，人家出了四万他都舍不得卖，专等着送人。这想法老早就定下来的，只等着合适的人开口要，但真把它放进高大路那辆途瑞的后备箱时，他又觉得被生生割去了一块肉，而且还是块带膘的好肉。

手机响了，老家村小校长打来的，说他捐款修建的校舍已经完工了，等着他去剪彩，他哪天有空，日子就定哪天。女校长说话的声音沙得厉害，很难听，媳妇接过一次就不想接了，说像喝水咬到了沙。

他喜欢听。

女校长不知道他是谁，可他记得，这个老同桌有个比他洋气百倍的名字，她叫忍冬。

那个村小其实也不是他的老家，他的老家在县城的另一个村子，他不是他妈和爸的孩子，准确地说他的爸不是他名义上的爸，而是别的谁，所以他被寄养在一百多里远的另一个村子的姨婆家里，在村里人心知肚明的白眼中讨食。大人不喜欢他，小孩不喜欢他，老师也不喜欢他，说他眼睛太黑。柴加财搞不懂眼睛黑跟讨不讨人爱有什么关系，直到闹离婚那疙瘩媳妇哭着说就知道他心坏，几十年了眼睛直冒邪气，他才明白是老师厚道，没把话说透。

他是黑，念小学那几年，忍冬偷偷帮他递情报，告诉他回家路上哪里有埋伏，可他依然会每天上课抢占她的课桌，放学后还要逼着她去替自己埋掉那一只只被他五马分尸的四脚蛇或麻雀。她边挖着小坑，边呜呜哭，挖着挖着不肯了，放下小树枝，说："我告你去。"

"告去呗。"

"我叫你姨婆打你。"

"打就是，我招一扫帚，以后哪个和你过家家我就敲破哪个的脑壳。"

忍冬呜呜呜又哭了，继续挖。

柴加财就是要惹她哭。

站在升旗台上，头发白了一半的忍冬校长代表全校师生向他赠送了锦旗。所谓全校师生，不过是七个老师、六十六个娃娃而已。

他接过锦旗时本来想说句什么，但她灰淡的目光里却透着疏远的客气，她已经认不得他了。看着忍冬一身土旧的衣裳，兴致勃勃的他突然怯于表露自己是谁。岁月是把磨刀石，磨利了他，却磨没了她，当年哭起来都漂亮得跟映山红似的，现在却老得像他的妈，算一算忍冬不过才五十出头。

荣归故里的得意劲儿显摆不上，让人多多少少有点沮丧，他无趣地走在下山的路上，听副镇长有一搭无一搭地讲什么情操和奉献，他左耳朵进右耳朵出的。正闷呢，后面传来一阵脚板响，是忍冬从山上追下来了。

忍冬把一袋花生塞进柴加财怀里，粗糙的手挂得柴加财的真丝衬衣嗞啦啦响。忍冬怔了怔，体已地摸了摸那衣服。

柴加财顿时明白，她一早就认出他了。

他抬起头看她，她两眼汪着泪，默不作声地转身走了。

头天下过雨，涧水还未消。一路上，柴加财踩着溪水呱唧呱唧地走下山，直到上车，他都没再回头。

一些温暖的惦记不敢再延续，怕伤人。

三

“不敞亮，不管是为钱做事还是拿钱做事，都觉得像半身不遂，麻木兮兮的，像是经脉没打通，堵得慌，堵得厉害的时候就有点发疯。疯得最厉害的一次是金融危机那年，全世界的房开商都忙着撤资，我却像打了鸡血，一口气购下了市政府新区三次公开拍卖都没卖出去的那五十亩地。身边人都骂我神经病，就连市长在签完约后都半开玩笑地说‘感激你那根可贵的神经’。”柴加财说。

若达只听，不说话，也不笑。他不懂柴加财的世界，也不需要懂，但他懂柴加财的心情。他说：“你不是想把别人往死里整，就是想把自己往死里整。”

柴加财哑巴了，愣愣地盯着若达说：“精辟。”

若达这回笑了，说：“穷得叮当响了，精辟没用。”

“这院子一甩手你就什么都有了，看这地，掐边去角还有一千来平方。”柴加财说。

若达摇头，说：“这个院子不能搬。”

“为什么？”

若达不回答。

“嫌补偿不够足？还是回迁房不够宽？”柴加财问。

若达转过头，看看苏泊，淡淡地说：“都不是。”

柴加财喜欢若达和苏泊身上的味道，清风布衣，淡得跟影子一样。他不行，他身上不是酒味就是烟味，或者是香水味。每天请人吃饭、喝酒、唱歌，节假日陪人旅游，中秋春节给人送礼送钱。

媳妇每天出门打牌回来，看着趴在马桶前吐得不省人事的柴加财，都会捂着鼻子倚着门框鄙弃地说“朱门酒肉臭”。

柴加财回过头直翻白眼，吐得连回骂的力气都没了。

朱门那些人和柴加财在一起喝酒唱歌的时间久了，就很把柴加财当自己人，经常打电话给柴加财——三缺一的时候，吃饭要人结账的时候，甚至是买了几袋米需要有个人帮忙弄上楼的时候。在他们眼里，柴加财就是阿拉丁神灯里的灯神，随时出现在他们需要他的时间和地点。

起先柴加财觉得很荣幸。自己再有钱，到底不过是土财主一个，能与庙堂和朱门上下的人混个脸熟心热是莫大地荣耀，于是，他总是巴巴地接了电话，屁股挂上火箭，飞速复命。时间长了，柴加财发现，所谓的亲近，到底、终究、不过是主子和奴才的亲近。

这就让他挂不住了，他的钱随便掏一沓出来都可以砸死一两个猪头贼脑的破科长，大家应该是各取所需，不说互相尊重，起码给点面子。

若达这回听得大笑起来，说："面子和骨头一旦卖给了钱，再拿钱换就难了。"

柴加财看着若达，充满嫉妒，什么时候他也能这样笑？

四

失眠症是从清明节开始的，也不知道是不是老头子跟他过不去。

清明前柴加财还一天天数着老头子的周年——长星市诸县，亡人的周年是大节，天大的事都不能耽搁，家里人好的坏的，远的近的，只要还能喘气，不管是抬还是爬，都要回家祭新坟，叫挂新青。坟上有新青的，地下那位主子才不会被人欺负。青越多，地下的人活得越炫耀。

这个老头子是柴加财亲亲的老头子，不是名义上的那个。亲亲老头子从知道自己还有一个肉疙瘩后，二话不说穿着草鞋走过一百里山路牵着柴加财的手就回了家。家里有三个不同妈的弟弟和一个板着脸的后娘，亲爸指着香火说，以后他百年归西了，这香火由大儿子继承。

亲爸属牛的，犟躁，话少，但凡说出来的一星半句，都是钉在墙上的钉，后娘胆子再野，也只敢暗中使绊子。

这些年三个弟弟都走到他前头去了，独独他还活着，老头子在那边过得好不好也只能靠他了。凭这个，他不经心都不行，清明头天，柴加财和冷战多年的媳妇少有地、齐心协力地、夫唱妇随地上了趟街，到长星制青最好的苍平巷子曾家买了十挂上好的布制白青，又选了最地道的青蒿、艾末、香草碾制的香，还有十刀金灿灿的上好的纸钱。

晚上回到家，夫妻俩端了两条长凳到阳台上给纸钱凿铜印，伴着嘀嘀嗒嗒的雨声，铜刀落到纸钱上的声音异常沉闷。柴加财使刀凿一下纸，媳妇便蘸油醒一下刀，明里很默契，暗地却是千里万里。嘟嘟嘟的凿声中，柴加财突然觉得胳膊酸胀，抬头望了望装饰精美的客厅，莫名怀疑这可曾是有人住的屋子。

从头年家里没了嗓门如钟的老头子开始，家便冷清得像座坟。

这一回定要给老头子好好磕几个头。去年老头子入棺那天，他半心想着哭爹，半心惦记着市委书记邀他晚上去游泳馆的事情，对不起老头子了，真是该遭雷劈。

忙到大半夜儿子也没回家。自从大学毕业后，儿子十天半月不回家已是寻常事，打也打过了，骂也骂过了，没用。"龙生龙，凤生凤，耗子的儿子会打洞。"柴加财想，自己都是个毛性子，生下的儿子也好不到哪里去。

一大早，柴加财和媳妇一人喝了碗豆浆就出发了。两口子都是农村人，农村是九点左右吃早饭，这习惯多年没改，早上六七点，胃口没开，吃不下早餐。

刚上国道高大路的电话就来了，说省暗访组下来了，专查清明节期间公车私用，政府办所有的公车都放进了车库。

“老兄，看来得麻烦你送我一趟，我要去龙泉县乡下老家挂青。”

柴加财愣了，看一眼媳妇，媳妇一张老脸垮得老长（可不是老脸嘛，都近五十了，年轻时种苞谷、挖红苕、砍猪草晒多了太阳，一脸的斑，再多的粉也盖不住，倒把皱纹显深了）。

“我说老兄，你快点过来，这一去一来得四五个小时，下午我还得赶回来请孙副省长吃饭，孙副省长也回去挂青了，他家近，估计四点就能回。”高大路说完，也不问柴加财有没有空，挂了。

高大路一直分管城建和规划，如果说柴加财是条大蛇，高大路就是卡着蛇七寸的人。

柴加财狠下心来一踩刹车，扔下媳妇让她打车回老家，自己掉头就走了。

倒车镜里，他看到愤怒的媳妇抱着一大捧青，那些布青在风中猎猎招展着，似乎要把细瘦矮小的媳妇卷到公路边的崖下去。媳妇费力地护着随风乱飞的青，脚下是一大堆鞭炮香纸烛，远远望去，看不到人，倒像公路边杵着座新坟。

没办法，他边踩油门边在心里说：“老头、媳妇，理解万岁。”

那天送高大路从老家挂青回来，他又替高大路请孙副省长吃饭，二十几个人围着桌子转，轮流夸赞捧拜着孙副省长，千来块一瓶的茅台，有的喝下去了，有的倒桌子下了，有的洒在菜里，有的吐在卫生间里，总之全糟蹋了。一餐饭下来花了两万多，柴加财结完账后去停车场，孙副省长的车已经开出来了，车从他面前经过，他殷勤地冲孙副省长摇手，刚分手的孙副省长却已认不得他了。

一股邪火从柴加财肚脐眼往上涌，噌噌噌烧到了脑门，差点就把他燎倒在车门边。他强撑着又送走高大路的车，这才自己掏出电话打了120，当救护车把他送到医院时，他的血压已经高到要爆。

在医院挂了十来天的水，血压依然超高。

血压高他不怕，他怕失眠，进院第一天开始他就睡不着，整夜整夜地睁着眼睛看天花板。

“老头，不兴这样整你儿子，你晓得你儿子心里头孝敬你得很呢。”柴加财痛苦不堪地趿上拖鞋，困兽般从医院的走廊这头走到那头，又从那头走回这头。

其实，早在春节期间，柴加财就已经发现自己的身体状况不太对劲了，外形上一米八的个头依然谈笑风生，内里却显着败坏——他开始小半夜小半夜地睡不好。不光睡不好，第二天还虚亢，精神气十足，在卡拉OK唱“哗啦啦的黄河水，日夜向东流”时，清脆响亮得人人惊呼麦霸，他自己却越唱越害怕，他相信人的精力是有限的，装在一个精致的水斗里，睡眠是一滴滴储进水斗的水，白天他消耗多少，夜晚就会补进多少。像他这样只泄不补，他不知道自己能撑多久，这样的虚亢让他恐惧。他现在是一个身家上亿的房开商，要是哪一天倒下去了，他挣的钱给谁用？媳妇？没准靠不住；儿子？儿子天天在外头不是打架就是喝酒，今天砍这个明天砍那个，给他留得越多他怕是死得越早。

这天半夜，住院部十七楼又“飞”下来一个。

不住院不知道，住了院他才知道，这二十七层的住院大楼，每天都有一两个“飞”下楼的，医生也好护士也罢，甚至病人和家属，都已经习惯了这样的意外。

当时他正站在窗子边看星星，一边看一边回忆着白天看的星座图，大熊座、小熊座、人马座……

一道黑影如蝙蝠般从他眼前一坠而过，直向地面，那阵因黑影而掠起的风才刚刚扑上他的脸，楼下便发出一声沉闷而细微的声音。那是肉体试图穿越地面或是穿越时空受阻的声音，是一个世界叩响另一个世界大门的声音。

他趴在窗台上望着下面，两腿发软。那黑影坠过的瞬间不断在他眼前重复出现，他甚至能看到黑影里绽开的笑脸以及隐约间看向他的眼睛，像在引诱他，说：“来吧，来吧……”

他吓坏了，从医院溜回家，打开门，偌大的客厅黑乎乎一片。

媳妇在楼上的卧室均匀地打着呼噜，想必是手气不错，打牌赢了。

儿子的门敞开着，依然没回家。

他打开客厅所有的灯，心有余悸地走到酒柜前，取了瓶酒，倒在沙发上抱着酒瓶咕噜咕噜一阵猛灌。

屋子里很静，静得电子钟细小的嘀嗒声在黑暗中竟然如此响亮，几乎撑破耳膜，最后变成咚咚咚的巨响，砸得他心脏都要爆裂开来。

他惊惶地从家里冲出来，开着车在午夜的市区瞎转，空寂的大街上，黑色的S250像一口巨大的棺材。他轰响油门，漫无目的地前进，在风驰电掣间期待一道闪电或者一场车祸。

不知不觉就开到市郊了，前面是河，右面是山，只有左面是一片开阔的野地，杂草丛生。他一个猛转弯，疯狂地把车开到崎岖不平的野地里，腾云驾雾般地颠簸，直到河滩边缘，他才一个急刹车，盯着眼前三米多高的河岸发呆。

飞？不飞？

是若达先生的琴声吸引了他。

那乐声他从没有听过，古音古味，沉厚清雅，令人舒坦。像他十岁那年从核桃树上摔下来，摔颤了心，痛得整夜呻吟，是姨婆用手掌一下下厚实温热地摩挲着他的胸口，一直到黎明时分。

琴音时远时近，像一根通体透明的丝线，穿过云层，缭绕入长空。

柴加财看着月亮，屏气凝神，生怕稍微不小心，把这琴声惊飞。

琴声是从左面小树林里传出来的。月光下，恍惚能看到一堵矮小的院墙和花砖雕窗，一些细柔的光线，便从那些雕窗间和着琴声一起溢出来。

再细看左右，柴加财发现自己居然正站在自己一直运作的地皮上。

这地是三十几年前长星遇大洪灾，河流改道后沙砾堆积而成的一片荒地。因为沙砾太多，无益于耕种，多年来杂草丛生，少有人出入，只有野生的艾蒿成林时，有专门制艾的土中医，经常雇人来割艾。除了老河道旁还有十来户人家外，基本就是块不值钱的废地。

但柴加财看中它了。

秘密之所以能成为秘密，就是因为只有一部分人知道它，不然就不叫秘密。高大路知道一个秘密，那就是五年后，这里将成为市区连接机场的环形高速过路地。有些事高大路知道但不能碰，但是柴加财可以碰。

方案早就定好了，由柴加财出资，由政府出面收回这块地，再让柴加财以建设公益事业的招商方式盘过去，建一个老年人中医康复治疗中心——治疗中心是幌子，反正建好以后也是要拆的，他要赚的是补偿金和地皮差价。按照当时的政策，建学校和建医院是公益事业，买地不用走公开拍卖程序，可以由市里按招商引资程序，以基本成本作价进行有偿划拨，而且还给办土地证。也就是说，每亩地他只需花十几万就可以盘到手。而数年后，地的价值还会上升到至少一百万，地面建筑和绿化树木还会按政策补偿。

柴加财算过账，这事办妥，他只需要花一千五百万，再花上一千来万慢慢折腾在所谓的治疗中心上——中医治疗讲究养身，他可以名正言顺地少建楼，多种树。至于钱，不是问题，高大路可以帮他争取到政府贴息贷款，反正钱不是自己的，贷款也不由自己还，只要拖上个三年五年国家项目上马要用这块地，那时候他便是爷，土地证在他手里，他花一千五百万买的地转一圈还回政府时，政府得花八九千万来买回去，再算上里面的经果林，少说也得上亿。

这事运作五个月了，基本没什么障碍（当然没有障碍，有钱大家赚，他不过是出头鸟而已，主子都在幕后，笑眯眯等着数钱），十家拆迁户有九家听说能搬到市区里住新楼，以后家属还能在老年康复中心当工人，早已喜出望外地签字领钱了。唯有最大的一处叶家老宅搞不定。老宅在当年的河岸北侧，地皮口子上，正当紧的位置。

从春节到清明，柴加财到高大路那里催了好多次。高大路叹着气说：“这事不好办，叶家主人根本不谈钱多钱少的事，只说不能搬，为什么不能搬人家也不讲，遇上这种闷头匠，政府也很为难。再说了，下头那几个人也没闲着，这小半年腿都跑断了。”

为这，柴加财暗中又请那几个跑“断腿”的洗了几次脚。

眼前自然就是那户叶家，柴加财想，冤家路窄，他倒要会会这家主人是个什么人物。

沿着青砖围墙，透过镂空花窗，琴声忽远忽近，忽高忽低。柴加财蹑手蹑脚走过去，站在院子的月亮门前，正要叩门，琴声突然一转，淡了下去，如人轻语，似是要结束弹奏。

柴加财犹豫地放下手，心想，干脆等人家弹完了再敲门也不迟。

月亮门两边卧着两个成年人长短的青石条凳，柴加财倒在上面，抬头望着高得不能再高的天，听着如耳语般的琴声，莫名地打了个哈欠，接着冲出一长串酒嗝，昏昏然耷拉下眼皮。

做梦了，柴加财梦到了一片柳林。林边有小桥流水，再走几步是一个书院，窗内一影拂琴，一影红袖添香。

醒来时天边已经透着蛋青白，柴加财惊喜地伸了个懒腰，抬头看见月亮门上写着四个字：若达琴斋。

尽管只是半宿的安眠，柴加财已经很满足了。他兴奋地小跑着冲进沙砾地半人高的艾蒿丛里，硬硬地撒了泡晨尿，然后返回琴斋，精神百倍地敲门。

给他开门的小姑娘长相很平常，却有着令人心悸的目光，散的、淡的、远的，让人想收她做女儿。

“我……不好意思，我想拜访昨夜弹琴的师傅。”他对小姑娘说，“冒昧了。”

小姑娘纠正他：“先生，若达先生。”

“就算是先生，先生。”柴加财心头发笑，心想，弄得真那么回事似的。

“要见先生，你得说说，昨晚的琴你听出什么了？”小姑娘歪着头问。

“像……人悄声说话。”柴加财讪笑，不好意思地说，“我不懂琴——是琴吧？或者是古筝？”

小姑娘“扑哧”一声笑了，小脸这才显出十一二岁姑娘应有的可爱来。

五

第一次看到若达，柴加财有点失望，原来所谓的“先生”，不过是一个比他还年轻的中年男人，长相和常人无异，甚至更差。看他的眉眼，没有一处是长得好的，鼻孔太大、眼太细，下嘴唇太厚、上嘴唇太薄，牙也长得不好，参差不齐的。难得这些构件，组合到一张脸上，居然还算耐看。

柴加财想，这便是异物了。

财大气粗的柴加财一进这个门便开始拘束，房里的东西对他来说实在太陌生，木桌、木椅、木窗，墙上挂的是琴，靠窗处的小几上摆着的也是琴，窗楣和窗脚都点着香，散得四处都是。这样的环境让他觉得自己像一个莽撞的伙夫误入一间秀才的书房，手脚无处安放。

“先生好，打扰，我……失眠了大半年，昨晚上憋得要疯，差点没开车找个地方撞死，幸好先生救了我一命，所以一早来给先生道个谢。”柴加财咬文嚼字地说。

若达却哈哈笑起来，随意蜷起腿，说：“躺在青条石上睡的？”

这话把柴加财吓了一跳，再不敢小觑这个先生。

柴加财有他的阴谋，先不说拆迁，先投其所好谈谈琴。

“我想以后多来琴房听琴。”柴加财说，“我付钱，多少都行，只要能睡好觉。”

那个小姑娘在一旁“呸”了一口说：“对牛弹琴。”又说：“先生一不是医生二不是卖艺的，稀罕你的臭钱。”

若达先生却笑，问苏泊：“琴之三音是什么？”

苏泊立即背起手，有板有眼地答：“散音为地，泛音为天，按音为人。”

若达说：“知道就好，三音合一才为好音，何况琴为知音鸣，这位伯伯听了琴能安眠，也算是知音。苏泊，琴能消躁静心，化不平之气、孤凉之气。我告诉过你，这二气必须要解。”

“我才没有那些什么气呢，”苏泊嘟起嘴说，“我心里只有琴。”

“心里有琴，还要懂琴。”若达说完，看一眼柴加财，“你以后每天晚上十点来吧。”

“那个……其他时间行不行？”柴加财犹豫地说，“晚上十点，这时间太巧了，要么晚宴没结束，要么K歌消夜刚开场。”

“可以，九点。”若达脸上浮起一丝作弄他的神情。柴加财赶紧摇头说：“算了算了，十点就十点。”

苏泊在一旁又生气了，有点撒娇又有点撒泼地问：“喂，他凭什么？”

“凭缘哦。”若达先生拍拍苏泊的小脸，哄她，“就像你一样，白在我这里混吃混喝。”

苏泊更不高兴了，送柴加财出门时，横了他一眼，像个孩子被争了宠。

后来熟悉了，柴加财便逗她，说：“你总不能在琴房待一辈子，以后成了别人的媳妇、孩子的妈，还这样小孩子脾气？”

苏泊说：“你才当别人的媳妇呢。”说着站起来挥起双手就要拍他，可突然脚下一晃，人晕了过去。

柴加财吓坏了，抱起苏泊就冲回琴房。十一岁的苏泊身体比看起来轻许多。

“先生，先生……”柴加财边跑边慌乱地叫。

若达先生走出琴房，看到他怀里的苏泊，平静地说：“老毛病了，放她躺下吧，一会儿就好了。”

“什么病？”

“不知道，查不出来，总是动不动就晕过去，醒来像睡了一觉，什么事也没有，就是人要恍惚一两天。”若达说，“可怜的孩子。”

“她是……”柴加财忍不住问。

“不是我的。”若达先生摇着头说，“六年前的一个清早，在门外青条石上捡的。”

六

听琴听了半个月，柴加财开始有点感觉，叫若达也给他起个跟苏泊一样好听的名字。若达想了想说：“叫秋素如何？”

“秋素好，秋素好。”柴加财说，“秋天就该多吃素。”乐得苏泊呵呵笑。

“秋素，”苏泊霸道地叫，“来端茶。”

“秋素，”她又叫，“过来。”

失眠症渐渐好转，回到家，他能倒头睡到清早六点。

为了听琴，秋素不得不打乱他向来的生活习惯，以前喝酒喜欢和人打小钢炮，一灌就是一壶，然后到KTV一人搂一个姑娘，唱到夜半三更。现在每天惦记着十点到若达先生那里听琴，三五成群胡吃海混的日子不得不消停。

柴加财说琴声改变了他。若达先生却笑，说：“跟琴没有太多的关系，是你以前不知道消磨时间，而现在有了寄托，你不用再那样没头没脑地往龌龊处里钻。”

听到若达说到“龌龊”两个字，柴加财的脸红了。

“再者，你现在还没资格说琴声改变了你，”若达犀利地说，“因为你还没有入琴，说琴声改变你，这缘分你攀不上。”

“那我什么时候能入琴？”

“看缘分吧，你看苏泊，六七年了，入不了。”

“她弹得那么好。”柴加财惊讶地说。

若达摇摇头说：“古琴三音，一缥缈如天、二旷远如地、三低语如人，你再看这琴身，长三尺六寸五，正合三百六十五天，五弦则内合金木水火土，后再加文武二弦，自有它的伦理仁识，入琴之人心有天地，音色才能通于万物。而苏泊缥缈有余、沉稳不足，是因为她心不静。你更差，目前只能听到无躁，听不到无怨、无悲、无怒，是因为你欲太深。”

这话把柴加财吓一大跳，没敢吭声，难道这个若达看出他是为这块地来的？不可能啊，这琴呆子除了弹琴就是制琴，家里连张报纸都没有，看电视也只看《新闻联播》，不可能认得他柴加财。

“欲这个东西，不是说它不好，像琴，琴本身也是有欲的。”若达先生没有注意到他的紧张，自顾自地说，“高山流水，知音难求，每一把琴从制琴师手里诞生的那一天起，就在等适合它的人，司马相如有绿绮，蔡邕有焦尾，那都是琴等来的。你看这屋里的琴，每把琴上的漆断纹都不一样，有牛毛断，有冰纹断，有梅花断，它可不仅仅是琴音震出的断纹，它是欲的舒展，没有舒展前的琴，好比是个胎儿，还差呼吸和历练。”

柴加财听得似懂非懂。

古琴太神秘，这里那里的总带着禅意，连个制琴尺寸里都暗藏天地玄机。这不是他这种粗人能理解的。

“那你说说这漆的断纹，跟欲又有什么关系？”柴加财坐下，学着苏泊的样子沏茶，但他笨手笨脚的，惹得苏泊在边上直笑。

“琴是有生命的，这一层又一层厚重的漆涂满琴身时，琴所有的能量都被裹在了里面，只有随主人一次次地弹奏、震动，漆面才会在不知不觉中慢慢出现裂纹，琴的身体才能渐渐得到呼吸，这样慢慢地、慢慢地顺气、顺风、顺万物，琴才能去燥消火。所以，真正的好琴要天长日久才能炼成，所有断纹起止都有自然的节奏和轻重。而现在的人，急功近利，利欲熏心，制一把假琴，再急火猛冰地弄出些断纹来，事实上这样的做法，琴身和内里已经受损，经不起日月。”若达先生说着，仔细地用棉布擦拭琴身，擦完将琴挂在墙上，然后回过头，指着柴加财又说，“就像你前段时间的失眠症，就是多年急火猛冰，内里受损。”

柴加财哑口无言，一张在江湖里混得老厚的脸皮居然发烫，暗中猜测，完了，这个若达一定知道了。

天天混琴房不是办法，柴加财想，要跟若达攀上交情，还得弄点特别的道道，思来想去，能让若达动心的也只能是琴，万一哪天为了这块地刀戈相见，也算他提前道了个不是。既然若达感叹“司马相如有绿绮，蔡邕有焦尾”，说明若达也还没寻到他真正要的那把琴，或者说，这冥冥众生世界里，还有一把琴，没找到它真正的主人。

柴加财决定替若达寻一把好琴。这世界，只要有钱，没有他柴加财办不了的事。

俗话说，不怕贼偷就怕贼惦记。因为把这事放在了心上，没多久手下那帮五音不全、狗屁不通的酒肉弟兄还真弄到了一把古琴。

“柴总。”松鼠冲进他办公室，一身隔夜酒的臭味。柴加财一听到那声“柴总”头都大了，盼着哪天彗星撞地球，全世界重新组合，人人看到他都称他“秋素先生”，然后他一改往日趾高气昂的样子，穿一身立领中山装，举止斯文儒雅，再配一个秘书——不是尖嘴猴腮的松鼠，而是不食人间烟火的苏泊。

“终于搞到一把琴了。”松鼠又着腰说，“你要不要去看看？”

那把琴出现在柴加财面前时，柴加财莫名有点眩晕，也有点搞不清状况。

松鼠这狗日的细娃，居然真能弄到把像样的琴。凭这段时间的濡染，柴加财知道，这是把好琴。

和他一样，若达先生从看到这琴那一天下午开始也有点失神。

好久，若达先生眯起眼，手指轻轻触摸过琴头，阳光把他手指的阴影照映在琴体上，移动的阴影让人有波水流淌的感觉。

“没有我的允许，谁也不要动这把琴。”若达先生猝然收回手指，又指着墙角的两盆炭火，叮嘱苏泊，“这个炭火要一直烧着，记着，只用青冈木炭，不要用杂木炭，不能有烟炭，两个小时洒一次水在地板上，用浇花的喷壶。”

“为什么？”柴加财问。

“琴上有寒气。”苏泊悄声告诉他。

若达回过头，瞄一眼苏泊，苏泊便住嘴了。

琴足足用炭火在屋里细细温了六七天，还是一触即凉。

晚上，若达开始做梦，梦见有人跟他说话，如琴之滑音，时吟时猱，时撞时换，进复分开，远复近来。等若达醒来已是日头高照，远远过了平时醒来的时辰，胸口浑浊一团，像是有痰卡在里面，吐又吐不出来，看来是感冒了。

七

亚娜要看电影《画皮Ⅱ》，柴加财头大，上次已经陪她看过《画皮》了。他实在不敢恭维现在的大师，改得面目全非，也敢叫《画皮》。那电影和他年轻时看过的港片和小人书连载《聊斋志异》里的《画皮》没半点关系，明明是一个手无缚鸡之力的书生，莫名其妙地变成了身手了得的将领，恶鬼竟也变成了痴情女子，真是邪门了。

也许是老了，柴加财很讨厌翻新和改得离谱的东西。有些年轻歌手，唱“夜半三更哟盼天明，寒冬腊月哟盼春风”时，眉眼像蝴蝶一样飞来飞去，把好好的一首革命歌曲唱成了媚气的情歌，最后唱完还来几个变音，高高低低一走，搞成摇滚式，仿佛不这样就显不出真水平，真是取媚一代，气死一代。还有《红楼梦》，二十几年前的那个电视剧多感人啊，真正是万人空巷，如今却被整成新版《白蛇传》，林黛玉一出场，像小青，音乐一响，像鬼片。

可是亚娜喜欢。

准确说她是喜欢陈坤吧。柴加财发现，只要是陈坤的戏，她都表现出极大的兴奋，但是她说她喜欢古灵精怪的周迅。

柴加财不好戳穿她，亚娜大三时开始跟他，转眼已经五年了。这个“跟”不是别人想象的那个“跟”，他给亚娜买吃的用的穿的，亚娜喜欢跟他撒娇、卖萌，但他和亚娜的关系却始终没有走到那方面去。一方面是他的年纪可以当亚娜的爸，另一方面是他觉得累，因为累而没往前走那一步的结果是他很快乐，一种高尚的快乐，脱离了低级趣味的快乐。

亚娜也很快乐，说：“老头，我们是柏拉图恋爱。”

柴加财看着亚娜兴奋的表情想，冤大头也好，取款机也罢，也就傻这么一次吧，只要她高兴。

认识亚娜是在五年前，柴加财去给陈副市长老爸送炖鸽子。陈副市长一家三口去西藏旅游，老头子一个人在家，早晨起来在床上翻了个身，便想要吃炖鸽子。

他赶紧叫媳妇炖鸽子，要是那老头子再在沙发上打个早盹儿，再翻个身，转眼又要炖龙肉，他可不得愁死过去。

急急忙忙弄好汤，他开车就往副市长家里奔。车在小区门口刷卡时，一个漂亮的女孩子扭着身子趴在他车门边，又急又细声地求：“叔叔，让我搭个车进去好吗？我脚崴了。”

柴加财没多想，以为是小区谁家的姑娘，就让她上了车，门卫核对了他报的户主密码后开了小区电子门。进去后，他问她谁家的，姑娘很酷地说出了陈副市长的名字，柴加财有点犯疑，陈副市长家什么时候冒出这么个姑娘来?

“你是陈副市长什么人?”他警惕地问她。如果这个姑娘来路不明，或者说是陈副市长在外面的谁谁谁，他可不能引狼入室。

“侄女。”那姑娘还真敢编。

“再不说实话我送你上派出所。”柴加财吓她。

“叔叔，你别。”姑娘一下子露怯了。

原来她是华美职校学生话剧团的团长，弄了个话剧，要到北京去参加比赛，差钱。找了学校，学校不给，说比赛是非校园赛，又是职业性比赛，这种学生业余剧团，去了也是白搭。

初生牛犊不怕虎，她就来找陈副市长要钱。陈副市长曾经在全市学生艺术节上给她们的话剧团颁过奖，当时陈副市长握着她的手，还说过一句“好样的”。

“嘁。”柴加财说，“就算再多说两句，市长也不记得你。”

“我不管，试试呗。”

“你们差多少钱？”

“路费我们自己出，演出服装差十来万。”姑娘愁眉苦脸地说。

十万对柴加财来说就是一晚上的赌资，有时候玩得大，三四十万还打不住。

“叔叔给你们赞助。”他干脆利落地说，“这种事找什么副市长？以后十万以内的找我，一百万以上的再找副市长。”

姑娘瞪大了眼，直到他把鸽子汤送进屋又再回到车上，姑娘还傻傻的。

他就喜欢她那可爱的傻劲儿。

那以后亚娜有事还真来找他，他帮她解决了麻烦，便带她去商场买衣服，年轻姑娘都喜欢漂亮衣服，这方面柴加财有经验。亚娜毕业后他动了动关系，把亚娜的工作也解决了。

于是亚娜就跟了他，人前她叫他叔叔，人后她胆大包天地叫他糟老头。他问亚娜是不是喜欢他的钱。亚娜说非也非也，她喜欢糟老头的古道热肠。

开始那两年，亚娜怎么叫他都不觉得，自从过了五十，他就有点害怕了。亚娜糟老头过来糟老头过去的，什么意思？

五年了，亚娜从一个嘻嘻哈哈的小丫头变成了一个有心事的大姑娘，他担心的事情正在发生。亚娜在他怀里时总是心神不宁，话很少，只有进了游泳馆，她的眼神才活泛过来，顺着她的目光望过去，全是年轻的身体，强壮、勇猛，充满青春的活力。而他已经连光着胸膛下水的勇气都没有了，他不敢把自己的身体暴露在那些年轻小伙子面前，他不敢。

《画皮Ⅱ》依然是陈坤、周迅等人的三角恋爱，看着年轻的狐妖以娇媚的脸蛋媚惑着陈坤，柴加财心里感慨万千，这世上有多少人画着皮，把丑陋藏在皮下？

他自已也画着皮，就算现在他正在努力地成为秋素，但他骨头里还是卑劣的柴加财。

亚娜躺在他怀里一直哭，说为什么她就不能得到真爱？

亚娜问的是周迅，其实是她自己。柴加财明白，一瞬间，他觉得身子寒冷冷的。

走出电影院，遇上一个熟人，柴加财迅速地转到楼梯拐角。

亚娜默契地站在花树下等，好半天，他才过来。

灯火辉煌的影城门口，她看着他，他看着她，两个人都没有说话。

晚上回到亚娜房子里，趁亚娜去洗脸的工夫，柴加财走了。走前，他留了张卡在床头柜上，里面有三十万。

他想，他只能给她这个。他知道亚娜手机里存的那个蝶儿不是女生，而是个男的，男人也可以成为蝴蝶，像梁山伯与祝英台。

走出酒店，已是黎明。柴加财想，新的一天，总在代替旧的一天。

八

手机响了，是若达先生。

“秋素，那把琴到底是从哪儿来的？”若达先生语气严肃。

“弟兄们帮我弄的，哪儿来的我不知道。”他说。

“你来。”若达先生简洁地说。

赶到城郊，天已经大亮了，广阔的田野，草上挂满了明霜，清晨的阳光从带着水的蜘蛛网上透过来，带着离奇的散光，粼粼地刺向四方。

琴房门开着，若达坐在琴案边，苏泊垂头站在一旁，显然哭过。

“怎么了？”柴加财问，这师徒二人居然也会吵架？若达也会吼人？

“这琴不对。”若达铁青着脸对柴加财说，“你哪儿弄来的还哪儿去。”

“怎么不对了？假货？”柴加财紧张起来。

若达思忖片刻说：“苏泊，你再弹一次。”

芝泊犹豫地走到琴案旁，坐下来，起头音一滑，是《阳关三叠》。

但是今天这琴声听起来古怪，不论指法怎么变化，尾音总是往锐处走，让人心头揪得慌。苏泊捂着头，像是头晕。

“停停停。”若达忙不迭地扶过苏泊，自己坐到琴案边。

这次是《高山流水》，但是，无论若达怎样控制，尾音依然不可避免地抛向锐处。

若达停下来，额头布满细密的汗，嘴唇发白。

整整一个上午，三人都没有说话。来学琴的都让若达给推了，叶老太做来的午饭也都搁着。

柴加财坐得肚子咕咕响，又不好贸然动筷，只得忍着。他小心地问：“早上苏泊怎么哭了？”

“她背着我上了弦试音，那音一走，差点扯断人耳朵。”若达说，“这小姑娘头一次不听我的话。你回去问问，这琴到底是从谁手上买来的？”

“问这个做什么？”柴加财好奇。

“琴的主人依序下来是有一条脉线的，琴会被浸润成什么样跟主人有关系。这琴音总有点怪，好像有股气没调匀，怎么说呢，就像人心里有股气没吐出来，憋着想发火。”若达说，“如果搞清楚了，绝对能调成一把好琴。如果搞不清楚，宁愿不要。”

九

柴加财一回办公室就打电话给松鼠。

“琴哪儿来的？”他问。

松鼠期期艾艾，缩着脖子。

“说。”

“那个……孙三说是从哪个地方挖出来的。”

“也就是说，是从墓里弄出来的？”柴加财气坏了，“你们拿个脏东西糊弄我？”

“不是不是不是，绝对不是。”松鼠吓得直摇头，“不是墓里挖出来的，是琉明县搞拆迁，挖地基时挖到的，当时那琴外头裹了好多层桐油布，我们就觉得是个贵重东西。”

“琉明县哪个工程？”

“就是我们在搞的那个工程，那个城市综合体。当时还挖出了几块石板和石墩，说应该是段古石桥，这几天还担心有老河床地质不稳，正打算让地勘的过去看要不要基础加深。

“石桥？”

柴加财想起了前些日子做的梦，梦里不正巧有座石桥？

他从来不信妖神，不拜菩萨。他十七岁高中毕业后，跟着大人打零工，没有哪个神仙帮过他，能混到今天这个身家，全是他拼出来的。

忙完两个应酬，柴加财开着车又去了琴房。

进了琴房，若达先生还是他离开时的样子，坐在琴案边，老僧入定般盯着琴。他正要上去跟他说琴的事，苏泊却向他眨眼睛，不让他过去。

一阵风来，哗啦啦吹动书架上一本半摊开的书。若达爱书，四大名著、唐诗宋词、《西厢记》、《牡丹亭》、《朝花夕拾》，整整一壁柜子都是。但是爱归爱，若达是个除了对古琴一丝不苟以外，对其他的事物都毫不拾掇的人。书柜里的书，今天收拾好了，明天又是乱七八糟。

柴加财听着那声音觉得心乱，走过去合上，却看到“画皮”二字，再看书皮，竟是《聊斋志异》。活到五十出头了，柴加财其实还从未看过《画皮》原著，只看过小人书，他还记得图画里那个女鬼，叉着腰在门外对着道士的符大骂。

若达不说话不弹琴也不理人，苏泊又委屈兮兮的，柴加财便拿了书坐回木椅，轻声逗苏泊：“看过没？”

苏泊侧目望了一眼，没精打采地说：“看过，看不懂。”

“太原王生，早行，遇一女郎，抱襆独奔，甚艰于步。急走趁之，乃二八姝丽，心相爱乐……”

得了，祸就是从这贪念起的。柴加财接着往下看——道士收了鬼，“共视人皮，眉目手足，无不备具。道士卷之，如卷画轴声，亦囊之，乃别欲去”。

柴加财突然就难过起来，想起亚娜替周迅演的那个女鬼叫屈。他问苏泊：“你觉得《画皮》里头谁最可怜？”

苏泊冰着一张脸，作沉思状。没办法，这小姑娘总看他不顺眼。

也难怪，苏泊五岁时被人贩子拐到钽河，好不容易跑出来，却失了忆，想不起家乡在哪里，父母是谁。自从若达先生收留她后，除了琴斋，苏泊哪儿都不去，一说带她出门就会晕过去。

若达先生说过，哪一天苏泊的琴声可以达到透彻、悠远的程度，没准她就能想起自己的家，她怕生、眩晕的病也都会好起来。

柴加财怀疑若达先生的笃定，在他看来，琴与记忆、与眩晕症之间没有医学关系。

若达先生却问他：“如果你是个小孩，正好有一串美味的葡萄，突然有一天有人闯进你家，你会不会拼命把葡萄藏起来？”

“会。”他想起小时候偷了父亲的钱买了包烟，被父亲吊起来打之前，还没忘记先把那包烟藏到木碗柜上面。

“那就对了，苏泊记忆里的家和幸福，估计在她最恐惧时藏了起来，所谓失忆，其实不是失了，是锁住了。当她所有的恐惧感都消失的时候，觉得自己安全的时候，那锁在某个地方的记忆、家、父母，估计都会解锁，重新出现在她面前。”若达先生边给一把新琴上灰胎，边叹气，“但是最关键的事情是要把锁解开，苏泊跟我学琴六年多了，一天天长大，不管琴技怎么长进，总是落不了地，这琴音落不了地，她那颗提心吊胆的心就落不了地，就还害怕，还眩晕。”

柴加财半知半解地答：“你的意思是说，葡萄就是她的记忆，只有她不怕了，葡萄才会出来。”

若达啼笑皆非地看了看柴加财，叹息一声说：“你呀，吃一肚皮的东西，没点干货，就算是吧。”

柴加财不好意思地缩了缩大肚腩，说：“我现在多少也能听得懂些东西。”

“光听得懂没用，看你眼袋发青，还是欲没消。”若达拿起抹布，抹净手，迎着阳光走了出去。

这是一栋坐南朝北的院子，而琴房却是坐东南朝西北，阳光照射的时间和全日照正好四六分。若达解释过，这是为了养琴，古琴讲究室温，太潮毁琴，太燥也毁琴，很讲究一个度。

“从心所欲也讲究一个度，亏之则潮，盛之则燥。”若达说。

每次若达进出琴房的时候，因为正好对着光，他又喜欢穿一身淡色，渐隐或渐显的样子，总让看的人生出时空穿梭的感觉。

跟随若达走出琴斋，举目四野，一片荒凉。右边是早已推平的沙土，左边是尚未清理的半人高的杂草和艾蒿，一条小路横陈如蛇行。杂乱间，唯有小院整洁有序，青砖花窗，几株粗壮的黄栀子倚墙盛开。

若达麻利地骑上墙头，小孩子一样采黄栀子，边采边对他挥手说："你走吧。"

柴加财坐进车里，发愣静坐，眼神森森如困争中的狼。

十

"我觉得最可怜的是那张皮的主人。"晚上，苏泊突然开口了，托着腮郁郁地说。她坐在琴房通往外间的木榻上，小小的身子看上去总给人营养不良的感觉，一个眉清目秀的小姑娘，偏偏不知道自己家在何处，真是可怜。

一直坐在琴边没有说话的若达先生转过身来，盯着苏泊："你说什么？"

"我说，那张皮的主人最可怜。"苏泊大声说。

"什么皮？什么主人？"若达先生一头雾水。

"老秋说的《画皮》。"苏泊撇撇嘴。不知什么时候，她改叫秋素为老秋，算是认了秋素这个"老师弟"。

"那个鬼肯定是先杀了个女生才会有皮，可是为什么蒲松龄只救王生，却不管那个冤死的女生？"苏泊说，"道士还把那张皮卷走了，那个女生怎么办？书上说，要投生的鬼，必须三魂七魄都齐全才投得了世，那个道士又不管她，又收了皮，她怎么转世？她附在什么上呢？"

"你乱七八糟想些什么？"若达先生生气了，"整天乱想，越来越不听话，叫你别动琴，你偏动。"提到琴，若达依然有点生气。

"我想听它的声音，它的纹都没断透，它一直想出来。"苏泊答。

柴加财想起了上次若达跟他说的漆纹断的道理。"是的，这把琴估计没能传多少代主人就一直被埋在地里，所以性情困在漆里一直没有透出来，火气没散。"他赶紧对若达说起琴的来由。

"这就更怪了，一般埋在土里的古琴，经过这么久，早就化成一堆灰了，偏偏它一点都没事，而且这声音这么厉。"若达说。

"那是它在哭，像那块皮，也会哭。你们一个只知道弹琴，一个只知道赚钱，都只顾着自己。"苏泊哼哼。

若达先生神情复杂地看着苏泊，半天不说话，屋子里静了好久。好半天，若达说：

"苏泊，你懂琴了。"

苏泊摇头，小眼睛红红的，说："我只懂这把琴。"

"等我把这琴音放出来以后，再送给你好不好？这琴归你。"若达先生拍拍苏泊的脸，转过头问，"秋素，你说行不行？"

"随便。"柴加财迟疑地往后退了一步。夜深了，雾又浸进来了，画皮、鬼、苏泊与若达的对话都让他觉得阴森森的。

"从明天开始，我们开始醒琴，每天两个小时，不要太多，不要太急，我醒一小时，你醒一小时。"若达先生很认真地和苏泊商量起来。

苏泊开心地笑起来，一张脸很舒展。

十一

公司开会，又为那块地，都看着柴加财。

所有的事都办妥了，只差那座院子。

"柴总，您不是一直在跟他套交情吗？有效果没？这块地不能再耽搁了，再往后是换届，这事如果不在换届前办巴实，万一换届后关键环节的人一动，或者是人家另起灶头寻厨倌，咱们前头甩进去的四五百万就全泡汤了。"副总有条有理地说。

柴加财思忖半天，迟疑不决地说："现在说，条件还不充分。"

"那咱们就来点硬的。"松鼠痞气十足地笑，"他不就靠做琴卖钱过日子吗？哪天偷偷朝他做琴的房子弄一把火……等他没钱了，咱们再去买他的地，搞定。"

"放屁。"柴加财突然发火，一巴掌拍在桌子上。

大家都惊讶地看着他。

柴加财挠挠眉毛，冲着四众解释说："我们是正当人，做的是正当事，不要以前那些黑社会。"

"那，那……那我们怎么办？"松鼠哼哼。

柴加财站到窗前，盯着楼下堵得像条长龙的车流，说："你们先散，我再想想。"

人群都散了，副总留了下来。

这孩子是大学毕业后应聘到公司来的，跟柴加财五六年了，但柴加财喜欢他身上那股有别于松鼠他们的气息，干燥、清香。于是一年便提了他当副总，这是个眼明心亮的好小伙子，过年过节帮着家里买鸡买鱼，比自家儿子好。

柴加财回过身，问："你说怎么办？"

没了旁人，副总的笑容便有些羞涩和孩子气。"我听您的。"他轻声说，"我看得出来，您有难处。"

柴加财点点头，说："这个烂摊子我自己来吧。从明天开始，你去负责琉明县那个工程，那边的关系打点得很顺，以后你就在那里好好做下去。"

副总惊喜地看着他，嘴巴张得有鹅蛋那么大。柴加财的"死"在圈子里是出了名的，从来不把大项目单独交给谁独自打理，怕的就是下面的人长硬了翅膀要飞，还跟他夺食，现在这到手的肥肉他肯送人，简直就是天方夜谭。

十二

每天晚上十时，若达和苏泊轮流奏那把琴。柴加财没资格上手，只能在一边听。一开始，三个人都在耳朵里塞了棉花，免得让那时不时窜出来的音瘆着。渐渐地，琴音开始驯服在若达和苏泊的指尖。

若达不时指导苏泊，挑、抹、滑、勾、打摘，每一个指法，莫不仔细到每一寸指尖的力道。

"沉下去，"若达不时细声叮嘱苏泊，"沉下去。"

苏泊偏着头，微闭双眼，手下行云流水，小脸皆是庄穆之气，腰板挺得笔直。

渐渐地，苏泊奏琴的时间比若达多了，最后基本上就是苏泊一个人弹奏，若达坐在一旁。两个人都闭着眼，一个闭着眼弹奏，一个闭着眼指点。

一个多月过去，琴音从燥锐尖厉渐渐恢复到了平常，柴加财也渐渐能在听琴的时候睡着了。若达由着他，他到琴房来本来就是治失眠的。

但这期间柴加财睡觉老做梦，梦见琴身上缚着一个奇怪的小东西，模糊不清，这小东西性子暴躁，一口小牙锋利无比，随着琴弦的震动上蹿下跳，凶狠得很。后来慢慢地，小东西平静下来，很乖，很可爱地趴在琴弦上，苏泊手起指落，它就在上面荡秋千，一双小眼睛亮晶晶地看着苏泊，像精灵一样。

醒来，柴加财忍不住笑自己是中了《阿凡达》的毒——那个3D大片，也是亚娜非拉着去看的。

这天晚上和平常没有任何不同，苏泊弹奏，若达和他听，外面大雨如注。他惦记着刚下了桩基的工地，不时拿出手机发信息。而若达听得很专心，看得出他很愉快，因为他脸上的笑意越来越浓。

琴声突然断了，苏泊缓缓转过身子，表情怪异。

"琉明县，小黄坡，何永春，代明桃。"苏泊飞快地说出一串地名和人名，仿佛稍慢一点，这些地名和人名就会跑掉。

说完，苏泊冲过来扑进若达怀里，哇哇哭着，双手紧攀着若达的脖子。"我叫何小琴，我叫何小琴。"

若达瞪大眼，不停地拍着苏泊的后背，一声声哄："好好好，好好好……"

柴加财感动地看着师徒二人，大大松了口气。多好，苏泊到底想起自己是谁了，正开心，却想起"琉明县"三个字。

自己的工地不正在琉明县吗？琴也正是松鼠他们在工地上发现的。

柴加财拿起电话问副总："问问琉明哪里有个小黄坡。"

"我们的工地十几年前就在小黄坡，附近请的工人都这样叫。"副总说。

"再问问，有叫何永春和代明桃的夫妻没有？六七年前丢了姑娘的。"柴加财激动地站起来。

副总奇怪了，说："柴叔，你问这个做什么？"

自从派了这孩子去琉明，副总私下里就改口叫他叔了。

"叫你问你就问，快去。"柴加财一颗心怦怦跳，倒像是自己被拐出家乡好多年，急着找爹妈。

不到半个小时，副总的手机短信就发过来了，很简单，只有一个字——有。

十三

送苏泊回琉明县后，回到琴斋，若达和柴加财一起在夕阳下喝酒。酒是米酒，不烈，但香。院子里三四株月季开得正好，粉黄色，两个男人一壶酒，真有点"采菊东篱下"的趣味。

"失眠彻底好了吧？"若达先生喝下一杯酒，问。

"还行，就是梦多。"

"是欲没散。"若达先生端起来一杯酒，笑着说，"人啊……你看看，苏泊……不，小琴回的那个家，又穷又破，她妈妈还瘫了，屋子里全是尿臊味，比起咱们的琴斋不知道差多少倍，但她还是情愿留在那里。走遍千山万水，吃遍山珍海味，最终不如一家人坐在一起吃清水白菜甜，你也少拼命，现在这样子，够了。"

柴加财迟疑地看着若达先生，深吸一口气，问："你知道我是谁吗？"

若达先生拾起飘落在矮桌上的一片花瓣，拈在杯里摇晃，很孩子气。

然后他说："我只知道你是秋素。"

柴加财刚鼓足的那口气顿时泄了。

"我们三个是缘分。"若达先生心情挺好，抬头迎着阳光，屁股翘起木椅子的两条后腿，一晃一晃的，"你看，琴声找到你，你找到我，我找到苏泊，苏泊又因为你找来的琴找到了家，有意思……不过，缘来总要散，现在苏泊找到家了，我也要走了。琴房里你常偷偷弹着玩的那把琴，留给你做个纪念吧。"

“你要去哪里？”柴加财心里一惊。

若达先生指着雕花空砖外面隐约的田野，说：“你不是要在这里建老年人康复治疗中心吗？我以前一直犟着，不干，那是因为苏泊是在这里捡到的，我怕再离开这块地，苏泊更是回不去了——这是情。现在她回去了，我也要给老人们腾地了——这是义。”

柴加财突然着急起来，说：“你这一走，到哪里找这么好的琴斋？城市没有你待的地方，人家会告你噪音扰民，就算不告你，你对着水泥墙壁也弹不出好曲来。”

“庄子《天道》有云：‘以虚静推于天地，通于万物，此之谓天乐。’习琴之人，以修身养性为本，不能为了琴，反倒抛了德和行，你拿来建公益事业，是大德大义，我当然得走。”若达说，“我已经在河对岸的乡下租了一栋老木房，这几天两边都有些东西要收拾，你就不要来了。”

“哦。”柴加财放下酒杯，有点手足无措。

一顿酒吃得柴加财昏昏沉沉，回到家吐了一地。阿姨过来收拾，他打着酒嗝问：“秀明呢？”

“打牌去了。”

“小宝呢？”

“打架去了。”

这个阿姨在家里做的时间最长，手脚麻利，但性子不好，哪句话能砸死人她专拣哪句说。媳妇和她吵过很多次架，每次吵架他都坐在旁边看。两个妇人吵的多是没意思的事——为一勺放没放多的醋，为一双该不该烫的袜子。可他觉得有意思，也好听，家里若是没有这两个妇人的争吵，就只有电视声音了。

几回吵下来，到底是阿姨赢的次数多，油盐酱醋里多的是道理，还有天长日久濡染而成的智慧，媳妇终究差一些道行。一次次输了理，媳妇觉得没面子，便要辞退她。

他不准，说敢辞了她，就让媳妇一个人搬到万佛山顶上去住。

媳妇凌厉地看了他一眼后，不怒，却换了个怜悯的眼神瞟来，似笑非笑，也不坚持辞人。五十出头的女人了，居然二痞子似的打了个呼哨转到花园里喂狗——幺儿，出来吃饭了，出不出来？你不讨骂就皮子痒不是？非要犯贱不是？

这婆娘眼神毒啊，这么多年走过来，就她把他看得透透的，他想什么她都知道——老阿姨说话做事的劲头像个妈，他妈死得早，他缺的就是有人管教。

“就没有……”柴加财吐完，还是记得把琴稳稳地放在沙发上，“就没有一个高尚点的？”

“还高尚，钱烧得脑壳、肠子都烂了还高尚，一堆黑臭钱渣里头能养得出好苗来？再不管就废掉了，我看你以后还是把钱往牢里送吧。”阿姨拿着拖把，凶巴巴地冲他吼，

"脚，起来！"

他吓一跳，赶紧抬起脚，半天不敢放下。

"放下。"阿姨又吼。

柴加财睁开困顿的双眼，说："你说什么？"

"我说放下。"阿姨皱着眉唠叨，"要死哦，整天这样喝，你晓不晓得，人一辈子要吃的饭、要喝的酒、要得的享受、要找的钱是有定数的，你现在这么吃这么喝，要把寿缘吃短的，放下啊！还举着做什么。"

柴加财放下脚，怔怔地盯着眼前忙来忙去的老妇人。

十四

柴加财还是放不下。

他内心明白，这个城市到处都是PM2.5，到处都是灯红酒绿、人声鼎沸，总得留一个地方，留一个人，留一把琴，救一个人。但是如果他退出这场角逐，那他失去的远远不止这一块地，那些寄生在他身上盼着分一杯羹的，和他所寄生的盼着送一杯羹的人都会失望。

人生像场赌局，失望意味着放弃这个场子，而这个场子他经营了很多年。

桌上的手机指示灯直闪。

高大路来短信——妥了。他明白，高大路指的是若达那块地。

亚娜来短信——我要结婚了，对不起，你应该知道那个人是谁。

柴加财没有给高大路回信息，只给亚娜回了——我一直都知道，祝福你。

发完信息，柴加财有点难过，又站到窗前抽烟。

车流在他脚下飞快流淌，看得他一阵眩晕。那是躲避吧？像苏泊的眩晕症一样？柴加财蹲下身，坐到地板上。

对面就是联合影城，自从亚娜离开后，柴加财还没有去过影院。他突然想去那里看看，随便看什么，算是和以前的日子道别。

电影挺多，密密麻麻的电子屏幕前，柴加财有点找不着北，再看看四周，没有几个像他这个岁数的人。

小姑娘问他要看什么电影，要看哪场。

"有……《画皮》没有？"他信口说出了这个片子。

"有《画皮Ⅱ》，最近的一场是九点半，正好还有五分钟，要吗？"小姑娘甜甜的。

"要。"柴加财说。

走进剧场，黑乎乎的，灯已经熄了。引座员打着手电说："已经是老片子了，没几个人，你要坐哪里随便挑。”

“最后。”柴加财说。

就在随着引座员那细微的手电灯走向影院最后面的过程里，柴加财觉得自己正穿越过一个世界，宁静而充满未知的期待的世界。

电影放到一半，柴加财睡着了。习惯了吧，这个时间正是他听琴听到睡意蒙眬的时候。

梦里他又看到了那座石桥，一个书生带着个姑娘从石桥上走下来。细看，书生竟然是若达先生的模样，而姑娘竟是苏泊，再然后他梦到了衣衫褴褛的道士，背了一把古琴，手握长剑，一剑刺倒了苏泊，苏泊身体上浮起一团黑烟，他用葫芦收了烟，又把空成一张皮的苏泊塞进他的破琴囊里，哈哈大笑着朝自己走来。柴加财定睛一看，这道士竟和自己长得一模一样。柴加财吓得“妈呀”一声，然后就醒了过来。

电影屏幕上正打出演职人员表，灯光已亮。影厅里除了他，空无一人。

他按捺着内心的恐慌，飞快地跑出影院。

午夜的城市依然灯火辉煌，他缓缓发动S250，然后踩下油门，黑色的奔驰像一把闪着黑光的剑迅速穿过城市的心脏，他一直往前开，往前开，直到两旁的高楼变矮，灯光变淡。

驶过荒芜的田野，远远地，他看到了熟悉的灯光，一些细碎的琴声断断续续随风拂来。

上天保佑，他一个急刹车，喜出望外地松了口气。

若达的琴斋还在，不是什么古墓幻影，也不是什么聊斋里形容的那种第二天发现琼楼玉宇不过是乱坟岗的情景，所有的惊吓不过是因为刚才那场梦。

但是，究竟刚才做的那个是梦，还是琴斋里的一切是梦？抑或是他这个人和他五十来岁的人生是一个梦？到底他是行侠却疏漏了皮囊的道士，还是问琴而悟得了放下的秋素？或者是奔忙得丢失了睡眠的柴加财？

或者，他不过也只是一副皮囊。

打开车窗，一股来自于旷野的风吹进车里，凉爽惬意。

记得十六岁那年，他每晚都得去城郊的西瓜地贩西瓜，那时候的晚风，也是这样凉爽，让人全身的汗毛都舒服得竖起来。等他把西瓜一个个码好在板车上后，西瓜地的邱老叔都会递一根烟给他，然后两个人坐在瓜棚里背靠着背聊天、打盹儿。

天上的星星数不清。他盯着夜空问：“邱老叔，这么大一片西瓜地，万一有人偷瓜怎么办？”

老叔说：“我牵着我家花花，瓜田四周尿一圈。它尿过，知道自己的地盘，有人偷瓜，它就会替我管着，知道花花怎么管吗？”

柴加财摇头，心想，一条狗，不过就只会咬人，攀不上“管”字。

“花花聪明得很，若是偷瓜吃的人没有带筐，花花就由他吃，若是偷去卖的，不厚道，会带筐，花花就会咬。小崽子，都说狼心狗肺，你不知道，其实有时候狗肺比人肺强多了。”

依然是月色如洗，风把琴声隐约传来，清澈厚亮。弹吧，继续安心弹吧。

手机响了，是高大路。

“在做什么？一整天短信也不回。”那边的声音有点愠怒。

柴加财不解释，只是笑。

“有个大关系，也要这块地。”高大路在那边显得很愁烦，“要分大杯。”

“那不行，谁也别想打这块地的主意。人来杀人，狼来杀狼。”柴加财说完，跳下车，冲着琴斋的方向狠狠撒了一泡尿。

记得第一次来，他在东边撒过一泡尿，现在他在西边也撒了一泡，按花花的做法，这块地是他的了。如果他真的就是那个道士，那么他注定是来替若达驱鬼的。

（原载《山花》2014年第3期）

何 文

略知一二

鸵鸟惊讶青蛙竟然会约自己吃饭，自打青蛙嫖娼被公司开除后就一直在外地做生意，他啥时回来的并不重要，关键是吃饭时间刚好定在今日中午，还说有要事相告。鸵鸟不由得忐忑，以他对青蛙的了解，这狗东西决不会因为怀旧什么的请客，如要说请他在公司里帮什么忙就更谈不上了，青蛙的妻子胡妮最近在公司一路小跑从一般员工当上了部门经理，和领导走得蛮近，而他现在已不再给史总开车，莫非是听说了他最近的处境想来嘲笑？鸵鸟有心不去，无奈电话里青蛙一再死缠，鸵鸟只能应允，地点定在公司附近的“远山饭庄”。挂断电话后，他一直心神不宁，觉得事情不简单，会不会是车队富贵那个贱人把他的行动计划告诉了青蛙？他可是告诉过富贵，他凭蛛丝马迹推断胡妮和史总今日午后会去附近酒店开房，他决定前去探个究竟。多半青蛙就为这事找他，鸵鸟打定主意，如果真是这样，他会拍胸打肚保证这么做是为了帮朋友摘掉草地帽子。

鸵鸟走进“远山饭庄”时刚好十二点，青蛙还没到，狗东西先前还一再叮嘱他要守时。鸵鸟决定只等他五分钟，他可不想因为这顿饭耽误办正事。

四分半钟，青蛙打来电话，称出门太急一蹦一跳崴了脚，正在小诊所敷药，一会儿就到。

鸵鸟差点就要绊着趴在柜前酣睡的黑花狗，亏得服务员事先躲开了这狗东西，带他去了青蛙事先预订的包房。

这么说谈话内容很重要？

鸵鸟在留有猫爪痕迹的窗框前坐下，心里琢磨着如果青蛙知道老婆有外遇了会怎么办，和他一起去抓现场？那样更好，比他偷着去拍照强多了，说不定一怒之下揪住两人水都打出火来，那效果会更佳，加上富贵见证，他相信老史、胡妮遭免职之日，就是他梦魇结束之时。鸵鸟舒舒服服地点燃一支烟，可是转念一想，万一青蛙怀疑他捉奸的动机呢？一时心里开始“多个吊桶打水，七上八下”的。他不停地猜想，青蛙会不会已掌握了他摸胡妮屁股的信息？又觉得胡妮不可能告诉青蛙这个，他和胡妮摸摸掐掐早已不是一两天的事，要告她早就告了。一颗心落下后的鸵鸟再次点燃了一支烟，又觉话说回来，要不是他那天摸了胡妮的屁股，他还一直蒙在鼓里。真的，他会认认真真给青蛙指出，亏得那个黄昏史总老不下班，他等得尿急进了二楼卫生间，这的确是很正常的事，可是谁能料到胡妮正蹲在里面。公司女卫生间明明在楼上，不过也怪他，本来忍一忍等她走后再行方便屁事不得，顶多就是冒着有损膀胱的危险，偏偏他头脑发热，认为机会难得上去摸了一下她白白的肥臀。当然，他会跳过这一段直接告诉青蛙，他绝没料到这种巧遇会惹来胡妮的尖叫，害他慌慌张张逃出大楼还差点撞倒挑一箩筐茄子回来的食堂伙计老龙，他老是怀疑先前廊上那一声门响是出自史总办公室。那天老史称有事没坐他的车回家，第二天他便开始走背字。有关这一点，要是青蛙通情达理，他可以重点向他讲解，真的。老史先是以他衣着太潮给其当驾驶员有损形象为由收走了车钥匙，接着他便被抽调去居委会协助那帮叽叽喳喳、凶悍无比的婆娘搞人口普查两个星期，结束后不到一天又被通知去献血，头脑还在眩晕中就得知公司已经很愉快地帮他报名参加淘河大军义务清理河道五天，据说马上又要安排他去边远小城分公司待上一年。惨了哦，同居女友庄达达已开始收拾细软，明确表示他前脚走她后脚就撤离。只要是明白人一眼就能看出这是胡妮和老史串通一气干的。如果青蛙一根筋还看不出，那鸵鸟就要向他着重指出，不管当时是老史把她叫进办公室询问缘何尖叫，还是她根本就是从老史办公室去厕所再回原处向他汇报都不重要，关键是要把这个事告诉对方，两人关系肯定不一般，对不对？如果青蛙还不醒水，那他只得指出，胡妮凭什么被提拔？又不是不知道，虽然她曾经当过民小老师，但基本上属于无知无识那类。嘿嘿，他会很谦虚地向青蛙表示，谢谢就不必了，关键是赶紧行动。

鸵鸟现在巴不得快点见到青蛙。

青蛙还没到，鸵鸟告知服务员等朋友到了再点菜，顺便叫对方换掉发黄的茶杯。真的是，好久不来，“远山”冷清了许多。据说半年前老板死于车祸后，老板娘于志梅懒精无神，致使这家由宿舍一楼住宅改建的家常小饭馆每况愈下。鸵鸟知道过去这里可是热闹非凡，虽然米饭常常煮得夹生，菜也贵了些，但因为这一片仅此一家，而且自由自在，饭后来几圈麻将，顺带摸一摸女服务员的屁股，所以在公司成立食堂前，他常和同事们泡在这里。曾有朋友一再怂恿鸵鸟辞职，然后在附近租房开家小饭馆，保证生意红火，能够挤垮“远山”。吹得是天花乱坠，鸵鸟忍不住诱惑，变卖了祖传的藏画，交由朋友打理，结果狗日的携款潜逃，至今下落不明。

门帘外的服务员们相互嘀咕：最近饭店冷冷清清，好不容易来了客人，偏偏老不点菜，老板知道了不知又咋想。鸵鸟不由得拨打青蛙的电话，狗东西竟称自己正在诊所用药水泡脚，还有十分钟完毕。鸵鸟恨不得掐死青蛙，威吓他五分钟不到他就走。对方一再要求他留下，不然天涯海角也要追到他。噫！鸵鸟血往上涌，起身甩开长腿走两步后又停住，回归座位心里又不舒服，他觉得搞清青蛙要说什么是次要的，关键是这狗东西说话的语气让他受不了，好久不见，还是那么冲，他定要当面教训他。青蛙原先在公司当车队队长时，大家就见不惯他，那次公司组织员工去郊外植树，无论在山上胡乱刨坑，还是后来全体下山到附近山庄打麻将，青蛙一直指手画脚。更让大家不舒服的是，他输了钱竟然掀翻桌子，不准大家吃饭，直到赢钱后脸上有了笑容才作罢。当时鸵鸟是强忍怒火没吱声的，真的，平时车队里别人像老鼠怕猫一样躲他，他可从来不怕青蛙，一点也不吹，他们从小一幢老房子住着，青蛙就服他，他们比试过的，那还是母亲出的主意。她不止一次双臂交叉抱在胸前告诫他，青蛙不是一个好东西，一定得把他拿下。她把他俩叫到一起比打架，谁赢了谁就是哥，结果青蛙放倒了鸵鸟。母亲纤指弹着烟灰说，这次不算，下午再比。她教鸵鸟在门框上安放了簸箕和扫帚，喊一声“吃卤猪脚喽”。青蛙跑得比鬼还快，进门被掉下的物品打蒙了，鸵鸟趁机上前一拳打倒青蛙，当上老大。母亲非常得意地告诉青蛙，我们是什么家庭，一幢楼里有十间房，老家来人送的礼随便抓一把去卖都值几千万。鸵鸟的确有优越感，青蛙家就住两小间，老妈卖豆腐，爹在废品回收站上班。尽管后来两人进了同一家公司，青蛙假模假式成了他的领导，并且有人说公司上层很欣赏青蛙，以后还能往上爬，他照样瞧不起青蛙。这狗东西无非就是会来事，他却是一身傲骨。他也看出青蛙很想打掉他的傲气，每天舔口舔嘴要求下班后开车送他去精武馆打牌，半夜一起回窝后，他刚上床，青蛙又来敲门，说饿了，建议去夏镇吃宵夜。要知道从城里去夏镇往返近两百公里，不答应他就坐着不走。那时的女友小芦华都恨得直建议鸵鸟干脆一踩油门，直接把狗日的送到悬崖下去。鸵鸟当然不会这么做，他先是很有涵养地同意小芦华每月从青蛙家扛走二十斤大米以抵劳务费，再教育她不该和青蛙一般见识。小芦华也认定青蛙和他没有可比性，从外形到玩女人，真的，她听说在她之前来找他的女人摞起来有数层楼高，大冬天轮流来他家帮着洗衣服，而他两手插在裤兜里晃到桌前，弯腰喝一口保姆煨好的中药。鸵鸟说那是老家人送来的秘方，专治纵欲过度的，看得青蛙眼睛发绿。鸵鸟坦承自己唯一能记住的找青蛙的女子，就是中午见面下午就进了精神病院的那位。在青蛙被公司开除来向他告辞时，他简直觉得青蛙站在悬崖边不推一把就够对得起他了。真的，当时他很不耐烦，一般他是午休后先喝下保姆递来的一杯天山雪莲泡的补酒才起床见人的。青蛙虽然可怜巴巴地赖在跟前，却是非常流氓地脱下粘着胸毛的皱巴巴的衣服，叫他送到城南梭石巷令家洗烫店干洗后留作纪念，搞得他可是震惊了半晌。

现在他真的想好好数落一下青蛙，就算胡妮现在当了个小毛毛官，背叛你也是你活该，不要忘了原先你是怎样对人家的。别看青蛙那样子，却一直视自己找到胡妮那样的女人为倒霉。当年鸵鸟开车帮青蛙去乌岭山区接亲时，也曾的的确确认为青蛙一直踩着煤巴走，好歹也是一个城里人，城中找不到，城边也能捞一个嘛，凭什么就被乡下人抓住？不过这怪谁呢，据青蛙说，他是年初随父亲去乌岭镇时认识胡妮的，他父亲过去在乌岭插队当知青，和胡妮父亲是好朋友，退休前特意带着青蛙故地重游纪念消逝的青春，顺便采购山货，晚上就住在胡家。两位老者围着火炉子边喝酒边回忆过去做的孽事，说得最多的是夏夜到后寨去找肖比芬，喊一句“雨露滋润禾苗壮”。他们一边说一边挥手叫年轻人回避，以免他们学坏。青蛙说他当时出门把裤子脱至膝盖，双手叉腰正对着墙飙尿的，不料胡妮就上来了，于是两人直接贴着院墙玩起了“趴壁虎”。青蛙承认，两人一个单得太旺，一个有利可图，自然一拍即合。可是雷劈电闪之后当他得意洋洋地向爹炫耀时，爹却说他闯下大祸。于是爷俩连夜出逃，穿过七纵八横的街巷，最后被胡家人堵在车站旁的旅店内，胡父明说，既然打了他女儿一钻子就必须娶走，不然一锤子砸烂他脑壳。青蛙不答应不行，胡父是乌岭镇威望蛮高的石匠，旁边捞脚挽手、摇旗呐喊的那帮人中好多还是他的私生子。

不过鸵鸟见到胡妮就改变了看法，认为其实青蛙根本配不上胡妮，而且她可不像青蛙吹的那样对他百依百顺指东不敢走西。一串鞭炮过后，高挑的她不由分说命矮胖的青蛙脱下西服，换上色彩鲜艳的本地装。鸵鸟真的替青蛙难受，大红的裤子又肥又长，胡妮双手一提裤腰就盖住了青蛙的头顶。在众人的哄笑声中，他差点建议青蛙就吃水草，把天鹅让给他算喽，要不是被院里飘来的熏腊肉的烟味呛得一阵猛咳的话。鸵鸟断定只有自己风流倜傥的外形才能赢得胡妮的好感，斜一眼旁边扎着裤子的青蛙，照他看来，甘拜下风的青蛙应该要防着他才是，把他支走或者贬他。可是这狗东西却是一本正经地向胡妮介绍鸵鸟，说他鸵鸟什么都缺就不缺女人，成千上万，黑压压一大片，这倒让鸵鸟有点惊讶。当青蛙很下流地抚摸着他的胸膛对胡妮说“这里面装满了忧愁，只为女人忧愁”时，鸵鸟首次觉得青蛙诡诈，有自己的套路，显然，青蛙并不认为自己处于劣势，这倒让鸵鸟憋足了劲儿要和他比试比试。他沉默，不置可否，他相信这样反能引起胡妮的好奇。果不其然，那天下午胡妮在接待络绎不绝的亲友时，总是不忘朝他投来目光。他相信青蛙一定注意到了这点，于是心花怒放地啃着苹果在院里踱来晃去，心里一边打着逗一逗青蛙的主意，一边抬脚薅一薅叽叽喳喳挡道的鸡笼子，提议少吃鸡多吃鱼。鸵鸟不信青蛙会安逸他夺人眼球，他估摸青蛙会央求他安静，不要再折磨人。他打定主意向对方提更多的要求，直到青蛙认输求饶。然而，他实在搞不懂青蛙为何会听从他的建议举办舞会，还一再说胡妮也喜欢跳舞，而他只不过是看见院墙隔壁的废弃库房后随便一说。青蛙不仅嘴上积极，还真的带着众人去库房“嘣嚓嚓”，搞得大家兴奋得不得了。下午的镇上阳光灿烂，来的人实在太多了，堵死大门后男女老少就爬窗户，下饺子般朝地面跳，后面的踩着前面的，一片叽啦乌叫。青蛙只顾忙着亲自牵电线搬音响，然后蹦跶到他跟前，拐一拐他说，都是为了你，我又不跳舞。鸵鸟绝对不信他的话，当青蛙一再拼死把他往胡妮跟前推时，鸵鸟不能不心生疑虑，莫非是想把自己玩过的女人送给他？想到这儿，不由得浑身直冒鸡皮疙瘩，他可不能不有所提防。他特别讨厌青蛙在歪歪斜斜的灯泡下嬉皮笑脸地对他说，你和她跳舞嘛，相当于美酒加咖啡。紧跟着还捏一捏他的屁股，而后又转过头对胡妮感叹：真的是家里有无黄金，邻家自有杆秤。他说鸵鸟家收藏有唐伯虎的画，都怪他憨，只卖了几百万，听得胡妮两眼发绿。鸵鸟又气又笑，还没辟谣，青蛙把他俩的手拉在一起，说这一曲叫《逍遥自在》，抒情哦。青蛙正甩着八字步在坑坑洼洼的地面上比画，“哎哟”一声惨叫，脑壳被挥来的烟杆砸中，青蛙抱头破口大骂：我日你家先人。一回脸立马哑雀。鸵鸟面对眼前气呼呼的胡父，不由得双腿发抖，他特别害怕跟着石匠的那只大狗，非常嚣张地在人堆里横冲直撞，好在胡父一跺脚，喊声“开饭”。大家一下前呼后拥从库房涌向已是灯火通明的胡家，揭开院里的大甑盖舀饭吃。乌岭镇习俗，无论喜事丧事只要饭甑一开，就是不相干的人来混吃混喝也不得阻拦。鸵鸟一再提醒自己多加小心，他可不敢和那帮从附近小煤窑过来的带着煤烟味和尿臊味的厮儿们划拳喝酒，即便听劝吃进嘴的羊肉狗肉腥巴烂臭也要悄悄吐掉，勉强喝几口鲜肉汤后便称次日得走要早点休息。鸵鸟高度警惕地避开了半醉的青蛙和胡妮，跟着胡家亲戚踏过后院稀泥烂地，迈过石门坎，他暗骂胡家人诡诈，屋里没有灯，连门锁都是坏的，用铁丝连着。他在飕飕往里灌的风中要对方留下手电走人，自己吱吱嘎嘎掩上门再绑上铁丝。那时噼里啪啦下起雨来，前院人们“呼啦”一下四处散去，院里清静了许多。鸵鸟关闭手电爬上床，刚扯了被子蒙上，就听见门响，有人撬门进屋。鸵鸟赶紧伸手去抓手电，却碰着了毛茸茸的大狗，妈吔！跟上的胡妮赶走狗后连连道歉，说黑咕隆咚走错了门，她和青蛙住在隔壁。鸵鸟惊魂稍定，缩在床头要她赶紧走人。他怀疑青蛙就躲在门外。说得胡妮笑起来，称青蛙早醉瘫在床上了。他还是坚持叫她走。胡妮不仅不听，反而坐到床边，还把一张脸贴在他身上嗅，还说她喜欢他绸缎唐装上的香味。鸵鸟笑称他用的是法国迪奥香水，同时建议她离开高寒山区后要少吃辛辣食品，包括大蒜。噫，噫，他双手抵住脱鞋上床的胡妮，问她要搞哪样，并且真心劝她离开。胡妮偏不，除非他摸她一下，好嘛，有第一下就有第二下，反正她也没穿内裤，方便得很。

鸵鸟差点缴械投降，他也的确喜欢胡妮，而青蛙如此待她，也让他替她鸣不平，可他又觉得实在琢磨不透胡妮，万一中了圈套呢？他必须要和她说清楚，先说断后不乱。

他拿开她放在自己肩上的手，叫她扭亮手电，然后打开装着洗漱用品的手提袋，拿出万金油，小手指勾出一点抹抹太阳穴。面对胡妮的笑，他承认自己名堂多，但不这样，他头脑是闷的，不清醒。鸵鸟咳了两声走到她跟前，明确告知如果先认识她一定娶她，可现在要他正儿八经捡漏顶替青蛙娶她是万万不行的，他是有尊严的，只能阴悄悄和她找点感觉。胡妮嘟一嘟嘴，说懂他的意思，就是逢场作戏。噫，鸵鸟多多少少有点脸热，继而磨皮擦痒等她表态，胡妮却只是低着头哧哧地笑。他不知道她能否接受他的这套道理，正在考虑要不要加大灌输力度。停了雨的院里有人喊胡妮，她赶紧闪离，打开窗子探出头去，那人告知她父亲醉了。胡妮说知道了，山里冷，正给城里师傅送被子。闭了窗，回身假模假式地弯腰整理床铺。鸵鸟走到她身后，轻声说窗子缺块玻璃，能不能找张报纸什么的遮挡遮挡？胡妮笑着扯了床单刚要蒙住窗，院里突然一阵喧闹，鸵鸟心惊肉跳，隔窗看见她爹正被人架着在门外呕吐，胡妮娘一脚踢来猪食槽喊他吐里面，石匠嫌她讲话难听，一头撞她肚子上，老太婆可不好惹，提块石头就把她爹脑壳砸出血，亲戚们一窝蜂拥上去拉开两人，背了石匠去包扎。鸵鸟拉了胡妮要赶去帮忙，胡妮却不以为意地推开他的手，叫他不要管。她靠着窗，面色苍白，说父母乒乒乓乓打闹了好多年，早粉碎了她对家的依恋。鸵鸟听着她消失在门外的脚步声，揣摩胡妮可能从小就下定决心要远离这里。不过当他意识到胡妮的心思还不仅于此时，已经是很久以后的事了。真的，鸵鸟不得不承认，他某些方面的确比别人慢半拍。婚后，胡妮来公司找青蛙，大家就看出这个乡下女人不简单，三年成精，早晚惹祸。那时就有人劝青蛙管住老婆，别让她乱往公司跑，可是要么青蛙不听，要么管不住，胡妮反而跑得更勤了，而且见谁都笑，主动搭讪，脸上带着羞涩的红。结果三整两不整的最后进了公司。

当时鸵鸟还觉得能和胡妮共事是好事，在走廊上撞见，总要偷偷摸摸掐一把，很是愉快便利，后来就不满足了，他父母双亡后就往家里发展。第一次溜进他家，胡妮就惊讶屋里怎么有那么多五颜六色的练功服。听他介绍母亲原先是跳舞的，她说她也练过舞蹈，跟着去乌岭巡演的艺人学的。她还提腿给他看，结果差点踢翻茶几。胡妮说自己一直梦想着嫁他这样的人家，他母亲肯定才是她的好婆婆。胡妮不愿听鸵鸟嘀咕“那很难说”的话，她认准了谁都比青蛙老妈豆老太好，只要豆老太发神经开始唠叨，她就一抬长腿跨栏式越过后窗，逃进鸵鸟家，在窗帘后指着角上那间屋子里偷吃卤肉、卤鸡蛋的豆老太轻声骂。她讨厌她婆婆，从指望过门能从豆老太手里得条项链，结果只拿到两把干面条开始。后来随着豆老太从隔天到每天吃着她削好的苹果骂她懒，屋里锅朝天碗朝地，她对豆老太已是恨之入骨。胡妮说她本来还想改一改，现在索性玩潇洒，只要青蛙外出赌钱，她就只买矿泉水喝，不要说水壶，油盐柴米、锅瓢碗铲放哪里她都一概不知道。鸵鸟当然不会劝她和婆婆换位思考什么的，他巴不得胡妮和她闹别扭，他也不是一般地讨厌豆老太，原先他母亲在世时，哪里有豆老太表现的份儿，现在竟然每天穿得花里花哨在廊上耍剑打腰鼓。他要怂恿胡妮，他说他听见豆老太背地里嘲笑乌岭山区又冷又黑，鬼能打死人，穷得每家只有一件衣服穿。胡妮立马起身出去，回来告知：已教训婆婆不要啰嗦，她身上穿的裤子都是我买的。她说婆婆更精彩，脱下裤子丢还给她，还拍着巴掌说，看老娘打光胯不得？听得鸵鸟忍不住哈哈大笑。他也不想再和豆老太计较，总是非常优雅地嗑完一盘瓜子，方才叫胡妮到跟前来，一只手不慌不忙地伸进她衣内摸她的胸脯。胡妮照例咯咯咯笑过后，趿着两片塑料拖鞋嗒啦嗒啦满屋走动，一双眼睛四处看。鸵鸟当然提防着所有来家里的人，这是母亲生前教导的。他照例关好所有屋子的门窗，直到有一天他跷着二郎腿嗑瓜子，看见屋里竟然飞着鸟，这才发现里间柜子后面的窗玻璃早已被人卸走，他毛骨悚然，赶紧检查，方知在里间架子上摆放的陶瓷小摆设小叮当等早已不知去向。尽管鸵鸟一再安慰自己，家里丢东西是从父亲开始的，可心里毕竟不舒服。他当然知道这事和谁有关，可是要盘问胡妮那会很没意思，现在这个社会没有谁是憨的，人家会白给你摸摸掐掐？鸵鸟觉得这样也好，索性睁只眼闭只眼，顺理成章和她“逢场作戏”。可后来他才发觉胡妮不简单，摸摸掐掐可以，要想上床总会因为有他完不成的任务而被搁浅，她要么提出想佩戴他家祖传的项链、手镯，要么就是借他房子给她老家来的亲戚住或堆放石头。她越是躲闪，他就越心痒，真的怀疑她偷偷在他杯里下了药。他听青蛙说过，乌岭山区的女人诡诈。那天他便一本正经地批评胡妮不实诚，在他老家烧帮乡，女人必须得有真性情。胡妮却是很没教养地拍了下他的下身！当时鸵鸟正在调咖啡，害怕她再来第二下，赶紧左腿别在右腿前遮挡，手中咖啡晃得满身都是，逗得胡妮哈哈大笑。接着胡妮又要抓他，看来对他很不满意，她的指甲可是尖哦，鸵鸟警告她离远点，自己瘦归瘦，可是练过跆拳道的。胡妮干脆一肘子拐来，鸵鸟后退撞着架子，一套茶具掉地摔碎，两人乒乓翻天扭在一起直到青蛙敲门喊她回去。鸵鸟尾随出门，原担心他俩会大吵大闹，结果两口子却因踩着蟑螂“嗷”的一声怪叫闪进屋，又伸出一只脚钩进掉在外边的鞋子。鸵鸟贴着房门听，从两人的互相赞赏中方知他俩是串通一气的。鸵鸟赶紧回家清点，发现又少了东西。那天要不是朋友带着司姬登门，他定要去找青蛙夫妇吵闹一番，不过后来想想的确没必要，互有所图嘛，有了司姬，正可以疏远胡妮。

门窗一掀，不是青蛙，老板于志梅进来，她冷淡表示，再不点菜，只能让座位了，A栋姜阿姨等着要请孙子满月酒哩。鸵鸟知道她在吹牛，这让他非常不舒服。原先于志梅可是常常抱着孩子搬张凳子坐在门口，见了他笑容可掬，在她老公醉驾死于车祸后，他还常把自己车子后备箱里人家托他孝敬老史的物品拎一两样给她。附近宿舍消防管道爆裂水流进饭店时，是他陪着于志梅到处找寻本该守护总闸的物管，五个小时后终于找到醉酒的杂种，他揪住对方就是一个耳光，因此差点被刑拘，她当时多感动哦。现在面对吊着脸的于志梅于老板，他真能感到世态炎凉。她和鸵鸟公司的人熟，一定听说了他现在的处境。鸵鸟有心走人不等青蛙，偏偏这时青蛙打来电话，表示现在是泡脚的第二个疗程，还有二十分钟。鸵鸟起身又坐下，电话那头的青蛙保证自已泡完就打的过来，快得很，并叫鸵鸟先点菜，他饿得很，还说“反正你知道我口味的”。语音中还有点笑意。鸵鸟忽然明白青蛙拖延的原因，就是想玩脑筋耍赖。谁点菜谁买单，这是规矩。鸵鸟不是一般地愤怒青蛙的所作所为，再次甩步要走，青蛙又来电话，叫他一定要等他，事关重大。鸵鸟心头一跳，皱紧眉头，看一看身旁的于老板，她心领神会，叫服务员递上菜谱。鸵鸟才不会照着青蛙的意愿点菜，不光是自已现在捉襟见肘，他也不想让青蛙太得脸，便随意点了麻婆豆腐、西红柿炒鸡蛋、青椒烧茄子等素菜。眼见于志梅撇嘴，鸵鸟好想咒她“一直霉”。

过了一刻钟，青蛙打来电话，万分抱歉地表示自已来不了啦，必须要治疗第三个疗程。鸵鸟血往上涌，张嘴要骂，这时门帘一掀，服务员进来问上不上菜。鸵鸟大手一挥，一连抛出N个“退掉”，服务员说菜已炒好，不能退。鸵鸟又气又急，电话那头的青蛙还在说话，鸵鸟铆足了劲儿要骂他，刚张嘴又打住，他不能不待，青蛙告诉他：胡妮会来饭店找他。

你说什么？

胡妮要来，千真万确，他没听错。

鸵鸟一下真的尴尬住了，心“扑通扑通”乱跳，想问青蛙到底搞什么名堂，对方却已挂机。他慌慌张张撩开门帘看看外面是不是站着胡妮，手指还被门框上的钉子戳了一下。他龇牙咧嘴回过身来，叫服务员上菜，一边紧盯着桌子对面的空椅子，一边拨打青蛙的手机。对方却显得异常轻松地说，你不知道，今天公司食堂有接待任务，不做员工饭菜，胡妮只好代替我来“远山”了。鸵鸟心里忽然“咯噔”一下，史总要接待客人因而取消了和胡妮的幽会，岂不是让他的计划泡汤？鸵鸟顿时乱了方寸，走了两圈才稳住情绪，又觉不对，如果食堂真的不做饭菜，那么来饭庄的就不止胡妮一个了，怎么没见公司其他人？嘿嘿，青蛙在耍花招，胡妮绝对不是只为吃饭而来，两口子又是串通好找我麻烦！他心跳加速，觉得还是回避为妙。

侧身让过端菜进来的服务员，却被对方抬肘拦住，冷着脸告知跑单可不行，得付了钱再走。他还叫鸵鸟不要为难他，老板最近脾气暴躁，见谁都不顺眼，好像都借了她米还的是糠。鸵鸟最讨厌别人说他赖账什么的，死命要推开对方，不料对方一个闪身，他刹不住脚，扑向进来的于志梅。她既不尖叫也不跺脚，但无论他怎样保证绝非故意袭胸，她就是不放他走，除非再点几个菜，什么猪肝、腰花、肥肠、肚片等猪内脏都可以，如若不干，炒鸡杂也行，另加豆豉回锅肉、洋葱回锅肉各一份，或者宫爆板筋，什么油腻会导致心血管疾病，于志梅自有看法：不吃才生病。她劝他不要叹气，急也没用，反正他急她不急。于志梅温温柔柔示意服务员挪过椅子让他坐下，看他一眼，轻问，喝点什么酒？坚决不要？也好，那就品尝一下“远山”最近增添的新内容：小米粥。鸵鸟忙把手机给她看，外地朋友小贵子一再发短信催他还钱，鸵鸟说他当初答应帮小贵子推销一批鱼，哪知菜场里答应进货的鱼贩在货到后又反悔要压价，小贵子不干，争执间鱼臭了许多，鸵鸟不得不花钱联系冷库收藏，路上又烂掉了许多，小贵子现在翻脸要他赔偿。可无论鸵鸟怎样哼穷，于志梅决不动摇，说谁不知道你玩得鲜，吃饭可以开发票。她说她非常了解这鬼打公司，又不生产哪样东西，每天只会消耗水电，将来国家万一要精简机构，首先把这个公司废掉。鸵鸟张开嘴——话被噼里啪啦的雷声打断，瓢泼大雨随即而来。鸵鸟安静下来，眼瞅着桌上的饭菜，心想这么大的雨，胡妮会来吗？如果来了会做什么？兴师问罪？如果这样的话他会先装憨，然后再后发制人。或许来求和？那好办，他会边吃边命她转告老史停止伤害他，再加点工资。至于要不要劝她离开老史又另当别论，尽管提到老史他恨不得掐死对方，但他可不愿被胡妮看出自己满怀醋意。

鸵鸟似乎看见隔桌而坐的她在点头，他眨巴几眼，屋里仍是空空的，他又心想，或许她来后什么也不说，只是来试探？

鸵鸟觉得绝对有这可能，试探的人一般都作怪哦，明明屋里开着电扇，她还要摇着扇子。这个他倒能忍受，只是要暗暗祈祷，她千万别嫌热脱去外衣就好，那一对顶着衬衣的大胸，会惹得他想起老史的嘴巴和手指，他会非常难受。

手机响了，是富贵，问暗访结果怎样，精彩不？他没好气地称见面再说。刚挂断，电话又响了，是青蛙打的，问胡妮到了没有，开始吃了吗？鸵鸟说香着哩。

青蛙笑，他也笑，都是皮笑肉不笑，各怀鬼胎。鸵鸟拆掉包装消毒碗筷的塑料薄膜，他饿了，不能再等。盛饭吃了两口，突然感觉到胡妮扫来扫去的目光，心想她此时真要在会怎么样，一定不满意他先动作。他听青蛙说过，每次吃饭她都要先来，她胃口不好，医生叮嘱要细嚼慢咽，所以她笨鸟要先飞。鸵鸟很想看一看她吃得津津有味的样子，或许偶尔会抬起左手，往小碟内倒上醋，还说吃肥肠蘸醋才香。这正合他意，他就是要蘸醋吃的。刚倒上醋，又感觉到她的目光，甚至听见她冷冷地说，你的筷子往哪里戳？不由得心里一慌，刚夹的豆腐掉到了桌上。他骂自己神经过敏，赶紧用指尖撮了往嘴里送，还吱吱吱地吮一吮手指。忽又发笑，胡妮要看见他这个动作，肯定会往椅背上一靠，微皱下眉头说，你变了。音调温婉却是咄咄逼人。鸵鸟当然会反击，你也一样。鸵鸟笑了一半就发觉自己有点颤抖，他对自己很不满意，莫非因为胡妮现在是老史的小三？可他管不住自己，连腿和手都跟着抖，即便一再提醒自己胡妮根本不在也没用，猛然想起有朋友说过，对待慌乱的最好办法就是生气，他便寻思胡妮如何心狠手辣整自己，越想越气，果然不再颤抖。正儿八经放开吃，凭什么要给她留，不给她留敌敌畏就不错了，想起原先她和一个叫理查森的混血人吃完饭竟然打电话叫他去买单就更气。

雨点又密又急，屋里光线半明半暗，鸵鸟清一清嗓子，声控灯亮起来，照着这间原是老板夫妇卧室的包厢，的确诡异，四壁中三面有门一面开窗。鸵鸟听公司里的人说过，这是她老公为防被捉奸而特意设计的。

目光又回到饭桌上。

鸵鸟决定停一停，让胡妮面对满桌残汤剩水毕竟不好，他说不清楚自己是否期待这次偶遇。他似乎看见她模糊不清的嘴唇在上下翻动，有隐约耳语：知道我要来，是不是心里有翻江倒海的滋味?

鸵鸟浑身一阵紧缩，皱起眉头，他倒要听听胡妮往下说些什么！他的确盼着能和她沟通沟通。

他设想她又是神秘莫测地笑。

鸵鸟叮嘱自己千万要做到正襟危坐，洗耳恭听。

很可能半天没有声音，他得赶紧递上牙签，尽管他很讨厌她装模作样用手遮住嘴巴剔牙的动作，更害怕她轻轻吐出的杂物会飞进汤里。好不容易她清了嗓子说话，说的却是这里茶水太差，她后悔没有从家里带些好茶叶来。鸵鸟告诫自己一定得忍着。可能她接着又会问他脑门心怎么全是汗，要不要“滴答”一声开了电扇吹吹？鸵鸟认定这还不算完，她会呼呼两下吹走肩上的烟灰，然后目光移动，奇怪窗台上冒出紫罗兰来，称赞于老板终于有了雅兴，看来一切都在变，她会把听说将来轻轨要从这里经过的事也扯进来。鸵鸟觉得自己的忍耐正在接近极限。

雨声不绝，风吹着门帘微微在动。

她该不会由服务员搀扶着从旁门进来坐下，从兜里摸出笔记本，翻到一百零八页，说出她为了公司大发展大繁荣呕心沥血抱病在身仍在奋斗的思路：把公司大楼铲除，改种稻子，保证高产，一年收入几千万。说完再由服务员搀扶着从左道出去。鸵鸟已听说她在多种场合有过这种表现。鸵鸟保证自己会端了残汤泼向她。胡妮会有何表现？埋怨他没有素质？唉，如今的胡妮跟着老史变得半人半鬼。依他看来，老史比青蛙还要糟糕，狗东西曾经把他叫到办公室，命他次日开车送其和销售经理小婷出差，并且非常下流地明示途经荒野屙尿时把他俩分隔在车两边，然后猛然开走车子。为此他嘿嘿笑了半天，正儿八经叫老史另外安排人，他做不来这种事。

从那天起，他称老史为“一坨屎”。

门帘再动，服务员进来。

鸵鸟移开一盘回锅肉，让其放下粥，一把拉住对方问，这是新熬的粥吗？分明是剩饭加开水，换一碗。“乓”一声，新端来的还是开水泡剩饭。鸵鸟一拍桌子喊对方走开，换女服务员送来。对方挺胸报告，不好意思，现在只有我们两个男服务员，自从男老板拐上女服务员外出死于车祸，女老板就遣散了所有女服务员。哦——算了算了。鸵鸟赶走服务员，继续刚才的思路，胡妮什么时候放弃他而转向一坨屎的呢？或许早就开始了，对啊，现在想起来，都怪自己反应太慢，本来早该觉察的。那次他因为失去晋升机会而心情糟糕，下班回家后又得知女友司姬不辞而别，屋里冷锅冷灶更让他沮丧，有心找胡妮寻求点安慰，便端了茶缸去青蛙家要开水。刚敲门青蛙便出来说“你来得正好”，他才知道豆老太和胡妮因为次日搬家一事吵架血压上升晕倒在地要送医院。当晚他帮着垫付了钱款，并守在已脱离危险的豆老太病床前。连赌了三天的青蛙后半夜实在熬不住了，花口花嘴要邻床小姑娘学雷锋，自己却去休息，得逞后邀胡妮一起睡被拒绝后，扯了被子蒙头大睡，豆老太也是呼噜连天。鸵鸟的手伸向胡妮的腰际却被她打开，还嘀咕她又不是妓女，这个邀来那个抱去的。鸵鸟并没生气，他能理解，毕竟屋里有她婆婆和老公。可他一再眨眼示意她去春风荡漾的院里走走，她却一声不吭，只顾给豆老太掖掖被角，揩揩嘴边亮晶晶的口水。时间可是滴滴答答朝前走，鸵鸟磨皮擦痒，再一次伸出手去触摸她的胸，她夸张地张大嘴巴，吓得鸵鸟赶紧捂耳，他已看见豆老太眼皮似乎在动。好在她没有叫。鸵鸟肯定没有碰痛她的胸，胡妮却背过身子撩衣检查，说又红又肿，跟着就狠狠掐他一个地格爪，而且还要来第二下。鸵鸟实在受不了要扇她，胡妮干脆一抬长腿上了窗台，警告他如果再动手她就跳下去，不管是几楼，她也不怕声大被人听见，越有人听她越兴奋。鸵鸟只得求饶。门“吱呀”一响，护士探进头来，断定两人只是打情骂俏又消失了。胡妮跳下窗台，唱着歌从床角拿了装有豆老太脏衣裤的盆子出去洗，鸵鸟跟到走廊尽处的水池边，他认为她就是故意逗着玩，一会儿就好了。那时风从缺了玻璃的窗口吹来，初春的风冰凉刺骨，她的手冻得通红，他劝她丢了盆子去值班室坐坐，那里暖和又舒服，可以亲热亲热，值班老者老眼昏花哪里看得见？胡妮却认为那里除了没有猪屎外，和乌岭镇差不多。鸵鸟不想听她鬼扯，再次好言相劝，却被她白了一眼。鸵鸟就不懂喽，胡妮不仅认真地搓洗衣服，而且还神采奕奕的，偶尔恍惚，也称是惦记在家做作业的儿子蝌蚪的缘故，好不容易被他引到“寻欢”的轨道上来，却又一反常态，拿青蛙来搪塞，害怕他跟过来。鸵鸟笑称青蛙这一觉到明天中午才会醒，她说错，青蛙只是灌了黄汤暂时困倦，顶多一两个小时，他答应要去帮她买甜酒粑的。鸵鸟说就算如此起码也是后半夜了。他明明看见胡妮脸上有了笑意，可他朝前一跨步，她照样躲闪，害他一个踉跄扑向水池。即便他磕着水龙头鼻子出血，她也不看不问，只管清洗衣裤。鸵鸟才知问题不简单，用纸巾堵住鼻孔后问她是不是因为今天公司里有人说他昨晚嫖娼被警察带走了。他可以向她保证，昨晚他待在派出所是不假，但那是因为他在街上见不惯“城管”对占道经营的小贩穷追猛打说了几句，被那帮人以“妨碍执行公务”为由带进去的。他可没料到胡妮会听得一连打了几个哈欠，她的毫不在意让他很不安逸，她却是非常不耐烦地表示最近很忙，连着加班，非常困，心疼她的话就帮忙洗洗衣服。鸵鸟叫她少来这套，他咋个可能洗豆老太的内衣内裤？胡妮就抬肘拐他叫他不要挡在水池边。鸵鸟闪身，她嫌不够远，站身后莫非还打算趁机吃豆腐？说完一翘肥臀顶开他。鸵鸟身子一歪，踩翻了地上的脸盆，咣咣当当滚了好远，洗净的衣物满地都是。胡妮骂他要死，一甩手弄他满脸肥皂沫。鸵鸟冒鬼火，上前捧了池里水洒她一身。两人发疯一样扑向对方，鸵鸟被掐得遭不住猛地松手，胡妮向后一仰倒地前赶紧抓住他，鸵鸟稳不住一个前扑骑到她身上。真的，他说这不能怪他。胡妮恼怒地推开他爬起来，前后上下检查一遍，确定衣服已经弄脏后一阵跺脚，伸手狠掐他。鸵鸟当然不干，再次抓扯，被护士过来隔开后，胡妮气呼呼地端了盆子就走。鸵鸟忍不住冲上去拦住她求原谅。胡妮盯着他，忽然一笑，骂他又是鼻血又是肥皂沫多狼狈，她拿了洗净的毛巾要他揩脸。这让鸵鸟似乎看到了转机，他伸开双臂，正待再给点温暖，却被她端了盆子隔在两人中间。胡妮问他，我的脸怎么样？他老实回答，是花的。这还得了，她最看重的就是脸。胡妮冲回池边赶开屙尿的野猫放水冲洗，揩了脸后目光一下变得犀利，还警告他不要靠近，被人看见了多不好。鸵鸟低声下气保证自己要和她结婚，真的，司姬临走席卷了他全部物品后才知道还是她好。说得胡妮笑起来，嗲声嗲气地称她现在就想和青蛙好好过日子，老公太优秀了。这话让鸵鸟一个劲儿地揪耳朵，以证实是否听错。她不止一次向他埋怨青蛙死无出息，只会欺负她，一天就蹲在厕所里玩脑筋搞策划，想巴结领导出人头地，她甚至指责青蛙变态，说青蛙嫌她不开放，动员她去看他和别的女人上床，要不是为了蝌蚪她早离婚了。不错，跟前的胡妮换了人似的赞赏青蛙，包括长相。噫，胡妮说她不喜欢鸵鸟那恶心的样子，尽管她也承认青蛙大鼻孔里伸出的长毛让人心烦。噫，胡妮说她不明白鸵鸟为何会背过身子，不想听她和青蛙的温馨日子？她偏要贴过来说一说，就算他提醒病房有话音，也许医生把青蛙从床上揪起来训斥也不管。鸵鸟一下推开她，他承认自己心烦了，什么温馨日子，上星期她还说青蛙性功能不行了。胡妮瞪大眼睛问，你说什么？忽然"呀"的一声拍打他一下，你好烦哦，我好久告诉你这个？这是人家夫妻间的隐私。胡妮想走又停下，讥笑起鸵鸟鸡脚杆般细的手臂。鸵鸟让开路过的病人，一脸严肃地指出青蛙最近浮肿，眼袋突出，表明肾已不行。看见胡妮满不在乎的表情，他甚至想说些更下流的话。他虽没有说，可是胡妮大概从他眼神里猜出了意思，瞬间脸红筋胀，骂他肮脏下流，并告诫他一定要改，否则这辈子成不了家。现在想起来，她拒绝他并不是因为爱青蛙，而是勾搭上了一坨屎。

雨点溅在窗台上。

伴着雷声，灯下有许多飞蛾。鸵鸟知道还要下大雨，端午前后雨就是多。

胡妮怎么还没到？被雨阻在哪里了？青蛙也不来个电话，打雷的缘故？

几点了？

门窗后有头探进来，推销啤酒和袜子，被服务员揪了出去。鸵鸟再次拿起筷子去夹回锅肉，一声炸雷，筷子掉地，捡起来时听见有脚步声，鸵鸟满怀希望，结果进来的又是服务员，问他要不要续上茶水。鸵鸟没好气地叫他换双筷子，并责备给的菜分量太少，小盘子上薄薄一层，两口就没了，专坑熟人是不是？服务员嬉皮笑脸地表示，这只能说明菜太好吃了，几下就抢光了。说完还要撕张纸给他揩嘴，被鸵鸟挡回去了，那明明是揩屁股的纸。对方表示可以补偿一杯刚沏的新茶，这可是好茶哦，于老板特意吩咐的，说是老顾客才有的。鸵鸟顾不了和他鬼扯，手机提示有短信，是青蛙发来的，告知胡妮有事耽搁了一下，马上到。

她真的要来了？

鸵鸟的心跳又加速了，似乎听见她笑着问，那么想了解我是否有外遇是不是因为吃醋？尽管心里承认了一千遍，但鸵鸟还是会嘲笑她过于自恋。她呢，会喝一口水漱漱口吐进碗里，盯着他，说知道他一直喜欢她，她也一样。鸵鸟不由得血往上涌，哀叹自己现在已是一无所有。胡妮会摇头，说其实和他在一起最幸福，哪怕一起去分公司。鸵鸟心里热浪翻滚，又拼命喝茶提醒自己她根本不在，就算在，说不定她嘴角又会掠过一丝狡黠的笑意，胡妮是不可信的。鸵鸟一时焦躁不安，老也摆不脱胡妮，似又看见眼圈红红的她，向他诉说和老史相处实在是身不由己，都是为了帮助青蛙。鸵鸟悚然一惊，这或许是真的！这么说她已经在酒店了？他猛然起身，不能再等了，已近三点，必须赶去酒店，哪怕是救她呢？

雨还在下，鸵鸟去找于志梅借伞，他先前看见后面墙上挂着伞的。过道里有嘀咕声，服务员正商议如何借着居委会通知市里要整治市容市貌拆掉防护栏，里应外合偷走店内的大米和腊肉。好哇，鸵鸟上去警告他们不要欺负人家孤儿寡母。两个服务员却嬉皮笑脸摸着他的胸说“你好薄哦”。鸵鸟突然推开对方，他的肚子叽里咕噜猛叫，赶紧一头钻进卫生间坐上马桶，他真不明白为什么会突然拉肚子，莫非那杯茶有问题？为什么呢？阻止他去酒店？鸵鸟猛然想起曾有人告诉他，青蛙在外做生意欠了一屁股两肋巴的债，正活动要回公司车队，而现在车队人员已满，青蛙要回来就得裁掉一人，这和他有关？鸵鸟忽然预感到自己已落入圈套，不由得倒抽一口气，赶紧要起身，哎哟，屁股被坐便器上的座圈牢牢卡住，挣扎得他脸红筋胀，最后粉碎了座圈才得以脱身。刚跨出卫生间就被于志梅拦住，又是赔偿问题，明明是普通的塑料座圈偏说是智能抗菌加热座圈，昂贵哦。鸵鸟不想啰嗦，保证改日送来后夺路要走，于志梅叫他走后门，前面乱七八糟的，工人正忙着拆防护栏。鸵鸟随她进了天井，提醒她防着服务员。她说她已经听见他们的说话了。于志梅拉着他绕开石桌子，他奇怪对面房子怎么是空的。她说那家人嫌吵搬走了，老公原先买下来准备改建成旅店，吃住一条龙服务的。鸵鸟说人手不够可以招他来上班嘛。喂——墙顶上有人叫，于志梅说是隔壁复印店小卫要买烟，墙顶上果然掉下拴了钱的绳子。鸵鸟说，把我身上的烟给他，你带我出去。拴好烟通知小卫拉上去，鸵鸟跟着于志梅走到房屋旁边的狭窄过道，过道尽处有扇门，门外就是巷子，两人一前一后，鸵鸟踩着水果皮一滑扑向于志梅，刚站稳后背就被人猛击，“哎哟”一声回过脸，不由得就要骂。

青蛙冲上来抓住他，说他闯下大祸，服务员要通知派出所告他非礼老板，闹得满城风雨，是他压了下去。他要鸵鸟斟酌怎么了断，把家里“老窖”扭动出来谢他？晕了头的鸵鸟当然要面子，只好回到正屋商议，谈来议去不觉已是黄昏。于志梅猛然咳嗽，鸵鸟抬脸，然后顺其目光看向窗外，发现酒店大门那边胡妮正走出来，半晌，又现出老史的身影。

青蛙脸上有着让人厌恶的笑。

他一下放倒青蛙。

鸵鸟刑拘十天出来后，被迫离开公司去了分公司，他的工作由青蛙接替。临去分公司的头一天，想起还欠于志梅的钱便再次去了远山饭庄。于志梅可没想到他会送钱来，因为她觉得迫于生计答应配合青蛙很对不住鸵鸟。鸵鸟不想和她计较，留下钱就要走，结果被于志梅拦住。她意味深长地问：

不愿意留下？

（原载《山花》2014年第8期）

句芒云路

鸽子花开了

阿妈相信对面山上的鸽子花是鸽子变的，却不肯相信乌鸦能把女儿的眼睛弄瞎。

她无数次忧心忡忡地抚着女儿的眼睛说："鸽子，你莫真瞎啦，要是啥都看不见了，以后的日子怎么过啊？"

"我俩一起过嘛。"刚满十岁的鸽子仰起一脸阳光，"阿妈，太阳出来了你给我讲一声，我马上起床；月亮星星出来了你也给我讲一声，我们一起去睡。鸽子听阿妈的话就是啦。"

话是这样说，可鸽子却死活不肯吃阿妈端来的任何药汤。草决明、密蒙花、黄菊花、菟丝子等各种草药的根叶混杂在水里煎出的气味，鸽子一闻到就捏鼻子，生怕它们变成无数条虫子往胃里钻。有一次，阿妈实在气恼不过，把邻居龙叔叫来帮忙。龙叔没给鸽子半点反抗的机会，一手钳住她瘦小的手臂，一手拎鸡仔似的将鸽子拖到板凳上摁住。鸽子拼命挣扎，两脚乱踢，但哪里挣得脱？龙叔看她不肯乖乖坐在板凳上，干脆自己一屁股坐了上去，然后把鸽子整个身子牢牢地箍在怀里。这下，鸽子成了被钳住甲壳的小乌龟，再也翻身不得。

"今天必须把这个药喝下去！快把嘴张开，听到没有？"阿妈把药勺递到鸽子嘴唇边，鸽子把上下牙齿咬得死紧，一丝风也挤不进去。

"你不喝，你不喝我就不要你这个崽了！"阿妈气得两手发抖，勺子里的药汤全洒在了地上。鸽子两眼紧闭，一声不吭。

还是龙叔经验丰富，腾出一只手捏住鸽子的鼻子，没一会儿，憋不住气的鸽子终于咧开嘴。刚咧开一条缝儿，阿妈的勺子趁机而入，药汤跟着顺利地灌进了胃里。

一碗药汤灌完，双手终于能自由活动的鸽子两眼泪汪汪，边抹眼泪边呸呸呸地吐口水，口水吐干了，就把五个手指全部伸入嘴里抠，把眼泪鼻涕抠了下来，刚刚灌下去的药汤也呕吐了些出来。阿妈一看，竟然带有血。

“不准再抠了，再抠就把嗓子抠坏了！”阿妈气急败坏，一巴掌掴在鸽子挂满眼泪鼻涕的脸上。鸽子愣了半晌，醒过神来才听到阿妈呜呜的哭声，和枯树上老乌鸦扯着喉咙发出的叫声一模一样。

自两年前阿公、阿爸相继过世后，热热闹闹的一家子如同经不住雨打的花，无可奈何地败落下来。如今，鸽子的眼睛又病了！似乎是那一到夜晚就黑漆漆的老屋害怕鸽子一个闪失从此一去不返，于是招来好多乌鸦，把鸽子的眼睛也弄成和它一样伸手不见五指，这样鸽子就只能整天待在屋里了。

那是阿妈第一次打鸽子，也是最后一次。从那天起，阿妈再也不敢逼鸽子喝药了。

后来，摸到阿妈的眉头是皱着的，鸽子立马嬉笑着说：“阿妈，除了吃药，我啥都听你的！”然后用手指头去挠阿妈的胳肢窝，阿妈感觉到痒，一笑，眉头就舒展了。

阿妈拿鸽子没有一点办法，只能重重地叹气。那种长长的沉沉的叹气声鸽子听不懂，也不想去懂，只觉得嘴巴发苦、肚子作痛，一听到就捏住耳垂把耳洞堵得严严实实。

“阿妈，你帮我撵乌鸦吧，把它们全撵走我的眼睛就能看见了！”鸽子说她总看到有无数只乌鸦在她眼前密密麻麻地飞舞着，无数张开的翅膀把所有的东西全部遮住，黑亮的眼珠子躲藏在乌蒙蒙的绒毛中，像萤火虫在一闪一闪。一动不动的它们，像暗夜里一片片鸽子花的叶，偶尔扇动翅膀扑棱扑棱飞起来，会掉落无数黑羽让她眼睛发痒。

阿妈不信，阿妈认定鸽子是怕吃药才故意扯谎。在绿树湾，麻雀、黄鹂、斑鸠、布谷、归归阳等羽色绚烂的大鸟小鸟满山窜，全身焦黑的乌鸦偶尔见着一两只，哪来那么多乌鸦能把人的眼睛遮住呢？村里有些老人说他们一辈子都没见过乌鸦，那是不吉祥的鸟儿，只有要遭厄运的人才会看见它，听到它的叫声。

阿妈把能否看到太阳月亮作为瞎或不瞎的依据，十一岁的鸽子仰卧在院坝的竹席上，认真地回答说：“阿妈，我没瞎，有时候我能看到太阳，暗红色的，是吧？像你以前给我做的那种煎焦的鸡蛋。月亮我也能看到，草灰色，咧着个嘴巴笑得傻傻的。”

阿妈说：“你哪个时候同时看到太阳和月亮了？”

“就在刚才啊。一个在河这边，一个在山那头。”

“好，我看看……没有，天上只有棉被一样厚的云。”

“真的，我真的看见了！骗你干吗？”

“好吧，阿妈相信你没瞎，你比我还厉害哩，可以同时看到太阳和月亮。”鸽子听到阿妈在笑，但细听起来又像在哭。鸽子好想真切地看看阿妈的眼睛，或者准确地挨到她的脸，感觉一下那里有没有泪水，可可恨的乌鸦却越聚越多。

“好多乌鸦，好多乌鸦，阿妈，你快帮我赶走它们吧！”鸽子尖叫起来。

鸽子感觉脸上有风，那是阿妈在用宽大的棉布衣袖为她卖力地驱赶乌鸦。可阿妈扇起的风就像病人嘴里哈出的气，从四面八方汹涌而来的乌鸦不怕阿妈，连羽毛都没起伏一下。

“你没打着它们！它们在这儿，在这儿，在——这儿！唉，你怎么看不到呢？笨死了！”鸽子看到那些乌鸦一个个都在轻蔑地嘲笑她。

“鸽子莫哭，莫哭，都是阿妈没用。来，还是吃点药吧！”累得筋疲力尽的阿妈放弃了驱赶乌鸦。

鸽子闻到臭烘烘的草药味，再次把牙齿死死咬合上，在竹席上翻来滚去像个毛线球。“鸽子，你就喝点吧，就一点点！”阿妈说得快哭起来了。鸽子还在竹席上来回滚：“太苦啦太苦啦，吃了根本没用，再说，我又没真瞎，不吃不吃，死也不吃！”

一年过去，又一年过去，鸽子的家，那个叫绿树湾的小苗寨除了在不同季节悄悄换几件不同颜色的衣裳外，很多时候像趴在梵净山巨大脚背上的一只小甲虫，香香地做着各式各样的美梦，一动也不动。鸽子呢，奇怪的眼病让她像只习惯在黑夜中捉老鼠的小黑猫，趴在小角落里悄悄生长，不知不觉已快满十六岁。

鸽子如此清晰地记得自己的年纪，是因为每长一岁，阿妈都会高高兴兴地牵着她走到后山的鸽子花树下，把她的手臂拉长，再抬高，去摸摸那些盛开的鸽子花。

鸽子花树上住着神仙呢！村里的人都这样说。绿树湾的人家开门撞见山，开窗碰着花，花花树树多的是，但鸽子花树孤零零的就一棵。每年四月开的花模样也稀奇，白得灼人眼，远远看上去就像歇着一大群仙鸽。鸽子花开的时候，村里很多人就会来到树下烧香烧纸磕头作揖，有的求福禄子孙，有的求发财平安，应验了隔年就扯上三尺六寸长的红布、称上三斤六两重的纸钱来还愿。阿妈年年都带着鸽子一起来求，也不知是机缘没到，还是鸽子花树上住着的神仙爱莫能助，鸽子的眼睛一点都没见好。即便这样，阿妈还是年年带着鸽子来祭拜。“鸽子，鸽子花开了，你能看见吗？”阿妈有时这样问。又或者说：“鸽子！鸽子！你看花开了，你又长了一岁！”

十岁前，眼睛明亮亮的鸽子特别爱看鸽子花像月亮一样洁白无瑕的花瓣，一朵一朵全开的时候，哗！全是一只只可爱的小鸽子。可后来眼睛一黑，鸽子花跟着变成了乌鸦。现在，鸽子情愿闭上眼睛，小心翼翼地把鸽子花捧在手心，用手和鼻子欢喜地感受着它们的盛开。一左一右绽放的两片花瓣，她能感受到它们安静的时候像水一样柔软，飘摇的时候像鸟羽一样轻盈。

阿妈把鸽子安置在龙叔家，临走前说：“鸽子，阿妈去给你访个好医生，可能要走好些天，但尽量赶回来给你过十六岁生日，好吗？”

鸽子微笑着点点头，挥了挥手，然后侧着耳朵细数阿妈离开的脚步声，数到快一百步，再也听不到时，微笑就没了，默默淌下两行眼泪。多年来，远近村寨的草医，阿妈都已拜请过，其中不乏有帮不少人治愈过青光眼的医师，却都拿鸽子的眼病没有一点办法。在这些年里，鸽子在阿妈面前都是一副没心没肺的模样，只有在一个人独处时才默默流泪。鸽子觉得自己已经长大，不该再成为阿妈的负担，可眼睁睁地望向阿妈脚步声消失的地方，一点办法也没有。

两个月零四天，在等待中过去了！

鸽子每天侧向村边的耳朵，终于等来了阿妈熟悉的脚步声，她一下子站立起来，脸上瞬间笑开了花，花中蹦出一个开心的声音："阿妈！"

"鸽子！"鸽子听到阿妈的脚步正在由快走变成小跑，不一会儿，气喘吁吁的声音在耳边响起："鸽子……阿妈……回来了……"

"阿妈，你怎么了？"鸽子担心地问。两个多月不见，阿妈讲话的声音竟变了很多，以前是轻柔明亮的，这下却沙哑得厉害。

"没事，前几天感冒没买药吃，嗓子哑了。"阿妈揪揪鸽子的脸，"你看你也是，我才走几天啊，就瘦了这么多！还好，没冤枉跑一趟，终于访到了个好医生。"

鸽子听出阿妈声音里再多疲累也打压不下的高兴，便也高兴地说："我本来就没瞎嘛，当然可以治好了。对了，那医生讲可以不吃药吗？"

"当然不可以，不过他说可以给你吃不苦的药。"

鸽子一下子从板凳上蹦起来，双手搂住阿妈的脖子："太好啦！你有没有告诉他，我看不见东西是因为被乌鸦蒙住了眼睛？"鸽子注意到，阿妈一身汗臭味，颈上的尘土粘了她一手。鸽子没有放手，反而抱得更紧，心里酸酸的，痛痛的。

"说啦，都说啦，他说过几天有空就来帮你撵乌鸦！"

"哦，我太开心了……阿妈你也高兴吧？"

"嘿嘿……我的宝贝女儿高兴，阿妈当然也高兴啊。"

接下来的几天，鸽子都在没来由的紧张和兴奋中度过，脑子里一次次描画着阿妈口中那个城里医生的样子：三十来岁，和阿爸一样瘦高的个子，喜欢抽烟，穿着白大衣，讲话轻言细语，脾气特别温和……

终于挨到一个天上有太阳，到处铺着厚厚阳光的早晨。鸽子虽然看不到，但可以仰着脸迎接它们。阳光像暖和的水，在温柔细致地帮鸽子洗脸：额头，眉骨，左眼，右眼，鼻翼，嘴唇，下巴，左面颊，左耳，右面颊，右耳……一点一点，一遍又一遍。暖暖的水雾中，升腾着鸽子花清淡的芬芳。关于鸽子花的香，阿妈曾奇怪地问鸽子："鸽子花哪里有香气？我怎么没闻到？"鸽子说："有啊，是不是因为你眼睛还管用，鼻子反倒失灵了？"自打眼睛用不上，鸽子才知道鼻子和耳朵也可以看东西。

坐在竹篱笆前的鸽子扭过头问屋里的阿妈："对面山上的鸽子花开了，我今天满十六岁了，对不阿妈？"

阿妈没应话，大概声音太小，没注意听。

鸽子把声音稍抬高些："阿妈你忘了？你说我出生的那天，鸽子花一朵朵跟讲好了似的，哗啦啦一下子全开了，你就给我取名叫鸽子。"

阿妈仍没应话，刚才明明还在屋子里。

"阿妈！"鸽子继续抬高声音，声音里开始夹带着担心，"阿妈，你在哪里？怎么不应我？我真的闻到花香了，快帮我摘朵来好吗？"

阿妈依然没应话。

突然，鸽子感觉到一双极其温柔的手，轻轻地抬起她横放在竹椅背上的右手，然后缓缓放在他的掌心里。

"是你吗？阿妈！"那双戴手套的手和阿妈的手一样温软，但比阿妈的有力，更像一个年轻男人的手。他的细棉纱手套散发着浓浓的茶香，里面似乎埋着一个小太阳，鸽子感到自己被握着的手突然发烫起来。

"不，是我，你阿妈叫我来给你看下眼睛。"一个和手一样温柔、暖和的磁性声音响起，有男声的低哑沧桑，有女声的柔和婉美。

"你就是城里的那个安医生？"

"是的。我来的路上碰到你阿妈了，她说今天是你的生日，要去帮你摘朵鸽子花。她担心你一个人在家，叫我先来。"

"谢谢你！"鸽子的心里甜蜜极了，多好听的声音啊，像从春天山谷里传来的鸟鸣，又像夏天涨水时门前叮咚的溪水声。长这么大，鸽子第一次听到这么美妙的声音。

"你的眼睛真漂亮，像蓄了很多湖水在里面。"

"啊？是吗？湖水是什么样子？我从没看到过。"

"哦，那真可惜。湖水安静的时候呢，就像一个大盆子里的水，颜色嘛，就像天空的蓝和白云的白掉了些在里面，慢慢搅和出来的。"

不知怎么，鸽子的心漏跳了一拍。

"湖面上如果有风刮过，那些漂亮的水就会像一朵好大好大的鸽子花慢慢打开，一点一点扩大……啊，美死了。"那个美妙的声音继续说。

"唉，我还是想象不出它是什么样子。"鸽子很是沮丧。多好的景致啊，她从没见过，也从没听阿妈说起过。

"我变成风，给你吹吹眼睛，你好好想一想。"那个声音又说。

鸽子再一次仰着脸，承受着蕴含烟草混合茶香的风，身体不由自主地颤抖。一道闪亮在眼前急剧划过，里三层外三层的乌鸦惊散开来，那瞬间鸽子的眼睛被吸附进一个绝美的幻境里，看到了安医生说的湖的样子。安医生走后，阿妈才把鸽子花摘回来。鸽子嗔怪道："阿妈，你怎么才来！那么大声叫你你都不应！"

阿妈把女儿有些蓬松的头发理了理，为她扎起两条麻花辫子："真不巧呢，我去帮你摘花的时候，在路上碰到安医生了，我说带他来帮你看眼睛，他却说要给你一个惊喜，单独和你说说话。等我回来在寨边看到他，怎么留他吃饭他都不肯。你觉得他怎么样？好不？"

鸽子说："你在哪里帮我找的医生啊？好，特别好！"

阿妈把鸽子花轻柔地插在鸽子的辫子上，缓缓地说："鸽子说好那就好。你不知道，能找到安医生真是菩萨保佑哩。那次出远门，我像没头苍蝇似的，不晓得走了好多地方，问了好多人，但凡有点希望我就去问去找，可最后都没得指望。现在农村的老草医越来越少了，碰到的好心人都是喊我送你去大医院，大医院，大医院……你阿爸不就是在医院……好端端的人，输个液就给输没了吗……"

听到阿妈哽咽起来，鸽子赶紧打岔："阿妈，说好不准说阿爸了，我不会去医院的，那些只会开个单子打针输液的烂医生怎么可能治得好我的眼睛呢？"

"最后没办法，我还是跑到人家说的省城大医院去了，医生说可以动手术换什么眼角膜试试，可那个钱就是把阿妈卖了都换不到啊！我想着心酸，就坐在医院的门口大声寡气地哭，路边的人斜着眼睛看我，好像我是个脑筋糊涂的癫子。安医生走过来了，还蹲下来问我为什么哭，一说才晓得他也是我们梵净山这边的人，我们在东山脚，他老家在西山脚，现在在附近中医学院教书。他爷爷是个老医师，生前治好过好多人，他从小跟着爷爷在农村长大，也学得几个方子，愿意来帮你治治看。"

"阿妈……让你为我辛苦了，我……太谢谢那个安医生了，他真是个好人！"

"嗯，我昨晚梦见你眼里的乌鸦全变成了鸽子，没想今天他就来了！"

"今天安医生让我看见湖了。对了，你看到过湖吗？"

阿妈说："呵呵，我们这里到处是山，阿妈到哪儿去看湖呢？安医生让你看见的湖是什么样，给阿妈讲讲？"

"很多很多的水，有天空的蓝，有白云的白。不过，我就恍惚看到那么一眼，也像做梦似的，一睁眼就没了。"

"你这么一说，惹得我也想看了，等你眼睛好了，我们一起去看个够。"

"嗯，就让那个安医生来帮我治眼睛吧，我什么都听你们的。"鸽子把脸贴近阿妈的脸，甜甜地答应了阿妈的要求。

那个令鸽子喜悦的声音，果真隔三岔五就在耳边响起——

"你是什么时候感觉到眼前有乌鸦的？"

"你好好数一下眼前到底有多少只乌鸦？"

“你说的乌鸦什么时候飞，什么时候不飞？”

“我会帮你赶走乌鸦的，不过你也得帮着赶，那样我们才能把它们全撵跑。”

“你们这里的天亮晃晃的，水亮晶晶的，山上的树啊，河边的花草啊，不知有多可爱，你能看到它们就好了。你说你看到的所有东西都黑漆漆的，其实我在城里看到的也差不多，有时还以为是我眼睛出问题了呢。”

鸽子安安静静地听着，乖乖地回答这个美妙而怪异的声音所提出的任何问题。让她奇怪的是，每次他都专挑阿妈不在的时候来，而且从不在她家吃饭。她问阿妈为什么，阿妈说是她故意避开的，因为安医生说了，治眼睛的时候必须要屋里清静，心头没有任何杂念才好。

这个声音的主人有一双神奇的手。不，无数双。他每次都很轻很慢地按摩鸽子的眼睛，说用这个方式可以帮她赶跑乌鸦，但鸽子却感觉全身都有被温柔地按摩的感觉，就像无数阳光融化成了温泉水，从四周向身体漫浸，从头到脚、从里到外都是暖融融的。在这种想象的湖水中，鸽子惊异地察觉自己本来瘦削得像块岩石的下巴，在一点一点地变柔滑，常常干燥得像枯草的双唇，在一点一点地变温润。而那想必惨淡得像梨皮的脸颊，定然不时现出苹果般的艳红。

他在按摩鸽子眼睛的时候，总戴着那副散发着浓浓茶香的细棉纱手套，总会叽里咕噜念些奇怪的口诀。

鸽子问：“安医生，大热天你为什么还要戴手套？”

“手上有汗，汗里面有盐，如果直接给你按摩，对你眼睛不好。”他说，“这种手套是我们医院最好的棉手套，我用苦藤茶水煮透后再阴干才拿来给你按摩，很柔软吧？”

“嗯，茶香闻起来清凉凉的，”鸽子点头，又继续问，“你每次念的又是什么口诀呢？”

“治眼病的咒语。”他说，“爷爷传给我的，他治好过很多奇奇怪怪的病，只是大家从来不叫他医生，都叫他‘巴狄熊’，意思就是用苗语唱词行巫的祭司。这个咒语我在城里没用过，试试看对你有没有用。”

“啊？你爷爷是‘巴狄熊’？”鸽子赶紧挺起身子，端端正正坐好。阿妈以前没少给她讲“巴狄熊”祭神、撵鬼、治病的故事，不过她仅仅在外婆家的大苗寨里看到过一次。“那他是不是也会很多巫术？”鸽子问。

“哈哈，我小时候也觉得是，现在觉得应该都是一个个帮人把心病治好的方子。”他大声笑了起来。

心病是什么病？心脏里面的病吗？鸽子不敢真问出来，怕他笑话，只说：“我想好生听一下，你能念大声点吗？”

他说好的，接着就放慢了速度，提高了嗓门：“抬头望青天，师父在身边……不管是白心昼黑夜，不管是七十二夜，如果不散，用铜叉铁叉散；如果不散，用五百蛮雷打散；如奉太上老君急急如律令……”

他念一遍口诀就帮她吹一下眼睛，一共念了三遍，最后咚咚咚连着蹬地三下，好像地上有什么脏东西，必须下狠劲踩烂踩死似的。

过了一会儿，鸽子闻到一大股草药味。有些非常熟悉，有些从没闻到过。

“这个是你阿妈按我爷爷的方子到处找才扯齐的药，用炭火慢慢煎了一下午，你必须喝下去，这样配合口诀眼睛才能好得快。”鸽子习惯性地把手缩在背后，听到耳边的声音变得坚硬，容不得一点转缓，只好乖乖伸出手来捧住药碗。

鸽子问：“奇怪，阿妈以前给我煎的那些药臭死了，你的药怎么反而有点香？”“哦，这个方子主要是用枣仁、青葙子花、元明粉一起研成的粉末，另外又特别加了些带香味的草药。你不是喜欢鸽子花吗？我还放了些鸽子花一起用滚水冲开才给你端来。”感觉到他的声音开始变得柔软，鸽子便轻松抿嘴笑了起来。凑近一闻，果然隐隐有鸽子花的香气，但想想又嘟起嘴来：“那多可惜啊，它们开在树上那么好看，你不该把它们摘了和臭药煎在一起。”

“没有，我在树下捡的，然后再把它们晒干存放起来。那么好看的花，真的很少见，我到过很多地方，但只在你们这里看到，我怎么舍得摘？”他温柔地说，“看不出你心地还蛮好的嘛。”

“这药苦吗？”

“可能有一点点，你忍一下，喝完了我给你糖吃。”他说。

鸽子开心极了，挨到碗边浅浅地啜了一小口，不苦，不烫，脖子一仰咕噜咕噜全喝了下去。当然，糖还是要的。

过了些时日，久等安医生不来，鸽子突然心里空落落的，听到阿妈正在厨房切猪菜，便装出漫不经心的口气问：“阿妈，我想问下你，喜欢一个人是哪样感觉？”

“怎么突然想起问这个？”说这句话的时候，鸽子听到菜刀在猪菜上顿住，声音突然消失了。

“你就说说嘛，你喜欢上我阿爸的时候是什么感觉？”

“哈……没什么感觉，就是想天天看到他，想和他在一起。”声音又重新响了起来。

“阿妈，我……我也想天天看到安医生，想和他在一起……你说，我是不是喜欢上他了？”鸽子的漫不经心，在说到关键的时候再也撑不下去了，羞涩的心事完完全全向阿妈坦开了，“阿妈，你说我该怎么办？”

声音再次消失，四周安静得可以听见风摇摆树叶时发出的沙沙声。过了一会儿，阿妈的声音才走出来：“嘿，我家鸽子长大了，阿妈还不晓得呢。安医生他不是说了要和你做朋友吗？”

“可我不想只做他的朋友，我想一辈子和他在一起。但我又怕……我眼睛不好，他会不会瞧不起我？”

“呵呵，我女儿很漂亮的，长得就跟仙子一样。”

“他漂亮吗……不，我是说他长什么样？”

“这可不好说。”

“你就说说嘛，妈，求求你了！”

“嗨，这妹崽！你还记得你阿爸的样子吗？他有点像你阿爸，但比他年轻，还要高一点，瘦一点，白一点。”

“我想不起阿爸什么样子了。”

“你不是说你眼前有好多乌鸦吗？你把它们通通赶走，不就能见到他了吗？”

鸽子说：“好吧，我一定配合他，快点把眼睛治好。”

“嗯，这就对了。”阿妈的猪菜已经切好，过了一会儿，鸽子就闻到了猪菜和米糠混煮在一起漫出的清香。

晚上，鸽子和阿妈像往常一样共用一个枕头睡在床上，山上山下忙活了一整天的阿妈侧躺在鸽子身边睡下了，可鸽子反复咀嚼白天和阿妈说的话，一点睡意也没有。

“阿妈，你睡着了吗？”

“嗯……”

“有些事我一直觉得好奇怪，那安医生身上有股烟草味、茶香味，哦，还有淡淡的檀香味……”

“嗨，人家在医学院上班，身上当然有股药味啦。”

“那他说话的声音怎么和你那么像呢？”

“你忘啦，他老家在梵净山西山脚那边，口音当然有些像了。这孩子，今天怎么怪怪的，你觉得……”

“不知怎么，我总觉得他像一个我熟悉的人。”

“呆子崽，胡思乱想的吧。他是我去城里请的医生，这个世上心肠最好的医生！”阿妈把鸽子抱紧，“不晓得你一天到晚瞎想什么。”

“我其实，其实就是觉得，觉得……对了，你觉得他喜欢我不？”鸽子摇着阿妈的手臂轻声问。

“喜欢……喜欢……”阿妈的声音缩到被窝里去了，但还是被鸽子灵敏的耳朵敏捷地捉住。

“他什么时候喜欢上我的？”鸽子继续摇阿妈的手臂，希望她不要睡去，声音再大一点。

“嗨，我怎么知道他什么时候喜欢上你的……”阿妈打起了哈欠。

“那你刚才凭什么说他喜欢我呢？”鸽子嗔怪起来，用力蹬阿妈的脚。

有一小会儿，鸽子只听到阿妈的呼吸声和心跳声，没说话的阿妈好像又睡过去了。

“妈妈是过来人啊，看他眼神就知道了。睡吧，鸽子，太晚了……”阿妈再次从被窝里爬出来，带着极度疲惫的声音，把鸽子轻轻搂在怀里，“我想他会喜欢你的，不，他可能已经喜欢上你了，不然，他一个城里的医生，怎么肯时不时地来看你呢？从城里到我们村子有十多里的山路，拉客的面包车只有赶集天才跑，你说他图什么呢？我们又没多少钱谢人家。”

“那就太好了！”鸽子心里甜蜜蜜的，又低低说了一句，“唉，那该多好啊……”

阿妈说：“鸽子啊，有句话阿妈必须告诉你，在他没和你说他喜欢你之前，你千万不能先说。万一他不喜欢你，那可就不好了。再说，一定要让一个男孩子先对你说他喜欢你，你以后才会被珍惜和疼爱，我以前就是这样对你阿爸的。”

鸽子点头说好，然后软软地偎进阿妈怀里。阿妈身上淡淡的谷物香和安医生身上的味道是不同的，安医生身上是烟草香、茶香、檀木香混合在一起的味道，闻久了有醉晕的感觉。

不知过了多少日子，鸽子感觉眼里的乌鸦在慢慢减少，无边无际的大地偶尔会来到面前，任她尽情地端详。

“我好像看见有乌云像棉花一样飘落。”

“我好像看见有鱼和蝴蝶在半空中飞。”

“我好像看见瓦檐上炊烟流入了河水。”

“我好像看见鸽子花都变成了鸽子，它们叽叽喳喳叫我，鸽子！鸽子！快和我们一起飞吧。”

鸽子把所有感觉到的、恍惚看见的内容全部告诉了安医生，兴奋地拉着他的手不停地转圈。鸽子心里想，如果簇拥在她眼里的那么多乌鸦的翅膀能借来用用，让她和安医生一起飞到天上去该多好。等鸽子安静下来，安医生说：“太好啦，你已经不再只是看到乌鸦了。来，我教你念《眼明经》吧。”

“《眼明经》？也是你爷爷告诉你的？”

“不，是你阿妈从一个寺庙里的老和尚那里得来的。你阿妈她担心你，到处去求菩萨保佑你。只要听说哪里的菩萨灵，不管多远她都会赶去拜。你有这样心疼你的妈妈，以后一定要好好孝顺她啊。”

“怪不得她最近总难得在家，原来都是去拜菩萨了。”鸽子有些生气，“她怎么不先跟我说呢，我才不要她为我这么辛苦！”

“她就是怕你担心才不告诉你，人要心平气和，这样对眼睛才好。”安医生低缓地说，“来吧，把你的左手放在我的右手上，右手放在我的左手上，什么都不要想，你一定要把它全部记牢了，以后每天必须坚持念：佛说《眼明经》，两眼似金灯；金山舍利塔，莲花满座香；千手眼，童子王，两眼依旧炎炎亮；文殊菩萨骑狮，普贤菩萨骑象王；葫芦那眼中恶血尽消亡；有人念得《眼明经》；生生世世眼光明；每日朝夕念七遍，消灾灭罪福寿生……”

一片宽大的荷叶在安医生手掌上摊开，鸽子的手刚放在上面，就触到沁心的清凉。听着念着，人就恍惚了，身边荷叶田田，青莲的妙香直往她鼻子里钻。

接下来的日子，鸽子醒来睁开眼的第一件事就是念《眼明经》，躺下休息的最后一件事也是念《眼明经》。心头清静地念诵《眼明经》时，鸽子总能在一片虚空中清晰地看到安医生第一次来时给她说的湖，她的眼前清明无比，她的轻盈起来的身子在湖风中荡漾起来，拔高，拔高，再拔高，最终彻底脱离乌鸦的重重困扰。

慢慢地，鸽子欣喜地发现，面前的乌鸦一只一只减少后，眼前的东西一点一点变灰变浅了，与此同时，心底的谜团越来越大，心情就越来越迫切和紧张。但心里越迫切越紧张，她越得花更大的力气压制着不在脸上显现出来。鸽子牢牢记着阿妈的话，以最大的努力让自己安静地等待着，等待他先说出那句让她心尖尖颤抖的话，等待着用自己的眼睛看着他的眼睛，大胆说出那句一直小心藏掖着不敢有丝毫泄露的话。

“如果阿妈说的话是真的，大哥哥也喜欢我就好了。”是的，鸽子已经不再叫他“安医生”了，而叫“大哥哥”了。大哥哥不在的时候，鸽子常常双手托着下巴无边无际地想，有时甚至说出了嘴，猛然惊醒，赶紧转动脑袋竖起耳朵探听四周有没有阿妈之外的人。

“如果我的眼睛好了，我就能在镜子里面看到自己的样子了。”鸽子有时还会拿起镜子这样默默痴想。她想着必须先确定自己长得漂不漂亮，配不配得上他，然后再决定告不告诉他。鸽子不知道有着那样美好的声音、那么温暖的手掌的一个人，会有着怎样俊美的面庞。

那天下午，刚刚还是晴空万里，过了一会儿突然电闪雷鸣，大暴雨砸在瓦檐上，像鞭炮噼里啪啦地炸开。阿妈不知上哪儿去了，原本已经告别的安医生被阻留下来。药汤已经喝了，眼睛按摩也已做好，屋子里除了耳边不时炸响的雷声，只有她和安医生一轻一重的呼吸声。鸽子感觉眼前忽明忽暗，耳边敲锣打鼓，心里也在敲锣打鼓。

终于，鸽子大着胆子说：“大哥哥，刚才闪电的时候，我模模糊糊地看到了……看到了……”

“啊，真的？你看到什么啦？”

“我……我看到了你的侧脸……”

“我的脸丑得很，是不是吓着你了？”安医生走过来握住鸽子的手，“你的手在发抖……”

“没……没吓着，我前些日子就已经能模模糊糊看到些近处的东西了，像有几层纱在笼着，刚才闪电，看得更清楚了些……”鸽子感觉自己的心跳声压过了雷鸣声。

“不用怕，你刚才看到的脸不是我的脸，是傩面具。”

“啊？傩面具！傩面具是什么？”

“在我们老家有种土戏叫傩戏。戏开始时，傩祭师都要戴上这种用檀香木做的傩面具藏身躲影，让凶神恶煞看不见伤不着，把缠绕在主人家里的大鬼小鬼全部撵走。”

“哦，我知道了，原来你是戴着傩面具来给我撵乌鸦的，怪不得你身上有淡淡的檀木香味……”鸽子轻松地笑了起来，“你把傩面具摘掉，让我看看你的脸好不好？”

“不行！”安医生原本捂着鸽子的手一下子松开了。

“我一直都想看看你……你帮我治眼睛一年多了，每次你来我都只能听到你的声音，却不知道你长什么样子。”鸽子一阵子紧张、慌乱，往安医生声音发出的地方摸索，想寻到那双温暖的手，“我就只是想摸摸，一下，就一下！”

“半下都不行！”安医生再次握起鸽子的手，“你今天怎么啦？”

“求求你，就让我摸一下！”鸽子把手抽出来，反转抓起安医生的双手，很快就被安医生像甩只小蜘蛛一般轻松甩开了。

“好啦，雨停了，我要走了。好好把这两天的药吃完，我再来看你。”

听到安医生拖动板凳，一会儿就已到院坝，鸽子心念一动，急急跟着到院坝。雨后的院坝果真特别滑，她“哎哟”一声摔倒在了地上。

“看你！跟过来干吗？”只听安医生怒吼一声，几步跑过来抓住了鸽子的手臂。鸽子根本没准备让他搀扶起来，而是趁机伸出双手准确地摸到了安医生的面具，但没想到面具套得特别牢，摸到边沿的右手那么用力竟没能扯下来。

在那一瞬间，鸽子被震住了。她触碰到的是一张硬邦邦的、冰冷冷的、骷髅头似的大脸，又像鬼故事里形容的鬼脸。

“你的，你的……”鸽子浑身颤抖，惊叫起来，“你的脸怎么啦？”

“傩面具当然是这个样子！”安医生把摔得一身泥水的鸽子拖到屋里，气呼呼地一把塞到木凳上，“你是故意的吧？我警告你，以后你敢再摸我的脸我就不管你了！”

“为什么？”鸽子又惊又怕，委屈的眼泪大滴大滴地滚落出来，“人家只是想看看你长什么样……”

“好了好了，莫哭了。”安医生的声音柔和了些，“流泪对眼睛不好，你要是还哭，以前吃的药就白费了。”

“我就是想看看你长什么样子。”

“呆子崽，我长什么样子重要吗？重要的是你要把眼睛治好！”

“重要！就是很重要！比我的眼睛还重要！”鸽子的犟脾气上来了。

“好吧，我答应你，等你眼睛好的那天，我就把傩面具摘下来。”安医生捧起鸽子的脸，轻轻地帮她把眼泪擦去，“你要笑，要开心，一滴眼泪都不许再有。等你眼睛好了，我让你看个够。”

“拉钩！”

“好吧。”

“拉钩，上吊，一百年，不许变，谁变就是大笨猪！”两个人的小指钩在一起，齐声说。

鸽子的小嘴微微翘起，一如她头顶那些刚刚淋过雨现已映着霞光的青黛瓦。

帮鸽子换下泥水衣裤时阿妈一声不吭，鸽子猜想安医生已经把一切告诉了阿妈，也猜想阿妈一定气得说不出话来。等感觉妈妈抱着衣服快走开时，鸽子才低声说：“阿妈……阿妈，对不起，我做错了，我其实就是想知道我能不能配得上大哥哥……”

阿妈仍不说话。只听得一声闷响，泥水衣裤掉落在地。阿妈一把把鸽子拉进怀里紧紧搂着，泪水滑到鸽子脸上，和鸽子的泪水流在一起。

这事之后，鸽子仍没死心，不过她确实不敢惹安医生生气了，只好缠着阿妈。阿妈基本上都是那句老话：就像你阿爸的样子啊，比他高一点，瘦一点，白一点。

鸽子去问龙叔，龙叔吧吧吧咂着烟，笑着说：“我看那安医生是专门来整治你的能人，不枉那时你妈在外面辛辛苦苦找了两个多月啊。他不告诉你，我也不告诉你，万一把他给气跑了，我可不想再像以前那样和你妈一起灌你药喝，累死我了，哈哈。”

鸽子又去问寨子里的其他人，一有机会逮到就问。可是有些人竟回答说：“什么安医生，我从来没见过呢。”有些人则嘿嘿笑着回答她：“你面前的乌鸦什么时候变成安医生啦？”

“鸽子，鸽子花开了，你看到了吗？”

两年间，大哥哥代替阿妈牵着鸽子去看鸽子花开，用温情无比的声音问了两次内容相同的话。

以前阿妈都是白天带她去，和很多人一起烧香祭拜，大哥哥却是晚上带她去，路上静悄悄的，除了他们的说话声，只有风声和无数不知名的虫子的叫声。鸽子起初觉得很奇怪，大哥哥就告诉她晚上的鸽子花更有灵气，对眼睛复明更有帮助。

“没，我没看到鸽子花开，只看到乌鸦飞。”那两次鸽子都是这样回答。不同的是，眼里的乌鸦羽毛由黑转灰，再后来变成了白色。

“鸽子，鸽子花开了，你看到了吗？”

载满无数希望和失望的这句话第三次在鸽子背后响起时，却是在一个特别清静的早晨，十九岁的鸽子站在鸽子花树下展唇笑了：“哎，大哥哥，我好像……好像可以看到了！头上的这朵是不是打着苞，有点像……像一轮白白的小月亮？这朵半开着，像什么呢……阿妈的手帕？对，就是阿妈以前送给我的小手帕！它们的叶子好可爱，长了一圈尖尖的小牙齿，对不？”

花的柔软让掌心暖和起来。鸽子合并左右手，向着她面前的鸽子花深情地凑近去。

“啊，我看到了，真的看到了！好多好多鸽子花开了，就像好多好多的鸽子住在树上！哦，我不看花了，我要看看你，我最想看你。”

鸽子欣喜若狂，急速地回转身，一下子就呆了。

“是你啊”三个字卡在鸽子的喉咙里，笑容僵在她的脸上。她怎么也不敢相信自己的眼睛，站在鸽子花树下深情凝望着她的那个人，是阿妈。

“阿妈！”

鸽子颤抖着手，终于触摸到了她曾梦想过千次万次的脸。

阿妈泪流满面，满头的白发像鸽子花一样在晨曦中安详盛开。

（原载《民族文学》2014年第3期）

姜东霞

长草的街巷

那天他把胡子刮了，她为此跟他吵了几句。他说他不是不可以留胡子，只是他的胡子太乱了。

她提高了声音问他能不能忍受几天，等她走了再刮。

他为此感到几分失望，他觉得她越来越挑剔和苛刻。她喜欢看他沧桑一点的模样，喜欢看那些拉碴的胡须混乱地长在他的脸上，喜欢扎得她生痛的感觉，她甚至希望他再老一点。

他问她是不是真的希望他那么老。

她看了他一眼，顺手拿过他才给她买的一支香水，对着屋顶"哧"地按了一下。

她喜欢香水，喜欢将香水喷在空气中，喜欢和他一起沉醉在那样的气味里。从洗漱间到床头柜上，到处都是香水。各种各样的香水，让他有一种无处可逃的感觉。两个人一旦走到了尽头，首先就是感觉上出现了问题。

他说要带她去小镇的老城，看着他长大的地方。

他们家现在住在小镇的新城区。

她说她不去。

他说："是不是那件事情你还不肯原谅我？"

她知道他说的是那个女人的事，却故意装作没有事的样子说："哪件事？"

他看了她一眼，摸不透她的想法，就说只带着她在街上走一下，晒一晒太阳。

她对着镜子往脸上喷化妆水。透过镜子，她看见他站在身后，用她送给他的那把小木梳子梳头。她想起了他抱着吉他的那张照片，嘴唇很红。他说那是刚演出完照的。第一次看到这张照片时，她甚至怀疑过他的性取向。不过那只是一瞬间的想法，她好像后来问过他。

梳完头他转过身将梳子递给她，她说她不需要梳子，说完就把散开的头发重新辫在一起。她围上那块桃红色的披肩，他说真好看，用手轻轻摸了摸，两个人就出了门。

她来到小镇快十天了。

第一次走在阳光充足的街道上，她一下子就被裹挟进杂乱的声音和人群里，她有一种毫无着落的茫然无措感。这是她最惧怕的一种无情的消耗。一个人突地暴露在阳光下，就像一个久置阴暗中的物品一样，从蒙蔽中抖露出来，既昏聩又无所适从。况且她心里已经完全打算好了，了断一切。她决心已定，只想回A城后不再有任何联系，她现在不想露出声色来。她不想争执，不想折磨，更不想听任何解释。有什么好解释的呢？事实是他认识她之后，没有决然地了断那个女人。

冬天的阳光大概也只有在南方城市才会如此充沛，才会将一个乱糟糟的小镇，暴露得一览无余。

很快就要过年了，小镇沿街摆满了各种食物，烧烤摊上白底红字地写着“快乐小黄鱼”。这种小鱼之前他们在K城吃过。他问为什么叫这样的名字。她觉得他净说废话。而她转过头去，看到的却是另外的招牌，开头的字恰好相反，叫“伤心”。

两个人为此争论了几句，她便不说话了，心里想，“快乐”也好，“忧伤”也罢，与不吃鱼的人有什么关系？加上她现在的心境，她认为，说任何话都没有了意义。

阳光直直地照射下来，照在那些被掏空了内脏又用盐、花椒之类的东西腌制过的鸭子的身上。它们被密集地挂晒在街上，渲染出一种对死亡明目张胆的无动于衷。

那条街的地上全是污水，恣意地四处流着。鼻炎让她已经闻不到气味，但是她知道，那儿一定散发着一股恶臭。她将头转向另外一边问他还有多远，能不能不去？他说不能。两个人就一前一后悻悻地走着。他不明白她为什么要这样，他当然不会明白她一心想着分手的事，更不会知道那个女人又找她了，并且通了很长时间的电话。她的心已经硬了冷了。

那个女人找她，就是为了让她知道，他之前在跟两个女人同时往来。

那个女人似乎很能明白她的反应和选择。在这个问题上，那个女人有十拿九稳的把握。那个女人有家有孩子，不离婚，但也绝对不退出，而且先于她认识他。那一夜，她坐在一张歪斜的椅子上，听完了那个女人所有的唠叨，然后对着在电话里哭泣的女人冷淡地说了一句“他会去找你的”，说完就挂了电话。之后，她把那个女人的电话拖入了黑名单。

那个女人和他在一瞬间摧毁了她的世界。

那个女人说过的所有的话，都成为魔咒，成为她无法摆脱的魔咒。在这个古老的小镇上，无论她走到哪里，都会去对应女人说的情景，然后心里就如同插了一把刀。女人是一心要将她逼迫到无路可走的境地的。女人将与他往来的每一个细节，分毫不差甚至添油加醋地描述出来。那情形倒是像对着闺蜜倾诉，毫无障碍。她没有挂掉电话，冷静地坐着，她不知道自己因何会如此地冷静。女人每说一句话，就往她心里插入了一把刀。

穿走在毫不相干的混乱的人群里，她显得极其没有耐性。他一直走在她的前面，而她走得心不在焉。如果在那件事情之前，她是很愿意两个人这样走的，不管多远的路。那天夜里，在她的城市，跟朋友从KTV出来，打不到车，他们从城市的东头走到了城市的西头。深更半夜的，走了两个多小时的路。过天桥时，他停下来看着她，然后伸出手抱住了她。

那是初春的夜晚，风已经变得暖和，灯光下的花虽然暗淡，却也显示出格外的美丽。大街上没有一个人，没有一辆车。那样的夜晚，这个世界上似乎只有他们两个人。这是他之后一直给她说的话。他说他发现这个世界，只要拥有她一个人，就足够了。

从那以后，他每天早上跑完步回到家（他有晨跑的习惯，而且是长跑，他曾经开着车，带着她沿着自己长跑的路线转，让她看看自己每天流着汗跑过的地方），放下汗涔涔的衣服，就给她打电话叫醒她。而她起来后，就沿着他们那晚走过的路去上班。从家中出发到单位，须走一个半小时的路程。每次走过天桥她总要回过头去看看那晚他们站过的地方。她坚定地走在街上，她的脚踩踏过的每块砖上，都留下了她对他深深的思念。她每迈动一步，都与他息息相关。那时候，她觉得他就在她的身体里流动着，成为构筑她生命的一个重要部分，舍弃就是撕裂。

她曾经告诉过他，生死相依就是要相互牵扯着，永远无法割舍。

而现在，他们成了这个世界上两个不相干的人。她突然觉得自己从来对这个世界都缺乏起码的了解。

穿过小镇乱哄哄的街面和街面上杂乱的铺面，他停下来，指着一道黑而逼仄的半敞着的门面说：

“这就是我当年的家，我和奶奶住的家。”

那是一个铺面，用门板支起的架子上摆满了各种杂货，一个老头端着一碗饭走出来坐在凳子上。屋子里的光线暗淡，她将头往前伸，努力地想通过屋子里那道开着的门，看一下后院。或者给现在的主人讲一下，让她到后院去看一下，看看那儿是不是已经长满了杂草。他说他不认识住在这里的人，房子早就卖给了别人，到现在可能已经转过很多次手了。

她抬头去看沿街的屋檐。那些雕刻出来的图案印在阳光里，显示出的那份陈旧，让人的心一下子落进了一个缝隙里。人会在那样的缝隙里，努力去抑制一些与时间有关的想象。这里的确是有着古老历史渊源的。她想。

阳光刺目，她的心情松弛下来。

斜对着他家的是另一个铺面，他小时候的伙伴正埋着头写字。他带着她走了进去，屋子里弥漫着刺鼻的化学原料的气味。

他说："才宝，你忙啊。"

那个叫才宝的人抬起头看他一眼，笑了一下，又埋头写他的字。他用一种由金粉、清光漆、汽油按照比例调和而成的金黄色颜料往红色蜡光纸上写，写的都是供奉神灵、招财进宝之类的话，看着很有讲究，两边画有长长的花瓶图案，正中间写有"天地君亲师位"。

她不习惯这种不需要客气的见人方式，随即从屋子里退了出去。

他说才宝是他伙伴中能活到现在才从大牢里出来的几个之一，别的都死的死残的残了。

她回过头认真地去看才宝，发现他的半个身体都映在敞开的旧木窗里。她心里有一种特别的感受，仿佛那只是一道影子，或者什么标记。那个特别的20世纪80年代末，这个地处边陲的小县城的标记，或者是一种格外的生命印记。

阳光射在街面上，紧挨着才宝的另一扇窗下坐着两位高龄老太太，其中一个戴着老花镜，认真地往一个帖子上写字，而且是用毛笔认真地写着。她经过时，闲坐着的老太太伸出一只手，一把抓住她的手，抬了起来，仰起脸来，认真看她手上戴的镯子。

她站在那儿，任由老人家看来看去。老人家的脸在太阳光下半仰着，皱纹和老年斑都突然生动起来。她感觉自己心里涌动着一股湿热的东西，她取下手镯，戴到老人手上。老人嘴里那几颗颠三倒四的牙，在太阳光下像是几颗沙子。

那个镯子是她来小镇前，他在K城买给她作为生日礼物的。

K城湖边的一条路上，到处都摆满了各种各样的饰物。那晚，只有一个摊位还没有收完摊。他们走过去，掀开摊主正在遮盖的带着些民族特征的银质饰物。她选了一大把，本来摊主正在收摊，见她那么喜欢，就重新打开摊子。他知道她喜欢戴这些东西，而且这些东西无论贵贱，都能显示出女性的妩媚和乖戾，就随她挑选，想拿哪样就拿哪样。

老人举起戴着镯子的那只手，在阳光下仔细地看了一遍，不知道老人眼中的手是不是已然如阳光照射下的一般枯槁。她看着老人，看着她轻轻地取下手镯，然后拉过她的手，将镯子重新放到她的手里。

她笑着说："送给您老了。"

老人将整个脸都仰了起来，说："我老了，你们年轻人漂亮。"

他站在远处，一直看着她沿着青石铺成的街坎朝自己走来。

他说："人活着真的是奇迹啊。"

她知道，他说这话还包括眼前这两个老人，于是就回过头用手机拍下屋檐下的老人。

他们走了很长一段路，但老人举起戴镯子的手在太阳下微笑的样子，始终映在她的脑子里。

他的二叔坐在街角屋檐下的暗影里，正敲打着一块铁皮。二叔将铁皮抬起来，斜眯着眼在寻找什么。

他大声喊："二叔，忙啊！"

二叔抬起头来，很快地看了他们一眼，说："回来啦？"

他站在离二叔不远的地方，隔着铺面，一直等二叔将铁皮弯成椭圆状。二叔乌黑的手移动在金属物体上，乌黑的手映在太阳光下能清晰地看到每一条纹络。

他说："二叔，我们想看看你们家老屋房檐上的雕花。"

二叔放下手中的活，站起来走进巷子，说："有狗哈，小心。"

她一听说有狗，就变得畏缩起来。狭小的巷子，二叔身上还系着围腰。巷子两面的墙已经剥落，空气中全是狗的气味。

穿过长满杂草的天井，青石铺就的庭院有一种年深日久的清静。再往里迈过门廊，就是二叔家之前住着的内屋。他的两个堂哥，还有二叔二叔娘，他们一家人都住在里面。而现在他们都不在了之后，二叔一个人就住在铺面上，每天拼命地敲打各类金属物品，屋子也就失去了屋子的意义。

这个屋子住过他们家祖祖辈辈几代人，不过屋檐上的那些古老的雕花倒是完好无损。现在院子里的狗，拴着的，关在笼子里的，都一起叫了起来，叫得很凶，是那种不出来则已，一旦出来了非把人吃了不可的那种叫。为了生计，二叔除了敲铁皮桶卖，还养各种各样的狗卖。

他说："二叔，怎么不把这些雕花门窗卖了？"

二叔说："倒是有很多人来看过了，出价很高，劝我卖了。"

他说："那就卖了，闲在这里也没有用。"

二叔埋下头，迈过脚下的狗屎，说："钱上没有粘着祖宗的气味，就守不住。守着这些屋子，觉得一切都还在。"

他不再说话，拿过她的手机在阳光下拍照。

二叔站在圈外面，站在那两条用铁链子拴着的大狗身边。两个家伙不停地往前扑，它们每叫一次，都要把头抬到与天上的阳光对峙的高度。

二叔从地上捡起铁链紧紧地拉着，不停地用腿去挡住它们向外扑。

她靠在一扇雕花木窗前，他用手机对准她。她转过脸，不想让他拍照。

那些复杂而精细的木雕，成为一种背景，想象的背景。她沉浸在她的心思里，而他却全然不知。

她曾经认为他跟她是一类的，他懂得她，她也懂得他。他们如同沙漠里的两粒沙子，被风卷起来，然后紧紧地吸附在一起，什么时候风停了雨住了，他们也就会落到各自该落的地方。即使那样她也愿意，用爱去包裹去抬举去承担，他所经受过的一切苦难。她和他都经历了各自的苦难，而她等待了十年，没有再爱过任何人。

他说她所坚守的一切，就是为了等待他的到来。她曾经对此深信不疑。

可是，现在一切却如同眼前的景象一般杂乱。也许二叔深知这些狗的习性，而这些狗也一定懂得二叔的心思。他和它们之间隔着两个全然不同的世界，相互等待完全不同的结果。二叔喂养它们的目的是等待有一天将它们卖掉；而狗等待的，仅仅是一口吃食。她和他之间当然不能用此来打比方，但至少有一点是明确的，她等待的爱情结果，只能是分手；而他，却是没有方向地前行。也许既不需要分手，也不需要方向。

他们走出来。她在经过有天井的院子里停了下来。她喜欢青石铺就的院落，想象着那样一家人在院子里生活的情形。久远的消散了的生命气息，依然保存着一种质感。那些从墙缝乱石堆里生长出来的杂树和野草，让她想起了自己的少年时代，夕阳西下时，那些疯长在山坡上的草和树，她们满山疯跑的情形。岁月仿佛永远都印证在这些有形或无形的事物上，供人们去怀想和捕捉。

他站在她的身后。她感觉到他的身体，在她身后的石阶上晃动了几下。循着那个声音，她知道他们站着的距离并不远，且是背对着背。狗还在有一声没一声地乱叫着，通过一堵墙传过来，声音弱了许多，并且是那种长长的，粗砺且无望的。

他说："我的堂哥一个去了缅甸，至今下落不明。还有另一个，在那一年公审大会后就被枪毙了。"

她将身体向前移了半步，目光落在被杂草盖住的水池上。池栏依然是青石砌成的。这是一定是当初院子里住着的人用水的地方，只是不见了那根从外面牵进来的管子。

阳光落在院子里，幽暗的草落在阴影里。这种更加贴近生活的气息，会让人感觉到时间的真实性，如同眼前的一切，是沉静而疏离的。这是一种可以摸得着的生活和气息，跟人的生命流经的脉络一样，将根须延伸进岁月里，在某一个黄昏或清晨，总会不期而遇。

他跨过门槛，弯下腰去，那扇门已经歪斜。他用手轻轻试了试，然后站起来，抬头看天。

天空一无遮挡地蓝。

小时候，他坐在这个门槛下，抱着堂哥们都不看的书，想着天上和地下的事，等待着每一个未知的黄昏或傍晚。

他想起奶奶说的，这个世界有三重天，天上住的是大人国的人，中间住的是我们，下面住的是小人国。无论走到哪里，他都会想天上和地下，一定有一个跟自己一模一样的人。他在做什么，他们就在做什么。或者是他们在做什么，他就跟着在做什么。

在学校里，他每天都趴在地上画画。他想象着天上的自己和地下的自己，会将画画成什么样子呢？有时候，他跳过水坑。他会一遍一遍地从很远的地方跑过来，疯狂地来回跳，反正不是他一个人在跳。他想知道另外两个自己，跑得有没有这么快？跳得有没有这样疯？他相信他们是能够看见自己的。所以，奶奶在街头叫他名字的时候，他并不会答应，而是侧着脑袋认真地听；有时是趴在地上听，希望一不小心，就听到了另外两个人答应的声音。

他想象着跟他们会合的种种情形，他认为自己画的画，都不是出自自己之手。总有一只手在牵引着，总有人在跟他一起画。他就天天跟着美院来的老师画画。画得天昏地暗，将那些涂了颜色的画举在阳光下，心里想的还是天上和地下的两个人。尽管他最终没有能够成为一名画家，而是成了一个在街头与酒吧卖唱的艺人。

很长一段时间，他在K城的街头唱歌，在深夜的K城街道上徘徊。那个时候，他已经知道了，无论是天上还是地下，都没有别人，但他还是愿意想象那个隐秘的存在。

十四岁时，他羸弱、瘦小，站在小镇外的山脚下，抬起头仰望山顶，层层叠叠的云雾，让他对一切有了向往。踏上通往寺庙的石阶，他的身体被沿途的树影掩蔽。他坐下来，寺庙的钟声让他有了一种特别的宁静和冲动。很多生涩的诗句，就那样从心里冒出来。他趴在地上将它们写在石阶上。一直等月亮从树影间升上来，再去看，觉得寺庙陷进黑暗里去了，就飞奔着下了山。这样日复一日地坐在那里，他开始对着山和树唱歌，唱到声音沙哑，筋疲力尽。

很多次，在临近傍晚时，他总会在石阶上睡到天黑下来，会在睡梦里想象着奶奶的叫声而醒来。鸟成群结队地飞过头顶，整个天空和傍晚都是鸟飞动的声音，这让他想起他的奶奶正坐在昏暗的灯光下，灯影映在墙上，像是人用墨泼上去的印痕。

长大后想起这一幕时，他就会这样想，如果他的爷爷没在台湾，而就在这个小镇上，奶奶会是什么样子？奶奶的腰会不会那么早就弯下来？她的目光她的脸，会不会就那样黯然下去？在没有希望的黑夜里，奶奶将桶一次次放入深井，挑着水走过长长的街道，撞开家门，水溅泼在土泥地上，她一回头，准能遇着他的目光。他趴在床上，头钻在被子里。只露出两只眼睛，闪闪地看着奶奶。

他知道这个问题当然是没有答案和意义的，那个时候战争已接近尾声，他的爷爷必须去台湾，而奶奶和自己注定如此孤独，这同样是由不得选择的。

他第一次给她唱歌的时候，她的心就开了一条口子。他的声音沿着那道口子，钻进了她的身体，使她沉沉地陷进那些声音里。她告诉他那是一种破碎，在时间里难以匡正和修复的破碎。他的声音里包藏着的苦难和苍凉，将过往的岁月凿出一个又一个洞眼，让她感到自己更愿在时间里去托举他的苦难，包裹他所经受的一切。

他们离开二叔的铺面，默默地走了一段路。逼仄、破败的街道长长地延伸着，屋顶上的杂草在阳光下晃动，被蓝得透明的天空映照着。在这样的街道上，一切的挤压、混乱都是生动且能够让人铭记的。

20世纪80年代末90年代初，这条街道人丁旺盛，做生意的人往来络绎。而那个时候的少年正好长大成人，活跃在这条街道上。他们抽烟、酗酒、打架，离开教室聚在街头赌博。生活突然间向这座古老的城镇敞开了一条口子，一条通往外界的口子。每一个人都可以从这道口子里钻过去，获得自己想要的一种生活，那就是使自己一夜暴富。

最先从这条口子钻过去的，是他的堂哥们。

他们往来于缅甸和中国边境，往来于全国各地，凡是他们能想到的可以通往的地方，他们都可以去。偶尔，他们会回到镇上小住，举手投足间，都透着让同辈人望尘莫及的派头。于是，他们的业务很快就在镇上发展起来。他的同学、伙伴跟随着堂哥们一拥而起。他们开始抽名烟喝名酒，开始朝三暮四地跟女人往来。他们躲在小酒馆的某个角落，醉生梦死地吸食毒品。

才宝、一八都是他最铁的哥们，是从小穿着开裆裤在街上的水沟边一起长大的。有时他们吸食毒品，也把他叫上，他就在一种乌烟瘴气的热闹里看着他们。可是他们却从来不告诉他真相，更没有让他加入吸食，即使有人将那些东西拿过来，放到他的眼皮底下，才宝和一八都会若无其事地将其拿开。他在他们心里是不一样的。他们认为，他跟他们绝对不是走在同一条道上的人。他从来都是默不作声地跟着他们，将一切看在眼里，他们也从来没有担心会被出卖。他当然不会出卖他们。

他们每个夏天都会跑到小镇外的水库里游泳。那时候，水库没有筑水泥堤坝，他们站在黄土堤坝上，一起往水里跳。河水涨过土坝淹没了下游的小树林，他们顺流而下，游进树丛，那是一片果树丛，他们从水里偷摘下那些快要熟的苹果，每次都是满载而归。有一次他被树杈划破了腿，血流不止，他有点体力不支，奋力挣扎着将头冒出水面，很快便又沉了下去。

他本来会死掉的。可是一八就在那一瞬间看到了，一八从远处游过来，钻进水里，把他从水底拽上来。他们偷偷跑到药店买药敷伤口。他们不敢将这件事告诉大人，他们第一次有了秘密，相互之间懂得了如何默默地信守秘密。现在，虽然那只是一八和才宝的秘密，他也知道是与自己有关的、一个几乎与天一样大的秘密。他甚至知道那样的一天总会到来，这个秘密没有人能守得住，他却没有力量去阻止那样的一天。

那时的小镇突然间疯了。一八和才宝仅仅是那疯狂人群中的两个，从街头这边看过去，挨家挨户地一数，只要上了中学的无一不是吸的吸卖的卖，他们走南闯北，搅得古老的小镇鸡犬不宁。

至于他，似乎还处在蒙昧之中。或许是长期与奶奶相依为命的原因，他的内心是那样地纤弱，纤弱得他只能在颜色和声音里得到安宁。他每天都在教室里画画，画到天色昏暗，奶奶沿街一路叫他的名字。他将画高高举起，他要让天上的自己看看，他们是不是画了相同的形状与色彩？

那时他已经上初三了，除了画画，他最想的就是有把吉他。他认为世界上最好听的声音就是“不要问我从哪里来，我的故乡在远方”。这是歌星齐豫用吉他弹唱的。那一天，他画完画从学校出来，才宝和一八在教室外面站着，他们歪斜地站在墙角。一八抽着烟，将整个身体靠在墙上，见他出来，眼睛眯成了一条缝儿。他走向他。一八突然将身子闪开，那把吉他就露出来了。

他们一起看着他。他愣在那儿，不敢相信那是真的。才宝说：“我们从小混手上买来的。”

小混是他的同班同学，也是这个小镇上唯一有吉他的人。小混将吉他背到教室里，仅此一次，他才知道《橄榄树》里那么好听的声音，是由吉他发出来的。那次小混让他摸了一下吉他的弦。当他的手指触碰到琴弦的时候，他感觉浑身的血涨得快撑破血管了。后来再听齐豫唱歌时，他就觉得吉他的声音是从自己身体里流出来的。

他将吉他抱在身上，很久都不敢张口说一句话，生怕一开口一出气，就失去了。才宝和一八跟在他身后。走在街上，他们一路抽着烟，满足地仰起头，将烟对着天吐出来。他出了一身的汗。那晚他们坐在小镇的街头，听他胡乱地拨了一夜的琴弦。那个时候他还不会弹。也许他天生就是属于音乐的，他觉得每一根弦发出的声音，都是他身体里生出的枝蔓，都妙不可言，只要他的手一触着，就会让他的身体起伏波澜，而别的事物都不复存在。

从此，这把吉他伴随他走过了一生中漂泊的时光。这也许是他一直相信命运的原因，相信那只看不见的手，在冥冥之中的操纵和指引，他选择了吉他，而不是毒品。

他惧怕的那一天，终于来了，或者说他想象和畏惧的场景终于来了。在一个冬天下雪的日子。一八和才宝先后在小镇被捕，那时他已到K城上高中，他没有对那样的场景进行过任何想象，那是迟早的事，他心里明白。

他们被捕离开小镇以后，他背着吉他，走过他们曾经去过的所有地方。一个人弹着吉他，对着树林和雾霭，对着那条河，对着小镇外空旷的天空。有时候，夕阳的光照反射在水面上，映着波光，他会一直唱到天完全黑下来。

公审大会那天，天还没有亮，雪就开始下起来。这样的雪天，小镇是少有的，或者是反常的。几十年来，小镇的冬天第一次下雪。镇上有那么多人，要在公审之后，立即处决，下一场雪似乎更接近，或者与那样的场面更相应。

一辆接一辆的警车，从小镇以外的道路上驶来。老远就听到了它们发出的声音，尖锐、刺耳。小镇南面的坝子被围得水泄不通。雪下得不大，却也不小，落在人的头上还来不及化，一朵一朵地飘满了。

他站在离公审台不远的人群中间，埋着头，不敢抬眼向上看，只看着地面，雪簌簌地落下来。一八、才宝，还有他的堂哥一共十二个人，都光着脑袋，脸在雪的映照下反出乌青色，脖子上挂着写有名字和罪名的纸牌子，字是黑体的，写得歪歪扭扭，好像都是不经意而为。一八、堂哥跟另外三个人的名字上，用红笔画了叉。画了叉的，就是要执行枪决的。才宝低垂着头，一八的头僵直地耷拉着。

人群里有人在哭。他一动不动地站在那里，他也想哭。

台上的扩音器飞迸出刺耳的尖厉声，他们的名字被法官一一地通过喇叭扔在雪地里。听到一八的名字时，他的心颤抖了一下。然后，他抬起头看天上飘下来的雪，落满每个人的头发。才宝的脸看不清，因为他低着头。一八和堂哥的脸，像是泥工塑出来之后，还没有来得及雕琢就被雨水蚀腐了。

无论过去了多少年，这一幕他始终无法抹去。那样的雪，一直是落在他心里的。

他领着她走到了另一条道路上，那是他上学时必走的一条路。他似乎比先前要高兴一些，他说："我们数学老师说，他过的桥比我们走的路还要多。"

他笑起来，指着眼前一条臭水沟上横过的水泥搭板说："数学老师说的桥，就是这个。"

她没有笑，而是回过头去又看了一眼，那个被他指笑为老师说的桥。

污浊的水缓缓地流着，他说以前这儿是一条河。她也笑了起来，迎着他说的河往远处看，一条土黄色的道路，蜿蜒至已显颓废的房屋深处，两个背着孩子的女人挡住了种在路边正在开着的胡豆花。

她说："这也叫河吗？这有点类似于老师说的桥。"

他不说话，带着她走过一条长长的街巷，街巷两边都是土墙，很高，所以巷子自然就显得很幽深。墙上泥巴斑驳下来，形成年深日久的凹陷。拐弯处，三个孩子将一条皮筋低低地系在树身上，然后进进出出地跳着。这叫跳皮筋，小时候都这样玩过。屋子里走出一个男人，不由分说地跟着跳起来，皮筋就断开了。孩子们不愿意了，哭声穿过了巷子。她站在那里，而他却已经走出了巷子，留下个模糊的背影。

巷子外面是一片瓦蓝的天空，天空下是一所建得宽大的学校。他说这就是他的母校，现在建得面目全非了。他们沿着他指点的道路往前走。街面的屋檐下站满了人，他们说着话，东倒西歪地站着。男人们站在那里，漫无目的地抽着烟。两个女孩头挨头地靠在一起，一个女孩正在用一根小头卡给另一个女孩掏耳朵。

他告诉她，街上的这些人都是来务工的。

她看着屋檐上枯了的草问他，到了春天这些长在屋檐上的草，是不是又重新长出来？开满了花？他说是。

他们就一路抬头看着屋上的枯草，阳光下晃动着的枯了的草，依然包藏着生命不可遏制的力量。到了春天，那些隐蔽在枯朽之下的根须，吸足水分，就会不可阻挡地长出来。

她说这世界就是如此，外面的人来这儿务工，这儿的人到外面务工。最后每个人都是外来流动人口。他沉默了一会儿，大概是想起了早年的自己，背一把吉他离开这片土地，在老城以外的地方寻求活着的希望。

老城有多老，她没有深究。这个可以在历史资料上查找到的古城，在时间里蜿蜒得久了，以至于它的冬天，比春天更加充满了想象。它的街道甚至比它本来的样子还要陈旧。两条平行的狭长的街道，交会在一个叫关圣宫的祠堂门口。卖小菜的挤得街道越发狭小，人和来往的摩托在街道上交错而过，她只能侧着身体，小心地穿过各种各样的摊位。

她和他一前一后地站在祠堂前，证明此祠堂为保护文物的石碑立于堂前。她和他仰起头，正门两边的木质墙面和那些飞檐上的雕花，足以证明了老城的久远。那些附着皇家尊严的颜色、恢宏的气势，在年深月久的岁月里，依然没有褪尽流转千秋的霸气，显示了一个王朝的坚定和笃实。祠堂建于明朝，清时重又修复。不管时间过去了多久，于这个小镇的老城来说，都是刹那间的烟云。

祠堂的大门敞开着，屋子里乌烟瘴气的，坐满了喝茶打麻将的人。灯光昏暗地照在人们的脸上，有如隔世的幻象，影影绰绰地映在屋子里。既为文物又不能没有人气，如果没有人气，所有的东西都会坏损，包括房子。所以，祠堂悲哀地变成了老年会所，人来人往，热闹非凡。当年修建此祠堂的人，不会想到如此的景象。

天色暗下来，街面上的热闹显得乱哄哄的。

她跟在他的身后，拐过一条条街道。她喜欢穿过那些陈旧的斑驳的黄泥巴的高墙。墙身很高，墙内都是青瓦盖的屋顶，依然保持着过去的时光里大户人家的气派。

她说她想在老城找个客栈住下来，他们就沿街一家一家地寻找。

水井就在街面上的情景并不多见。她正举着手机，拍下那口井时，一个妇女前来取水。那是一口红砂石窄井口的老井。他说小时候这口井是被加了锁的，从很久以前就有此井，这是一口官井。那个时候，整条街上的人都来此取水。当年的井是由政府管着，不能随便取水的。现在锁是没有了，井沿被磨得锃亮。那个妇女将身子俯下去，迅速地将水从井里打了上来，头也不回，匆匆走了，水溅在她的脚上。

沿街住的都是些外来人员。他们的屋门半敞着，屋子里零乱不堪，横七竖八地摆放着各种东西。三个孩子在房檐下玩，他们跪着，脸贴着地，知道有人走近，便将头弯下去，从手肘下看过来，一脸的污泥，眼珠子一动，露出眼白怯怯地收回去，认真地玩起来。等人走远了，就又抬起头来认真地看，站在那里并不散去。

房屋上的草在太阳光下摇动，一街的房子都是。她就想，到了春天这里是何景象？那一定是很美的。从街这头看过去，房屋上开满了各种各样的野花；从街那头看过来，房屋上还是开满了野花。

她仰起头来，天空已经暗淡。

他一路走着，见她脸色好看了，就高兴起来。他不知道她心里想什么，只管一路指认着小时候跑过的地方。他背着书包，从教室里跑出来，跑进卖糖水的店。那时的糖水一分钱一杯，他流着汗喘息着，将糖水一饮而尽。

20世纪80年代初，他上小学。那个时候，她在做什么呢？那个时候的她已经中学毕业了，耳朵里每天萦绕的都是邓丽君的歌。而这条街上，那个时候是不会有邓丽君的歌。就是到了现在，这里的一切，跟现代城市似乎还隔着好些年的距离。

住在小镇的每天早上，她还没有睁眼，耳朵里就被好几年前就听过的恭喜发财的歌塞满了。那个男女声同唱的“恭喜你发财”的声音，是从一个破陋的音箱里发出来的，腐朽得让人无所适从。

八年前，她刚刚离婚，住在母亲家，这首只能用在春节祝福发财的歌，那时才走上市场。这首歌听得她走投无路，死的心都有了。这首歌唱了那么多年，也就是那么长的时间过去了，她完全已记不得的时候，这个县城的某个窗子或者门面里，又发出了那个让她痛不欲生的声音。

她关闭玻璃窗拉严窗帘也挡不住的声音，让她又回到了过去的时光里。那些年总是很冷，雪也下得大，她以为离了婚，就可以跟自己爱的男人走到一起。可是那个男人，却在那样的寒冷里消失得无影无踪。

恭喜发财的歌如同毒液一般，浸透了她的身体。她惧怕再听到那样的声音，所以她告诉他，在离开小镇的最后一个晚上想住在老城。

经过民国时期的县政府旧址时，他仰起头认真地看石碑上的字迹。那是一栋两层楼的红砖房子，可以想见当年的县衙，在这样一个小镇上的威严。只是那块石碑光溜溜地经受日晒雨淋，碑身除了写满了黑密密的野广告外，已然裂开了一条缝儿。他站在那道阴影里，仰起头认真地看着，然后用手涂抹着上面的字迹。她看着他痛惜的样子，心里生出另外一种感慨。

老城可以坐下来吃饭的地方很少。他们在街上好不容易找到了一家店，走进去，屋子里到处都是人，黑密密的，都是干活累了一天的人，坐在冒着热气的火锅前，倒了酒大声地喝着。他们坐下来，收拾桌子的是个十三四岁的小孩，大概是店主的孩子，他手脚麻利，埋着头不说话，很快就将前面人用过的桌子清理出来。

屋子里有一股污浊得散不开的气。

她坐在人堆里感到很沮丧。他拿出手机看了一眼，然后给她讲起了明星张国荣，还有梁家辉。她埋着头，觉得他说的话很不合时宜。他说："张国荣曾经在一档毛舜筠主持的电视节目中，对着采访自己的毛舜筠说过，如果你当初不拒绝我的爱，那么我的人生将会是另外一种样子。"

她将头更深地埋下去，她的眼泪在闹哄哄的人群里流了下来。这个令人伤感的故事，无论怎样都与此情此景毫不搭界。她想起他曾经也如此说过，如果她拒绝跟他结婚，他的人生也将会是另外一个样子。

她感觉心脏一阵抽搐，她不能面对他说的一切，而那个女人始终盘绕在心里，形成一道深深的魔咒，她无法摆脱无法喘息的魔咒。她知道，一切都将死于那道魔咒。

无论怎样，她还是不能原谅他。他辜负了她对他所有的爱，那个女人将无数的箭矢扎在她的心里，每走动一步都会更加深入地插进一寸。

老城的夜晚，街灯昏暗。从街这头看过去，灯影下晃动的人影显出一种与时间无关的缥缈和不安。他们在一家木楼结构的小客栈住下来。木楼的梯子绕着一根柱子，弯曲着盘旋上去，他走在前面回过身伸出手拉着她。他们就这样手拉着手上完了梯子。

推开门，房间很小，刚好放得下一张双人床，还算干净。窗子很低，却很宽，是宽阔得可以让人坐在上面的那种。她脱了鞋坐到窗台上，整条街的灯光和道路都在她的眼睛里了。

她不说话，一直看着街面，风轻轻地吹过，两条狗沿着屋檐下的灯影，歪歪扭扭地走着。一辆摩托车飞快地从街道中间穿过，骑车和坐车的小伙子金黄的头发，在灯光下格外招摇。他们像是夜晚随风划过的痕迹一般，仿佛与这个世界隔着很远的距离，让她无法辨清这一切是真实的还是虚幻的。分手在即，就在明天。当她登上飞机之后，她和他，原本以为可以生死相依的两个人，就会天各一方，永世不再相见。

世间所有的相遇都是一样，人与人的相遇，人与物的相遇，不过是那样的时间里的一次相映，彼此虚构映照。

她看着他，心里萦绕着一种说不清的感觉，然后她对他说："再给我唱一次歌吧。"

他坐在窗台上，他躲过她的目光看着街面。他说："我说过，等我的手治好了，我们的婚礼上，我会为你唱一晚上的歌。"

她埋下头去，心里想着，没有那一天了。

她不想当着他的面说出那句话，她不能承担他的痛苦，她把已经在眼里的泪水，又咽了回去。她想到了死亡，想到了离开后她独自一个人度过的一个又一个寒冷的日子。

他见她埋着头不说话，就开始低低地唱起歌来，一遍又一遍地唱着。她看着他，想着他并不会知道这是最后一次了，所以当他唱到“从此以后/我在这里/日夜等待/你的消息”的时候，她还是止不住泪流满面。

他停止了歌唱。

他继续看着街面，两家院墙上挂起了灯笼。风从那儿吹过，摇晃着灯影。她重又看着窗外，她想也许她不会跟他分手。她曾经告诉他，她爱他对她的爱，爱他的苦难和才华，爱他的一切。她的心突然软和了，她想她是无法离开他的。

她看着他，第一次如此清晰地看清了他的眼睛，背后隐含着一个刚刚成熟的男人在经历无数风霜和苦难之后，特有的明澈和气息。他的经历和他的才华，让他如此迷人。

他又开始唱起来。他告诉过她，他要用吉他弹奏名曲《大圣堂》和《阿尔罕布拉宫的回忆》给她听。这是两首高难度的世界吉他名曲。由于他的手指突然坏掉了，所以她一次也没有听到过他弹奏吉他。

那天晚上，他们在窗台上一直坐到深夜。他唱尽了所有她喜欢听的歌。上床后，他紧紧地将她抱在怀里。那一夜，外面下雪了，是雨夹雪，轻轻地打在玻璃上。

第二天，他们很早就起来了。收拾好东西后，他开车送她去机场。一路上他们什么话也没有说，他腾出一只手，紧紧握住她的手。他们所在的两个城市距离虽不算远，但毕竟是两个不同的城市，相见是需要时间的。所以每一次的分离，都有可能不再相见，每一次的分离，他们都会紧握对方的手。

她想起之前的一次，他去看她，走的时候，她将他送到火车站。那是夏天，火车站正在改建，送人只能送到外围——一个用栏杆临时围出来的地方。他们站在杂乱的人堆里，天上有月亮，云层很厚。他说他想留下来，留在她的城市。她抬头看着天上的月亮，云随着风飘过来挡住了月亮。

火车很快就要进站了，她将他推进第一道安检门，然后他回转身来看着她，一直站在那里看着她。她怕他跑出来，转过身，眼泪就流了一脸。那个夜晚，她答应过他，等他处理好那边的事，就跟他结婚。她会一直等他。

阳光透过车窗照射在她的脸上，她用手挡住阳光。

中途，她在加油站下过一次车。从洗手间出来，远远地，他站在阳光下等她，她就忘记了分手的事，还有那个女人。那个女人竟然被她陡然间忘了，她觉得自己是多么地爱他啊！

到了机场，他说他要送她进大厅，她拒绝了，原因是外面不能停车。她拖着行李箱，艰难地穿过马路，回过头来时，他的车早已无影无踪。

大厅里，她依然茫然不知所措地寻找，随人流一起涌动，一切都如同梦幻一般。

好不容易办完手续，过完安检，她找了一家用餐的地方坐下来。她觉得她已经无法控制自己，眼泪不停地流着。她紧握手机，想给他打一个电话，告诉他自己此刻的感受，可是她又担心他在高速路上开着车不安全。

坐在她对面的两个年轻的女孩，一个在玩手机，一个在打电话。打电话的那个女孩似乎正在跟电话里的人吵架，声音很大，说出的话不堪入耳。女孩一边骂着电话里的人，一边用眼睛扫视她。

她渐渐平静下来，她不想跟他分手了。她心里充满了一种温情，她想告诉他，她其实一直都很爱他。她又一次拿起电话。她的手机上除了他的号码，几乎没有别人的，所以很快就调出号码，只要她的食指一按下去，就会拨通，她就可以如她所想的那样，告诉他她很爱他。然而，她还是犹豫了，她想他在高速路上开着车。

开始登机了。她站起来。她的手机响了，是他的电话。广播的声音盖住了手机的声音，振动使她在看手机时哆嗦了一下。她没有接电话，不知道为什么，突然就什么也不想说了。

她抬起头，将流出来的眼泪忍了回去。

（原载《山花》2014年第5期）

石庆慧

女　嫁

一

凤音没有想到，倔强的她，却有一天差点成了傻子来木的媳妇，而她一直坚守的冰清玉洁的身子，竟让杨东海那个混蛋给玷污了。

故事还得从头说起。小时候，凤音母亲不允许凤音与男生说话，只要她跟男生说话，母亲就会罚她跪神龛，而且一跪就是几个小时，那股狠劲，仿佛凤音做了什么见不得人的事。凤音不明白为什么不能跟男生说话，问母亲，母亲并不给她说理由。凤音的叛逆就开始了，母亲越是罚跪，她越是想方设法跟男生说话。村里的人知道了凤音母亲的规矩后都让他们的儿子不要跟凤音说话。于是凤音宣告，哪个男生若不跟她说话便是不勇敢。只可惜男生们并不在乎凤音嘴里的勇敢，看见凤音就远远地躲掉了。

后来，凤音上中学去了县城，以为获得了自由，谁知母亲跟去一起住进了三哥家，不让她住校。每当出门的时候，母亲就跟着出来说："早去早回啊。"凤音没好气地说："上学、放学的时间都是早规定好的，不能早去早回。"母亲就笑，说："你懂我的意思就行。"凤音吼一声："不懂！"吼完就跑出门去。

每天晚自习，母亲更是紧张得不得了，还没下课，就早早地在半路上候着，只要凤音哪一天回家比平时稍晚一些，她就急得像热锅上的蚂蚁。

有一回，凤音跟母亲闲聊，提到班上的一位男生一下子有些得意忘形，说他是她们班公认的白马王子，篮球打得可好了，三分球投一个进一个，为人又大方，好多女生为他加油，比赛结束后，他还请女生们去吃冰激凌。母亲问："他成绩好吗？"凤音说："不是很好。”母亲又问：“是城关的还是乡下的？”凤音说：“乡下的。”母亲接着问：“你没单独和他说过话吧？”凤音忽然意识到什么，生气地抬头看母亲，竟然看到母亲一脸惶恐。

凤音实在受不了这样的管制，恰巧那时县文工团招学员，说是包安排工作，凤音一赌气就辍学进了文工团。而从凤音不是学生的那一刻起，母亲的态度就一百八十度大转弯，开始给凤音物色男朋友，关心起凤音的婚姻大事。

每一次带朋友回家，只要有男性，日子都会被母亲搅得不能安宁。母亲的态度不是让凤音生气，就是让人家受不了而逃之夭夭。记得有一次，有两个正处对象的朋友怀着好奇心跟她回老家过侗年，可一对恋人硬是让母亲给搅黄了，害得凤音左右为难，最后不欢而散。后来，凤音总是一个人回家，母亲却抓紧时间不断给她安排相亲，让凤音一想到回家就感觉厌烦。

按说，男大当婚女大当嫁，结婚生子，天经地义。可凤音偏不，凤音喜欢唱歌，喜欢跳舞，又有几分姿容，因而便有着与大山一般女子不一样的想法。凤音不甘心做一个日出而作、日落而息的小农妇，她梦想着能像小说里描写的那样，某天与某个男子擦肩而过时回眸相望，那瞬间的悸动将告诉她对方就是她今生要等待的人，然后与他不管不顾、轰轰烈烈、缠缠绵绵、惊天动地地爱一场。

凤音在文工团培训了一年，与几个姐妹被挑选到桂林刘三姐大观园里搞表演。刘三姐大观园是桂林著名的民族文化旅游景点，凤音与姐妹们在那里唱歌、跳舞，与游客们互动做游戏，取悦前来观光的游客。最初凤音是沉醉的，穿着漂亮的戏服，甩开歌喉欢快地唱，以为自己站在了舞台的中央，是那么地光鲜、艳丽。可是，凤音种种美丽的幻想很快就破碎了，因为每天重复的是相同的游戏流程：对歌、抛绣球、背新娘、拜堂、喝交杯酒、入洞房。入，即是出，出来又开始下一个相同的流程。游人络绎不绝，却都如过眼云烟，一天下来，记不住一个容貌，也没有谁会记住她的容貌，倒是有些涎皮赖脸的游客总想借机动手动脚，在她们身上吃一口豆腐或揩一把油。

凤音有些厌倦，很是沮丧。可是，走出大观园，她又是茫然的，她唯一懂得的，就是到哪里坐车回家，但她不要回家，她想，留下来总有一丝希望，而回家就真的只能成为大山里一个地道的粗糙的农妇了。凤音并不是怕吃苦，而是觉得大山里不可能有她想要的爱情。

终于有一天，来了一伙军校的大学生，凤音的绣球被一个身高一米八的帅小伙接住了，凤音训练有素地对着他甜甜地笑，等着他来背她。他握着绣球，看着她，有些腼腆，在同伴们的哄闹下才仓促地蹲下来，把背递给她。凤音轻盈地爬上去，感觉到他的身体在微微地颤抖，凤音的心也微微颤抖了，后来的程序完成得就有些不太自如。临别的时候，他问她叫什么名字，还自我介绍地说他叫南西，是某陆军学院大四的学生，要毕业了班上组织出来游玩，还说如果有机会，希望能够再次遇见她。

后来，那些让人感觉不自如的微妙情愫，竟在凤音一遍遍地咀嚼中生出无限丰富的情意来。而他临别时的话语，又让凤音的种种想象有了依托。凤音知道自己爱上了那个叫南西的大学生。凤音也知道这很荒唐，可是她却控制不住自己，像相信上帝的存在一样，开始了一种说不清的期待，并因为这份期待而觉得生活无比美好。

一年又一年过去了，合同期满又续签，直到同伴们纷纷离开，直到公司老板将她调离岗位，凤音依然坚持着心里的等待。凤音知道，她和他也许永远不会再相遇了，但凤音坚信，她与那种心颤的感觉一定会再相遇。否则，宁愿怀着美好的想象等待一生。

二

可是，凤音能等，母亲却等不了。这些年，凤音的母亲就像热锅上的蚂蚁，急得团团转，想方设法地逼迫凤音回家成亲。

一次，母亲说各位哥嫂闹分家，都不要她，她干脆一死了之好了。凤音不相信哥嫂会做出这样的事，因为几个哥哥向来以孝顺出名。可打电话问哥嫂，哥嫂们说分家是必然，只是母亲越上年纪脾气越古怪，说不通情理。几天后又曝出母亲失踪的消息，凤音火急火燎地赶回去，发现竟然是个骗局。然而，凤音却对那个前来提亲的人不理不睬。三天后，趁家人不注意，凤音一件行李都不带，只身溜出家门，远去了。从此任母亲怎样威逼哄骗，都没有再回过家，有时被逼得不耐烦了，就跟母亲宣誓，说这辈子都不嫁人了，不要为她白操这个心。

这次，大哥打电话来说母亲病危，回去晚些怕连最后一面都见不着了。凤音本想说是不是又是母亲的计谋，可听大哥的声音苍老而又悲凉，凤音也感伤起来。毕竟五年了，五年没有回家，说起来，她这个唯一的女儿也太不孝了。

五年，对于一个年轻人来说，一晃就过了，而对于一个老人来说，是多么的艰难。每年，只有当冷冬过后，春天的阳光普照大地，老人晒暖了身子，才能长长地叹息一声：啊，又过了一年。凤音的母亲就是这样一年一年挺过来的，好像每过一冬，都要费掉很大的劲儿。

现在，母亲还能再度过又一个冬天吗？

凤音惶惑不安地回到家。家里许多人进进出出，凤音知道那是不好的预兆，心里一紧，眼泪决堤而来。

人们给凤音让出一条道，仿佛专门等她的到来。母亲却犹如一截干枯的树枝，冷漠地躺在众人的忙乱之中。

她是以最快的速度赶回来的，母亲还是等不及了吗？凤音突然觉得天地旋转起来，然后，天一下子就黑了……

凤音感觉好累好困，却无法入睡，只觉得到处都是身影在晃动，一片嘈杂。是在给母亲办丧事吗？凤音想爬起来，却发现自己仿佛被点了穴一般，根本动弹不得。想放开嗓子哭，声音却怎么也挤不出来，眼睛也涩涩的，睁不开，也淌不出泪水。凤音拼命呼救，拼命挣扎，在她身边来回穿梭的人们却对她视而不见，仿佛她已到了另一个世界。凤音感到从未有过的恐惧、无助和悲伤。

终于有个人向她走来，那个人穿着一身红色的新娘装，两条粗黑的麻花辫、整齐的刘海、清晰的轮廓、光洁的面颊、似笑非笑的两个浅浅的酒窝。这女子有点像母亲，又有点像自己。

凤音没有见过母亲年轻时的样子。她小的时候常听大人们说母亲是村里最漂亮的媳妇，可她认识母亲的时候，母亲已经是个头发花白、皮肤干皱的老妪了。母亲是四十二岁那年生下凤音的。那个时候，大哥已经结婚，二哥也谈了对象，三哥在读师范。母亲开心得不得了，用三哥的话说像一个第一次做母亲的女人。父亲也很开心，五十多岁的人却如同小伙子一般，整天乐呵呵的，跟着大哥二哥上山下田，做什么活路都不落在后面。

女子说："孩子，快起来，今天是嫁（某些侗族人对母亲的称呼）结婚的日子。"凤音就跟在母亲身边，像一个别人都看不见的影子或者魂魄，和母亲一起去经历一场繁琐的农村婚礼。

凤音在母亲的婚礼上没见到父亲。五岁那年，父亲积劳成疾，与世长辞了，凤音对父亲没什么印象，只是听人说，母亲嫁给父亲，那是鲜花插在牛粪上。没见到父亲，凤音一点也不奇怪，她知道这不重要。母亲曾说，女人总是要出嫁的，就像种在苗圃里的庄稼总要移栽一样，你不能一直在苗圃里生长，你得移植到属于你的地方去。凤音想，如此说来，婚礼不过是向众人宣告一个女人由某个地方移栽到了这个地方，至于这个地方的主人如何？移栽后女人的命运如何？众人是不消深究的。

凤音看到母亲在别人的安排里做着指定的动作，说着别人教给的话语。在凤音的印象里，母亲是个能说会道的人，而整个婚礼，母亲除了偶尔对她涩涩地笑一下外，不是眉头紧锁，就是表情木然。

凤音问："你好像很不开心的样子？"

母亲说："有什么开心不开心的，女人都有这一回，这是命。"

凤音说："命也有好命与坏命。如果明知是坏命，你也甘愿受摆布么？"

母亲说："世上谁不受命运摆布？认命的人终究比不认命的人强。"

凤音说："我不信，我从来都不信命，你们相信是因为你们没有追求。"

母亲说："不管什么追求，女人的归宿最终都逃不出婚姻与家庭。"

凤音说："婚姻与婚姻不一样，家庭与家庭也不一样。"

母亲说："可是你就要错过结婚的好时光了，错过这个时光，你还能期待什么样的婚姻？"

凤音说："那我也不能随随便便就结婚。"

母亲说："怎么叫随便呢，我和你父亲结婚前面都不曾见过，一辈子还不是一样过来了。"

凤音问："那你觉得你的婚姻幸福吗？"

母亲说："什么幸福不幸福的，大家都是这样过，有夫有子，一家人团团圆圆，你的人生也就圆满了。"

凤音又问："出嫁之前，你连我爹面都没见过，你不怕吗？"

母亲说："谁和谁不是由第一次见面到慢慢熟悉的？"

凤音说："我可不做田地里任人摆布的庄稼，我要做自由的云彩，飘在我热爱的土地上空，向它微笑，为它哭泣。"

母亲沉默了，脸上慢慢地现出悲伤，悲伤的面容上皱起了一条一条的纹路，突然一下子老了，变成了凤音熟悉的农村老妪。

老妪欲言又止，许久才说："孩子，那是要付出惨痛代价的。"

凤音感觉母亲话里有话，想要问个究竟，可母亲却被两个黑影拉开了，凤音急了，想抓住母亲，母亲却忽地远了。凤音想起刚进门时看到母亲像干柴棒一样躺着，意识到自己是在迷迷糊糊地做着乱梦，难道母亲的魂魄已经飘走了吗？凤音又是悲伤又是焦急，一路狂追，一路大声呼喊："嫁，嫁，嫁，我的嫁啊……"

芒村人不把母亲叫妈，也不喊作娘，而是喊作嫁。芒村是一个侗族村庄，但已基本被汉化，年青一辈都不说本民族的语言了，也不穿本民族的服装了，只是一些风俗，一些专有称谓仍保留着少数民族的痕迹。关于"嫁"，还流传着一个笑话，说是在一个婚宴上，有个小女孩哭个不停，怎么哄劝都停止不了，只是一个劲儿地喊着"我要嫁，我要嫁，我要嫁……"。不明就里的外乡人说："怎么这么小的女娃就知道羡慕新娘子了。"弄得满屋子的人哈哈大笑。

关于"嫁"，母亲有自己的解释。凤音母亲并不是芒村人，而是山外一个落魄地主家的闺秀，幼时跟私塾先生学书习字，懂得一些文化。母亲说："'嫁'字最好地归结了女人的命运，不管时代如何变迁，女人的归宿终归是家，家是女人的中心，而一个家庭，父亲是支柱，母亲是中心，将母亲喊叫'嫁'，最贴切不过了。"

凤音说："嫁还真会鬼扯，我们的祖先发出'嫁'这个音时，根本就不会写汉族的'嫁'字。"

母亲说："这就是某种暗合，世间万事万物都是相关联的。"

凤音说："我就是在等那个与我相关联的人，姻缘没到，你们着急也没有用。"

母亲说："你的姻缘什么时候才到呢？哪家姑娘不是趁着十八九岁的好时光出嫁？自己毁掉了多少好姻缘还要倔强！"

凤音说："能毁掉的算什么好姻缘！"

凤音已经记不清她从什么时候开始，总是这样跟母亲斗嘴。现在，再也不能跟谁这样斗嘴了吧？凤音在哭喊声中醒来，意识到母亲已经离开人世，心口又是一阵疼痛，双眼淌着泪水，不想睁开。

凤音听见大嫂说："还知道伤心啊，这些年看把嫁折腾成什么样子了。"然后是二嫂、三嫂、叔娘、七姑、六姨，各种声音铺天盖地而来。

凤音想，骂吧，尽情地骂吧，这都是自己应当承受的。

可是，她又听到了一个苍老的声音，那个无比熟悉的苍老的声音说："好了，可以了，你们出去吧。"

这个声音并没有显出病态的衰弱，凤音睁开眼睛，嫁果真守在她床边。

这是怎么回事啊？凤音"嗖"的一声掀开被子，气堵堵地爬起来，立马要离开。

"你不该庆幸我还活着，难道愿意我死了，好成全你的悲伤吗？难道刚才的难过是做给别人看的吗？你以为我真的还能长久地活下去么？"

母亲说着说着不禁老泪纵横，肩膀一耸一耸的，像个受了委屈的孩子。

凤音停了下来，她从没见母亲如此伤心哭过，她觉得母亲在刹那间老了许多，如同刚才的梦境。

母亲是真的老了，老到了凤音害怕的地步。还是天高云淡的秋季，母亲却穿上了好几件毛衣，头上也缠上了层层侗布，布边散着几绺雪白的头发，脸有些浮肿，面色枯黄，皱纹苍老，眼窝越发深了，蓄了泪水的眼珠浑浊得都要睁不开了。这个老态龙钟的妇人，就是刚才梦中那个身着红色新娘装的女子吗？凤音的心生生地疼了，搂过母亲，感觉母亲又比自己矮了一截，仿佛搂着一堆衣物。

"你以为我真的还能长久地活下去么？"母亲又重复着这句话，凤音的心竟如锥刺一般，感觉说不出的悲凄。

母亲说："其实也不完全是骗你，你别看我现在还能吃能睡，但我感觉我的大限快到了，不晓得什么时候就会突然离世，我要是走了，还有谁为你操心？你也会有老的一天，你到底犟个什么呢，孩子？"

是啊，到底犟个什么呢？凤音捂了捂胸口，像是要确定藏在那里的东西是否还在。她什么也没说，只用沉默来回答。她觉得虽然母亲不了解自己，但自己却亏欠着母亲。留下来陪陪母亲吧，看起来母亲真没有多少日子了。就在刚才，凤音已深刻地品尝到了那份遗憾，也相信母亲说的是真话，因为她也逐渐体验到了时间流逝的可怕。

母亲向家人宣布，这个冬天无论如何都得把凤音嫁出去，不然自己死不瞑目。

三

稻谷收了，油菜种了，正是农闲好恋爱的时节。凤音家为着凤音的婚事忙开了，四处物色人选，多方托人介绍。但一段时间过去了却没什么进展，倒不是凤音拒绝别人，而是根本就没有人来让凤音拒绝。首先是大龄未婚的男子排查下来寥寥无几，不是说已经处了对象，就是在外面打工还赶不回来。凤音的家人都着急了，只有凤音暗自欢喜。

凤音待在家里憋闷得慌，邀大嫂上山去砍柴火。大嫂说："你细皮嫩肉的砍什么柴火？现在用电用气，烧不了多少柴的。"凤音其实并不是为了柴火而去，主要是想到山里透透气，听听那些旷远的歌子。大嫂说："山里静得鸟的声音都没了，哪还听得到什么歌子？"

她们所说的歌子，就是芒村一带的山歌。秋收之后，多是暖阳当空的好天气。以往家家户户比赛一般，纷纷上山砍柴过冬。当人们将身体藏进密密的林子里时，响彻云霄的山歌就像群鸟一样从各个山头飞跃而出，你唱我答，好不热闹。

秋来春去树叶落
来到山头唱首歌
唱支山歌给妹听
阿妹听了莫笑哥

砍柴打草忙呵呵
听支山歌多快活
山歌好比清江水
百灵应和谢阿哥

凤音想着这些山歌，想张嘴哼唱哼唱，声音却出不来，不知是因为从没唱过，还是因为情景不合。在刘三姐大观园的舞台上，凤音曾扮成刘三姐与莫老爷对唱山歌，唱得那叫一个欢天喜地。但那是在舞台上做戏，为的是取悦前来观光的游客。当时凤音就想，什么时候能够与人随性地对唱，想唱什么就唱什么那该多好。只可惜家乡的山林歌子满天飞的时候，凤音还是一个羞答答的小听众，何况母亲当时并不准她唱歌。

现在，她会唱歌了，到了能用山歌表达自己情感的时候，大山却静默了。真的没有机会在山林里甩开嗓子大声歌唱了吗？凤音抬头望了望四围的青山，山是那么地沉默。

芒村坐落在一个山窝窝里，四面高山，群山脚下一条十几米宽的小河与一条几米宽的乡村土路像飘带一样随山势盘旋蜿蜒。山近在咫尺，凤音却找不出登临的理由，就像那些已经远逝的山歌，凤音已无法开口歌唱一样。

凤音在村巷里走过，哪家屋舍曾躲过猫猫，哪家的敞楼上学过刺绣，哪家的树下荡过秋千，哪家的晒谷坪上跳过绳，又在哪条路上追打摔过跟头，那些喧闹总在脑子里轰响，让凤音常常产生错觉，以为村庄依旧，岁月依旧。事实上，她走过的那些屋门前，无不空荡着寂寞，只偶尔得见一两个老人穿着棉袄，安静地坐在门槛上晒太阳。村庄是如此地安静，静得仿佛是一个被尘嚣遗弃的远古的部落，这个部落里的青壮年都到遥远的城市征战去了，孩子们也都去了镇上的寄宿学校。没有青壮年的村庄是疲软的，没有小孩子的村庄是沉寂的。看来，村庄也老了。

凤音偶尔去井边打水，偶尔去河边洗衣服，偶尔上菜园子摘菜，每当做这些事的时候，凤音就想象自己是一个归隐的诗人，正过着一种闲散的田园生活。可没几天，这个美好的想象就被打破了。原因是只要她一出门，来木就会坐在路边等着她经过时对她傻笑。

凤音起初并不在意，以为来木坐在那个木楞子上对谁都一样。或许来木觉得她不凶，或许是她对他笑了一下。后来，来木竟跟着她走向井边，跟着她走向河边，还对她说“我娶你做媳妇，我娶你做媳妇”。吓得凤音不敢出门。

说起来，来木还曾是芒村的才子，能吹出很悠扬的箫曲。那时，村庄里还没有电视，没有电视的村庄夜晚很黑很安静，来木的箫声从黑暗里传来，像风吹过山林，像人心底最柔软的倾诉，像长了翅膀的精灵飞过一个又一个暗淡的窗户。如果说芒村确实给凤音留下过十分美好的回忆，那么来木的箫曲也是其中一抹鲜亮的色彩。

来木初中毕业时，村里成绩好的人只考师范或中专，因为考上了师范或中专就等于领到了铁饭碗。可他不要铁饭碗，坚持要读高中。他是家中幼子，又是独子，父母自然什么都依他。来木读了三年高中，原来比他成绩差的出来当了老师，而他没有任何收获地回家了。他要求再补习一年，可他父母老了，经不起折腾了，便让他回家料理田地。来木不再去学校但也不下田，整天闲坐在街边的木楞子上。家里人以为他闹性子，过段时间就好了。刚开始夜晚还能听到他吹箫，据说他一边吹箫一边对着日记本里一朵干枯的花流泪。父母猜想那花是某个女同学送的，就张罗着给他说一房媳妇，结果他箫也不吹了，对一切都不理不睬，不干活，也不说话，胡子拉碴地坐在木楞子上，一坐竟坐了二十多年。

来木不声不响地疯了，如今却又突然说话了，不只说了，而且是说出了一个正常人的渴望。来木说话了的消息在村里传遍了，村里的人都引为怪事。有人说凤音迟迟未嫁，来木见到凤音突然说话，可能是上天注定的缘分，是老天有意安排他们结为今世夫妻。有人说这可能不是什么好兆头，凤音这女娃子怕是来头不小，只是不知是好事还是坏事。

来木追着凤音要娶凤音做媳妇，让凤音异常懊恼。凤音原想不好对一个疯子发作，自己躲在屋里生生闷气也就算了。谁知经村里人的猜测与想象，竟将他们说成一个是嫦娥转世，一个是后羿投胎，她非嫁他不可，不然要出怪事，招来灾难。这就不是凤音个人的事了，也不再是凤音家和来木家的事，而是关系到整个村庄的事。

母亲说："女啊，你到底是什么命啊？相亲的人还等不到，却招来这样的事，你还是先离开村子，去外面避避吧。"

凤音觉得好笑，说："我避什么呀，我又没杀人放火触犯法律，什么年代了还信那些迷信，我偏不避，他们能拿我怎么着。"

来木家居然托媒人来提亲了，这是凤音更加想不到的事。凤音异常气愤，没等媒人开口，就把送过来的见面礼一把扔向门外，指着媒婆的鼻子说："出去，不然我烧你家房子。"

媒婆悻悻地走了。可没两天，又来了几个老人，都是寨子里有声望的老头子。

凤音嫁说："来木现在正常说话正常做事了吗？"

其中一个老人说："除了说要娶凤音做媳妇外没说过其他的话。"

凤音嫁说："你们也是有子女的人，还请将心比心，你们谁愿意把自己好端端的姑娘交给一个疯子？"

几个老头子你看我我看你，然后笑了。一个说："凤音嫁，你误会我们的意思了，就是你同意，我们也强逼不了凤音啊。"

凤音一家人都糊涂了。

老人说："既然是上天的旨意，凤音二十过半了还未出阁，我们是想来跟你商量把她的名分嫁过去。一来你们两家亲上加亲，相互有个照应；二来来木的疯病兴许一下子就好了，也算是修阴积福；三来嘛，以免触犯神灵，遭来祸害。"

凤音嫁说："虽然只嫁名分，可不还是把我姑娘一辈子坑害了么？"

老人说："凤音若遇到合适的，退了八字再嫁不就行了？这年头离婚都不是什么怪事，何况他们又不领结婚证。"

凤音当时被安排回避，听了母亲的转述后说："婚姻自由，离婚当然不是怪事，你居然答应他们的要求，这才是天大的怪事。"

母亲说："我不也是为你好么，你若真一辈子不结婚也至少有了名分。"

凤音气得心口疼痛，就像梦里意识到危险临近却无法动弹的那种感觉。她想起寨头的瞎眼婆，那个为了名分守了一辈子活寡的女人；想起曾听老人说过为没有婚配就死去的人娶鬼妻、结阴亲的冥婚习俗；想起自己守着的，缥缈而又虚无的爱情。名分真就那么重要吗？难道女人最终嫁的不是爱情不是未来不是男人不是幸福而是名分？凤音觉得这人生多么荒唐与可悲，同时也在心里升起一股更为强烈的逆反。她总是这样，一边感觉无奈，一边却又死不屈服。她说：“你们要是敢把我的八字交出去做什么仪式，我就放火烧了整个村庄。”

母亲说：“你要不愿意，就只有一个办法，赶紧嫁人，你嫁了人，也就没有谁能纠缠你了。”

凤音知道母亲的意图了，问：“让我嫁谁？”

母亲说：“杨东海。”

四

杨东海，凤音二嫂的堂兄弟，他和凤音还曾是小学同学。人家小学读六年，杨东海读了九年。据说是太捣蛋班主任不愿意要他跟班而留了一年又一年，最后还是转学到芒村来才顺利毕业的。东海和凤音成了同班同学，二嫂也不时喊东海来家里吃住。面对痞里痞气的东海，凤音打心里不喜欢，故意谨遵母亲教诲，绝不和他说一句话。有时东海也逗弄她，但她就是不开口。毕业后，东海也就从她的记忆里消失了。

据说东海磕磕绊绊，总算把初中读完了，一从学校出来就像脱笼的鸟要远走高飞。父母拽着他不放，硬要他结了婚才给出门。结婚后东海和媳妇一起去了浙江，几年前，东海媳妇在温州被一辆大货车压死了，东海最终获得了四十万元赔偿款，五万给了媳妇的娘家，三十五万给了他和女儿。东海一下子有钱了，听说现在在浙江当老板，每年回家阔气得不行，跟人打牌不到一百一炮都懒得动手。

二嫂说：“我们东海可是一直惦记着你呢，好多姑娘主动上门，他都说先过几年自由日子再说，而我跟他说起你，他就特意给员工放早假，要来见你了。”

母亲说：“你来得匆忙，没带什么行李，东海也快回来了，你去县城让三嫂陪你先购置些衣物和必要的妆奁。”

天冷了，买几件衣服是必需的。可凤音真弄不懂母亲，自己不过就是年龄大了点，现在晚婚的人多的是，如果只为结婚而结婚，要找什么样的人没有！杨东海，一个离过婚的痞子，至于让母亲这样急巴巴地把自己嫁出去吗？人还没见到，就让置备妆奁，哪有这样的母亲？可凤音怨归怨，却想着走一步是一步，没到必要的时候，先顺着母亲。

回来的时候在车站下车又上车，没有进城，这会儿从车站出来，小县城的变化还真是超乎想象，让曾经在这里读了三四年书的凤音感觉好像到了一个完全陌生的城市。小县城几乎扩大了四五倍，楼房多了高了，街道也宽了整齐了，有了红绿灯，有了街道牌，什么北京路、中华路，像大城市一样。

凤音逛服装商城时，意外地遇见了一个人，此人叫兰妮，在商城里经营着一家名叫“诱惑”的女装店。

凤音说：“你不是嫁去上海了吗？什么时候回来的？”

兰妮是和凤音一起从县文工团去桂林的姐妹，只是兰妮没干多久就跟着一个来旅游的大老板走了。之后她们就失去了联系，听说兰妮过上了富太太的生活，曾叫姐妹们羡慕不已，直夸她命好。

兰妮说：“什么命好，你不晓得这些年我所受的委屈。”

聊下来，凤音才知道那个男人比兰妮大二十岁，是个有妻室的人，兰妮为他生了个儿子后，就带着几十万元回家了。

兰妮说委屈，可凤音在她身上看不到一点委屈的痕迹。高筒靴，丝袜，短裤，真皮外套，丝巾，化着妆的精致的脸，浑身散发出一股有钱人的傲气，比十八岁的小姑娘还要洋气、光鲜，哪里像一个有过不幸婚姻的女人？

兰妮说：“好在他还算慷慨，我的几年青春也算值了。”

语气里有不自觉的得意。然后，好像感觉到了凤音的不屑一般，又故作亲昵地将手搭在凤音肩上说：“听说你一直没出嫁，为的是什么呀？”

凤音想，有些东西别人是不能懂的，说了只会徒增误会，因而淡淡地笑了笑说：“不为什么。”

兰妮见凤音没有想倾心交谈的意思，以一种过来人什么都看透的口吻说：“是好姐妹我才跟你说这些话，女人的大好青春也就几年，不用过期作废。这年月，爱情一文不值，你可别白白荒废了自己的青春，趁还有点尾巴，要赶紧抓住。”

凤音想，青春易逝，容颜易老，爱情美好却又往往虚无缥缈，人这短短的一生，什么才是能够抓得住的永恒呢？凤音也想不了那么多，她只是习惯自己确定的事，就一根筋坚持到底。

凤音小时候有个事，至今还常被村里人拿来取笑。据说，凤音当时不知道是跟侄儿们争个什么，觉得嫂嫂断得不合理，就滚在地上哭，哭着哭着竟睡着了。醒来发觉自己躺在床上，想也不想就“砰”地从床上滚下来，一直滚到堂屋她原来躺着的地方去，然后到不想睡的时候自己从那个地方爬起来。

凤音现在自然不会像小时候那样不识好歹，可她觉得在这个纷纷扰扰的社会里，在这个嬗变的时代里，每个人都应该坚持点什么，缺失了这样一种坚持，她就不是她自己了，她就失去了活着的动力，以及感知美好的敏锐。

东海要来的时候，母亲和嫂子为凤音的装扮提了很多建议，让凤音把新买的大衣穿上，叫凤音化点淡妆，生怕东海来了瞧不上她似的。凤音有些气恼，但还是照做了。

东海是自己开着车来的，还邀了四五个兄弟一起，那些兄弟都“东哥、东哥”地喊他。东海给凤音买了条围巾，当着众人的面，要亲自给凤音围上。凤音闪过一边。东海说："围上看看，两百多呢。"

东海像在自己家里一样，熟络地组织兄弟们打起了麻将，自己跟凤音家人摆谈了一阵，然后说想带凤音去兜兜风。家里人自然明白他是想单独跟凤音相处，都高兴地说："去吧去吧，上起凤山走走，那儿风景好。"

凤音说："把朋友扔家里不好，还是别去了，再说那儿路况差，磕坏了你的车子我可赔不起。"

东海乐呵呵地说："要什么紧，这车子是租来的，我那帮兄弟他们玩他们的，用不着招呼。"

经过起凤山山脚，东海并不停车，而是一直往前开。凤音说："你要去哪儿？"东海说："别紧张啊，我还能吃了你？"凤音也觉得自己担心得有些可笑，便不再说话，只矜持地保持着距离。

东海将车子直接开到了镇上，请凤音吃了一碗热粉，他说："农村洗澡不方便，我在这儿订的房间还没退呢，你去洗个热水澡吧。"

凤音说："你去，我不去，我在这烤火等你。"

东海去了趟超市，买了洗漱用品和保暖内衣，都是两人份的。他过来拉凤音，说："走吧，老婆。"凤音瞪他一眼，却不好在大街上拉扯，就跟着去了旅店。来到旅店，东海打开空调，将洗漱用品摆放好，说等房间暖了再洗。然后说些小时候的事，规规矩矩的，丝毫没有冒犯之意，倒让一直警惕防范的凤音有几分不好意思。

两人洗了澡，东海为凤音套上大衣，搂了搂她的肩，说："老婆，咱回家。"凤音虽然有些看不惯东海的痞气，但不得不承认他的细心与体贴，这让凤音感觉有些愧疚。凤音想了想，终于鼓足勇气说："东海哥，对不起，我不能嫁你，你为我所花的费用我会补给你的。"

东海将已经半开的门合上，堵住门，打量陌生人一样地看着凤音，问："为什么？"

从出现到刚才，东海一直是嬉皮笑脸的。那笑脸有些可恶，却也让人觉得轻松。现在笑容突然没了，凤音也说不清楚是什么感觉，只是感觉脊背上掠过一股凉意。

凤音极尽心力地考虑自己的措辞，说："东海哥，你条件好，多少年轻漂亮的姑娘还不随你挑。我已人老珠黄，年轻妹仔都喊我阿姨了。我什么都没有，就一个臭脾气，不配你。"

东海说："你是不配，可也轮不到你来说。知道我有多少女朋友吗？她们只要稍不如我意就会被我一脚踹了。我东海什么时候被女人拒绝过！"

东海表情恐怖，一边说一边逼近凤音。凤音慌了手脚，步步后退，退到了床上，东海就势一把压下去。

凤音抱紧自己，说："东海，冷静点，知道你在做什么吗？你这是强暴。"

东海说："我就强暴，怎么啦？以前在你家寄宿的时候，你正眼都不瞧我一眼，我就那么不入你眼么？"

凤音苦苦哀求，说："不是的，东海哥，你知道我妈那时的规矩，我一直把你当作哥哥，我们做不成夫妻，总还是兄妹。"

东海说："我今天还非跟你把夫妻做成了不可。"

凤音冷笑，说："我凤音就是一辈子不嫁，你也妄想。这话彻底激怒了东海，东海疯了一样撕扯着凤音的衣服。"

凤音拼尽全力，却无异于蚍蜉撼大树，又是梦里意识到危险临近却无法动弹的那种感觉。凤音痛恨这种感觉，明明觉得心里有股很强悍的力量，可面对现实却总是无能为力。

凤音不知道自己是怎样回到家的。到家时，家里已经在摆饭菜了，嫂子们忙进忙出。东海几个兄弟也下了桌，在门口的晒谷坪上边逗弄小孩边谈论谁的手气好，那份喜气就像在办酒席。

东海依旧笑嘻嘻的，见人又是递烟又是握手，脸上写着荣归故里的得意。他像什么事也没发生过一样，时不时捏捏凤音的手，问她冷不冷，要不要吃糖或水果，很体贴很亲密的样子。

凤音阴着脸，恍恍惚惚地任人安排，只感觉有许多人影在晃动，许多声音杂乱无章地此起彼伏。好像有人说："手气再好也比不过东哥啊，人到中年三大幸事——升官发财死老婆。东哥是样样都赶上了，而且还有个貌美如花的女子为他守候这么多年，多动人的爱情啊。爱情，懂吗？你们谁有爱情？"

凤音想，东海也有爱情吗？这个靠死老婆发家的男人还奢望爱情吗？凤音"呸"了两声，又想自己竟然被这样一个禽兽不如的人侮辱，不但身体遭受了蹂躏，连感情也遭到了亵渎，恨不能让这个人立马消失。

饭桌上，东海说："亲妈，你放心，我回去就叫人定日子。"他给凤音拈了菜，又说："你们不知道吧？这些年凤音一直不肯结婚，是因为心里装着我。你们也知道，凤音打小倔强，嘴硬，我要是不主动，她打死也不会说出来，我一主动，她就心软了。是吧？凤音，别不好意思呀。"

凤音家人当然不相信东海的话，可听着也很高兴。凤音嫁说："亏了有你能哄软我们凤音。"

凤音只感觉一股一股的火气从脚底直冲头顶，就像不断涌动的火山，终于忍受不住了，"哗"地将桌子一掀，像个无所畏惧的勇士，吼道："杨东海，你无耻！你给我滚！你们都给我滚！"

谁都没想到会是这样一个结局。

东海的兄弟冲上来就要打人，东海拦下了，他随手抓起一只酒瓶砸在地上，恶狠狠地说：“我杨东海惹不起的姑娘，以后我看谁敢要！”然后带着兄弟们气堵堵地走了。

母亲意识到了什么，哭嚷起来：“我的天啊，这是招惹了哪路恶神了呀？”

二嫂也哭了。她对凤音说：“不管你们之间发生了什么，你就不能给我留点面子吗？”

有人小声嘀咕：“最多也就是那个事，至于吗？他又不是不负责任，不是马上就要结婚了吗？”

“得罪了那样的人，以后我们一大家子都不好过了。”

……

五

那天，凤音嫁哭嚷着，突然气岔了，从此卧床不起。凤音整天守在母亲床边，几乎寸步不离，仿佛守着自己最后的依恋。

也不知道是从哪一天开始刮起了冷风，吹起了毛毛雨，湿漉漉的地面、湿漉漉的草木经冷风一吹结成了冰块，结成了冰条。远山变成白茫茫的一片，屋檐下，溪水边形成了奇异的冰溜。人们最初是兴奋的。在这个靠近南部的山区，难得遇到这样的冰天雪地，通常是夜里下一场雪，白天太阳一出就化了。人们享受着冰天的乐趣，似乎担心它转瞬即逝。然后是耐心地等待，要不了几天，太阳一出来，就会热得跟夏天一样。可是这一回，老天像有意赌气似的，冷风一直吹，毛毛雨一直下，没完没了，冰块变成了冰墙，冰条变成了冰柱。电线不堪重荷，断了；水管经不起寒冷，爆了；车子加上链条也不敢在冰地上爬行了；山里的人出不去，还没有回家的人也回不了家了；停电了，蜡烛涨到十块钱一包也早卖完了；木炭五块钱一斤也没有人愿意卖了；萝卜白菜冻在地里看不见踪影了。过年变成了过难，百年不遇的灾难。

凤音嫁病重，村里人三三两两地来探望。一天，几个老人一阵寒暄之后，有人说：“凤音她嫁啊，我们对不起你，这怪异的天气，只怕是应验了之前的那些猜测。”

凤音说：“你们什么意思？又不只是我们村遭遇凝冻，整个南方都是如此，别的地方还更严重呢。”

老人们说：“别的地方我们管不着，阴雨连绵数月，天寒地冻，河溪断流，草木尽折，在我们这儿可是头一遭，是百年不遇的怪事。”

凤音说：“现在什么时代了，你们休想再拿那些封建迷信来左右人，我凤音不买这个账。”

老人们不理睬凤音，对凤音嫁说："翠鸾啊，你是通情达理之人，不能忤逆了上苍之意啊。"

凤音嫁躺在一层又一层高高隆起的被子下面，就像躺在棺材里，只露出一张小小的苍老而又枯槁的脸，变换着怪异的表情，好像灵魂游离，又好像陷在某种回忆里，有时似乎微微笑着，有时又表现出极痛苦、极愤怒、极无奈的样子。

凤音嫁喊："凤，凤。"

凤音将手伸进被子里抓住她的手，说："在，在这儿呢。"

凤音嫁却仍像在找寻什么似的，只是喊："凤，凤"，然后眼角流出浑浊的泪水，像黏稠的乳胶一样粘住眼皮无法睁开。

凤音用湿毛巾给母亲润了润眼睛，然后找来滚脓珠——一种深褐色的小圆珠，山上采的——翻开母亲的眼皮，放几颗进去，轻轻按了按，珠子出来，变成了一团白白腻腻的东西。

凤音嫁睁开眼睛，突然很清醒似的，说："凤啊，都是我害了你。"

凤音说："没有谁害我，你放心吧，我好好的，谁也害不了我。"

母亲说："我只是想让你从出生到出嫁，一生做个清清白白的女人。"

凤音仿佛被蜇了一下，心想，难道自己不清白了么？可这不是自己的错啊。接着她又自我安慰地想，自己的时代与母亲的时代不一样了，没必要太在意。

母亲又说："都是因为你有个姨妈，叫翠凤，是我的孪生妹妹，她人长得俊，山歌也唱得好，就像你一样，连命运都一样。"

凤音不知道母亲还有一个孪生妹妹，就连大哥也从没听说过。凤音期待母亲继续往下说，一屋子的人都期待着。

母亲说翠凤年轻时因为唱歌爱上了一个男人，结果未婚先孕，丢了家族的脸，被族人装进猪笼沉塘了。母亲讲述的时候断断续续的，费了很大的劲儿，最后如断了弦的琴，突然安静下来，好像极其疲倦，无法集中精力，又像无能为力，放弃了最后的挣扎，目光逐渐涣散。

凤音忽然明白了母亲从小对她的管教。原来让母亲神经紧绷了一生的，竟是凤音从不曾听说过的姨妈。凤音还想了解更多关于姨妈的事，比如与姨妈相爱的那个男人为什么不把她娶走？仅仅因为未婚先孕就要被沉塘也不抗争吗？可惜母亲已经油尽灯枯，再也回答不了她任何问题了。

凤音感喟姨妈的遭遇、母亲的人生，又想到自己当下的处境，终于忍不住号啕大哭起来。

为母亲办丧事成了一大难题。天寒地冻，什么都不方便，只有靠亲朋好友、左邻右舍帮忙。可是落气炮放了，该通知的通知了，却只有几个近亲到场。凤音家人奇怪。有人说，要想天气晴，来木娶凤音。除非凤音同意将名分许给来木，乡亲们才会出面。

凤音不敢相信，如此荒唐的事竟然有那么多人跟着迷信。

三哥说："许就许吧，又没什么损失，你出外面去，有谁知道？"

二嫂说："当初你就不该跟东海闹翻，不然也不会有现在这个事。"

侄女说："是啊，先嫁过去有什么不好，日子实在过不下去了，离婚还能分他一半财产，现在好多女人就靠离婚发财呢。"

……

凤音知道，她在这个家再也待不下去了。母亲曾说："我还在，这里就还是你的家；我若走了，这个家是你哥嫂的；你哥嫂走了，这个家是你侄子的，你再回来，就是客人了。"现在，母亲走了，这里不再是她的家，这个生养她的村庄只不过是一块苗圃，终于不能再赖在苗圃地里了，因为时间永不停止地向前推移。

可是，凤音该去向哪里呢？哪里才是她的归宿呢？

这个社会已经不是翠凤姨妈那个时代了，凤音知道自己不会被沉塘。凤音想起兰妮，想起侄女说的靠离婚分财产的女人，她觉得那是一种更可怕的沉沦。她相信无论在哪里，她都能够靠着双手养活自己。只是，她能够等来她所期望的美好吗？

有人说，人在痛苦的时候会越清醒，越坚强，越有所追求。凤音相信。她闭上眼睛，让夹着冷意的风吹拂脸颊，冰冰凉凉，果真醒神。她想，春天的脚步就算再迟，也总会来临。

（原载《民族文学》2014年第4期）

2014年

胡 静

斗 茶

老七掐着晨光挑满水缸后，顾不上歇息，拔腿就向茶园奔去。

茶园在香茗镇的最高处，站在坡脚向上看，只见一垄垄翠绿如同麦浪一样起伏，又像一条条绿色的道路蜿蜒至天边，站在茶园里采摘茶叶的人渺小得像茶树上结的果实，个子稍稍矮一点，或者站的那个地方有凹陷，就看不见人了。远远地，他听见一口脆生生的嗓子在唱：六月有一个倒采茶……开一个歇阴凉呀！……一听就知道眉眉站在哪条茶垄，他摒了气赶过去。老七走得急，拨弄得茶树的枝叶发出沙啦啦的声响，人还未走近，大家就知道是他来了。

嫂子打趣说："老七，你长了千里眼吧？那么远就能看见眉眉站在哪条茶垄。"

老七不说话，低着头只管采摘茶叶。

眉眉也不说话，但那歌声像示威似的，比先前更加清脆婉转了。

眉眉的歌声勾起了嫂子的兴致，逗他说："老七，眉眉的采茶歌唱得倒是好听，可是一个人唱，终究单调了些，你和一个怎样？"

老七急忙摆手推辞，说自己不会唱。

嫂子说："装啥呢，晚上你跟着眉眉在月亮底下的院子里小声学唱的声音我们都听到了。"嫂子说的是晚上制完茶后，全家人都入睡了，他和眉眉却毫无睡意，就坐在院坝里小声学唱采茶歌。夜晚的香茗镇安静得微风掠过都簌簌作响，虽然他们的声音很轻，但还是如游丝一样钻入了梦中人的耳朵……

眉眉扯了他一把，说："怕啥？我唱，你接。"说完开腔唱起了《倒采茶》。

腊月有一个倒采茶。
哟依哟啃喂！

老七在眉眉的催促下小声地应和着。

牡丹一支，芙蓉山楂花开，柳州小姐倒采茶。
得——哟依啰啃嘿！
背包只哈！打伞哈！
锦绣花开，野兰花开，开一个讨茶钱呀！
……

采茶歌以连箫的形式唱一年十二月，唱腔九板十三腔，听起来婉转低回，煞是好听，周围的人都竖起了耳朵。

有人夸奖道："这俩娃娃，不但人长得好，嗓子也不错咧。"

"是咧，像是王母娘娘派下凡的金童玉女！"

不知道是唱歌累的，还是被夸得不好意思了，一曲《倒采茶》唱下来，老七和眉眉的两张脸都红扑扑的，鼻尖上还冒出了细密的汗珠。

"老七请眉眉吃得茶了！"有人打趣说。

"他来晚了一步，周家的都在催茶了。"有人压低嗓子，努嘴对着不远处的一个后生说。

"管他！"不提周家的还好，一提眉眉的脸就耷拉了下来。

香茗镇人把求亲叫请吃茶，未出嫁的姑娘是不能随便去哪家要茶喝的。定好亲的姑娘，经过男方家数次催茶，女方家同意后，就可以操办婚事了。周家和眉眉家都是香茗镇的制茶世家，老七来眉眉家的头一年，父亲就把眉眉许给了周家的。

茶园天高地阔，眉眉的话被周家的一丝不落地听了进去。

"你吃的是哪家的茶呢？"他气不过，走过来赌气问了一句。

"你管我呢，我又没有嫁给你！"眉眉说。

"茶礼都送了这么多回，你说不嫁，哄谁呢？"

"哄你咋啦？"

周家的横不过，问眉眉到底喜欢老七啥。

"他不但会制茶，茶歌也唱得好听！"眉眉不屑地说，"你读了几本书，得个眼镜戴起，都变成孔夫子的徒弟孔老二了，没有一点香茗镇人的味道。"眉眉比画着周家的戴着眼镜的傻样儿，哈哈大笑起来。

“那茶歌能当饭吃？”

“你那书能当饭吃？”眉眉的笑声越发响亮了。

“有本事咱们来斗茶。”周家的被眉眉的笑声惹恼了。

“比就比。”眉眉也不甘示弱。

“好男不和女斗，我不和你比。”

“谁和你比了？让老七和你比。”

吵了半天，他们才发现引起纷争的主角，傻呆呆地站在一旁，自始至终没有说过一句话。

“你和他比。”眉眉把老七拽上前说。

“我还没学会呢！”老七担忧地说，“输了咋办？”

“我也不会，咱们定个君子之约，三年后比试。”周家的说。

老七还是一脸担忧地站在那里不肯接腔。

看见三个小人吵作一团，早有人跑下山喊来了两边的尊长。

“一个女儿不吃两家茶。”最先赶来的母亲急得直骂眉眉，“再说疯话，看你父亲不打折你的腿。”

“比，我来给你们当裁判。”父亲是这个家的家长，平时总是紧绷着一张脸，一副不苟言笑的样子。奇怪的是，此时他既没有像母亲说的那样提着棍棒上去打折眉眉的腿，平日古板严肃的脸上还带着笑意，全然不像平时的父亲了。

“看把你能的！”母亲以为父亲是气到极点说的反话，边训斥眉眉，边劝解父亲，让他不要为几个娃娃的疯话生气。

“儿女大了不由爷娘，既然他们自己愿意斗茶比试，咱们就由着他们吧。”父亲摆了摆手，让母亲别再多话。

父亲的出现吓得老七向后退了几步，眉眉也暗暗吐了一下舌头，但她不甘示弱，扯过老七说：“父亲都同意了，你怕啥呢？”

老七在眉眉的怂恿下答应了周家的的挑战。

斗茶是香茗镇人乐此不疲的游戏。这个游戏不比别的，就比茶的形、色、香、味。斗茶的方式可庄重，可随意。讲究的专门请自家的小辈上门邀请；随意的站在街上喊一声，两个、三个，甚至更多的人就应声端着自家炒制的新茶聚拢去。选择的地点也五花八门，人声嘈杂的茶馆、槐荫浓郁的院落。有时候，两个端着茶壶在街上闲逛的人遇上，点个头，互换茶壶抿一口，咂咂嘴，茶的高低也就出来了。用斗茶的方式选女婿，在香茗镇可是史无前例的。老七本以为眉眉是赌气随口说说，更没有想到能够得到父亲（久而久之，老七也称眉眉父亲为“父亲”）的首肯，欢喜之余又有点吃惊。回家后细想，周家的虽然有婚约在先，但父亲知道眉眉是个倔脾气，怕闹出笑话，加上自己的亲生父亲和他是八拜之交，他的几个亲儿子都不喜欢制茶，他担心家传秘技后继无人，就强迫最小的儿子学制茶，而这位小儿子不是借口逃脱，就是敷衍了事，糟蹋了珍贵的嫩芽，唯有自己一心一意跟着父亲学制茶，父亲心里也是喜欢自己的。他还说过，“只要你好好学，我就教你做眉尖茶”。眉尖茶是眉眉家的祖传秘技，听说比金子还金贵，曾经作为贡品，供奉给皇帝喝，她家由此变成了镇上数一数二的大户。这绝技一般不传外人，想来父亲私心里也希望自己成为他家的女婿吧。

老七忐忑不安的心情慢慢平复下来后，思绪就飘到了三年前。

三年前，老七刚刚十三岁。也正是那一年，他的家乡瘟疫肆行，双亲染上瘟疫逝去后，他怀揣着父亲托孤的书信，一路跋山涉水、风餐露宿，来到眉眉家。他记得自己刚刚来到香茗镇，沉醉在遍地茶香里不能自拔的傻样，特别是站在眉眉父亲面前，被大院里浓郁的茶香勾引得直抽鼻头，竟然忘记自己多日未饱餐过一顿，他转动大脑袋四下张望时肚子不争气地咕咕叫喊，尴尬得急忙低头伸手捂紧肚子。他的样子惹得大家哈哈大笑，特别是眉眉，笑得扑在母亲的耳边说他像个大姑娘。

住下来后，有一段日子，眉眉不但肆无忌惮地取笑他，还挑剔他手笨眼笨心笨，动不动就呵斥他。老七在眉眉面前小心翼翼的，生怕说错话，做错事，惹她不高兴。老七这样做，并不完全是因为人在屋檐下，不得不低头，而是因为母亲虽然一连生了七个孩子，但最后存活的只有他一个人。双亲还在世时，别人家的满堂欢声笑语，让他常常觉得自己很是孤单。双亲逝去后，他更是觉得自己像一片飘零的叶子，无依无靠。来到香茗镇，成为眉眉家的一分子后，他才感受到了一家人在一起的温暖，所以眉眉和几个弟妹恶作剧捉弄他，他不但不生气，还乐在其中，有时候还装作不知情配合他们。眉眉不开心的时候，一大家人都说她小气，不管她，他在院子里刚长出的嫩南瓜上，用小刀雕刻各种各样的大头娃娃逗她开心。眉眉想学做茶，但父亲认为她是女儿，迟早要嫁到别人家去，除了让她做一些采摘、烧火之类的活路，不愿意把炒茶的手艺传给她。眉眉难过得流泪时，他偷偷安慰眉眉，发誓自己学会后一定教她。他想，眉眉不把我当哥哥，我也会把她当亲妹妹，心疼她，爱护她，直到她出嫁。是从什么时候起呢？是从那次他被八角叮咬了后吧，他就觉得他和眉眉之间不一样了。那次，他被茶园里的八角叮咬了后，疼得抱着满是红疙瘩的手直打转。眉眉心急间忘记了周围有许多人在，拉住他的手就吐口水给他擦抹。疼痛像长针一样钻进他的手背，脸上也像被火烧了一样。眉眉看见他的样子，没来由地，脸也一下子红了。

那次过后，老七发现眉眉不但不再像先前那样呵斥他。弟妹们恶作剧捉弄他时，还想方设法帮衬他。过年的时候制作香肠，弟妹们偷吃都会被她呵斥，却悄悄给他留下几块烤好的肉。从不喜欢穿针引线的眉眉，看见他的手指被制茶的铁锅烫出了水泡，不但生气地斥责父亲狠心，还背着人拆下不穿的旧褂子，比照着给他缝了一双布手套。采茶制茶的间歇，还教他唱茶歌……想到这里，老七的心里涌起一股难以言说的甜蜜，转而想起早晨茶园里的争吵，又难过起来，像摊晾在院子里的茶青，芳香之中又散发出一股淡淡的苦涩。他抱怨自己怎么不早一点来香茗镇，要是那样，父亲兴许就不会把眉眉许给周家的，眉眉不用和周家的赌气，自己也不用怕人嚼舌头，把对眉眉的喜欢藏在心里了。老七耷拉着脑袋叹了一会儿气，想起父亲斗茶选女婿的亲口许诺，心里才好受一点。

老七的家乡不种茶，来香茗镇以前根本不知道茶为何物。来香茗镇三年了，对于制茶时的繁琐工序，关于茶的种种讲究他也只是略知皮毛。从那以后，他开始认真地学习制茶。为了更好更快地采撷茶叶，没有人的时候，他把豆子倒在地上，伸出拇指和食指练习捡豆子。每捡完一次，就思谋着如何加快速度。捡豆子不过瘾，他又改成捡米。后来，他甚至趁母亲不注意的时候，偷偷和正在进食的鸡抢米。练到后来，他捡米的速度连鸡也赶不上了，饿得鸡咯咯咯地围着他直打转。自认为采茶高手的眉眉也不得不甘拜下风。摊晾时，他担心茶叶染上异味，细心地在竹簸上面垫上两层白纸，才把茶叶均匀地摊放进去。他摊晒的茶叶，总是散发着一股别样的清香。烧灶火的时候，为了保证火力旺盛、平顺，使茶叶受热均匀，他更小心了，不但注意柴火的种类（不用秸秆之类火力不稳定的柴火），就连最适合制茶的柏香，他也细心地剔除了枝叶。茶叶炒制完毕，夜已经很深了，除了炉膛里残余的炉火，大地和山峦都隐没在了地平线后面。大家忙着洗漱上床入睡，他却毫无睡意，点起煤油灯看父亲拿给他的茶书。

一些日子下来，老七不但采摘、摊晾茶叶的技术突飞猛进，灶火也烧得恰到好处，不用父亲出声，他就能根据炒青的程度及时控制火候的大小。一老一少配合得天衣无缝，父亲一高兴，就给他讲解制茶的诀窍、不同种类茶叶的区别。老七听得津津有味，父亲讲得忘了时辰，直到母亲和眉眉一再催促才坐下来吃饭。

慢慢地，他能够独立炒制茶叶了，炒青的姿势俨然是一个制茶多年的老师傅。眉眉看在眼里，喜在眉梢，脚步轻快得像春风里弹跳的枝条。可是父亲却不以为然，说一锅茶制得好不好，用鼻子闻闻就知道。父亲炒制出来的茶叶，清香中散发出一股甘醇的味道，好像茶叶也有了灵性，经过炉火和铁锅的合力烹制后，悄然盛开成了花朵。老七炒制出来的茶叶，茶香倒是不缺，可是仔细嗅嗅，会发现香味中透露出一股苦涩的臭味。有时，甚至是一股放置多年的陈旧味。加水冲泡后，叶面很快开展，汤色也不够清亮，茶汤平淡无味且不耐泡，偶尔还有沉淀物，好像鲜嫩的芽叶经过炒制后，体内的灵气随着大火消失殆尽，变成了一堆干巴巴的枯叶。父亲一再喊他耐心，再耐心，炒茶叶这活儿，从采摘到制作，包括包装和存放，一点也马虎不得。特别是炒制的时候，不但要注意火候大小、手法的应用，还要用心。不用心，炒出来的茶叶不过是一堆叶子堆起来的废物。好的茶叶，不但色香味十足，还和人的心息息相通，只有整个身心沉浸进去，用心打造才能制作出好茶叶。

父亲的话听起来像教堂里的牧师布道，其实是一辈子和茶叶打交道，用尽了心血才琢磨出来的含着茶叶清香的智慧火花。老七听得一愣一愣的，眼睛看着茶叶，迷怔怔的，似乎懂了，仔细想想，却还是不懂，脸上有种难以言说的焦灼……

“你要加把劲呢，斗茶时输给周家的就完了！”眉眉也很着急。

那天晚上，老七想着白天父亲和眉眉的话，翻来覆去睡不着觉，好不容易迷迷糊糊入睡了，耳内却传来一阵嘻嘻哈哈的笑声。这笑声起先像雨点，零零落落地，后来，变成一根根密而粗大的雨柱，吵得他没法入睡。起身探头向外一看，发现院子里不知何时挤满了前来观看斗茶的人，那些嘻嘻哈哈的笑声就是从他们嘴里发出来的。自家人不用说，有些人家甚至连自家的茶也不制了，专门来看斗茶。这些人把院子挤得满满当当的，就连院墙上都坐满了。院墙不堪重负，几块泥土掉落下来，砸在下面的人头上，响起几声突兀的尖叫。正中的躺椅上是父亲请来作见证的老茶师，他们端着盛满香茶的茶壶，细品着等精彩好戏，“嗞嗞、嗞嗞”的品茶声像开战前的锣鼓，听得人心痒痒的。

眉眉站在院坝中间，她今天穿了一件收腰的水蓝衣服，轻盈得像一片刚从枝头摘下来的翠芽，站在她身边的人都像沐浴在春天的轻风里。周家的站在旁边，目不转睛地盯着她看，眉眉没好气地横了他一眼，他没恼，反而轻轻启唇笑了笑，还气定神闲地抱拳对着院里的老少们作了个揖，说“欢迎大家来捧场”。那样子，好像眉眉已经是他的人了。

老七又气又恼，下床推门走过去，一把把他从眉眉身边拉开了。周家的被拉开后并不恼，笑嘻嘻地说：“力气大算什么本事，咱们今天在全镇的父老乡亲面前见个高低。”说完拉起他就向制茶房走去。

制茶房里的两口灶洞早就燃起了旺旺的灶火。周家的刚进门就选定一口铁锅，摆出要炒制茶叶的架势。老七不甘示弱，立马站在了另一口铁锅前。他们刚刚站好，负责分发茶青的人就分别递给他们适量的茶青。他们迅速挑选出茶叶中坏掉的叶了，然后将选好的鲜叶倒进铁锅里翻炒。不知道是手脚不够利索，还是确实差点沉稳和耐心，茶青刚下锅一会儿，老七就闻到自己那口锅里隐约有一股焦糊味，他急忙舞动双手去炒制，一只手贴锅壁贴得太紧了一点，一阵灼疼感倏地自手底扩展开来，他“哎哟”一声，手底下动作迟缓了一些，那股焦糊味更重了。他越急越乱，接下来的摊晾、揉捻、二炒搭条、辉锅、脱毫、提香等程序也因此颠三倒四，乱了个儿。不管老七怎样乱，周家的视若无睹，有条不紊地进行着茶叶炒制的各种工序。茶叶炒制完毕，还没等到上水泡茶，让父亲请来作见证的茶师宣布品评结果，周家的端着自己炒制的散发着清香的茶叶，对着老七炒出来的焦糊茶叶，就扬扬自得地哈哈大笑起来。老七本就灰心丧气到了极点，周家的这笑声像一记重锤，砸得他眼前金星直冒，“啊”的一声惊醒过来。

老七醒过来后，发现全家人都还在睡梦中，院子里没有周家的，也没有看斗茶的人，只有一轮满月正正地照着院坝。月色透过雕花窗户射进来，屋子里清朗得像晨光初现的茶园，嫩嫩的茶青香让他忆起了眉眉采茶时快乐地哼唱采茶歌的模样，不由得轻轻哼唱起来。眉眉性格开朗，即使是忧伤的调子，她唱起来也夹杂着欢快，今夜，这采茶歌听起来却满是忧伤。老七哼着哼着，眼泪慢慢流了出来，泪眼里全是自己斗茶输了后，眉眉哭着嫁给周家的的模样。

老七再也躺不住了，点亮煤油灯看起了茶书。从这以后，他炒制茶叶更加严格了，就连择拣茶叶也一丝不苟，生怕遗漏下枝梗和粗叶。春天的明前茶还好，夏秋两季的茶就属于瞎子点灯——白费蜡，里面不但夹杂着为数不少的粗叶和老梗，品质也远远不如清明茶，即使花费九牛二虎之力也难以达到嫩芽的水准，他却偏偏钻起了牛角尖。到后来，就连茶园里那些厌人的害虫都成了他琢磨的对象。清理这些害虫是种茶人最头疼的事，每年除了采摘茶叶外，还得动手摘除附在上面的卵块和虫包，以免它们长大后啃食茶叶。但一到春天，它们仍然猖獗得像被春风吹拂过的种子。大家摘除下来的卵块和虫包被老七当成了宝贝，用瓦盆盛装后小心翼翼地捧回家，再用一个大盆盛好水，把装了虫卵的瓦盆放进大盆，滴入少量煤油在水面上后，还小心翼翼地用雨布挡住防雨。香茗镇地处偏远，交通不便，加上煤油比较紧缺，镇上的人家点灯时都只能倒上一点浅浅的煤油，老七这样郑重地对待人人痛恨的虫子，一家人在指责老七暴殄天物的同时，都觉得他炒茶叶炒憨了，做事让人摸不着头脑。唯有父亲端着茶壶站在一边默默不说话。直到有一天，卵块里孵出的幼虫溺水而死，寄生在里面的天敌——蜜蜂们嗡嗡叫着，大摇大摆飞走的时候，他才暗暗吐出一口长气，夸赞说："老七点子多，会动脑壳，是个做大事的料。"

临近比试的前一年，老七对于茶叶的种植和炒制积累了不少经验，就连茶叶用水和贮藏都熟练得无以复加，已经是香茗镇小有名气的茶师了。为了鉴别自己制茶水平的高低，他特意请人来喝自己泡的茶，或者装作不经意地端着自己制作的新茶与别人互评。他炒制茶叶的技艺越来越精进，得到的夸赞越来越多。他高兴之余，又觉得自己制的茶和别人的相比，虽然不逊色，但区别不大，不能保证在斗茶中稳操胜券。香茗镇的人都知道，斗茶比试的结果不但取决于茶叶的优劣，就连用水和冲泡的方法都会成为决定因素。有时候比较低劣的茶叶因为用了不同的水、冲泡的茶师不一样，也会转败为胜。

这天晚上，老七又睡不着觉了，一个人坐在院坝里发呆。

眉眉走过来问他咋了。

老七告诉了眉眉自己心中的隐忧，问她怎么才能稳操胜券。

"要是能炒出和别人不一样的茶叶就好了。"眉眉惆怅地说。

"什么是和别人不一样的茶叶呢？"老七问。

时逢四五月，夜色里的小院花香沁人心脾。

“我也不知道，也许就像这花，玫瑰的泼辣，百合的清幽，桂花的馥郁，别人偷不走也学不去的，应该就是吧。”眉眉深吸了一口花香说。

“把花香掺进茶叶里，怎么样？”老七想起父亲说过，茶叶是个有灵性的东西，和什么东西为邻，那种东西的气味就会像春天的细雨，不知不觉浸入茶叶。

“好啊！”眉眉听得眼睛都亮了起来，开玩笑说，“喜欢清淡的，就添加百合或月季；喜欢馥郁的，就添加桂花或柚子；喜欢家常味的，就添加茉莉。”眉眉越说越起劲，末了还建议老七试试把火花添加进去，说天寒地冻的时节，喝一口这样的茶叶，只怕暖和得连冰雪都会融化……

眉眉的想法太异想天开，老七听得忘记了心中的忧虑，咧嘴笑了起来。

老七听从眉眉的提议，在茶园四周种上了桂花、紫薇，以及柑橘、柚子等能够散发芳香的花木。这些花木不但用浓荫庇护着茶园，还让茶叶浸染上了浓郁的芳香。老七用这些茶叶炒制出来的茶叶，不但散发出淡淡的花香，味道也更加馥郁。他拿这些蕴含着芳香的茶叶给香茗镇人品尝，大家喝了都直竖大拇指。父亲也欣慰地说眉尖茶后继有人了。

老七高兴之余，还和眉眉在香茗镇到处采摘花朵制作花茶。春天里来百花香，但初夏才是花团锦簇的季节，金黄澄郁的金银花、红艳艳的映山红、芳香四溢的山茶花……都成了他们制作花茶的原料。

这些花太香太艳，以至于眉眉忘记了制作花茶的初衷，不是摘一朵山茶花插在发际，就是用这些花朵编制成花环戴在颈间，染了一身芳香的同时，也常常累得一身汗。

怕母亲呵斥她不像个姑娘家，回家前她决定下到香茗镇那条河的清浅处洗涤一下。这条河的源头据说是一眼水井，水井旁边还有一座庙，不时有人前去烧香祭拜。也许是因为来自于大地深处，加上香火和两岸茶绿的洇染，即使在夏天枯水时节，河水仍然清澈晶莹如翡翠，清浅处游鱼细石，清晰入目。眉眉在河边找了块光滑的石板坐下来，脱下鞋，剥掉袜子，光脚板刚伸入水里，一股沁凉旋即自脚底传遍全身。眉眉舒服得哼起了歌。老七没有像她那样做，只是蹲在河边用手掌撩水擦洗脸手。眉眉招手让他下来，他笑笑却一动不动。眉眉一连喊了几次，他也只是笑。眉眉存心要把他逗下河，于是双手合成瓢，弯腰掬水浇他。老七被眉眉泼得急了眼，顺手拾起脚跟旁边的一块石头，“咚”的一下丢进河里，四下弥漫的水花吓得眉眉哇哇大叫。眉眉的声音又尖又脆，唬得老七以为石头砸到她了，急忙走近前查看。瞅着他走近河边的当儿，眉眉抬起双脚，把光脚板重重地放进水里，噼里啪啦搅起一串串水花，劈头盖脸淋了老七一身一脸。水花溅进老七的眼睛里，他心下一慌，一个趔趄栽进了河里。眉眉看着落汤鸡一样的老七哈哈大笑，光脚丫拍得更欢了。老七水淋淋地爬起来，用手掌抹掉脸上的水滴，只看见一串碎玉似的水花里，眉眉的两只光脚丫活泼泼地在眼前颤动。那十个浑圆白胖的脚指头，像一片片含苞待放的莲瓣，一下子搅乱了老七的心……

这一幕，被几个在河边凫水的娃儿看到了，他们大声喊：“老七和眉眉，老七和眉眉……”

老七的心越发乱了，忘了上岸。

“是哪个在乱喊？我撕烂他的嘴……”还是眉眉不怕事，哗啦啦跳上岸去唬那些娃儿。

她走得急了一些，脚下一滑，踩在水岸交界的一块鹅卵石上，“哎哟”一声跌倒了，老七连忙奔上岸也没能扶住。

眉眉这跤跌得有点重，脚踝扭伤了，不要说去追那些娃儿，连走路都成了问题。她又急又疼，眼睛里含着泪水问老七怎么办。

老七迷迷怔怔地看着她忘了回答。

“你说话呀！”

“我背你！”老七沉默了一会儿，下巴顶着胸脯哼哧了一句。

“你说啥？我听不清。”眉眉说。

“我背你！”老七大声说道。

“声音那么大干吗？”眉眉红着脸嗔道。

“我背你！”老七小声说。

“真的？”

“嗯！”

“我要你背一辈子。”

“一辈子。”老七边答应着边把腰弯了对着眉眉。

眉眉瘸着脚，迟疑了一会儿，俯下身，趴在了老七的背上。

那些娃儿躲在河边的林子后面并没有走远，眉眉刚趴在老七背上，他们又像打夯一样合力喊了起来：“老七和眉眉，老七和眉眉……”

老七不看他们，弯了腰背着眉眉只管往前走，脚步稳稳地，一点一点把林子后面那些喊声甩在了身后……

（原载《山花》2014年第9期）

李 晁

一家人

陈卫病了。

在海南，那个不穿衣服都嫌热的地方，陈卫患了肾结石，一次次从架子床上滚下来，豆大的汗水从额头一粒粒往下滴，陈卫觉得自己的脑袋都成了一颗笨重的石钟乳。一开始，陈卫还瞒着家里，就那么扛着，后来实在熬不住了，才去医院打了杜冷丁。若不是同宿舍的走漏风声，他是不会惊动家里的。

陈卫回了老家，老家在西部一个小镇上，母子俩拜访了一位隐居乡间多年的退休中医，吃了几服药，这病好像才见好。

陈卫是拖了半年才把毕业证拿到手的，而那时他已错过了就业良机（也许压根就没有什么就业良机），所以晃荡了一个月后，陈卫还是选择回家。上火车之前，他还在水果摊上买了几个硕大的火龙果。他想，母亲还没见过这种水果呢，带回去孝敬孝敬她也好。有朋友在省城接站，当陈卫掏出一个火龙果准备让大家开开眼时，立即被朋友的女友讽刺了。哟，我以为你带的什么宝贝呢，就火龙果啊，你瞧瞧，满大街都是，根本没人吃，难吃死了。陈卫唰一下脸红了，完全找不到辩解之词，而朋友也没有挺身而出的打算，反而冷笑一声，说，你也太搞笑了。陈卫事后想，我搞笑吗？我搞笑个卵啊。

陈卫火车转班车回到了生他养他的小镇，小镇离省城不远，个把小时的车程。他穿一件翻毛的美式夹克，宽大的牛仔裤，裤脚都被踩到鞋底去了，散了线，一两根尾巴拖在地上。陈卫只有一米五八，所以这身行头看上去不伦不类，既不新潮，又有别于小镇风格，十分扎眼。

那时，陈卫对自己还是很满意的，觉得没什么不好，他有信心找到一个高薪工作。

父亲一年前和母亲办理了离婚手续，目前在另外一座距此不远的地级市生活，和一个比他小得多的寡妇同居。陈卫还没有见过那个女人。母亲历来身体不好，生陈卫时失血过多，月子里也没补过来，人是瘦的，但又有别于精神矍铄的瘦，而是孱弱的瘦，面黄肌瘦的瘦，总之是病态的瘦，仿佛不刮风都有倒地的危险。可就这样，她还种着地，在山头还有几片苞谷地、红薯地。

陈卫的家在老街的一座风雨飘摇的小楼里，两层，临街，经历岁月，显得有些颓败，给人一种随时会倾圮的感觉。整栋屋子是黑的，二楼的窗户布满了灰尘。那其实不是正规的楼层，而是加盖的小隔间，有些弄堂里阁楼的意味。隔间不高，用木板铺就，脚一踏上去，楼下堂屋就会掉灰，跟起雾似的。见到那扇窗，陈卫顿时就想起多年前自己执意在那里开铺的日子。他在那扇斑驳的窗下读《三国演义》《说岳全传》《七侠五义》或者流传在同学手中的黄色书籍。一见到那些拙劣的插图，陈卫的下面就硬了起来，于是就必然窥视起对面的理发店。当那个整日披头散发说话震天响的老板娘出现在店门口时，陈卫的手就不自觉地伸进裤裆，运动起来。这样的次数多了，老板娘似乎有所察觉，她透过那扇不甚清晰的玻璃窗眺望少年陈卫涨得通红的脸，那目光直勾勾地拴着自己，生怕自己飞了一样。此时，女人会莞尔一笑，视心情而定，摆出一两个搔首弄姿的姿势，用手掸一下披肩长发啦，或者在陈卫面前故意弯腰去拾一张无足轻重的纸片啦，好让少年陈卫瞬间看见她宽松衣物里被胸罩包裹的巨型乳房。这时的陈卫就激动万分了，恨不能立即破窗而下，投入女人的怀抱。陈卫不止一次幻想过和女人在床上翻滚的情景。那该是个什么滋味啊？欲仙欲死。这是陈卫后来想到的词。陈卫傻傻地想，如果可以一试，他宁愿减寿十年。

陈卫至今还是个处男，没有女人看得上他，哪怕是那些长得奇丑的。姑娘们私下认为，自己再不济也不会沦落到让陈卫赚便宜的程度。这是陈卫单身至今的原因。起初，他四面出击，可四处碰壁，后来干脆死了这条心。没有女人，老子照样活，等老子有了钱，你们就是来舔，老子也不甩账了。陈卫想。

有钱。这是陈卫唯一的理想。

陈卫进门，门扇下的黑狗像见到生人那样冲他龇牙咧嘴，进而想咆哮几句，以做到一条看家狗的本分。陈卫大喝一声"连老子也不认识了"！那狗立即茫然地望着他，从他的口音中辨认不能随意开口做凶相的人的名单，搜索了一阵之后，终于辨认出了那个靠近名单末尾的人，于是它极不情愿地晃了两下尾巴，以示弥补。陈卫想，这狗就跟人一样，贱。

门内一团黑暗，堂屋里没有开灯，和他离开时一样堆满了杂物，他一不小心就被一个坚硬生冷的家伙撞了一下，痛得他都想以牙还牙了。他迅速钻进后屋，那才是整间屋子有人存在的地方，分布着客厅、卧室和厨房。可今天没人在，房间空着，而且一如既往地没有开灯，像个凉气袭人的山洞。大白天的，吓死人。陈卫抱怨了一声。他推测母亲可能还在地里，姐姐还在小学代课吧，还没到放学的时候。

有人回来时，陈卫正好从阁楼上下来，碰了一头的蛛网，他从尘封的书桌内抽出了一本《三国演义》，打算用来消磨夜晚的时光，本来他还想找找那些印制粗糙的黄书的，可惜毫无斩获。母亲王桂芳看见一个人影从楼上降下来，大喊了一声，哪个？陈卫说，妈。

母亲怜爱地望着儿子，伸手去扒陈卫头上的蛛网，边扒边说，你去上头做什么？黑灯瞎火的。

陈卫感受着母亲粗糙的大手在头上抓挠，如同小时候她给他洗头。陈卫看见那手上过早地布满了老年斑，虎口处还皴裂开来，他突然后悔自己没有买瓶护手霜了。于是恨起了姐姐，她在母亲身边也不知道照顾些，整天就知道绣十字绣。他见过那些成品，毫无美感可言，粗糙极了，真不知道这帮女人是怎么了，一点审美也没有。陈卫想起，姐姐也不小了，怎么还没个男朋友？都要成一个老处女了，还在家里绣十字绣，这玩意儿能当嫁妆吗？

姐姐陈梅先他几年去念了一个陈卫至今都说不出名字的专科学校，毕业即失业，在城里没待多久就被母亲叫回了小镇，或许也是只身一人混不下去了吧，到镇上做了移动公司的收费员，一干就是三年，直到去年底才应聘上了代课教师，在镇上中心小学带学前班。

趁母亲给他炒饭的间隙，陈卫推开了姐姐的卧室，这间还算宽敞的房间原本是父母的卧房，但两人离异后，王桂芳似乎触景生情，一进这间和陈卫爸生活了二十余年的屋子就倍感心酸无助，夜里每每流泪，早上被女儿发现，还会被训斥两句。“叫你不要想不要想，你就是不听，陈大伟值得你这样吗？啊？他都不要你了，你哭也没有用，迟早被他气死！”

这样的次数多了，王桂芳干脆让女儿搬进来住，免得徒增伤感。她和女儿对换，住进了紧挨陈卫卧室的房间，两个房间中间还有一扇木格窗呢，晚上还能看看陈卫空下来的房间，看他房间里的摆设，就好像儿子还没有离开这里一样。

陈卫在姐姐的梳妆台前停下，翻了翻几个抽屉，里面是女人琐碎的物件。一个红色带拉链上面印有“周大生”字样的布盒子里装着姐姐唯一值钱的首饰，一颗黄金吊坠，是姐姐的属相——鸡。这还是当年她去城里念书时，在电厂工作的大伯送的。从那以后，陈卫没再见姐姐添过什么首饰，就连这颗坠子姐姐也是不常戴的，宝贝似的藏在抽屉里，每次陈卫放假回来，姐姐都会有意无意地插一句，听说黄金又涨价了，啊？是不是？

想到这里，陈卫多少有些心酸，似乎迅速原谅了她对母亲的疏忽，说起来，她也没有多大的能力。陈卫想，归根结底，振兴家业的重任还要靠他。

母亲把油汪汪的蛋炒饭端给他，光葱花和鸡蛋就占了半碗，吃得陈卫满嘴冒油。母亲在一旁看着，观察着儿子的细微变化，比如又晒黑啦，头发又长长啦，脖子上那个脓包又是怎么回事？通通问一遍，陈卫懒得回答，问了几句家里的情况，却有意不提父亲陈大伟，好像自始至终没这个人似的。

母亲说，地里的活儿做得少了，现在又闲，你大伯之前还给我找了个扫体育馆的活儿，可惜后来又说有人了。

陈卫难以置信地问，搞卫生也有人抢？

母亲说，你以为，现在什么工作好找，啊？

陈卫感到愤愤不平的同时又有些不以为然，心想，哼，我还没找呢。

姐姐回来时，陈卫正在看一部老电视剧的回放，她见到他，说了一句“回来了”。

陈卫说，嗯。

然后就没话了。姐姐径直回了房间，陈卫顺着她的背影望了一眼，居然把门也带上了，真不知道她想搞什么。陈卫想，我和姐姐还是有些过节的吧。打小父母的关爱都在他这一边，他们的行为似乎都在潜移默化地引导姐姐，自小培养她的一种意识——你弟弟的命可是从阎王爷手里夺回来的，凡事都要让着他，不能与他抢。

陈卫出生时，王桂芳难产，如晚送医院几分钟，母子性命皆难保。当年陈大伟年纪就不轻了，况且长期卖力气，人就比实际沧桑了许多，便有些老来得子的感觉，自然宠他几分。陈卫还记得过生日时，姐姐永远也得不到奶油蛋糕，只有两斤黄黄的鸡蛋糕。这也没什么，他们之间的矛盾不光这些。有一次陈卫忘了和姐姐是因什么事吵起来的，只记得姐姐恶狠狠地骂了他一句“婊子养的”。陈卫当即就把话转达给了母亲，说姐姐骂他是婊子养的。然后不说话，一副让母亲看着办的样子。母亲当然要去找姐姐算账，陈卫就一直跟在身后，直到母亲狠狠甩了姐姐一个耳光，他才满意地离去。也是事后，当陈卫回想起那个耳光时，想起姐姐竟然没有哭，连滴眼泪也没有，反而目光如炬，望着他和母亲，嘴角往上翘，似乎要笑起来，别提有多诡异了。从那以后，每每想起姐姐这张脸，陈卫都感到不寒而栗，觉得姐姐是那么顽强，那么让人难以理解。

陈卫回来都快一个月了。母亲也没给他压力让他即刻去找工作，她想让儿子将养一下身体，等年过完再说。这期间，陈大伟打来电话，让陈卫去城里找他。他在那女人家附近的小区干保安。陈卫没有去，他整天都泡在网吧里，要么打魔兽，要么看巨长无比的日本动漫。当然，钱都是找母亲要的。偶尔，也休息上几日，待在家里没头没脑地睡觉，睡到天昏地暗。他还发现对面理发店的老板竟换了人，如今是个留着短发的中年妇女，一问才知道，原先那个老板娘跟一个广东人跑了，据说是网上认识的。晚上，陈卫绞尽脑汁地回忆那个女人的模样，可无论他如何努力就是回忆不起女人的面孔，只有一些似是而非的残像，但仅凭着这残像，陈卫还是完成了一次质量说得过去的自慰。

春节时，陈卫见了几个朋友，有几个看上去混得还不错的样子。他们再叫他出来时，他就不敢去了，因为他都吃了他们好几顿了，他想再去就要自己掏钱了，可他哪有钱啊？于是称病不出。直到春节后，朋友们通通消失，陈卫才再度出没街头。那时，父亲都来了好几通电话了，让他去城里，说是给他介绍工作。陈大伟还是和那个女人结了婚，转眼成了正经八百的城里人。陈卫依然不愿意去，不愿见那个女人，尤其是眼下自己一事无成的时候。只不过拧不过母亲，母亲让他去看看，说给父亲拜年是名正言顺的。两人在饭桌上交谈，姐姐什么话也没有插，好像这一切都与她无关，她是个多余的人。

初七那天，陈卫终于出门了，拎了一大包大伯送来的礼物，看上去要几个钱的。陈卫也有些日子没见到父亲了，那个敦实矮胖的身影贯穿了他生命的前二十年，以后的年月就不好讲了，应该会渐行渐远离心离德吧，毕竟他抛妻弃子离开了这个家。这是刚上车时陈卫的念想。虽然这是他心里的主流意识，可谓为父亲定了调，但从另一方面讲，作为一个男人，陈卫觉得父亲还是了不起的，自身条件那个样子，人到中年，不高不帅，居然能找到城里的女人，还有房有产的，真是不容易啊。

班车开动，小镇被抛在脑后，陈卫开始享受这短暂的旅程。车窗外群山还没有醒来，阳光迟迟未见，东方的天际只蒙蒙发白，整个天地仍像一只硕大的只开了一丝缝的黑匣子，看不到更多的光明。雾霭在车窗外浮动，水汽像珠子般挂在车窗上，风一吹，泪痕般划出一道道线。陈卫用手机听歌，打发这无聊的清晨时光。有一阵，陈卫感到脸上微痒，用手去挠，却抹下一小团泪来。他迷惑了，不知是耳朵里回响的歌声感动了他，还是因为这旅程本身，抑或是父亲。

陈卫在心里小声骂了自己一句！

当车子拐一个弯，绵延的群山都被甩在脑后时，在一块平坦的土地上，喧哗扑面而来，毫无疑问，城市出现了。他们的车下高速，进入城中大道，这时，天幕已白了许多，但还带点诡异的蓝。大道上车流阵阵，喇叭声三三两两，密集的人群聚集在公交站牌下，如一片烧焦的树。

女售票员喊开了，松桃路口有没有下？下一站车站，中途不停车啊。

陈卫这才摘掉一只耳机，想起母亲的交代——你别跟着车进站里，就在松桃路口下，你爸离那儿没多远，要是去车站就远多了。

车还未停，陈卫便喊道，有下有下。没人理他，车里的人大多是从小镇走完亲戚回城的，陈卫一个也不认识，每个人都是一张迫不及待想下车的脸，一些还提前打起了电话。

车终于在路边停下，陈卫跟随半车人缓缓钻出了这辆没有空调还散发着难闻气味的车子。一来到街面，陈卫就感到一阵沮丧，他这才发现自己洁白的新跑鞋竟然被人踩脏了，一团恶心的黑泥像文身一样印在鞋面上，丑陋无比，新裤子也被刮蹭出一条条泥印。陈卫真是恨死了这辆脏兮兮的中巴车了，也不知道清洗清洗的，连座椅都是乌黑油腻的，像块陈年砧板。把我们都当牲口吗？陈卫想。

陈卫用手去拍打裤子上的灰泥，拍不掉的地方还蘸着口水搓了搓，直到看上去不那么脏了才作罢。鞋子也处理了，他掏出一团卫生纸，揩了揩，大团污渍去掉了，可惜脚印子还若隐若现，怎么揩也揩不掉了，与另一只形成鲜明对比。陈卫抬起头，对着那群迅速散去的乘客骂了句“操”。

陈大伟的手机一直在通话中，大清早的，陈卫不知道他有什么事这么忙，比他的到来还重要。陈卫再次掏出手机看了看时间，再翻出短信，是姐姐发来的地址——福源巷南山小区7栋3单元302号。陈卫想，明明说了陈大伟会来接他的，怎么现在还不见人影？陈卫沿着马路走起来。按说松桃路口有四个方向，但陈卫也懒得管那么多，就沿着班车停下的那条路走。本想找人问问路，可身边人行色匆匆，彼此都懒得望上一眼，陈卫便不敢去惊扰。陈卫最终问了一个穿橘色衣服看上去脾气温和的清洁工，这是个上了年纪的女工，一头鸟巢般的头发飘出几根银丝，那张枯树皮般的脸让陈卫想起了母亲，想起了那个欲做清洁工都不得的王桂芳。看着眼前的女人，陈卫打消了所有顾虑，径直上前问，请问福源巷怎么走？女工盯着他，摇头，脸上是愧疚的表情，似笑非笑，她用方言说，我也不晓得，你问问别个吧。陈卫谢了她，继续往前走。走到一处开阔地——街心花园，公共厕所还没开门，晨起锻炼的人却纷纷冒了出来，多是老人，陈卫也不想去问他们，索性在花坛边坐下，屁股上垫一张旧报纸。他再次掏出手机打起了电话，心想，如果这次陈大伟再不接，就回去算了。

对方接了电话，一个浑厚的声音说，喂，到了吗？

陈卫说，嗯。

父亲说，在哪儿下的车？

陈卫说，松桃路口。

父亲嘀咕了几句，陈卫没有听清，像是对另一个人说的。是那个女人吗？陈卫想。随后父亲又说，你等我，我这就来。

陈卫是抽了第二根烟后才见到父亲陈大伟匆匆忙忙的身影的。父亲穿一身显眼的保安制服，晃一眼还以为是个警察，可他那身材……

父亲看上去和从前差不多，没有进一步变老的迹象，反而有些返老还童，精心刮过的脸颊显得特别干净，泛出一种青春的幽蓝的光。陈卫闻到一股清淡的须后水的味道。

他想，父亲如今变得如此讲究了吗？从前他可不这样呀！从前他邋遢潦草多了，胡子长期不刮，洗脸都不用毛巾的人，哪像眼下啊？这是她改造的结果吗？

父亲伸手去提陈卫手中的礼品，问了句，你妈好吗？

嗯。陈卫哼了一句。

你现在怎么样？父亲又问。

好多了。陈卫说。

父子俩沿大路走了一段，然后突然拐进一条巷子，巷子里人迹稀少，两旁的店铺多数没有开门，只有一两家羊肉粉馆开着。父亲在前面带路，突然他转过身子问，吃早餐没有？

陈卫撒谎说，吃过了。

父亲看了看他，目光定格了一两秒，似乎在分辨陈卫话的真假，陈卫又说，妈给我做的。父亲这才放心似的重新扭过身子，走起来。

南山小区是个老式小区，在福源巷中段，进去才知道小区没多大，就十多栋楼，是一家倒闭的机械厂的家属院，与外界四通八达，也没个围墙。父亲说，这里还是很复杂的。

陈卫不知道陈大伟为何跟他说这个，他又不住这里，这里再复杂再流氓成群痞子扎堆关他屁事啊。

进楼前，陈卫才好不容易主动问了一句，你不用上班吗？

父亲说，今天上晚班。

陈卫说，你喜欢穿这身？

父亲有几秒钟的停顿，不确定陈卫话的意思，就干脆不说了。

陈卫想，和他说话什么时候这么死板了啊，像个远房亲戚，难道从前那个随和的陈大伟一去不复返了？

进门之前，两人再也无话可说了。

楼道上贴满了“牛皮癣”，多是一些开锁和疏通下水道的小广告，密密麻麻贴满了整面整面的墙，陈卫走进去，一阵眼花缭乱。父亲摘下腰间别的钥匙，熟练地捅开了防盗门，还做了个请的姿势。他让他先进门，随后才将门“哐”的一声带上，理直气壮的。他从玄关的鞋柜中翻出一双毛绒拖鞋，说，换上吧，家里都是地板，去年才重新装过。

陈卫犹豫了一阵，虽说他昨天才洗过澡，可他的臭脚却是久负盛名的，从前在家里只要脱了鞋，连狗都会绕道而行。

他慢吞吞地解着鞋带，有些磨洋工。父亲早换了鞋，一眨眼不见了，厨房里传来一阵金属撞击声。屋里没人吗？那个女人呢？陈卫想，莫不是走亲戚去了，不在？他停下了解鞋带的动作，在门口站了半分钟，果然没人出现，只有父亲的声音从厨房传来。他说，你先坐吧，看会儿电视，她们还没回来呢。

陈卫一块石头落了地，两下踢掉鞋，再轻松地踏进暖烘烘的毛绒拖鞋里，走起路来竟轻飘飘的，十分惬意。陈卫在沙发上落座。父亲还在厨房忙活，似乎在准备一顿大餐，无暇他顾，只是通过喊话告诉他，让他先一个人待着，他忙完就好。

陈卫待在冷冰冰的房间里一阵无聊，由于走得早，没吃早饭，肚子早就咕咕叫了，往外冒酸水，连嘴巴也臭了。陈卫想抽支烟遮掩一下口臭，却没发现烟灰缸，茶几上只有一盒孤零零的抽纸，大过年的连个糖果盘也没有。好在陈卫很快发现了茶几下的纸篓，他轻轻抽出来，搁在双脚间，点了烟。抽到一半才起了疑问，陈大伟这个老烟民不抽烟了？不可能吧！

一支烟还没抽完，陈卫就听见门锁被钥匙扭动的声音，门开了，一个卷发女人领着一个小男孩不声不响地走了进来，于是三个人的目光越过矮小的鞋柜碰撞到一起。女人脸上的表情好像事发突然，有些猝不及防，嘴角那颗硕大的肉痣颤动起来。她冷冷地问，你是谁？那个穿得像个肉球一样的小男孩也鹦鹉学舌般地问，你是谁？

陈卫不知所措了，找不到哪怕是最简单的话语来回答这个问题。是啊，我是谁？见陈卫不语，女人尖锐地呼喊起父亲的名字来。

陈大伟，陈大伟……

陈大伟这才从厨房中钻出，双手在围裙上来回揩着。女人才想起似的问，这就是你儿子？陈卫听见父亲说，是他，他刚来，还没介绍给你认识呢。说着陈大伟从客厅一侧的拐角处出来，站在陈卫和女人之间，互相看看，然后说，这是陈卫，我儿子，这是你潘阿姨和弟弟小君。

陈卫把烟掐了，站起来说，你好。

女人这才正眼瞧了他一下，没说“你好”，只是说“你坐吧”，旋即抓过儿子的手就进了里屋。女人走后，父亲才示意陈卫坐，透露说，她回娘家了，也刚回来，你等一下，早饭马上就好了，我知道你没吃。

陈卫再次坐下，却发现之前掐灭的烟竟然没有灭干净，烟头在纸篓里点燃了几张抽纸，此刻正冒着烟。情急之下，陈卫发现客厅连台饮水机也没有，起先他用手薅了一下星星点点燃起来的纸，没有薅灭，接着才想到用口水，可口水毕竟有限，还是不顶用，最后才想到厨房，他急忙起身。厨房里，父亲正在灶前煎南瓜饼，一锅粥还在炉子上冒着热泡。父亲说，你进来做什么？去外面坐，马上就好了。

陈卫看父亲戴着粉红围裙的样子，心里说不出的别扭，这还是从前的陈大伟吗？还是那个在家人面前指手画脚近乎挥斥方遒的男人吗？一阵恍惚，好半天，陈卫才想起进厨房的目的，然而还没等他接满一杯水，一道女人的尖锐叫喊响彻了整间屋子。

起火啦，起火啦……小男孩的声音近似幸灾乐祸。

父子俩立即跑出去，见到惊慌失措的女人和一旁兴奋的小男孩，几个人都傻了眼。那纸篓里的火竟越烧越大，几乎像个火盆了。陈卫手中的那杯水也没起什么作用，还是陈大伟一把将纸篓抱起冲往卫生间，才解决了问题。

陈卫羞愧得恨不得找个地缝钻进去，一时又恨起了母亲，他本不想来，是她非让他来的。陈卫还有些恨父亲，见面就见面，干吗选这里啊？

女人打扫起来，一把抓过沙发的靠垫检查起来，又看看沙发沿儿，看被火烤着没有，最后拖起了地，嘴里显然在嘀咕什么，陈卫听不清。小男孩试图帮女人一把，却被女人厉声喝住了，你给我站好了，别给我添乱惹事儿。

这话怎么听怎么像对陈卫说的，陈卫的心瞬间像被人捅了一下。

吃早饭时，女人还铁青着脸，只有父亲讪讪地笑着，给女人和小男孩一块块夹南瓜饼，他叫小男孩的名字也很暖人，唤他作君君。叫君君的可不给他这个面子，和母亲一样马着脸，最后甚至叫起来。

别给我夹啦，你煎的饼难吃死了，我要吃肯德基。

父亲仍小心哄着，君君别闹，你看大哥哥在，等吃完，我们就去肯德基怎么样？以后我们就是一家人了。

这么一说，君君才把目光对准了陈卫，眼珠子在眼眶里滴溜溜地转，似乎在酝酿什么阴谋。果然，他随后说，他根本不是我哥哥，我没有放火烧我们家的哥哥。

这话说得陈卫一惊，须臾之后，父亲正要张嘴，却被女人一把抢了过去，吃你的饭！乱说什么！要我打你的嘴是不是？

小男孩十分委屈，但仍不屈不挠，本来就是嘛，他一来我们家，我们家就烧起来啦。

小男孩被甩了一巴掌，“哇”的一声哭了起来，他摔下筷子，吐掉嘴里的南瓜饼，拒绝吃任何东西。此刻，他正沉浸在自己的悲伤中。

父亲好言相劝也没有用，反倒被女人数落了几句。看着父亲左右为难的样子，陈卫心里五味杂陈，之前对他的偏见通通消失了，这个男人也不容易。

这顿早饭吃得没滋没味。很快，陈卫回到了之前的纵火现场，小男孩走失般不见了，可能被女人逼回自己的房间去了。父亲仍在厨房，女人也跟了进去，陈卫就注意听他们在说些什么。果不其然，争吵声还是响了起来，起初那声音是压抑的，有些小心翼翼的意味，可随着女人情绪的越发高涨，陈卫终于听清了其中几句。

什么一家人！

我跟他一家人？

陈大伟你有没有搞错，这是谁的家？啊？

……

陈卫最后看了看湿漉漉的纸篓，里面已被清理干净，可纸篓本身被火焰烤得变了形，像蜡烛一样只剩半截了。陈卫想，我该不该给人家赔个新纸篓呢？

厨房里的争吵还没有结束，甚至有升级的迹象，陈卫悄悄穿好了自己的鞋，将那双穿了不足两个小时的拖鞋整齐地码放在鞋柜之下。走之前，他还对着拖鞋闻了闻，还好，这次竟没有太大的异味，只有一丝若隐若现的酸味而已。

陈卫很满意这味道。

（原载《芙蓉》2014年第1期）

姚晓英

花开心甜

一

顺城的人很少说“冷”这个字，也很少体验冷的感觉。在史书记载中，顺城是休闲之城。这个城市很少会冷，冬天的花总是如同春天般开放着；同样很少有热，出汗了就是本地人在夏天感受到的热。这个城市的平均气温有十五摄氏度。说这话的时候顺城人满脸都是骄傲，如同隆重对外推出自己家传的惊世宝贝。

在12月的一天，顺城有点冷了，气温倒不是太低，有零下二度到四度。只是在顺城，这冷会带着湿气，如同伤湿止痛膏，而且是销量最好的白花蛇牌的伤湿止痛膏，它牢牢地贴在骨头上，让冷显得更加真实。

云贵高原的雾与湿久负盛名，顺城在云贵高原靠南的这一边，湿气重，温度到零下，地面就会自动成为滑冰场。在冰面上，走路会演变为学走路，平衡被打破，摔跤的人增多，这时候《天气预报》就会报道灾害预警。

八十岁的杨老伯站在窗前看路面，看院子里往外走的人。他一边笑一边说：“走嘛，再来一跟头你老命都得出脱。”

杨老太在他身后说：“她摔跟头关你啥子事？没得来头，我出去走就不得摔跟头。”

杨老伯是四川人，说四川话，杨老太跟杨老伯是同乡，说的也是四川话。本来这对话应该有两个老人对应着的表情、眼神，但耳背严重的杨老伯却用背对着杨老太。他看见张老太空手走路，脚像是踩在猪油上一样站不稳当“啪”一下摔了下去，手在空中飞舞，空中却只有抓不住的空气，别无他物。张老太大叫一声“天啦”就摔倒在地，屁股坐在地面上，杨老伯的嘴巴张开还没有发出声音，张老太又自己站了起来，惊慌变成了羞涩，屁股上沾了地面的水，看上去像孩子撒尿在裤子上。

显然，杨老伯为这个笑出了声音，这是顺城气温一到零度给杨老伯留下的记忆。老两口的家里，每天大眼瞪小眼，如同一幅不会变的布景画。地面有凝冻，看人摔湿裤子就是更换的布景了。时间在这个布景上会走，带着杨老伯的笑从窗外张老太的这个跟头中滑了过去。

张老太叫的声音杨老伯听不见，但她的嘴巴大张着，手没有任何方向地飞舞，就是窗前最大的看点，尤其是张老太爬起来后的表情，很像电影里的那些怕死鬼。

为这个表情和张老太乱抓的手，杨老伯让自己回到可以笑出声音的状态里，平日里可以笑的事情不多，家里两个老人，一个话多，一个听不见。杨老太显然是习惯了杨老伯站在窗前看风景的姿势，如同她习惯了自己说话，习惯了自己收回和杨老伯说的每句话。杨老伯耳朵失聪后认定所有人都要大声说话才可以被听见，空空的屋子杨老伯的声音回旋着最后被杨老太接收，杨老太答话，杨老伯不再回应，他听不见。

"你等到起嘛，哪天我也要聋来收拾你。"杨老太赌气地对着杨老伯的背影说自己也要聋的话，嘴巴说着，手动着。杨老太开始拖地、擦桌子，因为桌子下面一处拖不到的角落，她拉拉杨老伯的衣服，让他帮忙抬桌子。杨老伯的声音像炸雷一样响起：

"拖啥子嘛？昨天才拖过，你就是闲不住。"

杨老伯拒绝配合抬桌子，杨老太自己赌着气拖了地板。接着，七十四岁的杨老太接了女儿的电话，在这个空空的家里，接电话是杨老太必须做的工作，杨老伯已经听不见电话铃声了，更听不见电话那边说什么。杨老太提起电话，还没有喊出"喂"的声音，那边就准确叫了声"妈"，接着快节奏地在电话里问杨老太：

"在干什么？"

"晚上想吃什么东西？"

女儿在电话里让她不要出门，就在家里待着，怕万一摔伤很麻烦。

"我们都忙着上班，又没有人陪你怎么办？到时候别人又说儿女们自私，不管父母……"

"稀罕你们管。"

这是杨老太在心里说的话，电话那边讲话的人按照自己设想的路径，像在平坦的马路上行驶车辆一样往前开，从来没有想过路边会有什么阻碍干扰自己行驶。

这边接电话的杨老太只是听着，脸上不高兴的表情那边看不见；杨老太为什么在心里说这样的话，那边也无法感知；杨老太很大声地在心里说"稀罕你们管"，那边也听不见；当然，杨老太被影响的心情，电话那边更看不见。

一辈子没有工作单位的杨老太养了七个儿女。七个儿女的母亲是英雄母亲。从十八岁开始，她的任务就是生孩子、带孩子，杨老伯的任务就是在外工作，然后寄钱回家养孩子。

“咦，他也不是好东西，回家看娃娃，第二年就又多一个娃娃。”

这样的话是杨老太和院子里的婆婆们摆龙门阵时说的，这也是这个大院的婆婆们年轻时都从事的职业。

这个职业的岗位需要专一，不停地煮饭，不停地洗衣服，流眼泪的时候在夜晚，训斥孩子做司令官的时间表停顿在白天。几十年，杨老太的工作单位就是家，这是她做主的地方，随着儿女们说话声音伴着身高一起往上涨，司令官的声音也跟着退回自己的肚子。司令官的地盘渐渐变小，甚至变无。

每次身体要擦过冰凉的“巨人”冰箱进入厨房，杨老太就会恨恨地看两眼这个霸占了自己地盘的“巨人”。可恨的是，跟着高大儿女回家的“巨人”也和儿女一样不在乎主人是谁这个关键问题，“巨人”被搬回家后，杨老伯和杨老太能做的就是恨恨地看两眼，冰箱是二儿子报经媳妇同意后买来硬塞回家的。杨老太用很小的声音说：

“我们两个老人吃饭要啥子冰箱嘛，要吃啥子完全可以现买。”

杨老太的家是石油大院宿舍楼，厨房面积不到十五平方米，四门冰箱进来就是一副巨人降临的架势。两个老人能吃的东西的确有限，但杨老太为自己的厨房说话的声音让媳妇大喊了一声：

“妈。”

这声呼唤很有力量。媳妇拔高嗓门叫了声“妈”，然后说：“你在菜场挤来挤去方便啊？”

买冰箱回家给公公婆婆的二媳妇正在给邻居介绍除冻冰箱的效果，冻过的鱼拿出来跟刚从河里打捞上来一样鲜活，完全就是电视里演的样子。邻居听着，一脸羡慕说：

“杨老太，还是你命好，多子多福。七个儿女全部都顾家哦。今年院子里评孝顺媳妇啊，你们家要出一个哦。”

邻居一说，媳妇平时不太咧开的嘴巴张大了。媳妇高兴地听着邻居们的表扬，她坚持要给杨老太把冰箱放进来的理由就是杨老太老了，儿女们应该好好照顾她。

杨老太的厨房在10月国庆期间就这样挤进来一个她奈何不得的巨人，它冷漠、霸气地在厨房和客厅中间杵着。把冰箱这个大巨人引回家的是儿媳妇，杨老太不好发作。但现在打电话回家的是自己的女儿，在《天气预报》说路面凝冻形成灾害后，女儿打了电话回家，像皇帝一样安排杨老太不要外出、不要摔倒、不要……

杨老太堆了很久的烦恼在心里发泄：

“我又不是扭不得，哪个稀罕你们陪？”

“扭”这个字在四川话中的发音是第四声，充满动感。当这个字浮现，杨老太的身体配合着做出相应的动作。扭得扭不得是院子里老人们较劲儿的词汇，扭其实是活态的生命表现，动不了、扭不得是院子里的老人们无法接受的。

“我这个废人，羡慕你们想扭可以扭，想走可以走哦。”

扭得的人站在坐轮椅的人面前一脸带笑，还扭得意味着身体的零件还没有报废，还可以自己支配自己。

还可以自主扭动的杨老太喜欢在院子里扭，而在这个凝冻天气却被女儿打电话禁足，这让杨老太非常心冷。

“我不稀罕你们陪”这些话都是杨老太在心里说的，隔着塑料柄电话筒，女儿看不见杨老太的表情。从电话里声音的起伏杨老太知道她正在鞋柜边换鞋准备出门，通过电话里的声音，杨老太可以看见杨老七连贯的动作。

换好衣服走到门口，先把一只脚放进高跟靴子里，那鞋的里面全部是拐拐字体。老七说这是外国的，是什么“一大力”来的。要出门时她的手上开始拨电话，头偏着对电话里的杨老太安排日子，再弯下身子拔鞋，抬起身时脚要在“一大力”的鞋里扭一扭，那脚钻进靴子，不是享受，而是受罪，有点像冒失的半大小伙在颠簸的船上要找一处可以被固定的位置。穿好鞋后要开门，老七的话音就直接奔结束语：

“反正你不要出门，就在家等着，我下班会带东西回家。”

“稀罕，我又不是扭不得。”

电话放了，杨老太对着电话又说了声“哪个稀罕”。接着，自己对自己说：“我又不是扭不得，只要还扭得动，我自己就可以管自己，稀罕你。”

这话是杨老太的经典语录，听众只有她一个。老七的电话已经挂了，按照老七平时的上班时间，这个时候她已经把车门打开，要开车到单位。杨老太嘴巴动静很大但不出声，说的话其实就是对自己说的，是自己给自己鼓劲的话，老七又看不见自己老妈和院子里的老糊涂们在一起的本事。

要知道大院里七十来岁的老太中和杨老太一样记事的老人根本就没有，能记事也是院子里老人们较劲儿的底气。偏偏家里人不这么想，出门都不许就是把自己当废物，杨老太接电话听指令——在家待着，等女儿买吃的回家。

这样的安排让杨老太心烦，一天很长，吃三顿饭过不完一天，看着杨老伯的背影也过不完一天。杨老太要自己设计自己的一天，尤其是外面很少有人能扭着的一天。

“今天冷，旧货市场生意会好。”

“买的人多，卖的人少。”

这些是杨老太心底的声音，她对自己说，她要让自己的身体和大脑动起来。这个地方杨老太熟悉，这个地方有杨老太自己开发的岗位，这个岗位非常隐秘，杨老伯不知道，儿女不知道。关键是这个岗位可以获取财富，能够证明自己不稀罕儿女们管着自己。

杨老太是在无意间走过旧货市场时看见这里在卖旧的衣服和物件，这样的买卖解决了杨老太心里很久以来一直无法解决的问题：家里“新新的旧衣服”难道不可以这样处理吗?“新新的旧衣服”是杨老太对儿女们扔弃的衣服的总称呼，“败家子”是杨老太对儿女们乱买衣服的评价。

旧货市场让杨老太一见钟情，把自己家不用的东西转成别人需要的东西，这个转换不用什么文化，不读书、不认字、不知道衣服的商标都不要紧。关键是这个地方她的儿女们一般都不去，发现不了她的行踪。这是打电话回家安排老人生活的儿女们没有听说过的地方，可以让杨老太舒心行走。老七专门打电话让杨老太不要出门的安排阻止不了杨老太已经侦察好的商机，她还扭得，她的腿要走路，她的手要动作，她的大脑需要自己决定自己的生活。杨老太放下老七的电话后决定——扭得就要到需要自己交易旧衣服的地方去。

“我才不稀罕哪个陪哟。”她说。

二

旧货市场是杨老太自己发现的一片园地，她寻找的快乐岗位就在这里。

这里好像一片同类植物生长的庄稼地。

说话、眼神、身体动作都是知道的。来了淘货的人，铺面老板动作的大小都是会说话的语言，动作大的是告诉别人自己想做这生意，其他人就不要再拥挤着上前影响交易，静观、候场，前面生意不成，候场的人可以上前继续交易。杨老太知道自己的年纪，更知道这样的规矩，她也遵守规矩，经过候场到登场时她的表现是惊人的。

太精——这是旧货市场的老板们对杨老太的评语。

杨老太是个不认字的老人，市场上的卖家对她的敬佩来自于她对服装细节的把握，同样在一件旧衣服上捡钱，杨老太和买主的对话比她在家里做饭的技术还要娴熟。广东衣服，尤其是旧衣服最没有市场，起球，起很大的球。山东的衣服质量很好，在旧衣服中捡钱的话，最好的就是北方货。

太精明——这也是旧货市场的老板们对杨老太的评语。这样的评语像是商场的业绩表，这是一句让杨老太心里不再寒冷的话。

杨老太要走在家和旧货市场的路上，要和人说话，这样看时针、分针、秒针才会正常转动。这是杨老太的秘密。

长大的儿女们说杨老太年轻的时候带七个儿女很辛苦，根据经验，他们绝不允许杨老太卖旧衣服，更不认可杨老太辩解说这是有意义的，是在废品里捡钱，不许杨老太弯腰捡空瓶子藏在家里，不许杨老太走进废品收购站出售空瓶子、纸箱子，不许杨老太还要杨老伯帮着送东西到废品站。

“我们会管你们的。”

七个儿女，七个带回家的女婿或者媳妇，然后生七个孩子，他们在杨老伯退休、杨老太也不用再带孩子后接管了二老的生活。

儿女们在家里进行照顾老人的比赛。他们打电话回家问老人要吃什么东西；把各种东西送回家照顾杨老太、杨老伯，包括电视上演的洗脚大盆、巨人冰箱什么的。

这样做就是要杨老伯、杨老太好好待在家里。他们总说：“什么事情我们都会办好的，你们就好好在家嘛。”

“在家我哪闷混欻？”

杨老太说的是四川话，她对自己一直捧在手心的女儿老七说：

“在家我怎么混才可以结束这一天的时间啊？我又不是扭不得。”

老二媳妇说：

“妈，你扭了一辈子图啥子？图的就是现在不用辛苦扭嘛。”

杨老太嘴巴闭上了。媳妇肯定的语气和她无法融合在一起的心境让她怯生生地想起了孙子说的一句话——无语！

好像孙子们在说对方不懂的话的时候总喜欢用“无语”这个词。被高大的儿女们挤在自己家里，杨老太会觉得心闷，这个家好像不是自己的家，想听的话听不见，想说的话无人听。除了杨老伯一直在用的大缸子（这个缸子因为是杨老伯先进工作者发的奖品才得以保留），家里已经被换得自己记不住了，也认不得了。原来木桶的洗脚盆被老四家买的电磁脚盆换了，原来要自己烧水倒进木桶，看白色雾气渐渐飘散，两个人的脚一起在盆里泡着，体会由硬到软的变化，那感觉很舒服。正舒服着，电磁洗脚盆就被老四看电视广告时看上眼了，老四带着这个麻烦回家就是因为电视上的广告语：“买了买了，你妈的和我妈的都买了。”

电磁洗脚盆被带回家时，杨老伯说：

“广告都是假的，这个和木的洗脚盆相比差远了。”

但是，杨老伯和杨老太在自己家的抗议没有效果，飘着白色热气的木洗脚盆转眼就被老四开除了。儿女们各回各家后，杨老太面对大巨人会想起很久以前的事。那时候，儿女们不会打电话回家安排生活；那时候，儿女们挤在客厅里听候杨老太安排生活。她说，儿女们听，低头能看见一堆脏乎乎的下巴、乱糟糟的头发。过年家里要刷墙，老大是搬桌子的，老二抬石灰水，老三在下面递工具，另外几个被轰到门口去，不让在家里添乱。

没有男人在家，杨老太是唯一的总指挥。眼下，屋子比以前大，杨老太的心却非常堵，和一堆儿女在一起说话是越来越费劲，和旧货市场的人相比，儿女们的话杨老太听着像是外星语言。

儿女多，声音大，面对面站着说话杨老太也觉得隔了好远，二媳妇说、老四说、老七说：

“你现在还做什么嘛，你就安心休息就好了嘛。”

“休息啥子嘛，我又不是搬山填海。”

但这话被杨老太从舌尖吞回肚子里。如果是年轻时，杨老太只要瞪大眼睛，说话的人还知道妈的分量会变变语气，现在杨老太在自己的家里被挤在巨人冰箱后面站着，妈的分量儿女们真的看不见。杨老太试着将求援的目光转向杨老伯，这样的求援是在等待一个奇迹。

杨老伯耳背严重，多次治疗无果后便索性将全部的注意力放在了书和报纸上。书以三国故事为主，看有儿女回家就给儿女们说自己小时候听的故事，读报的话杨老伯喜欢读养生常识：

吃黑色食品有益健康，报纸上说的。

井水富含矿物质，有益健康，报纸上说的。

多餐少吃有益健康，报纸上说的……

儿女们喜欢杨老伯这样的生活，看起来老人生活得很幸福，什么也不做，什么也不操心。杨老太不认识字，她幸福不起来，她让杨老伯帮着把家里的塑料瓶送到废品站，七个儿女率各自家庭成员回家帮助杨老太。长得瘦小的杨老太面对的不是自己的儿女，而是一支庞大的军队，老三家的孩子身高近一米九，杨老太要踮起脚尖将视线越过他的肩膀才看得见老三媳妇的表情。儿女们全体回家要做的事情，杨老太心里明白得很，就是要杨老太安心养老，不要东想西想，不要累到自己。

“累啥子嘛！一个瓶子带在手上！”

带在手上的动作应该是很轻松的，杨老太觉得自己讲得很清楚，带在手上，瓶子又不吃饭、不喝水。

“你七老八十的人在那里收旧瓶子去废品站，院子里的人看我们是啥子眼神嘛！”

这是四媳妇在说话。

“啥子眼神嘛？我又不偷又不抢！”

杨老太原本想这样质问，但又把这话从舌尖送回到肚子里。杨老太期盼地看向杨老伯，可杨老伯的目光正在报纸上。“最新的报纸说：蜂蜜的疗效非常神奇，常吃蜂蜜的人生命力会像蜜蜂一样。”杨老伯将报纸上的内容读了出来。

儿女们帮助杨老太的话，杨老伯听不见，他只说自己想说的话：“蜜蜂咋个会是生命力最旺盛的哦？在我们老家，蛐蟮才最有生命力嘞。”

杨老太鼓着眼睛看杨老伯，杨老伯说：

“你看我搞啥子？这个蜂蜜以前你晓得有这个效果啊？”

“聋子，我不和你说。”杨老太对杨老伯吼出这句话。

这是她的战斗技巧，她吼完，儿女们不再说话，她也闭紧嘴巴不再说话。作战多次，杨老太找到了最好的战斗方法——秘密进行。

三

秘密进行的决心让杨老太动作明显轻盈了许多，出门的时候，杨老太带的东西都是经过精心挑选的，为不暴露目标，她选了几件颜色艳丽的毛衣，翻出女儿给她买的书包装上出门，这样院子里的人就不会给杨老太的女儿说她带着毛衣出门，自然也不会发现杨老太的最新秘密。

天真的冷，电视报道的天气预报这次很准，杨老太打开门后一阵风吹过，她又关上门，把原来穿的棉袄脱了换上更厚实的海蓝色条纹衫。这衣服不是七十四岁老人穿的款式，这是老七淘汰的衣服，据说花了一千八百多块钱，杨老太估算了一下，这衣服在旧货市场能卖五十元左右，现在自己穿在身上很暖和，也就是说自己捡了五十元钱，很划算的废物利用嘛。用手摸摸，衣服面料柔软、细腻。

“你说哪点不可以穿噻？”

老七不在杨老太面前，杨老太不由自主地给老七说了这句话。

收拾停当后出门。走不到五百米，是院子里的值班室。

这个值班室是大院老太太们集体分享的荣誉。有值班室，说明这个院子比没有值班室的院子重要，很多年前，这个院子还有解放军战士值班，院子里的大卡车上装着井架零件，装着地震队的爆破设备。这个院子里的人大脑里还装着测量计算方式，知道实现闭合是最好的消息，否则，收队的时间会延长，在家的孩子会继续在等候中呼唤爸爸。

苦。

苦啊。

值班室是女人们感慨生活的集聚地，守候的日子这个大院的女人们都经历过。这个大院的男人们从事的职业是勘探石油，这个大院的大多数女人做的工作就是带着孩子等候男人回归。男人们所做的工作遥远、神秘，但“不能闭合所以不能回家”这样的定律女人和孩子都一起掌握了。

为了闭合，男人们会走很多路，立标杆，记录，画图，有水涉水，遇山爬山。山高多少？水深多少？途径多少拐点？男人们都会详细记录下来。雨季，测量队会回到大院进行休整，回来的人在院子里说自己测量的时候过高黎贡山，山林在雨中好像有魔法，会整齐地唱歌，会整齐地摇头；雨过，很多蚂蟥从天上降临。

“看嘛，看嘛，这些就是天上旱蚂蟥叮出的疙瘩。它们叮在身上还不能用手拉，要是拉断就麻烦了，捏在手上的半截死了，钻进身体的就会更快往里钻，要动手术才可以取出来。”

“不走这里行不行？”

“不行，出发前就已经布好点了，要是没有这个点的测量数据，就闭合不了。”

这些故事成为杨老太七个儿女的成长记忆。当然，这些经历没有写在测量报告中，回来讲述的时候让这个平时没有男人的大院显得更加神奇。女人、孩子深深浅浅地听着，有的能听懂，有的听不懂。杨老太最有把握听懂的就是闭合与没有闭合，闭合就是可以按时回家，没有闭合就是要返工。杨老伯是测量队的，和闭合有关系。杨老太知道的石油知识非常有限，在值班室很多人说话的时候，杨老太不能对答的多是野外队的信息，那些山和水、那些侏罗纪真的很神秘。当院子里的男人和赵老太说的内容是杨老太不熟悉的时，赵老太显得比队长还能干。赵老伯死后，赵老太干脆就霸了占值班室门口，成了整个院子的消息树、天线和雷达。

任何消息送到，这个值班室都是收集者、发布者。在这里上班的人从来不领工资，谁的消息多，谁就是大王。杨老太固执地要在大冷天出家门的另一个原因就是这个赵老太。

杨老太不高兴赵老太近期又成了大院门口的大红人。因为赵老太和刚死的刘呆呆是邻居，现在刘呆呆死亡的所有信息都由赵老太发布，每天她的身边都围满了人，听消息的回家后就成了传消息的，赵老太在院子里成了明星，这是杨老太不喜欢的事情。说别人的消息，杨老太管不了。杨老太当然不会让自己卖旧衣服的事情成为赵老太发布的新消息，她要让自己做得像无事一样出门，这样赵老太才不会知道。

海蓝色的衣服、电视上大学生背的书包，轻松上街看风景的架势果然成功了。

“杨老太，今天你还敢上街买稀奇？”

“买稀奇”是大院里老太们自己创造的说法，大概是指自己需要的东西。这样的对话像是院子门口的接头暗号。

“嗯，我今天要买的好东西就叫稀奇。”

说完杨老太马上从赵老太身边晃过，晃的动作很惊人，要知道，这种灾害天气，地面很滑的，但杨老太很灵巧。有人大叫：

“慢点，慢点……”

杨老太在这样的尖叫中很得意地滑过赵老太的封锁。杨老太喜欢听这样的喊叫，在喊叫中，她已经矫健地走过门口，好像她不是七十四岁的老人，而是正在冰面滑冰的小姑娘。杨老太知道自己平衡感掌握得很好，果然，她听见有人说：

“今天好多人出门都不得行，好多人都摔了跟头，人家杨老太不信邪，一晃就出大门了。”

这些话传进杨老太耳朵里，杨老太心里很舒服，更舒服的是，赵老太被自己的装扮骗过去了。要知道，骗在大门口专门看人过路的赵老太是很不容易。

她的眼睛是摄像头，她的大脑像碗柜，可以装很多东西。杨老太不高兴赵老太最重要的一点就是赵老太擅长的是她没有竞争优势的范围，赵老太在大门口和人说过的话本来很简单，但她会把和人说的话变成门口小盆里栽的花，过几天，甚至过几分钟，换一个听众就多长了叶子出来。

“咦，王老伯你今天亲自上街买菜哪？”

这样的话是赵老太收集消息的第一步，她和人说话的时候好像随时准备了一个网，就没有不被她网住的信息。

赵老太读了几年的书，那个被黑色衣服罩着的心脏好像会变魔术，这些话过了几分钟面对不同的听众就换成赵老太自己掌握的消息。比如王老伯买菜回家，菜篮子里多了点四川人爱吃的五花肉，经过赵老太把守的大门，赵老太咧着一口黄牙问：

“哟，买这么多，明天不过啦？”

王老伯的腿就被赵老太的声音拉着靠了过去，王老伯说：

“儿子的井队放假回来了。”

问话、答话，不到五分钟，赵老太就在自己的心里翻着筋斗把话说成了另外的样子。她抽着烟站在大门口，迅速对另一位路过大门口的人发布了最新的消息：

“203队钻井任务已经完成，全部人马都各自回自己的基地去了。”

“不留人守井场了？”有人问。

这是另外的话题了。这和王老伯刚回答的问题起码隔着五条马路远，石油大院里的很多婆婆都答不了这个问题，但偏偏在杨老太眼中从来都好吃懒做的赵老太就能回答：

“人家204队要接这口井，留守井场的就是从广西回贵州的204队。”

赵老太的回答天衣无缝，好像她不是专门给男人生孩子、带孩子的家庭妇女，她是科学家，她知道守井的人从哪里来，要到哪里去，从曲靖井队回来的人都没有她那么明白。有人开始给赵老太递烟，赵老太接过烟，说：“李四光经过顺城，说这个板块上有石油，所以大家才在这个地方建基地。”

烟雾中，赵老太成了唯一的中心，杨老太心烦的就是这个。和赵老太在一起住了几十年，她做的很多事情赵老太都做不了，她从不乱花一分钱，而赵老太是饭都不想做，花钱在街上吃，碗都不用洗。要是在旧社会，这样的婆娘只会被打死。

就一张寡嘴。

偏偏这张寡嘴又霸占了大门口的中心地位。凡是经过门口的人都必须和赵老太搭话，装看不见赵老太的技术也用不上，在院子门口等人说话是赵老太的职业。

一个人过日子，三个房间就老太太一个人住。有人说赵老太好幸福，住得那么宽敞。赵老太说："幸福啥子？我不幸福，那空着的房子才幸福。"

赵老太不喜欢收拾家里，她经常说："一个人收给谁看？收给谁用？"

大门口有人听她说话，她只需要到门口即可，值班室有她专门的椅子，有她专门的杯子，有她说话的位置。

"她吹她的，晓得那些有哪样用嘛？"这也是杨老太自己在心里说的话。

杨老太最讨厌儿女们把自己和好吃懒做的赵老太比较，杨老太的儿女在大院里很出名，和吃低保和贫困户补贴的人家相比，杨老太的儿女都是有出息的人。走进院子，响动最大的也肯定是杨老太家的，杨老太的儿女巴不得自己的老妈和赵老太一样穿着最好的衣服、喝着最好的茶在门口说话，就在大门口说话过光阴，看着就很幸福，然后家里就评出了大院的孝顺媳妇。

四

和家里闷心的气息相比，旧货市场的气息让杨老太很是欢喜。在这个市场里，来来往往的人说的就是两个字——一个是"卖"字，另一个是"买"字。

"口才好，让她来这个市场试试？"这是杨老太说给赵老太听的话。

她眼前花花绿绿的衣服是她的军队，这些衣服可以听杨老太说话，而且肯定能听懂杨老太的话。

旧货市场因此成为杨老太最喜欢的地方。这里是便宜服装的海洋，海洋中有很多出身高贵的鱼，任何一件衣服都是几百上千的。把这些衣服加起来存折上可以增加五位数。五位数的钱换来的衣服，然后还没有怎么穿就变成了旧货，从儿女们的衣柜里清除了出来。

败家子——这是杨老太对儿女们的评价，几千块钱的衣服买回来穿几次就不要了，再卖出去的时候价格连原价的百分之十都不到。杨老太经常叹息家里养出了一堆败家子。

第一次出马杨老太就卖出了一件儿子从衣柜里清除出来的夹克衫，买回家时的价格是两千五，儿子说衣服的名字叫华伦天奴。

买了新的就要扔旧的。杨老太以拿回家看看要缝成坐垫或者其他什么东西的名义拿走了这些旧货，这些旧货经过杨老太的秘密转换，变成了可以随处使用的钱，这样的转换让杨老太很高兴。她秘密行动的结果就是证明了钱不会烫手，只要自己还扭得动，她就不稀罕儿女们管。杨老太还要证明给赵老太看看，在院子里的老人中，杨老太是不会输给你赵老太的。

买和卖之间，杨老太更喜欢卖，卖出一分也是成绩。为这一分成绩，杨老太将自己的货物挂了出来，冷冷的石板柜台上摆满了各种颜色的旧衣服。今天，一米五的杨老太为这堆色彩添加了一抹蓝色，这是女儿晨炼时穿的衣服，买的时候不知道花了多少钱，杨老太甚至没看见女儿穿过就说不要了。

杨老太接收了这件衣服，像天一样蓝的衣服从废物堆到了杨老太手上，穿在身上很暖和，很柔软。

女儿不穿，杨老太抗议似的穿在自己身上。当她来到旧货市场时，这里面已经挂了长长短短的衣物。杨老太瘦小的身体和衣服没有关系，她的身体是海蓝条形衫的衣架。这蓝一下就映亮了旧货市场，这里的人从不评价卖衣服的人穿什么，最关注买衣服的人穿什么，要买什么。这是很紧张的脑力劳动，眼睛要好使，大脑要会想，嘴巴要会说，表情还要很生动地配合着。都是动嘴，说卖衣服的话是杨老太的强项，和只知道李四光的赵老太相比，杨老太将自己的航线开辟进旧货市场后，她的另一个优势马上显现，她的面容在大院里非常出众，很挺的鼻梁、很亮的眼睛、以笑为主打的嘴唇。

七十四岁生日已经过了，杨老太的鼻梁挺着，脸上的皱纹被挤到一个很不起眼的地方靠着。有人问到杨老太的旧货，这是生意开始的第一步，买的人总会让自己的表现更主动，比如故意将拿到手上的衣服不经意地找些不足出来。杨老太并不在意这种故意，她依然笑着，脸上的皱纹在笑的时候会集中展示，这让杨老太说的话更显真实。

“我再说，你自己也会看嘛，拿手一摸就知道这是什么质量，很保暖，穿在身上可以抵好长时间哦。”

“问题是这是别人穿过的衣服。”

“那是别人穿过啊，你穿着这衣服回家，谁看见你穿过了？谁知道这是穿过的衣服？这个牌子还是天伦的。”

商场上的生意人都敬佩杨老太说话的水平，除了记不住儿女们为显有钱买的洋牌子外，杨老太说话的合情合理都是她可以捡钱回家的真本事。即使生意最后没有成功，一场交战记录也是杨老太高兴的事情。

一个人安静地站着时，杨老太会让整个过程回放，这样的线路杨老太非常熟悉。回想着，杨老太的手也不会闲着，她像下象棋一样把黄色的衣服和绿色的衣服对换开，这不是为买衣服的人，而是为让卖衣服的人心境保持在一种新鲜的状态，这样看起来，她的秘密行动才有意义。等待、交流、整理，一系列配合中，时间带着箭头“嗖”一下就到了三点。

天这个时候放亮了一些，虽然依旧冷着，路面滑着，商场里坚持开门的同行们在顺城少有的寒冷中笑着说："从早到晚二十四个小时，总要有一样东西混到手嘛。"

旧货市场的人不知道石油大院"买稀奇"这样的接头暗号，但他们的话说进了杨老太心里。这是旧货市场里的同行听得懂的话。为快乐混一天，杨老太带的衣服经过认真挑选。她今天卖的衣服以艳丽为主，上岁数的人在这个寒冷的日子不会专门到旧货市场淘货，要来的就是对寒冷没有准备的年轻人，而且是年轻的农村人。市场分析的课杨老太没有上过，生活经历就是杨老太的课堂，走进旧货市场的成绩单是对杨老太秘密行动的奖励。

在旧货市场，说话不会面对杨老伯的后背，不会面对电视上往外冒的声音，当然更不会晕晕乎乎听赵老太说什么曲靖队休整这些真真假假分也分不清的话。在旧货市场，杨老太的心很稳当，衣服的价格她知道，买衣服的人想什么她知道，一天怎么过去的她也知道。在这里，她欢喜和需要她的人接头。

"这件旧毛衣多少钱一件？"

"你出多少嘛？"

杨老太的铺面前来了一位主顾。问衣服的是位小姑娘，很年轻，身上穿的衣服果然很单薄。顺城一年中零度不到十天，但这十天要扛过去就需要厚衣服。

穿一件海蓝条形绒衣的杨老太笑着回答小姑娘的话：

"你出多少嘛？"

小姑娘看上的是件红毛衣，这是老五媳妇用半年奖金买回家的衣服，穿了不到两次就没有再穿了，体重一百五十斤的媳妇没有办法让腰身回到可以穿束腰毛衣的尺寸，也没有办法让这有两排扣子的毛衣发挥保暖效果穿在里面。媳妇恨恨地说："不要了，再也不买这么贵的毛衣了，不要了。"

杨老太心里唠叨着接收了这件毛衣。媳妇买这件羊绒毛衣时花了三千多，据说值三千多是因为这件毛衣是手工编织的，衣服上找不到接头，羊绒的绒在这毛衣上体现得很充分，手摸着感觉是在一只有温度的羊身上，很软很温顺的感觉会传到触摸者的心底。本来杨老太也舍不得将这件毛衣带进旧货市场，来这里的人都是懂得捡钱的人，不会随便乱花钱，或者也没有钱可以花。这么贵的毛衣能收回一百元都很难，杨老太想拆后再编织成可以穿在身上的衣服，但问题出在羊绒的绒是易碎品，拆过后重新编织绒会消失，那些绒在拆的时候就开始失去富贵，再洗、再烫、再编织，出来的成品不光没有绒，毛的感觉也渐渐远离了那只温顺的羊。

"这毛衣的颜色都开始褪了。"

摸着羊绒毛衣的女孩讲了第二句话。这是买主要压价找的理由。杨老太熟悉这样的程序，在很冷的天，她独自走进旧货市场，没有摔着，没有碰着，没有要任何人扶着，她是市场中唯一一个上七十岁的老人。杨老太乐着，笑着。她对小姑娘说：

“你可以先把衣服披在身上试试，看质量、看式样、看颜色、看效果……”

双方还谈着价钱，杨老太已经知道红毛衣的归宿就是这个小姑娘了。农村小姑娘没有多少钱才来这里，这是农村女孩子穿高档衣服的秘密基地，价格便宜是唯一的理由。为这个钱少的农村小姑娘，杨老太确定了自己的底线：

“一百元成交。”

这是杨老太的底线。刚进旧货市场的时候杨老太喜欢说“买的时候花了三千多元”这话，现在她不说了，买的时候多少钱和现在没有关系。

“这就是新婚和再婚的区别噻。”杨老太和邻居们闲聊时说旧货的原价和现价，她的这个比喻成为商场引用最多的句子。“三千多元到一百元就是天上和下水道的区别。”杨老太平心静气地解释天上与下水道的不同。说话间，小姑娘已经把毛衣穿在身上，那羊绒很懂事地贴在小姑娘身上，温暖着，舒适着，富贵着。

小姑娘转身走到铺面外的光线中审视，“衣服太大”成为小姑娘找出的另一个问题。小姑娘着急，为无法买走这件衣服着急。

“太大啦，这中间全是空的。”

小姑娘说着用手把衣服的前块拉起，毛衣成了斗篷。小姑娘的兴致好像受到了打击，养了七个儿女的杨老太交易开始就在准备回答这个问题。

她笑着，眼睛的黑眼珠清澈着，她对小姑娘说：

“这衣服只卖有缘人。你的肤色、你的年纪和这衣服本身就很配。你觉得大？看你怎么穿，把腰带系紧一点这衣服看上去更有档次，你的身材会显得更好。”

“真的？”

杨老太现在不是小姑娘的博弈对手，她是小姑娘美丽装扮的同盟军。小姑娘试着把腰带系紧，再到旧货市场门口值班室的窗户玻璃前照照，时尚、富贵、喜气、便宜皆备。

“成交。”

小姑娘笑着审视自己，很满意。

杨老太也笑着，满足于这件毛衣从废品变为现金的神奇。

“妈，你真的在这里？你想做什么？你这么大岁数这么冷的天还来这里？你有什么事情我怎么办？”

小姑娘穿着羊绒毛衣刚走，一张一百元钞票捏在手上的喜悦还没有消化，杨老太耳边响起了杨老七的叫喊。

根据兄妹七人要让父母比赵老太幸福而拟订的协议，这个月父母归她照管，她要负责任。天很冷，她打了电话给母亲，让父母不要外出，要吃什么她会买回家。当她穿着外国皮鞋提前下班，到超市买来白菜和排骨提回家时却发现母亲擅自出门了。她跌跌撞撞地出门，在旧货市场的衣服堆中发现了母亲，她着急，她生气，她大叫：

“你出了事情怎么办？叫你在家坐着你不听……”

（《花开心甜》获贵州省第二届专业文艺奖·优秀奖）

2015年

龙志毅

孤帆远影

1946年，赵杰十八岁。在人的一生中，十八岁是一个“坎”。过了这个“坎”，便是成人了。在皇帝时代，他已儿女绕膝，至少成家立业了。但时代毕竟在变化，十八岁的赵杰还只是个高中二年级的学生。不过，请不要担心，赵杰暗自计算过，高中毕业他十九岁，如果能即时升入大学，本科毕业也才二十三岁，还算年龄偏低的一类。“即时”升大学对赵杰来说是很有把握的。英文、国语（国文）、数学三门主科，前两门没有下过九十分，数学差一些，不过他有一本《范氏大代数题解》，他们上的正是这门课。凭借聪明，他几乎能把它背得，每次考试也能及格。至于副科，历史、地理从来未下过九十分。化学、物理是他的弱项，每次考试便碰运气，实在碰不上就放弃，也不影响升级。何况他已下了决心，高三转学到另一所教学质量更好的中学，苦读一年，看你大学的门槛有多高！

话又说回来，到了十八岁这个“坎”，人的需求还有另一面。用老百姓的话说，是“醒了”！也就是像小公鸡、小公牛一样，开始有了性的欲望。用“醒了”这句话来形容，似乎粗俗了些，那就叫“情窦初开”吧！也就是对他们班上的女生开始感兴趣了。那时并没有中学生不准谈恋爱的规定，相反，被视为时尚。特别是他们学校，校长、大部分教师都是西南联大出身，言行更为自由。赵杰心中的女生叫解海姝，就坐在他旁边。他们中间隔着一条人行道，但彼此说悄悄话也能听见。解海姝是上学期转学过来的。在此之前，据说她父亲的部队在滇西，似为“远征军”，现在是国民党一个军官总队的少将总队长。他们家就住在学校所在的村子里，买了或租用了一幢洋房，是平房带院坝的那种。解海姝是个多情的湘妹子，年纪和赵杰差不多，若论长相，怎么说呢，你看过《红楼梦》吗？是薛宝钗形，当然，人与人之间的长相是不可百分之百复制的，解海姝的左额有几滴黑点，很细微。她也公然声称：《红楼梦》中那些女孩子，她最喜欢薛宝钗！这是后话。这位湘妹子对赵杰是如此多情，处处主动。有天赵杰从市里回来，向一位同学说："城里有好几家电影院都同时在放一部叫《此恨绵绵》的电影，看这名字像是一部悲剧。"她马上接过去："此恨绵绵无绝期呀！"赵杰听清楚了，这是《长恨歌》中的最后一句话，前面还有半句：天长地久有时尽。他虽然没有搭腔，但心里却是乐滋滋的。有天晚上，全班同学正在上自习，忽然电灯熄了，于是便到球场上跳集体舞《当我们同在一起》，舞蹈中有一个动作是两人牵手，他们牵了。他感觉她的手又柔又润。接下来的动作是像小孩一样，将双手食指指向脸颊，唱道："你对着我笑嘻嘻，我对着你笑哈哈……"她却不按常规做，而是对赵杰做了个鬼脸！这些都给赵杰留下了深刻的印象。加上平时多次交谈，他们之间便产生了好感，超越一般朋友的好感。也有不太好感的时候，有天上午，第二节课刚完，老师刚出教室，忽然来了一辆吉普车。车上走下一位少将军人，高大魁梧，解海姝连忙迎上前去叫了声"爸爸"。军人大声地说："海姝，你不是要买鞋吗？走！"于是父女二人上了车扬长而去，并没给任何人打声招呼。这事让赵杰产生了不好的印象，你又不是去小卖部买支铅笔就回来，那是进城呀！也不请个假或向任何人打声招呼！果然，那天一直到下午的最后一节课，解海姝才回来。赵杰倾身低语："你也不请个假。"她听了顿时两颊泛红："等一下向你解释。"傍晚，他们漫步在河岸上，解海姝向赵杰解释，她也意识到了做得不对，一上车就对父亲说："请个假吧！"父亲没有吭气，她也就屈服了。父亲的倔强，一半来自军官的傲气，一半是在家中颐指气使惯了。她说："在滇西的几年中，父亲的部队上前线打仗，我和母亲（家庭妇女）长期住在土司家里。父亲很少回家，一回来全家人都抽头扶脚的，哪里还谈得上反抗？"她还说，她们母女与那家土司处得很好，她拜土司为干爹，等等。在这样的环境下，别人不问赵杰便自开口，说了他的家世。有田土和城里的房屋，叔叔（未分家）用它开了一间店子。父亲早死了，生前当过县里的参事。母亲说他像个慈善家，在家的日子只有一项任务，为受灾佃户减租、免租，是出了名的大善人！因此，在纯正家风中成长的赵杰，在学校里也是标准的好学生。

他们的这次交谈很重要，等于互相亮了家底，彼此更接近了。然而没过多久，他们又产生了一个小插曲。学生们每人一张书桌，一般的书和笔记本放入抽屉，急用的摆在桌沿上，解海姝也不例外。她的桌子的左沿，也就是靠赵杰的一边摆有一堆书。一天下午，赵杰发现她的书堆上有一封未封口的信，收信人的姓名写上了，他不认识。出于好奇，趁解海姝不在，他将信纸抽出来看了看。收信人似乎是她父亲的部下，内容很简单，告诉他自己已有男朋友，劝他忘掉她，仍以兄妹的关系来往。这封信的真实意图，赵杰顿时便明白了。照理说，他心里更有底了，应该高兴。但不知为什么，就是高兴不起来。他暗自寻思，找机会同她说清楚：一是承认自己偷看了她私人的信；二是这分明就是写给他赵杰的，为何……他最终没有找到合适的机会，或者说得更直接一点——他没有这种勇气！

正当"杂花生树，群莺乱飞"的暮春季节，他们全班去西山旅游了三天。日程和生活安排已经办妥，三天三夜都在华亭寺住宿，男生在一间庙堂里睡通铺，女生五至六人一间。白天游太华寺、三清阁、龙门等景点，晚上座谈一至两个小时。总带队是班主任李先生，还有几个教师也自愿报名参加。李先生是一个十分细致的人，临行的前一个晚上，他又召开全班会议，核定最后的人数，并确定好愿在庙里吃素餐或自带干粮者的人各有多少。有几个女生本想自带干粮的，眼看大家都举手吃素餐，便也改变了想法。在表决自带干粮或在庙里吃素餐时，解海姝显得特别积极。她说："在芒市一带的某些傣族地方，每个青年都要轮流当几年和尚，何况三天？"有人插了一句："那我们就当三天小和尚和小尼姑吧！"引来了一片笑声，事情便这样定了。

他们来到华亭寺，受到庙里的长老和全体出家人的热烈欢迎。方式不是排队鼓掌，而是把床铺得暖和和的，把斋饭做得别有风味，虽然用的都是豆制品，但有的像鸡，有的像鱼，有的像红烧肉，而且似有一种异样的香味，年轻人一吃就是三大碗。第一天，他们游了太华寺和三清阁，最后登上了龙门，饱览了滇池帆影点点、落霞夕照的美景。晚上他们按日程来到李先生等几个教师住的不大不小的庙堂里开座谈会。李先生是语文教师，特别喜欢《红楼梦》，因而那天晚上的主题便是"《红楼梦》之我见"。有几个男女同学开始发言，谈的都是世俗的观点，无非是捧林黛玉，骂王熙凤，调侃薛宝钗。说特别是薛宝钗的一生，正如她所填的《柳絮词》那样，是"好风凭借力，送我上青云"，如此等等。听到这里，解海姝开始插话，又是与众不同。她说："如果拿林黛玉与薛宝钗相比，我爱薛宝钗。林成天只会哭哭啼啼，而且体弱多病、多愁善感。薛宝钗虽出身于贵族，但她的家族离不开世俗社会。可以说，她生于世俗社会，成长于世俗社会，适应了世俗社会！说白了，林黛玉只能当情人，薛宝钗却是贤妻良母。"她反问："在座的男同学，你们说句老实话，要你们从中选择一个当老婆，你们选谁？"会上一片寂静，不知什么时候下雨了，雨还很大。雨水从庙堂的屋檐往下滴，人们清楚地听到滴滴答答的响声。赵杰也没有吭气，《红楼梦》他只读过一遍，谈不上有什么独特见解。听了解海姝的发言，他觉得很有见地，便自然而然地倾向于她了。这也是俗话所说"情人眼中出西施"的一种转化吧。正当一片沉寂之时，忽然有人甩出一句"我两个都要"！是钱为亮，出了名的调皮鬼，他的插科打诨，除了引起一阵笑声，并无强烈反应。可就在这时，女同学们开始反攻，都不同意解海姝的见解。解海姝却坚持己见，并进一步反驳："宝玉挨其老子打后，震惊了贾府上下，大家都跑到怡红院去探视，林黛玉带去的是一双哭红了的眼睛，薛宝钗带去的却是一服丸药。”众女同学不服，说：“哭红了眼睛怎么了？说明她多情！人而无情……”此时，李先生说话了。他说《红楼梦》是一部内涵极深的书，自它问世以来，各种各样的学派不知有多少个，应容许各人有自己的见解。一场争论，遂得以罢休。

第二天的日程有些改动，有人提议去看碧鸡关，有人提议去看聂耳墓。当大家听到有人提议去看聂耳墓时，顿时响起了热烈的掌声，而且像发疯了似的，立即就要去。但谁也不知聂耳墓在何处，便去问李先生。他也没去过，只听说离华亭寺不远，便只好请一个小和尚领路。

其实，那时的聂耳墓真是离华亭寺不远，荒草丛中一土堆而已。（注：几十年后，由人民政府出资，将其迁至太华寺附近）在它旁边还有文人张天虚之墓，同样是一个土堆。聂耳不是死于日本吗？这是真坟还是衣冠冢？青年们不在乎这些，也不过问这些。他们围在坟前，低头悼念这位云南籍的大音乐家。李先生赶来了，他向大家介绍了一些有关情况。比如，就这么一个土堆一块牌子，还是他的朋友们（包括已故的张天虚）私人凑的钱。青年们围着荒草土堆，唱起了高昂的《义勇军进行曲》，唱完后又唱《塞外歌女》，后者的旋律略带悲伤，有些人开始哭了。进而像被传染了一样，全体泣不成声。有人开始骂国民党政府：“为什么不拿点钱？”最悲愤者，恐怕要数赵杰，他是参加过“一二·一”学生运动的人，他擦擦泪水，满腔怒火地大声说：“政府的钱都拿去打内战，官员们都贪污了！”此时解海姝正站在他身边。毫无疑问，赵杰的话触犯了她家，其父是“政府”的人呀！不过，她没有吭气，只低声说了一句：“太简陋了啊！”虽然有些文不对题，但赵杰可以理解。从聂耳墓回来，赵杰余怒未消。他在当天的日记里写道：“看了伟大音乐家聂耳之墓，荒草土堆而已，我发誓：如果有一天能力办得到，我一定将此地开辟为全国音乐的圣地……”其实他所谓的“能力”是什么？连他自己也搞不清楚，倒是为若干年后自觉自愿批判个人英雄主义提供了鲜活的材料。

旅行回来后，他们很快便放暑假了。

在暑假里发生了两件大事：一是1945年日本帝国主义投降；二是1946年西南联大复原北迁。前者引来了市民们街头巷尾三天四夜的狂欢，后者是民主力量的削弱。赵杰最初沉溺于街头的狂欢之中，近日楼一带的商业区，在霓虹灯的闪耀下，蒋介石的画像显得特别耀眼。

一天中午，他正在二楼客厅和大哥谈转学的事。他大哥是家里的主宰，转学这类事必须事先得到他的许可。就在这时，忽然听到第二大门一阵敲门声。客厅正对第二大门，赵杰窥见解海姝正站在门外和前去开门的王嫂（保姆）说话，顿时感到全身毛焦火燎似的，脸上的表情起了异样的变化肯定被大哥发现了，便迅速结束了他们的谈话。赵杰跑下楼来，王嫂告诉他，刚才有一个女同学来找他，听说他正同大哥谈话便走了。赵杰问她说什么。王嫂说她叫你去她家里玩。赵杰估计她走得不远，便跑出去追她。果然到福照街街口便追上了，他们停下来谈了几句刚才的事，他问她现在要去了哪里，她回答去曾秀琪家，两人就一同去了。

曾秀琪家在马市口，父亲是金店经理。到了曾秀琪家，曾秀琪父女二人均在家，她向父亲介绍了他俩，他只“哼”了一声，连姓名都没有问清，只说了一句“你们玩吧”便继续在过道上来回走动，似乎这是他不可或缺的基本功。

曾秀琪将他们直接引到自己的房间，三个人喝着茶天南地北地聊天。赵杰说：“我已给家人说好了，下学期转学到××中学，经过一年的努力，考上大学才是正道。”曾秀琪将脸转向解海姝，意味深长地问：“您呢？是不是跟他走？” 解海姝的脸上微微泛红，但坚定地回答说：“我不转，学校离家近，何况教学质量也不差嘛！”这后半句似乎是说给赵杰听的。赵杰体味出来了，但没有做正面回答，他反问道：“您呢？”曾秀琪如实回答：“下学期也说不清在哪里，父亲正准备结束店里的业务，打算开学前回湖南去。”她这时才想起解海姝也是湖南人，便问她是否也要回去。解海姝回答得很干脆：“不回去，爸爸走不了。”于是三个人便又扯起了军官总队的事。都知道国民党军队正在进行整编，一个军整编为一个整编师，中将军长有的退役，有的变中将师长，多余的士兵好办，多余的军官呢？这就是军官总队的来历，但三个各有看法。曾秀琪说：“听说‘一二·一’时，便有军官总队的人混在其中去打学生。这些人是因为转为军官总队队员不满，在主子面前表示积极，希望主子看出开恩，让他们早一点回到军队去！” 解海姝也不申辩，只淡淡地说：“可能，人上一百嘛，什么人都有！”但她极力为其父亲辩护。说她父亲当年考军校时，目的就是报效国家。现在也并非总队的一员，是派去管军官总队的。他们那儿可以说是第二军校，在研究《孙子兵法》哩！赵杰在一旁没有吭气，但听得很新鲜：“派去管总队？为什么不派去当整编师长呢？”

三个人侃了一阵，解海姝便约他们去她家玩。看得出来，曾秀琪是顺便约的，但她最积极。她不容分辩地把约会时间定在下星期五，那口气，好像她是主人！

也许是她选定的日子不吉利吧，在去解家拜访的三天前，发生了惊天动地的“李闻惨案”。赵杰是一个非常关心国家大事的青年学生，当听到李公朴先生在北门遇刺并死于云大医院的消息后，感到憋得慌，也闷得慌。第二天上午，他便去云大观察动静。谁知正碰上召开李先生遇难情况报告会，他便参加了。西南联大的绝大部分师生已北返，云大正值放暑假，但古老的志公堂（科举时留下）依然座无虚席，至少有上千人。赵杰好不容易找了个位子，刚坐下，报告会便开始了。李先生夫人张曼筠女士由人搀扶着走向讲台。她刚说了几句便泣不成声，说不下去了。这时但见闻一多先生从主席台走出拍案而起，声音由低沉、有力逐渐走向高昂。当他问到“……今天这里有特务没有？你站出来，为什么要杀李先生？”时，全场掌声雷动，没有特务敢站起来，赵杰却已感到自己的双掌鼓痛了。当他说到“……我们要像李先生一样，前脚跨出大门，就不准备后脚再跨进大门……”时，会场又一次掌声雷动，将会议推向了高潮。当天晚上，赵杰听说闻先生被特务暗杀！他悲愤难当，想着国家的前途，特务的横行，几乎一夜未眠。

青年人的火气上得快，消失得也快。经过一天一夜的折腾，赵杰的心情逐渐平静下来。这到底不是个人能有所作为的事，来日方长嘛！他决定按约定时间到解海姝家去。那天虽然曾秀琪处处主动，但他心里明白，解海姝主要邀请的是他。他又约了两个同班好友一起去，他们叫常景星和张聿明。常是东北人，父亲已到北宁铁路上班，今天去也有点告别的意思；张是上海人，去向未定。平时他们和赵杰很要好，很愿意陪他。两人都是瘦小个头，和赵杰站在一起，好像小了几岁，其实只相差岁把。

他们是坐马车去的，到了终点站，下了马车，又步行一段路才到。下午一点半左右出发，到达解家时，已将近三点半钟。解海姝焦急地出大门望了好几次，最后一次出大门便碰上了他们，大家都很高兴，热烈握手。赵杰感到解海姝和他握手时，用力硬了一下。他没有说什么，心中有数就是了。这是一套西式平房，进了大门上几个台阶，是一个小院坝。院坝里似乎有一些花，赵杰没有太注意。迎面的正房即客厅，贴满了蒋介石两口子的肖像，是从画报上剪下来的。也许贴得太多，使来人产生一种强烈的印象。赵杰的印象是一个问号：是不懂艺术还是表示忠心？左边有一道门，显然是主人的卧室，紧挨那一道门，下几级水泥阶梯，便是解海姝的卧室。她直接将他们引入自己的房中，一切陈设都显示着独生女的豪华气派。他们没有在观赏豪华陈设上费工夫，见屋内已经摆了扑克、跳棋、麻将等玩具，还有一盘水果糖。每人从解海姝的手中接过一颗糖，开始议论玩什么合适。人不是多了就是少了，只有扑克玩打百分和拱猪合适，但又不合胃口。最后解海姝提议五抽一打小麻将，自己愿意带头被抽。但大家不同意，说她是主人不应带头被抽，遂主张掷骰子决定。刚打完一圈，解海姝下张聿明上，便听到一阵吉普车的喇叭声，她父亲回来了。解海姝便走出房间迎接，过了一会儿回来说，她父亲马上进城，四点五十分吃饭，问他们是一起吃，还是留下多玩玩。她还说她已经给说好了，可以搭她父亲的车进城。

话已经说到这个份儿上，四个客人便都表示愿意一起吃饭一起走。曾秀琪好奇地问了一句：“你爸刚回来又要走？今天是周末哩，就这么忙？”解海姝顺口而出，答道：“还不是李闻案子那些事！”赵杰听了暗自一惊，但没有插话，他想到了曾秀琪那天说的，“一二·一”时军官总队里有人参与打学生的事，莫非……

吃饭了，赵杰记得是在门口一张桌上吃的，饭菜由士兵端来。他们出来时解海姝并没有向父母一一介绍他们，他们还是礼貌地叫了声“解伯，伯母”。在这位高大、健壮但不肥胖的国民党将军面前，赵杰觉得虽然这是第一次，但也无拘无束，只是礼貌地不多言，不多语，只顾吃饭。那天他们吃的是一种红米，当地当时叫“九二米”，属糙米，专供机关、士兵、学校等食用。这米吃起来很香，他一连吃了两大碗。至于什么菜，他记不清了，绝对的家常菜而已。

临上车时解少将似乎想起了女儿背后对他说过什么，便对赵杰有所关注和照顾，要他坐在前排中间，也就是司机和他中间新加上的一个位子。其余三人去挤后排。赵杰习惯性地服从了，他想，解少将要是问我什么？怎么回答呢？车开动后，解并没有问他什么，连看都没有看他一眼，从皮包中取出一份什么文件看了看，便陷入了专注和沉思。赵杰见他不问，便也放松了，让思绪驰骋。他觉得今天最大的收获是：原来在震动全市的“李闻”案件上，解海姝的感情是站在她爸爸一边的。这怎么解释呢？抛开李闻身份不说，就从人性的角度来看，这行吗？还有公正、公理吗？

双方都正在沉思中，车子已经到了大东门，赵杰招呼司机停车，四人便下车，也不知道解少将去了何方。

大约一个星期后的一天晚上，已经八九点钟了。赵杰在家复习功课，感觉有些疲倦，便到街上走走。他有个习惯，穿越繁华市区，五光十色的灯光和商品会使他疲劳尽消。当天晚上他穿过正义路、近日楼、南屏街直向晓东街而去。他远远地看见解海姝从南屏电影院方向走过来，她穿了一身西式花呢套服，脚蹬半高跟皮鞋，是否擦了口红在电灯下看不清楚。总之，不像一个学生的打扮。她发现他了，笑了笑，他想伸出手却怎么也伸不出来。对方见他不伸手，连站也未站，便也相视而笑，擦肩而过。他似乎听到她说了一句“去找我爸”，但没有听清。岂知这竟是他和她的最后一面！三个月之后，赵杰如期转学至另一所教学质量更高的中学，以备一年后的高考。他们学校附近也有一条小街、几家茶馆，几幢中式洋房，专门租给外县或本市的富家子弟居住。这种租用房屋成了学生们的活动中心，特别是晚饭后、晚自习前的一个多钟头，他们聚到这里唱歌、跳舞、侃天，无所不作。赵杰有时也跟着来玩。有一次他们来到一处地方，男女共十余人，其中有一个人是这学期才来的滇西某土司之女，比赵杰小一班。他们东西南北地侃了一阵之后，那位土司之女忽然问赵杰：“你是赵杰吧？解海姝要我代她向你问好！”赵杰有些奇怪，问她怎么认识解海姝。原来在滇西时，解海姝母女二人常住她家。她和解海姝以姊妹相称，现在每个星期六便回解家。出于礼貌，他也请她代问解海姝好，但内心深处却觉得他与解海姝的关系已经很远很远，恍若隔世！

半个多世纪过去了，如今的赵杰已儿孙满堂，在幸福中安度晚年。当他回首几十年的人生历程时，解海姝的身影有时也会不期而至。她依旧那么年轻、美丽，脸颊白皙，左额处有几颗如针刺的黑点，一切依旧。他们自从那年在街头相视而笑擦肩而过之后，再也没见过面。如今她在哪里？回湖南？去海外？或者已不在人世？什么可能都有。是的，不期而至，一切依旧。

（原载《山花》2015年第6期）

2015年

何　文

然　后

正向女友安思君保证“我家人今天一定能到”时，母亲就打来电话说来不了啦，因为我继父的老妈突发急病住院，他们只得在多密境内司通镇下车转道返回贡城。这消息对我来说简直糟糕透顶，我躲进卫生间清清楚楚告诉母亲，思君非常重视这次见面，这是她被卡在电梯里一小时后做出的决定，她父母也已专程从北方老家赶来，这可事关我今生的幸福啊。我真受不了母亲的油盐不进，反复强调把送给安思君父母的礼品留在了镇上的芭比客栈，要我去取。我只能要求母亲在客栈等我，我打定主意无论如何都要把她和继父拽来，起码来一个。我告诉思君去车站接人便匆匆出门。

我是个没有方向感的人，面对满街车海人流心里不是一般地害怕，可为了我和思君，也只能硬着头皮打的。被带着东转西窜费尽周折终于赶到客车站，上了开往司通镇的班车。

上了班车才听说司通镇发生雪崩，我差点要喊，可怜的我和思君。

提心吊胆抵达积雪覆盖群山中的八仙岩上司通镇，已是暮色苍茫。雪崩是牛皮，薄雾是有的，靠着模模糊糊的灯笼指引，经过乾隆年间的古井，躲开噼里啪啦飙屎的马匹，警惕着卧在废弃破沙发上那只瘦狗，跨进七歪八斜的芭比客栈，直扑母亲定下的203号客房。

终究没见到母亲，礼品留在房间里。

我气得差点要砸那些礼品，要不是突然接到安思君的电话。她问我接到家人没有。我只能嘟嘟囔囔谎称路上有雾汽车晚点，在佳垣境内，正往龙册走，不知几点到靖城。电话那头就笑问我要不要先回家。说她正和父母准备火锅小酒，就差我了。说得我鼻子发酸，表示和她在一起是我最想要的，但也只能作罢了。她又笑了，要我注意不要感冒。挂断电话后，我心里波澜起伏，在屋里走了几圈后，决定明天乘车去贡城，起码要求继父放我母亲走。“哐当”一下，绊着那些礼品，无非是贡城三宝烟酒茶，叮叮当当一大堆，真的烦，明天我肯定把它们撂在芭比。谁?

墙上的小洞里伸进一只手，“咣当”一声开了门锁。

不要不要。我避开来人的目光，尽管我长得帅，那也是给安思君看的，我可不习惯被男人尤其是这位灰头土脸的老男人盯着，更何况是一双贼亮的眼睛。我极端不自在中又生出不安，对方老是往我跟前凑，甚至企图朝我张开双臂，我不会看走眼的，是我急忙闪开他才收敛的。不过他接下来做的更让我恐怖。他先是很得脸地开了灯，继而放肆地奔向床铺放下行李包。喂喂，我问他是不是走错了门。对方告诉我他没走错，今晚就住这间房，还阴阳怪气问，讨厌和我住？说着推窗撞落悬吊的冰柱，呸！一口浓痰飙出窗外。

我一股火直往上蹿，叮叮咚咚下楼去找店老板，对方劝我将就些喽，现在多密境内起雾，好多班车滞留司通，住单间根本不可能，不再往屋里加床就不错了，再晚些来不要说睡走廊，连睡在外墙吊床上的都有的是。说着转身吩咐家人摆放吃食，一坨馒头、一个鸡蛋、几根咸菜，十五元一份。那时堂屋内已是闹哄哄一片，七摇八晃的大灯下，有人尖叫二姑三姨妈，说鸡蛋好小、馒头发霉、大头菜是馊的。大家不满，有人便拉下电闸，漆黑中趁着鸡飞狗跳不少人抓抢食品。我在心里斗争了三秒便说服自己放下架子，挤进愤怒的人群，胡乱抓了两个鸡蛋。刚走两步，店老板便打着手电追了上来，硬从我手里抢回食品不说，一张哈着臭气的嘴巴还纠缠着我耳朵不断吐出“罚款”二字，一个鸡蛋五十块，快点！在重又亮起的灯光下向我摊开爪子。我简直怒不可遏，扬手扇他，正值男人下楼来洗脸，一步跨上替老板挨了我一巴掌，咝——我使劲甩着生痛的手，真不知道这狗东西的皮咋个这么硬，我跺脚怪他多事，谁欺负靖城人我跟谁急。男人大手伸来盖住我的嘴巴，贴着我的耳朵叫我不要找死，说店老板五六个儿子正在厨房磨刀准备杀猪，个个皮糙肉厚。我心里一跳，嘴上仍然骂他，都是因为他惹出来的事，就算替我交了罚款我也不领情。

他并不生气，一张洗抹后舒展许多的脸凑近我，问，是不是很想吃鸡蛋？问完便转身唱着“多幸福和你在一起”的歌往桌前走，我到了楼梯口又停住，回头喊他一声便呆住了。他背对着我问店家，鸡蛋多少钱一个？问完便顺手拿起一个往空中一抛，趁对方忙着接鸡蛋，他早下手抓了许多颗装进兜里，回身到了我跟前。他若无其事地问，你喊我？真是油得叫人恶心。我没好气地问他，出来锁门了吗？钥匙呢？他却塞给我鸡蛋，还说两人吃不够，他还得再去搞。我放大声叫他不要啰嗦，男人笑称他并没说话，说我听到的肯定是牛嚼草的声音，客栈旁边就是牛圈。我不想再和他鬼扯，不客气地伸手进他裤包摸钥匙，乱七八糟一大堆哪里找得到？猛然想起墙上有个小洞可以开锁，便推开他抬腿要上楼。男人却拉我避开跑下楼梯的三脚狗，我骂他眼瞎呀，猛闪脚避免踩着台阶上的狗屎，却一下踩空，身子一歪，掉进墙角的排水沟里。沟里全是淤泥，我越扑腾陷得越深，真的愤怒，男人半天才把我拉起来，还命我脱掉又脏又臭的衣裤，我暴跳着一脚踢开平时欣赏不已的韩版高帮彩底潮鞋，很想骂男人从沟里捞鞋的动作比拉我快得多，话没出口，男人从厨房拎来一桶凉水从头到脚把我浇净。我一路喷嚏冲回屋里，抓了被子裹紧身体。廊上一阵叮咚声后，门被男人用肩膀撞开，我尖叫赶紧关门，用冷水害我感冒还不够哇。男人却说冷水洗澡很正常，在他生活的那里，男女老少都洗冷水澡，太阳冒出山顶就洗。他抬起脚后跟碰上门，双手递来一碗热气腾腾的黑汤命我喝下后朝左右方向各退走三步。少来少来，我才不听，怀疑他就是拿楼下烧得黑乎乎的草木灰兑水蒙我喝下，然后谋财害命。男人一笑，当着我的面喝下一口，我打了一个喷嚏，怪他门没关严，不晓得外面下雨多冷呀。男人笑说门已关紧，也没下雨，雾中的声音也不是马蹄和山歌，而是牛和猪结伴去高海拔草甸子上吃了草自己回来了。男人再次递上黑汤，那时我鼻子酸酸的又要打喷嚏，赶紧乖乖照办，果然好了，不过好了我也不言谢，顶多轻描淡写来一句：

你懂医？

我伸过头去让他扯了枕巾给我揩，说，我这颗优秀的头唯一的问题就是失眠，能治吗？

男人伸脚钩来脸盆，很不要脸地叫我朝里面屙泡尿，不开玩笑，他凭尿的颜色和气味就能判断怎么治病。我不信，说，如果治不好呢？他说他把尿喝了。好恶心，噫噫，我躲开朝我蹲下身的他，问他要搞哪样。他说帮我热敷一下脚。嗯，算他不坏，还懂得内疚，我舒舒服服地享受着他的服务。他声称如有报纸可以给我折一双纸袜子包住我的瘦脚，还说我的脚好瘦哟。我讨厌他问我体重，我的体重只有女友知道。男人笑了，说这一点像他，他的体重也只有他女人晓得。笑得我脸红筋胀，一再声明不是那个意思。他不管我是哪个意思，他的手离开我的脚开始解被子，我惊叫“住手”！我突然害怕他的手伸进被子里掐我蛋蛋，外婆就曾说有男人专干这个，就算是男人摸一摸也不行，我守身如玉，只留给安思君。男人站直了身，蛮横地命我丢开被子，我后退到墙根才明白他是要我换上他的衣裤。我可不干，我只穿洒过香水的衣裤，而那紧贴过他古铜色皮肤的衣裤散发着一大股子味道，估计一星期没洗了。他说不对，是一个月。哇，我恶心得直想把那堆东西扔进淤泥里。他却认为总比披着被子下楼强。我这才知道他是要我穿上衣裤去收拾自己的脏东西。当时我就冒火了，我哪里会搓洗衣裤嘛？在家用洗衣机都是肖姥去世后才学会的。他指着桌上那些从我衣兜里掏出来的钱币，说他已帮我洗净衣裤了，我要做的是拿到火边烤上。我埋怨他没有把好事做到底，应该顺便帮我烤上。他不，偏要锻炼我去完成另一半。作怪哦，分明是想出我洋相，要楼下那些人笑我。我就不去，随他怎么说，我油盐不进，还抬脚钩来长条凳横在我们中间。

男人不再坚持，挪动椅子在床头柜前坐下，从塑料袋里拿出各种吃食。哼，我赶紧扭身背对他，忽然想起他给我的鸡蛋，不消说已掉进淤泥里，一时觉得非常饿。底气很差地偷偷看他一眼，他正耐心地往菜上撒些小葱和辣椒面，我不由得惊叫：不要放辣椒！我说的是实话，要吃得清淡、低盐才好，在靖城像我这般年纪的就已经开始讲究养生了。不过话说回来，他放不放辣椒关我什么事？我不满自己的糟糕表现，男人虽然只笑不说，但我也明白他的意思。我想扇自己又忍住，饿且挨打我也太对不住自己了，只能咬紧牙关，暗骂他吃独食最好撑死。我又打了个喷嚏，警告男人收好辣椒面。眼看他照办后竟又从包里拿出一小瓶酒，耶，这也太过分了，他好像知道我的习惯，看来考验我的时候到了。我努力闭眼实在忍不住又开了一条缝，嘿，狗东西不怀好意地倒上两杯酒，然后很过分地朝我一伸手。我再也不想为难自己了，立马搬动长条椅坐到他跟前，面对他的笑容，我又很不自然，左看右瞅，嘴里叽里咕噜怪房子太狭窄。男人笑着把装菜的塑料袋挪到我跟前，说这房子够意思了，如果交给他，能把这里设计成三室一厅。呸呸，我已经顾不了骂他吹超级牛皮，抓过一次性筷子赶紧吃起来。半天才注意到他生猛地嚼着一把红辣椒，我浑身发烫，这可是我老家贡城的吃法嘞，贡城在南方，潮湿阴冷，那里人吃辣椒生猛。男人可不喜欢我的惊讶，他说他就是贡城人。我叫他少和我套近乎。他笑了，说了一句地道的贡城话：这回差颗米就来不了哦。噫，我好久没有听到土里土气的贡城话了，面对这位在山旮旯里遇见的老乡，心里一时涌上温暖的感觉。来来，碰一下杯。酒洒我一手，塑料杯子太软，我怪他太小气舍不得套两个杯子，要在我家，用民国年间的陶瓷杯子请他喝。男人笑着摸一摸我的头说，你有点好玩，无忧无虑。这话我不爱听，安思君说过，无忧无虑就是没心没肺，就是傻子。我不是傻子。我跷着二郎腿告诉男人我有忧愁。他笑了，再一次摸着我的头说，这里面装的忧愁，顶多就是为女人。我笑着反问，你呢，也一样？男人像没听见，只管往嘴里扔花生米。我问自己，他到底是怎样一个人？先前我悄悄触摸了一下他的身子，冰冷、坚硬，估计就算我拼了命掐他那皮肤也破不了皮，看来他不是石匠就是铁匠，我才懒得琢磨，只要他脑瓜傻傻脾气好，随我揉来揉去就可以。喂喂，我咀嚼着坚硬的熏肉向他打听贡城的近况。男人右腿压着左腿，说他离开贡城好多年了。我咽下吃食，问他这次从哪里来。回答是达岗里。我不知道那是一个什么鬼地方，据他说很远，离这里上千里。他说他确实差点来不了，半道上被狗咬伤，亏得他带有奇药敷上了事。这话我信，可他说上午出发，晚上就步行到司通，不消说肯定是吹牛皮，把自己当成《水浒传》中那位日行千里夜行八百的神行太保了。他却对我的怪样视而不见，厚皮实脸地表示自己当时走得匆忙，没有给我带上好的牛肉。

我冷笑，你知道会遇见我？

他看着我说，我会算呀。

虽然我讨厌吹牛皮的人，但一想到他的目的是巴结我，心里还是很舒坦，看来在他心中我的地位还蛮高。在把最后的吃食扫光后，其实我已经饱了，可我还想测试一下自己的判断，我说楼下还有吃的快去拿。他一动不动，我肯定自己说的是拿不是偷，便用筷子敲着床头柜说，你听见没有？男人总算起身，忽又坐下，笑问我，凭哪样对我呼来唤去？我一下蒙了，怎么回答？思来想去，因为他贱。我差点忍不住笑，就赶紧偏头躲开他的手，叫他少弄我的头，又没有梳子。男人看着我，说猜得出我心里想什么，他断定我属于那种“三天不打，上房揭瓦”类型的。我不高兴地打断他的话，谁敢打我？在家历来天是王大我是王二，不是吹，靖城肖姥去世前样样将就我。男人笑起来，朝我脸上吹了一口气，问我平时想不想贡城老家。我实话实说，没钱用时想。男人眯着眼看了看我，说，如果把你交由我管，一定不是现在这个鬼样子。

我真有点气了，头扭向一边。

好在我对男人的判断没错，到底是他妥协表示愿意下楼，我由此得出一个结论，是因为我浑身散发出的魅力。不过他临出门说的看在我像他儿子的分上这句话惹恼了我，不光是不高兴他吃我豆腐，更恼怒他让我想起了那个人，哼，我说不吃了。

你讨厌你父亲？他问。

我跺脚不准他提那个人，我恨他，老早就抛弃我逍遥自在去了。男人看着我，轻声说，也许有另一个版本，万一是你父亲被迫离开呢？比如你母亲嫌贫爱富要改嫁。我挥手叫他闭嘴，父亲的为人过去外婆给我讲得清清楚楚。算了算了，我不想提这烦心事，于是催他快下楼，见他重又坐下，我奇怪，莫非他会生气？

男人看着我，半晌，微微一笑。我又来劲，说，你倒是下去呀，不肯听话是不是？

他坚决不动。

耶，看来他还有点犟，我很不安逸，不去就不去！我赌气起身回到自己床上。估计不到半刻他就会服软，那时我要加码让他帮我烤衣服。可是男人却是较上劲地不理我，我孤单单地想睡又睡不着，我的床紧靠墙，墙外是走廊，投宿的人来来往往，叮叮咚咚上楼下楼，整个楼房都在震动，加上远远近近此起彼伏的汽车喇叭声，真的很烦。我一下又坐起来，高喊口干，说完又捂嘴，自己都不知道咋个会对他说这话，好像很依赖他。不过我对他的不理不睬很是不满，更厌烦他的来回走动，塑料拖鞋嘀嘀嗒嗒响，在我喝了水返回床上这么点距离竟得避让他三次。吱吱嘎嘎开门关门，一会儿泼残水，一会儿丢垃圾，碰着了电灯晃得我睁不开眼，他却鬼乎乎地扔来毛巾让我蒙住眼。我挥着双手叫嚷，心里痒得难受，你能不能停下？他回答，不能停，明天要走，有很多事要做。说完蹲下身拉开行李包的拉链。我嘲笑他窸窸窣窣翻东找西像个女人。喂喂，请你不要小手指夹支烟，烫着衣服事小，不要让我被动吸烟事大。他耸一耸肩，说烟根本没点燃。我正要检查，电话响了，母亲打来的，说他们还在回家的路上，问我近况。我不由分说，告知明天就到贡城。母亲表示不需要我看她婆婆，让我忙自己的正事去。一听说我是去接她，赶忙回答她和继父都离不开，这次出发前本来家里就一大堆事，不光是旧房拆迁的关键时候，忙着和有关方面讨价还价，她还要照顾年事已高的婆婆，每天凌晨三点起床炖排骨，四点伺候婆婆大小便，五点清洗换下的脏衣裤，七点给我继父骆英俊开门，他外出打牌常常忘了带钥匙，现在婆婆住院哪里敢走？我猛一下挂断电话，实在讨厌母亲的抽泣声，那声音让我心里发凉。也就是说，即便我回到贡城，也不可能把母亲接走。我真的讨厌骆英俊一家，当初花口花嘴哄得我外婆定要母亲改嫁骆英俊，两年后骆英俊输掉豪宅气死我外婆。现在我该咋个办？我忽然拨通母亲的电话，对着手机连吼带叫：你贱啊，莫非老公比儿子重要？不管不管，你必须来！男人一把夺走我的手机，嫌我叽啦呜叫闹得他心烦。我哪里容得下别人干涉我的家事？命他快还我手机。他干脆关掉手机，称明天还。我一巴掌挥过去，被他抓住，他迅速反扭了我的双手，我只能扯着嗓子干叫放开！他突然凶狠地一把推我趴在床上。我威吓他不还手机就跳楼，他索性打开窗子。我当然不会跳，我还要和思君过幸福日子呢，想到此时盼我回的思君，真是又悲又痛，不停地击打床铺。男人关上窗走过来，冷冷地命我往里挪一挪，他放下半个屁股在床边，看着我，忽然一笑，这一笑让我又气又冤，想打他又打不赢。我还是只能赌气不理他，男人这次可是非常耐心地伸手把我的头侧转向他，先说发现我生气的样子很帅，逗我笑后，再轻言细语地批评我不该吼骂母亲，很不文明。见我撇嘴，他也不生气，继续笑嘻嘻地告知，他已听到我和母亲的谈话，无非就是见未来亲家嘛，没有好大事，他完全可以充当我家里人去见他们，正好他要去靖城。连我都笑起来，连忙表示根本不可能，安思君见过我手机上继父骆英俊的照片，还笑他一点都不英俊。男人骂我憨，说他可以直接充当我的生父。男人捉住我射向他的腿，警告我要稳重，他可不是随便乱建议，顿一顿又说，我会说贡城话还是次要的，主要是你没觉得我们长得很像？同样细长。

你那么黑，我抗议。男人摸着脸笑了，说那一年洪水流进瓦楠河，他用河水洗脸后脸就变黑了。

我用一大堆礼品不好拿来搪塞，他立马表示都交由他拎。看看，噫，我回家一定要告诉思君这个，起码讲三天三夜。老实说，过去我都没有意识到自己有如此大的魅力，一时感慨万千。男人在一旁说，我刚才看了，现在大雾弥漫，只能改坐明早的火车。他神情严肃地命我早睡明天早起。我惊叫：

你要锁门？

他半眼不看我，说，不锁门找死，店里那么乱。我又叫：

还要关灯?

他讨厌我一惊一乍，说，不灭灯咋个睡?

男人说一不二的派头让我非常反感，凭什么认为我会听他的?带一个陌生人忽悠思君我根本做不到，何况谁知道他肚子里藏着哪样鬼主意?或许他是个老同志，被我的魅力所吸引?漆黑一片中我裹着满被子鸡皮疙瘩，说睡就睡，不过明天分道扬镳，我坐十点的火车回贡城。

他均匀地打着鼾。

接着我开始尿胀，奇怪，以往我通宵不起夜，估计是喝了男人药水的缘故。糟糕的是我摸黑到了门边偏又打不开门，不知道这狗东西咋个锁的门，急得我浑身冒汗，重新上床根本不可能，再憋下去会要了我的命。斗争再三，只能上去轻轻捅一捅男人，狗东西非常过分地翻一下身后继续睡，我强压想踢他的念头，委曲求全再捅一捅他。他醒了半天才搞懂我的意思，爬起来“咣当”一下开了门，我逃似的飞至走廊，身上被子滑落掉地，我尖叫，不准他看我裸体，男人却从门里抛来厕所位置——下楼梯后朝右拐，经过柜台后面的厨房，再经过随时乱窜着老鼠的巷道，绕开猪圈弯腰过了木柴门到达目的地，里面没有灯，木板有裂缝，说不定绊一个踉跄就进了粪坑——我一下停在楼梯口，唤男人和我一同前往。正担心他会铁石心肠关上门，他却已到了我身边，我兴奋得正要下楼，猛然被他拉住，问我看见楼梯尽头白晃晃的一片没有。他说这绝不是打霜，更不是月光，肯定是野狗的眼睛!今天是腊月二十七，当地有生魂附狗的说法，碰着要死人的。妈耶，我毛骨悚然，再也迈不动腿，可若再撑下去我的膀胱就得爆炸。男人建议我干脆就在走廊上解决，现在还讲什么文明道德嘛，反正屋外有流水声遮掩。等我刚完事，男人一把拉过我，慌慌张张地跑回了屋里，他把我像陀螺一样旋进被子，不许打喷嚏，不准开灯，他贴在我耳边说，你的尿飙到店家厨房的盘子里了，快要过年，盘里装着人家供奉先人的贡品，真的，店家马上就会找来，挥动铜烟杆敲掉你的命根子，反正不死也得脱层皮。我当时就慌了神，求他救我!男人就带我逃，黑咕隆咚中他用偷来的扁担挑起礼品打头跨窗，我身着湿衣裤哆嗦着尾随，浓雾中翻过大丫口，这才烧堆火烤干了我的衣裤。

天刚麻麻亮，我们抵达梅叠丁字路口路牌下，他告诉我，左边方向是去车站，另一边是去达岗里，几天后他会从靖城归来返回那里。男人说他饲养了好多牲口，逍遥自在于达岗里山花绚烂的山野间。那些话从我左耳进又钻出右耳，我只顾着把他不经意间移来的扁担再悄悄移到他肩上，背了双手说，你再讲讲达什么里?

抵达司通镇站售票口，我心安理得地把身份证递给他让他买票，递给他时趁机瞟了一眼他的身份证，姓公，好搞笑。我打消了奚落他的念头，因为我的注意力已转移到接过来的车票上。我笑着说，你拿错了，这是去福西的，我到贡城。男人却一把拉我避开那些拎着鸡笼鸭笼挑着箩背着兜朝前奔的男男女女，他挺不喜欢我的吼叫，扬言再啰嗦要用扁担敲我脑袋，这种破车站他见多了，这边还在安检，那边车已开走，下一趟车往往要坐满乘客才开。男人裹着我拼了命地往站上挤，他一路左遮右挡，又要保护我还得护着礼品，东倒西歪的，让我发笑。经过一番搏战，我们终于走进了硬座车厢。我赶紧摸出车票要和他换票。

男人把坛坛罐罐一件件放到行李架上后坐下来，镇静地指出我的票就在手上，不信仔细看看。票上的确写着我的身份证号，到福西。

我说我要回贡城，男人严肃地警告我回贡城注定是竹篮打水。我急不可耐地说，这不关你的事，我要去退票重新买。男人一把按我坐下，只说了一句话：同往福西再去靖城。

我看见男人嘴角掠过一丝笑意，忽然感觉自己走进了一个阴谋，一切都是他布的局。嗐，我多聪明，一下就识破了这个老同志想得到我的可恶目的。

那时列车已经开动，我一下暴怒，才不管别的乘客是否听见，敞开了告诉男人，就算去了靖城，你也休想阴谋得逞，我不会准你去我家！不过我倒佩服男人能沉住气，一言不发，任我闹腾够，然后摸出手机拨了号码后再递给我，我非常吃惊，他竟然拨的是母亲的号码，而我更想不到的是，母亲竟然说手机的主人就是我父亲。

真的！

我晕！

云里雾里再看身旁的他。手机里母亲仍在叽里呱啦说什么，我忽然凶巴巴地对着手机大吼，你送给我的礼物糟糕透顶！母亲承认她是万般无奈，让他代表家人见了思君父母就滚！电话里一阵窸窣声，不知是她在抽泣，还是在喂骆英俊老妈喝汤，我不想再听了。才还了他手机，我的手机响了，安思君打来的，当时火车刚驶离奔支站，有人拎着两笼叽啦呜叫的小猪崽从车厢过道穿过，半天我才听清她问我情况如何，语气急切，我瞟一眼身旁的他，心一横，告诉思君，圆满完成任务，今天就能带家人返回。喂——又一拨肩挑背扛着大件物品的男女闹哄哄地穿行于车内，电话那头也是叽叽喳喳的声音，难道是靖城刮大风广告牌掉下来砸坏了车？我实在不知思君在说哪样，只能表示回家详说就挂断了电话。

目光又回到他身上，尽管明白了他的身份，却不仅没有亲切感，反倒觉得别扭，甚至因为知道他帮我不是因为我有魅力还有些失望。我说我绝不会叫他那两个字，他无所谓，笑嘻嘻地握着我手，我很不习惯，抽出手说我困了，还深深地打了个哈欠。我真有点困，可对面座位的两口子一直在斗嘴，继而大吵大闹，根本不可能入睡，我烦得很，便怪他怎么不买卧铺。他劝我将就些，现在去靖城只有这趟绿皮硬座慢车，还是为了照顾四周的农民年前赶集新增开的，而且只能坐到福西，再转车才能到靖城。

我斜他一眼，问，你去过靖城？

他笑，说听人说过。他边说边从包里拿出杯子，撒上自带的茶叶，去车厢连接处接了开水泡上，回来向我一伸手，做了个请的手势。

我嫌两人共用一个杯子不卫生，他忙表示是专为我泡的，他不喝。

我冷笑，看来能和我旅行让他兴奋不已，算他有福，不费吹灰之力就能和已经如此优秀的我坐在一起。我呷了一口茶，呸，好烫！他抬手抹去我嘴角的茶叶，我嫌他手脏，他便一甩手，茶叶又飞回我嘴边。我骂得恶毒，一点不觉得过分，他现在是来赎罪的，何况一路上对我也不是照顾得很好。眼见他皱眉有不耐烦之意，我补上一句：一直没有关爱后代不觉得内疚？他忙赔笑，占了上风后的我方缓和，又问，有孩子吗？

他很顺地指一指我。

我“乓”一下放下杯子，说，我问的是别的，或者说你又成家了没有？

他乖乖地称自己还是孑然一身。

我哈哈大笑，说他混得太惨了！我遗憾从他脸上看不出表情，他皮肤黑，就算脸红也看不出来。我还不甘心，又问他有女人吗。他竟然两眼放光，还捏一捏我的膝盖，贴着我耳朵回答：成千上万。我不高兴地推开他，说，我是正儿八经问你呢。心里却想起外婆说过，我父亲无恶不作，是紧靠车站的黑烟筒巷的名角，一天不是打架就是耍马子，我母亲虽然老实巴交、羞羞答答却嚣张地长了一个好身材，自然逃不过他的狗眼。当然，这些话我说不出口，但他炫耀自己曾经逍遥自在后，竟又补上一句，我是被你母亲逼上梁山的。我不爱听，说我从小就知道家里人开着三轮进巷横冲直撞要抓你，完全是因为你被我外公打了两扁担后不仅差点掐死老人，还想放火烧死我母亲和外婆。算了算了，我不想听他解释什么。他也同意不再提以前的烦心事，毕竟现在我喜事临头，高高兴兴返家才对。

我盯着他，说，既然来相亲，空手空脚？他笑容可掬，表示挂的戴的都已备好。

我靠着椅背说，来，我给你讲讲我们家的情况。我薅过他的脸朝着我，要求他认真点听。真讨厌他打岔，老是问我靖城老房子的位置，肯定是母亲告诉他我住在亲戚肖姥家，便没好气地告知他老房子已经卖了，我妈也不知道，平时我们不联系，除了要钱时。我烦他刨根问底，说不卖不行，自打网上认识安思君她就不喜欢老房子的老门窗和院里的老树，嫌压抑，我当然听她的，她比我有主见多了，我从心底崇拜她。我们一起处理完肖姥后事就把房子卖了，卖的钱买了新房子。哎哟，我说你注意点好不好，肘子拐得我好痛，你问新居地点？又来了，我咋个晓得出了车站坐几路车到新居嘛，打的就得了，在春日广场旁边，一大群五光十色的超市后面，枫丹小区，电梯房，八楼，不能再高了，那天停电，我背她上楼累得直喘。我要他坐开一些，贴得太紧，热！我说，你耳朵有问题呀？听不清我说房子不差啊，一百多平米，四房两厅，还有洗衣房。他不免有些得意，说我聪明，买的是二手房，装修好的，直接拎包入住，还节约了钱。我不耐烦他打听得细，买房当然是思君去办理的，回来告诉我房产证上写的是我俩的名字，其实就写她的名字我也无所谓，马上就是一家人了。喂喂，我说你的肘子又拐着我了。还要我说？废话，我当然高兴了，我从小当“靖飘”，住孤寡亲戚肖姥家，天天发呆晒太阳就梦想着有一个自己的家。你一直不知道我在靖城怪谁，当初不光是要躲你，家人也怕我在贡城学坏呀。你不知道，连靖城人都说火车停靠贡城，大家纷纷放下窗玻璃，怕的是贼啊。

车靠停紫筠小站。

他笑我没变坏，变憨了！

我险些又要翻脸，要不是看在他马上递来茶杯的分上。我喝了一口，还算香。好，讲正事。我说，你进家就会见着我的女友思君，没听清？她叫安思君，温文尔雅。不，不……我摇头表示不需要他帮我美言，搞笑哦，我还需要你美言？我只要求他注意她父母。我耐心等他偏头躲开行李架上掉下的包，再认认真真要求他对安家老夫妻可要客客气气的，千万不能得罪了。我可不喜欢他挤眉弄眼做怪样，严肃点嘛，不能任性，真的，听思君讲过，自从她哥在当地当了一个能罚款的所长后，父母就很讲尊严。真的，从他们下飞机我就感觉到了这一点。我告诉他，虽然我发现那老两口暗地里占我便宜，偷偷把我冰箱里的香肠全部装进了他们的行李包，的确，我不否认，我原先准备清清静静独自过年，在超市买了好多吃的。但这并不妨碍我要求他遇见对方搞小名堂时视而不见，不是我啰嗦，有些事不能不叮嘱，比如说我看他一眼，告知他那老两口会时不时找各种理由离开，不到五分钟又突然返回，目的就是看我会否趁机揩他们女儿油。讨厌，我抬肘拐一拐他，要他不要笑，认真地听，并做到遇见这种情况一定站我这边帮我澄清。他打着哈欠骂那老两口憨，年轻人早就搞定了还会等他们从北方来看见？我忙声明，虽然我和思君住在一起，但各有各的房间，纯洁得很。

他却是单刀直入问我，女的作怪？

我立马拍他一下，赞他说得太对了，每当我端给思君喝下山楂水后要抱她，她便一脸茫然，接着就讲人如何净化心灵……瞥见他不怀好意地笑，我猛然打住，非常后悔自己多嘴。他却非常油条地搂住我的肩说，面对找不到缺口无从下手的女人，就当你们生活在孤岛上，放心大胆地把她强奸了。我愣了一下，随即骂他不要脸。我真不喜欢他顶嘴，声音又大，真的，实在担心他嚣张的嗓门会把我们家震得嗡嗡响，影响我将来的幸福。他却说自己改了好多了，现在很斯文。他保证能为我争足面子，他还可以展示南方的厨艺。我赶紧摆手制止他再往下说，我真的讨厌他吹牛，母亲一再给我说，我爹一向游手好闲，抹布和揩手帕都分不清。我要求他必须适应安家的北方口味，并报以掌声，尤其是对那又咸味精又重的西红柿炒鸡蛋，顺便问一句，你能喝多少酒？

四斤！

妈耶，这算不算为我争面子？我担心的是他喝多了走不成才麻烦。不是说留他住宿不放心，可我家里一切都非常精致，我不得不警告他，不要醉醺醺地甩着屁股迈着步子在家里横冲直撞，什么座位距窗口十步，窗子要留一个拳头粗的口子透气全免了，特别是客厅旁边的第一间屋子不能进，那是思君欣赏古典音乐、旅游照片的地方。她喜欢旅游，喜欢放逐自我，寻找梦想，以往我削好苹果给她送进去时都是踮起脚尖的。我提醒他注意听我说话，安思君可是有品位的女人，长我两岁，走起路来身上的佩玲叮叮当当。她常提醒我，苹果早上吃是金，中午吃是银，晚上吃就是破铜烂铁。我贴着她的耳朵笑说我当然希望她身体好好的，这关系到将来的优生优育，我最大的理想就是以后天天和思君牵着手踏着余晖回家和宝宝玩。喂，喂，我警告他不要用那种犀利的目光盯着我，他却不慌不忙地把我的脸扭向另一边，嫌我说话把唾沫飙到他脸上了。我烦的还不是他半天才松手，而是突然问我一天待在家里为什么不上班。好俗气，我凭什么上班？大学毕业后在一家公司干过，一个月几千块，每天早上八点打考勤，实在受不了。怎么养活自己？笨，给老妈说一声要考研，她马上寄钱。

车又停住，宁表小站。

他再次避开行李架上掉下来的包裹，车厢内一阵忙乱，等上下旅客各自搞定后，他拍了拍我的膝盖，一本正经地说，你必须要经历好多事，才会真正成长起来。我不喜欢听，我要风平浪静的日子。但他却不思考我的观点，我挺不安逸他竟然还有心思伸手拉住推过来的食品车，买了两盒方便面，泡好后推一盒到我跟前。我惊叫，莫非不洗脸漱口就吃？继而一边骂方便面是垃圾食品，一边忙不迭地咀嚼。我肯定要吃，这是跟思君学的，不过我也的确饿惨了，边吃边怪他不看生产日期，上面明明写着去年十二月生产的，现在已经是一月份了。他一双眼睛留意着过往的乘警。在我数次的提醒下，他才说他早看过了，保质期是六个月。我说我要你记住的是家里的注意事项。

此时，列车徐徐开出冲渡小站。

他看着我，笑了笑，说他不会醉的，他会坐半夜的火车走。他拍着我的手背叫我千万不要装模作样，这样大家都轻松，他习惯了达岗里，要去那里迎着太阳洗澡刮胡子。

我看着他，心里忽然有波澜起伏的感觉，于是侧过脸，将目光投向窗外雪花纷飞的田野中。

他说快到黑奚湾了，过了桥进入焦塔，离福西站就不远了。

到达福西站是四点一刻，他嫌出站买票麻烦，主张去别的站台，直接跳上随便哪一趟开往靖城的车，上去再补票。我便迈步跟着走，他走得快，虽然拎着东西，下天桥后，一闪身就钻进旁边的列车。我却忙着避让三站台上过来的旅客，那是从靖城来的快车上下来的。我忽然停住，我看见了思君，真的，我不会看错，她行色匆匆地走在人群中。我可没想到她会来接我，真是太神奇了，或许我漏嘴说了乘坐哪趟车，她便查了时刻表赶来。嗨，这不仅表示对我家人的敬意，还想体验和我一起坐火车回家的感觉，我太感动了，高喊“思君，我在这里”。可她像没听见一样只顾往前走。我大步追上前一把拉住，笑问，你往哪里走？来接我不用背行李包嘛。

眼前的安思君就像陌生人似的批评我不该高喊大叫追她，对我出现在福西也不感兴趣，她咧一咧嘴，叫我松手，不要耽误她。

不管我告诉谁，肯定任何一个人都不会相信安思君竟然不是来和我会合的，她来福西是要换乘去邦远的车，她要去那里再转班车去朗松寨买狗，那里有远近闻名的朗松犬，她的朋友朵鸟从寨里打来电话叫她去，说已经帮她挑选好了。是的，安思君就是这么告诉我的，非常认真，而且对取消原计划没有丝毫愧疚，一再催我放开，不然就赶不上车了。

我真的气疯了，在铃声中死拉活扯硬把思君拽上车，我只想要她给我家人一个解释。思君先惊后气，她并不认为有必要解释，她把自己父母也打发去了机场。思君在开动的列车上坚决表示就算到了靖城还会返回乘别的车去邦远，谁也阻止不了她！

补了票后我就原谅思君了，不原谅又怎样，毕竟她没说不和我好。这才是我最担心的。不过她还是不理我，对着车门窗玻璃整理了一下围巾，然后在靠门边的位置坐下，跷着二郎腿，脚尖左右摇晃，任我怎么劝她去见我的家人，她只有冰冷的两个字：

不去！

车厢里他叫我。

第十六排座位上的他弯腰系好棕色大头鞋带子，抬起头来。我忽然害怕见他那副笑脸，我断定他已从车窗看见我们拉扯并猜出她是谁。我下意识地要遮挡思君，她却从我身后探出头来看他，并扯一扯我衣袖悄声问，他是谁呀？我说是父亲。真的？她换了人似的笑一半又马上捂住嘴，站起身表示要上厕所。他却很鬼地高喊“前边厕所有人”，又指一指身后说，去那边。那一刻我真的觉得他很诡诈，我绝不相信他眼尖得离老远就能看见厕所门上“有人”或“无人”几个字。

思君斯斯文文地从他跟前经过，他却指一指身旁空位示意她坐下。

我陡然紧张，立马上前一步，隔开他和思君，埋头告诉他，原计划改变，思君要去朗松寨过年，我同意了的，你随我回家嘛。他却面无表情地隔着我伸手扯住思君，这下热闹了，不过我惊讶的是思君竟然一动不动地任由他扯着，还表示自己接了朋友的电话就立刻动身，别的没有多想。他弯着小手指抠一抠耳朵后，叫她再说一遍，还和颜悦色告诉她朗松寨分大朗松和小朗松，小朗松尤为有名，他原先开货车从那里拉过狗。我佩服他见多识广，而听他赞扬她和狗过年有创意，更是大大松了口气，转劝思君放弃，朗松以后再去。她却用手挡住车窗外飞来的阳光。我知道她不愿意听，便忙回身想叫他说点别的，他却一把拉住过往的旅客，很平静地要求对方把偷走的东西留下，那人刚要叫，他一使劲便乖乖交出手表。噫，我简直惊奇不已，被思君撞了一下后才看见她心安理得地伸出空空的白皙手腕让他重新给戴上。耶，我认为她这样做有些欠考虑，起码应该先说声“谢谢”呀。我只好埋头告诉他，思君没有礼貌恰好说明她单纯。一旁的思君拐开我，直直地看着他，说头晕。他黝黑的爪子便移到她的虎口来回揉捏，称按摩这个穴位治头晕，她很享受地称果然好多了。过后又笑盈盈地问，你们父子不是一直失联吗？我忙说他出国了，还暗自庆幸以往没告诉她爹是烧了我外婆的“精武馆”后畏罪潜逃。是啊，他面不改色，顺着竿子往上爬，说自己在国外修建了一条从贫民窟到总统府的地下通道。她微微一笑，说，地下是坚硬的花岗岩吧？脖子上的伤疤是爆破时留下的？他笑了，干脆称自己挖地道才从牢里出来。我真没想到他会这么说，太丢我的脸了，我简直不敢看思君，以我对她的了解，她定会拂袖而去。我埋着头要尾随她好做解释。但思君没有走，更让我惊讶的是，她毫无惊慌和厌恶，甚至贴着我耳朵说，你父亲深不可测，气质非凡。真的？我看着他，心里涌上一种难言的滋味，骄傲中混合着陌生的敌意，些许妒忌的同时又期盼他帮我降服思君。当他再一次要思君在他身旁坐下时，我忙后退一步让她过去，并且很高兴他能帮她卸下行李包，那包挺沉的，都是书，她说她外出总要带很多书。他却认认真真建议思君把书统统扔掉，字又认不得几个。我心里一跳，眼见他笑，满以为他会道歉，谁知却是变本加厉地劝她不要装模作样，挺累。说得安思君面色突变，不要说她，连我都惊得睁大了眼，暗骂他疯了，虽然我很想朝他竖一竖拇指，但也得顾着死活呀，眼瞅着她哆哆嗦嗦问他谁说自己装模作样？我忙咳嗽示意他适可而止，他笑了。我刚松口气，他却很诡诈地面朝她说，你问谁说你坏话？继而十分下流地指一指我。

我暴跳，又忙分辩，他却一[illegible]经地叫我不要否认，转朝思君，笑说，我儿子一直说你只会装模作样。我跺着脚骂他找死！我要求思君劈头盖脸地训斥他，必须的，不要考虑我们的关系。

乘客们围上来又散去。

思君说，你们两个像一笼里蒸出来的馒头。

他却异常镇定地命她把隔在他俩之间的行李包拿开，挨近些坐他才舒服。

我真的没有料到她竟然会轻轻“哦”一声，然后赶紧把包放在膝盖上，并且承认里面的确不是书。她翘着兰花指拉开拉链，拿出各种零食叫他吃，还说她就是一只老鼠，什么都吃。她很犯贱地赔着甜笑把手伸到他嘴边，要他把核吐到她手心，再用纸巾包上。我算开眼界了，原来可以这样对她？我蒙！

他还没有完，还朝我挤眼，噫，该不会是他看上了思君，才有意拆我台吧？我的心一下缩紧，历史上有不少父亲夺儿媳的故事，包括皇帝。

火车钻进了洞，光线立马暗下来，我惊问他搞哪样。他淡淡地回答，看风景。狗东西真是明目张胆地撒谎，窗外明明漆黑一片。尤其让我愤怒的是，当车厢重又亮起来时，他露骨地把嘴伸向她，根本不听我喝叫，只示意她接核。我实在忍不住，一巴掌扇过去，核喷他满脸，然后我拔腿就逃，我可不想当着安思君的面被他修理。

在车厢连接处用完半包纸巾揩眼泪后，肩膀被人拍了一下。

又是他，我下意识地缩紧脖子，他已伸出手，却是扯去我衣角被过往小孩贴上的口香糖。他冷冷地看着我，坚定地要求我和安思君分手，否则会毁掉我的。我鼻涕眼泪一起涌，说，然后你好肆无忌惮地追求她？他抬手抵挡住扑向前的我，他非常讨厌我的冲动，说他才不稀罕安思君，他那么做的目的，是要我看清她的真面目。

我接过他递来的纸巾，一边擤鼻涕，一边心如刀绞般听他讲。他说他已偷看了她手机上朵鸟发的短信，估计两人关系暧昧。照他看来，朵鸟这厮儿多半是去偷朗松犬被人扣下骗她去赎人的。见有人过来抽烟，他叫我到前面车厢连接处说话。我叫他先去。上了厕所出来正要尾随，却撞见了跟过来的思君，我扭头要走，却被她一把拉住，说出事了！我一愣，问出什么事。她说不得了，整个车厢的目光都在她身上，她无非就是身材高挑服装另类些，又不是模特展示时装，笑死人了。我很不耐烦地推开她，思君偏追两步再次拉住我，说真的出事了，真的，她要我信她。她表情沉重地看着我，说，千万别介意呀。我催她快讲。她说刚才食品车推来时，她要买烟，才发现钱包不翼而飞，就是她去东南亚旅行时买的那个。思君看了我一眼，说先前她只和我父亲在一起。我心里一跳，你的意思，是我家人偷的？我血往上涌，忽然骂她活该，这下你买不了狗也救不了人啦，哈哈哈。笑完便做好防范，可是思君却没有掐我的意思，她靠着车门，自嘲她是最憨的，现在才知道我父亲为何一直要试探她包里装的什么。我一阵心惊肉跳，觉得有道理，不过我提醒她，手表还是他夺回的。思君“呼呼”两下吹散了我跟前的烟雾，含笑指出，可能那是欲擒故纵的把戏？哦，我点着头，似乎明白许多。她更进一步向我明示，他离间我们，就是为了好下手。算了，她无所谓的，无非就是钱嘛。思君看着我，说，其实她托朵鸟买狗完全是为了我，她外出时我好有个伴儿。我连连咂嘴，鬼火上冒，暗骂那个狗东西，差点又上了他的当。我心里一横，走！一把拉住思君要一起去找他。思君又拦住我，问，找到他咋个办？我双手做一个掐脖子的动作，她摇头，建议见面后先了解情况。思君真的好善良，我可不愿意，论玩脑筋耍嘴皮我们都不是他的对手，他会承认？想起被他耍弄我就愤怒，我主张见面就搜身。思君仍嫌我鲁莽，他会让我们近身？她拉我避开过往的乘客，我从没如此贴近过她，一时心猿意马，被思君一连拍了数下才听清她说为我能大义灭亲而感动，现在她决定先由我去缠住他，她去找乘警。噫，我不得不佩服她的“魔高一丈”。

我独自去了前面车厢的连接处。

他背对着我，正打着电话。

广播通知临时停车。

他回过身，笑容可掬地把电话递给我。是母亲的电话，母亲笑嘻嘻地说听父亲说我们相处融洽，我一听就冒火，对着手机大吼大叫钱包的事，身旁的他愣了一下，便来夺手机，我死活不放，面对窗外呼啸而过的列车，把所有难听的话都泼向母亲，她也跟着骂狗杂种，我说恶人有恶报，反正思君去报警了。电话那头却要我立马制止思君报警，父亲遇到警察会很麻烦，他这次来可是冒着风险的。我跺着脚说活该，晚了！我说的是实话，乘警已跟安思君来到我们跟前，他面无表情，默不作声地随乘警离开的刹那间，我捕捉到他的眉头跳了一下。噫，他也有害怕的时候，我不由得笑起来，对着手机那头仍在叽里呱啦的母亲说他只要交出钱包就没事了，说完便挂断电话。

火车重又开动。

走，我异常轻松地要拉做完笔录回来的思君重回车厢。

思君温柔地往我怀里钻，半晌，她抬头看着我，说刚接到她父母的短信，钱包被他们拿了，是误装进行李包的。

那一刻我恨不能把安思君打成熊猫。

我立马拉她一起去找乘警说明，他们却是高低不见我们，列车员偷偷告诉我们，估计问题严重，牵涉别的案子。我讨厌思君惊叫“逃犯”的样子，无非就是烧了我外婆的“精武馆”嘛，当初外婆气疯了乱报杀伤案，其实她老人家毫发无损，父亲那把火只烧毁了桌椅板凳和一只野猫。

回到座位上，一切照旧，对面乘客看我一眼，又继续打呼噜，没有问一句，怎不见他来？只有留下的行李告诉我他曾在这里坐过。手机又在响，是母亲打来的，无论如何我不接，我不知道该怎么讲。我陷入了泥潭，非常迷惘。身旁的思君却是靠着窗，心安理得地闭上眼。她可是说过没心没肺就是白痴的。

我茫然四顾，目光最后落在靖城站台上。

又见到他被人带着经过我跟前，我要上前却被挡回，不准妨碍执行公务，他扫我一眼，我注意到他嘴角掠过的笑意，心里忽然有数。安思君上来告诉我，去福西的最后一班车刚开走。

我甩开她捏着话梅的手，回家的路上没和她说一句话。

不过安思君无所谓，她永远情绪饱满，哼着歌从卫生间到客厅，突然“哎呀”一声，她连忙承认错误，说忙着接电话，把一杯开水倒进了金鱼缸。她笑了两声，又赶紧捂嘴，绕开正收拾行李的我，从茶几上拿了烟点上，回过身来说不要收拾了，她已改变主意，哪里都不去了，现在才明白什么最重要。思君说完忙闪身躲到门后，半晌出来表扬我，说我现在学会了冷静，她吩咐我明天带她去吃饭以庆祝她的转变，钱不必花太多，得留着，她想起了“靖星”商场那件大衣。说完再一次绕开我和行李，走进自己的房间，然后关上房门，沉浸在自己的梦想中。

次日一早，我发短信通知安思君，在我回来之前她必须搬走。

然后我搭上开往司通的班车，下车后步行至梅叠丁字路口。在那块路牌下，他背对我抽着烟，我悄悄走上去，猛拍他一下。

他回过脸，有些惊讶。

我笑着说，爸爸你装憨，你知道我会跟你走，特意在此等我。

他却苦笑，说，下大雪，前面封路了。

（原载《山花》2015年第9期）

2015年

魏荣钊

无间道

方向失控，车头重度摇晃，人吓得闭上了双眼。

睁开眼，发现轿车已一百八十度掉头，“死”在了高速路隔离带旁。使劲眨眨眼，觉得自己还活着，刚才像是一个瞬间梦魇。我本能地伸手去摸坐在副驾驶的军子，他也还活鲜鲜的，只摇着头说“好险，开慢点，开慢点”。

朝前看，车窗已经破碎，我摸摸脸，把手放在眼前，不见血，又看看军子的脸，也没有一滴血。车没了任何声音，只听到高速路上大大小小的汽车“嗡嗡嗡”地驶过去。人的意识虽然存在，但全身已不听自己使唤，像在筛糠。手机也不知飞到哪儿了，我在脚下瞎摸，摸半天却发现军子带在路上喝的两瓶红牛钻到了座位下，在红牛旁边我意外地摸到了手机。我拿起手机，触摸屏幕，还好，能使，但我不知道给谁打电话。静了好一会儿，我伸手去开车门，车门已变形，无法推开，我又叫军子试试他那边的门，一样打不开。

此时离车祸发生已过去好一阵，可我全身依然禁不住发抖，我努力让自己镇静，但作用不大。我颤抖着弓着腰像一只受伤的松鼠爬到后座，还好，后座的门打开了。我叫军子爬到后座，赶紧下车。

下车一看，发现车头已面目全非，四周散落一地破碎的零件，方向盘前面的轮胎已经爆裂，地上湿漉漉的，像油污又不像油污。看着此前喜欢的小车，此刻觉得要有多恶心就有多恶心。军子是个农民，他从老家搭车到省城，然后前往浙江务工，就为节省一百块钱路费。他没开过车，此时此刻也不知道怎么办，一脸紧张地重复着“好险啊好险啊”。我虽然拿了驾照六七年，实际是一个月前才买的这台国产便宜货，属于老驾龄，新师傅。看着“无厘头”轿车，我对美好生活完全失去了信心。看着飞驰而过的车辆，我茫然无措。后来，我想到了报警，于是拿起手机拨通了110。警察在电话中问：“在什么路段发生的车祸？”我说：“在某高速路山木段（具体位置搞不清楚）。”问：“伤人没有？”我答：“没有，但撞坏了高速路护栏，还有，我的车头撞没了……”

大约半小时后，鸣叫着警笛的两辆路政车开来了，我以为是警察和路政一起来的，然而走下来的三个人全是穿着路政服装的工作人员，并没有看到穿警服的交警。

他们把车停在离车祸现场二三十米远的一侧，然后慢条斯理地朝我们这边走来。我以为他们会走过来问发生车祸的情况，没想到他们根本没有理睬站在一旁像等待审判一样的我和军子。他们只顾照相和在本本上记录，忙活了少说半个小时才拿着文件夹走到我们跟前，说：“你们哪个是车主？签字吧。”我说：“签什么字？”一个年轻路政说：“这是我们科长，你们的车撞坏了护栏，四根柱子、四米长的护栏，七千九百八十六元赔偿费。另外，路面油污费一千一百二十七元，按路面污染计算罚款。”我一下子蒙了，心想，够黑的。自始至终没问一句人伤了没有，来的目的就是计算国家财产的损失。

“交警来不来呢？”此时我还是想到了人民警察。

“不来了，单方责任，我们到时把车祸现场资料给他们就行了。”一路政员回答。

无可奈何，即使心里老不舒服了，也不得不乖乖签字认定他们的调查材料属实。签完字，他们的排障车就开来了，然后把我的“无厘头”车拖上排障车后厢。他们中的一位以命令的口吻说：“还不上车？”我这才明白，我和军子还得跟他们走一趟。

我和军子惊魂未定，懵懵懂懂地上了排障车的驾驶室，二十多分钟后，排障车把我和军子以及“无厘头”车一并拖到了西县县城。到了路政所，一个路政说：“到办公室办理赔偿手续吧，办完就可以把你的车拉走，想拉哪儿修拉哪儿修。”没有办法，我只好按他们说的去做。我跑到县城的一家银行把工资卡上的一万元人民币全部取了出来，拿来交付护栏损坏费、路面污染费以及四百元的拖车费。

交完钱，我感到很无助，突然想起西县的一个学生，一个女学生。我们多年没联系，前段时间，她们相邻的几个同学突然找到我，打电话邀我到西县玩了一趟，吃饭喝酒，热热闹闹搞了一台久别的“谢师宴”。我这才得知，这个十多年不见的女学生在西县放高利贷赚钱，还兼做酒生意，酒大多是卖给关系户，关系户大多都是政府职能部门。女学生俨然成了小县城的富婆。

我向来不喜欢打扰人，但此刻不知为什么忍不住打了女学生的电话。女学生一接电话，以为我出车祸住院了。我说我好好的，是车撞坏了，人在他们县的路政所。女学生一听说车坏了人没事就很热情，放下电话就开车赶了过来，见面就说：“高老师，你真是福大命大，车头都撞飞了，人居然毫发无损，谢天谢地啊！”

我说：“还福大命大呢，福大命大就不出车祸了。”她说：“话不能这样说，刚开车，谁没出过事？没伤别人没伤自己就是福大命大嘛。”

女学生很关心我这个老师是怎么出的车祸，我就给她细说了一遍车祸经过。我说：“我走的是行车道，此时车辆很少，路也很直，视野开阔，在我的前方一百多米远有一辆轿车行驶在超车道上，按说我们各行其道，根本不可能发生车祸，可就是这个车让我出了车祸。就在我加速行驶的当儿，前方的超车道上突然出现了一个障碍物，远远看去，像一个人横在地上。而且这个‘人’离那个车越来越近，近到咫尺。就在我即将从行车道上超过那辆车时，那辆车像疯了一样突然并道转向行车道。这该死的车无疑是为了躲避那‘障碍物’。我被吓着了，眼看就要撞上那车的屁股，慌忙中转向超车道。由于车速太快，刹车失去控制，车头晃动几下后一头撞向了护栏……”

事发后才发现“障碍物”是一捆帆布。

女学生安慰我说：“没事，没事，今天就不走了，我请你喝酒，给你们压压惊。”惊魂未定的我自然不想回到省城，于是就答应了。

女学生得知我赔偿了路政所近万元钱，想了想说：“我给我家亲戚打个电话，叫他们把油污费退给你，油污费是可交可不交的。没有关系，叫你交你就得交；有关系，说没事就没事，污染个屁。”女学生真有办法，不一会儿，路政所那个小年轻把我带到办公室，把一千一百二十七元公路污染费退还给了我，当着我的面，我看着年轻的路政把那张一千一百二十七元油污费单子撕毁。我十分感激，觉得以前对女学生不够好，这会儿有点惭愧。

退了油污费回到坝子，女学生对我说：“高老师，车就放在西县修，不用拖回省城修了，拖到省城很麻烦。西县汽修厂的人是我的好朋友，技术也好，我们家的车有什么问题都在那里整，挺好的。你放心，到时，你只管来开新车就是。”女学生这么说，我想也好，拖回省城也丢人现眼。接着，女学生又马上叫来几个人，还有她的老公。他们看了看我的车，都安慰我说不要紧，一切都是保险公司负责。再说，发动机没有受损，花不了多少修车费。女学生一边叫一个男的带我去交警队办理事故认定书，一边安排人把我的“无厘头”车拖到汽修厂，然后就安排去吃饭喝酒。带我去交警队的男子大约四十岁的样子，我不知道他是干吗的，只知道她是女学生的朋友。我把车险手续从撞变形的车头小箱子里找出来交给拖车的人。女学生对我说：“高老师，你相信学生就是，保证让他们给你换新材料，而且保证是原装材料，至于多少钱，保险公司赔，修好是原则，再说，县城的汽修厂肯定比省城的4S店便宜。”

保险公司西县理赔员来到路政所给“无厘头”车照相、记录，然后离去。理赔员和女学生喊来的那些人都很熟悉，他们打着招呼，说着西县话，十分友好。照相什么的感觉就是走走过场，几分钟就搞定了，快得跟没事一样，好像赔钱与他们公司压根没什么关系。

理赔员一走，他们就把我的“无厘头”车从路政所的坝子里拉走了，不知道为什么，我心里突然一阵轻松。

我和那个四十来岁的男子来到交警队，男子坐在外面的椅子上等我。我走进交警队办公室办理事故认定，年轻的交警们正要下班，我把路政所开给我的车祸事故书和驾驶证、行车证一并摆到交警的办公室桌上。他们张三推李四，李四推王二麻子，最终推到了一个小交警手里。

小交警看了我两眼，我知道他在想什么，他就想骂“你他妈的早不来晚不来，老子要下班你来了”。他一副很不情愿的样子，但还是坐在办公桌上开始操作电脑，少说花了半个小时才办结车祸事故认定书。我拿着小交警给我的事故认定书，连说了几声“对不起”和“谢谢”，然后走出办公室。等我走到外面才发现坐在门口木椅上等我的男子已经无影无踪了。

天黑时分，我和军子被女学生带到西县一个叫美食坊的一间包房坐定，接着陆陆续续来了五六个男男女女。女学生一一向他们介绍，说我是她大学的老师，对她们可好了，但已经多年不见，前些时间才联系上。女学生也介绍她的朋友给我，说他们都是她的好朋友，平时都爱喝酒，专门请他们来陪我喝酒压惊。要我放松心情，好好喝酒，然后睡一觉，一切就过去了。

女学生的老公在菜上齐的时候，从车上提了四瓶白酒上桌，叫大家放开喝，并强调要陪我多喝几杯。放在桌上的酒包装得很精美，但是不是好酒很难说，而今眼目下，什么东西光看外表很难判断质量。看得出，来人确实是女学生比较好的朋友，他们很尊重我，不断地安慰我，说开车的谁没有出过车祸，只是有的出得大，有的出得小，像我这样的车祸也算不了什么，一没伤别人，二没伤自己，就是把车伤了，算不得什么大车祸，何况损失由保险公司负责，叫我放宽心，就当没发生什么事。

开始喝酒了，我发现陪我去交警队的那个男子没在，我对人家的热情真的万分感谢。我说：“刚才陪我去交警队那个兄弟不来吗？”女学生对我说：“不用客气，他们都是我的朋友，想来就来，不来就肯定是有事来不了。”于是，大家就甩开膀子喝酒。桌上的男女挨个敬我，然后又敬军子。半小时不到，大家都喝兴奋了，我也开始热烈起来，好像中午发生的车祸已成陈年旧事。我也挨个去敬别人，一圈下来，我有些晕晕乎乎了。这时，坐在我旁边的一个男子凑近我，大着舌头说：“我曾经，曾经出的车祸比你还恼火，发电机都撞烂了，和你差……差不多，就是人没卵……卵事，人没事就是好……好事。”男子边说边端起杯子，“来，喝酒，兄弟……”

四瓶白酒喝完了，有人提议再喝，我感觉自己已经不行了，再喝肯定会栽到桌子下面去。理智告诉我，不能再喝了，我含含糊糊说：“不喝了，不喝了，休息，休息。”军子也喝高了，他坐在我旁边，我听他说话开始前言不搭后语，嘴巴大张着，半天却吐不出一个字。

后来，我怎么也想不起是怎么离开美食坊的，连怎么去的宾馆也想不起来了。据军子后来说，是女学生安排人把我和他扶到宾馆的。

半夜我口渴得不行，起来找水喝，才发现自己睡在宾馆。军子被我的响动闹醒了，翻起来也要喝水，房间里正好放有两瓶矿泉水，我们一人一瓶几口就喝干了。军子喝了水，好像来了精神，但酒意还没散尽。他躺在床上说："高叔，你的学生对你真好啊，给你安排好修理店，还请你吃饭喝酒，给你压惊，现在这样的人难找了。"我说："那是那是，毕竟情分是十多年前结下的，那时的人还单纯嘛。"军子咳了一声，好像他的喉咙里还有酒没有吞下去。咳完又说："高叔，我们命真是大哈，你看我们都没屁事，要是把我撞成什么了，你咋办？"

我很累，不想说话，但听军子这么一说，心里一股火瞬间冒上来。我说："把你撞坏了，我也没办法，我又不是故意的，你以为我想撞啊。"我只差说"谁叫你坐我车的？我又没请你，是你自己为节约钱，我还不想带你呢"。

军子见我没有好话，也就没有再往下说。

早上醒来已是上午十点钟，军子还要从省城赶往浙江，于是我们迅速洗了把脸走到宾馆楼下，一问总台，说住宿费已经有人结了。我想，肯定是女学生结的，也没多问，揣着明白装糊涂走了。西县离省城七八十公里，小客车一个小时一趟。我和军子到省城时已经是中午十二点钟，我把他送到火车站，正好有一点半钟的火车前往杭州，军子顺利买了火车票进了站，他一进站，我感到一种无比的轻松。

回到小区，熟人问我怎么没开车，我说被朋友开走了。我不好意思说发生车祸了，丢在了西县。虽然喝了女学生的酒，且女学生的朋友们也都安慰我说，开车的人，尤其是刚开车的人出车祸是避免不了的事情，谁没有出过车祸？但我还是很羞愧很害怕，想起车祸那一幕，全身就发紧。我想，让汽修厂慢慢修吧，不着急，要是早早修好了，我还没勇气去开呢。

一月过去了。

两月过去了。

第三个月，车祸阴影开始慢慢消散，我有些心痒痒的，又想开车了。一算时间，都修了两个多月了，汽修厂和女学生也没来电话，觉得不对劲，就打电话去问女学生。女学生说："修车师傅担心把车修好早了，您不方便去开，所以师傅们是慢慢地精修。"还说："慢工出细活，您不必着急。"接着她又说："没事的，高老师既然已经恢复了好心情，我马上催修车师傅抓紧时间。"挂断电话几分钟后，女学生又来了电话，说大部件都修好了，只有一些小问题正在修理，叫我下星期就去开车。其实，朋友之前就告诉过我，这些修车的，要撵着屁股追他们，你不追，他们就不急，没准给你修个三五个月或半年。修车的人多，尤其是到了冬季，车祸更多，汽修厂忙都忙不过来。但我想，拖延别人都不可能拖延我，因为那是我学生介绍的汽修厂，汽修厂的老板又是学生的好朋友，这样的关系都靠不住，还有什么关系靠得住呢？

一个星期很快过去了，星期一中午我给女学生打去电话。女学生说："高老师，您星期三上午来开吧。"

真要去开车了，我还是很胆怯的，所以星期三一早我就把有着十多年驾龄的老朋友拉着去了西县，有人在旁边壮胆，开着车心里就不会紧张。早上，我们赶到西县时，还不到十一点。但女学生却不让我们马上去开车，她说吃了饭再去汽修厂开车也不迟。其实我心里十万火急想去开车，看看已经快三个月不见的车怎么样了，想到那难看的"无厘头"车心里就发紧。可我又是个要面子的人，人家那么热情，总不能不近人情吧，只好答应先吃午饭。

午饭是在西县的一个饭馆里进行的，男男女女五六人，都不认识，没有一个是上次喝酒的。女学生说这些都是她的朋友，特来陪高老师我吃饭。女学生照旧上了一瓶白酒，我赶紧说不喝不喝。女学生说，我可以喝一点，叫朋友帮我开车。车修好了，大功告成，应该高兴高兴。劝得我朋友有点不耐烦了，对我说："老高，你就喝点吧，我负责帮你把车开回家，免得辜负你学生的好意。"

几杯酒下去，我有点晕乎。饭毕，我们说去汽修厂开车，女学生却已经安排人把修好的车开到饭馆门口了，体贴得可谓无微不至。

眼前的银灰色轿车就跟从车市里提出来的新车一样，银光闪闪，看不出任何瑕疵，之前被撞得面目全非的车头好像跟眼前的轿车没有什么关联。

大家一番客套话后，朋友提醒我说："理赔手续都办好了？"这时我才想起，这车到底花了多少钱？女学生见我提到理赔手续，叫我稍等，她马上联系送单来。一支烟的工夫，一个小伙子把理赔的收据跑步送到了饭馆，我一看，修理费可不少，总价三万一千一百三十五元，超过了购新车的半价。我暗暗惊讶，心想，幸好是保险公司赔！

朋友帮我把车开回家，临走时，他叫我最好把车开到购车处的4S店检查一下。他说，以他的经验，感觉这修好的车不踏实。

我也感到不踏实。一日，我把车开到4S店，找到熟人，希望把车检查一下。我不敢隐瞒车祸情况，照实把在西县修车的经过说了个清清楚楚。4S店的修车师傅把车吊起来按标准程序检查，查了个把小时，边检查边问我他们发现的问题，最后查出了一系列不合格的修理结果：有车梁固定螺丝焊得不牢；油底壳没有矫正，底部仍然凹陷；水箱位置不正；车灯、车头网格等都不是原材料，属于东拼西凑的劣质材料。一位师傅问我："保险公司赔了多少的修理费？"我说："三万多。"师傅说："你被忽悠了，一万多块钱可以搞定的事，居然多出了两倍的价钱，这也太黑了。"

4S店的人说，虽说不是我掏腰包，是保险公司出钱，但来年的保险费会增加的。最要命的是，修成这个样子，开起来很危险……4S店的熟人对我说："找他们去，不能便宜了这些黑心肠的家伙。"

在师傅的指导下，我仔细看了修理不合格的车的各个部位，我越看心里头越气。心想，这个王八蛋修车店真不是东西，只顾赚钱，不顾他人的生命安全。我对我的女学生顿时起了怀疑。

当即，我就给女学生打了电话。

电话通了，女学生还是那么热情，还是像以前那样对我嘘寒问暖。我实在忍不住了，直截了当地说："你朋友是怎么给我修的车？"她问："高老师，车怎么啦？"我说："怎么啦？到处都是问题。"

"不可能。"女学生回答我。

我说："怎么不可能？ 4S店的师傅不会说假话。"

"高老师，你怎么能相信他们呢？你没把车没开到他们店修，他们当然对我们不舒服，他们是同行，同行是冤家啊，你不能听他们说！"

"我又不是笨蛋，我的眼睛不会欺骗我。"我有点不客气了。

女学生见我发火了，回答说："等我问问他们。"

我想说，赶快询问情况后把结果告诉我。可没等我说出口，女学生急不可待就把电话挂了。再打，正在通话中，心想，可能是在责问修车铺的人吧。十多分钟后，电话还是在通话中，好不容易打通了，电话那头却没有任何声音，我几乎要气晕了。再打，就不接了。

太纠结了，比吃了苍蝇还难受。

次日一早，我把车开到了西县县城。心想，弹丸大的县城，我就不信找不到你们这些人。我把车停在一家小酒店门口，保安出来对我说："停车收费，除非住酒店。"我说："我晚上住行吗？"保安说："行，如果晚上不住酒店，你就交钱开车。"我有点不耐烦，看了一眼保安走了。本来，我想问保安认不认识女学生或知道西县的修车铺，但见他的嘴脸也就打消了想法。

走在西县街头，见到和善的人，就上前问人家认不认识女学生或知不知道西县的修车铺。有几个三十多岁的男女反问我："你打听这个人干吗？"见我欲说还休的样子，就说："莫名其妙。"

后来我灵机一动，在街头拦了辆西县的出租车。司机问我到哪里。我说到修车铺。司机说："到哪个修车铺？"我说："随便到哪个修车铺。"司机觉得我不可理喻。我说："我要是知道哪个修车铺的话，我就不用打你的车了。"司机更是觉得我有些奇怪，好在他还是问了一句："是不是黑坨弯修车铺？"我急忙说："就是就是。"

转了几条小街，爬了一个坡，又拐了一个弯，爬上一个斜坡顶，司机把出租车停在一个斑驳的土墙门边。他说："里面就是黑坨弯修车铺。"出租车里程表上显示九元里程费，我拿了十元丢给司机，说："不用找零了。"

走进修车铺，里面是几间破败低矮的房子，房子里和坝子上乱七八糟地停放着不少破车，穿着油腻腻的几个年轻人正在院子里忙活着。我走上前，小心翼翼地问人家认不认识我的女学生。一个穿得油腻腻的男子对我挥挥手说："不认识不认识。"我感到有些无趣，又问人家西县有几个修车铺子。一个年龄稍大的修车师傅说："大大小小至少六七家吧。"我见这个师傅和善，进一步试探："两个月前，你们是不是修过一个车？车头撞坏了，只有发动机是好的。"师傅看我一眼说："这种车我们差不多都在修呢。"

我又小心翼翼问他是否认识西县的女学生。他反问我："你们认识？"我说："她曾经是我的学生。"师傅惊讶地打量着我道："你是从省城来的？"我说："是。"

师傅忙着手里的活，不再搭理我。我再说，他就回答："县城就这么大，我当然认识。"我想进一步询问女学生家住哪条街，门牌号码是多少。但想了想，还是没问出口，因为我已意识到，即使他知道女学生家住什么地方，也不可能告诉我这个有点心事重重、莫名其妙的家伙。

我在西县县城转了好几圈，总觉得会碰到女学生，但始终没有见到人影。有两次，我感觉前面巷子里妖娆窈窕的女子就是女学生，可当我追上去，正面一瞧，原来是个陌生面孔。我的眼神、我的举止换来了三个字——神经病！

没有找到女学生，我不仅身体疲惫，心也有些疲惫。到了傍晚，天是越来越冷了，我感到很落败，也很失落，恨不得在大街上找个人打一架。

走到停车的小酒店，我突然冒出一个念头——不回省城了，留下来去女学生上次安排我和军子住的宾馆住一宿。

我交了停车费，把车开到街上，边走边问，转了两圈，终于找到上次女学生给我安排的这家酒店。服务台的小姐用勾魂的眼睛看着我走到她们面前，她们异口同声地问："大哥要住什么标准的？"我没正面回答，而是问她们认不认识女学生。她们说："认得，西县的大姐大哪个不认识？"我又问："她家住哪里你们知不知道？"服务员说："这个可不知道。"我灵机一动，没有经过允许就伸手拿过吧台上的电话打给女学生。电话接通了，女学生在电话那头喊道："哪个？"我反而语塞了，不知道怎么说，顿了一下，结巴着说："我是高老师，在西县，在西县找你，我在宾馆，可否过来一下……"我说完话才发现电话那端早没声了。愤怒，愤怒，我差点摔了酒店的电话。吧台的服务员被我的举止搞得一头雾水，看样子很好奇我和女学生的关系，发生了什么事。可我没给她们机会，我一转头径直向楼梯边走去。

天黑后，我离开酒店来到街头一家小馆子，要了一个花生米和回锅肉，吩咐店老板拿来两个小二锅头，一个人闷闷不乐地把自己喝晕乎了。当然也不完全醉，似醉非醉的样子。其实，一个人开心时喝酒不容易醉，苦闷时也不容易醉。

酒足饭饱后回到酒店躺下。不久，有人敲门，我有点纳闷，会是谁呢？我边想边开门。门一开，一个软绵绵声音扑过来："大哥，要服务吗？"我没说要，也没说不要，门敞开着。这温柔的声音也没多说，冲我微微一笑就一头钻进了屋里。

门一关，温柔的声音把我一下子扑在床上。没有什么比这更能稀释心头的块垒，此时此刻，我完全没有了自控能力。我恨，恨女学生，她让我第一次有了吃苍蝇的感觉。于是，我死死地压住下面的身体，把身体下的她当成了女学生……

温柔的声音离开房间后，我突然感到自己的身体到处不舒服。我立即进入卫生间，开满一浴缸热水，把自己整个身子放到热气腾腾的水中。我在浴缸里起码躺了两个多小时，我不停地放水，让热水不断地溢出浴缸。我意识到这有些浪费水资源，但我就想浪费……

我要把整个西县淹个底朝天！

（原载《山花》2015年第3期）

王 华

惩 罚

夏貌貌终于决定要去寻找她祭奠了三个年头的儿子了。

做出这个决定的时间是半夜，她得从她睡的小屋摸到男人那边，把这个决定告诉他。摸，是因为男人睡觉的时候怕光，即使是另一间屋子里的光也会影响到他睡觉。男人开了一家加工各种防盗网、防护栏的店，每天都跟钢铁在一起十多个小时。好在她在两间屋子之间摸了两年了，早已经不成问题了。嫁他后的第一年，他们是挨着睡的。第二年的一个晚上，他把她从床上踢了下来，因为他不能容忍她磨牙。夏貌貌有失眠的毛病，每个晚上都要辗转反侧大半夜，这一点他都忍了，但后来，她大半夜不消停还不说，一消停下来就开始磨牙，他就再也不能容忍了。他的房子是个小三室。第二间是上中学的儿子睡觉的地方，第三间是他做功课的地方。她被从床上踢下来以后，他儿子退到自己的床前做功课，她在第三间小屋里安了一张小床，供自己过夜。当然，每个夜晚的开始，她都要睡到大床上去的，她得看看男人是不是有需要，没有需要了，她才回到自己那张小床上去。

冷，她在推醒男人之前先钻进被窝。男人被她带来的冰冷刺激醒了，不满地咕哝着又要睡去。她推了推他。男人再一次被迫醒来，大为光火，一脚就将她踢下了床。她爬起来，赶紧钻进被窝取暖，男人又要踢，她赶忙说："我有件重要的事情要跟你说。"男人说："大半夜的说屁呀说，明天再说！"说着已经抬起了脚，她赶紧抓住他的脚，说："我必须去找我儿子了。"

男人彻底醒了，那感觉就像大冬天输液似的，血管里爬行着一股冰冷。"你去哪里找你儿子？"他问。嫁给他前，她有一个儿子，但已经死了。嫁给他这三年来，每年的五月初八，她都要为儿子烧纸，说那个日子是他的生日。男人猛地打开了灯，现在他不怕光，怕黑。

“我儿子其实没死。”夏貌貌说。

“是我把他扔了。”她说。

“我必须去把他找回来，要不然，我这心就不得安宁。”她摸着胸口说。

男人最后还是把她踢下了床，他希望她站在床前跟他说话。如果她现在说的都是真的，那就证明她以前对他撒了谎，他们应该保持应有的距离。夏貌貌迅速跑回去穿好衣服又回到床前，在应有的距离内站着，依然摸着胸口说：“我去把他找回来，好吗？”男人则在这个时间里已经准备了充分的冷静和清醒，他的视线根本就不受她暗示的左右，他不看她的胸口，他不去体会她那里是不是疼痛。他问她：“你当初为什么要扔了他？”

夏貌貌说：“他是个病孩子，得了一种叫自闭症的病，他爸把他看成拖累，抛下我们母子走了，我一个人负担不起他的治疗费……也把他当成了拖累……扔了。”夏貌貌开始哭，怕影响了隔壁的中学生，她拼命压抑着哭声。

男人看着她，由着她哭。

男人说：“现在你想去把这个拖累找回来？”

夏貌貌急忙点头，点慢了就会被看成不够诚实。而夏貌貌的诚实不光表现在点头及时上，还表现在点头时闭着眼。她关掉闸门后眼泪依然不止，只是变扁了变宽了，灯光下，她那张苍白的圆脸水光充溢，只可惜那水光代表的是疼痛。

男人真不愧是做钢铁活的，一点儿都没有被她打动。她的眼泪、她那张只要他不是太累就总能勾起他欲望的好看的脸，现在都得站到现实的身后。一个聪明的男人永远都是现实的，他永远都不会犯感情用事的错误。

他拢了拢被窝让自己更暖和一点，然后才慢吞吞地问：“你想让我来帮你养活这个拖累？”

夏貌貌闭着眼一个劲儿地点头。她说：“当初我抛下他的时候，想的是等我条件好了，再回去找他。我当初实在是没办法了，我欠了好多债，再也借不到钱了……”

男人打断她说：“你听好了，我不阻拦你去找你儿子，但你从这里出去就回不来了。我给你两条路：要么就忘掉他，跟我安心过日子；要么你去找，我们断绝关系。”

夏貌貌的泪流突然就断了，源头的闸门被她关上了。她眨巴了两下眼睛，将最后的两滴泪洒落到地上，抽一股冷气进身体，迫使自己坚硬了起来。她问他：“你就不能大度一点吗？”

男人说：“我凭什么要大度？就连孩子亲生的爹亲生的娘都嫌他是个拖累，我凭什么？”

夏貌貌说：“可你是有条件的。”

男人说："我是有条件，可我拼死拼活不是为了今后养活一个跟我不相干的废物！"男人的声音已经很大了，一气之下，他显然忘记了隔壁的中学生需要好好休息。

夏貌貌还记着，她也想喊，但她依然记着中学生的需要。她压着嗓门，把语气加重，说的话一样有分量。她说："我还是要去找。"

夏貌貌是天亮就出发的，临走时男人很郑重地叮嘱她说："要是找到了，你就别回来了。"她什么也没有说，但他能从她强装的平静后面看出，她记住了。

夏貌貌开始了她的寻子之旅。不管前途如何，内心的那种硌痛感开始减轻了。在赶往贵阳的长途客车上，她睡了三年以来第一个具备了长度的觉。她的第一个目的地是"星空闪亮儿童康复中心"，三年前，她就是在这家康复中心门口做出了放弃儿子的决定。那时候是三伏天，日头最毒的时候。康复中心的外墙上画着蓝天、星空，还有大片大片的绿树红花，夏貌貌就在这面墙跟前源源不断地冒着冷汗。她感觉自己像一块海绵，有一半永远被泡在水里，所以不管它淌掉多少，都没有淌完的时候。儿子就在墙里，他的老师正在教他说话。他的面前永远有三五个塑料做的苹果、胡萝卜或者梨，老师要教他学会集中注意力，并且会说"胡萝卜""苹果""梨"，如果她在的话，老师还要她配合着教他把视线投向妈妈，最好还能叫"妈妈"。但她配合了三年，儿子依然没有学会叫她"妈妈"。儿子只会骂人，自从他开口说话，他那张小嘴里蹦出来的就只有脏话。好在他从来不跟人对视，他骂人时都看着别的地方，没人的地方，再不济也是没眼睛的地方。连狗或者猪的眼睛也不行，蚯蚓没眼睛，所以他只跟蚯蚓说话。他爱吃泥巴，那时候总能遇到蚯蚓。他跟蚯蚓从来不说脏话，他会说"好吃"或者"好吃吗"。他知道蚯蚓也吃泥，有时候就会主动跟它们探讨。他抠泥总会把手指抠伤，他从来不跟他妈妈谈起这一点，但他会对蚯蚓说"出血了"。他对蚯蚓有着特殊的感情，康复中心的老师就专门为他买了塑料蚯蚓，每天都放在他的课桌上，跟苹果、胡萝卜放在一起，希望这样有助于他的学习。他们甚至将塑料蚯蚓绑到夏貌貌的头上，希望他能看在蚯蚓的面子上跟他妈妈对上视线，最好还能跟她说上一句两句话。不过没用，从一开始他就明白那是塑料的。

儿子的康复进展非常缓慢，缓慢到几乎可以忽略不计，治疗费用却逼得夏貌貌气紧。她将能借的地方都借了，信用社也贷上了。康复中心已经很对得起她了，都让她拖欠了两个月的治疗费了，她拖欠着费用人家也没放松对她儿子的治疗，她要是再交不起费用的话，他们就只好劝她把儿子领回去了。

人家对她说，康复中心也不容易，要想孩子们得到康复，就得有经费来运转。

她答应回去想办法。

她能想到的办法只有去卖血，她卖了三百块钱的血以后，心就发慌，头就发晕，头皮就不是自己的了。医生说："你以后不能再卖血了，回去吃点补血的补起来吧。"她没去想补血的事儿，拿着三百块钱来到儿子的康复中心，站在外面淌了半个小时的冷汗，做出了放弃儿子的决定。

她至今还清晰地记得自己当时的那种感受——如释重负，全身轻松，她终于摆脱了一个沉重的包袱，她将轻装前进并且有希望过上松活的日子，她的前途不再昏暗无边。她也的确过上了松活的日子，她嫁给一个丧了妻独自带着个中学生的小老板，她只需每天坐在店里看着那些白的黑的钢管，晚上再回家好好弄一顿晚饭，便可保证拥有一份富足的生活。男人脾气是差了点儿，但只要她不计较，他们便是和谐的。她没想到自己会在这种光彩照人的日子里两眼发黑，那情形跟你两眼受到强光刺激之后，眼前一团黑影差不多。有一天，她突然就感觉到了深深的不安，那个"包袱"，那个被她扔在了路上的"包袱"无比清晰地出现在她眼前那一团阴影里，在她的眼前，他是唯一的发光体。她若是不想看见它，闭上眼，他就在她的脑子里无限膨胀，将她覆盖，挤压到底下……直到她将要窒息，垂死前一样猛然睁开眼睛。她动过好多次要回去找他的念头，这些念头又都在刚产生的时候被她扼杀了。她不愿意放弃刚刚争取到的轻松生活。她忍受着不安带给她的折磨，忍受着负罪感的压迫，咬着牙坚守着她那份来之不易的小富和自在。她在他生日那天为他烧纸，如果他死了，她希望他在收到这些纸钱后能原谅她。她坚持了三年，终于还是坚持不下去了。当初，她认为带着儿子生不如死；现在，不找回儿子，她一样生不如死。

然而，"星空闪亮儿童康复中心"不翼而飞了。现在，那里是一个广场，一群中老年妇女正激情四射地跳着广场舞。夏貌貌冲着边上的一个老奶打听："请问'星空闪亮儿童康复中心'搬哪去了？"音响太吵，老奶没听清，热心地支棱个耳朵给她："你说啥？"她把声音抬高重新问了一遍，老奶已经转了一圈，把正面转回来了。"有这么个东西？"她反问夏貌貌。夏貌貌说："我清楚地记得，它就是在这里的。"老奶又要转圈了，转过去的时候就替她打听这里以前是不是有过一个什么康复中心。夏貌貌在后边大声补充："叫'星空闪亮儿童康复中心'，治疗自闭症儿童的。"那一个就说："以前这里是有这么一个中心，但早就垮了，早在这里要拆迁前就垮了。"夏貌貌急忙逮住她问："那人呢？中心的主任呢？那里头的孩子呢？"人家回答说："不知道哩。"夏貌貌开始淌汗，她感觉头顶有一轮毒日头逼视着自己，事实上那会儿天空正飘起了雪花。"一点儿都不清楚吗？"她无力地问。人家说："谁能清楚啊？只晓得是开垮了，人去了哪儿我们怎么能清楚呢？"夏貌貌感觉到了一种摇晃，她紧紧抓住这群中老年妇女不放。她问她们："谁都不知道吗？一个都不晓得它的情况吗？中心开垮了，那么人都去了哪里呢？你们这么多人……总应该有一个人晓得吧？"

"不晓得。"

"谁晓得呢？人家走的时候又没请示过我们。"说这话的人觉得自己很幽默，说完就笑起来，别人也跟着笑起来。

夏貌貌垮了，她抓住的东西不牢靠。

她在边上找了个能坐的地方瘫坐下来，一时也不知道该往何处去。当时的天气使人紧缩，即使那一广场激情的舞者，也不得不缩手缩脚。她们早早收了场，散了。那唯一给她提供了一点线索的老太在她跟前驻了足。

"你找那个中心干啥呢？"老太问。

夏貌貌说："我找我的孩子。"

"你的孩子在那中心里？"老太又问。

夏貌貌说："是的。"

"都垮了快三年了。"老太说。

夏貌貌说："是的。"

"那这三年你去哪里了？怎么现在才想起来找孩子？"老太显然已经意识到她的行为跟道德有关，她手握道德大旗的旗杆，随时准备着摇旗给她看。夏貌貌在这面旗跟前低下了头，无话可说。

老太就要走了。她毕竟年老了，刚才跳荡在胸膛里的义愤因为对方一开始就投了降，便跟着打了退堂鼓。

夏貌貌急忙拉住她，说："我该怎么办呢？"老太说："我怎么晓得你该怎么办呢？你去打听一下那主任住哪儿吧？你应该知道他叫什么名字吧？"她又看见了一线希望，她当然记得那位主任的名字，她还记得儿子一对一的那位老师的名字。

世界之大，仅仅知道一个人的名字，找起来也是有难度的。这一次夏貌貌想到了警察，不是有事就找民警吗？她到了就近的派出所，从那里得知，创办这样一个中心应该由民政局审批，他们让她到民政局去打听一下。她去了民政局，又从那里得知，确实有这么一家康复中心，法人的名字也跟她记住的一样。至于这个中心是不是开垮了？法人又去了哪里？他们就不知道了，这已经不属于他们的管辖范畴了。

这不跟她掌握的信息一样有限吗？

夏貌貌又回到了那个广场。无论如何，中心曾经在这里存在过，她在这里或多或少还能找到一点踏实感。她寻思那些坐在这里消磨时间的老人有可能住得不远，她向他们打听，问他们知不知道以前这里有个"星空闪亮儿童康复中心"。说不知道或者摇头的，她就放弃；说知道的，她就紧紧抓住，要人家告诉她，中心是不是真的开垮了？垮了以后主任又干什么去了？最好还能告诉她，主任家住哪里。她在广场逗留了整整一个下午，找了五十多个老人打听，最终却一事无成。

夜幕下来，有人开始往电线杆上、墙上张贴广告单。这就提醒了她。她在附近找到一家打印店，请人打印了一份“寻人启事”，启事上说，她在寻找“星空闪亮儿童康复中心”的主任张美德，因为她的孩子在他手上。如果有人知道这位主任在哪里，就请打她的电话，有重谢。她将这个启事打印了五十份，买了一瓶胶水，也在附近的墙上、电线杆上到处张贴。接下来，她就在广场边的树荫下找个凳子坐下等人给她打电话。

她等了一整天，电话也没响，她不得不去看看启事上留的电话号码是不是错了。发现电话号码没错，她又不得不怀疑自己的手机是不是出问题了。她请旁边一位老人打她的手机，手机也没问题。为她提供援助的老人生了满脸的老年斑，沧桑感孤独感十足，所以她觉得她应该很乐意有人跟她说说话。

“我在找个人。”夏貌貌冲她说。

“我贴了寻人启事，在等人给我打电话。”她说。

老人没接她的话茬，她明显对她的事情不感兴趣。事实上，她看上去对“老年宝”随身听以外的别的声音都不感兴趣。刚才夏貌貌求助于她，她把随身听声音关小了，现在她又把它拧大，里头正放新京剧《沙家浜》。

到了夜里，夏貌貌开始研究她的“寻人启事”。她觉得自己犯了个错误，她应该将找人的原因写成还钱，她找这个中心主任是为了还给他钱，这样别人帮她的热情可能会高些。

她当晚修改了启事，又连夜将它们覆盖到原来的那一张上。

果然，启事还没张贴完，就有人打电话来了，要她到哪里哪里见面。她抱着剩余的启事像风一样奔到对方指定的地点，果然，有两个男人站在那里等着，但没有一个像她要找的张美德。她正准备张口问点什么，对方先问了：“是你在找我？”夏貌貌匆忙点了两下头，但又赶忙纠正：“我找的是张美德张主任。”对方说：“我就是张美德张主任。”对方很诚实，还拿出身份证来证实了这一点，又让同伴证明他任着社区主任一职。夏貌貌心里大喊“错了”，正转身就要走，被拉住了。拉她的是张美德主任的同伴，他看上去比张美德要年轻很多，也勇敢很多。他说：“怎么就走了？”夏貌貌说：“你们不是我要找的人，我要找的是‘星空闪亮儿童康复中心’的张美德主任，不是你。”他说：“可你还没还钱呢。”夏貌貌哭笑不得，说：“你们都不是我要找的人，我为啥要还钱？我没借你们的钱。”他说：“可你耽误我们的时间了，总该给点误工费吧？”这要求听上去一点都不过分，可夏貌貌身上没钱。她晚上都跟一群背篼军睡在一起，两块钱一晚，她认为不方便揣钱，就尽量让自己身上很干净。这一招在这会儿显得尤其明智。她说：“可我身上没钱。”她语气里甚至暗藏着得意。别人把她藏着的那点得意听出来了，拖过她就开始搜身。夏貌貌没有反抗，由着他搜。大冬天的穿得厚，但那人一点都不嫌麻烦。他替她拉开拉链，往胸膛里摸，一只手抓一个乳房狠狠捏了两把。夏貌貌没做什么反应，捏的人自己倒夸张地缩起了脖子夹紧了腋窝，看上去他那两下子没痒着夏貌貌，倒把自己给痒着了。上面没有，他接着摸下面，手伸进裤包，又到胯间去捞了一把，而后又是屁股，在那里摸到了五块钱。他把那五块钱举到夏貌貌的眼前，得意地挑起嘴角。夏貌貌说："那是我准备晚上买饭吃的。"他说："这点钱买得了卵的个饭。"他很鄙视这五块钱，但还是揣上了。听上去，好像这五块钱根本就买不了一顿晚饭，所以就没必要还给夏貌貌了。夏貌貌努力争取，她说："五块钱能顶什么用呢？你们拿去还背个名。"人家就说："五块钱当然不够，我们为你耽误了三个小时了，两个人三个小时最起码得挣五十块吧？"夏貌貌决定放弃那五块钱，她走了，人家突然在后面骂她神经病。她很生气，她很想说"你们才是神经病"。她把头扭过去长提了一口气，却啥也没说。人家也走出去五米远了，看她回了头，又冲她说："你不是神经病是啥？哪有这么找人还钱的？"

第二天清早，又有人来电要求见面。有了头晚的教训，她在电话这边特别强调自己要找的是曾经的"星空闪亮儿童康复中心"的张主任，电话那边很不耐烦地说："我知道我知道，我就是我就是。"她急急忙忙地赴约去了。以为真是呢，结果照样不是，这一个甚至都没能拿出身份证来证明他真叫张美德。看夏貌貌识别出了真伪，他也不着急，只开心地笑。他当初大概是抱了侥幸心理，要是自己正好长得极像启事上那个张美德呢？不像，也无所谓，反正无聊，就当开个玩笑。

事实上像他这样的人很多，那一天，夏貌貌见了十多个自称张美德的人，还见了两个自称是张美德老婆的人，都属于这种情况。中午见的那个女人稍有不同，在被夏貌貌识破后，她哈哈大笑，笑过了还称赞夏貌貌"你真可爱"。她说："哪有你这样的人呢？换别人，债主不见了不正好白捡了笔钱吗？"她说："要是这个人欠了你的钱，你这么找我还相信。"她说："我只能相信，你要么是闲得没事儿想开场玩笑，要么就是脑子进灰了。"

夏貌貌决定回一趟花河。孩子进康复中心是有注册登记的，康复中心垮了，孩子们自然都得回家。她失联了，还有个家庭住址在，康复中心的人把他送回去也是极有可能的。这两三年为了躲债，她没敢跟任何一个熟人联系，自然也就得不到孩子的消息。她这样想。

回去的途中还有人打电话说他是张美德，她也懒得强调是不是曾经的"星空闪亮儿童康复中心"的张美德了，直接就问："我儿子呢？他在哪里？"电话那边说："什么儿子？你不是要还钱吗？"她说："还钱是一回事，但我必须见到我儿子。"那边就把电话挂了。

她很肯定儿子就在家里。男人抛弃他们母子后，把家里那间水泥砖房留给了他们。但治疗儿子需要一大笔钱，她早把它换了钱交给康复中心了，孩子回去后也住不进那间房子了。但夏貌貌相信张美德一定会找到亲戚，他一定得让孩子有个妥当的交代。不管哪位亲戚，一旦接纳了孩子，就会认真对待，再无法容忍，三年时间也还没到极限。她一路上都在猜测哪一位亲戚会收下孩子。一开始，大家肯定都不会轻易接受的，那毕竟不是个正常的孩子，连父母都嫌弃，都不要的孩子，谁会轻易接受呢？但张美德会苦口婆心地劝他们，孩子交代不出去他交不了差。在他的死磨难缠甚至有可能是苦苦哀求下，大嫂最终会是最先心软的那一个。她的亲戚中属大嫂心最软，当初借钱给她，也是借得最多的一个。大嫂是她男人的大嫂，一个心宽体胖的女人。在牵过孩子的小手时，她那张圆满的脸上应该充满了悲悯。虽然还有无奈，还有对孩子父母的愤怒，但更多的却是慈悲。她很可能会抱怨说："算我倒霉，总不能把孩子扔大路上不管吧。"她还有可能无法容忍孩子吃泥，无法容忍他除了骂人不会说别的话，她会打他，抽耳光或者打屁股，打的时候还顺便骂一骂他的父母。但她绝不会短了他的吃，绝不会把他扔到大路上去。这回见了她，大嫂肯定要骂得她狗血淋头，儿子有可能骂娘骂得更凶，还会疯狂地吃泥给她看，但这些正好能给夏貌貌带来心安。大嫂骂得越重，她就越心安……夏貌貌在臭烘烘的长途汽车里抹起了眼泪，她完全相信了自己的猜测和期待。

她到花河的时候，已经接近傍晚了。花河暖烘烘了一天，这个时候开始降温。花河的冬天不那么太像冬天，整个冬天可以不让你看见雪花，暖烘烘的时候倒是很常见，太阳在不算厚也不算薄的云层里转动，云层看上去欲破不破，太阳光永远都伸不出来，风就变得很暖，你要是不掰指头算日子，会误以为是春天。傍晚的时候云层会陡然变厚，气温会骤然下降，你得往身上添一件衣服，有时候添一件薄的即可，有时候则必须添一件厚点的。

夏貌貌提着她在花河街上买的一包点心出现在大嫂家门口的时候，大嫂正在往身上添衣服。衣服刚穿到一半，看见夏貌貌站在门口，她就把另一半忘了。那只被撑到中途的衣袖徒劳地待在半空，空着的半截儿耷拉着，很像一只被折断的翅膀。大嫂像只断了一只翅膀的胖蝙蝠，惊讶地瞪着夏貌貌。

"你是人还是鬼呀？"她问。

"我是人哩，大嫂。"夏貌貌说。

大嫂的表情放松了一半，接着又放松了一半，她开始穿衣服。"你咋又回来了呢？我们以为你不会再回来了。"大嫂说。

夏貌貌被让进了屋，她在屋里东张西望，说："不是……主要是……端儿呢？"

大嫂说："你先别跟我提端儿，你借了一大摊子债就玩失踪，不地道，亲戚们都骂你哩。信用社来催贷款，找不着你，就找我，这三年的利息还是我替你还的，你既然回来了，就得一并还我。"

夏貌貌说："借的钱我总有一天会还的，先让我见见端儿。"

大嫂喊："啥？"

夏貌貌的脸开始变黄，表现出暴雨将至前的情景。她说："我晓得你们痛恨我，恨不能把我大卸八块才痛快呢。"

大嫂说："我们卸你做啥？你还没还我们的钱哩。"

夏貌貌说："我倒巴不得你们卸我骂我，这样我心里也好受些。你现在就打就骂吧，出完了气，让我见见端儿。"

大嫂愣愣的，她说："先别说打你骂你的事儿，先说说端儿，你跟我要什么端儿？"

夏貌貌也愣愣的，那他在谁家？她能想到的就只有大嫂会收留端儿了，难不成还有另一个比大嫂更心慈的亲戚？只是她以前没发现，只是她有眼不识泰山。

大嫂说："你这话就问得怪了，端儿不跟你在一起吗？你不是在给他治病吗？"屋子里已经很暗了，她"啪"地打开了电灯，顿时看见夏貌貌一张死人一样的脸。"大嫂，你别吓我，端儿真的没有回来吗？"她问。大嫂说："我吓你做啥？我吃胀了没事干吗？"夏貌貌问："没有人送端儿回来找过你们吗？"大嫂说："从来没有。"夏貌貌不相信大嫂，她在大嫂的家里满屋子寻找她的儿子，床底下，衣柜里，箱子里，凳子底下，一边找，一边急切地呼唤着"端儿"，希望他听到喊声后，回应一句骂娘的话也好。端儿从来都是这样的，一听有人叫他，他就骂人。

她的样子看上去疯疯癫癫的，这回轮到大嫂白了脸。夏貌貌翻遍所有能藏人或者不能藏人的地方都没找到她的儿子，才呆头呆脑打住了。

这时候，大嫂小心翼翼地问她："端儿怎么了？"

夏貌貌没有回答，她现在六神无主，不知道接下来该怎么办才好。大嫂为她倒了一杯热水，她一口喝下，眼泪就奔涌出来。看上去，那杯水像是从嘴里进去，又从眼里出来了。

"到底怎么回事？"大嫂催着问。

"我在找端儿。"夏貌貌说。

大嫂说："我知道，但端儿真的不在我家，端儿没回来过。"

"我以为他肯定被送回家来了。"她说。

"没人送他回来。"大嫂说。

"那他们会把他交代到哪里去呢？"夏貌貌像在问大嫂，又像在问自己。

大嫂没有回答她，她无法回答。那她就得自己寻思，她的脑子现在生了锈，转起来非常迟钝。她又跟大嫂要了杯水。

在夏貌貌跟大嫂忏悔的时间，大嫂上着中学的大儿子放晚自习回来了，到别家玩累了的二姑娘也回来了。刚热闹上，二嫂又过来了。二嫂是个瘦人，声音也尖细，她是听说夏貌貌回来了才赶过来的。她也是夏貌貌的债主，此来的目的就不言自明了。她一来，屋子里就全是她尖细的声音，感觉像一根根削尖了头的竹棍插满了屋子。她以为夏貌貌这次回来是还她们的钱的，她表现得并不愿意多跟她在一起磨时间，开场白不长，紧跟着就要夏貌貌还了钱她好回家。夏貌貌说这次还不了，还得等等，等她找到了端儿，再想办法去挣钱来还。大嫂也在旁边替她解释，二嫂才明白自己扑了一场空。

孩子丢了，二嫂对此表达了足够的同情，但她还不知道是夏貌貌扔丢的，不知道已经丢了三年了。她草率地表示可以容忍夏貌貌先找孩子，就打算回了。她从一开始就没打算坐下来。临走时她问夏貌貌："今晚不走了吧？"大嫂说："这黑灯瞎火的，她走哪里呢？"夏貌貌也说"不走了"，她便回了。

大嫂和夏貌貌都把她临走前的打听看成是善意的关怀，可她实际上是为了敲定夏貌貌逗留在花河的时间。夏貌貌是在找孩子，不可能在花河久留。夏貌貌毕竟失联了三年了，谁还敢相信她那"找到孩子就挣钱来还"的话呢？谁又知道她找孩子要找到啥时候，挣钱又要挣到啥时候呢？二嫂回去之后就想办法通知了其他借过钱给夏貌貌的亲戚们，要他们赶在天亮以前赶到大嫂家。二嫂还是希望通过大家的力量，争取一个最好的结果：截住夏貌貌，逼她把钱还上。从外表看上去，夏貌貌并不是很穷。这是她抱这个希望的坚实基础。

当晚还发生了另一件事情。夏貌貌睡下后，大嫂悄悄打电话把她的情况和盘抖落给了她的小叔子——夏貌貌当初的男人。大嫂没有恶意，只是很可怜端儿，觉得应该让端儿的父亲知晓他的不幸遭遇。

因此，第二天上午赶来的，就不仅仅是那些讨债的亲戚，还有端儿的亲生父亲。这位父亲这些年来总是只在过年期间回来上上祖坟走走亲戚，夏貌貌生了个自闭症儿子让他伤了心，离开夏貌貌和儿子以后他就到市里卖水果去了。前些年是推着板车卖，这些年是开着小货车卖。但据他说，就是开着小货车卖，也是很累的。这么累的一个人，听说儿子被夏貌貌扔了，连夜开着小货车赶回来了。他赶回来不是为了帮夏貌貌找儿子，而是来责骂夏貌貌的。责骂一个抛弃了儿子的母亲是不该受到反对的，即使这个人比夏貌貌更早抛弃了儿子。他当初抛弃儿子并不代表他就没把他当自己的儿子，也不代表他允许夏貌貌嫌弃儿子。他从来就没把自己看成一个不负责任的父亲，只不过是因为这个令他无比失望的儿子是夏貌貌身上掉下来的，他就认为应该由夏貌貌来承担全部的责任。他可以一直不管不问，夏貌貌治得好治不好他，养得活养不活他，他都可以不管，但他决不允许夏貌貌把他抛弃了。比如你将一件自己觉得完全派不上用场的衣服扔给了别人，最令你满意的结果当然是别人拿它当宝贝，不当宝贝也行，只要人家坚持在穿你也高兴，但要是人家接过去转身就扔了，你肯定就发誓不再拿他当朋友了。儿子当然不能拿衣服比，所以他的态度也不能仅仅是发誓不再拿夏貌貌当朋友那么简单。他将夏貌貌暴打了一顿。

夏貌貌是可以逃的，他打她的时候，虽然没人站在她那一边去阻止她挨打，但也没有人明显地站在他那一边去做帮手。但夏貌貌没有逃，她甚至都没有反抗。原因是她也认为自己该打，她抛弃了他的儿子，对不起他。她欠他的太多，挨打也是一种还债方式。她只是在实在受不了痛的时候喊叫一声，只是在觉得自己可能要被打死过去的时候才开始求饶："别打了，再打我就要死了，我还要活着去找儿子哩，儿子那笔债我还没开始还哩。"

男人为她留了口气，他觉得她说得有道理，她还得活着去找他们的儿子哩。完成了教训一个狠心母亲的使命，他便开着他的小货车回去了，他不能耽误了生意。

夏貌貌的情况完全应该进医院，但她没去。她试了试腿还是好的，就觉得没那个必要了。大嫂为她找出了跌打损伤膏、碘酒，为她把有口子的地方做了消毒处理，淤青的地方贴上了膏药，她便试着爬了起来。出了这种状况，亲戚们也都不好再逼她还钱了，只是因为她挨打之前，他们正说到一半，现在他们还得把话接着说完。早先说到夏貌貌找到了孩子就挣钱来还，当时他们是想质问她那个时候到底是哪个时候的，现在都觉得那样太不人道，就改成了"那你还是尽量早一点想办法吧，我们也缺钱"。夏貌貌用满是伤痕的脸冲他们一个个郑重地点完头，睁开眼睛，他们已经走完了。

大嫂还在替她涂着碘酒。

夏貌貌突然想哭。挨打的时候她都没哭，现在真想哭。

大嫂看出了她的单薄，说："你不是说你嫁的男人还是个小老板，对你也不错吗？可你看上去过得并不滋润啊。"夏貌貌说："我得了失眠症，从来没睡过一个完整觉。"大嫂白她一眼，没吭声。

第二天中午，夏貌貌在儿童福利院门口把门卫吓了一大跳，她的脸肿得变了形，比她实际的脸大出了一倍，花花绿绿，看上去像戴了个脸壳。门卫担心她吓着孩子们，但那样的事情没有发生。孩子们或许认为那就是她本来的脸，他们盯着她看不是因为她的脸特别，而是因为她是个陌生人。她本来不被允许来看孩子的，因为她已经被告知，这里没有她要找的孩子，没有一个叫端儿的——除了会说脏话别的什么话都不会说的自闭症儿童。院长干脆告诉她，这里根本就没有自闭症儿童。可她一定要亲自到孩子们中间去看看，不眼见为实，她不罢休。

她在几十个孩子中间找她的端儿的时候，中间有一个十多岁的男孩突然冲出来对她说："我就是你要找的儿子。"他立刻受到了院长的呵斥，也遭到了智商健全的那部分同学的嘲笑。他冲到夏貌貌跟前来，根本不管院长的态度。夏貌貌看清楚了，他是个兔唇。夏貌貌说："你不是我儿子。"男孩问她："你儿子叫什么？"她回答说："叫端儿。"男孩说："我就叫端儿。"这话又引起了那部分智商健全的同学的嘲笑，有喜欢夸张的，甚至哈哈大笑。院长在一边吼："周康康！你给我回到座位上去！"夏貌貌也被他逗笑了，但她笑起来脸很痛，便笑得很草率。况且她的心思是找她的儿子，她还得一遍一遍地过目所有孩子的脸。儿子是个自闭症儿，不跟人交流，要不是中心的人把他送到这里有过认真的交接，就不会有人知道他的名字。夏貌貌希望院长能将那些从街头捡来的孩子介绍给她。如果儿子属于这一类，就没有人会知道他叫端儿。院长说："我都跟你说过了，这里没有你说的那种症状的孩子。"但她还是按夏貌貌的意思，把那些孩子划拉到了一边。夏貌貌就在那一堆孩子里仔细找，怕看不清，她凑得很近，有些害羞的孩子往后躲或者用双手捂了脸，又有那种胆大的冲她嘻嘻笑。确实没有她的儿子，但她似乎信不过自己的眼睛，她看完一遍还要看第二遍，甚至第三遍。捂了手的，她拉开手看，就把那孩子惹哭起来了。院长说："算了吧。"夏貌貌却停不下来，她突然有点怀疑她的儿子已经长变了，或者已经被治好了，不再自闭了。三年了，什么事情都是可能发生的。她越想越着急，她把每一个孩子的脸端起来认真看，她甚至也不放过女孩。她终于把好几个孩子吓哭了，或许这时候他们才发现她那张脸比较可怕。

她一屁股坐到了地上，傻看着老师们费力地哄着那几个被她惹哭的孩子。

院长过来说："如果有，我们肯定会把他交给你的，能有亲生母亲回来找孩子，对于孩子来说，是多难得的机会呀。"

夏貌貌无力地问院长："那我家端儿去哪里了呢？"

院长无法回答她这个问题，那个叫周康康的孩子替她回答了。他说："我知道。"大人们当然不会理会他的吵闹，院长在同情夏貌貌，夏貌貌在冒汗。

院长担心地看着夏貌貌来由不明的汗水，问："你没事儿吧？"

夏貌貌说："没事儿，我一着急就出汗。"

周康康还一直站在身边没走开，这会儿他说："把我领回去吧。"

院长又呵斥了他，而且这一次态度更加严厉，大有他再不听话就要实施体罚的趋势。周康康却听而不闻视而不见，他似乎豁出去了。他紧紧地盯着夏貌貌，随时提防着她离开自己的视线。院长终于发了火，上前推他，说："周康康，你听见了吗？我叫你回到座位上去！"周康康不得不分心看一眼院长，这一眼让他意识到院长的意见可能也很重要。院长不是推他了吗？不是差一点把他推倒了吗？他顺势抓住院长的手就摇起来，他说："让她领养我吧。"院长没理他。院长跟夏貌貌解释，这孩子是最淘的一个，一心想被领走，但又没人领他。

这话提醒了夏貌貌，端儿是不是被人领走了呢？可院长告诉她说："我们这里根本就没有收到过自闭症儿，也没人领养过自闭症儿。"她还说："要真是自闭症儿，也没人会领养，那些被领养的，都是健康的孩子。"但夏貌貌还是要求去看看这三年里被领走的孩子，她说："万一我家端儿来你们这里之前已经好了，已经不是自闭症儿了呢！"

她说："我家端儿要不是自闭症的话，一定是个人见人爱的孩子。"她说："他以前在一个专门治疗自闭症的康复中心治疗，有可能他给治好了呢？"

院长安排了一位老师帮她查这三年来被领养的孩子，一共五个，有三个女孩、两个男孩。那老师问夏貌貌："女孩就不用去看了吧？"夏貌貌说："暂时不看女孩。"那老师说："什么暂时呢？再变，你家男孩也不可能变成女孩吧？"夏貌貌说："那倒是。"那位老师替她打电话联系，两户人家都不乐意接受夏貌貌的造访，好在这位老师还能体谅夏貌貌的心情，说了好多可怜话，那边才同意约在一个广场，但不能近距离接触孩子，只能远远地看。

当天下午，这位老师陪着夏貌貌在广场见到了那两个男孩，他们被养父母牵着手从广场上走过，夏貌貌只能保持十米以外的距离观看。人家认为十米的距离足够了，夏貌貌认为远远不够，缩短到了五米。人家觉得夏貌貌不讲诚信，就急急地拉着孩子走了。夏貌貌一急，干脆追到前面拦着孩子看。

结果，她挨了骂，孩子也不是她的孩子。

天黑以前，她一直坐在这个广场。广场舞开始的时候，周康康突然出现在她面前。

"你还真在这里啊！"他的惊喜令他看上去更像一只兔子。

"我冒了个险，没想到你真的还在这里！"他哈哈大笑。

"你跟谁来的？"夏貌貌四处看，以为能看到福利院的某位老师。

周康康说："别看了，就我一个人，我是专门来找你的。"

"找我干啥？"夏貌貌问。

"我帮你找端儿呀。"周康康说。

夏貌貌觉得有些不对劲，问他："你不会是跑出来的吧？"

周康康说："我就是跑出来的，我要跟你一起走。"

夏貌貌说："不行。"

周康康问："为啥？"

夏貌貌说："我养不活你，我还要找端儿。"

周康康说："我不需要你养活，我自己能养活自己。"

夏貌貌肯定不相信。

周康康就从口袋里拿出了一只钱包给她看。"你数数这里有多少钱？"他炫耀着说。

夏貌貌吸一口冷气，问："你从哪里得来的？"她当然没有接他的钱包。

"偷的。"周康康说，"我会偷，刚才来找你的路上偷的。"他得意得不得了。

夏貌貌又吸了一口冷气，问："你跟谁学的？你不知道偷东西是丢人的吗？"

周康康说："偷也用得着学吗？你拿别人的东西像拿自己的东西一样不就行了？"或许受到夏貌貌提醒后，他终于意识到偷人是丢人的事情了，把所有的得意都收了回去。

夏貌貌说："你最好还回去。"

"你傻呀，"周康康说，"还回去还不被打死啊？"

这回夏貌貌把一口冷气吸进去就没吐出来。

夏貌貌要把周康康送回去。周康康用力抡掉她的手，说："你这人心真毒。"夏貌貌说："我这是为你好。"周康康说："为我好个屁，你送我回去，他们得把我打个半死。"夏貌貌就怕了，说："不会吧？"周康康说："怎么不会？我是逃犯。"他又说："我又不是没见过他们打逃犯，去年他们还打死过一个。"夏貌貌被吓了一跳，但吓她的不是周康康的话，而是她想到"这个被打死的孩子是不是就是她的端儿"。周康康当即就看出了她的心思，立即安慰她说："你放心，那不是你的端儿。"夏貌貌说："你怎么敢肯定不是？"周康康支吾了一下说："被打死的是个女孩。"就在他支吾那会儿，夏貌貌看出了周康康在撒谎，她又要扭他回去。周康康扭不过她，只好撒泼，乱踢乱打，豁口的地方喷着白气，脸庞红得像炭火。他说："你凭什么送我回去？关你什么事？"他说："你不就是怕我跟着你吗？我不跟着你不就行了吗？"他抡掉夏貌貌的手就朝前走，走得毅然决然。夏貌貌追上去抓他，他头也不回地抡着胳膊，冲着他的正前方喊："别管我！别管我！"他还没喊出第三个"别管我"就哭了，哇哇大哭。夏貌貌上前拉他，他也不抡胳膊了，反身扑进她怀里捂着脸哭。

后来夏貌貌买了两份怪噜炒饭，一个给他，一个给自己。周康康要用他的钱，夏貌貌瞪了他一眼，他没坚持。两人拿了饭找了个人少的路边吃。夏貌貌说："我还是要把你送回去才行。"周康康发噎地说："我都投奔你了。"夏貌貌说："我说过，我养不活你。"周康康说："我说过，我不需要你养活。我还能帮你找儿子，你不是想找到你儿子吗？"夏貌貌问："你怎么找？"周康康说："我有我的办法。"夏貌貌说："把你的办法说来听听。"周康康说："我傻呀，我说完了你就把我送回去了。"夏貌貌也被他噎住了。周康康说："你真不能把我送回去，你把我送回去，你就犯了第二个错误。"夏貌貌用疑惑的眼神看着他。他说："你把儿子弄丢了是第一个错误，再把我送回去让人毒打，是第二个错误。"他说："我看出来了，你弄丢了儿子，心里不安哩。"他说："要不你怎么会来找他？"他说："你不找到他，你就睡不好觉吃不好饭，你一辈子都过不安宁。"夏貌貌被他说湿了眼眶，他这才闭了嘴。

夏貌貌只好带着他去了那家两元店旅社。过道上堆了一大堆背篼，背篼军已经收了工。老板娘是个十分富态的女人，眼睛被肥肉挤得只剩下一条缝儿。她用这条缝儿看着周康康，周康康便自我介绍说："我是她儿子。"店老板就惊喜起来，问夏貌貌："找着了？"夏貌貌说："没呢。"想了想，又说："这是另一个。"

住这种旅店不用洗漱，旅店也不主张洗漱，你要洗漱的话，两块钱还不够交水费呢。他们进去的时候，里边已经呼噜声一片。他们是第二十一个和第二十二个，留给他们的是两条并不挨在一起的缝儿。夏貌貌上前拍拍挤挤，缝儿变宽了。她准备躺下，周康康说："我要跟你一起睡。"夏貌貌说："将就一晚吧，挨谁都一样。"周康康说："我晚上会摸人的。"夏貌貌愣了愣，只好去跟两条缝隙中间的五个人道歉，让她们往一边挪一点，把原本分开的两条缝儿变成一条宽一点的缝儿。因为空间很勉强，他们都只能侧着睡。周康康在她身边躺下，就把身子蜷着，拱在她的胸口。夏貌貌推推他，说好好睡。周康康像吸血蚂蟥一样粘在她胸口，闷声说："这样就很好。"夏貌貌只好由着他。

夏貌貌睡不着。为了不影响周康康睡觉，她尽量让自己少翻身。平时是每五分钟翻一次，今晚她尽量坚持到十分钟才翻一次。她翻过身去，周康康就巴着她的背，翻回来，周康康又拱进她的怀里。翻到半夜，周康康突然说："你这么翻来翻去不睡觉，不是白白浪费钱吗？你要是不睡的话，何必来这个旅店呢，在外面空气还好些。"

早上起来，周康康说："后半夜你磨牙了，很吓人。"夏貌貌说："怕吓今天就回去。"周康康把眼睛瞪圆，说："你真小气，指出你一点缺点你就报复。"但夏貌貌还是觉得应该先把周康康送回儿童福利院去。周康康坚决不干，他表示夏貌貌的当务之急是赶紧找儿子，而不是送他回儿童福利院。夏貌貌发了火，说："你跟着我我怎么找儿子？"周康康说："我跟着你是为了帮你找儿子，我说过我会有办法。"夏貌貌不听他的，要强扭他回去。他在挣扎过程中突然就得了一块水泥疙瘩，他把那块水泥疙瘩高举过头顶，暴躁地喊道："你再逼我，我就死在你面前！"

那是一块建筑垃圾，上头支棱着一半截生锈的钢筋，如果将它砸到周康康的头上，结果是可想而知的，所以夏貌貌没敢再逼他。周康康把那块水泥疙瘩扔了，扔得远远的。"接下来我们应该去找那些要饭的孩子。"周康康说，"说不定你的端儿现在正在要饭呢。"夏貌貌被他吓得不轻，脾气不可能好得像他那么快。她火气冲天地叫他闭嘴。他说："我在替你拿主意。"夏貌貌说："我不需要你拿主意。"她确实也想到了那些要饭的孩子，要是端儿不在儿童福利院，就有可能流落街头了。市区里到处都是要饭的孩子，他们拿着个白铁碗，或站在天桥头，或走在人行道，见人就伸手，还拉你的衣服。他们的碗里永远有五毛钱或者一块钱，那是专门用来叩问你内心的砖头：别人都给了，你不给吗？那你是不是不具备起码的同情心，不具备起码的慈悲？你只要开始寻思这样的问题，你就不安了，这一次没给，下一次你也会给的，这一个没给，下一个你也会给的。

夏貌貌和周康康一个上午走访了十一位丐帮儿童，收效仍然是零。两人最后在天桥的台阶上坐下来歇气，周康康伸出手拦人乞讨，被夏貌貌给打回来了。

"你刚才送出去了十一块。"周康康说。他说的是夏貌貌跟那些要饭的孩子打听她儿子的时候，给出去的钱。

夏貌貌说："我并没有要你帮我讨回来。"

周康康问："要是你不跟他们打听你儿子，你会给吗？"

夏貌貌被他问住了。

周康康说："我晓得，你给他们钱的时候心里想的是你的儿子，你想到端儿也在要饭，心才会那么软。"

夏貌貌憎恶地看着周康康，心想，这孩子说话怎么这么讨厌呢？

周康康说："老师带我们来看过他们，要我们为自己能进儿童福利院感到幸福，要我们懂得感恩。他们是我们的反面教材。"

周康康的话很多，夏貌貌却在寻思，她的端儿会不会在要饭？他一个自闭症儿童，都不跟人交流，他会跟人伸手乞讨吗？要不会乞讨，他流落街头该怎么生活？

周康康离开了一会儿，回来的时候手上拧着一包馒头，嘴上还叼着一个。夏貌貌犹豫了一下，拿了一个。"一人有三个，吃了能管到晚上。"周康康说，"吃完我们接着找，我就不信找不着。说不定，他就在哪个地方等着我们呢。"这会儿，夏貌貌又觉得这孩子特别贴心。

他们在市区里转了五天，走遍了每一个能找到乞儿的角落，有的孩子他们见了两三回，都熟了，碰上后人家先问他们"找着了吗"。夏貌貌还要给钱，人家却不要，说："你留着找儿子吧，我也不差你那一块钱。"

第六天，夏貌貌还要找，天却下起了绵绵细雨，不大也不小，不打伞，会打湿，打着伞，又觉得必要性不大。可关键是这种雨让贵州的冬天变得很狰狞，你感觉到的冻，不在皮肤上，在骨头里，一旦冻上，你就像中了剧毒，抖成一团，皮肤发紫。周康康说："我们不用再这样找了。"他这样说的时候，嘴唇已经紫了，上下牙直打架。夏貌貌知道自己跟他也差不多，只是她忍着，没让牙齿磕出声响来。他们进了一家粉馆，一人来了一碗滚烫的粉，连粉带汤灌下去，两人才缓过来了。碗一空，打扫的人就来了，收了碗，抹桌子，你就该挪地儿了。这种天气，投奔粉馆的人很多，你吃着的时候，别人已经站在旁边候着位置了。如果你想在这里避冷，是要挨撵的，除非你继续吃粉。

后来他们去了超市，超市里有空调，很舒服。他们什么也不买，只是为了取暖。手推车被周康康拿来当滑车玩，夏貌貌心不在焉地跟在他身后。就这样瞎逛了很久，久得让他们忘掉了外面的冷。周康康说："我们走吧。"夏貌貌说："那就走吧。一样东西没买，就不用排队过收银台了。"他们从进口出了超市，在最后那道关口出了事。周康康再聪明，见识也是有限的。老师没带他们来过超市，他不知道超市的出口都设有电子门卫，他出门的时候，警报尖叫，马上就有人过来把他拦住了。他偷了一个玩具车、两支笔。人家没骂他，只是搜身的时候粗暴了一点，拿回东西后狠狠地瞪了他一眼。人家把唾沫都吐到了夏貌貌身上，她被当成了小偷的母亲和唆使犯。夏貌貌想解释，但后来又觉得解释没用，只好把脸皮丢在那里，尴尬地逃离。

出了超市，她真想抽周康康一耳光。结果也没抽，他毕竟不是自己的孩子。她凶巴巴冲他吼："你给我滚回福利院去！"

周康康没顶嘴，他皱着眉头，把嘴咂得吧吧响。事情成了这样并非他所愿，他也很遗憾很惭愧。他说："我以后再也不偷超市的东西了不行吗？"夏貌貌说："你以后偷不偷不关我的事，现在你给我滚回去，别跟着我。"周康康可怜巴巴地说："我错了还不行吗？"

到了公交车站，夏貌貌还是一副气鼓鼓不能原谅他的样子。周康康便叹口气说："我不跟你了，你自己去找你儿子吧。"

夏貌貌说："你要去哪里？"

周康康说："我去哪里你会管吗？你想管吗？"

夏貌貌赌气地说："不想管。"

正好过来一辆她要坐的21路车，她便上去了。周康康没上。车门关上后，夏貌貌回头看周康康还站在下面，就急忙叫司机开门，说还有人要上。可司机打开门，周康康并没上去。他朝车上的夏貌貌挥手，意思是"你走你的吧"。挥完手，他竟然朝另一边走了。他的背影在雨中缩成一团，看得出他在用衣袖抹泪。司机再一次关上了门，车已经启动了，夏貌貌急得跺了两脚，又要求司机停车。司机烦了，不想理她，她便疯了一样拍门，说她丢了孩子。司机只好刹车，替她把门打开。她冲下车追上周康康，终于还是给了他一耳光。

他们又回到车站，等下一辆21路车。这一回，夏貌貌一直抓着周康康的手。两人一直沉默着等下一辆车，又沉默着上了车。车上有一个空位，周康康让给夏貌貌坐，夏貌貌坐了，他站在跟前。他一眼一眼地看夏貌貌的脸。夏貌貌被看烦了，问："看什么看？"他说："你的脸小得差不多了。"他还说："我没想到你长得这么好看。"夏貌貌白他一眼，然后就被自己的手机吓了一跳。自从她张贴了寻人启事，每一次电话响起都会给她带来一次惊吓，因为每一个电话都有可能跟她儿子连在一起。这一次，是她儿子的爸爸打来的。问她找到儿子没有。她说还在找。电话那边那位十分关心儿子是否已经找到的父亲一听"还在找"就大光其火，质问她"怎么找到现在还没找到，你是怎么个找法的"。夏貌貌说她还在想办法。那边不想跟她在电话里啰嗦了，问她在哪里，他要来找她。夏貌貌跟他约了地点，下了车，就到附近等。

他们约定的地方正好是曾经有过"星空闪亮儿童康复中心"的那个广场，广场角上有一堆背篼军正在烤火，他们朝那里靠近一些，要不然会冻得受不了。

"我们在等哪个？"周康康问。

"端儿的爸爸。"夏貌貌说。

“他也在找吗？”周康康问。

“没有。”夏貌貌说。

“他为什么不找？”周康康问。

“因为端儿是我弄丢的。”夏貌貌说。

“你是怎么把端儿弄丢的？”周康康问。

夏貌貌不想回答，就没回答。她反问他：“你是怎么进到福利院去的？”周康康倒没想隐瞒。“我父母把我扔在大街上，他们就把我捡去了。”他说，“那时候我还是个婴儿。我父母把我扔大街上以后，也有人想捡我的，结果一看我这嘴，就都没捡。后来，警察把我抱去了儿童福利院。”夏貌貌说：“你当时要是个婴儿的话，怎么记得这些？”周康康说：“我就是记得，我还能记得当时那两个想抱走我的人的表情，那种像看见一只癞皮狗的表情；我还记得我刚生下来时，我爸和我妈看我时的表情，那时候我就知道他们会把我扔掉。”夏貌貌感觉有条绳子勒着她的脖子，她情不自禁地收紧肌肉，将身体往上提。她问周康康：“你父母后来看过你吗？”周康康说：“他们怎么会来看我？他们来看我，不是有被我重新粘上的危险吗？我猜他们早有第二个第三个孩子了，早把我忘干净了。”夏貌貌问：“你想过去找他们吗？”周康康说：“不想，找也没用。”夏貌貌思绪恍惚着说：“你怎么知道没用？”周康康看她一眼，盯着问她：“你是故意把端儿弄丢的吗？”夏貌貌满脸愕然。周康康说：“你说过，端儿是个自闭症儿，有病的孩子父母都会嫌弃。其实那又不是我们的错，生下我们的是你们这些做父母的，我们生成什么样，那是你们的责任，但是你们却不想承担这个责任。”夏貌貌感觉她刚抽到周康康脸上的那一耳光，现在被周康康抽回来了。周康康用他那双填满恨意的眼睛盯着她说：“我生成这样是我的错吗？我想生成这样吗？他们凭什么把我扔掉？！”夏貌貌被他质问得胆战心惊！她突然发现，即使是一双孩子的眼睛，当它填满仇恨的时候，也一样可怕。

有人在喊背篼军，火边的背篼军们一哄而起，涌向那边。那是一辆货车，要去一个什么地方拉什么东西，需要几个临时的搬运工。雇主喊：“只要三个，三个就够了。”但爬上车的是七个，刚才一起烤火的七个人全都爬上了车。雇主从驾驶室里跳下来赶，说只要三个，多余的人下来。可没有人认为自己多余，就都没下来。雇主说：“就那么点儿活，反正包给你们，你们去多了也不划算。”但还是没人下来，他只好爬上车，叫司机开路。

他们走了，只剩下了一堆火，不过立即就有人凑上去了。

夏貌貌和周康康也凑了上去。背篼军们有背篼垫屁股，他们没有，便蹲着。

火是用废弃的压膜板烧的，冒的是黑烟，一大股焦味，但温暖。夏貌貌就在这堆火边等响了电话，等来了她孩子的父亲。孩子父亲是从市里赶上来的，所以才让她等了这么久。为赶这一趟，他耽误了一天的生意，所以当他看见夏貌貌在一堆火跟前浪费时间的时候便愤怒不已。他一见面就大吼："你竟然有心思在这里烤火！"他的意思很明白，她不是在找孩子吗？怎么能蹲在这里烤火呢？夏貌貌说："我不是在等你吗？""等我有什么用？扔掉孩子的人是你，找得到找不到都是你的责任！"他舍弃一天的生意跑来，不过是想看看夏貌貌是怎么个找法。"你都是怎么找的？就这样蹲在一堆火跟前等？等儿子从这里路过被你看见？还是等人把儿子给你送来？"他的架势像个审判官，但比审判官多了一腔怒火。一切都是因为那堆火，夏貌貌实在不应该还有心情烤火。他将那只被当成火炉的铁皮桶踢飞起来，火焰被给踢飞起来，尖叫声也被踢来了。有人骂他是"疯子"，没骂的也在拿眼睛瞪他，因为他把好多人都吓着了。他遭到了责骂就把责任摊到夏貌貌头上，他又想打夏貌貌了，不打心里头那关过不去。他听完别人的责骂看完别人的脸色后就扑向了夏貌貌，抓住了她的头发就抽起了她耳光，就在这时，他挨了周康康一柴火头子。那根柴火头子是他踢飞到一边的，周康康顺手捡了起来，顺手就打在了他的背上。他回过头，看到了一个镇定得让他害怕的孩子，他紧闭着他的兔唇，目光如炬。他的手上已经有了第二根柴火头子，火熄了，黑色的头子上冒着黑烟。他放开了夏貌貌，转身面对着他，但他一时并不知道该拿他怎么办。获得解放的夏貌貌立即意识到自己的救命恩人受到了威胁，过来挡驾，他才觉得自己首先应该弄清楚面前这个孩子是谁，他从哪里来，想干什么。他把夏貌貌掀了一把，让周康康完整地停留在他的视线里。他问夏貌貌："你的娃儿？你这些年嫁人生的？长这么快？你那男人的吧？哈哈，怎么生了这么个怪样？"他正在获得损人的快感，他从这份快感中找到了报复这个孩子的最佳办法，他开始大肆嘲笑周康康的兔唇，他指着他的脸哈哈大笑，他还左右张望，把周康康的脸指给路过的和身边的每一个人，他甚至没放过夏貌貌。"你们看你们看，快看看这孩子长成啥样了……"周康康将手上拿着的柴火头子打向了他，他躲开了。他想还击，但突然看到旁边有人一脸惊吓，便打住了。他突然意识到自己应该大人不计小人过，那毕竟是别人的孩子，可不比打自己儿子的妈。他叫周康康滚开，他用他的长臂指着一边对他说："滚开！滚到一边去，小心我揍不死你。"夏貌貌也叫周康康走开。周康康走开了，但他没走向他指的方向，他去了另一边，而且目光一直没离开过这边。

夏貌貌这才对她儿子的爸说："这孩子是从儿童福利院跑出来的。"

她儿子的爸却不再关心周康康是哪里来的了，他关心的是夏貌貌都用了哪些办法在找儿子。夏貌貌说到了儿童福利院，说到了大街上乞讨的那些孩子，说接下来她准备到市里去贴寻人启事。他说："你有没有想过孩子已经被那张主任卖了？如果他卖到外地去了，你在这里贴启事有什么用？"夏貌貌就被问住了。但这位看上去似乎心急如焚的父亲并没有提供更好的主意，他把问题留给夏貌貌就走了。事实上，他来贵阳还有别的事，可以说他是来办事的同时关心一下儿子的结果，也可以说他是来关心儿子的结果同时顺便办一件别的事。反正他来这里打完骂完就该走了，临走时指着夏貌貌的鼻子郑重交代："不管你想什么办法，最好给我把儿子找到，找不到的话，你也等着去死吧！"

他来这里只是为了表明这个态度。

他走远了，夏貌貌才试着向周康康靠近。

"端儿不是被你弄丢了，是被你扔掉的？"周康康在他们还差一米距离的时候突然问她。夏貌貌没作声，但她停在了那个距离里。她不再向他靠近，或许已经是一种很诚实的回答方式了。周康康起身走了，至于去哪里，他也没个明确目的。夏貌貌跟上去，问他要去哪里。他说："不用你管。"夏貌貌说："我哪能不管？"周康康说："你凭什么要管？"夏貌貌说："凭你刚才帮过我。"周康康站住了。夏貌貌上前拉他的手，他由着她拉，但不看她。夏貌貌说："我再不能让你丢了。"周康康突然看向她，眼眶里泪光闪闪。

那天下午，夏貌貌重新打印了两百份专门寻找儿子的启事，并附上了儿子三年前的一张照片。当天晚上，她和周康康就他们所在的那个片区张贴了五十份。贴完启事回来已经是深夜，两人在一堆女人中间刨开一条缝隙，才把身子安顿下来。

第二天，他们抱着剩下的一百五十份到了市区。他们到那些公交车站，或者地下通道口，或者小区门口到处张贴，结果被城管追了三次，还有一次周康康看见他们刚刚贴上去的启事在他们转身之后已经被清洁工撕掉了。所以，没贴到一半，周康康就说这样下去不行！夏貌貌说："看来我们得晚上贴。"

离晚上还有些远，他们没事，便回头去看那些他们贴过的启事，看它们是不是还健在。查看的结果很令人丧气，大多数都被撕掉了，只有极少数还在。他们在一张保存完好的启事跟前歇下来。周康康说："即使我们晚上贴了，白天也会被人撕掉的。"夏貌貌说："那还是得贴。"周康康说："你贴上去人家就给撕了，也是白贴。"夏貌貌说："他们只管撕，我只管贴，我天天晚上来贴。"周康康点点头，说："那我们得在这里租个房子住下来，白天可以干活挣钱，晚上就贴启事。"夏貌貌说："还不能只在一个城市贴，我想好了，我在这一个城市停留一个月，贴一个月启事，再往下一个城市去贴，我就不信找不到端儿。"周康康的目光投得很远，思想也飞得很远，他说："这么贴下去，说不定哪一天端儿就自己看见启事了。"夏貌貌神情温暖地看向他，他却没转过脸来回应。

那天晚上，他们把剩下的寻人启事全贴在了贵州这座最大的城市里。然后，夏貌貌很认真地跟周康康商量，她说："你得回儿童福利院去。"她的确用的是商量的口吻，一种合谋的口吻。因此，周康康表现得也很平和，他问："为什么？"夏貌貌说："我得回一趟湖南，我没钱了，我想回去拿点钱。"周康康说："我可以跟你一起回去吗？"夏貌貌说："当然可以，不过那得多一笔车费。"周康康埋头想，想了半天，抬起头来问："你真的还会回来？"夏貌貌说："我当然要回来，我们说好要在这里贴一个月寻人启事的。"

周康康说："你不会回去以后就在湖南那边贴吧？这样你就可以摆脱我了。"夏貌貌说："我没有要摆脱你，我是真没钱了。"周康康又把头埋下去想了很久，夏貌貌眼巴巴地看着他，一直等他想好了抬起头来。他说："行，你回吧，我在这里等你就是。"夏貌貌问："你在哪里等我？"周康康说："我就在我们住的那家旅店等你。"夏貌貌说："不行，你得回福利院去。"周康康还是火了，他说："说来说去，你还是想把我撵回去。"夏貌貌说："可那儿才是你的家呀。"周康康说："我没有家。"

商量的结果就是没有结果。

第二天，夏貌貌没有跟周康康商量就想把他交给了警察。她带他去吃羊肉粉，还给他加了个鸡蛋，周康康立即产生一种不祥的预感。他疑虑重重地看着那碗粉，问她："你想搞哪样？"夏貌貌说："这一阵我们都吃得不好，也该补补了。"夏貌貌也加了鸡蛋。周康康说："你不是心里有鬼吧？想吃散伙饭？"夏貌貌说："你不想回去我就不撵你回去，你放心吃吧。"周康康说："你谎都不会扯，要是不用撵我，你用得着这么浪费吗？你不是没钱了吗？"夏貌貌说："快吃吧，不是你想的那样。"

吃完了，夏貌貌抹着嘴带着他朝附近的派出所走去。周康康很怀疑地问："这是要去哪里？"夏貌貌说："我去办点小事，你跟着就行。"周康康只能跟着。离派出所还有二十米远的时候，夏貌貌想去牵他的手，他假装擤鼻涕，腾不出手，这就躲过去了十来米，他一眼就看见了前面的派出所。他站住，让夏貌貌感觉他突然在那里生了根。夏貌貌倒回去牵他的手，他转身就逃出去十米远。夏貌貌问："你搞哪样？"周康康说："我还想问你搞哪样呢！"夏貌貌说："我们去前边办点事啊。"周康康说："你去办吧，我在这里等你。"夏貌貌说："这件事也是你的事，你不去办不成啊。"周康康说："你想把我交给警察。"夏貌貌没想到他已经猜到了，只好承认这个事实。她说："你不是要在这里等我吗？我得把你交给信得过的人，得有人照看你，不然你丢了怎么办？"周康康说："你不是怕把我丢了，你是想把我扔掉。"夏貌貌说："不是你想的那样。"周康康说："那我们就别去见警察。"周康康说着就开始往后退，退一米站一下，退一米又站一下，他想把夏貌貌拉过来，拉到他这一边，而不是跟她分开，不是把她拒绝到另一个方向。夏貌貌就真被他拉过来了，她一下子就走了两三米，她想抓住他。他不让她抓住，他们始终保持着一段安全距离。他说："让我和你一起回湖南吧，不就是缺个路费吗？我自己解决路费的问题好不？我求你了。"可夏貌貌依然白日做梦般地想把他扭送到警察那里去，她听不进他的哀求，她开始追他，想凭自己的速度把他抓住。周康康突然觉得这种躲猫猫似的游戏没意思，他需要来一个更刺激的最好能一下子就把夏貌貌震住的游戏。马路上车开得"噌儿噌儿"的，路边横着铁栅栏。他念头一生便飞身翻过铁栅栏，视死如归地冲进了马路，他也"噌儿噌儿"地穿行其中。他听到夏貌貌在他身后发出了短促而锐利的尖叫，她在喊他的名字，她被他吓着了。马路上的刹车声也很刺耳，驾车的人也被吓着了，骂他“不要命了”“哪里来的疯子”。实际上他自己也被吓着了，但他发现自己最终还是安全地上了岸，他完好无损。他灰着脸望向马路对面，就在那时，他看到了一张同样的死灰色的脸。两张脸隔路对望，在“噌儿噌儿”的车流声中傻愣着，五分钟或者十分钟过去后，夏貌貌才冲他打了个手势，那个手势的意思是叫他站那里不要动。她要过马路对面去，到他那边去，但她不能像他那样翻栅栏横穿马路，二十米远的地方有斑马线，她得从那里过去。她一边朝着斑马线走，一边盯着周康康的方向，怕他逃掉了似的。周康康没有动，他现在两腿酥软，根本就走不动。他能坚持让自己站立着，完全是因为面子，因为自尊心。他的视线也没离开过夏貌貌，他的手摸着胸口，他摸到了自己的怕，怕夏貌貌就那样走了。夏貌貌从斑马线过来了，她是跑着过来的。过了马路，她就离他近了，二十米的距离而已，她跑几步就可以抓住他。但她反而不跑了，就连走，她也走得小心翼翼，怕再一次把他惊到马路上去似的。等完全到了跟前，她才猛地一把把他紧紧抓住，镣铐一般把他锁在了自己身上。“我看你再逃。”她的声音在发抖，“你是个疯子，你是个亡命徒！”周康康说：“你要是把我交给警察，就不如让我去撞车。”夏貌貌瞪他一眼，拉起他就走。周康康警惕地问：“去哪里？”夏貌貌没好气地说：“去火车站！”

他们到达夏貌貌在湖南的家门口的时候是早上，空气清新得带着薄荷味。夏貌貌事先没有跟她男人打电话，她想反正都到家了，何必多此一举呢？那时候又太早，她连敲门都怕打扰了他。她手上的钥匙打不开门，她想门里头肯定反锁了。周康康说：“敲吧。”她说：“等等吧。”两人就蹲在门口等。刚蹲下，门开了，男人伸出头来看外边是什么动静，就看见了他们。男人看上去还没睡醒，但一认出是夏貌貌之后就醒了，尤其是当他发现夏貌貌身边还站着个孩子以后。他回头朝屋里看了一眼，像是为了保密似的，走出门来，把他们挡在门外。“这就是你的儿子？”他问夏貌貌。夏貌貌说：“这是我侄子。”他本来被周康康的样子弄得很紧张，现在他松了一口气，而且松得没心没肺，很夸张。他还说：“把我吓一跳，我还以为这就是你儿子。”夏貌貌回头看一眼周康康，明白了他的意思。周康康当然也很明白，随后就对这个男人充满了敌视。夏貌貌想让他让一让，让他们进去。男人支吾了一下，门里就出现了另一个女人。看上去刚才她是在收拾自己，过来时还忙里偷闲在挂耳环。她的耳环金光闪闪，和脖子上同样金光闪闪的项链互相辉映。她看上去比夏貌貌要紧实两倍，脸盘绷得浑圆，精神也因此积极向上许多。

男人意识到自己遇上了一件麻烦事儿，显出一副焦头烂额的样子。

“你不找你儿子了？”他问夏貌貌。

夏貌貌说：“当然要找。”但夏貌貌的眼睛盯着门里那个女人的眼睛，因为对面的那双眼睛也正紧盯着她。

男人说："你要找那你回来干啥？我以为你不会回来了。"

夏貌貌说："这里是我家，我当然要回来。"

男人哈哈大笑，然后摇了几下头，看上去他觉得夏貌貌十分可笑，又感觉自己面前的这件事情很滑稽。他说："你哪里当这里是家了？你说走就走，根本不管我同不同意。我的生意这么忙，你只顾去找你的儿子，你说你真把这里当你家了？"

门里的女人大概不相信男人能解决问题，上前助阵。她说："你去找你的儿子吧，这里没你什么事儿了。店有我看，饭有我做，我睡觉也很安稳，不会影响到他。"她这么说的时候，还把手放到男人的臂膀上，一边说话一边抚摸。

夏貌貌看清了敌我阵营的悬殊，她不想消磨时间，只想来个鱼死网破的突围。她想冲进门里去，只有进了门，才意味着她向胜利靠近了一步。可是没人让她进门。男人看上去不反对但也不支持，门里的女人却态度明确，她那比夏貌貌结实两倍的身体往她面前一堵，就像一个桥墩那般牢不可破。

夏貌貌说："奇了怪了，正主子搞成偏跷跷了。"

女人平静地说："原来你确实是正主子，但现在你连偏跷跷都算不上了，你被他开除了。"

夏貌貌看一眼男人，他很明显地表示，女人说得很对。但她还是想进门，她说她还有好多东西在这里，衣服、鞋袜，还有……女人没让她说完就告诉她："她说的那些东西已经不存在了，你留在这个屋子里的所有东西都已经被我清理干净了。"她还问她："你是不是发现这门锁你也打不开了？是我换的，你的钥匙已经没用了。"她还说："这样，你就可以毫无牵挂地去寻找你的儿子了。"

女人说着话已经反手把门关上了。她拉着男人说："我们走吧，到开门的时间了。"从那之后，他们便对身后杵着的夏貌貌和周康康视而不见。他们等来了电梯，又进了电梯，若无其事地走了。

夏貌貌和周康康在原地发了很久的呆，直到清洁工从电梯里出来，准备拖那块地了，他们才觉得应该离开了。

夏貌貌去了男人的店。

男人已经开始干活了，在店门口弓着身体搞焊接，脸被面罩遮着，面前电光闪闪。夏貌貌走到他身后咳嗽了一声。一开始他也没反应，过了很久，他才意识到那声咳嗽可能跟自己有关。回过头来看，果然是夏貌貌，他这才放下手上的活过来了。他把夏貌貌往后推推，推到一个在他看上去比较安全的位置才站了下来。

"你还来干什么？都成这样了，你来也没用了。"他说。

"你也看到了，她比你强，你占不过她。"他说。

"这都是你自找的，跟我过得好好的，你偏要去找你的儿子，弄成现在这种局面，可怪不了我。"他说。

夏貌貌说："你能不能借我点钱？我手上没钱了。"

男人像头痛一样做了一个闭眼仰天拍额头的痛苦动作，而后对她说："你跟我借钱，老虎借猪吧？"

夏貌貌说："我一定会还你的。"

男人恨着她长长地叹了口气，从包里掏出一只皮夹子，又从里头一张一张数了五百块钱递到夏貌貌面前，非常不耐烦非常厌恶地说："赶紧拿着走吧，不要你还了。"夏貌貌赶紧拿上，但她没有如他所愿马上离开，她盯着他的钱夹说："再借一点吧，多借一点，这点能干什么呀？"男人瞪着眼吸气，好像空气突然变稀薄了，他要窒息了一样。他再一次打开皮夹，匆匆从里头拿出一小沓钱来塞到她手上，下了最后通牒："这钱不要你还，但你再不走的话，到时候这点钱你也得不到！"

夏貌貌赶紧拿了钱就走，她真怕再耽搁一会儿那钱就得而复失了。

他们直接就去了火车站。

他们买的是无座票，既是为了赶时间，也是为了节约钱。两人在车厢连接处席地而坐，很冷，两人挤得很紧，尤其是周康康，完全用的是恨不能把自己挤进夏貌貌身体里的劲儿。

夏貌貌蜷曲着身体，把头埋在双膝上悄悄哭。周康康从她抽动的后背看出她在哭，便伸出自己那双小手环了她一下。他的手臂还不够长，搂不了她，最后，他只好让手停在她的背上，他感觉她的背心很凉。

"你很可惜丢了他吗？"他问。

夏貌貌将脸在手臂上蹭蹭，稍抬起一点，说："你不懂的。"

周康康想了想说："你应该数数他给了多少钱。"

夏貌貌照他说的，掏出钱包来数，数完说："算上买火车票的钱，应该有一千三。"

周康康问："这点钱我们能顶多久？"

夏貌貌说："顶不了啥。"

周康康把双手环抱在胸前，缩了缩身子，看着正前方那块铁皮陷入了沉思。

他们在两元店住的那间屋子只有一只十瓦的灯泡。反正他们一进去就是睡觉，不需要多亮的灯光。夏貌貌很想在这样的灯光下看清每一个人的脸，因为她想跟他们说一件非常重要的事情，她希望能清楚地看到他们的表情。

"让我加入你们好吗？"她吃力地扫视着屋里的每一张脸。

"你想干我们这行？"人家问。

夏貌貌点头说："嗯。"

周康康说："还有我，我也要加入。"

夏貌貌制止他说："别捣蛋，你这小身子还没有背篼高。"

人家说："干我们这行可又苦又累哦。"

夏貌貌说："你们看我像个怕苦怕累的人吗？"

人家说："你儿子还没找着啊？"

夏貌貌说："没有，得继续找。"

然后一屋子人都在沉默着。

夏貌貌等了一会儿，接着说："我只干一个月，一个月以后还没儿子的消息，我就要到下一个城市去找。"

人家说："我们这个是苦力活哩，你爱干就干嘛，要啥加入不加入呢，钱有谁能挣完的呢？"

夏貌貌和周康康相视一笑，这事儿就算定下来了。

第二天一大早，夏貌貌就和大家一起坐到了马路边，别人都有背篼，她没有。那东西要到农贸市场才能买到，还要花一笔钱，大家都认为，如果她只干一个月的话，就没那个必要。他们中间有人喜欢用布带代替背篼，布带是那种废弃的标语，一般都是红布。有一个女人有两条，就送了她一条。她告诉她怎么用，说把要背的东西摞起来，用带子绕绕，往肩上一套，就可以背了。夏貌貌很感激她，买了一碗油炸洋芋请她吃。洋芋是让周康康去买的，周康康也有一碗，这样她就没客气。

周康康也想有一个工具，但他们都不赞同。因为他们很清楚，谁也不会请他背东西，他背不了。后来周康康把吃完洋芋后的那个纸碗留下了，在夏貌貌等人来叫背东西的时间，他一个人拿着纸碗到周边的各种小店铺去讨钱。后来，被背篼军中的一人看见了，回来向夏貌貌举报，夏貌貌就找到他，把他的碗撕了，又把他拉了回来。

"你学点正经的！"夏貌貌说。周康康已经有所收获，他要到了五块钱。而夏貌貌却还一单活都没接着。背篼军们现在也讲信息经济，一个人接了活，就打电话通知他们的集团成员。夏貌貌虽然跟大家坐到了一起，但她并没能真正加入进去。除非她遇上那么一个正好看上了她，指名要她去干一趟活的时候，她向大家发出邀请，邀请大家一起去挣那个钱，便能为自己建立起一个集团来，或者说便能真正加入到集团里去。

但现在还没有发生这样的事情。

夏貌貌动了点脑筋，她不想再跟他们坐在一起干等了。她拿着她的布带去了超市门口，她冲每一个从超市里拎着大包小包出来的人说："要不要我帮你背？"没一会儿就真遇上那么一个嫌自己拿着吃力的年轻女人，这让夏貌貌的背篼事业从此开了张。

晚上，他们继续贴寻人启事。火车站和客车站被他们纳入重点区域，他们一致认为那样一种人流量大的地方，存在的可能性更大。那么多人走来走去，万一就有那么一个人见过端儿呢？万一这个见过端儿的人又正好看见了他们的启事呢？况且，这样的地方，启事管的时间还长些，没人天天去铲去撕。

他们总要贴到夜深才回到那家旅店，第二天，夏貌貌又去超市门口揽那种不被她的室友们放在眼里的零活，挣些小钱。周康康有时候会跟着她，有时候又自由散漫到别的地方去了。

那天晚上，夏貌貌正在往墙上刷糨糊，旁边的周康康突然压着嗓门“哇”了一声。夏貌貌闻声看去，发现他正看着她的脚前，她的脚前卧着一只钱包。周康康惊叹的是这个。夏貌貌心惊肉跳地把钱包捡起来，感觉鼓鼓的，惊喜得都要哭了。“是哪个粗心的家伙把钱包掉这里了啊？”她往左右张望，心情很复杂地说。周康康说：“赶紧揣上吧，捡的当买的，三百块取不转的。”夏貌貌就赶紧揣上。周康康又说：“别在这儿贴了，赶紧离开吧，要不别人找来了。”夏貌貌就跟着他赶紧离开这个地方。走过几米远她又站住了，回头张望，想看看有没有人回来找钱包，但搞不清自己是希望有人来找还是担心有人来找。周康康说：“快走吧，没人会来找的，我们贴启事去吧。”她又惴惴不安地跟着他走，走到了一面墙前，周康康站下来等她刷糨糊，他等着递启事给她往上贴。夏貌貌有点魂不守舍，刷得很不专心。周康康提议说：“我们看看是多少钱？”夏貌貌拿出钱包来数钱，钱有着可喜的厚度，夏貌貌数得心潮澎湃。“有三千吧？”周康康说。夏貌貌问：“你怎么知道？”因为她还没数完。周康康说：“我猜的。”夏貌貌已经数完了，果然有三千。夏貌貌为他猜得那么准而惊喜，并表扬了他。周康康很开心，说：“这回又可以顶一阵了。”夏貌貌要把钱揣回钱夹，周康康提议说：“把钱包扔掉，只要钱。这样就是别人找回来，也抓不着你，钱上又没写名字。”夏貌貌嗔怪说：“你一肚子鬼心眼儿。”但她还是听了他的，把皮夹扔到了黑暗里。

他们继续往前贴，夏貌貌老是不由自主地往后看，她心虚，也很不安，但还有一丝庆幸。

第二天晚上，夏貌貌又在明晃晃的公交车站捡到了一只钱包，那时候夜已经很深了，公交车跑完最后一趟也要停运了。车站已经没人等车，那只钱包明晃晃地躺在她的面前，她一眼就看见了。这一回，周康康是在她捡起钱包后才发现的，他很为她高兴。“哇！你又捡钱了，我们运气真好！”他说。这一回，夏貌貌没等周康康提建议，就将皮夹里的钱拿出来，把皮夹扔进了黑暗中。她一点都没有怀疑过她为什么运气那么好，直到第三天中午，周康康在超市里出了事，她才恍然意识到她那好运气的来历。

周康康要去超市里买水。每天夏貌貌在超市门口揽活，他都会进超市去买瓶水，因为他们需要一瓶水解决口渴的问题。别人都冲人少的收银台去，可周康康偏偏喜欢冲人多的，那种排得越长的就越好。他有时候会插队，别人有意见，他就跟人道歉，说他只有一瓶水，付钱会很快。人家一般也就原谅了他。这天，他一样插队，因为他看准了前面正付账的那个男人的钱包，那只钱包很饱满，他一眼就能看出它的充实。他插到他的后面，不等后面的人提意见就先回头跟人赔笑说抱歉。男人付完钱把钱包往屁股后面一插，就准备走了。这时候，他感觉到了屁股后面的动静，一回头就把周康康捉住了。周康康还没来得及把钱包揣自己怀里。

他的钱包是在周康康的手上被抓住的，但男人却一定要搜他的身，因为他相信他还偷了别人的钱包。一搜，果然，周康康的怀里还有另外两只身份不明的钱包。周康康被当场证实了小偷身份。小偷又是"老鼠过街人人喊打"的种，于是，不管有没有被偷了钱包，都一窝蜂地揍起了周康康。夏貌貌忙着在楼下揽活，一点都不知道，还是一个不知道怎么会认识她但知道周康康是她孩子的女人，在她问她需不需要帮忙背东西回家的时候对她说："你就别背了，你家孩子偷人钱包在上面挨打哩，去看看吧。"夏貌貌赶上去，就看见一堆人挤成一团踢着脚，她上前拨开两个人，就看清了挨踢的是周康康。

为救周康康，夏貌貌也挨了一顿拳脚。好在打人的兴致是有限的，人们终于放过了他们。接下来，获得了打人快感的人们各自散去，夏貌貌背周康康进了就近的一家小诊所。周康康受了比较严重的皮肉伤，所幸骨头一点问题都没有。处理完手上、腿上、背上、脸上的伤口，医生问他还有没有其他地方受伤，他说没有。上了药，夏貌貌就把他背回了旅店。老板娘问他怎么了，夏貌貌说跟一群孩子打架了。

周康康躺下，夏貌貌坐在他旁边。

夏貌貌问他："你老实说，我捡的那两只钱包是不是你偷的？"

周康康闭口不答。

夏貌貌想了想说："你睡会儿吧。"

周康康闭上眼睛睡着了。

夏貌貌到外面端了一碗肠旺面回来，正听到他在睡梦里呻吟，看上去他有个地方很痛，即使睡着了，也还是很痛。夏貌貌小心地揭开被子，发现他的手护在裆前，那里隐隐能看到黑色的血迹。她轻轻撸下他的裤子，就在那两个奇怪的器官前傻了。

周康康一下子就惊醒了，而且敏捷地提上了裤子。

但一切都晚了，他裆里那具女性生殖器和紧挨着的更像是摆设的男性生殖器已经牢牢地印在了夏貌貌的脑子里。整整十多分钟，两双眼睛就那么傻傻地对视在一起。后来，夏貌貌突然意识到更要紧的是他腿间的伤，她又去撸他的裤子。他紧紧护着。夏貌貌说："你这里有伤。"周康康说："不用你管。"夏貌貌便起身出门了，她到附近的药店买了瓶碘酒回来，进门时正遇上周康康在试图往门外走。夏貌貌拦住他问："你去哪里？"周康康说："你不用管。"夏貌貌不容分说地把他抓回床上，把碘酒和棉签寄给他，说："你自己擦吧。"随后，她出了门，并把门带上了。她在门外站了没多久，周康康又一瘸一拐出来了，也不看她，径直往门外走。

夏貌貌问："你要去哪里？"

周康康头也不抬，说："你管不着。"

夏貌貌说："除非你想回儿童福利院，要不你就哪儿也不能去。"

周康康站住了。

夏貌貌站到他跟前，站得特别近，是那种没有距离的近。后来，她把他搂进了自己的怀里。这是她第一次这么主动地搂他，周康康在她怀里哭了起来。

那一天，人们已经感觉风开始变暖了，似乎春天就要来了。夏貌貌就那样搀扶着周康康走出了旅店，站到了正在变暖的风中。

"你会瞧不起我的。"周康康说。

"不会。"夏貌貌说。

"我是小偷。"周康康说。

"今后就不是了。"夏貌貌说。

"我是个怪物。"周康康说。

"你不是。"夏貌貌说。

"我父母就因为我是个怪物才扔了我的。"周康康说，"儿童福利院的人全都知道我是个怪物，他们也全都说没有瞧不起我，但我很清楚他们嘴上一套，心里一套。我不怪他们，我也不怪你，我父母把我生成这样，他们自己都瞧不起我呢，别人瞧不起我有什么奇怪的？我是个男的，但我得蹲着撒尿。我的鸡儿是假的，不管用。我今后可能还会长出一对咪咪，说不定我还要生孩子……"他泣不成声了。夏貌貌不知说什么好，就尽量把他搂紧，再搂紧。后来她找到了一句话，她说："我不是别人。"

第二天，夏貌貌得了一只背篼。背篼的主人要回家耽搁几天，背篼正好闲下来了，她便主动借给了夏貌貌。夏貌貌要到另一家超市门口去揽活，周康康被命令躺在旅店里休息。中午的时候，夏貌貌为他买回来一碗羊肉粉，还有两支漂亮的笔和一个玩具小汽车。周康康看着那两支笔和那个小玩具，眼眶又挤满了泪珠。夏貌貌说："男子汉别总是哭哭啼啼的，养好伤，还要陪我一起找儿子哩。"周康康便大口吃粉，表现给她看。

隔天，天气突然一改往日的阴沉，晴空万里了。风也就实实在在地暖起来了，周康康的伤也好得差不多了。他陪着夏貌貌来到超市门口，夏貌貌盯着揽活，他没事就到那些广告牌下面读着那些广告词玩。超市门口会站着些发广告单的，他主动上去要，要来就认真看。夏貌貌揽到活以后，他会力所能及地帮她拎上一包，跟着她一起去送。晚上，他们接着贴寻人启事。

他们就这样把冬天过完了，迎来了真正的春天。

端儿还是没有消息，那些寻人启事也没产生过任何回应。

这天，夏貌貌问周康康："你说下一步我们去哪个城市呢？"

周康康说："广州。"

夏貌貌若有所思地说："好，就去广州。"

但是寻人启事得改改了，因为开了年，端儿就十一岁了。

当晚，夏貌貌用周康康的笔把寻人启事做了一番修改。第二天，他们就坐上了开往广州的火车。

从那之后的许多个夜晚，他们又奔走在广州的大街上，还是周康康抱着寻人启事，夏貌貌提着糨糊，夏貌貌往电线杆或者墙上刷好糨糊，再接过周康康递来的寻人启事贴上。有时候，他们会遭到警察或者城管的追赶，有时候他们跑得很顺利，有时候会被打落糨糊桶。

有一天，夏貌貌接到了大嫂的电话。大嫂问她找到端儿没有，她说还没有。大嫂在那边焦急，说："怎么还没找到呢？"夏貌貌说："你们的钱得等等，等我找到了端儿……"大嫂打断她说："赶紧找端儿去吧。"她在这边闭着眼点头，似乎电话那边的大嫂是能看见她点头的。

又有一天，她接到了端儿父亲的电话，问她现在在哪里。这时候他们已经在深圳了，所以她说："我在深圳。"端儿父亲说："我来广州了，你等着我，我马上过来。"当天下午，他们当真就把端儿的父亲等来了。夏貌貌准备着挨打，但端儿的父亲却表明，他此来的目的是帮他们一起寻找端儿。夏貌貌听得泪珠子在眼眶里直打转，眼看就要决堤了，他却劝她不要高兴得太早，他明确地告诉她，他之所以要加入到寻找端儿的队伍中来，之所以那么着急地要找到端儿，完全是因为他不能让夏貌貌这样的人长时间处于这样的自由状态。在他心里，夏貌貌就是一个越狱犯，找不到端儿，就意味着夏貌貌一直逍遥法外，只有找到了端儿，找回这把枷锁，才能让夏貌貌重新接受惩罚。

夏貌貌的眼泪还是淌了下来。她说："你错了，找不到端儿才是对我最大的惩罚。"

（原载《青年文学》2015年第9期）

2015年

姜东霞

秧 鸡

一

铁匠又在沿着半山腰上的铁轨喊叫他的女人。她的女人是个疯子。

那是一条矿车专用铁轨，沿着山崖劈出来的平地一直通到煤场。山崖上到了秋天就开满黄色的野菊花，香味一直绵延到冬天的第一场霜冻过后。

我喜欢站在山下看矿车装着矿或者煤从洞里疾速而来，喜欢把矿车当作火车来想象。有时候矿车上会站着一个人，是从井下上来的，衣衫褴褛地站在矿车与矿车接轨的地方，那是一种可以叫“风驰电掣”的速度，这个人正以这种速度穿过山崖，老远看去，在半山腰上显得很威武。

疯子懂得躲闪矿车，她会在原地一动不动地站着。发病的时候，她就沿着这条铁轨走，然后翻过山去，走失在树林和田野里。有时她也会藏在铁轨周围的山洞里，一连好几天。

铁匠至少比疯子大三十岁。这是曼霞说的。曼霞什么都知道，大人的、小孩的、男人的、女人的，反正没有她不知道的事。

铁匠迎着风弓着身子边走边喊：“疯子！疯子！”

铁匠的声音挟裹在风中，他的声音一向虚弱。他是个瘦老头，干活闲下来时就抽旱烟。坐在铁工房的炉膛跟前，不停地咳嗽，不停地吸烟。他几乎不说话，我听到他唯一发出的声音，就是喊疯子，沙哑得像受到什么阻隔似的，永远不会散开。

铁工房在一个斜坡上，再往后爬到高高的山上，顺着铁轨走就能走到煤场。曼霞喜欢带着我往铁工房钻，我一个人时也喜欢朝铁工房里看一眼，也许就因为那炉终年不断的火塘，火花四处飞溅，铁匠的手在起起落落间显得很不一般——他每抬起一次手臂，锤上都扑散着星火。他朝外抡锤，这让我总是担心他高高举起的锤在划过他的头顶时，会突然落下来。那把不断锤打在红透了的铁器上的锤子，滚烫地落下，再撞击在砧凳上，使物体变形同样会使铁匠变形。

冬天下雪的时候，我和曼霞在外疯跑够了，就跑进铁工房。火塘里的光将屋子照得热乎乎的，一进门就能迎着闪烁的火光和热气。火光是通过铁匠们的手挥舞出来的，能消散掉外面的寒冷。

我们站在堆放废铁的角落里，铁匠们干着活，对我们视而不见。他们围的皮围腰，被火星烙得千疮百孔。铁匠穿着深筒雨靴，往来于炉膛与砧凳之间，把手里烧红了的铁放在砧凳上，抡起大锤，打出他们心目中想要的铁具的样子，然后放进水里淬一下。我喜欢那种突然寂静的声音和感觉，喜欢看那种由硬到软，通透了并变形的过程。

一天中午，铁匠和疯子坐在铁工房的炉膛前吃饭，我从那路过，听见疯子不停地说话，就站在门口看着他们。铁匠埋着头自顾自地吃饭，抬头看见我时，往疯子碗里夹了块肉。疯子一边说话，一边痴痴地笑，她笑弯了腰，像是要岔过气去。铁匠头不抬眼不睁地吃着饭，他像一块经过锻打后，被人丢弃在雨水中浸泡的生铁，锈迹析出，呈现出一种让人难以接近的暗沉。疯子越说越来劲，她坐直了身子，抬起一只手上下绕着，笑够了又换另一只手，她从中获得了无限的乐趣，所以笑得一阵比一阵强烈，最后几乎喘不过气来。

铁匠吃完饭站起身，旁若无人地走到炉膛边拉了几下风箱，炉膛里的火一下子蹿了上来，他弯下腰从水桶后面拿出一把刚打过的小锄头，放进炉火里烧红，用钳子夹住锄头的弯头，使其改变了形状，之后将锄头丢进水桶里。

疯子看见了我，她突然停下来不笑了，屋子里的火光映得她的脸通红。铁匠从桶里取出锄头，他走过来，把锄头递给了我。他什么话也不说，转过身将另一把铁具插入火中。我忘乎所以地拿着锄头转身就跑，跑到高高的山上，挖开冻土，在寒风中满山寻找折耳根。整整一下午，我独自拿着锄头东挖西挖，仿佛山中的一切都可以在锄头下呈现。

那个时候，爸爸还让翻砂房的工人给我们家翻了两个盆，一辈子都不会用坏的铁盆，成了我们家的脸盆和脚盆。也就是从那个时候，我们家有了脸盆和脚盆之分。我不知道别人家是不是也有这些用公家材料做成的私人家用的东西，这是不允许的，所以这反而让我有了优越感，一份来自于有能力占了便宜的优越感。不过，这也让我知道了，在这个世界上人和人之间是有秘密的。

除了保守盆的秘密，还有钩钩针。那时最让我自豪的事，就是钩钩针了。爸爸总会在晚上他高兴的时候，从怀里掏出一个钩钩针，在我们眼前一晃，我们就蜂拥着扑过去。我们用它将棉线钩织出各种花，连织在一起，搭到收音机或者茶杯上作为装饰。几乎所有的女孩都有钩钩针，曼霞有，小英有，潘家女孩也有。钩钩针的样式，也就是它的复杂程度，代表着家庭的权力。做一个简单的钩钩针并不难，而要做一个稍微复杂的，就难了。这不仅仅需要技术。技术好的人也都是队里的骨干分子，一般人指挥不动，只有管着他生死进退的人，他才会去做一根小小的钩钩针。所以钩钩针是一种胜过言语的炫耀，使我不自信的虚荣心得到满足，就如同成年后看着书柜里的书，相信管着我的领导是看不懂的。

二

疯子回来了，她每次走丢过不了不久就会沿着路找回来。起初几次铁匠很着急，四处去找她，后来铁匠都懒得出门去找。她总会找回来的，当然，谁也不会在乎她的生死，就更不会在乎她是怎么找回来的。人们只在乎她每次回来肚子里的孩子。没有人知道她肚子里的孩子是从哪里来的。那不是铁匠的孩子，铁匠没有生育能力，开始，铁匠想证明他还有生育能力，证明孩子是他的，如果孩子活着，不管是谁的，铁匠都想把他们养大。可是每一次疯子生下来的孩子，要么患有溶血症，要么生下来就死了，铁匠也就不再想证明他还有生育能力了。他不需要去为一个来路不明的孩子做辩解，之后，疯子的来去、孩子的生死，都变得极为平淡。

曼霞说："昨天下雨，狗从洞里叼出来了一个死娃娃。疯子又生了个死孩，铁匠还不想承认。"我们跑到山上，洞口果然横着个布包袱，裹扎得很紧。山风里有一股潮湿的静谧，让我们能听到别人的心跳。我们都屏息而行，惧怕听到一声突然的哭叫。偏在这时，一只鸟忽地从崖石里扑腾而出，它凄厉地从我们头顶划过。我们一哄而散，喊叫着冲下山来，连滚带爬地跑，衣服跟手都被树枝划破了，回过头来喘气，山洞被一团雾气罩着。下过雨的早晨，地上的泥和草都是湿的，我们的裤腿和衣袖上粘满了去年冬天留在草刺上的"美人打滚"，这种植物秋天结满了籽，满身都长着小刺，借着人们触碰，粘在衣裤上被带到不同的地方，来年再生根长芽。我们就故意把它扔到石头上，让它在没有土的石头上自然死掉。

"打田栽秧排队排，一队秧鸡跑出来，秧鸡跟着秧鸡走，一路走到河水来……"

疯子又在唱那首歌。沿着河岸看过去，她的影子映在太阳光照射下的草丛里，影子移动的速度跟她的声音形成对比，一明一暗。明的清亮，暗的浑浊。她把手举过头顶，整个身子依旧陷在草丛里。她抓牢了秧鸡的翅膀，任凭它在那抹柱状的阳光中扑打。我们疯跑过去，停在已经从草丛里站直了的疯子跟前。

我们就那样停了下来，没有人敢再向前移动一步，虽然谁都想得到那只秧鸡。她转过脸——疯子脸上大面积烫伤的疤痕，在太阳光映照下反出的粉色，让人忘了她还是一个产妇。产妇是要躺在床上，然后吃鸡吃蛋的。这让我觉得一个人疯了，是不是就会比一般人多一种能力，或者少一种能力，比如虚弱，比如疼痛。

疯子身上来潮的时候，她会到山上，抓一把枯草垫到裤子里。而我的妈妈是用布，一次次洗了晒在太阳地里，她说草纸不干净。姐姐则耻笑妈妈，说她其实是舍不得草纸。

我们跟在疯子的后面，学着她一路唱着。疯子很高兴，她带着我们从高高的土坎上往下跳，她跳得飞快，双脚像是灌了气一般，我们一个个掉到土沟里，连滚带爬地笑着。站起来时，疯子已经走得很远了。

秧苗长到快要抽穗的时候，我们走在放学后的田埂小路上，太阳不偏不正地落在田里，风从远处吹来，夹着一股特别的香气，是泥土或者稻谷的香气。疯子的影子在那样的日光里，有一种格外的游离感，仿佛她在另一个空间移动，她手里的秧鸡发出的叫声，也来自另一个世界，与我们的世界隔着一层日光或者雾气，那是她和它的世界。

疯子很喜欢在垃圾堆上找来转去，曼霞说她在找空瓶子。而我却看到她有一次从垃圾堆里刨出一个脏兮兮的布枕头，死死地抱着。她将头靠上去，然后将脸埋进去。那是一个小雨天，脏水顺着她的脸淌下来。她浑然不觉，轻轻晃动肥胖的身体，哼哼地唱着歌，唱的还是打田栽秧的歌。也许她的心里就只有这首歌，可她唱得细腻、清透，她的声音很低很低，也许害怕声音大了，会惊吓着怀里的孩子。

我站在不远处的斜坡上，曼霞从我身边滚着铁环跑远了。我看着疯子，我觉得她一点也不疯。我站在那里，刚举起手里的铁环，就又放下了，我突然害怕我的转身和铁环的声音会惊扰到她。

三

我们从来都抓不到秧鸡，有时我们也能看到它在秧田里走动，却没有办法靠近它。于是我们相信，疯子和秧鸡是有默契的。

疯子手里拿着秧鸡，知道我们跟着她，一路唱着打田栽秧的歌，也唱出了几分颜色。太阳完全下到山的那边去了，稻田以及河面都暗下来了，风中夹着泥的腥味。

疯子停下来，她转过身来看着我们，我们也停下来。她将手里的秧鸡举得很高，眼睛里掠过一丝惊恐，她的惊恐倒让我们害怕了。她朝着我们走过来，我们看着她朝后退，然后转身就跑。

我被同伴们快速地挤到了后面，等我回过头去，发现疯子并没有来追我们，她站在那里看着我们。我对她的害怕渐渐平息下来，故意放慢了脚步，疯子就朝着我慢慢走来。我迅速地将手伸进衣袋里摸，希望能抓出一点芝麻。每次上学的头天晚上，妈妈会炒一把芝麻放在我的兜里。有一阵子，我们所在的公社小学修建新的教学楼，没有教室上课，学生分成上下午上学。我是每天下午上学，平时走在一起的伴儿都是上午上学，为了不让我因为走那么远的路而感到寂寞，每次出门前，妈妈就炒一把芝麻搁在我兜里，我一路吃着芝麻，满口溢香，也因此忘记了路途和害怕。之后就成了习惯，吃炒芝麻能健脑益脾，对于从小被疾病缠绕的我来说是非常必要的。这是妈妈告诉我的。

我从衣服兜里抠出了一点点芝麻捏在手里。我想拿给疯子，我真的很想讨好她，但我不知道为什么想讨好她。我停下来看着她，她也在一缕下沉的日光里看着我。然后她弯腰跳下田坎，拐向另一条田埂。我动了动握着芝麻的手，想叫她，但又没有叫她。我希望她回过头来，倘若她回过头来看我，我就会叫她，就会跑过去将芝麻递给她。可是，她一摇一晃地走了，她的歌声在悄然降临的夜色里很清亮，粘上了些湿润的雾气。

四

疯子顺着河水往下走，她拐上一道土坎，跨到田间小路上来了。我再摸摸衣兜，竟连一粒芝麻也没有了。我看着她，她弯腰拿起一根棍子，在空中张牙舞爪地挥动着，她整个人就像被一股力作用着，非得寻到一个口，然后炸开。

我怕她突然跑过来撞倒我，前一天她就把人撞到田里，人家湿了全身哭着回家，铁匠为此打了疯子。铁匠每次打疯子，都要寻找一个出其不意的机会和方法，如果不这样，铁匠真还打不过疯子。

疯子直接踩进有水的稻田，朝我这边奔来。我回过头，发现路上没有一个人，远处一只白色的鸥鸟飞过稻田，我觉得自己无处可逃，便有了一种坠入黑暗的感觉。如果我加快速度拐上另一道斜坡，跳过坡上低矮的刺蓬，疯子也许就追不上我，但是我对能否迅速地跳过刺蓬没有一点把握。我只能走在田埂上，等待疯子撞上来。

疯子弯下身去，整个身体被秧苗遮住了，成了一团移动的影子。我松了一口气，正欲拔腿夺路而跑，她直起身来，她蓬头垢面地站在稻田里，像一头怪兽的影子。她摇晃了一下，举着双手，将秧鸡高高地举起。那时太阳已经下山了，她的身体映在日落前的阴影里，如同一道痕迹印在湿而腐的老木头上。

她朝我走来，我心有余悸地放慢了脚步。她快走了几步，紧跟在我的后面，我能感到她身体里扑散出来的那股子要炸开的气焰，我浑身抖了起来。

她跟我并排走着，在只能容得下一个人的田间小路上。我的一只脚已经踩进田里，所以我停下来，任由那只脚滑在水里。她歪着头看我，脸上的横肉红扑扑的。就在那一瞬间，只是一瞬间，我看见她笑了，我从来没有看到她笑过，直到她死去，那是唯一的一次。

她的脸上如果没有烫过的疤痕，她一定是很漂亮的。我想。

疯子把秧鸡给了我。

然后她唱："秧鸡跟着秧鸡走，一路走到河水来……"

她的声音第一次给我带来了无限喜悦和想象。我以为，顺着河水一路走下去，就会出现她歌里唱的情景，河岸上的草丛里到处是秧鸡，她每次离开家走失，也许她从山上下来之后，都会顺着河水走。

五

木工房周围全是锯木屑铺成的，脚踩上去很软。我们喜欢在木工房通往厕所的小路上挖出一个一个很深的陷坑，用树枝架着，上面盖上树叶，再盖上锯木屑，使它与之前的路没有什么两样，然后躲到山上的树林里，等着我们心目中的敌人上厕所时陷进去。那是一种十分快乐的感受，我们成了战争中的胜利者。

我们躲在树林里，好几次看到的是我妈妈远远地走来，她唱着歌，唱的还是我们早已听厌了的京剧——"小铁梅出门卖货看气候，来往账目要记熟。"我刚站起来想叫她的时候，她已经陷进去了，我只能又藏起来，她陷下去时总是很狼狈。任何人陷进"陷人坑"都会很狼狈，唯独她的狼狈让人不堪忍受。也许因为妈妈平日里的穿着、举止都很讲究，毕竟她是个手艺很好的裁缝。我们的衣服，所有人的衣服都是经过她的手裁剪并做出来。她的衣服洗完之后，总是要用电熨斗熨烫后才会穿。

我不喜欢别人看她陷进坑里的样子，不喜欢她们回过头来带着歉意的表情，实际上眼神里都有 种掩饰不住的快乐。我能看到她们的幸灾乐祸。

妈妈坐在地上，她整个人都塌了下去，像一堆垮掉的破布。她从陷坑里抽出一只脚，她要将鞋脱掉，才能抖干净木屑。她边抖边骂，她的声音顺着风飘进我们的耳朵里，失去了她每周六在广播里说话的光彩。妈妈除了做缝纫，还负责每周六的特别播报。她的声音一从广播里出来，我就会有一种与众不同的自豪感。平日里，广播里全是"无产阶级'文化大革命'就是好，就是好啊就是好"——好到什么程度，却永远不会有答案，因为我曾认真地听过，想听出好在哪里。到了周六妈妈还会放一些别的声音，有样板戏，还有山东快板书，有时候，我们总分不清快板书是妈妈说的还是唱片里唱的。

晚饭时，妈妈轻轻地踮着一只脚，爸爸坐在饭桌前抬起酒杯时，将目光落在她踮起的那只脚上。这个时候我又会想，妈妈是故意踮给爸爸看的，这样心里的歉疚就会少一些。妈妈坐到饭桌上来，她抬碗的时候看着姐姐面无表情地说：“那些没有家教的野孩子，在去厕所的路上挖了陷坑，害人，是要被人指她妈妈的脊梁骨的！”

我埋着头吃饭，不敢出声，斜眼看姐姐，她若无其事地夹着菜。

“女孩子夹菜，手不能伸得那么长。”妈妈用筷子抽打姐姐的筷子。姐姐缩回手时，迅速地恨了妈妈一眼。

就我们家规矩多！姐姐从来就反感妈妈说的那一套。她说妈妈教育我们的那套是北方佬的方式，这让我们在外面总是缩手缩脚，矮人一等，她真是受不了。如果有一天她生了孩子，就绝对不会这样教育自己的孩子。我为姐姐总是有大人的想法而羞耻。

我们家的教育，从来就是以吃为羞耻的。不能贪吃，更不能偷吃。姐姐偏偏要在过年我们家有糖的时候，跑进妈妈的卧室偷糖。她站在一条凳子上，打开柜门，取出糖盒里她想要的那种，所以在我们玩游戏的时候，她的糖纸总是比我们的要多要漂亮。我们家的糖是爸爸的战友从城里带来的，而且都是上海奶糖。他是“延安商店”的党支部书记，当然更容易比普通人获得这些稀有之物。包了各种各样玻璃纸，漂亮得我总是舍不得吃的糖，给了我们关于上海的全部想象。

我通过门缝看着姐姐，我的心总是怦怦地跳。而她的胆子却很大，偷抓了糖，还要站在凳子上照镜子。我们家的柜子跟别家的也有区别，是上了一种新型的叫“轻喷漆”的漆的，喷了花纹和图案在柜门上，还装了镜子，是少有的。姐姐拿了糖还敢照镜子。当她的小肿眼泡映在镜子里时，我觉得她就是个不要脸的人。

家里没人的时候，我也爬上去抓糖。我爬上去总是先照镜子，侧着耳朵听，听到家里没有一点动静时，拿出糖盒胡乱地抓上一把，一分钟也不敢停留，跳下凳子，走出妈妈的卧室。在外跑了一圈之后，我又会把糖悄悄放回去。我不想失去妈妈对我的信任，而姐姐说她偷糖，就是因为妈妈每次发糖总会多给我，她受够了妈妈的偏心。

六

疯子围着木工房前面的坝子转，东倒西歪地转，像一只苍蝇那样无头无脑。我们在坝子的另一边玩。疯子来了，她满身都是锯木屑，一只脚光着，朝着我们奔过来，她一定是陷进了坑里。疯子好像发病了，她咧着嘴，恶狠狠地冲过来，我们开始四处逃窜。我们飞快地跑了起来，她也跑得飞快，跑着跑着，我一回头发现所有的人都跑散了，就只剩下我还在跑，疯子在我身后穷追不舍。

我爬上高高的石坎，再往前就是家属区了，我希望能遇上一个大人，只有这样，事情才会停止下来。可那是正午，前后房子空空的，没有一个人。我拐进屋角的巷子，那儿是一前一后的两排房子，中间被一个三米高的坎子隔开，坎子下面是长年不见阳光淤积的泥。

我感觉疯子快追上我了，她带着一股强大的力量朝我席卷而来，并以极快的速度朝我的后背狠狠地拍打！我在一种迅猛的速度里飞了起来，结果一头扑到坎子下面。

在我的尖叫声里，疯子并没有停下来，她跑的速度更快了。我伏在地上，她的脚踩踏出来的声音，跟我心脏的声音混在一起，那种硬邦邦的疼痛，迅速地扩散到全身，使我无法站起来。

我伏在地上半天才哭出声来。爬起来后，我捂着胸口，一瘸一拐地顺着屋角的坎子往外走。走出巷子时，我被吓住了。疯子扑在地上，脸朝下，她的嘴里吐着白沫，身子还在抽搐，衣服上有被人踢过的脚印。我是从大人们移动的腿与腿之间的缝隙里看到这一幕的。我在低处，刚从坎子下绕过来。

爸爸从远处走来，一定是有人向他报告了疯子追打我的事，他手里还端着一个茶缸，我想他之前一定是在开一个什么会，只有开会的时候，他才会端着一个茶缸。人群中闪出一个空儿，这时的疯子已经将身体蜷缩起来，仍在不停地抽搐。

有人指着地上的疯子，对着爸爸比画。我远远地站着，当爸爸回过头来看到我时，显出了几分迟疑，他又转过头，喝了一口水。那时我已站到屋角，靠在墙上，我的身子还在发抖。

铁匠来了，他还像从前那样，还像一块被人从地里刨出来的，带着锈迹和泥巴的生铁。铁匠僵硬地走到疯子跟前，然后蹲下身去，试图将她从地上抱起来，可是疯子两次从他手里滑了出去。围观的人一个个都袖手旁观。疯子比先前抽搐得更厉害了，口里吐出来的白沫从脸上流到了地上。

铁匠站起来，这时的他有几分不安。他的脸红了，一直红到了脖子，他绕过疯子的身体，拉过疯子的手，想直接将疯子拖拽到背上。疯子就像一袋浸湿了的棉布，铁匠显然没有将她直接扛到背上的能力，他试了好几次，都被疯子带到了地上，此时的他，更显得更加瘦弱和苍老。

没有人出来帮他们。

七

河水涨潮的时候，我会突然想起疯子，想起那天的情形，不知为什么，心里总会有一种不安的感觉。她给我的秧鸡还活着。曼霞说那天是她去找的人，她跑开之后，看到了疯子追我的样子，她以为我死定了。当时疯子从巷子里跑出来，就有两个男人从斜坡上冲下来，将疯子打倒在地。曼霞说她也没想到疯子是那么地不堪一击。

他们打疯子是打给我爸爸看的。曼霞说这是她爸爸说的。曼霞的爸爸是唱京戏的，一个演员，或许他比别人更清楚什么是演戏。我总是不说话，曼霞也会默默地注视我几分钟，她又会说“你比你姐姐聪明，这也是我爸爸说的”。

远处的山坡上，风一浪一浪地吹过，密集的草在半山腰上弯出一道又一道的波痕，风从河面上过来时，仍然有一股湿湿的腥臊味。牛群扑踏扑踏地从田埂上走来，我又看到了疯子，她顺着河一路走着，我以为她的歌声还会裹挟在风里飘过来。我侧着耳朵认真地听着。曼霞说：“疯子又走失了，昨天才回来。铁匠根本不去找她了，他也许巴不得她不要回来了。”

我说：“又是你爸爸说的？”其实我心里也隐隐有这样的想法，从来没有人想过疯子去了哪里，过不久她又会自己回来。我不知道为什么会希望她不要回来，因为我不知道在这个世界上，还会不会有另外一种生活？我们的生活就封闭在煤山里，四处除了黑的煤就是山坡。

曼霞看了我一眼，她的手在脖子上捏着，她似乎很享受这种感觉。她把头转向疯子，疯子走到了小路和沙地的交会处，她从那儿插过来，我们就会走在同一条路上，然后越过矿井排锈水的那条沟，再走过唯一的一条通过茶山的小路，就到煤场了。

疯子站在通往煤场的石子路上，她手里拿着一根棍子，是农民插在秧田里用来吓唬鸟的棍子，上来还有一块破布，她手捏的部位正好是淤泥泡过的，她的手背和脸上全是泥。她站在那里，她从来没有如此安静地站过。

我不敢看她，她站在那里一动不动。曼霞走得很远了还回过头去看她。曼霞说：“疯子好像不疯了。”

我们最喜欢星期天，可以不用去学校。不到午饭时间曼霞就来找我，她说她发现了一个秘密的树丛，全是蕨苔。我跟着她爬上山，穿过我们家的玉米地，玉米正在抽穗，它们太细了，只有我的指头那么粗。曼霞回头来看我，她笑着说：“你们家的玉米，跟你一般瘦。”我不理她，弯着腰穿过矮树丛跑到她的前面去了。她停下来，手依然在脖子上捏来捏去。她说：“你看！”我没有理她，把手伸进刺蓬艰难地够到了一根蕨苔。

“你快看！”她倒着走了几步，“疯子是不是死了？铁匠家门口围了很多人。”

我一缩手，一根刺条拉住了我的手腕，刺扎进了我的肉里。我一狠劲，手腕上留下了两道血印。

她说：“疯子前几天流产了，流了很多血，这会儿可能死了。”

我说：“什么是流产？”

她看了我一眼，说：“就是生娃娃，不到时间……我给你说不清楚。”

我站到曼霞旁边，我们一起朝铁匠家那边看。铁匠住的屋子跟曼霞家的一样，是用井下废掉的木料搭成的，在半山腰，跟我们这会儿站着的山腰平行，只是中间隔着茶山的整个家属区，还能看到晃动的人影，隐约能听到人的声音。一辆矿车哐哐当当地挡住了我们，矿车上站着的那个人正歪着身子朝铁匠家里看。

“我们快去看。”

曼霞撞了我一下，我没有动。她丢下我跑下山去了，我站在那里看着她穿过家属区，然后爬上土坡，往铁匠家那边跑。爬上那道长满杂草的土坡时，她融进看热闹的人群中，她们一起爬上高高的的坎子。

树林里的鸟飞扑着，整个山里空得只剩下风的声音。

八

透过铁匠家半开着的门缝，我看到铁匠蹲在地上，他正在往锅里放油。我轻脚轻手地靠过去，铁匠是通过我的手腕看过来的。他的目光落在我的手上，我手里的秧鸡朝外奔了一下，我的身体也朝前动了一下。

我看到了疯子，她躺在草堆里。铁匠的屋子里到处是瓶子，装过罐头的瓶子横七竖八地丢了一地。疯子就睡在那些瓶子中间的草堆里，她比先前小了一圈，盖在她身上的旧衣服，使她整个人都像是陷在一个泥塘里。

我站在那里一动不动，铁匠将一把面条放进锅里。疯子掉过脸来，她看到了我。她的目光散淡地划过我，停在门框边被风吹动着的一绺破布上。

她收回目光，把脸转向另一边。她的目光里有一种哀乞，一种我从我们家狗的眼睛里看到过的哀乞。

天开始下雨，是那种几天几夜不停的绵绵小雨。

铁匠住的木屋子，在雨水里显得更黑更沉重，毫无生气。他家的门大开着，屋了里没有人，黑漆漆得像个散着阴气的洞穴。

我知道疯子已经死了，就在前几天。可是我还是忍不住滚着铁环，从他们住的屋前跑过，忍不住朝黑黑的屋子里看了一眼。

（原载《山花》2015年第3期）

胡　静

歌　哭

出嫁的第一天，春燕就和母亲怄上了气。

按照香茗镇的习俗，女儿出嫁前三天就要哭嫁，因为是边哭边唱，悲哀的泣泪中夹杂着哀婉的歌声，所以又叫歌哭。春燕还是个小姑娘时，就跟着伯娘们悄悄学唱哭嫁歌。春燕聪明伶俐，哭嫁歌曲调又简单易学，没学多久她就赶上甚至超过了伯娘们。她开声哭唱“我的……妈耶”，那如泣如诉的声音，不像是从嗓子里发出来的，更像是从心底迸发出的哀鸣，听得当母亲的人都想把她紧紧拥在怀里。她哭唱“我的……伯娘耶”，呜咽中流露出的依恋和不舍，让伯娘们忘记了她平日的顽皮和讨嫌，不仅陪着流眼泪，还轻拍肩背安抚她。她哭唱“我的……姐妹耶”，之前还嘻嘻哈哈不知忧愁为何物的女伴们似乎一瞬间懂得了女儿家的无奈，围着她泪流不止。当唱得人难过得五脏六腑都揪作一团时，她会哽咽着再次呼唤被唱哭的人，那停顿很久才从嗓子深处发出的勾声，悠长凄婉得让人痛彻骨髓的同时，也让人生怕她会悲伤得闭过气，让喜事变成丧事。更让人赞叹的是，她不仅唱腔哀婉动人，还会举一反三，跟着曲调随编随唱。比如，她看见天上飞来一只麻雀，就唱“阳雀开声我开声，阳雀闭口我熄灯”；看见屋梁上挂的火红辣椒串，就唱“海椒开花尖靠尖，儿今与娘两离分”；看见满山满坡的茶绿，她就唱“茶园青青嫩芽长，乖乖女儿要离娘”……天上飞的，地下跑的，墙上贴的，都被她编成了歌词，唱得人情不自禁地流泪。她是大家公认的哭嫁高手。可是，从上前年，她随同镇上的几个女子外出打工，看见城市里的姑娘们穿着白纱欢天喜地出嫁的样子，就不再喜欢哭嫁了。她认为结婚这样的大喜事，就应该漂漂亮亮、高高兴兴的，凄凄惨惨的哭嫁声不但会把化得美美的妆弄花了，还会把好日子哭没了。更让家人气恼的是，春燕不但不哭嫁，还和前来陪哭的女伴们谈笑风生，没有半点不舍之情。气得母亲赶跑了她的女伴，还把她独自关在房间里闭门思过。

屋子里只剩下春燕一个人，她躺在床上，对着纸糊的天花板发呆。

春燕读过高中，只是因为成绩太差，复读了三年仍然榜上无名，所以不得不卷铺盖回家。回家后很长一段时间，她觉得自己像个外星人。以前的那些小姐妹不是外出打工，就是出嫁了。偶尔有一两个未嫁的，春燕又觉得和她们聊天话不投机，说不上两句就兴味索然。一个人出去散步，以前那些让她觉得美丽的原野空旷得几乎萧瑟，曾经让她浮想联翩的山林，她也嫌山太高太连绵，树叶太密太浓稠，让她没法看见外面的世界。她也想过出去打工，但一来家里经济还算宽裕，二来镇子还算富裕，满山满园的茶叶都采摘不过来，做生意找钱的门路也很多。再加上小镇的人比较保守，但凡过得去的人家，都不会让自己的女儿外出打工。找了钱回来的女儿，无论出去做的什么工作，背地里都会让人诟病，很难在当地找人家；空手回来的，又会被父母当作失败的典型，给其他蠢蠢欲动的女子敲响警钟。春燕是母亲三个子女中的老幺，是母亲的心头肉，因此更不会让她外出。

春燕回到镇子那年才十九岁，邻居家有个和她一样大的姑娘，都是两个孩子的妈了。不管春燕情不情愿，给她找婆家（香茗镇叫“放人户”）就成了当务之急。为这事，春燕还和嫂子闹了别扭。春燕读书时本来有个喜欢的人，那人和春燕是一个村子的，算是青梅竹马，不幸的是，春燕落榜了，他却考上大学去了他乡。嫂子说那男人一看就不是个钟情的主，劝春燕死心，尽早打其他的主意。春燕不听，还觉得嫂子见不得她好。那人书信渐少，偶尔回趟家也难得见上一面，春燕还相信他的鬼话是在专心学业。直到临毕业的那个寒假，他和春燕说要专心准备毕业论文，不回家过年，春燕却在上坡祭祖的路上，遇见他混迹在一大堆亲朋里有说有笑，这才明白他在躲她，便率先提出了分手。虽然是自己提出来的，但还是觉得心里有个地方很疼，怕见到和他有关的人，怕听见和他有关的消息。有人不经意提到那人，春燕脸上笑着，眼眶却不自觉地红了。别人过年都长胖了，唯有她，人缩小了一圈。

春燕不但聪明伶俐，还心灵手巧，缝补浆洗都不在话下，一手毛线活更是呱呱叫。镇上的女人请她给娃娃织的小衣小袜，爱得人都舍不得给孩子穿。香茗镇人娶媳妇，就是要看女方茶饭好不，针线好不，加上春燕又多读了几年书，和村里的姑娘相比多了几分书卷气，和那人分手后，说媒的人就踏破了她家门槛，但都被春燕一一否决了。嫂子娘家的堂弟就是其中之一。嫂子的堂弟人长得虽然有点矬，但五官清秀，脾气温和，家境也不错，又是独子，父亲和母亲都很中意。那堂弟也很喜欢春燕，被春燕呛了几鼻子灰，仍然笑嘻嘻地说春燕一日不嫁，他就一日不死心。逢年过节，他都毕恭毕敬地提着茶礼来春燕家，直至春燕自由恋爱上了现在的男人，才没有再来。据说，听说春燕和现在的男人好上后，他还像个多情的女儿家，把自己关在屋里偷偷恸哭了一场。

春燕现在的男人长得高大、精神，对春燕也很体贴，但家境一般，加上性格直爽，爱打抱不平，除了春燕，一家人都不喜欢他。特别是嫂子，心疼自己的弟弟，说春燕放着好日子不过，非要从米兜跳到糠兜去，以后的日子有她哭的时候。母亲也嫌那男人爱惹是生非，不是过日子的人。男人请的媒婆磨破了嘴皮，一家人也不同意。最后是春燕气不过，偷偷随同返乡过年的打工姐妹离家出走，母亲怕丢人，也担心娇生惯养的她在外面吃苦，不得不打落牙齿往肚里吞同意了这门婚事。

和男人千辛万苦走到一起的经历如同电影，在春燕的心里一幕幕回放着，她觉得喉咙涩涩的，眼睛酸酸的，胸口憋闷得像塞了一团棉絮。

院子里传来几个女人的议论声。话语零零碎碎的，极力压抑着音量，似乎怕人听见，但那语气似乎又存心要让人听见。特别是其中一个，虽然压低了，但盛气凌人的语气却像平地刮起的一阵狂风，让另外几个变成了墙头草，只会点头应和。院子里全是那个声音，像青瓦楞屋檐上不请自来的乌鸦，很是烦人，却又无计可施。春燕听出是嫂子的声音，那些话显然是存心说给自己听的，不由得愤恨起来，硬生生把眼泪憋了回去。

母亲虽然比较保守，但又担心强迫她会闹出难看的笑话，很多事情母亲都是睁一只眼闭一只眼。反而是嫂子，说不依规矩不成方圆，不能让别人笑话咱家没家教。嫂子的娘家是个大家族，规矩繁多。她喜欢诉说自己出嫁时的种种礼数，送了几道茶礼，催了几道庚书，梳头、净脸、铺床要选福禄齐全的妇女，辞亲离家撒筷子时不能撒在地上，要尽力甩到后面扯着衣襟接的娘家兄弟身上，出门时要先抬左脚或是右脚，就连铺床都要看期辰。总之，一点规矩都不能缺少、错乱。嫁入春燕家的那一天，因为婆婆找来帮忙铺床的女人中有一个是再婚嫁过来的，嫂子都不高兴了好几天。母亲开始还耻笑儿媳妇年纪轻轻就作茧自缚，但不知道是嫂子说多了，还是母亲年岁大了糊涂了，慢慢竟觉得儿媳妇的话有些在理，很多事都放手让她做主了。春燕表现出不以为意的样子，母亲还狠狠训斥了她一顿。

春燕怀念嫂子没有到来时的日子。嫂子没来之前，日子虽然清淡、寂寞了点，但一家人都宠溺着她。做了不得体的事，也因为觉得她小而一笑了之，事态严重时也不过凶她几句。嫂子来了后，那眼睛像根钩针一样，把她身上针眼大的毛病都挑出了线头儿。

嫂子眉眼淡淡的，刚说媒时来春燕家看人，还依着做女儿家的规矩，从不与人直视。打量春燕家的境况时，也只是用眼角的余光轻轻地瞄上两眼，羞羞怯怯的样子，把骨头缝里的泼辣、尖酸隐藏得不见丝毫。那时，春燕刚开始学习打毛衣，一分心就漏了针，嫂子在旁边，细声细气喊声幺妹，主动揽过去给她挑补得妥妥帖帖，让春燕觉得不是多了一个嫂子，而是多了一个像妈像姐一样关心她宠爱她的人。是从什么时候起呢？说不清是从她生了侄儿，还是从春燕高考落榜后回到家里，抑或更早，从春燕偷穿她衣柜里的新衣时起，嫂子就变了，变得阴阳怪气，变得尖酸刻薄。特别是春燕拒绝了她的堂弟后，就更爱指东道西、说这管那了。为了避免争吵，也怕母亲伤心，春燕只能将种种不满装在心里。

嫂子为人精明，在家做女儿时就开始做小生意，在娘家几个嫂子的虎视眈眈下，没有花娘家一分钱，给自己置办了丰厚的嫁妆。记得嫂子嫁来那天，嫁妆摆满了整个新房。光是压箱底的丝绸被面就有好几铺，或龙凤呈祥，或鸳鸯戏水，或花开富贵，或百子祈福，丝绸软滑如流水，在来看嫁妆的女人们手下展开后，被面上的花木滴珠带露，鸳鸯像真的在清波里恩爱携游。这还罢了，就连置办的衣服、鞋袜都有一二十套，春夏秋冬，长长短短，桃红柳绿，青山绿水，装在精致的盒子里看得人眼花缭乱。女人们羡慕得说话都拈酸带醋的。春燕那年十七八，正是喜欢打扮的年龄，那些漂亮的嫁衣摄走了她的魂，睡梦中老是看见自己在试穿它们。她瞅准家里只有她一个人的空儿，进屋打开了嫂子的衣柜。

那是个春光明媚的正午，柜门一打开，风和阳光便乘虚而入，挂在柜子里的衣服像被春风唤醒的花朵，也像被吵醒了的花妖，伸一个懒腰，就施施然扭动起了腰肢……春燕看呆了，摸摸这个，瞅瞅那个，件件都让她爱不释手。看到嫂子做新娘那天穿的嫁衣，春燕更是觉得喉咙发紧，情不自禁地把裙子取出来放在自己身上比画，比画着比画着，就穿上了身……

春燕以为自己做得很隐秘，但架不住次数多，还是让嫂子撞了个正着。那天，她正陶醉地看着镜中焕然一新的自己，嫂子突然回来了。嫂子不说话，也不看她，只是沉着脸，低头整理凌乱的衣柜，直至春燕换上自己的旧衣讪笑着离开，也没有正眼望她。

过了些日子的某个傍晚，一家人没事坐在院子里闲聊，嫂子才冷不丁地冒出一句“春燕该准备嫁妆了”！偷穿嫂子的衣服被撞见后，春燕心里对嫂子有了一些歉意，话语间赔着小心，嫂子这话让她觉得自己被嫌弃了，不由得嘟嘴搡了一句：“妈都没嫌我，你倒嫌我了。”春燕本是被娇惯惯了的，本家的几个伯娘偶尔开玩笑，说春燕长成大姑娘了，该找人家时，也被她这样搡过，伯娘们都哈哈一笑了之。嫂子却变了脸，说：“女儿大了本来就要说婆家，你还想赖在娘家吃一辈子不成。”

“我就赖在娘家一辈子又怎样？我端的又不是你的碗。”先还觉得自己理亏的春燕此时倒不依不饶起来。也许那时真的觉得春燕还小，最后是嫂子服了软，笑说一句“嫂子逗你呢”才平息了这场风波。

日子长了，春燕发现自己真成了多余的，特别是父亲过世以后，连最宠她的哥哥，也开始频繁地带朋友回家，当然，表面上是装作无意、漫不经心的。她这才醒悟过来，嫂子之前的那句话是一个伏笔，提醒她姑娘大了，不能老待在娘家吃闲饭穿闲衣，自己却傻不拉叽地真把那句话当作一个玩笑。

嫂子生了侄儿后，对家里的事，开始喜欢发表意见，特别是给春燕介绍人家时，不管春燕看得上看不上，她都要评头论足，挑长剔短。次数多了，春燕从嫂子的话里听出了弦外之音，挑人家不但要看男人的长相、品性，还得挑家境。挑到了一户富裕的人家，有个厚厚的家底垫着，日子再差也差不到哪去。人家挑好了，还得看兄弟姐妹的多寡，家境再好，因为有兄弟姐妹虎狼般窥伺着，父母即使有心多给，彩礼也丰厚不到哪里去。最好是独儿，家里什么都是他的，没人会来分家产。嫂子说漏了嘴，忘记了春燕的处境，说小姑也多余，老话说女儿是赔钱货，那还是表面上的，暗地里实际就是一个贼，出嫁后也要暗度陈仓，把娘家搬空。嫂子越说越不像话，直到春燕绷紧脸从鼻孔里喷出一口冷气，才嘻嘻笑着喊孩子，岔开了。从那以后，春燕明白了自己在娘家的尴尬处境，说话做事再也没法像嫂子没来以前那样随心所欲了。

母亲听了嫂子的话，也开始絮叨春燕，说："姑娘就像枝头上的花，要趁好年华挑选人家，大一岁，就意味着合适的人家越来越少，等成了老姑娘，就只有别人挑剔你，嫁过婚人了。"香茗镇人老脑筋，姑娘嫁给已婚的男人被视为掉价的事。镇上有个父亲早逝的姑娘，为抚养弟妹，错过了结婚的好年岁，迫不得已嫁给结过婚的男人，因为一件小事和邻居吵架，这事就被人家当作短处数落得抬不起头。

妈不说这话还好，一说，春燕就把在嫂子那儿受的气一股脑还给了妈，问："到底谁是你姑娘？"

母亲说："你是你是，但姑娘大了就得嫁人，妈没能耐把你留在身边一辈子，等我做不动了看人脸色吃饭的当儿，你想当老姑娘都没地儿。"母亲说话时正在削洋芋，也许是分了心，洋芋竟然从手上滚落了，她急忙伸手去捡，不知道是人老了，动作不够灵敏，还是怎的，一连捡了几次，都从手指缝滑落了。春燕弯腰捡起来，把洋芋递给母亲时，看见了母亲的手，因为风湿的侵袭，已经扭曲变形，十根手指像十根枯干的树枝，一点点火星就会蓬勃燃烧成灰烬。春燕看着母亲的手，忘了把洋芋递给母亲。母亲没有兄弟姐妹，十三岁时因为饥荒又没了父母。嫁给春燕父亲后，婆家因为成分不好，被搜刮得连个洗脚的盆都没有留下一个，男人又散漫文弱，顶不了事，母亲不得不撕下脸面和人争和人吵，陆陆续续有了三个孩子后，还冒着割资本主义尾巴的危险，偷偷做起了小生意。哥娶嫂子后，母亲也没有一点要歇息养老的意思，仍然起早摸黑在四乡八邻赶集，身手利落得连年轻人都自愧不如。在这之前，至少是在父亲病逝以前，春燕记忆中的母亲永远是泼泼辣辣、风风火火的。从去年父亲去世后，她骤然变老了，说话做事比先前慢了好几拍，还时常嚷这里酸那里疼。饶是这样，她还强撑着去摆摊设店，但常常算错账，忙了一天赚的钱白白送给了别人。春燕让她歇息，她叹说自己的任务还没有完成，不敢不去。春燕的哥姐都已婚嫁，母亲说的任务只能是春燕的婚事。在这以前，母亲这样说的时候，春燕体会到的不是母亲心上的牵挂和纠结，而是她和哥嫂一起嫌弃自己。母亲说多了，她心里还起了几缕恨意，对家里介绍的对象不分青红皂白地反对。此时，她忘了和母亲犟嘴，默默接过母亲手里的菜刀，接着削洋芋。

从那以后，春燕比以前收敛了很多，学会了藏着掖着，对于找婆家的事，虽然心里不愿意，但也不再像以前那样抗拒。

倒是嫂子，愈来愈有这个家女主人的样子。无论大小事，她都要发表意见，镇上有红白喜事，也多半是她出面。逢到哪家嫁娶，嫂子吃完喜酒回来后，最爱评论的就是姑娘的嫁妆，说哪家姑娘会算计，花少少的钱，就把嫁妆置得丰厚可观；哪家姑娘心狠，彩礼钱自己揣着，嫁妆全让娘家倒贴，临走了还嫌嫁妆办得不够丰厚。嫂子说，姑娘家的分量就体现在彩礼上，且不说父母把一尺长的婴儿抚养成人，却要给别人家开枝展叶，那点彩礼连毛毛雨都算不上。彩礼还是一杆秤，婆家看重这个姑娘，掏尽家底也会给足彩礼钱。嫂子家是香茗镇的大户，她又是家里的幺姑娘，要的彩礼钱高得镇上的人听了都吐舌头。母亲要强，加上就一个独子，嫂子家开口后，母亲没吐一个字，咬牙给齐了。给嫂子添的三金，金耳环长得直打下巴。置办的家具是最时新的，新房不但粉刷得洁白透亮，地上铺的是城里都很稀缺的地板砖，仿原木的花纹妖娆得看花了人的眼。

听嫂子说话，春燕心里又明白了一些，婆家给的彩礼钱要丰厚，做姑娘的才有面子，而且这彩礼钱能不动用就不动用。嫁妆也得早早置起，大到床上的铺垫，小到筷子调羹，都可以看出姑娘是不是会过日子。

春燕表面上对嫂子说的话嗤之以鼻，暗地里却开始热衷于逛店铺，留意打折、减价活动，以期花最少的钱，办出光鲜、丰厚的嫁妆。毕竟出嫁是一辈子的大事，春燕也有虚荣心，希望自己的嫁妆摆出来时也风风光光的，起码不让人跌价。因为这种想法，她开始在意嫂子的话，偶尔淘到一件物品得到嫂子的夸赞，表面上她不动声色，但心里会甜得像吃了蜜糖似的。

因为彩礼的事，春燕还是和嫂子怄了气。夫家家境本就一般，两家商议定下婚事不久，婆婆又得了重病，加上之前倾尽积蓄修建新房，根本拿不出彩礼钱来。真是一文钱难倒英雄汉，站起来像棵大树般顶天立地的男人，提到彩礼就焉成了大太阳底下的一棵草，抬不起头来。春燕心里着急的同时，也心疼男人。两种情绪交杂在一起，短短几天眼睛下面就起了一层青紫。母亲心疼女儿，暗地里对她说："只要你们小两口齐心过日子，有没有彩礼不打紧。"嫂子屡次问起，母亲也只是含糊其词。这在嫂子心中留下了一个阴影，总觉得母亲偏向春燕，担心春燕的夫家不但不给彩礼钱，母亲还会倒贴。

因为这种怀疑，哥哥答应给春燕置的大彩电，货刚送到，嫂子就直接拆封放进了自己的卧室。刚开始时，春燕只是心里有点打鼓，安慰自己说嫂子是帮着试机呢，以免自己出嫁后彩电出故障再调换麻烦。这样想着，她还把装彩电的空纸箱仔细收了，用塑料布小心蒙好，准备出嫁时拿出来用。然而，临到春燕摆放好嫁妆，仍然不见哥嫂把彩电抱出来。春燕去敲门，却见哥嫂正斜躺在沙发上，捏着遥控板说笑着换台。春燕硬着头皮说自己是来搬彩电的。哥哥还好，起身就去拔线装箱。嫂子却沉了脸，摔门拂袖而去。

春燕先前的悲伤变成了恼怒，正没发泄处，门外却响起了嫂子的声音。嫂子做人八面玲珑，拿香茗镇人的话来说叫会做乖面子，喊春燕之前，先捂紧胸口轻咳几声，清嗓子的同时，也把姑嫂间的种种不快隐匿了起来，喊声听起来温柔而深情，不知内情的人都以为她和春燕是亲姐妹。嫂子是来喊春燕去哭打发的。香茗镇的姑娘哭嫁时，被哭到的长辈都得给姑娘一个红包，所以镇上的人把哭嫁又叫成哭打发。这些钱全部是姑娘的私房，多少取决于姑娘家亲朋好友的多寡。打发收得越多，姑娘越有面子。打发钱是送礼之后的一种额外付出，有手头紧的或者吝啬的，会想方设法躲避。一般的姑娘心里明白，再不乐意也不了了之。嫂子却不这样，她耳灵眼明心活，任你藏在哪个旮旯，都能找到。她虽然个子娇小，又穿着高跟鞋，走路却快得像陀螺。她的两个远房堂伯娘隔着几间屋子听见声音想溜，不但没有走脱，还因此闪了腰，扭了脚。被哭到的人掏钱时，嫂子跪在前面，一只手捏着帕子捂住脸胡乱地哭唱，眼角余梢却紧紧觑着拜盘，是以每个被她磕到的人给了多少拜钱，她都尽收眼底，盘里那些大额的钱币让她的哭声像喜鹊在欢唱，全无即将离开亲人的悲伤。要是被拜的人吝啬，给得少了，或者手脚迟缓了一些，她会拿眼定定地看着人家。有些人本想给点零钱打发了事，让她盯得不好意思，不小心就抽出了张整票子。最过分的是有几个和她并无血亲，只是因为大家都在一条巷子居住，依着年龄和乡俗叫了声伯娘的。她们本来是闲散着身心，坐在一边看热闹，没提防嫂子一溜儿小跑，跑到她们面前，双腿一弯跪下，就用手帕遮着脸喊着“我的……伯娘耶”哭唱开了。他们猝不及防，像被谁半路打了劫，憋着一肚子的不甘却没法发作，只得暗沉着脸，不情不愿地伸进衣兜里掏钱。嫂子哭嫁那天收的红包，放在托盘里堆成了小山，她贪财的名声也传遍了香茗镇。

春燕听说后装作不知道这事，心里却看轻了嫂子，发誓自己到时绝不学她。想到这里，她把身子朝向墙壁，合眼装睡。

因为和母亲赌气，春燕这几天一直没能好好睡上一觉，所以一合上眼就迷迷糊糊入睡了。刚入睡，她就看见男人穿得人五人六，在一群人的簇拥吹打下前来迎娶她。男人来得太仓促了，她匆忙换上嫁衣正要跟着出门，嫂子却说她还没有哭嫁，拦住不让走。

春燕不依，嫂子把她扯到一边，悄声劝解说："我的傻妹妹，你再不喜欢哭嫁，也不能白白舍去哭打发这样的好机会。"春燕本想搡嫂子几句，转念想到今天是出嫁的好日子，就只是沉着脸不说话。嫂子还以为她是拉不下脸来，说："害羞啥？你再害羞，在钱面前也不能害羞！"见春燕还是不出声，嫂子着急地说："放着这样无本万利的机会不抓住，会被人笑掉大牙的。"嫂子的话让春燕再也控制不住心里的不屑，怒斥道："我是出嫁，又不是当叫花子。"春燕的话让嫂子变了脸，直言让她有本事别带走家里的一针一线。春燕正想争辩，嫂子却不管三七二十一，喊来一群人把她强扯到一边，把摆放在院子里的嫁妆搬走了。嫂子搬完了嫁妆余怒仍然未消，指着春燕耻笑说："你如今两手空空，看哪个会娶她？"嫂子太过分，春燕再也止不住心里的怒气，反唇相讥说："夫家看起的是我这个人，而不是我的嫁妆。"春燕的话让嫂子哈哈大笑，拍着手问前来帮忙的人，他们哪个会娶春燕？那群人也哈哈大笑起来，嫂子的堂弟和青梅竹马也混在其中，嫂子的堂弟看春燕的样子没了以前的倾慕，一脸的轻蔑和不屑。青梅竹马也恍如陌路人，一脸漠然地看着她。就是刚才还欢天喜地迎娶她的男人，也把目光转向了别处。春燕想，谁都可以不管自己，母亲和哥哥总不会不管自己吧。让她失望的是，哥哥不知道躲到哪里去了，母亲躲在院子的旮旯里，用哀哀的眼光看着自己……

当春燕心寒到极点，觉得自己被全世界遗弃，哭倒在地上恨不得去死的时候，耳边突然传来了一阵亲切的呼唤，她抬起头，看见是父亲。父亲微微笑着。春燕记得，自己第一次背着书包上学时，父亲就是这样笑着目送自己走远；她记得，自己烧得说胡话，父亲抱着小小的她放在他和母亲的睡床中间，紧拥着哄她入睡时也是这样笑着；她还记得，槐花飘香的时节，自己偷偷爬上树，躲在槐荫中间偷吃槐花，想把自己变成跟槐花一样香的女孩，最后却站在高高的枝丫上不敢下树时，父亲也是这样笑着伸开双手鼓励她……那时候，父亲的怀抱是多么温暖多么有力啊，无论什么事，只要躲进父亲的怀抱，一切都会如春风般消融化解，想到这里，春燕轻轻喊了声父亲，站起来向他奔去。让春燕意外的是，自己并没有扑进父亲温暖的怀抱，反而一扑摔在了地上，钻心地疼痛让她清醒过来，她发现，除了嫂子、那些嘲笑她的人以及面容哀哀的母亲外，根本没有父亲，她找遍了整个院落，也只找到了供奉在兆屋香火上的父亲遗照，看着父亲的面容，她不禁悲从中来，"扑通"一声跪倒下去开声哭诉：

香火脚下儿跪扁，为父在上听儿鸣。
若生冤家是男子，是你烧香换水人。
是你女儿生错命，烧香换水替别人。
……

春燕被母亲从梦中摇醒的时候，整张脸都哭肿了，以致耽搁了开脸、梳头这样的大事。开脸又叫绞苦发、绞寒毛，是用一根细线，慢慢把姑娘脸上多余的汗毛捻光捻净，既是为了便于上妆，也意味着自此以后告别了做姑娘的日子。净面的线又细又长，常常捻得人倒吸冷气，有泼辣受不了疼的姑娘，还会借哭嫁哭骂媒人。春燕打小在人群里目睹了这一幕，脚下下意识地往后退了几步。前来帮忙的田嫂看见了，说春燕不欢迎她呢，作势要走。春燕急忙走上前拉住了她，同时心里轻轻笑自己，躲啥呢？是姑娘都得过这一关，躲得了初一，也躲不了十五……

胡思乱想间，苦发捻完了，田嫂举着一面镜子让她看。因为捻掉了多余的苦发，两弯天生长长的眉毛也被修剪成了两片柳叶儿，镜中的人脸庞明净，眉目如画，眸子清澈得如两泓山泉。看着镜中的自己，春燕忘记了哭唱，整个人恍惚起来，从什么时候起呢？应该是从慢慢开始长成一个少女起，她就爱照镜子了。有时候照镜子的时间太长，次数太频繁，还惹来了家人的嘲笑，连少言寡语的父亲也忍俊不禁，开玩笑问她脸上是不是开了花儿。其实没有人明白，她照镜子不完全是看自己脸上有没有洗干净，长得美不美，而是想确认一下镜中的自己是不是真正的自己。照镜子的次数越来越多，镜中的印象却越来越陌生，像自己，又不是自己，好像一朵蒲公英，飘来飘去的，找不着方向。这种感觉慢慢变成一种向往，春燕开始想象，自己的婆家在哪儿？丈夫长什么样子？脾气好不好……要是突然有人撞进来，她会像做贼被抓住了似的，突然一下子羞红了脸……想到这里，春燕的心变得酸涩起来。人们常说，姑娘是一朵鲜花。然而，那花期是多么短暂啊，刚盛开就得离开亲生父母，给别人家生儿育女、操持家务。难怪娶媳妇的人家欢天喜地，嫁姑娘的人家愁眉苦脸……

田嫂也是做过女儿的，知道春燕心里难受，边给她换嫁衣边安慰说："今天是做姑娘的最后一天，自此以后就是别人家的媳妇，不能像在娘家那样随心所欲了，想哭就哭出来吧。"

春燕想着自己在嫂子面前说的狠话，正想把眼泪硬生生逼回去，一阵嘹亮的唢呐声远远地传了过来，院子里起了一阵忙乱和骚动，接亲的到了。田嫂急忙拉着春燕去兆屋辞别祖宗和亲人。母亲早到了，她这几天强撑着病体忙里忙外，整个人看上去比平日苍老了很多。不知道是不是因为穿着高跟鞋，春燕觉得站在自己面前的母亲不但老，还矮小得像个发育不良需要人呵护的孩子。眼泪仓促间又溢满了春燕的眼眶，她怕母亲看见，把眼珠转了过去，去看祖宗牌位下面的父亲遗照。相片上的父亲皓首白发，也许是知道春燕即将离开家，原本温和可亲的面容竟然染上了几丝凄苦，春燕忆起头天晚上那梦，再也管不住自己，开口哭唱道：

喊声爹娘叫声天，娘女就要分两边。

喊声爹娘哭声地，女儿就要离娘去。

一乘轿子四人抬，女儿一去难转来。

……

春燕哭得太动情，哭得旁边的母亲和女眷们跟着抹起了眼泪，八仙桌两旁燃着的红烛也跟着呜咽起来，热热的浊泪滴在雕花上，花朵也滴答滴答掉起了眼泪。她哭得整个人都迷糊了，忘记了自己是怎样在田嫂的指使下磕头，是怎样站上扣在兆屋中间的粮斗甩筷子，又是怎样在田嫂的推拉下走出兆屋……

屋外早就挤满了看热闹的人。春燕拭泪的当儿，看见人群里有张面庞一闪，她觉得这张面庞似曾相识，疑惑间定睛瞧了一眼，忆起是曾经的青梅竹马。认出那人后，春燕突然止了泪，站进田嫂撑开的红伞，袅娜地走向不远处停着的花车。

（原载《山花》2015年第5期）

2015年

罗 漠

我能把你怎样

好在还是初秋，晚上他可以披着那床破毛毡在离砖厂不远的大桥下蜷一夜。

毛毡是春上秋林刚来这儿打工，一时没有找到活路，只能悄悄去垃圾堆找一点吃食时找到的。可能是男主人抽烟时不小心，毛毡上落下了两个小孔，就拿出来扔了，他却不嫌，还思量着回家打谷子时把它带回去呢。但到打谷子的时候，老板却不同意他回去，要回去那一个月的工资就别想领到手。后来到了开学季节，他又向老板提出给女儿把学费送回去一下。老板依然不允，说就不能从邮政上寄？哪怕他再三解释，说一来家离乡场较远，乡邮政是懒得把汇票给亲自送到家去的；二来五天才赶一场，乡里人都是赶场天去取钱，就很挤，还不管你同意不同意都要扣下一定的比例作为储蓄存款。挤也还罢了，有时你还取不到，老婆有一次就为他寄去的钱空跑过三场。

但老板却懒得听他啰唆，还是那句话：要回去可以，但别想拿到那个月的工资。还说，想老婆想得紧，就花几十百把块钱去一趟城区的哪家发廊，不要拿给女儿送学费来当借口。

这些仿佛都还说得过去，因为刚进砖厂时老板就有言在先：第一个月的工资要被扣下作押金，年底再如数发放。至于发廊，倒是时不时有工友要去逛逛，听起来都觉得肮脏龌龊；再说，把钱花在那上面去，他也觉得不值。

他是过完年的正月底就进到这家砖厂的，第一个月，也就是农历的二月，天气还很冷，寒衣也只带了两件，晚上同几个工友挤在一起，倒也不觉得，白天就拼命地干活，把湿砖一车车拖进窑子，再把烧好的砖一车车推运到厂门边码起来，反倒让全身都热汗腾腾起来。那一个月，按照说好的工钱计算法，他可以领到一千二百多块。尽管这些钱要到年底才能领到，但它总不是一个小数目，秋林后来几番要走又几番都被它们套住了腿脚。

第一次就是他希望老板让他回去打谷子那次，想给女儿送学费回去是第二次。

但现在，他横下心来了：老子不要那些钱了。

他其实睡得很不踏实。除了心头那个激烈的念头常梗得他猛一激灵外，从桥上开过来开过去的各种车辆，“突突”的车轮声和“嘟嘟”的喇叭声，每每在他刚要入梦时又把他震醒；加上咳嗽不止，有时直咳得涕泪横流，就更难让他能够安静地合一会儿眼。

因为砖窑烧的是煤，秋林最先就以为是煤烟让他咳嗽的。心想，咳嗽就咳嗽吧，干完这一年另找个活路算啦。他经常在心里默想，这一年干下来，有好几千块钱呢。女儿已经上学读书了；违反计划生育政策刚刚超生的这第三个儿子，要交上两千元的罚款才可以搪过去。如果再去找一个活路，难找是一回事，找到了也未必有砖厂的收入。至关紧要的还在于，他打听到城里有一家残疾人学校，等凑够了钱，说不定还可以把大儿子送到这儿来医医呢——只要把他医到会自己大小便、会用筷子吃饭就行。

何况，作为押金的那第一个月的工资，是无论如何都不能丢下不要的——一千二百多块，够老婆用两年时间喂卖一头大肥猪了。

哪怕就在老板不让他回去的那两次，他离开的意念其实也不坚定，过后反倒在浪费一笔车费上找到了一点安慰，一如当初干得卖劲。

但咳嗽却越来越频繁。

有工友劝他：“去医院看看吧，万一得了肺结核咋办？”

他还是认为是煤烟的原因，说：“就是煤烟呛的——我这身体，壮得很呢，你们一天有哪个比我推得多？”

“倒也是。”到眼下为止，还真没哪个工友挣的工资超过他。

直到上个月的一天，他看见自己每次咳出的痰里都隐隐有血丝，这才慌了，抽空来到城边一家诊所，竟真检出了肺结核。

接下来，痰里的血丝越来越清晰，喘气也明显剧烈了，力气也一夜之间仿佛就不如人了许多。

这回倒是老板要请他离开了。

总有工友嫌这活路累人，也担心煤烟会让自己患病，第一个月的那点工资不要也罢，只干一两个月就走人了。既然经常有人走，到第三个月的时候，秋林就把自己的舅子也介绍了进来。

与他一样，舅子也即刻成了一个熟练工，第一个月的工钱比他还多。可他却也只干到两个月就要走，倒不是嫌推运砖块的活路累人，而是刚来就受不得煤烟，一天都咳嗽不止。

砖厂老板平素是不劝留的，因为来找活干的一直不缺，走一个马上就会有人来填上，他也因此白捡了一些活路，何乐而不为？但对秋林的舅子，他却再三挽留，建议他干活时戴一副口罩。

秋林也想象不出，既然口罩能够拦住煤烟不被吸进，那么，无疑也会认识到这一点的舅子为什么还是坚决要走？

实在要走，老板也无法捆住他的双脚，但同样是在刚进厂时就说过的，不能领走第一个月的工资。

舅子第一个月的工资比他的还要多几十块呢。

但见舅子咳得也确实难受，秋林也不好劝阻，就去央求老板，恳请他把舅子第一个月的工资发给他。因为舅子是他介绍来的，辛辛苦苦才赚得一点钱却领不到，不管会不会私心里怨他，他都觉得自己是有责任的。

嗫嗫嚅嚅说出来后，老板睨他一眼，理都懒得理他。

很久，他都奇怪自己当初哪来那么大的胆子，一改脸上的懦弱神态，粗声粗气地说："那我们就到工会去说。"

秋林说的"工会"是城区去年才成立的"进城务工人员组织联合会"，说是专门负责解决农民工工资被拖欠的问题。

砖厂老板却笑了，说："你们去吧，看他们能给你们拿个什么主意出来。"

说去就去了。

两人好不容易才在一间简陋的房间门口找到那块"进城务工人员组织联合会"的牌匾。仿佛对他们表现得还算客气，只是在听过二人的一番絮叨后，那个被介绍为"主席"的人，马上就拨出去了一个电话。

秋林隐隐听得的对话是：眼前的"主席"对电话那头也称呼了一声"主席"后说，他引进的那家制砖厂，有打工人员来告他们克扣了工资。

他也因此在心里将眼前这位"主席"叫作"小主席"，把接听他电话的那位叫作"大主席"，因为对方似乎管着眼前这位"小主席"。

事实上，秋林进城不久就已经得知，近几年来，这里的地方政府出台了一个又一个的招商引资方案，各部门是有任务的，完成得好领导就有奖，相反就免不了大会小会挨批评。

但他没料到这家砖厂竟然就是这个工会的"大主席"引进来的。

听得电话的内容后，秋林的心情可想而知。他一时懊悔不已——怎么偏偏就想到来这儿说理呢?

不想“小主席”放下电话后，还是决定同他们去一趟砖厂。

秋林最初央求老板开给舅子工资的条件就是，自己不是有一个月的工资被扣着吗?他是不会走的。

只是老板说:“你的是你的，他的是他的，要都走了，我这砖厂还怎么开?”

“小主席”前来协调的结果，不过就让老板接受了秋林当初提出的那个条件:把舅子那一个月的工资发了，他一定在这儿干完这一年。

这是秋林和老板的第一次冲突。

从此，老板就一直对他横眉竖眼来着。

进城之前他就和老婆约好:每个月的第二场，他就给某个电话亭挂一个电话回去，老婆定时来那儿接，告诉他钱是否收到。他再顺便问一问女儿读书展不展劲、小儿子开始喊人没有、计生站还没来催交罚款吧，以及老人们都好不好。

偶尔，他也会问问大儿子的情况——并不指望哪一次老婆就会告诉他好一些的消息，因此也就谈不上欣悦或失望。

已经十一岁了的大儿子，还不知道自己大小便，爷爷奶奶、爸爸妈妈也喊得口齿含混。

大儿子三岁的时候发过一次高烧，都以为不是什么大病，就先是烧了蛋来前胸后背地滚，没见效，再用了一些从左邻右舍问得的土办法，也依然没能把体温降下来，才急忙急慌地背到乡卫生院。其实也是早想到了要去卫生院的，就因为听说并也不止一次亲历过那里的情形——看一个病要花很多钱是一回事，医生们对乡下人又总是没点好脸色，嫌弃得很。因此，不到万不得已是不去卫生院的;万不得已去的时候，都不会忘了要给他们撮一撮花生、糯米或提几个鸡蛋去。要背儿子去卫生院了，没有花生，没有糯米，也凑不齐十个鸡蛋，秋林想起家里还搁着一小罐给爹治风湿的蜂糖，就只得把那小罐蜂糖提了去。

医生们说送来迟了，能够让小孩活下去倒是没问题，但患的是结核性脑膜炎，以后智力肯定会大受影响，弄不好还会出现肢体瘫痪、癫痫等严重后果。医生担心他们不懂什么是癫痫，就说是大家所说的羊角风，会突然昏倒，还建议他们再到县医院去看看。

到这儿来都是一家人好不容易才决定的，哪还敢再去县医院?

这就是秋林一直恼恨自己的原因——他恨自己太没出息，当初要是早一点去乡卫生院，儿子未必会患上脑膜炎;退一步讲，听了医生的建议去了县医院，也说不定就能把儿子医好。

就因为心疼那两个钱。

就因为不舍得哪怕卖掉一列房子。

但是秋林还是到处找方子给儿子医了两年。是不是给儿子灌喂了两年各种药渣的结果也不得而知，倒是没有见他肢体瘫痪，也没见何时突然昏厥倒地，但智力“大受影响”却是确凿无疑的：五岁了还不会蹲着大小便，也不能口齿伶俐地称呼爷爷奶奶、爸爸妈妈，智力还不如三岁的时候。

见儿子已经无药可救了，就在他五岁那年他们再生了一胎。

是个女儿。

秋林和老婆商量过，女儿就女儿吧，辛苦一点把她盘出来，让她读书，习了知识和文化，养养自己的傻子哥哥应该是没什么问题的。但爹妈却唠叨个不停，说：“积谷防饥，养儿防老，以后女儿总要嫁出去，女婿懂理一点，或许还可以给你们养老；要养一个傻子舅子，怕不好说了——傻子也是个人，没衣没食的，不可怜？”

说得两人耳朵边都起了茧，就在女儿五岁那年他们再生了一胎。

终于是个儿子了。

但跟着就有计生站的同志赶来，说他们违反了计划生育政策，要罚款。他们说：“按理说，大儿子成了傻子，你们有理由再生一胎，但也应该先去给他办个残疾证，再去申请个准生证才说得过去。两个证都没有办，我们也能够体谅，可是还要生第三胎，这就太没把计划生育政策放在眼里了。”

要罚他们一千五百块钱，他们实在交不出来。老远赶到这个偏僻山沟里来的时候，计生站的两个同志又都走得双脚都起了泡，是没有力气赶猪赶羊的，就说这笔罚款肯定得交，要他们哪个时候凑齐了自己送到计生站去。

秋林就说：“明年吧，等翻年了我也出去打工，一定把罚款找齐了交来。”

见秋林并不是要赖的样子，就说：“行。但要拖到明年，你就得交两千。”

实在无法可想了，秋林就默默点了点头。

因此，把大年一过，秋林就真外出打工来了。

无着无落地，他半饥半饱地在城边的各个工地晃荡了十来天。

就因为在城边的工地混过十来天，认识了几个乡亲熟人，他轻而易举就搞到了两节听说很有杀伤力的雷管。

他最先想的是炸掉那两座砖窑。

炸掉那两座砖窑，老板也谈不上有很大的直接损失，几千、万把块钱的样子；但他要继续在这儿把砖厂办下去，就得费时耗材，加起间接的损失也很可观。而且，也极易操作成功，就制作一只小时候玩打鸟的弹弓，趴在一个高处把雷管对准窑口弹去就是。

秋林就去垃圾场刨来一节有韧性的橡胶，再把一小节铁管弯成半圆，两头系上橡胶，弹弓就制成了。他还跑到一个空旷的地方熟悉了一下准手——小时候常玩的把式，学起来毫不费力。

第一个夜晚来砖厂瞄地势时，他发现自己竟然忘记了那儿还有其他工友——同自己和舅子一样，砖厂的煤烟让不少人都咳嗽吐血了。有自己和舅子的例子搁在前面，没有走的都是舍不得第一个月的那点工资，明知要不到也就懒得去要。工棚又都离砖窑不远，而且晚上还有两班进窑出窑。就算能够找准进窑出窑的这个时间间隙，但砖厂要发生了爆炸，哪一个工棚都是很难幸免的。万一伤到了同自己一样苦命的工友咋办？他实在是忍不下心来。

他也幻想过：要是工友们哪一个傍晚都去逛城就好了。

可第二晚来到砖厂附近，他看到的还是每一间工棚都亮着灯光。

第三晚也是。

他就只好放弃了这个计划。

但就在他第三晚摸到砖厂来时，住在城里的老板中途曾飙着他的小车回来过一次。

他立刻又有了主意。

“A8A8A”——他觉得这个车牌号真有意思。

老板得知秋林患上肺结核后，就找到他说：“你走吧，你不是三番两次要走吗？现在你可以走了。”

脸色很厌嫌，语气很冰冷，他的心一时就像跌进了一个冰窟。

其实哪怕就是吐起了血，他也是没有半分松懈的——他总是想着多推一车，再多推一车，每一车都是钱啊。他要多找些钱让女儿去读书，还得交罚款，有存余的话，再把傻儿子带到这里的残疾人学校来看看。

就像农村人帮活路，主人家不仅要负责相帮人的一日三餐，要是帮忙过程中谁有个大灾小病，也是会主动承担一些费用的。于是他最初还这样理解，也许是怕他突然病死在这里，赶快打发走算啦，也不过是出点小钱罢了。

他就低着头站在老板面前，等着他做这样的表示。

可老板却转身要走。

他再一次胆气直冲，颤着声说：“我是在这里得的病，难道要我自己医吗？”

“你的意思莫非是要我给你医喽？”老板掉过头来，“你以为我不知道？你的肺结核是早就有了的，要不，你怎么刚来这里就咳个不停？”

他顿时就觉得脑门气血直冲，跟着就“咳咳咳”地咳个不停，还吐出了两口鲜血，两行眼泪也不知是咳的还是从心里面流出来的。

老板坚决不承认秋林的病是在来砖厂以后才患上的，拒绝给付哪怕一分钱的医药费后，还明确告诉秋林，他那第一个月的一千二百块钱工资也别想领走，因为他并没有做到他们协议说好的年底。

转身离去之前，老板又带着嘲笑的口吻说："这回你还可以去找工会嘛，看他们又能帮你出什么主意。"

那一次来协调处理舅子工资事情的那位工会的"小主席"，秋林就眼看着他在坐上老板的小车离去之前，按照老板的要求又给引进这家砖厂的那位"大主席"打去了一个电话，说老板要请他们去哪里撮一顿。

他当然不必再去找工会了。

他只是咬牙切齿地说："老子要——杀——死——你！"

老板像没听见一样。

秋林心里其实并不想真的杀掉老板，能够炸掉老板的那辆车牌号"A8A8A"的小车是最理想的选择——第一次在砖厂看见它时，他就听工友满脸欣慕地说，那车值三四十万呢。

但炸小车比炸砖厂要难得多。

首先是怎么才能靠近小车。

仅仅是靠近小车，或许并不难，因为仿佛除了北京和省城来的领导，小车都与人群隔开以外，偶尔去城里晃荡时，他并没有见过有哪一辆小车是不让人靠近的，何况他当初还亲手摸过砖厂老板的这辆小车。但是现在，自他恶狠狠说过那个"杀"字以后，老板似乎已提高了警惕，后来每来一次砖厂，就再不是他一个人了：下车后，一个人跟着他去处理事情，另一个人就站在车门边，直站到他处理完事情回来重新坐进去后才离开。

即便如此，他还可以把自己装扮成一个乞丐——乞丐是哪儿都可以去的，除非一些华堂馆所。华堂馆所也只是不能走进，但到它的旁边去遛遛也是没人限制的。

真正关键的问题是，怎么把雷管点燃了扔进小车？

要撵到城里去，他毫无信心，因为就算进砖厂前曾在城里晃荡过十多天，却都是晕晕乎乎的；而进砖厂后，就只去过城里三五次，还是和工友一伙，到现在他都摸不清东西南北，就更难找到老板的住处了。而且到城里去炸车，成功的可能性微乎其微。再说，就算炸成功，也难免伤到更多的人，这些人都是无辜的，炸伤炸死了他们，良心上说不过去。

那就等老板到砖厂来的时候吧。

只是，长到这么大，秋林觉得自己还没有干过一桩冒险得一想起来就心跳不止的事。现在要干的这桩事，就是一想起来都会心跳不止。靠近车门了，旁边又明明虎视眈眈地站着一个人，又怎么能利索地把雷管点燃再成功扔进呢？

而且，只要手指一触到已接好细细引线的两截雷管，他眼前立刻就会腾起一阵火光，跟着就有爆炸声震得耳膜发颤。想着自己或一起被炸得尸骨狼藉，或被抓住后在刑场上被枪崩得满身窟窿的情景，傻儿子的影像就会从脑海里浮现出来，让他情不自禁地打出一个冷战。傻儿子刚一晃过，正在小学一年级读书的女儿也蹦了出来，蹦着蹦着，不满一岁的小儿子也趁势挤在了脑海中，还咿咿呀呀地仿佛喊出了一声“爸爸”。当然，他也想到了自己苦累一辈子连县城都没有去过一次的爹妈，想到了和他一起同苦同乐生活了十多年的老婆。

想起这些，秋林的手就有些发湿，心就会犹豫起来。

可一回到他藏身的桥下，看着不远处被烟雾笼罩得朦朦胧胧的砖厂，他的心又陡然硬了起来。

不用装扮，几天下来，秋林的形貌看上去已经与乞丐相差不大了。但他还是再给脸上涂了一些灰泥，把头发揉得更杂乱卷曲，并插上了一根茅花草。

远处近处稀稀落落的灯光亮起，秋林看到砖厂老板的车从远处驶来；车停在砖厂门口后，老板留下一个人站在车边，带着另一个人进门去了。

他一身褴褛佝偻着腰向小车慢慢吞吞挪去。

看来是炸不成老板了。炸不成也没有关系，只炸掉一辆小车，他也就不用赔命进去了，坐几年牢，也轻轻松松让老板损失三四十万。

还没有靠近小车，那人就看出了他要靠近的意思，转过身来，把他拦住，担心他弄脏小车似的，不耐烦地一个劲把手挥着，嘴里恶狠狠一声吼：“搞哪样搞哪样？走开点走开点。”

一只手里捏着两截雷管，一只手里握着打火机，两只手心早就湿漉漉的了；耳边一声断喝响起，一只手心里捏着的打火机掉落在地。

才捡起打火机，砖厂老板已经从砖厂走了出来，与他弯腰却抬着的目光一碰，稍一愣怔，似乎曾经相识，但仿佛也懒得去细想，就拉开车门钻了进去。

目光碰撞的刹那，秋林竟没能忍住一个抖擞，火机又掉落在地。

再捡起来时，车子已一溜烟从眼前飙过去了。

望着“A8A8A”一眨眼就在眼前的车流中消失得无踪无影，秋林心想，那就算了吧，炸了老板的小车又怎么样呢？也许还得坐两年班房。还是回去吧，苦点就苦点，累点就累点，拼死拼活想方设法把女儿、儿子盘出来——有两个妹妹弟弟，傻子哥哥总不会太缺吃穿的。

但是得先把病治好再说。

晚上，他在桥墩下躺了好久，始终无法入睡。从桥墩半壁的一个凹凼处取出那两截雷管和打火机，他又爬上桥来；爬上桥来，他竟不禁一阵狂喜——天哪！“A8A8A”！那不就是砖厂老板的小车吗？

秋林并没有在意以前的天空怎么不像今晚这般漆黑，而且他似乎也不担心自己跑得噔噔响的脚步声，几大步就蹽到小车跟前。同样本应让他感觉奇怪却并没有让他感觉奇怪的是，砖厂老板偏偏还呼呼大睡在车里，一边的车窗还开着一条缝。从从容容地，秋林一手举着两截雷管，一手掏出打火机，“咔嗒”一声点上，向车窗缝里沉着一丢，再转身迈开了步子——

“轰！”

可直到他重新爬进桥墩下，那声惊天动地的巨响也没有传来。他忍不住气愤起来，决定再爬回去看看。但他确实过于激动了，起身一跃，头就撞在了坚硬的桥墩上。

醒来时，秋林觉得一边头颅生疼——看来，刚才真是在梦中翻爬起来的。

还好是在做梦……

（原载《山花》2015年第3期）

曹　永

花　牛

麦地坪只有他们一家。家有两口半人，一口是男人，一口是她，另外半口算那头花牛。男人去后山挖地，顺便把花牛拉到坡上去了。家里就只有她一个。这会儿，她坐在屋檐下面洗衣裳。

她在搓衣领，那里糊着一层黑亮的泥垢，实在脏得不成样子了。衣裳是男人的，也不晓得到底穿多少天了。她不是个懒女人，总是三天两头让男人换衣裳，可男人就是懒得换。她记得男人年轻的时候很爱干净，走在哪里都爱拍打身上的灰尘，也不晓得从什么时候开始，男人就变邋遢了。

她记得自己原来也很年轻，自从嫁过来以后，就不停地生娃娃。她就像一根瓜藤，接生婆连续从她的身上摘下三个瓜儿。后来，娃娃长大了，她也就没声没息地老了。人总是这样，好像前不久还年轻，忽然就变老了。

门口是粪塘。在黔西北农村，家家门口都有这么个粪塘。就是在门口的场坝边，随便挖出块洼地。白天，往洼地里倒烧过的煤灰、扫出来的灰尘，或者其他乱七八糟的东西。晚上，就把洼地当成厕所，在里面撒尿。这样，就成粪塘了。太阳暖烘烘的，粪塘被烤出一种黏黏糊糊的味道，像尿臊味，也不全是。那种味道扑进她的鼻子，让她感到鼻孔痒痒的，想打喷嚏，偏偏又打不出来。这让她有点难受。她原来想和男人商量，把粪塘挖在别的地方，或者干脆就不要了。可是，到底挖在什么地方？她又拿不准主意。更何况，粪塘不仅仅是为了方便，还为了沤粪。农村人少不得要种庄稼，没粪还怎么种地呀？

她想把木盆里的几件衣裳搓一道，然后到后山的水塘边清洗。现在洗衣裳的水，还是前几天晚上落雨的时候，她用木盆在屋檐下接的。麦地坪啥都好，就是缺水。崖脚倒是有条河，但路远，来回要半天时间。山路狭窄得像根绳子，要是半路碰到人，只能找个稍微宽敞的地方，贴着崖壁让路。来人侧身挤过时，吃葱吃蒜的味道都能从嘴里闻出来。

她啥都不怕，就怕没水。女人要做饭要洗衣裳，最怕的就是缺水。以往她不操这个心，以往她们还住在崖脚。崖脚那条河，叫格佬河。格佬河里的水，你就尽情用吧，你甭想把它用完。那是河嘛，不像后山，就木盆那么大个水塘。崖脚有河，偏偏没有多少土地。

站在山沟里，悬崖高得就像两堵墙，让人无端感到心慌。抬起脑袋，看到天空像块瓦片。那时候她以为站在高处，天空就会敞亮。搬到麦地坪，她才发现，天空仍然是块瓦片，无非是块稍微宽敞的瓦片。她简直绝望了，她觉得这辈子都逃不过受大山排挤的命。

搬到麦地坪好些年了，她还时常想着河边。原来还在崖脚的时候，她总觉得河水响得泼烦。后来耳根清净了，她又开始怀念那些日子。想起河水哗哗的流淌声她就有点心疼。格佬河的水很清亮，简直数得清河底的石头，可是，这么白白流淌掉真有点浪费了。你说用来洗衣裳也好，用来做饭也好，偏偏啥都没用，就这么淌掉了。最近两年，她时常会听到河水流淌的声音，再仔细听，似乎又没动静了。她想，可能是年纪大了，耳朵出毛病了。

她热得有些受不了，放下衣裳，抬起胳膊，用袖子擦额头上的汗水。山崖的对面是云南，她看到的那个地方叫零公里。她不明白咋会有这么奇怪的地名，可那边确实就叫零公里。零公里的房子像羊屎疙瘩一样散落在山坡上。她听到那边传来牛叫，好像还有娃娃叫喊的声音。她竖起耳朵仔细听了一下，确实是娃娃叫喊的声音，只是听不清楚喊些什么。

男人扛着锄头，拉着花牛回来了。他驼着背，远远走来，看起来比那头花牛高不了多少。男人原来不是驼背，他挺起胸，直得像棵树，可他到底还是老了。人就是这个样子，年纪大了就慢慢变得弯腰驼背。男人把花牛拴在粪塘边，然后蹲在场坝上，用斧头敲板锄，敲得咣当咣当响。那声音直往她耳朵里钻，让她有点烦躁。她实在忍不住了，说，敲你家先人骨头！

男人抬起头，不晓得她怎么就发火了。男人说，我去挖地，不小心挖到石头，锄头就卷口了。她说，不要敲了，敲得泼烦。男人说，你看你，我敲锄头，你说泼烦。她说，要敲你到别处敲去。男人说，瞧你说的，还让我去哪里敲嘛？她不耐烦地说，我不管你去哪里敲，反正不要在这里吵我的耳朵。男人不说话，也不敲锄头了，他用斧头对付一根胳膊粗的棍子，好像要重新做根锄把。

男人吵不赢她，也不愿和她争吵。男人就这点好。当年她还是姑娘的时候，有很多小伙子追求她，天天追在她的屁股后面唱山歌。可是，她偏偏就看上了现在的男人。她说不清楚男人到底有啥好，但她就是喜欢。记得年轻那会儿，男人很健壮，身上的肉结鼓鼓的，像耗子似的窜来窜去。那时候，男人总有使不完的力气，在地里累了一天，天黑回家，关上门就把她往床铺上推。她看不清他的脸，只能闻到男人身上那种汗臭味。她晕乎乎的，软绵绵的，身上一点劲也没有。男人在她的身上忙碌一阵，就躺在床上喘气。她想让男人抱她，但男人翻过身子就睡着了，鼾声满屋子跑。她就像只虫子，悄悄往男人的怀里钻。她觉得自己幸福极了。

那些年，他们之间的话很多，总是说不完的样子。她说，这几天天气真好。男人说，就是，白天出太阳，晚上就落雨，这种天气最好，人不受罪，庄稼也长得好。她说，后山那块地挖出来好多天了，趁着天气好，赶紧把苞谷种了。男人顺着她的话说，好嘛，你把粪塘起了，我这就下山找些豆子，苞谷地适合种上些红豆，不占地方，也不耽搁时间，一道手脚就栽了……

不晓得从什么时候开始，他们的话就少了。男人变得像个哑巴，可她偏偏有满肚子的话，有事没事都想说几句。看到男人不搭理，她就无端地冒火。她不明白男人咋就不说话，人长着嘴巴哩，长着嘴巴不只为了吃饭，还要说话哩。你不说话，你就不怕闷死么？你又不是石头。

她想说话，偏偏没个说话的地方。麦地坪只有这么一家人，就是说话也没个对象。前些年，她隔三岔五就朝崖脚跑一趟。其实也没啥要紧的事情，就是图有人陪她说说话。后来年纪大了，腿脚不灵活了，下一次山差不多能要她半条老命。她也懒得再走路了，就这样在麦地坪待着，时不时冲男人发一通火。男人也是，年纪大了，好像连舌头也老了，除了吃饭，横竖难得见他张嘴。

太阳圆滚滚地挂在天上。她就在那里洗衣裳，衣领好像是干净些了。也许就这样，已经没法洗白了。有时候她会抬头看一眼，眼前尽是高高矮矮的山包。山包远远近近地堵在她的视线里。山上有的地方长着树，有的地方长着野草，有的地方啥也没有，就那么光秃秃的，看起来像块伤疤。

很多时候，她都想伸长脖子，朝山崖对面的零公里吼几声，但偏偏张不开嘴。这么个半死不活的老太婆，好端端的你吼啥嘛，你又不是疯子，疯子才可以乱吼乱叫哩。有时，人就这样，硬是活得不如疯子。

盆里的水浑了，上面还飘着油星子。她感到有点腰酸。这把年纪，总不免会腰酸背疼。她伸出拳头，反手捶打着腰部，然后把目光伸出去，胡乱看着。花牛站在粪塘边，咧着嘴吃草。无事时，男人常去坡上放牛，但更多的时候，他都会把草割回来，堆在粪塘边给牛吃。

花牛听到崖对面有牛叫，亢奋地仰起脖颈，跟着叫唤。她吓了一跳，责备说，好端端的，你叫啥？花牛似乎在等待回音，但那边很安静，就只能埋头继续吃草。她扔掉手里的衣裳，对花牛说，你说，这种地方鬼都没有一个，活着到底有啥意思嘛？花牛的背上落着几只苍蝇，让它很不舒服，正甩起尾巴驱赶。她埋怨说，这里又不长麦子，偏偏叫麦地坪，这是什么道理嘛！

男人扭头朝这边看，没有说话。他把木棍的两头剁掉，然后拿着斧头往上边削。他削得很仔细。太阳亮晃晃地挂在头顶上，很旺盛。麦地坪很安静，顶多能听到风呼呼的声音，顶多能听到自己呼吸的声音。

她接着说，这里种红豆，还种苞谷，你说为啥不叫红豆坪，或者叫苞谷坪呢？花牛用舌头把青草卷到嘴里，吃得心不在焉。她说，我今年想多种点红豆，但吃不完，你又不吃这种东西。花牛嚼着嘴里的草，弄出咯吱咯吱的响声。她说，想背到街上卖，但路太远了，不划算，我这把老骨头呀，经不起折腾，说不好哪天就散架了。

几只麻雀落到房顶上，叽叽喳喳的，像在吵架。它们在屋檐下面的墙缝里做窝，每次回来，它们都会叫上一阵子。花牛竖起两只耳朵，到处张望。她也跟着张望，看着眼前的瓦房，她有点得意，对花牛说，你看这样好的房子，你呀，也算跟着沾光了。

几只苍蝇飞来飞去，花牛害怕它们落到鼻眼上，赶忙摇晃脑袋。她说，前年他们回来，我说房顶漏雨，让他们割些山草来翻修，这几个鬼娃娃不听话，硬是要盖瓦房，盖完房子呢，他们又走了，你看这屋里空荡荡的，简直像个岩洞。花牛没说话。花牛当然不会说话，它正在埋头吃草呢。她嘀咕说，让他们回来，但一个都不肯，都说要在外边挣钱，莫非外边的钱是树叶子，就这么好挣？

她有点生气，不想洗衣裳了。她用围裙擦手，然后站起来往屋里走。从屋里钻出来时，她的手上多了一朵葵花。去年，男人下山买盐，回来时给她带了些葵花籽，让她无聊的时候嗑几颗。她没有把葵花籽嗑完，特意留了几颗撒在自留地里。没过多久，葵花果然长出来了。她把几朵葵花取下来，挂在灶台的架子上，想起来就往嘴里扔两颗，自己种的葵花籽有嚼头。

她嗑着葵花籽说，麦地坪种庄稼收成不算好，但种出来的葵花籽就是香。花牛没有被葵花籽所吸引，它只吃草。她说，原本想给几个娃娃留着，让他们过年回来尝尝，但葵花把灶架都挂满了，他们还不肯回来。

花牛突然撅起屁股，拉出几团屎。那圆滚滚的屎落在地上，砸得扁扁的，摊成碗口大的几坨，牛屎冒着热气，很不好看。她瞪着眼说，哎呀呀，你又要屙屎，从早到晚，你都不停地屙屎。花牛好像有点羞愧。她抱怨说，你呀你，走到哪里屙到哪里，明明就在粪塘边，还要这么懒，你只要稍微歪了一下屁股，就屙到粪塘上了，偏偏还要我来收拾。

花牛已经上山三年了，刚来的时候，它比只山羊大不了多少。那次盖房，娃娃去买瓦片，看到花牛犊，他们觉得好看，就买回来了。把牛犊弄上山来的时候，他们费了不少力气。他们开玩笑说，让花牛和娘做伴，看到花牛的时候，就相当于看到他们了。

想起这事她就伤心。她想，我生的是你们又不是这头花牛，牛给我做伴，你们倒跑掉了。她扔掉手里的葵花壳说，你们这些鬼娃娃，全都往外边跑，再不回来，恐怕连爹娘长啥样都记不得了。

男人听到她骂骂咧咧，停下斧头朝这边看。

她越想越生气，对花牛说，他们出去就不想回来，上前年回来一次，盖好房子，只待几天就走了，他们说没水洗澡，这是啥话嘛，这种地方，不消说洗澡，连吃水都成问题，可他们却说没水洗澡，简直不像人话。

花牛转过身子看她，好像在安慰她。她并不领情，气呼呼地说，你还以为我不晓得，你们都是一伙的，你跟他们商量起来，想把我活活气死哩。花牛有点委屈，不停地朝她甩尾巴，仿佛在解释。

她对花牛说，他们一个都不听话，不回来就算了，但老大二十好几了，好歹成个家嘛，催他几次，都说找不到合适的。还有老二，他怎么就不小心点呢，手指居然让机器割掉两根，到底是啥机器嘛，又不是镰刀，怎么就把手指割掉了？还有老三，他是最不让人省心的，成天调皮捣蛋，鬼晓得他会闯出什么祸来。

她不想吃葵花籽了，她觉得嚼起来没什么滋味。她抱着葵花坐在门口，感到心里空落落的。她不明白自己怎么会有这种感觉。前边有一棵老树，说不清是什么树，树皮粗糙得就像她脸上的皱纹，看起来就要死了，但偏偏没有枯死，枝头还挂着零落的几片树叶。

她看着花牛，突然说，要是有个孙子就好了，说来奇怪，以前不想，到这个年纪就想抱孙子，这些事情由不得自己哩。花牛也许是吃饱了，也许是在听她说话，它站在那里，半天才动了一下。

有头发挡在眼前，她伸出两根手指，把头发拨到后面。她的头发白得差不多了，看起来像柴火烧出来的白灰。原来，她的头发黑亮黑亮的，不晓得从什么时候开始，就慢慢变成这个样子了。她整理完头发，叹气说，有时听到崖对面的娃娃哭，就想，要是我也能有这么个孙子就好了。

男人蓦然把手里的斧头扔出去了。她眨着眼睛，不明白男人好端端的，怎么就把斧头扔出去了？男人跑过来说，我真是受够了！她说，搞不清楚你说啥。男人气冲冲地说，我早就受够了！她说，咦，你看你。男人愤愤地说，你又不是牛，你天天跟它说话。她说，啧啧，你这人，我说我的，又没碍你什么事。男人说，我真想把自己的耳朵割掉。她说，你净说些莫名其妙的话。男人说，世上没你这么无聊的人。她说，你这个老东西。男人说，你早晚要遭报应的!

她想吵几句，但男人没给机会，他又跑回去了。他蹲在场坝上，捡起斧头往板锄上敲，咣当咣当……他敲得很攒劲，声音很刺耳。她明白男人在闹情绪。她把葵花放在地上，边唠叨边拧衣裳，打算趁太阳还没落坡，赶紧去后山把衣裳投干净。

花牛突然停止嚼草，它竖起两只耳朵，捕捉山崖对面的牛叫。听到同类的声音，它赶忙回应。花牛叫唤的声音，远远地传出去，悠长而响亮。

（原载《光明日报》2015年6月26日；《新华文摘》2015年第17期转载）

2015年

李 晁

童年朋友

她找到了我，报纸上看到我的信息和邮箱，她给我写了一封简短的信，信的标题是“一个童年朋友”。这当即引起了我的注意。信的开头，她用一种老人般的语气问我，你还记得我吗？我是肖婕……

如她所说，我们是童年朋友，在父母单位，这样的儿时伙伴几乎能奠定一生的友谊，至今我的朋友里还有几个这样的家伙。我和她是小学三年级认识的，她刚转学来，班主任身后一个瘦弱、颀长的身影，鹅蛋脸，脸颊一侧有明显的成人式鬓角，一对大眼睛，游离闪烁，那目光里有我熟悉的郁郁寡欢和令人难以接近的冷漠气息。几乎是刚见到她，我就猜想到她今后的日子不会太好过，后来果然如此。我们作为不合群的落后分子多次被留下打扫教室，我扫地，她擦桌子，她嘴唇紧扣，好像没什么话想跟我说，也没有我口中的怨言。

我们熟悉是后来的事情。

那时她住在吊装队大楼里，而我家则在机电队大院，两家的直线距离不超过一百米，相隔同样一扇破败的杉木门。燠热的中午时光，她会来找我写午间作业，在老妈那架光滑的蝴蝶牌缝纫机上默写生涩的英文单词，后来是解一元一次方程，再后来，两手空空，拎一袋瓜子，只是来看电视了。

我还记得其中一个场景，来自一部当时热播的电视剧，剧里一个操广东话手拎提包脖戴金项链的男子猥琐地对一个面相轻佻的女人说，小姐啦，玩玩啦。我几乎是无意识地捕捉到了这句话的笑点，无法不笑出来，她则匪夷所思地望着我，一脸嗔怒，我只好鹦鹉学舌，用怪异的广东腔复述——肖婕啦，玩玩啦（虽然当时我并不懂“玩玩啦”到底是什么意思）。时至今日，我已经忘记她当时的反应，只是没想到一年后，她离开了我们，而这一别，就是十三年。

其间，我没有遇见过她，也没有听到过她的消息。工作以后，才又渐渐想起她来，我也不知道为何会独独怀念起她。向人打探，可是一些人竟连她的名字都忘记了，只是一说起她是那个消失的人时，他们才恍然大悟，然后用一种不怀好意的目光揶揄我，问我想做什么，你还能做什么？

我无言以对。

有一年我回小城，还遇见过她的母亲。在单位留守处，一栋栋的苏式楼房还是那样，看不出更多的岁月痕迹，只有一扇扇的杉木门被拆卸一空，一座座院子裸露出残破的门户，菱形墙洞上也被塞满了杂物。职工们迁走，生活其间的已是我所陌生的另一拨人，可她母亲还在，仍是我记忆中的样子，病态的身躯，头发却过早地白了，拎一只上世纪流行的编织篮，篮子里是满满的蔬菜，红绿搭配，十分鲜艳；不像女人的穿着，一年四季的黑色，夏天里也是那样一件罩衫、布鞋。看见她，我没有了上前询问的勇气，我怕女人告诉我的都是我所知道的。

她在信里没有透露出更多信息。人在哪里？从事什么职业？是否嫁了人？这些本该出现的内容通通被寒暄和回忆占据，她甚至没有提及我们能否见面，就好像她依然是我记忆中那个腼腆而又敏感的女孩，永远不会主动。

这确实像一个梦。我们再次联系上时竟然在我们依旧称得上年轻的年纪，这美妙得有些过分。我们终究没有像小说或电影里的桥段那样，两鬓斑白，目光浑浊，走路都开始蹒跚才能遇上。

时间好像也不如想象中过得那么快。我想。

我立即给她回了邮件，表达了自己激动的心情和迫切见到她的愿望，我也回答了她小心翼翼的提问（虽然那只是一句轻描淡写的问候：你怎么样），将自己这些年来的经历一一罗列。我还说起我想象过我们可能会这样遇上，在我的信息出现在报纸上的那一天，也就是说，我幻想中的这封信终于来了。我还在心里难得地表扬了我的单位——这张发行量不过二十万份的都市报。更多的情绪我却无法表达，只能将自己所有的联系方式都附在了那封回信里，并一再交代，需要时，随时可以给我打电话。

可一天过去了，跟着是第二天第三天甚至一个礼拜过去了，没有电话，也没有回信。我想不明白，她为何突然这样静默。我很快给她写了第二封信，询问她是否还有所顾虑，毕竟这么多年未见，我们成了一个什么样的人一时也说不清楚。

我还记得她那时的样子，夏天里，一件简单的白色T恤衫被发育过早的身体衬得恰到好处，有了沙盘的质感，她的眼白那么宽阔，波光在眼眶里有了流转的余地，我总捉摸不透这让人亲近而又令人退避三舍的目光。

最后一次见她，她已经离家多日，她站在校门口的巨型法国梧桐下，像是等人，我走出绿漆斑驳的铁门时，并没有认出她来。她化了妆，高跟鞋增加了她原本的高度，我以为她只是哪个同学的母亲，却不想她在路旁轻声唤住了我，皇甫——我的眼睛瞪得像游戏币那么圆，好一会儿才从她那扑了粉的脸庞中辨认出她来，她刷了睫毛膏的眼睛更加蛊惑人心，好像陡然间变大，成了一位货真价实的成年人，而我还穿着那身不合时宜的宽大学生装，人就显得更小了，我们之间的差距如此之大。我问她，你还不回家吗？

她轻轻回一句，我要走了。我又问她，你一个人能去哪里？

她摇头，脸上有着和我一样的茫然。她将一个信封交给我，说，你给我妈，叫她不要再找我了，不要再出来丢人现眼。语气里有赌气的成分。她又说，记住，别让那个人看见。

她口中的那个人并不是她的父亲，我们都不知道她的父亲是谁，他从未出现过。那个男人是她的继父，单位上的一个合同工，这本来就矮人一等了，加上他又是这一带最为臭名昭著的酒鬼，醉了睡大街的一个角色，即便清醒时，嘴里也是骂骂咧咧的，还借遍了周边所有人的钱，从十块到一百块不等，而且从来不还，找他理论也是白搭，他一副死皮赖脸要杀要剐悉听尊便的样子，急了还会动手。我就见过她手臂上的青色伤痕，在她白皙的皮肤中尤为显眼，我问她什么，她都不回答，脸上也没有自怜自叹的神情，连恨也没有。

她的母亲，那个患有小儿麻痹症的女人，佝偻着身子，一张黑黢黢的脸歪斜着（所有人都奇怪如此不堪的一个女人缘何会生出如此水灵的女儿）。从女儿出走那天起，女人的脚步就贯穿了铁葫芦街，从街的这头走到那头，大坝下的河运码头到繁华的桥头地带总能见到她忧戚如焚的身影。可她早已离开，据明珠夜总会老板姜坤说，我这里店小，她早攀高枝啦，谁知道去了哪里。

可她母亲仍顽固地盘踞在夜总会周围，在霓虹灯下守候，盯着那些出入的女人，有时还迈着细碎的步伐追逐着一个个背影酷似她女儿的女人。这样一次次无功而返，围观的人无不唏嘘。所有人都认为，这是一个笨到极点的女人。一些人还支招说，你该报警，让警察去找，失踪人口懂不懂？女人只是摇头，谁也猜不透那双含混的小眼睛里到底藏有怎样的心思。人一靠上来，女人就颤巍巍地躲开了。

我木讷地接过那封信，随后她上了路旁一辆黑色桑塔纳。我都不知道车子原来一直跟着我们走走停停，车里坐着一个光头男子，抽着烟，下巴上一颗大痦子，连痦子也显得那么不耐烦。

就这么走了，车门一关，白色背影消失，甚至没有和我说再见。

那个信封一连几天都锁在我的抽屉里，我想着怎样才能避开男人的眼目将这封信顺利地交给她的母亲，就好像这封信的顺利交接比她的离去更令人苦恼。那时我一厢情愿地以为，她在外面是待不长久的，她肯定还会回来，和我一同上学，并在火辣辣的中午时分再度慢悠悠地推开我的家门。

虽然顾虑重重，但那封信还是交到了她母亲手里，在一个礼拜六清晨，她去早市，一个人拎着一只编织篮，背影看上去像个老人，身旁并没有男人的身影，虽然当时男人奇怪地拥有一辆嘉陵500cc，他也从不带她，从早市到单位这片住宅区还有一段不短的路程，女人从来都是走路，舍不得搭两块钱的三轮车。

我早早就将信封塞进裤袋，信封不薄，有叠状人民币的手感，我猜想那里除了钱之外应该还有一封信，写给她母亲的。我几乎是怀着惴惴不安的心情在早市里寻找她的身影，不仅要找到她，还要避开周边熟人的目光，我们这里的人完全谈不上保密可言，一件事一旦落入了一个人的眼里等于落进了傍晚单位的广播中。

我找到了她，在一排散发着血腥气味的猪肉柜台前，她瘦小的身子比柜台高不了多少，她站在一溜儿悬浮的排骨下，对着案板上的肉挑挑拣拣，不放心似的翻来拣去，最终手指一处，比了一个下刀的手势。她身旁无人，我就抓住机会钻了过去，可来到她跟前我又不知该说什么了。她看见了不安的我，我慌张的神色肯定引起了她的注意，她果然不再盯着案板上的肉和刀子，而是用一种既惊又喜的目光回视我，眼神里有无限的期待。她知道我和她女儿的关系，我接近她，肯定是有目的的吧。

她很快用一种含混的好像嘴里含着核桃似的发音问我，皇甫——

她咿咿呀呀说着令人费解的话，这些话得调动全身每一个细胞才能听懂，我好不容易才听出大概意思，却无从回答，我知道的不比她更多。我只是飞快地掏出那封信，以迅猛的速度塞进了那口空空的编织篮，然后飞快地跑开，我不想见到任何难过的表情。

从那以后，女人看见我时是既想靠近又有些障碍的表情，我只好躲着她。我知道她想问什么，可关于她女儿，我也只是见过她最后一面而已。

等她真正出现后，我问她，那时为何这般有勇气，可以不顾一切？这个问题，她离开了多少年，就藏在了我心里多少年。那时关于她离家的说法几乎一天一个样，谁也分不清这些说法孰真孰假。有的说她离家是为了寻找她的亲生父亲，这消息言之凿凿，说她的生父在省城的一所农机学校教书，目前依然单身；有的猜测，她是她继父暴力的牺牲品，因为谁也忍受不了那个屁本事没有打骂起人来却有一套的老家伙；最后一种说法是关于她的母亲，他们说其实她压根就不是她的母亲，她只是她花了半年工资从码头的人贩子手里买回来的婴儿而已……凡此种种，在铁葫芦街经久不散。

然而此刻，我们坐在酒店咖啡馆的僻静角落。十余年后，她面对我，以一种微微审视的姿态说，皇甫，你还是没变。脸上有片刻的笑容。可她却不复从前模样，白皙的皮肤从她的肤色中一点点褪去，暗沉色的肌肤和她的高原生活息息相关，也和她的经历融为一体。她完全都不用说，我就能猜到她这些年来的日子，她的谨慎的笑容，她的看上去逐渐枯萎的长发，给人的感觉总是风尘仆仆的。她的眼神在历经十余年的流浪生涯以及一次婚姻之后，已渐趋沉寂，但心中的芥蒂始终没有因为时间的消逝而有所缓解。所以刚见到她，我就准备好了她向我再度告辞。

她显然知道我想问什么，身子跟着一点点缩到沙发绵软的衬垫里，以如此退缩的方式问我，关于我走，你知道什么？

我说，金露露。

她终于点点头，默许了这个人的出现。

你还记得她？她说。

我很奇怪她会这么说。我当然记得这个人，不是这个人，她怎么会是眼下的样子？虽然我也说不好她眼下是好是坏，但一定是不同的人生。

金露露也是单位上的孩子，与她同住一栋楼，却比她大两岁，在高中部念高一。父母离异，她跟着母亲。父亲远在巴基斯坦的白沙瓦援建电站，而她母亲你几乎一年四季见不到人，这个叫金露露的女孩就一个人过。

金露露的名声和她母亲一样不佳，这是事实。来找她的人总是骑着一辆飞扬跋扈的摩托车，声响震天，烟尘滚滚。我不知道她为何和这样的人搅到一起，是彼此吸引吗？还是因为家庭，她们都向往一种无拘无束、自由散漫的生活？

她们成为朋友之后，就鲜少在大院露面，不再出没在令人昏沉的午后。偶尔见到她时，她的身旁就围绕着那些令人胆寒的角色。黄昏时刻，她们在电影院前的广场上乘凉，旁若无人地聊着什么，为数不多的女生里，有她和金露露的身影，她们竟还抽着烟，在傍晚纹丝不动的空气里吐出一个个浓郁的烟圈，跟着一窝蜂上了笨重的摩托车。我盯着她的背影看，她却没有回头，就好像我们之间的友情随着年岁增长已经走到了尽头。从那以后，她即便出现在学校，也只是为了消磨时光，上课时她总是一头趴在桌子上，散乱开来的头发垂挂到桌腿上，总是睡不醒的样子。

再接着，就是那轰动一时的一幕了，那一幕我并没有目睹，只是听人转述。他们说在街上她的母亲竟给她下跪了，而她却视若无睹，依旧埋头走路，从百货大楼到邮电局那段不短的距离里，她母亲跪了有一百次那么多，可她心硬得一次也没有回头，对她母亲的凄厉呼喊也无动于衷，最后更是跑起来，甩开了她的母亲。

没多久，就传出她在夜总会里做事的消息。这消息是金露露散布出来的，说她和那帮外地来的小姐在明珠夜总会里接起了客，取了一个甜得腻人的名字。金露露还无不讽刺地说，我就是死也不会做小姐，算她厉害。

这消息一时遮天蔽日，人们惶惶不安，而她的消失，仿佛也印证了金露露所言。人们还猜测说，金露露之所以没走那条路全因了她爸爸，有一个在国外挣美金的爸爸，金露露又怎么可能走那条路呢？一时众说纷纭，所有不利因素都指向了她。只有她的继父在听闻了此事之后，扬言要打上门去，把金露露给宰了，可金露露早躲了起来，她寻到了城北的母亲，搬离了铁葫芦街，此事才不了了之。两年后又传来她的消息，金露露竟考上了省城的警官学校，这让人哑口无言，再回忆起她时，一些往事就被一笔带过了。

后来，我还见过金露露一次，那时她已是警察系统里树立的新标兵，她的履历被放在最显眼的位置报道，溢美之词集中在她那顶飒爽的警帽之下。我不知道当我提及儿时的一位伙伴时，她会作何感想？可我没有问出口，在那次推介会上，金露露多次瞄着媒体席中的我，流露出疑虑的神色。我知道她认出了我，我们的目光有片刻的交融，我疲软的目光终究不敌金露露那坚毅的充满正义的灼灼之光。

这就是我所知道的她和她的故事，不比任何一位昔日邻居知道的。她离开后，对于她的种种传言我也只是充耳不闻，哪怕只牵涉到关于她的一个字，我也会一声不响地走掉。可眼下，我却急于知道她的过去，就好像只有面对当事人，淤积在我心中的疑虑才能得到化解。

我问她，这一切真的和金露露有关？

她点头又摇头，脸上是淡漠的神情。那神情仿佛告诉我，这么多年了，你还有兴趣？

这神情让我哑口无言。我知道关于过去，她还有些摇摆，没有做好充足的准备，她以遗忘的姿态过了这么多年，肯定不愿意我就这么旧事重提。

我只好转而问起一些无关痛痒的问题，比如，你这次回来想做点什么？

她说她也说不好，这次回来只是为了见她母亲最后一面。她母亲住院，胰腺出了问题，已动过一次手术，但前景很不乐观，恐怕来日无多。

我不知道该说点什么好，每当听到这样的噩耗，我总是无法做出得体的反应。所以再开口时，我一如既往地跑题了。我说，我还见过你母亲一次，有一次回小城，她还是一个人，拎一只篮子，那个男人没有出现。我很快问起了那个男人的情况，他现在如何？还是从前那样吗？

他早死了，车祸。她说。

说到那个男人时，她有着和我同样的漠不关心，就好像他的死只是一件微不足道的事情。而对于他的罹难，我似乎也早做好了准备，他那个样子，终究是没法活得更长久的吧。

我眼前又浮现出他的身影来，一个一年四季不修边幅的男人，浑身散发出近乎糜烂的酒糟气，鼻子像一颗新鲜草莓，加上满口胡言，逢人不知避讳，没人愿意搭理他。这样的人活着，也确实没有太大的意义吧。我想。

你妈妈终于解脱了。我说。

她冷冷地笑，嘴角微微上扬。

我说，你们都恨他吧。

她却不再对此发表看法，看得出她对过去的人和事感到深深的厌倦，对我想必也如此。我这个老同学老邻居一见面就一味追问令她心烦意乱的往事，全然不顾她的感受，显然也不是个好东西。

我们开始有些心猿意马，见面的感觉也随着天光一点点稀薄，傍晚到来时，她终于说她累了，想休息。我这才知趣地提出了分手，其实有很多话我们还来不及说，但眼下，我们好像失去了所有兴致。

她再次联系我，已是三个月后，我的信箱里又冒出一封她的信来，标题还是那样——童年朋友。

她在信中感谢了我，说母亲的事已办妥。还说我想知道的事情，她一直不知怎么对我说，如今，她母亲已离开，似乎是一个合适的时机，她已做好准备。

她在信中提及了两个词——强暴和复仇，分别属于她的继父和她的母亲。她说，你完全不会想到吧，我走，只是为了让我妈好过一点，她那个样子，自身难保，又怎样保护我呢……你说得对，我们都恨他，但我什么也不能做，只能走，没想到最后还是我妈——他那辆嘉陵还记得吧，我妈动了手脚，刹车失灵，他去大坝钓鱼，回来的路上就一头扎下了路基……还有金露露，你多少也误解了她，她没有你想象中那么坏，她只是嫉妒，她当时的男朋友喜欢我，所以她做那些事情，说那些话，我都能理解……最后，关于她的身世，她说她也是在她母亲弥留之际才得知。想不到吧，她说，我是试管婴儿。

（原载《青年文学》2015年第4期）

2016年

欧阳黔森

武陵山人杨七郎

姓杨，名七郎。可谓如雷贯耳，不过，那是九百多年以前的事了。

三十二万余天后，生活在三个鸡村的杨七郎，也是如雷贯耳，不过只限于三个鸡村，也有可能波及公鹅乡境内。

三个鸡村的杨七郎本名杨起郎，这“起郎”两字，不难让人明白为什么有那么多的姑娘叫招弟、来弟，或叫多男、呼男。当然，杨七郎是男人。这得感谢起郎他妈，他妈的肚子一大起来的时候，他妈就拍着肚皮天天唤：起郎，起郎，起个郎呀！

那么多女人的呼唤，只有起郎妈一呼而成，肚皮里生了一个儿郎。

从起郎过渡到七郎，其实没什么惊心动魄或传奇性。只是有个说书艺人不远百里来到了三个鸡村，有声有色地说起了杨家将，自然也就少不了杨七郎。

神勇无比的杨七郎，折服了一大群常游戏打仗的小男人们。听了这样让人热血沸腾的故事，逗得小男人们心里直痒痒，可那个杨七郎实在离得太远了，总得找一个近一点、看得见的吧！于是，他们把目光投向了杨起郎，起郎、七郎，在这一方的口语中几乎一样。再说，人家起郎玩打游戏时，的确也是最勇猛的。之后，杨七郎由此叫了开去。

在三个鸡村，只要有不符合村核心价值观的行为，一般情况下，没有抗议这个过程，直接就刺刀见红了。村里的历史无数次证明过这一点，这一方法看起来朴素，用起来却实在。

三个鸡村地处武陵山脉的腹地，这里的尚武之风源远流长，村的核心价值观当然就带有明显的尚武之气。朴素地总结起来，也很简单，就是“两仇”，分解之为“疾恶如仇”“快意恩仇”。

在三个鸡村人看来，没有什么比这个更令人快乐的事了。恩怨分明，快意恩仇，仔细想一想，超脱一点想，人世间的确没有比能快意恩仇更令人痛快的事了。

敢于刺刀见红这个行为，是一个很久远的说法，现在把这种行为叫敢于亮剑。这两者相比较意思差不多，实质上还是有区别的。前者的“刺”是动词，动词的魅力也就在这里了，它行之有效、结果了然，一刺见“红”了。后者的“亮”多是形容词，如与“剑”字组合，勉强可以看作动词。这一勉强就有点左右不是了，因为未知结果。

于是分析如下：刺刀见红和亮剑的目的几乎一样，区别在于前者见了分晓，后者未见；前者是付诸了行动，而后者多是威慑。事物的属性总是充满辩证，付诸行动未必有好结果，威慑也未必就没有好结果。

总而言之，两者的运用，都不失为一种好办法，可结果往往得看你的对手是谁，这很重要。换句话来讲，就是该刺刀见红，绝不亮什么剑，这主要是针对那种亮剑亮得时间久了而又不敢最后挥剑的人；该亮剑时，绝不见红，这主要针对看到剑光就犯晕的人。

首先声明，杨七郎的个人爱好是刺刀见红，他几乎没有亮剑威慑这一过程。当然，他也不怕别人亮什么剑，无论你亮得短还是长，他杨七郎从不晕剑。

杨七郎就是一个刺刀见红的人，俗称“一个快人快语、恩怨分明、疾恶如仇的人”。他这样的人，刺刀见红自是他的英勇之处，也是解决问题实质的有效所在。可是，他这样的人也有人喜欢有人愁。

杨七郎最近坐过两次班房，这于平常之人来讲肯定是不光彩的事，可杨七郎却不是一个平常的人，村里的老老少少不仅不厌恶他，反而喜欢得紧，茶余饭后的话题多半就是杨七郎了。

杨七郎第一次坐班房，坐了十五天。进班房是村支书送他去的，出班房是派出所所长送回来的，不得不说相当地隆重。这件事的前因后果，一直是村里老少爷们闲暇之时津津乐道的话题。

杨七郎打了村长，其实打的就是村主任，三个鸡村人从不习惯把村长叫主任。

村主任姓吴，吴姓是三个鸡村的大姓。三百六十户人家，就有一百多户姓吴。选举村主任时，吴家自然占优势。按说这吴姓村长，也是大家选出来的，有文化，有知识，能为大家干点事，也能关心群众。

刚上任一年就得到了乡党委书记的表扬，表扬的成绩主要是春耕抓得好。这些年为了春耕，书记、乡长总是愁眉苦脸，一到季节里几乎天天走村过寨地动员大家，坚决不能荒芜农田，又是免费送种子，又是免费送化肥的。

乡政府这样好的作为，按说种田的人真该感谢不尽的，种子、化肥有人送到家门口，收获了粮食不用交公粮也不上农业税，都是自家的。可是无论书记、乡长怎样动员，总有几家的田没有长青苗。

村里的实际困难也是显而易见的，青壮年无论男男女女大多外出打工去了，留下的老的老少的少，一到春耕，乡政府不急都不行，县委县政府的指示精神得落实，关键是落实得怎样，县里的工作组还要随机抽查。这真是要人命了，所以书记、乡长除了亲自上阵，还主要抓村支书和村主任。他们召集村支书和村主任说，村党支委、村委会，这“两委”呀！是稳定国家的基石，你们的工作太具体、太重要……

村支书、村主任召集村民组和广大村民说，乡领导说了，我们是山区，交通不便，还田瘠土薄，是养不活这么多人的。乡里一边鼓励大家外出打工，一边也要抓粮食生产，不要以为有钱寄回来了，可以买粮食吃。我告诉你们，农民不种粮食，还是农民吗？农民都不种粮了，有钱找谁买去，这是天大的事，太重要……

按说，各级政府的领导干部都加入到轰轰烈烈的春耕当中，应该没什么问题了，可就偏偏有那么几块偏僻的地荒芜着，又偏偏被精明的县工作组抽查个正着。在公鹅乡二十五个自然村中，几乎都有这种现象，虽不影响春耕大计，但毕竟是有漏洞。

吴村长就堵住了这个漏洞，他堵住这个漏洞的办法是，牵了自家的牛，花了三天，耕了地，播了种。这是典型的雷锋精神，他本想将雷锋精神进行得更纯洁一些，叫女儿送中午饭到地里，可女儿梨花不干。梨花说，耕自家的地和耕谁家的地我都送，独李花家的地我不干。吴村长骂道，小梨花，你疯了不是？爸爸是一村之长，干点好事是应该的。见梨花还不吭气，吴村长握紧拳头弯了弯肘子道，我们家就是出点力气，又不损失什么，今天用了，睡一觉明天力气又回来了嘛。

梨花还是不吭气，挥着两把菜刀一上一下砍着猪草。

吴村长急了，吼道，小梨花，你还是不是个人？一点道理都不讲，人家大李花男人不在家……

吴村长话还没说完，女儿小梨花尖细且嘹亮的声音插了进来，她男人不在家，我妈也不在家。

吴村长一听这话愣住了，蒙了一会儿神，没法子，牵着牛出门了。梨花也不理会他，只拼力挥刀，嘴里还唠唠叨叨，什么小梨花、大李花，我跟她又没关系。

在三个鸡村，“梨”和“李”是一个发音，梨花最烦她爸叫什么大李花，这有点一家人的味道，区分一下大小。当然，小梨花今天生气，不是她爸要学雷锋，也不主要是喊大李花、小梨花的口吻，关键之处是梨花她妈也不在家。梨花才十二岁，大人的事她也说不上来，她今天的反应，纯粹是一个女人的本能，这本能应该是她妈的，妈在千里之外，她只好替妈反应了。

作为女人，小梨花和她妈不在一个水平线上，小梨花只是一个小姑娘。因此，一个小姑娘犯了一个女人的错误，是应该被原谅的。

这个错误就是小梨花没有去送饭。这个错误主要有两点不好：一是她爸学习雷锋的纯洁性受损；二是她的本能反应没有达到她妈想要的效果。这个效果就是大李花没有机会去给她爸送饭。这就是姑娘和女人的区别，如果姑娘她妈在，就断然不会发生这样的情况。这当然并不是说梨花妈比梨花爸境界更高，而是梨花妈作为一个成熟的女人所具备的女人的特有的警惕。这个警惕没什么不好，一是它能使梨花爸的这一次学雷锋变得非常纯洁，像真正的雷锋在做好人好事；二是能让一个身边没有女人的男人和一个身边没有男人的女人没有机会单独相处。

在人世间，这样的单独相处未必就有什么问题，可问题是确定在这样的机会中产生过不少问题。梨花妈要在的话，肯定会有一个朴素女人本能的警惕，她肯定会去送饭，也许还会跟梨花爸一起耕种，让大李花心里不仅感谢梨花爸也感谢梨花妈。有了这样的情分，女人可能会少了猜忌，男人可能会多了快乐。

帮助人是快乐的，梨花爸耕种大李花家的地肯定也是快乐的。他的快乐表现在挥鞭吆喝牛时像唱歌。有了这样无私的快乐，要想在男人和女人单独相处时出现梨花妈警惕的问题确实有困难。那三天的耕种确实没有发生什么事，发生的只是劳动所带来的欢笑。大李花和梨花爸，一个有无私的奉献精神，一个有感激的情怀，有这样美好的心情，他们的心确实没往别处想。

如果是这样就好了，小梨花幼稚的本能也好，梨花妈的警惕也好，都滚蛋，太俗。可是就是这俗，还真的俗出了一个俗的真理，就是千万不能让一个身边没有女人的男人和一个身边没有男人的女人长时间相处。从这一点来看，小梨花幼稚的本能和梨花妈成熟的警惕无不是克制这一俗的法宝。可惜小梨花太小，可惜梨花妈又不在。

梨花妈顾忌的问题终于出现了。这个问题的出现，不仅是梨花爸和大李花的问题，问题是它牵扯出了杨七郎那恶狠狠的一巴掌，这一巴掌迅猛而有力，打得梨花爸吴村长真是满脸桃花开，那几天也正是桃花开得正艳的时候。这可能直接影响了杨七郎的愤怒，在这桃花满山岗的季节里，谁都知道狗最爱“走草”了，在长坡上，田野里，随处可见狗儿撒欢、野合。三个鸡村人称野合这个行为为“走草”，是很诗意的，可在杨七郎强悍的嘴里，注定诗意全无。杨七郎在挥起他那结实而有力的巴掌，舞上梨花爸吴村长结实的脸颊的过程中，已完成一句比巴掌还迅猛的话：“狗才‘走草’。”

梨花爸脸再结实，也结实不过杨七郎的巴掌，除了脸上隆起了五个血红的手指印，一颗牙齿还飞奔而出。吴村长的眼睛看见牙的落点后，手再也捂不住血，艳如桃花的红从指缝间飞流直下。

这时间有点紧，大李花惊得愣住了，但也没忘穿好裤子。吴村长被打得愣住了，也没想到要反击，再说，他的手确实也没空，一手捂伤一手提裤子。

杨七郎看着他们这样，一时想笑，却没笑出来，这真不是一个能笑出来的时候。他想走了，可又觉得这事还没完！至少吴村长得有点什么吧！人家大小也是一村之长，最少得回他杨七郎一脚吧！或者是顾不了伤也来一巴掌，不论理在谁处！

从事态的发展来看，杨七郎如打了就走是对的，也许这事就这样平息了。杨七郎打了村长，村长没干什么光彩的事，大李花亦然。有些事就是这样，看起来不是打了就了事了，其实及时走了，可能真的就了事了。毕竟下次吴村长也好，大李花也好，遇见杨七郎，犯傻才会提这件事。在这里，一些看似结束不了的事，只要不提它就忘了，也是常事。

坏就坏在杨七郎想着该走的时候，嘴上还丢下一句令人恼火的话。

杨七郎见吴村长手没空反击，脚也被裤子绊着，这样的难堪确实没必要等着反击。他喉咙紧了紧，把那欲喷涌而出的笑封杀在了肚子里，鼻子一哼，嘴也憋不住蹿出一句带有嘲讽且意味深长的动漫电影台词来，这句台词是大圣孙悟空打坏人并调侃坏人时说的："不打你个满脸桃花开，你就不知道花儿为什么这样红！"

也许是这里桃花太多的缘故，这句台词在三个鸡村流传很广。电视里一出这句话，大家都记住了，并成了相互调侃的戏词。

杨七郎本想用这句戏词侃破这时候的难堪，自己也好下台走人。可他没想到本是一句戏词，却由于时间、地点不对，而改变了原本的味道，再加上他鼻子的那一声"哼"，味道实在太坏了。

吴村长这时的红脸变成紫脸是必然的，眼睛里的怒火似乎烧在了嘴上，唇上泛着血泡还"你，你，你的"。吴村长也只能这样，除"你，你，你的"，好像也无更多或更适当的词来表达这个了不得、不得了的愤怒。

事实证明，女人的愤怒在这种特殊的时候总是比男人付诸行动要快些。一般情况下，当一个男人、一个女人的这种隐私被另一个男人发现时，大多是忍气吞声来示好发现者。但是像此时被激怒时，女人的不顾一切比男人要强烈得多。就在吴村长愤怒到极点却还顾及着什么还"你，你，你的"的时候，大李花叫嚷着上前给了杨七郎一巴掌。

杨七郎以为大李花只是上来拉扯，一般女人都是这样的嘛，可是大李花的手最后从抓变成了拍。拍一巴掌和打一耳光是有区别的，前者力量不够。以大李花的打击速度肯定打不着杨七郎，可是比打还弱的拍却击在了杨七郎的脸上。这一巴掌，与其说是击中还不如说是抚中。但就是这一抚中，让杨七郎受了侮辱一般，他宁愿被吴村长反击而留下手指印，也不愿被大李花那么一抚。虽说脸上什么也没留下，但留下的却是对一个男人的侮辱。

杨七郎很愤怒，却又无法下手，对方只是个女人。杨七郎明白，一个男子汉要打女人是无论如何也下不了手的。他左闪右晃，女人打不着。打不着的女人更不消停了，她双手乱舞，也不管打得着打不着，嘴里还哀号着，好像她自己被打了一样。

杨七郎打过无数的架，是一个女人见了惧怕男人见了惶恐的主，他的风格是刺刀见红，一击而中，可当一个女人与他刺刀见红时，他真的无法下手。在大李花的哀号中，杨七郎心烦到了极点，正好这时吴村长系好了裤带扑了过来，杨七郎来不及判断他是来拉女人的还是来打自己的，从吴村长扑过来的速度看，管不了这么多了，总得飞起一脚挡住他才是，何况这时杨七郎正烦得心慌。

杨七郎的这一脚比他刚才给吴村长那一巴掌的力量大多了，如果要量化一下，也许是三倍以上吧！只见脚到人倒。这次吴村长不再是捂脸，而是双手捂住裤裆，随着一声惨叫，蜷曲着身子左右翻滚，痛得连叫唤的声音都没有了。这时候，大李花惊愕地住手了，她看了看杨七郎又看了看吴村长，一跺脚一捂脸飞奔而去。

女人跑了，杨七郎当然不能也跑了，总得看着吴村长不痛了再说吧！

这痛，不是短痛，是长痛，尔后又成了当事人的心痛，这是杨七郎没预料到的。

吴村长的“双黄蛋”被废了一个，在县医院折腾了半个月才算了事。当然，以现在的医疗水平，医吴村长的一个“蛋”确实不算什么难事。可难的不是“蛋”，反而是“蛋”延伸出来的那些“蛋事”。事很多，一时还理不清，一估摸，就是个蛋生鸡的事嘛！这些事暂时就叫“鸡事”吧！

这样的“鸡事”很麻烦，它的麻烦之处一目了然。无论公鸡母鸡都不好，公鸡喜打鸣不说，要命的是它更喜欢清早就抻长了脖子叫个不停，这无异于清晨的广播，那这些“鸡事”就能让三个鸡村炸了窝；母鸡不打鸣，要叫声音也不大，可它喜欢生蛋，一生了蛋就“咯咯嗒”。这声音是不大，可太引人注目了，更要命的是，鸡生蛋，蛋又生鸡，那这些“鸡事”不但了不了啦，还会源远流长。这样的源远流长，在三个鸡村又不是一个两个的。

这样的“鸡事”，当然不能让它既打鸣，又生蛋，更不能让它源远流长了。按理说，村长的“蛋”被村民废了一个，对于三个鸡村来讲，绝对是大事。但这样的大事，知道的人越少越好。这个越少越好，当然只有经验丰富的村支书能办到。

支书一手“捂蛋”，一手“捉鸡”，水平相当地高。

支书处理事情条理很清晰，他首先当然找当事人，先找源头。源头就三个人：吴村长正在疗伤，缓点再说，以免人家吴村长说他不够兄弟，伤还没好就撒盐；大李花不用找，她遮掩自己的心思肯定有，除非她神经有毛病；关键是杨七郎。

支书和杨七郎来到出事地点，一坐就是大半天。最后杨七郎听了支书的话，秘密投案自首了。怎么就叫秘密投案了呢？说明事态不张扬，伤方不上诉，打方自愿接受治安处罚。

支书真是了不得，杨七郎居然都听话了。当然，刚开始杨七郎并不这样，说急了他一样要刺刀见红。谈话中，杨七郎几次刺刀都上枪了，人家支书就当没看见，还神色安详、语重心长。杨七郎无法，只好与支书来一个他最不擅长而支书最擅长的嘴巴上的刺刀见红——舌战。这样的刺刀见红，杨七郎必败无疑。

当然，支书的胜利也没想象中的那么顺利。当支书说到打人不对时，杨七郎说，谁乱“走草”老子还打。说完把他那双牛眼瞪得老大，还盯着支书看，那意思是你“走草”也要打。

支书眯着眼并不见生气的样子，也不再就对与不对和杨七郎针锋相对。

他叹了一口气说，七郎啊！你也老大不小了，你这牛脾气也该收一收了。唉，你看看我们村，青壮年大多出山打工去了，留下的老的老少的少，要不就是守空屋的女人。这时间一长呀，有点这方面的事，我也不是不知道。上个月你打了麻老二，我也没找你，那麻老二是什么人我还不知道吗？一天游手好闲，看见哪家媳妇落了单，他就去打人家的主意，你教训他一顿也好。

支书说着就不说了，他掏出两支烟，递了一支烟给杨七郎。给杨七郎和自己点燃后，深深地吸了一口才又说，你看人家吴村长也不容易，工资和我这个支书一样，一个月也才四百块钱。说实话，吴村长还是想出山去打工，这不是为了我们村，他老婆才出山去打工的嘛。

杨七郎横着脸说，他老婆不在就干人家的老婆呀！还是村长哩，狗屁。

支书说，具体情况具体分析嘛！首先，吴村长与麻老二不一样，你承不承认？还有，人家大李花感谢你不？上次你打了麻老二，人家翠兰是请你喝酒感谢你了吧！这就是区别嘛。当然，我不是说大李花和吴村长这样就对，我可以肯定地告诉你，这肯定不对，特别是吴村长，就是人家自愿，也要想想自己是个村干部，这种伤风败俗的事情是不能干的。这个大李花也太不像话，就是人家帮你耕地种地，要感谢也不能拿这个来感谢嘛！你看，七郎呀！这就是个批评教育的事。

杨七郎扬了扬拳头说，批评教育？我又不是乡长、支书的，我只有这个。

支书拨下杨七郎的拳头说，有些事，不是这个东西能解决好的。你呀！你也不问个清楚，不管青红皂白的，下手又太重。

杨七郎拍了拍结实的胸膛说，太重？没办法，我就这样。

支书说，杨七郎，我讲话软点你就硬是不？我告诉你，你知道不？医生说吴村长的睾丸烂了一个。

杨七郎说，哪样？杨七郎显然不知道睾丸是个什么东西，也歪着个脑壳疑惑地看着支书。

支书说，就是蛋子，这事出大了。

杨七郎一听是蛋子，心里头一咯噔，真要命了，这可是男人的命根子。可他嘴上却还是硬着说，一人做事一人当。

支书说，你当什么当？你当得起吗？要是吴村长被你踢成了太监，不光是他老婆回来要找你拼命，他的舅子、兄弟们也不会放过你。你再凶，好拳不敌四手吧！

杨七郎说，要打就打，老子打死他两个少一双。

支书说，你就知道打，还能知道什么？你只有一条命，你能打死谁？打死一个，你也没命了。我告诉你，你要是一脚踢死了吴村长就算了，你们一命抵一命，也就不关我的事了。既然现在这样了，我就不能袖手旁观。

杨七郎扬起拳头说，那你要咋样？

支书根本不看拳头，盯着杨七郎的眼睛说，你说，我们三个鸡村的男人最怕什么？

杨七郎疑惑地说，怕什么？

支书说，最怕不男不女，废人。

杨七郎说，人都废了，还怕他干什么？

支书说，可怕就怕在这里了，人都废了，还有什么可怕的？

杨七郎愣了一会儿神说，你是支书，我听你的，你说咋办就咋办。

就这样，支书把“蛋”延伸出来的“鸡事”给摆平了。杨七郎承担了吴村长的疗“蛋”费用，还坐了十五天的班房。吴村长也算有了面子，毕竟废了一个蛋影响也不是太大，算不得是太监。

吴村长和杨七郎几乎是同一天回村的，不同的是，吴村长是偷偷回家的，而杨七郎却是大张旗鼓地回来，派出所刘所长送回来的。

刘所长把杨七郎交给支书说，人交给你了啊！说完骑上摩托车就走了。

支书品味着刘所长那意味深长的话，一双忧愁的眼睛看向了杨七郎。

杨七郎说，看你一天愁眉苦脸的，支书，不是我说你，你也不要想太多了，村里千多号人口，你都要操心，你操得完么？你看，你这张脸和苦瓜一个样了。说完，丢下支书扬长而去。

杨七郎急着要走，是因为早有几个人迎了他，请他喝大酒。

支书并不在意杨七郎的那几句话，他本来就显老，五十才有三，脸上就皱褶纵横。他在意的是，杨七郎别再给他惹事了，见有人请杨七郎喝酒，他有点担心，对着杨七郎的背影喊，小崽，别喝多了，不要再惹出事来。

越是担心什么，越要出事。

出的事比“蛋事”还大。杨七郎酒还没有喝，随手抓起一把尖刀，插在了杨老三的屁股上。吓得杨老三来不及捂屁股，拔腿飞跑，杨七郎也跟着飞追。当然是受了惊吓的人跑得快，杨七郎硬是没追上。

杨老三一步一个血印地跑到支书家门口，在他的呼救声中，支书从屋里也跑了出来。见支书飞跑出来，他像见了亲人一样踏实了。这惊慌的人一踏实了，肯定就放心地倒下了。

杨老三就倒在了支书的家门口，喘着粗气，看起来有点像出人命的样子。只见他出气多吸气少，又浑身是血。

支书见状大吃一惊，一边查看杨老三的伤势一边说，咋个了？咋个了？

杨老三显得要死不活地说，杨七郎杀人了！

支书用手捂住杨老三的屁股说，你好好做你的生意，你惹他干什么？说着扭头到处看，没有找到杨七郎。

这时，有两人跑过来帮支书。

支书忙问，杨七郎往哪里跑了？

两人说，没跑，在杨老三店里喝酒。

支书说，好！又对其中一人说，快给刘所长打电话。然后伸出一双血手，抓住另一人的手往杨老三屁股上按。

支书起身一边往屋里跑一边说，按住了，我拿云南白药来，别出人命了。

这边支书急得不可开交，又是止血，又是把杨老三往村卫生所送。杨七郎却不急，正在杨老三的农家乐仙鹅庄喝酒，老板屁股见红跑了，自是没有菜下酒了，只好干喝。

黑狗与杨七郎碰了一碗酒，喝完了说，你还不快跑？

杨七郎说，老子一人做事一人当！

黑狗说，一会儿派出所刘所长又来了。

杨七郎说，老子等的就是他。

杨七郎今天在仙鹅庄为什么拿刀捅杨老三的屁股？这还得从鹅讲起。

杨七郎是养鹅专业户，其实与杨老三的农家乐仙鹅庄有着良好的合作关系。杨七郎养鹅，杨老三开仙鹅庄。

杨七郎养鹅不吃鹅，也从不进仙鹅庄的门，这在三个鸡村谁都知道。黑狗等人今天请杨七郎到仙鹅庄喝酒，是扬言搞到了一个三个鸡村的名牌“凤凰鸡”，杨七郎这才同意到仙鹅庄赴宴的。

说起三个鸡村的名牌“凤凰鸡”，那是远近闻名。此鸡令人赏心悦目，红公鸡，绿尾巴，红是朱砂红，绿是孔雀绿，关键还脚踏羽毛。什么叫脚踏羽毛呢？就是鸡爪上也长长毛，这毛能长在鸡爪上，要说不罕见实在是有点难。这样的鸡确实是天上少有地下无双。原本，这鸡在三个鸡村无处不在。早上打鸣，声音那个嘹亮啊！三个鸡村的人要想赖床，除非你是聋子。可惜现在这鸡越来越少了，这少并不是三个鸡村人怕嘹亮而杀鸡。说实话，三个鸡村人祖祖辈辈早听惯了公鸡的号子，看惯了公鸡身上的羽毛。没有了这嘹亮的声音，没有了这朱砂红孔雀绿，这三个鸡村还真名不符实了。先是老人们开始骂娘，骂人八辈祖宗，后来一想也不骂了，因为鸡少了，也有自已的一份。是呀！这几年都利欲熏心了。这鸡贵呀，一斤能卖三十元，一个成年鸡近两百元。这些年乡场上热闹得很，主要是有这样的鸡。原来三个鸡村人也常在乡场上卖鸡换钱，买点盐呀，布呀之类的东西。那时候鸡不贵，与其他村的鸡价格差不多，无非是三个鸡村的鸡好看易出手而已。

这事坏在一个自驾旅游者的人手上，这人很会照相，还很会取名。这不，他吃了一个鸡，带了一个鸡走后，许多报纸和网络上都有了三个鸡村鸡的漂亮形象，还美其名曰"凤凰鸡"。并说明，在鸡的出生地买鸡，一定要讲"个"，因为当地人很人性，鸡不讲只，只讲"个"。在鸡的照片旁边还放了几个老人的照片，有的取名《一个父亲》，有的取名《朴实》《沧桑》。

其实在这一带，常用量词习惯用"个"字。一到乡场上，满街讲的都是这个牛那个猪的。这个自驾旅游者不甚了解，自是闹了笑话，不过，外乡人哪里明白就里，在网上还侃成了流行词——买个鸡。

这些三个鸡村的人当然没看到，没人懂网络懂微信，再说也没网络。只是知道每次赶集总有人问要凤凰鸡，刚开始三个鸡村的人不知自已的鸡叫凤凰鸡，见来人见鸡就要，且不太计较价格，渐渐地，鸡的价格就贵得离谱。这一离谱，三个鸡村的公鸡就遭了殃，幸亏几个老人醒悟得快，坚决留了几个鸡，否则这鸡就绝种了。

这不，如今想要吃这个鸡就难了。这鸡金贵了，请大客送大礼都是这鸡了。黑狗说吃鸡，杨七郎也不问什么了，抬腿跟着黑狗就到了仙鹅庄。

仙鹅庄叫庄，其实就一两间房、一个院子。东房前用红砖起了个煤灶，什么锅碗瓢盆、菜刀菜板将就放在一旁，方便。别看这仙鹅庄不起眼，来吃鹅的人也不少，主要是外地人。

老板杨老三就以卖鹅为生，杨七郎就以养鹅为生。这三个鸡村地处武陵山腹地，在武陵主峰梵净山与佛顶山之间的区域。梵净山与佛顶山都是原始森林，又是旅游胜地，三三两两的旅游者不免东游西串地来到了三个鸡村。周末杨老三店里的生意最好，一天能卖七八个鹅。

杨七郎的养鹅场不大，就是把自家的二亩水田用竹篱笆围了起来。水是不缺的，从山沟里引来便是，一些小鱼小虾也顺水流进来，这让杨七郎的鹅有了事干，在水田里来往翻腾。有了这样的闹腾，杨七郎的鹅身体健壮，肉质最好，价格也比乡场上的贵两元钱。杨老三也宁愿要杨七郎的鹅，客人要吃鹅，根本不在乎多几块钱。

杨七郎养鹅都是留蛋自已孵化，小鹅孵出来黄嫩嫩的，样子憨态可掬，非常可爱。这种鹅叫狮头鹅，顾名思义，就是头长得特别大。想这公鹅乡之所以得名，肯定与这狮头鹅有关。公鹅乡各村都不缺鹅，可像杨七郎这样养鹅的却不多。杨七郎这些年行事的风格，要说个老婆也不容易，他妈给他说了两门亲事都黄了，原因很简单，人家见杨七郎那脾气怕吃亏。杨七郎索性把精力都用在了养鹅上面。把一个个嫩黄嫩黄、毛茸茸的小东西养成十多斤的大鹅，要说没感情那是假话。杨七郎那脾气又是从不会假装的，他从不吃鹅肉，也算是对自己有个交代，毕竟人心是肉长的。

本来杨七郎是不愿卖鹅给杨老三的，他想卖远点，眼不见心不烦。可他经不住杨老三软磨硬泡，杨七郎又是个服软不服硬的人，这不，在一句杨老三“一笔难写两个杨字”的套近乎中，终于答应了。这鹅终究是要卖的，杨七郎家旱地里那点苞谷都喂了鹅，这鹅一个能长到十五斤，仅仅靠山沟里那点鱼虾是不行的，那些零星的小鱼小虾，最多就是让鹅们有了折腾的事，免得鹅不爱动，只长油不长肉，客人不爱吃。

卖给杨老三十二元一斤，比乡场上多卖了两元，一个鹅大约能卖一百八十元。杨七郎一年也就能养三百只鹅，再多场地不够，也怕鹅拥挤了犯病。一年下来，除去成本，能有个两万多元的收入。七郎的六个姐姐早嫁人了，现在家里就三口人，爹妈和七郎。这些收入，在三个鸡村算是富裕的了。

一般来说，“我左鸟右”是为“鹅”字，杨老三仙鹅庄的门脸上却是“我上鸟下”结构的“鵞”字，杨七郎一进院子，对那个大大的“鵞”字端详半天说，我鸟？什么意思？

黑狗说，杨老三说这也是“鹅”字。

杨七郎在门脸处停下说，吃鸡就吃鸡，你给杨老三说了没有？老子进去，不能让老子见到谁杀老子的鹅。

黑狗说，你把鹅卖给了杨老三，鹅就是杨老三的了，他不杀鹅，还开个屁的山庄。

见杨七郎鼓起一双牛眼，黑狗补充说，我给他说过的，他傻呀，除非他吃了豹子胆。就是吃了豹子胆，他也不敢惹你心烦。我就不信，见了你，还敢当面杀鹅。

杨七郎牛眼一横，牙里咬出一句狠话，妈的，他敢？老子一掌打烂他的狗头。

杨老三当然不敢当着杨七郎的面杀鹅，黑狗拖了一个鸡来杀，也没说清楚杨七郎什么时候来吃。

当杨七郎和黑狗在“鵞”字招牌下说话时，杨老三正在院子里给鹅脖子里强行倒酒，准备杀鹅给客人看。这是杨老三捣鼓出的营销手段，堪称一绝。这“绝”早已远近闻名，只有杨七郎不知道，谁吃多了把这事告诉杨七郎，肯定惹祸出事。这一绝是一道鹅菜，叫涮鹅肠。怎么个绝呢？主要是在杀鹅的手法上。这手法不是快刀抹脖子，而是用尖刀刺入鹅屁股，刀在屁眼一转，鹅的屁眼就在人手里了，然后抓紧了，鹅负痛狂奔，把那肠子从肚子全拖了出来。说是这样的鹅肠脆生生的，味道极其鲜美。这绝活，并不是来的客人都愿意看，只有少数人愿意看。可看过的和没看过的，吃过的和没吃过的，都记住并不断传播这一绝。仙鹅庄的名气由此越来越大。

杨七郎和黑狗刚进院子，负痛的鹅正好跑到杨七郎脚下。鹅凄厉地惨叫着，一双翅膀扑腾不已，一颗巨大的头颅左右摇摆。

杨七郎乍一看鹅，有些困惑，也不见鹅脖子上有血液喷出。一般人都知道，杀鸡杀鸭杀鹅，鹅最难咽气。鹅被抹了脖子就会奋力挣扎，有人按不住撒手了，鹅能昂着个血糊糊的头跑出百米远，这也是常事。所以杀狮头鹅得两人，一人拧住脖子，一人拧住翅膀脚掌。

杨七郎一抬头看见杨老三手里紧握着一样东西，定神一看，竟然是鹅的肠子。

杨七郎二话没有，直奔杨老三。

看来，杨老三是被杨七郎的脸色吓呆了，傻愣愣的。

黑狗想拦也来不及，对杨老三大喝，快跑！狗日的，等着挨刀啊！

已经来不及了，杨七郎敏捷地操起尖刀朝杨老三屁股上捅了一刀，杨老三像鹅一样惨叫着负痛逃跑。要不是黑狗用身子拦阻了杨七郎，第二刀也进了杨老三屁股。

杨七郎追了几步，没赶上。由此印证，逃是比跑要快多了。杨七郎冲着杨老三逃的背影骂开了。死罪也就是个砍头，包公再狠也就判个腰斩。老子就知道人砍脖子，鹅抹脖子，你捅屁眼，伤天害理。亏你狗日的跑得快，要不老子也把你的肠肝肚肺扯出来看看，杨老三，你的肠子肯定是黑肠子，肯定是黑的。杨七郎手一扬，尖刀飞在了“鵞”字招牌上，扭头对黑狗扬眉抖肉地喝道，鸡呢？

黑狗也扭头对一旁傻看的厨子喝道，鸡炖烂了没？

厨子说，就等你们来才杀。

杨七郎说，那还来得及吃个屁，刘所长最多才走了几里地。

厨子做了抹脖子的动作说，我赶紧，半小时就够。厨子的样子不像惧怕杨七郎，对杨七郎捅了他老板也并不在意，他扭身一边往鸡笼跑一边说，催工不催食，刘所长来了，也得让七郎吃了再说。

杨七郎对黑狗说，走，先喝几碗酒再说。

这边不紧不忙地喝着白酒，支书那边用云南白药止住了血。支书对卫生所的医生老范说，流了那么多血，要送县医院不？怕出事。

老范说，有钱就行。

支书说，这不是钱不钱的问题，是怕人有问题。

老范说，问题不大。

支书说，问题不大？流那么多血！

老范说，你被捅一刀，跑这么快，也流那么多血。

支书指着上气不接下气还哭天喊地的杨老三说，真的问题不大？总得去闪个光，照个片，输个血才放心吧！

老范说，你上次到医院还没折腾够啊！你信不信这屁股上的事，还能折腾到脑袋上去？还输个屁的血，那东西不到万不得已，千万不要乱输，害怕输出更可怕的毛病来。老范见支书将信将疑的样子，笑着说，捅在那肉上，没伤到神经，问题真不大。就是伤口深了点，打个破伤风针，再吃点消炎药预防一下就行了。

支书说，行不行？你要负责的。

老范说，我说行，你不信。上不上县医院，也不是你说了算，谁出钱谁说了算，这事就得杨老三做主。

支书对还在哼哼唧唧的杨老三说，你到底去不去？

杨老三哼哼唧唧地欲起身，说，支书，你扶我一下。

支书说，你到底去哪点？

杨老三说，我给七郎杀鸡去。

支书本来扶起了杨老三，听杨老三这么说，手一放，杨老三正依偎着支书没防备，一屁股坐在椅子上，一声惨叫，触电般又站了起来，显然是撞在了伤口上。

支书手一放的同时喊了一句，拐了，拐了，我叫人报案了。

杨老三在惨叫声中也听清了支书的“拐了”。在这一带的土话中，“拐了”的意思是麻烦了。你想，一个棍子成拐了，一个直东西成几个弯了，这就是说简单变复杂了。杨老三知道拐了的严重性，他顾不得屁股的痛，焦急地对支书喊，拐了，拐了，你老人家报哪样案嘛！这样还有个完啊？这是我和杨七郎的事，要报案也是我的事。

支书说，老子做好人得不到好报，叫人报案的时候，你也在场，你咋不吭一声？

杨老三说，支书，你是好人就好到底。我先回店了，一会儿警察找你，你就往回挡了，就说没事。说完，捂着屁股一扭一拐地走了。

支书摇摇头，一脸的无奈。

杨老三刚走，杨老三老婆手提两把菜刀旋风般赶到了。没见到自家男人，只见地上的血迹，急了，她挥舞着菜刀，阻拦着还没来得及走的村支书大吵大闹。她说，为了一个鹅，他杨七郎就敢杀人，你这个支书怎么当的？

支书呵斥杨老三老婆，你一个婆娘家的，在老子面前舞啥子刀，老子没见过刀是不是？说完拨开杨老三老婆，一边去，你来添什么乱。老子怎么当支书，还要你教呀！

杨老三老婆见支书这样，知道自家男人没什么大事过不去，只是觉得这事不能就这么完了，她追了几步又拦住支书。

支书一声断喝，你干啥？又不是我伤了你男人。

杨老三老婆被支书一呵斥，一时发愣。

支书手一挥，说，还不回家煮饭去。

杨老三老婆把右手的刀合并到左手，往家走去。走了几步，似乎感觉不对，冲着支书背影喊，我家男人在哪点？

支书背着手，头也不回，说，我说了，回家煮饭去，耳朵有点聋是不是？

杨老三老婆跺了跺脚，撒腿朝家走去。

支书依然背着手往屋里走，依然不回头，只是问跟着他看热闹的村东吴家小崽说，那婆娘往哪儿走了？

吴家小崽说，往她家去了。

支书停步，长长地舒了一口气，接着又背着手走了。支书以为只要这婆娘不惹事，这事也算了结了，等刘所长来就挡回算了，刘所长也是多一事不如少一事的人。

这事当然没那么简单，因为杨老三老婆往家走了一半，又折回往仙鹅庄方向去追杨老三。

杨老三一扭一拐地走，不时还要驱逐一下跟着他看热闹的小崽们。他老婆自然不难追上他。

杨老三见老婆提着两把菜刀赶来，说，你来干啥子？回家煮饭去。

老婆见他那样子，火冒三丈。她说，你个杨老三，你不要屁股，老娘我还要脸。支书叫老娘回家煮饭，你也叫。他妈的，屁眼叫人捅了，还吃哪样饭？屎都拉不出来了。

杨老三说，这是我们男人的事，快滚回去。

杨老三老婆白了他一眼说，还男人的事，他杨七郎还没取了你的蛋子，你就像个太监啦！走，砍不死他也要砍。一边说一边挥刀就要走。

杨老三一把抓住他老婆厉声道，叫你回家煮饭你就煮饭，你嘚瑟啥呀！

几个小崽见两口子吵架，嘻嘻哈哈地在一旁闹腾。

杨老三抢过老婆的刀对小崽们挥舞吓唬道，再在这里闹，老子砍死你两个少一双。

小崽们一哄而散，一边跑一边喊，有本事你砍七郎叔去。

杨老三老婆脸都气青了，拼命抢杨老三手里的刀。

杨老三说，抢什么抢，今天不是砍他的时候，再说，你砍得过他吗？老子自有安排，你快回去。

杨老三老婆说，回去？这脸不要了？

杨老三说，就是为了更有脸，这屁股就得忍忍，等屁股好了再说。

杨老三老婆说，再说什么？

杨老三说，再说就是找机会干掉他杨七郎。别以为老子就是个卖鹅的，老子就是潘仁美，不搞死他杨七郎，老子决不罢休。

杨老三老婆说，行，你还有蛋子。说完接过菜刀走了。

杨老三本来想，杨七郎捅了他一刀，这事也就了结了。七郎消了气，他还能咋样？说实话，人的屁股都被捅了，鹅屁股也就该算了。要是刘所长来把杨七郎抓走了，等杨七郎回来，说不定捅的就不是屁股了。在屁股没好之前，他怎么也得装好孙子。孙子的戏还没演，老婆入戏了，他还得雄起，不能在女人处丢脸丢大了。他也不知怎样才能挽救面子，在老婆这里装好汉，也算是挽面子。他最清楚，现在先演孙子。

杨老三忍着屁股痛回到仙鹅庄，见尖刀插在“鵞”字招牌上，他取下刀走了进去。

杨七郎见他进来，把一双眼横着看。

杨老三一扭一拐地经过杨七郎面前，说，我杀鸡去。

黑狗说，你的鸡杀过了，都快炖烂了。

杨老三说，我说嘛！我的厨师没这么傻。

杨七郎一把拧住杨老三往座椅上一掼，杨老三痛得直歪嘴。杨七郎说，好你个杨老三，还有胆量回来，有种，像我老杨家的种。

杨老三把尖刀放到桌子上，端起杨七郎的酒碗喝了一口说，七郎，一笔难写两个杨字，我们还是兄弟。

杨七郎说，兄弟归兄弟，你要再这么整鹅，老子下次捅你心窝子。

杨老三说，要得，要得。

黑狗说，来，一起搞一碗。

三个人端起碗喝酒，刚放下碗，刘所长走了进来。这时，鸡也正好端上了桌。

杨老三说，刘所长咋来了？来喝碗酒。

刘所长说，不喝。

杨老三说，那……吃鸡。

刘所长说，吃个屁鸡，我抓人。

杨老三说，抓哪个？

刘所长说，杨七郎。

杨老三说，你没见到支书？

刘所长说，见了。

那咋回事？杨老三看看杨七郎，又看看刘所长，我们好着哩。

刘所长说，好，好个屁。有人报案就得处理，支书说啥子也没用，走，都到所里做笔录。

杨七郎指着杨老三对刘所长说，我兄弟他屁眼痛，去不了，我跟你去。

刘所长看了看杨老三一裤腿的血迹和屁股上的绷带，又看了看杨七郎，一脸无可奈何的样子。

杨老三说，总得让我哥吃了鸡再走。

刘所长扯了一把椅子坐下，说，行，快吃，酒不能喝了。

吃完了鸡，刘所长把杨七郎带走了。见杨七郎出了门，杨老三一下子就倒了，幸亏黑狗眼明手快，扶住了他。

黑狗说，流了这么多血，早该休息了，你还硬撑着！

杨老三说，我要不硬撑着，七郎没面子，我也没面子，他回来要干哪样就没底了。

最后的结果，杨七郎违反治安条例，拘留十五天。

十五天后，杨老三撑着拐去拘留所接杨七郎。这场景把一个新来的警察弄晕了，他说，被伤害的人来接伤害他的人，还高高兴兴的？有点晕，咋回事？所长说，咋回事？多下去走走，你不就知道了。

刘所长心里还是有点不踏实。他把杨七郎交给支书后，望着杨七郎和杨老三远去的背影对支书说，一而再再而三，这杨七郎可不能再出事了。马上要年终了，可别出大事，我的兄弟们工资就那点，盼望着治安达标哩，要是那点奖金又被扣了，兄弟们找我麻烦，我就只有找支书你了。你家杀年猪，我们排队来吃。

支书说，好嘛！欢迎，欢迎。

刘所长说，欢迎个屁，你欢迎，我们也不敢吃。不开玩笑了，你眼睛睁大点，耳朵听着点，有点风吹草动的，第一时间告诉我，预防犯罪比什么都好。

刘所长走后，支书就想，这警察就是警察，看这方面问题比我们普通人是要高些。这杨老三也不是个善茬，莫非玩的是苦肉计？这小子文化不高，却有一套《三国演义》小人书被他读得烂熟，还视如珍宝，谁借也不肯，只有支书儿子借来看过。

支书抬腿去找黑狗。这是预防的关键人物，他与两个当事人都是好朋友。黑狗听支书说完，眼珠子一转说，说的是，我也觉得这事有点怪，就这样了？有点不可能。当天我就感觉不对。这杨老三平时也是一人物，大小在我们三个鸡村是有面子的人。那天他的表现很反常，狗日的装孙子，装得真像那么回事。支书你说得对，杨七郎是个直肠子，他一根肠子通屁眼，没什么鬼把戏。这杨老三就不一样了，莫非他想玩潘仁美的招数？也不像呀！说你支书是潘仁美我还信，他杨老三屁官都不是，拿捏不住七郎的七寸。

支书说，老子是潘仁美？放屁。黑狗，你小子太没良心了。老子这村支书，一月就二百五十块补助，干的却是当牛做马的活路。

黑狗说，想当牛做马的大有人在，大小也是个九品官。再说，我哪敢说你是潘仁美？我只是打个比方。

支书说，这不是敢不敢的问题，老子本来就不是。

黑狗说，当然不是，我只是打个比方。如果说你支书要整杨七郎，一掐就死。

支书说，黑狗，你说话注意点，什么叫一掐就死。老子辛辛苦苦为了大家，还讨了个恶名是不是？

黑狗说，打个比方，谁不知道你支书是一把手，威信高，这村里都是你说了算嘛！

支书说，放屁，在村里，现在都是一事一议，大家说了算，老子就是个召集人。

黑狗说，好！好！不打比方了。他杨老三没用，老婆也骂不过杨七郎他妈，自己又打不过。根据我的判断，我谅他杨老三是虾子无血，支书你放心吧，不会有事的。

支书说，不会有事？

黑狗说，不会有事。

支书到了刘所长处，刘所长也问，不会有事？

支书说，不会有事。

刘所长也像支书信黑狗的话一样信了支书的话。

一个月后，黑狗应邀赴宴，这宴当然是杨老三召集的，他屁股上的伤早好了。

黑狗走进仙鹅庄，看见杨七郎大腿上扎了一把尖刀、杨老三手里拿着一把菜刀扭身就跑。他的第一反应是杨老三设了鸿门宴，是要像潘仁美一样陷害杨七郎，出事了。他本想大喝一声，出手救援。见杨老三老婆、舅子都在场，就打消了念头。他必须尽快告诉支书，出事了。

支书一听黑狗的话，冒火了，说，老子说有事，你说没事，这下出大事了，咋个办？刘所长听了支书的话，当然更火了，说，叫你们眼睛亮点，耳朵尖点，你们当我的话像耳边风。现在好了，出大事了！

支书还想争辩几句，刘所长一挥手止住支书，说，现在说哪样都晚了！说完，三步并作两步朝仙鹅庄走去，支书、黑狗紧紧跟着。

这边，杨老三已杀了一只嫩公鸡，爆炒好端上了桌。他说，这宫保鸡丁凉了不好吃。说完，手往杨七郎大腿上的刀摸去。杨七郎敏捷地挡住杨老三的手说，慢点，等黑狗到了再拔。

杨老三看了看老婆和舅子，说，七郎哥，够仗义，给这面子大了。不等黑狗了，拔了拔了，上点药，好喝酒。

杨七郎说，别人没看到这刀在我腿上，等于你杨老三还是没面子，让刀多插一会儿，死不了人。你急啥，刀又没在你腿上。

杨老三说，好！听七郎哥的。

杨七郎看着一桌子的菜，咽了咽口水说，开始吃！黑狗来也主要是看刀，懒得等他了。说完伸手抓过一瓶酒，一仰脖子咕噜咕噜搞了一半下去。喝完一抹嘴巴说，好酒，比老子的酒好多了。

三天前，杨七郎与杨老三喝过一场酒，杨老三喝不过杨七郎，杨老三在喝倒之前，没忘了腿一软跪在了地上，痛哭不已。杨七郎说，兄弟，今天没过年，你拜什么年？快起来。

杨老三说，你得答应我一件事，我才起来。

杨七郎说，男儿膝下有黄金，别说一件，两件老子也干了。再说，你今天没有偷袭老子，也算个汉子。

杨七郎说的偷袭，是前一个小时的事，那时候杨七郎正全神贯注地帮助小鹅破壳。说是帮小鹅破壳，其实也算不上，杨七郎就是喜欢用小棍子轻轻敲打那蛋壳，像是在鼓励小鹅啄壳。杨七郎当然知道小鹅得自己破壳，破不了壳的，你帮着破出来，这种小鹅也难养活。他之所以守着，主要是喜爱小鹅破壳的那一瞬间，一个嫩黄嫩黄的、肉乎乎的东西一下子就活了，扑棱棱地叽叽喳喳，可爱极了。这时候，杨七郎总是愉快地小心翼翼地把一个个嫩黄嫩黄的小东西捧在手心，慢慢地放在大木盆里，小鹅一下水，顿时鲜活无比。杨七郎在这个时候几乎是所有心思都在小鹅身上，他根本不知道，杨老三这时正提着一根大木棍，准备给他脑后一记闷棍。

等杨七郎感觉有人时，看见的已是一张笑眯眯的脸，这张脸上的眼睛正惊讶而和善地看着一队队、一群群毛茸茸的嫩黄嫩黄的小生命在水中游动。这张脸当然是杨老三的。等杨七郎看到他手里的那根大棍时，杨老三也才感觉到这根大棍子的存在。他手一松，棍子“咣当”一声掉在地上。刚出壳不久的小鹅第一次听见这么大的声音，惊慌地快速凫水，在大木盆里绕着圈子，似乎在寻找出路，准备逃离。

杨七郎爱惜地看着小鹅，口里反复向小鹅轻轻地呼唤，小鹅才渐渐平静下来，扬着脖子，忽闪着小眼睛，优雅地游动。

杨七郎拾起大木棍对杨老三说，走。

到了鹅舍外，杨七郎把棍子递给杨老三，指着自己的脑门说，往这儿打。

杨老三把棍子往地上一丢，又是一声“咣当”。

杨七郎说，你轻点行不行，不打了？

杨老三说，算了。

杨七郎说，好！算了，喝酒不能算了。

两人一喝，当然是杨老三喝高了，这一高了，腿一软，杨七郎就答应了为他杨老三做一件事。杨七郎本来就是一个服软不服硬的人。

这不，才有了黑狗看到的一幕。本来大家等的就是黑狗，结果黑狗来的时候，正是杨老三一家为杨七郎自插一刀在腿上的壮举感动时，也是杨七郎为自己的豪爽而得意时，都没注意黑狗已来到了门口，又大惊失色地跑走了。

今天的酒局不是鸿门宴，只是为杨老三原来伤了屁股，不能再伤了脸面。要黑狗来赴宴，就是让他做个证人，让杨老三从杨七郎处要回点面子。这是杨七郎和杨老三商量好了的。不想，杨老三又是好酒，又是提刀杀鸡的，再加上杨七郎来仙鹅庄后，杨老三一家一直就与杨七郎称兄道弟，像一家人一样好！杨七郎一激动就豪爽，等不及黑狗，就对着自己的大腿插了一刀，说，老三，这刀算你插的，你更有面子，等黑狗来了拔刀就是。

最后，他们等来的不仅是黑狗，还有支书和刘所长。

杨七郎一见刘所长和支书，赶紧自己拔了刀，说，我自己插的，我自己拔。

刘所长说，是这样的?

杨七郎说，绝对是这样的。

刘所长环视了在场的人，见没有异议，松了一口气，摇了摇头，转身就走。

支书跟在背后说，我说嘛，没出大事，你放心回去，误不了你们的奖金。

杨七郎接过云南白药，倒在伤口上说，妈的，口子大了点。

杨老三说，要缝几针才行。

杨七郎说，那是老子的事。今天算过去了，但老子得把话说清楚，鹅还可以卖给你，你再捅鹅屁股，我敢说，下回绝对不只是你喊屁眼痛。

杨老三说，没有下回了，绝对。

（原载《当代》2016年第5期;《新华文摘》2016年第23期转载）

2016年

夏立楠

猫 眼

一

我把身份证交给了老板娘，她问我："你能干吗？"我说："能。"她登记完我的身份证号，把证还给我，说："晚上就住楼上，以后干活踏实些，不会亏待你的。"

下午我正式上班，帮着端盘子、抹桌子、扫地。晚上十一点，客人较少，我从厕所里出来，见进口处有间密室，门是防盗门，起初我还以为是装食材的地方，可是回想一天都没见人从里面拿过东西。我按捺不住好奇心，趴在门外朝着猫眼里望去，结果里面有图像出现，就仿佛是看电影，不过是无声的。

我看见一个老人面露惊恐之色，他的头发有些花白，不长，眼睛被吓得快鼓出来了。也就几秒钟，图像竟然又变成了一把枪，准确地说，是一只手握着一把枪，不过不能看见握枪的人。图像也是几秒钟就过去了，然后变成了一口棺材，棺材停放在一间很大的屋里，屋里到处是白布和花圈。

我想继续看下去，但此时那边有人叫我端盘子。

后面我做每件事都心不在焉，而这里的每个人又都好像很正常，正常上班，正常做事，似乎从来不知道猫眼的另一头有这样一个神奇的世界。不过我又在想，会不会是我产生了错觉，看花眼了呢？

老板娘让我把桌椅收拾完就能上楼休息。我想问问饭店里的另外几个服务员，但不知如何向她们开口。毕竟猫眼的那道门隔壁就是女厕所，如果我真问，别人岂不是知道了我看猫眼的事，还会产生误会，认为我行为不检点，有怪癖，甚至有猥亵他人的嫌疑。

我决定等大家都睡下了自己一个人去看看。

凌晨十二点半，大家都进入了梦乡。整个男生宿舍也就那么几个人，女生宿舍到底睡着没睡着我不知道，按照常理来说，我见过的女生喜欢在深夜闲聊，哪怕白天工作再忙，学习再累，只要是躺在了床上，三五为伴，都能从某某男生长得帅气聊到对方父母太抠门等各种话题。

女生宿舍的灯是熄了的。

我打开手电筒，下楼，进了男厕所先撒了泡尿。我又找到了那个猫眼，此刻看进去里面黑乎乎一片，啥也没有。我怀疑自己先前是不是花了眼，又有可能是因为现在没开灯，太黑，照不见里面，于是我把手电筒的光对准了猫眼，结果我被吓了一跳。

二

我醒来时楼下已经开始扫地了，老板娘和厨房师傅的说话声不知何时传到了我的耳朵里。我这才恍恍惚惚地意识到，上班时间要到了。这群家伙，欺负我一个新来的，起床也不叫我。

顾不上洗脸，我就下楼干起活来，从门后找来拖把，使劲地拖地。小时候我爸给我说过，以后无论做什么事情都要好好做，不管时间长短，不管在哪里。我这次出门，虽然来的时间很短，但是我也想给老板留个好印象。

厨师拍拍我的肩膀，把我吓得不轻。

“瞧你那样，想啥呢？今早上怎么叫都叫不醒。”

“我吗？”

“不是你还有谁？别拖地了，赶紧去吃早点吧，一会儿好干活。”

说着他便进了厨房，让配菜的人给他切菜。

我则狠狠拖了几下地，决定去外面买份早餐。这里的烙饼早有耳闻，说是美味至极，我要了一包纯牛奶，加了一个烙饼，感觉味道还不错。

“老板，给你钱。”是个女孩的声音。

咋那么熟，我不禁向十米开外的另一个摊子看去，长发披肩，背影瘦削，穿淡黄色T恤、黑色牛仔裤。这不是昨晚和我说话的女孩吗？她怎么会在这儿？虽然我没看到她的脸，但我敢断定就是她。

我得去和她打个招呼。这时，面前有辆公交车驶过，又高又大，早上上班的人蜂拥而上。等车开了以后，我再朝那摊位的人群中看去，却找不着那背影了。应该是进了前面的巷子，等我走到那条巷子时，只有一个老头坐在巷子口，那架势像正等人来光顾他的补鞋摊，然后就再没见一个人。

回饭店的路上我在琢磨，女孩去了哪里呢？她还没告诉我她的名字呢。

昨晚我把电筒对准猫眼的时候，她就一下子从旁边的女厕所过来拍了我的肩膀，吓我一跳。深更半夜的，我还以为是什么女鬼呢。

我说："你谁啊？"

她说："我还没问你是谁呢？"

我说："我是新来的。"

她说："哦，我是这儿的老板……"

我诧异地说："不是吧？"

她一副嘚瑟的样子，说："还没说完，我是这儿的老板的女儿。"

我说："老板的女儿？"

她说："对啊。哎呀，不要问那么多了，陪我聊聊吧。"

我就这么和她坐在了前台聊天，深夜里，我真不知道自己在做些什么，看不清对方的脸，不过幸好有被她吓着时电筒一晃就照在了她身上的瞬间，哪怕只是一瞬间，我也清楚地记得她的长相、身材和声音。

我们聊了很多，睡时已很晚。

最后我问她："你住哪个房间？有空我来串门。"

她说："我不告诉你。"

我郁闷地说："那你有QQ吗？加一个。"

她说："从来不玩那玩意，好了，快去睡觉吧，我想一个人再坐坐，你相信缘分吗？你想找我的时候，我自然会出现。"

三

中午的时候，我有些魂不守舍，在送外卖时送了饭菜却忘了筷子。我疾步往回走，生怕顾客向老板娘反映，如果我没送筷子的事情被她知道，她肯定会认为我做事不认真。

进了门，我走向桌子，拿起一双一次性筷子正要出门，老板娘就在后面把我叫住。

"小夏，你过来一下。"

"什么事？老板娘。"我畏畏缩缩，等待被训。

"这是我们附近的民警，他刚才登记了你的身份证号。你今天下午不用上班了，去拍个照，办下暂住证吧。"

我还以为是问责我呢，一听没事，遂说："好吧，谢谢老板娘 。"

警察和我出了饭店，在一张纸上写明了警察局的具体位置，说拍好照，交到那里，他同事会给我办。

我记得顺着饭店的右手方向走上百把米是一座小桥，桥的那头是一条街，那条街上有打印店，可以拍照。平时都是为附近的那个职中的学生服务，昨天送外卖时，我还看见职中的女生们出来玩，长得漂亮的还蛮多的，皮肤白皙，身材纤瘦。

不过算下来，我还是觉得昨晚遇到的那个女孩子漂亮。

昨晚上她告诉我，我想找她的时候，她自然会出现。我现在正有空，一个下午的时间不可能全部用来拍照和办暂住证吧，如果能在半路上遇到她，那岂不是一件很好的事?

我进了打印店，很快就拍好了八张照片。时间过得真慢，我慢吞吞地在路上走，希望能看见她，也希望晚点把证办到，晚点回店里。不知不觉已经走到了警察局，警察局的人自古以来不是大肚便便，就是凶神恶煞，很少有电视上的那种英姿飒爽，我猜想他们应该会刁难我，不可能交几张照片就能给我办个暂住证吧。

进了之前纸上留的地址——四楼的一间办公室。办公室里有两个年轻人，知道我是来办暂住证的，态度还挺和气，这让我有些受宠若惊。其中一个让我交两张照片，拿出一份新表，在上面写上自己的名字和身份证号，还有电话。

我写完后问："还需要什么吗？"

"不需要了，你先回去吧，办好了我们会电话通知。"

郁闷，不是都说现在办事很难的吗？今天为何这么轻松就搞定了？我看看手机，四点还欠十分，要五点半才吃饭，不知道自己该去哪儿。此刻，还是没有看到昨晚的女孩出现。

四

吃饭的时候，我还在想着猫眼的事，时不时地会瞟向厕所的那个进口。老板娘最先吃完，说有事要交代。

"我明天要回安徽老家一趟，可能要去一个星期才回来。不在的这几天店里就靠厨师打点，你们得听他的话。"

"放心吧，他让我们往东我们绝不往西。"一个还没正式吃完的胖女孩说道。

"那我就放心了，钥匙就交给厨师。晚上没啥逛头就别出去了，要出去的给他讲。"

"好的。"大家异口同声。

晚上十一点，店里就早早打烊了，厨师交代大家好好休息。我躺到十二点的时候依然没有睡意，决定去上个厕所。

这次我打着电筒，从猫眼里看到了另外的画面。

我看到一个瘦高的年轻人握着一把手枪，好像在等待一场预谋已久的事。画面几秒钟后就变了，一个年轻的女人坐在一张长椅上，一副养尊处优的样子。然后画面又变成了一具棺材，只是这次棺材没有停放在屋里，也没庄严肃穆的感觉，而是在荒郊野外，具体棺材里有没有人，我也不清楚。

我打算再看看会有什么画面出现，可此时猫眼里一片漆黑，什么也没有了。我在想昨晚的女孩去了哪里，她不是说自己是老板的女儿吗？这两天都没见他们提过自己的女儿，当然了，我也不可能去问，况且他们都回安徽省亲去了，她也应该去了吧。

正要上楼，姑娘又出现在了我后面，拍了拍我肩膀。

“你这人，真要吓死人，怎么每次都是这样？”

“怎么了？不乐意啊？”

“没。”

“今晚我们出去玩吧。”

“出去玩？现在都十二点了啊，再说了，我也没钥匙。”

“你没有我有啊。”

“你有？钥匙不是在厨师那儿吗？”

“你忘了？我可是老板的女儿，我当然也有一把钥匙，走吧。”

说着，她就挽住我的手，朝大门方向走去。我打着电筒，她说不用，看她那熟门熟路的样子，应该是老板的女儿吧，我在心里暗忖，不过老板的女儿真是个神人啊。

五

我们来到了小桥边，风很凉爽。河对岸灯红酒绿，还有很多活跃于夜间的人。我们趴在小桥的围栏上。

我说：“你不回安徽吗？”

她说：“不回，没意思。”

我说：“我今天早上见了个女孩子，好像是你。”

她说：“啥时候？在哪儿？”

我说：“早上的时候，在你家店的对面，不过只是背影，和你一样也是淡黄色T恤，我听见了你给早餐老板付钱的说话声，不过当时有辆公交车驶来，挡住了我的视线，然后我再往人群里看，却不见你了。”

她说：“你看到的不是我。”

我说：“不是你，那是谁？”

她说：“是我的姐姐。”

我说：“你姐姐？”

她说：“对，我姐姐。”

我想她姐姐应该和父母一起去安徽了吧，便没再问，我们顺着扶栏往前走。她问我：“你今天又跑去看猫眼，是不是想我了啊？”

我不知道该怎么回答她，如果说不想那是假的，可我凭什么想她呢？我们只有一面之缘啊。正琢磨着该怎么回答时，她已经坐在了河边，把凉鞋脱在旁边，脚伸进了河里，河水静静流淌，她的脚在水里一荡一荡的。

“不说就是默认咯。”

“是啊，我想你了。”

“鬼才相信。”

“那我要是说不想你呢。”

我话音才落，她手就往我胳膊上一掐，疼死我了。

“说不想的话，就是这结果。”然后她装作若无其事的样子，把视线投向了对面的繁华区。

“你可真够凶的。”

“是啊，凶，那你现在回去呗，不用陪我了。”

“可是现在已经很晚了，我们该回去休息了。”

“我不回去。”

“那我有个事得问问你，那个猫眼到底是怎么回事？为什么可以看见一些画面呢？”

“你看到了什么？”

“我两次都看到了不同的画面，很奇怪。”

“这是个秘密。”

“秘密？什么秘密？”

“不能说，该知道的时候你自然会知道。”

“好吧，那我们该回去了，我可不放心你一个人在这儿，走。”

“真的？”

“是啊。”

“你不放心我一个人在这儿？”

“对。”

说着我便一把把她扶起来。没想到她裸露的脚踩到了地上的一小颗玻璃上，“妈呀”一声叫出声。我也不知道是怎么回事，只知道她抱住了我的腰，我不知该如何动弹。她的头发很香，我正寻思着她到底用的啥洗发水，却不想已经感觉到她软绵绵的身子快把我整个人都融化了。

“没事吧？”

“你说呢？”

“那我背你回去吧。”

我感觉到她的头发凉悠悠的，不时搭在我的肩膀上，我很喜欢那种感觉。多希望时间一直那么漫长，天永远不会亮，然后我一直都可以背着她走在路灯下。到了店门口的时候，她却自己跳了下来，且看起来好端端的。

我说："你的脚？"

她说："我的脚怎么了？"

我说："刚才不是受伤了吗？"

她说："刚才是刚才，现在是现在。好了，我要回去了。"

我说："回去了？不跟我一起进店里吗？"

她说："不去了，你自己去吧。"

我说："可是我没钥匙啊。"

她说："门我没锁，你自己进去吧。"

我准备说些什么，可是已经看到她转身走向另一处了，我说："你要去哪里啊？"

"我回家不行啊，这你也管。"

六

早上天气神奇般地转凉了，不知道是不是因为气候不大适应，我感觉鼻子塞塞的，头也晕晕的。一整天上班都没精神，中午去送外卖，有一次又忘记带辣椒，还被客人训了一顿。江南就是这样，很多人吃不了辣椒，但是又有一些外地人吃，所以常常会被搞晕。

好不容易送完外卖，进门时却直接晕得趴在桌子上。

厨师一把把我揪起来，说："快起来，下午好好干，晚上我们K歌去。"

"K歌？"

"是啊，老板娘不在，大家前段时间都很累，我们大伙商量好的。"

"可是我现在一点精神都没有。"

下午的雨蛮大，气温却一点降下来的意思都没有，我送完最后一批外卖回来时，店门口的那条街已经积满了雨水。我没带伞，全身淋得湿漉漉的。

到了店里时，大伙已经把桌椅收拾好了。说定了K歌地址，赶紧报名参加，我说我不想去，他们说今晚玩通宵。我感觉自己实在太困，没那精神，只能慢慢扶着楼梯上楼。

迷迷糊糊中，我感觉四周已是一片寂静，空荡荡的屋子里只有一个人的声音。

是她，咯咯咯的，银铃一样的笑声，恍惚中我看见她拿着一根鹅毛在我的脸上划来划去。我感觉到她的手很温暖，很纤细，拿着一张热毛巾往我额头上敷，给我把被子盖好。我全身都是汗水，可以断定是重感冒，我想撑起来和她说话，可是眼睛睁开看一下后，我就没力气了，只想好好睡一觉。然后，我感觉她趴在了我的身上，靠在我盖有被子的胸口前。

她的发香又散发了出来，我很想伸出手去抱抱她，可是怎么也抬不起来。

醒来时已是午夜，屋里除了我和她没有别人，看来这群家伙真的要玩通宵了。我看见她睡得很熟，只是没有盖任何东西，我把身子往后移了移，给她把被子盖好，又睡去了。

早上再次醒来时，楼下已经开始上班，年轻人总是这样，玩一晚上第二天照常有精神。我感觉自己和头一天判若两人，神清气爽，一点也不像重感冒的样子。

只是醒来时，她已经不在我身边了。

七

白天我忍不住好奇心，又朝猫眼里看了下，这次的情景把我吓了一跳。

我看见了第一次看见的那个老人站在一家店门口指挥人们搬运货物，这个店的外装饰虽然和现在我所在的这家饭店不尽相同，但地理位置就是这里。几秒钟后，我看见了她，我确定是她，她站在了那天我们聊天的河边，然后跳了下去。我不敢相信眼前的画面，揉了揉眼，画面已经转到了第三个，一个衣衫褴褛的四五岁的女孩在湖边饮水。

为什么画面里的女孩是她？我简直不敢相信，这个猫眼到底是怎么回事？为什么能看到这些东西？

我感觉自己对工作一点都不上心，来上班没几天，却忘记了小时候父亲对我的叮嘱，做事要踏踏实实，要让领导满意。可是现在厨师对我很不满意，因为猫眼的事，我一个中午直接端错了好几道菜，送外卖时筷子和辣椒老忘带。

厨师对我发了火："你到底能不能干？每天都不在状态，一天想些什么？"

我连声道歉："对不起，能请半天假吗？"

"请假？你要干啥？"

"我有事。"

"做错那么多事还想请假，不能请。"

管不了那么多了，我很想去看看那座桥。她说只要我想见她时她就会出现，我想知道现在能不能在桥边找到她。

河边的风很大，不同于前几天，这次是真的要降温了。我感觉一股潮湿的气流朝脸上袭来，正在寻思着她怎么还不出现呢，就看见远处的她袅袅走来。

"嗨，又在等我吧？"

"嗯，我有事想问你。"

"什么事？"

"我在那个猫眼里看见你了，真的，我看见你从这桥边跳了下去，这是咋回事？"

“就这事？你咋不先感谢下我昨晚照顾你，给你退烧呢？”

“谢谢你哈。”

“现在说谢谢没用，哼。”

说着她就转身朝来的路走去。我跟着她去了城郊公园，从山上下来时风已经有点大了，我把她搂在怀里。如果不是听了她说的那些往事，我想我不会那么心疼她，当然，我敢确定，我是真的喜欢上她了。

下山的路没有灯，我说背她她不同意，我们两个就一个石阶一个石阶地往下走。

我说：“我打算把你告诉我的事，写成个小说给你。”

她说：“小说是虚构的，我才不要看。”

我说：“那写成真实的故事吧。”

“随你呗。”她竟然从后面往我身上跳，一下子跳到了我的背上。

背着她在路上遇到了两个女的，见了我露出一副怪怪的样子，那样子让我莫名其妙。

我问她：“我的脸上有什么不对吗？”

她说：“有啊。”

我说：“哪儿不对？”

她说：“哪儿都不对。”

八

刚刚进门，就发现老板娘在店里，正在打理这几天的账务。

不是说去一周吗？我心里想，怎么才去几天就回来了？而且店里还多了几个人，看样子应该是她安徽老家的亲戚。

我正打算上楼，却被她叫住了。

“小夏，你等下，我有事跟你说。”

“哦。”

“你的暂住证我问了，过些天就能拿。不过你也看到了，今天店里来了好几个人，都是我老家的亲戚，现在工作不好找，我们店的生意你是知道的，说不上差也说不上好。我把这几天的工钱给你算了，你不要对我有什么想法哈，我没有赶你走的意思。”

“没事的，老板娘，不过我可能要先暂时住两天，等找到了住的地方我再搬出去。”

“好的。”

我知道是这几天的不良表现让老板娘知道了。不管是不是厨师告发的，我都不会去埋怨谁，本来就是我的过错。

干了没几天，老板娘总共给我算了两百块钱。我上了楼，找了纸笔，打算把猫眼里看到的事写出来，到时候给她看。

新住处是在两天后找到的，不大，摆完一张床后基本没多少剩余的空间。有两天我都没有见到她了，也不知道她能不能找到我新住的地方。

楼下有点吵，我把窗户关得紧紧的，希望能静下心来。才下笔呢，就听见有人敲门了，难不成是房东要来收房租？搬来之前我给他说好的，最近还没找到工作，等住满一个月再交，不会反悔了吧？

我开了门，是她。

“看我给你带了什么？肯定还没吃东西吧。”她提着一只北京烤鸭。

“你是怎么知道我在这儿的啊？”

“我不是说过的吗？你想我的时候，我自然会出现。”

她把烤鸭摊在了桌子上，还有蘸酱，我大快朵颐地吃着。她却坐在我的对面，看着我胡吞海咽的样子。

“香吗？”

“香。”

“稿子写得怎么样了？”

“还没写好呢。”

“那我先走了。”

“不是吧？”

“真的，免得打扰你。”

我把手擦干净，她起身，我一把抱住她，说：“现在已经晚了，不走了。”

“我才不呢。”

“为啥？怕我吃了你？”

“切，我还怕我吃了你呢。”

“我可是色鬼。”

“我还是色魔呢。”

我把她抱在怀里。夜很深，我没有睡意，屋里透着城市淡淡的灯光。怀里的她气如幽兰，呼吸匀澈。熟睡中还说了句梦话——我在店里等你哈。我觉得此时的她真可爱，我把她搂得更紧，真想好好照顾她，以后一直在一起。

早晨，窗外传来小贩的吆喝声，我揉开蒙眬的睡眼，她已经不在我身边了。

九

后面的很多天都没有再见到她，她睡梦中呢喃的那句梦话一直萦绕在我的心怀。

两周后，我把那篇稿子写好了，并封好在信封里。故事的内容就如她告诉我的一样，讲述了一个老饭店的老板被枪杀，而杀手是他妻子的情夫，情夫竟然是他最看重的徒弟。在这场杀戮中老板的两个女儿始终处于逃亡状态，大的那个在被强暴后选择了跳河自杀，小的那个当时只有四五岁，躲过了此劫，却四处流浪。

我回到了之前的那家饭店，门庭未改，“好再来饭馆”几个大字熠熠生辉。走进店里，桌椅布局和整体格调都未改变。时候尚早，但店里已经坐满了吃早点的客人，老板娘从安徽带来的亲戚做了服务员，他们各自忙碌。厨师好像昨晚没有睡好，从我身边走过时打了个哈欠，对我的到来不以为意。

老板娘依然坐在那个前台上，好像在轧账。

我说：“老板娘，你好。”

她说：“哟，是小夏啊，快坐快坐。”

说着她就要起身给我倒水，我连忙道谢，说自己来。

坐下后我感觉不点些什么好像浑身不自在，于是我说：“给我来碗稀饭吧，再加两根油条。”

“好的。”

她转身吩咐里屋的厨师。

稀饭端上来后，我喝了两勺，感觉动作有些快了，怕吃完后就不好意思再坐着等了。人们出出进进，上厕所的那个进口从我所坐的位置看过去一览无遗，可是好长时间我都没有看见她的出现。

我在想，她怎么还不出现呢？正喝着汤，对面的那扇镜子怔住我了，我看到她了，镜子反射的地方正是那天她买早点的那个摊子。她正站在摊子边买早点，这次穿的是一身绿色的碎花裙子，长发飘逸，身姿曼妙。稀饭我也不喝了，直接起身往店门外跑，我听见老板娘在后面喊我，但是我没有回应。

出了店门，坏事的公交车又出现了，它挡住了前面的视线。等公交车开走后，她已经不在摊位了，我左右环视，发现她的身影正隐没在前些天我追进的那条巷子口。我强行穿过了马路，跑到巷口时，她的身影又转向了另一条街道，就这样，她下了地下通道，我追到步行街，她上了天桥，我追到地下通道……

站在天桥上，我看到了桥下川流不息的车辆和大街上越来越多的人群。而此时，她已经走进了人群，彻底湮没在了茫茫人海里。

我拿着那封手稿四处张望，却怎么也找不到她，看见和她穿同样款式的碎花裙子的人不止一个。

（原载《上海文学》2016年第12期）

2017年

曹　永

漆匠的黄昏

一

他们蹲在赵糊顺家门口晒太阳。漆匠王五九低着脑袋，拉起衣裳擦眼。刚才吹风，好像有东西掉到眼里，让他不怎么舒服。杨登财是个驼背，总像背着个什么。这会儿，他盘腿坐在地上，用手搓脚。他从脚缝里搓出许多泥垢，那些泥垢滚得到处都是。

赵糊顺的脸上满是皱纹，仿佛上面挂着一盘麻绳。他靠着一个土堆，看起来很舒坦。他见杨登财把手伸到鼻子尖悄悄地闻，吃惊地“哎呀”一声。杨登财转过脸，两只眼睛眨得吧嗒响。赵糊顺说，你闻脚臭味？杨登财低声说，其实不臭。赵糊顺说，真没想到，你做这种事情。杨登财把鞋套在脚上，似乎有点羞愧。

村庄很大，但没多少人，显得空落落的。远处的房舍，泥巴似的糊在山坡上。周围长着几棵树，树叶稀疏，看起来怪模怪样的。那边好像传来几声牛叫，他们拧过脖子，但鬼影都没看到。

赵糊顺盘着两条腿，慢悠悠地说，以前在山坳打井，结果挖到一口金丝楠木做的棺材。王五九说，这种东西不好找。赵糊顺说，里面躺着个二十多岁的女人，跟睡着差不多，连皮肤都没坏。王五九疑惑地说，真有这事？赵糊顺说，看到里面有东西，大家把尸体抬出来，没想到见风就坏，放在地上没多久，尸体就慢慢变黑了。

王五九和杨登财睁大眼睛，满脸惊奇。

赵糊顺接着说，那些手镯和玉环之类的殉葬品，当场就被抢光了。杨登财说，你没抢？赵糊顺说，我怕触霉头。杨登财“啧啧啧”地感叹一番，有点不相信。赵糊顺说，大家发现土里好像还有东西，就接着往下挖，竟然刨出七口不同年代的椁棺。

王五九说，都是金丝楠木的？赵糊顺说，棺木朽得不成样了，应该不是这种东西。王五九说，我就说嘛。赵糊顺说，最奇怪的是，七口棺材居然重在同一个位置，有的中间只隔几寸泥土。王五九说，阴阳先生找在同一个地方，肯定是块风水宝地。

他们坐在那里，东拉西扯地说话。天上蓝幽幽的，没有云，只有太阳孤零零地挂在上边。太阳很旺盛，烤得人身上热乎乎的。他们感到骨头都被烤热了，但谁都没动弹。他们喜欢这种感觉。两只鸡提着爪子，在场坝上抓来抓去。

山那边是一个叫花红寨的村庄。赵糊顺看着山梁说，那边种过烤烟，连种几年都碰到冰雹。杨登财说，我姨夫就在花红寨。赵糊顺说，我认得他。杨登财说，我姨夫是个酒鬼，每逢赶场天，就蹲在街口喝酒，喝醉就狼似的乱叫。赵糊顺说，这个人蛮不讲理。杨登财说，有时候确实不讲道理。

赵糊顺说，有一次我卖蒜薹，他抓起一摞谈价钱，价格没谈拢，他竟然不把那摞蒜薹还给我。杨登财说，那几年他做生意。赵糊顺说，我就跟他打架，我把他揍得爬不起来。杨登财瞪着眼说，他是我姨夫。赵糊顺说，那时候你们还不是亲戚，好多年前的事情了。杨登财嘀咕，有话不好好说，偏要打架。赵糊顺说，我可不想跟他打，他抢我的蒜薹嘛。

杨登财说，他已经死掉了。王五九插嘴说，他好像比我小几岁。杨登财说，他的身体还算硬朗。王五九说，那你说他死掉了。杨登财说，前年他家栽苞谷，他说有点累，就找个树荫休息，结果躺下去就再没起来。

路边有几棵树，风吹的时候，树梢呜呜作响。

赵糊顺说，我突然想撒尿。杨登财说，你看你……赵糊顺说，年纪大了，尿就越来越多。杨登财说，我可不这样。赵糊顺说，你的年纪没我大。杨登财不服气地说，我好歹也六十多了。赵糊顺说，总归没我大。杨登财侧着脸，多少有点无奈。

赵糊顺用胳膊撑地，摇摇晃晃地爬起来。他的裤脚很大，宽得就像两条布袋。他走到树边，捞起一只裤脚，侧着身体撒尿。在黔西北，上年纪的老者都喜欢穿大裤脚，这种东西方便。

王五九和杨登财坐在那里，他们听到尿水洒在地上的声音。杨登财说，你脸色不好看。王五九说，我看不到自己的脸。杨登财说，脸上白苍苍的。王五九说，噢，可能是天气热。杨登财说，我看不是。王五九说，那你说怎么回事？杨登财说，鬼晓得。

赵糊顺拉着裤带走过来，盘腿坐在原来的地方，他说，不晓得那边怎么样。王五九和杨登财没明白他的意思，一脸茫然。赵糊顺说，你们觉得阴间到底是啥样的？王五九和杨登财没想到他会说这个，坐在那里鼓眼。

赵糊顺从地上抠出一块泥疙瘩，说，大家死后都去那个地方。王五九说，你甭说这些瘆人的话。赵糊顺说，早晚的事。王五九瞪眼说，让你莫说，你偏要说。赵糊顺扔掉手里的泥疙瘩，缓缓说，我见过牛头马面。王五九说，你又讲这个事情。

赵糊顺说，上次生病，我以为自己挺不过来了，那天晚上，我看到牛头马面跑到我床边，牛头蛮不讲理，拿起麻绳就往我的脖子上套，马面阻拦说，好像搞错了，这次捉的是村口那个，这人还有九年寿辰。

王五九说，你翻来覆去地说，我们耳朵都听起老茧了。赵糊顺挪挪屁股，接着说，第二天早上，村口的曹三爷就死了。王五九说，看你说的话。赵糊顺说，现在想起来，我还有点怕，你说要不是马面拦住，事情多危险呀。

王五九皱着眉头说，真不想听你讲话。赵糊顺又"啧啧啧"地咂嘴。王五九说，你净扯些不明不白的事情。赵糊顺说，你看你。王五九说，你年轻时就这样。赵糊顺说，你好像很害怕。王五九冒火地说，跟你说话真难受。

王五九站起来，气冲冲地走了。

赵糊顺有点尴尬，转过脸说，你看他，好端端地突然就发火了。杨登财低着头，像个闷葫芦。赵糊顺说，我说的是事实嘛。杨登财仍然咬着嘴唇坐在那里。赵糊顺说，你也不信我说的话？杨登财用手撑着地，艰难地爬起来。赵糊顺惊愕地说，你也要走？杨登财顺着门口那条路，弯腰驼背地往回走。

赵糊顺想说句什么，但张开嘴啥也没说出来。他坐在门口晒太阳，温度在慢慢变弱。他知道，再过一阵，太阳就会变得黄澄澄的，然后像个熟透的柿子，慢慢从山顶坠落。坡脚有几间房舍，显得破破烂烂的。房屋总是这样，只要不见烟火，几年就破败得不成样子。

二

王五九老想那天的事情。赵糊顺说自己见过牛头马面，开始他们不信，但这个老家伙赌咒发誓。再说，赵糊顺生病的事，他确实晓得。他跑去看过几次，赵糊顺瘦精精的，皮肤皱得像张麻布。本以为挺不过去了，没想到几天后，赵糊顺居然从床上爬起来了。

还有杨登财的姨夫，王五九记得，他比自己年轻几岁，身体也比自己硬朗。赶场的时候，经常见他坐在街口喝酒，喝醉就红着两个眼睛乱吼，发疯撒泼。王五九想不通，这样一个生龙活虎的人，怎么说没就没了？

想到这些事情，王五九心里乱糟糟的。近几年，青壮年都跑到外边挣钱去了，村里冷冷清清的。也有年轻人没去，但那伙人天天打麻将、玩扑克。王五九他们年纪大，跟年轻后生玩不到一块。王五九不太喜欢赵糊顺和杨登财，但没办法，这拨年纪的老人，差不多都走了。

原来大家都在地里找活路，即使不走动，也没啥特别的感觉。这几年，看不到年轻人跑动，听不到牲口叫唤，好像什么都不对劲了。时间有点难熬，隔三岔五，几个老者就凑在一起喝酒，或者说几句什么。

那天回来后，王五九就一直心神不宁。他以为自己生病了，可偏偏身上不疼不痒。他想关起门睡觉，但横竖睡不着。人总是这样，年纪越大，瞌睡越少。以前遇到这种情况，他都跑去找赵糊顺和杨登财。但现在，他哪里都不想去。

王五九觉得胸口憋着什么东西，他想找点事做。他准备去看看庄稼地，但走出门，却发现走错路了，真是莫名其妙。村庄比锅底宽不了多少，就算闭上眼睛，也能摸个来回。没想到，现在居然走错方向。王五九有点奇怪，他把两只手缩在袖筒里，蹲在路边胡想。

甭管看不看，庄稼都是那个鬼模样，根本不会突然蹿出一截。与其看庄稼，还不如到处转转。胡想一阵，王五九就站起来了，他甩着两条胳膊，爬上一道山梁。

前面是那个叫花红寨的村落，土地像楼梯似的，一块叠着一块。房屋比较凌乱，就像是娃娃用泥巴随意堆出来的。王五九感到诧异，不知道自己怎么跑到这个地方来了。他想，真是鬼摸脑壳了。

山上看不到一个人影，显得非常安静。旁边长着许多杂树，枝条交叉，看起来乱蓬蓬的。有鸟儿在里面叫唤，声音有点凄惶。热风像抹布似的，在他的脸上抹来抹去，让他不怎么舒服。

王五九坐在那里，伸着脖颈张望。这时候，他又想来那件事情了。杨登财的姨夫是这个村的，不晓得他家的土地是哪一块。王五九想不明白，好端端的一个人，怎么躺下去就醒不过来了呢？他认得杨登财的姨夫，无论热天冷天，那个家伙总戴着一顶破毡帽。

王五九老想起那人喝酒的模样，还想起那顶破毡帽。以前，王五九也曾戴过帽子，有时候在外边干活累了，就找个地方躺着，把帽子摘下来倒扣在脸上，然后呼呼大睡。不晓得杨登财的姨夫死时，那顶毡帽究竟是戴在头上，还是扣在脸上？

王五九浑身难受，他像只猫头鹰，在山上孤零零地待了好大一阵。后来，他起身往回走。回家后，他就满屋乱翻，把以前的工具统统翻出来了。他见工具生锈，就搬出磨石，蹲在屋檐下边仔细打磨。

王五九磨完工具，就提起斧头，围着门口的几棵杉树转来转去。他的异常举动，引起了赵糊顺和杨登财的注意。赵糊顺家在半坡，王五九家在山脚。在赵糊顺家场坝上，能够看到提着斧头的王五九。

这时候，赵糊顺和杨登财就蹲在上边，盯着王五九看。杨登财说，到底搞啥名堂？

赵糊顺说，鬼晓得。杨登财说，他前两天磨那些破铜烂铁，磨得攒劲。赵糊顺说，你看他围着杉树打转，也许想砍那几棵树。

杨登财说，好端端的，他砍树做啥？赵糊顺说，这事你该问他。杨登财说，他老胳膊老腿，没事找事。赵糊顺嘀咕，弄不好脑袋出问题了。杨登财说，我看不像。赵糊顺说，你晓得？杨登财说，前几天还好好的。赵糊顺说，这个说不准，年纪大了，脑袋容易出毛病。

他们看着王五九，感觉此时的王五九有点可怜。王五九在低处，不晓得有人谈论自己。他顺着树身，仰着脖颈看。这几棵杉树圆滚滚的，比水桶还粗，顶着茂盛的树冠。他伸手在树干上拍，听到那种很结实的声音，他很满意。这几棵树是他年轻时栽的，几十年来一直长在这里。现在，他准备把树砍掉。

王五九围着杉树打量了几天，已经找到动手的地方了。他捞起袖子，然后抡着斧头砍树。多少年不使斧头，他砍得有点费劲，没过多久，额头上就冒出一层细密的汗水珠子。早些年可不这样，那时他手脚麻利。碗口粗的树，他不用墨斗拉线，起手就锯。从头到尾，硬是锯得不偏不倚。

王五九的斧头落在树上，枝叶晃动，斧头咬开树皮，露出白森森的材质。两个年轻后生熬夜赌博，从王五九家门口经过。王五九本想打招呼，没料到他们扭头看了看，径直走了。王五九皱着眉头继续砍树。

前些年，王五九很受敬重，无论他往哪家门口一站，主人都得赶紧把烟递来。王五九是漆匠，做椁棺。椁棺的好坏，决定亡灵在阴世的地位。甭管发财人家，还是清贫小户，只要看到王五九，统统不敢怠慢。

在黔西北，老人上年纪之后，都会提前把寿材准备妥当，据说这样可以增福添寿。寿材就是棺材，但出于忌讳，大家都叫寿材。直到老人逝世，大家才喊棺材。俗话说，木匠怕漆匠，漆匠怕光亮。王五九多才多艺，不仅漆刷得好，木工也做得漂亮。无论什么树，经他过手，总是变得光溜水滑。手艺好，尊敬的人自然就多。大家看到王五九，都叫他“王师傅”。王五九挺着胸，神气得像什么似的。

王五九以为自己能永远风光下去。未曾想，这几年，镇上突然开了一家棺材铺。请王九五做寿材，不仅耗费时间，还要每天供他好烟好酒。镇上的棺材铺就方便多了，省时省力，而且还能挑选样式，专门定制。

自从镇上出现棺材铺，请王五九的人就越来越少了。王五九跑去看过，那些木料全是外地运来的，比水缸还粗。王五九做寿材，需要用斧头和凿刃之类的东西慢慢对付，但镇上的棺材铺有电锯，树筒扔进去，呼呼几声就剖开了。王五九看得目瞪口呆，回来后就生了一场病，差点没缓过来。

几十年来，王五九一直靠手艺吃饭，舍不得丢掉。王五九的娃娃叫王保籽。他本来想把手艺传给王保籽，没想到王保籽翻着白眼说，你让我学这种东西？王五九说，有门手艺，以后用得着。王保籽说，现在有棺材铺。王五九说，我去看过，手工粗糙。王保籽说，做得再细，也不能当饭吃。

王五九当了一辈子漆匠，了解土漆。他去镇上的棺材铺看过，那些人用的是化学漆。从远处看，这两种漆似乎没啥差别，但仔细观察，马上就能看出差异。化学漆很轻浮，好像飘在上面。土漆就不同了，端庄厚重，透露出来的那种气势，化学漆根本没法相比。

王五九说，他们用的不是土漆。王保籽说，甭管啥漆，好看就行。王五九说，那种东西不顶用，棺材几年就腐烂了。王保籽说，弄到最后，都是堆泥巴。王五九呵斥说，你尽讲鬼话。王保籽噘着嘴说，本来就是。王五九说，你要遭雷劈的。王保籽说，反正我不跟你学这个。王五九说，那你想做啥？王保籽说，我要出去挣钱。

王五九不想让儿子出去打工，但拦不住。开始，王五九还有点生气，后来他就不气了。他快到六十了，这辈子差不多到头了。这几年，已经没人准备棺材了，老人离世，直接到镇上去买。王五九是漆匠，他不甘买这种东西，打算自己做寿材。

三

杉树晾干后，王五九架起木马，打算把它剖开。赵糊顺和杨登财像两只蛤蟆似的默默蹲在旁边。这段时间，王五九忙出忙进，好像突然变了个人。年龄大了，手脚不怎么灵活，搞不好会弄出事来。他们觉得有点危险，跑来试图劝阻，但王五九性格倔强，横竖劝不住。

以前，他们三个总在一起消磨时间。现在王五九忙着做事，赵糊顺和杨登财找不到伴儿，有点无聊，只能跑来看他捣弄木料。有时，王五九会喊他们递羊角锤，或者拉墨线什么的。渐渐地，他们就跟着帮忙，听到王五九吩咐，他们都争着打下手。

王五九把刨刀按在木材上，用力前推。“哗”的一声，木花从刨刀上冒出来，打着卷儿，成朵地滚。王五九很有能耐，只用了半个多月，就把寿材做出来了。这是一口七星底盖，棺罩结实，椁盖厚重。底部有七个圆孔，代表北斗七星。从底到上，共有七层，由于削切考究，几乎看不到任何缝隙。

杨登财和赵糊顺羡慕得跟什么似的，围着寿材不停地转。杨登财伸手去摸，感慨地说，比瓷还要光滑。王五九得意地说，这个就是本事。杨登财用指头轻轻敲打，听到一串沉闷的响声，又“啧啧啧”地赞美了一番。王五九说，前些年，好多老人指名找我做寿材。

赵糊顺说，价格便宜嘛。王五九拍着身上的木屑说，这不是价钱的事情，上岁数的老人，吃穿舍不得花钱，做寿材的时候，他们很大方。赵糊顺说，木匠好找，但找好漆匠可就不容易了，你两样都会，这就很稀奇。王五九说，主要是做寿材的原料很讲究，我尽量找好木材，而且做工不含糊。

他们蹲在场坝上抽烟。王五九吐着烟雾说，做寿材最好的是松柏，纹路密实。赵糊顺和杨登财瘪着嘴，抽得“吧嗒”响。王五九说，松柏做出来的东西有分量，也不容易腐烂。赵糊顺和杨登财端着烟杆，边抽边吐口水。

王五九说，松柏好是好，就是有点沉，搬运起来费劲，下葬时也不太安全。赵糊顺说，这种树长得慢，起码要几十年才能割寿材。王五九说，粗的松柏很难找，价格也昂贵，富贵人家才用得起。赵糊顺说，记得我爹用的是梧桐。王五九说，对，通常人家当然只能用梧桐。

杨登财顺嘴说，我觉得有些奇怪，好像没见谁用过椿树。王五九说，当然不能用椿树，听说这种树是王母娘娘，砍了要遭报应的。杨登财说，椿树的材质也不好。王五九说，我从来没用椿树做过寿材，连家具也没做过。

风从门口涌进来，地上的木花被吹得滚来滚去，院里飘着淡淡的香味。王五九把烟斗倒过来，抖掉里面的烟灰，然后拿着砂布打磨寿材，他打磨得很仔细。做寿材不仅需要耐性，人品也相当重要。寿材是百年以后的住宅，谁都不敢开玩笑。大家清楚王五九的品性，方圆几十里，差不多所有老人做寿材，都跑来请他。

王五九的做工历来精细，现在给自己做寿材，他就更加认真了。他耗费几天时间，批灰托泥，硬是把寿材打磨得光溜顺滑，看不到半点木屑。做完第一道工序，他把鸡鸭赶出去，关上院门，开始打扫场地，还在四周洒清水。

赵糊顺说，你搞啥名堂？王五九神采奕奕地说，我要熬漆。赵糊顺说，生漆？王五九说，当然是生漆。赵糊顺忙说，这种东西我可不敢沾，闻到气味就会浑身起疮，痒得难受。王五九说，我晓得你们怕漆，你们离远点。

赵糊顺和杨登财不敢靠近，只能伸着脖颈，站得远远的。他们看到王五九往生漆里面兑桐油，接着放在锅里搅拌。王五九说，你看你们，连这种东西都怕。他们说，好汉怕生漆。王五九说，我从来没惹过漆疮。他们说，你好好看锅，把握火候。王五九说，就算闭着眼睛，我也能把它熬好。

为了显示自己不怕惹漆疮，王五九甚至故意把袖筒捞起来，露出两条皱皱的胳膊。他边搅边说，十多岁我就拜师学手艺，当学徒的时候，不消说没工钱，还得倒贴粮油。

杨登财驼着背，远远地说，你学本事嘛。王五九说，端茶倒水这些小事就不说了，碰上收种庄稼，硬是累得只有半条命。杨登财说，做徒弟都这样。王五九说，我跟师傅半年，只学到了一些基本的东西，我晓得他留着一手，调漆的时候，他总找借口让我走开。杨登财说，这个没啥，都怕教会徒弟饿死师傅。王五九说，只要他家有事情，我就争着做，师傅见我手脚勤快，第三年，总算把手艺传给我了。

赵糊顺说，我家的碗柜就是你漆的，确实耐用。王五九说，我学到本事后，先和师傅搞分成，后来就自己做。赵糊顺说，你抢生意？王五九摇头说，我没做这种事情，师傅年纪大了，只能接近活，那我就跑远路咯。赵糊顺说，你师傅好像是上山摔死的。王五九说，我还给他披麻戴孝了。

赵糊顺说，后来有活，大家都找你。王五九抬起头，把目光递到远处，他仿佛看到了过去的好光景，激动地说，那几年，我根本忙不过来。赵糊顺挖苦他说，那时候你总仰着脑袋，神气得跟什么似的，跟你打招呼，也不怎么搭理。王五九说，我可没这样。

赵糊顺说，有一次，你背着手从我家门口经过，我跟你说话，你装没听到。王五九说，看你说的。赵糊顺说，你敢说没有？王五九说，我不记得这件事情。赵糊顺说，我当时真想捡个什么东西，砸在你身上。王五九并不在乎他的话，继续说，很多人看到这门手艺吃香，都想把娃娃送过来学本事。赵糊顺说，那是早些年。

王五九神色突然黯淡下来。以前，衡量一个漆匠的能耐，主要看有多少人请他做寿材。手艺出众，请的人自然就多。那些年，王五九总是东奔西跑，忙碌得跟什么似的。按照规矩，老人上年纪后，都会自己挑选树种。他们选好寿材，就派儿孙登门，请王五九割材和上漆。

自从镇上出现棺材铺后，很少再有人请他。王五九晓得，大家不仅嫌麻烦，还觉得他年纪大，手脚不灵活，担心他做不好。尽管王五九不服气，但这种事情没办法，总不能拿刀顶着人家，逼迫他们请自己做寿材吧。

王五九没想到世道居然变成这样，他有点落寞。儿子王保籽头脑灵活，王五九本来想把手艺传给他。没想到，王保籽横竖不学，硬要出门挣钱。王五九曾跟儿子谈准备寿材的事情，但王保籽说，急啥嘛？你身体还硬朗。王五九说，总要提前考虑。王保籽鄙夷地说，已经不是以前了，做口寿材还要花费几个月时间，现在啥都是现成的。

王五九曾是方圆几十里最好的漆匠。他送走一茬一茬的老人，没料到，最后竟然要从别人手里买寿材。王五九一想起这事，就有种说不出的难受。他咽不下这口窝囊气，打算自己动手。他拼出老命做寿材，不仅是为自己准备归宿，还想证明给所有人看：我虽然身体衰老，但手艺并没衰老；我过去是最好的漆匠，现在仍然是最好的漆匠！

四

王五九准备画图样。寿材纹路清晰，非常厚实。他不敢贸然动手，于是眯着眼睛端详。他从头看到尾，从里看到外，盘算许久才蘸着白石膏，勾勒画线。这时候最考验漆匠的功力，稍有差错，纹饰就会走样。图纹的好坏，极其重要。

寿材上的图案，式样丰富，笔法讲究，程序也复杂。漆匠最怕开笔，但王五九已有了底气，他打算在寿材上画龙。他弯着腰，仔细描绘。院门关着，鸡鸭进不来。猪在圈里，偶尔传来几声“哼哼”。周围很安静，他几乎能听到毛笔在寿材上划出的细响。

王五九画完龙形，早已腰酸腿疼到不行，只能用手不停地捶打。到底是年纪大了，经不住劳累。年轻时可不这样，碰到紧急情况，他甚至能同时收拾两口寿材。他在这家画出图稿，接着跑第二家。当他把第二口寿材画完，第一口寿材上的漆汁，干湿程度恰好合适。

王五九有点口渴，想到屋里喝水。他进屋时，脚绊在门槛上，要不是扶着门框，肯定就摔在地上了。现在身板不结实，要是摔倒，骨头可能就断了。王五九突然有点心酸，从来没想过自己居然沦落到这个地步。

那些年做寿材，有人来请，首先送来一条好烟、一瓶好酒，还有一床被面。要是规矩不到，王五九就说自己忙不过来。主家恭恭敬敬把他请过去后，少不得还要递酒端饭。那时候，热滚滚的茶水，随时备着。

王五九喝完水，继续绘图。男配龙，女配凤，他记不清自己究竟画过多少条龙了。他手上的毛笔勾来画去，龙鼻挺，龙眉红，龙角稍微向后，显得很有冲劲。画龙看起来轻松，其实有很多窍门，从龙须，到龙鳞，再到最后描龙爪，每个步骤都非常讲究。龙有灵性，力道稍有不足，就显不出神气。

阳光明亮，但王五九没有出门，他关起门来做寿材。这口寿材原本通体发白，现在却透着精光。好寿材不仅看手艺，温度的高低、地气的干湿，还有材质的好坏都非常重要。这些年，王五九做过几百口寿材，趁现在还有力气，他打算再做一口。或许，这是他最后一次做寿材了。

赵糊顺和杨登财找不到伴儿，想来看他画图上釉，但又怕惹漆疮。这种东西很奇怪，有的人抹到身上也没事，但有的人只要远远闻着味道就会浑身发痒。他们天天蹲在赵糊顺家的场坝上，朝王五九家张望。王五九在院里搭了个棚子，他们啥也看不到。

半个多月过去，仍然没见王五九的踪影。他们到底还是忍不住了。据估算，这时应该刷完漆了。他们推开院门，里面静悄悄的。场坝上摆着两条板凳，上面停放着寿材。寿材罩着黑布，显然已经做完了。他们顺手把黑布揭开，似乎有什么东西爬在寿材上。他们被吓得连连倒退，差点摔在地上。

赵糊顺和杨登财终于看清，那是一条神气活现的龙。他们抹着汗水走过去，看到那条龙以三翻身的姿态铺满盖板。龙身奔腾，龙须飞扬，龙爪伸出来，扣住寿材底部，仿佛就要蹿出去了……赵糊顺和杨登财眼睛瞪圆，满脸惊诧。他们活了几十年，从来没见过这么漂亮的寿材。

他们见大门敞开着，就喊王五九，但连喊几声都没听到回答。年纪大了，耳朵不好。他们以为王五九没听见，就推门进去。屋里光线暗淡，眼睛好半天才适应过来。他们看到王五九蜷在楼梯角，显然是从上面摔下来的。他们跑过去，发现王五九的身体早已僵硬。

赵糊顺和杨登财跑到村公所，设法通知王五九的儿子。然后，他们跑回来，把王五九蜷曲的尸体搬到长桌上。尸体冷却后总是硬邦邦的，不好理顺。他们只能抱着关节，慢慢搓揉，鼓捣了好大一阵，终于把王五九的手脚捋顺，让他平平展展地躺在长桌上面。

弄完之后，他们蹲在那里喘气。赵糊顺说，还好温度不算太高。杨登财明白他的意思，就说，王保籽肯定赶得回来。赵糊顺说，曹三爷死的时候，天气热得厉害，老远都能闻到臭味。杨登财胃里泛出一股酸味，赶紧说，你甭提这事。赵糊顺说，那是十多年前的事情。

杨登财记得当时的情景，那时身体还算硬朗，他跑去帮忙抬棺。没料到，尸水从棺缝里淌出来，黄澄澄的。赵糊顺说，曹三爷活着时，体面得很，总穿得清清爽爽，没想到，死后脏得不成模样。杨登财说，咽气以后，啥都由不得自己。

赵糊顺说，那口棺材不好。杨登财说，我真不想听你讲话。赵糊顺说，上陡坡时，我看到尸水滴在你身上。杨登财捂着嘴，差点吐出来。赵糊顺说，你看你，十多年前的事情了。杨登财像被什么东西噎住了，好半天才缓过神来，他张着嘴，用手捋胸口。

他们就像两只老得不能动弹的猫，落寞地守着漆匠王五九。以前，他们总凑在一起吹牛，有时还会吵架。王五九性格倔强，喜欢抬杠。现在也是他们三个，但王五九不说话了，只是安静地躺着，已经拌嘴几十年，突然有一个躺在那里闷不吭声，这让他们很不习惯。

连续两天，他们都守在那里，直到王保籽赶回来。他们看到王保籽趴在地上，扯着嗓门号。赵糊顺说，你看他哭得多难听。杨登财瞪着眼说，你这个人。赵糊顺说，我听不惯。杨登财说，他是独苗，当然要哭丧。赵糊顺说，早晓得这样，他就不该出门。杨登财说，都要找活路，总不能守一辈子。

王保籽红着眼睛给父亲穿上寿衣，收棺入殓，然后带着一伙人吹吹打打地抬着棺材往山上走。赵糊顺和杨登财抬着腿，麻木地跟在后面。他们浑浑噩噩，脑子里一片空白。等他们清醒过来时，发现有人在地上挖坑，接着把棺材放了进去。

黄土落在棺材上，噗噗地响。棺材上的龙似乎被打疼了，扭着躯体，拼命翻滚。泥土先盖住龙尾，接着盖住龙身，最后只剩龙头露在外面。龙的眼睛黑里透亮，像是在绝望地挣扎。

赵糊顺和杨登财站在旁边，眼睁睁看着泥土落在棺材上。他们神色怪异，赵糊顺嘴唇发紫，脸上的皱纹微微颤动；而杨登财的驼背，似乎突然增高，像盘沉重的磨石，把他的身体压得更弯了。

把王五九埋葬后，人们就扛着工具回去了，山上只剩下赵糊顺和杨登财。他们坐在草地上，像两块树疙瘩。他们感到空落落的，非常难受。他们知道，把庄稼种到土里，明年能够收获更多的庄稼。但把王五九种进去，却啥也长不出来。

这时，太阳已然落坡。晚霞挂在天边，像一摊暗红的血。赵糊顺说，这几天，我总想王五九。杨登财低着头，没吭声。赵糊顺说，他喜欢捞起袖筒，露出两条胳膊。杨登财仍然不响，由于驼得厉害，他脖颈前伸，仿佛要钻到土里。

风从坡上涌来，冷飕飕的。赵糊顺缩着脖子说，真没想到。杨登财说，这种事情，当然想不到。赵糊顺说，好端端的，他要爬楼梯。杨登财抬起脸说，他可能上楼取什么东西。赵糊顺说，方圆几十里，他是最后一个漆匠。杨登财摇着头说，我可不清楚。

赵糊顺看着坟堆说，我从来没见过这么好的棺材。杨登财说，王五九的手艺嘛。赵糊顺说，躺在这样的棺材里面，怕是要成神仙。杨登财脱掉一只布鞋，手在脚缝里搓。赵糊顺厌恶地说，你总抠脚丫。杨登财说，它老是痒痒。

赵糊顺脸皱得像麻绳，说话的时候，那盘麻绳就动来动去，他说，要是能有这样一口寿材，就算现在死掉，我也知足了。杨登财说，啧啧，你说这种话。赵糊顺说，我确实这样想。杨登财说，我看你是鬼摸脑壳了。

晚霞越来越淡，光线落在他们的脸上，显得怪模怪样的。赵糊顺说，王五九烟瘾大，总是不停地抽烟。杨登财说，你又提他。赵糊顺说，他经常把烟杆别在裤带上。杨登财说，烟杆当然别在裤带上。赵糊顺说，以前的时候，他风光得跟什么似的，跟他说话也不怎么理睬。杨登财说，你说这个不好。赵糊顺说，怎么不好？杨登财说，人家已经死了。

赵糊顺说，这拨年纪的老人，差不多都走了。杨登财黯然地说，只剩我们两个了。赵糊顺扯着地上的草茎说，我突然不太舒服。杨登财说，我也觉得不自在。赵糊顺说，似乎少了什么东西。杨登财说，原来村里很热闹，现在空荡荡的。赵糊顺说，难怪不太对劲。杨登财叹息说，世道好像变了。

天色更暗了，他们的鼻眼模糊不清，就像用煤块画上去的。赵糊顺说，你姨夫运气好。杨登财眨着眼睛，有些莫名其妙。赵糊顺说，他躺下去就没醒来，这样没遭罪。杨登财说，噢，噢噢。赵糊顺说，王五九顺着楼梯摔下来，肯定很痛苦。杨登财听得发怵，他扭头去看，坟墓黑乎乎的。

赵糊顺扔掉手里的草屑说，以前我看不惯他。杨登财说，我就晓得。赵糊顺说，要是不出这些事情，那就好了。杨登财说，搞不懂你说的话。赵糊顺说，就快轮到我们两个了。杨登财晦气地说，你净说胡话。赵糊顺说，上次见到牛头马面，它们说我还有九年阳寿，算起来也差不多了。杨登财低着脑袋，心里凄凉。

他们坐在那里，好大会儿没说话。周围很安静。赵糊顺发现杨登财悄悄闻自己的脚臭味，他皱着眉说，你真恶心。杨登财有些脸红。赵糊顺说，你也不嫌脏。杨登财说，天快黑了。赵糊顺说，本来就不早了。杨登财穿上鞋说，再不走，就看不到亮了。

他们站起来，看看王五九的坟墓，开始往回走。风刮着路边的树枝，弄出瘆人的响声。夜鸟在远处的树林里，传来短促的鸣叫，听起来无比悲怆。他们走在山路上，就像两粒移动的黑点。

（原载《天涯》2017年第3期）

2017年

曹　永

荒年纪事

一

那时候，张催粮没想到会出事情。他像以往那样戴着墨镜，把褡裢搭在肩膀上，然后提着竹棍出门。街道空荡荡的，竹棍落在地面的声音很响。路面铺着石板，它们被漫长的岁月磨掉了棱角，全都光溜水滑。张催粮就那样提着竹棍，沿着石板路往前走。

张催粮眼前发绿。饿的时候总这样，看啥都是绿的。张催粮老想起那种观音土做的圆粑。真是奇怪，张催粮吃过牛马驴羊、鸡鸭鹅鱼，甚至还吃过一些野味，但这会儿，他想起来的只有那种圆粑。那种东西有弹性，简直像糯米做的，嚼起来很劲道。只要想起那种圆粑，他总是满嘴冒清水。

冷风卷着灰尘从街口灌进来。张催粮感到有点冷，他缩着脖颈，抬头看了看，太阳像个熟透的南瓜，圆滚滚地挂在天上。明明有太阳，气候居然还这样冷，真是莫名其妙。张催粮不想在这种时候出门，但他实在顶不住了。

张催粮肩膀上挂着褡裢，里面结鼓鼓的。他穿过冷清的街道，走到南门口。那里原来是城墙，后来被拆掉了，只剩下几堆烂砖块。再往前边走，有几棵榆树。那些榆树光溜溜的，没有树皮，它们早就枯死了。粮食不够吃，大家就跑去吃草根、野菜、树叶，还有观音土。

张催粮没吃过草根、树皮之类的东西，只吃过观音土。张催粮从葡萄井经过，几次看到磨刀匠蹲在他家门口的场坝上，手里捧着个圆粑。那天，张催粮又看到磨刀匠啃圆粑。张催粮羡慕地说，啧啧。磨刀匠蹲在那里，仰起头看张催粮。张催粮说，你比皇帝还安逸。磨刀匠眨着两个眼睛，没明白他的意思。张催粮说，你天天吃这种东西。磨刀匠顺嘴说，噢。

张催粮说，我想讨口水喝。磨刀匠埋着头边吃东西边说，你自己去屋里舀。张催粮钻到屋里，喝了半瓢凉水，然后走出来，抹着嘴说，你没去磨刀？磨刀匠皱眉说，这世道，鬼还磨刀。张催粮说，那你天天吃圆粑。磨刀匠说，这个不是粑粑。张催粮说，看你说的，我又不跟你讨吃。磨刀匠说，这是观音土，不信你自己尝。

看到磨刀匠递来半个圆粑，张催粮说，尝一点就行了。磨刀匠把圆粑塞在张催粮手里说，你尝，你赶紧尝。张催粮撕了一块放在嘴里，慢慢地嚼。磨刀匠好像有些着急，说，怎么样？张催粮说，嚼起来很劲道。磨刀匠说，这回你相信了吧？张催粮把嘴里的东西咽到肚里，噘嘴说，我觉得还是粑粑。磨刀匠瞪眼说，你这个人。张催粮说，嚼起来像面，很细腻。磨刀匠跺脚说，我改天带你去看。

后来，磨刀匠就带张催粮去凤山挖观音土。磨刀匠说，这里的观音土最好，挖的时候要排队。张催粮说，噢。磨刀匠说，听说这种东西是观世音菩萨救济世人的，所以叫观音土。张催粮说，噢噢。磨刀匠说，取土时，有人在那里焚香烧纸，还有人磕头跪拜。张催粮没再接嘴，他身上软绵绵的。他害怕一开口，自己就会像团稀泥似的瘫在地上。

张催粮跟着磨刀匠取土。那里确实有很多人，张催粮们排队老半天，还没取到多少，后面的就催起来了。他们扛着两袋观音土往回走。张催粮感觉两条腿颤得厉害，他想不明白，怎么扛这点东西，腿就颤得厉害。路很不好走，张催粮咬紧牙关，艰难地跟在磨刀匠的后面。

回来后，磨刀匠找来杵臼，开始舂观音土。他们把土舂细，用纱布筛过，接着和水搅拌。看到磨刀匠往里面放葱姜蒜，还有花椒、八角之类的东西，张催粮瞪眼说，还放佐料？磨刀匠说，当然要放佐料，要不然吃起来没味道。张催粮说，啧啧。磨刀匠挽着袖子，在盆里使劲搓揉。

张催粮蹲在旁边，看到磨刀匠把观音土揉成圆粑，然后一个个放在锅里烙。张催粮发现那些圆粑竟然在锅里冒水泡，他觉得有点稀奇。张催粮说，跟面粉揉的一样。磨刀匠说，这种东西好吃，就是拉不出来。张催粮说，以前我还不信。

磨刀匠铲起个圆粑说，你看都煳了。张催粮两眼冒光，激动地说，竟然会煳？磨刀匠见他咽口水，就把圆粑递来，说，趁热，赶紧吃。张催粮啃着温热的圆粑说，比肉还好吃。磨刀匠说，我就说嘛。张催粮说，肯定是世界上最好吃的东西。磨刀匠说，这个算不得啥。张催粮说，那你说还有啥更好吃的东西？

磨刀匠陶醉地说，最好吃的是蕨根粑。张催粮说，你吃过？磨刀匠得意地说，当然吃过。张催粮说，我可没吃过。磨刀匠说，以前蕨草多，现在被挖得差不多了。张催粮觉得有点惋惜。磨刀匠说，这种东西好吃，就是做起来麻烦，把蕨草根挖来后，找条水沟，堵七八个水塘，然后不停地冲。

张催粮没说话，他忙着嚼嘴里的东西。磨刀匠说，蕨草根冲洗得差不多后，用棒槌反复捶打，第一道满是泥沙，第二道是草皮之类的杂质，清洗几道后，放在缸里沉淀。张催粮还在嚼，他没想到观音土做成的饼居然这样劲道。磨刀匠说，第二天早上一看，哎嘿，缸底铺满淀粉。

张催粮把嘴里的东西咽到肚里，说，真没想到。磨刀匠侧脸说，什么你没想到？张催粮说，蕨草根还能弄出淀粉。磨刀匠说，说来也怪，向阳的地方淀粉多，背阴的地方淀粉就少。张催粮说，鬼晓得怎么回事。磨刀匠说，淀粉必须蒸过，要不然满嘴泥味。张催粮追问，然后呢？

磨刀匠说，你好像对这个感兴趣。张催粮说，吃的东西嘛，当然感兴趣。磨刀匠说，弄熟后像糯米，黏稠得很，还有弹性，一拉就是长长一条，好吃。张催粮说，你竟然懂得这么多。磨刀匠说，前些年还好，这几年没人磨刀，我就到处找吃的。张催粮说，啧啧。

磨刀匠把铁锅端下来，蹲在墙脚吃圆粑，边吃边说，杉树根做的粑粑也好吃。张催粮竖着两只耳朵。这年月，只要听到吃的，大家都会竖起耳朵。磨刀匠说，把杉树从土里刨开，有截娃娃手臂粗的树根，抹掉泥，剥掉皮，里面的树筋能吃。张催粮说，好不好吃？磨刀匠很有经验地说，有点涩，味道比不上蕨根粑，但能拉出来。

张催粮顺嘴说，你啥都懂，不怕挨饿。磨刀匠说，鬼才不挨饿。张催粮说，我觉得你不会。磨刀匠说，我还吃过雁屎。张催粮瞪着两只眼睛说，这也能吃？磨刀匠说，没粮食，大家逮啥吃啥，不丢人。张催粮说，我没说丢人。磨刀匠说，大雁屎有手指粗，要把前半截白的摘掉，只吃后半截青绿色的，那个还没完全消化。张催粮说，真想不到。

磨刀匠说，吃雁屎有两种方法，第一种讲究，先用清水把它泡开，滗掉水，然后拍成圆粑，跟观音土一样烙着吃。张催粮说，第二种呢？磨刀匠说，第二种简单，直接放在锅里炒，吃起来像炒豆子，脆得很哩。张催粮说，啧啧。磨刀匠说，这种东西好吃，就是火气大，吃完嗓子肿痛，要用熟地黄泡水喝才能消肿。

二

粮食越来越少，大家想方设法找吃的。后来，凤山上的观音土被挖完了。张催粮也跟磨刀匠去过别的地方找观音土，但里面夹杂着沙粒，不怎么好吃，嚼起来老是咯噌响。磨刀匠就像条疯狗，啥都敢吃。张催粮不想吃那些东西，他要出去找粮食。

他像以往那样戴着墨镜，挂着肩上的褡裢朝前走。他出门只带褡裢，再有就是那根光溜溜的竹棍。这次，他打算多走几个村寨，希望可以多找点吃的。公路弯来拐去，像根熟煮的猪大肠。

张催粮的胃不怎么舒服，身上没有半点力气。他真不想出门，但饿得实在扛不住了。前几年大家都说粮食吃不完，没想到，突然就饿肚子了。城里分配口粮，但根本不够吃。最要命的是，没有油水，越吃越想吃。

城里粮食定点，但农村稍微好些。缴完公粮，多少还能剩点余粮。更重要的是，每家都有自留地。土地虽然不多，只有两分，但总算还能种点庄稼。在城里找不到吃的，张催粮只能去乡下。世道不好，别人出去只能端起破碗讨饭吃，但他走到哪里，人家都毕恭毕敬。他是风水先生，他有这个底气。

太阳依然像个熟透的南瓜，只是比先前更黄，好像就要烂掉一样。公路左边是岩石，灰不溜秋的。右边是陡坡，半坡上长着几棵树，看起来半死不活的。走到五里岗，张催粮看到前面有几个人。他走过去，看到赶马车的王八五蹲在那里补胎。王八五的娃娃穿着开裆裤，露出半个屁股，在地上弹玻璃珠。

王八五的马拴在半截树桩上，正伸着舌头搜刮地上的枯草。离马不远的地方坐着两个陌生人，他们头发乱蓬蓬的，似乎在看马吃草。张催粮估计他们是从外省来的，听说其他地方饥荒更厉害。他经常出门，总能碰到这类逃荒的人。

王八五赶马车，到处给人运送东西。有时候，张催粮就搭他的马车。他们很熟悉。张催粮打招呼说，轮胎坏掉了？王八五说，有铁钉扎进去了，你看，这么大个眼。张催粮凑过去，果然看到轮胎上有个指尖大的洞，他说，啧啧。

张催粮问他去啥地方。王八五说要去狗街，给供销社拖石膏。张催粮就蹲在旁边，看王八五补胎。他看到王八五把轮胎绷紧，拿着铁锉子，使劲在破洞边锉，唰唰唰唰……没过多久，轮胎被锉得毛糙糙的。

王八五的马还在那里吃草，它拼命往前挣。缰绳拴得短，勒在脖颈上，使它发出呼哧呼哧的响声。张催粮朝马看了看，然后把目光移到陌生人的脸上。他们衣裳破烂，仿佛披着两条破麻袋。他们的脸颊高高鼓起，眼眶塌陷进去，就像两个窟窿。如果不是眼珠转动，或许会让人觉得他们像两只饿死的瘦猴儿。

张催粮给王八五说，他们是搭车的？王八五说，他们是路过的。张催粮说，还是你安逸。王八五说，安逸个屁！张催粮说，全县城也没几辆马车。王八五晦气地说，唉，没跑多远，就碰到这种事情。

那个娃娃发现张催粮的褡裢里面有个结鼓鼓的东西，立刻就盯上了。张催粮见他很感兴趣，故意拍拍那个结鼓鼓的东西说，你听。娃娃怯怯地说，这是啥东西？张催粮逗他说，是苦荞粑。娃娃闪着两粒眼珠，亮晶晶的。

娃娃摇着王八五的胳膊说，爹——王八五说，玩你的玻璃珠去。王八五忙着赶路，他剪来一块胶皮，抹着胶水往破轮胎上粘。胶皮粘好后，他拿着铁锤在上面仔细敲打。张催粮看着很有弹性的胶皮，突然想抢过来塞到嘴里。他被这个念头吓了一跳。后来，他站起来拍拍屁股，继续往前走。

翻过垭口，张催粮顺着斜坡拐到小路去了。周围是荒地，被山水冲出许多沟，横一道竖一道，看起来乱七八糟的。太阳仍然像南瓜似的挂在天上，但没多少温度。风贴着沟底刮来，凉飕飕的。他真不想在这种时候出门，但没办法，再不弄点吃的，也许要被活活饿死。

走到半坡，路边坐着一个放羊的老者。他看到张催粮，目光就没再移开。张催粮从旁边经过的时候，老者的脑袋也跟着慢慢转动。张催粮知道老者在看自己的墨镜。这种地方，很少有人戴这种东西。

大家一看到张催粮，目光都怪模怪样的。张催粮想把墨镜取下来，但他是个独眼，害怕吓着别人。早些年，张催粮跟着师傅学本事。有一次给人砌坟，张催粮抡起铁锤砸石头，很不凑巧，一块指尖大的石头飞进他的眼睛。那只眼睛瞳孔慢慢变白，视线也越来越弱，最后彻底变黑了。

坏掉一只眼睛本来就很倒霉了，更要命的是眼皮也出问题了，横竖眨不动。张催粮把眼皮抹下来，它不会睁开。张催粮把眼皮掀起来，它又不会合拢。张催粮急疯了，攥紧两只拳头，全身的劲都往眼睛上使，但眼皮硬是不听他的使唤。没有办法，张催粮只能弄来一副墨镜，每次出门都把它戴上。

刚开始，张催粮非常懊丧，觉得不该搞这门职业，要是做别的事情，自己就不会变成独眼龙了。后来，他就没这种想法了。他想，自己坏掉一只眼睛，注定这辈子该走阳间路，吃阴间饭。有些事情躲都躲不过，要不然那粒小石子，怎么没飞到别的地方，偏偏溅到自己的眼里来呢？

做风水先生也确实有些好处，凭着给人推算五行命理、阴阳八卦，总算能够混些饭吃。尤其这几年，满世界闹饥荒。别人出门只能讨口要饭，但风水先生还能勉强填饱肚子。现在世道不好，到处添新坟，最缺的就是风水先生。张催粮是风水先生。这会儿，他正顺着山路往前走。

三

这是一条泥巴路，竹棍戳在上面没有什么声音，只有一个圆形的竹筒印。县城可不是这样，那些街道全都铺着石板，光溜溜的，竹棍落下去，声音很响亮。旁边的山岩上传来鸟叫，张催粮扭头朝那边看，可根本看不到鸟的踪影，仿佛那个凄凉的声音是从石缝里冒出来的。

路面有许多牲口的足迹，还有羊屎疙瘩和牛屎。看着那些粪便，张催粮突然想起城边那个捡垃圾的老者。磨刀匠弄吃的，多少还算讲究，但捡垃圾的老者就有点吓人了。有一次，张催粮看到那个老家伙嘴上的油渍，觉得有点稀奇，问他吃啥好东西了。捡垃圾的老者说，早上在城墙边看到一只死耗子，我捡回来煮着吃了。张催粮吃惊地说，你连这个都敢吃？捡垃圾的老者舔舔嘴说，好吃得要命，我本来想先吃半只，留下半只明天再吃，但实在忍不住，干脆全吃了。张催粮瞪眼说，你不怕被耗子药毒死？捡垃圾的老者说，你看我现在还活得好好的。

吃死耗子已经很吓人了，更荒唐的是，那个捡垃圾的老者饿得受不了，竟然跑到厕所找吃的。婆娘嫌脏，就跟他吵。捡垃圾的老者说，都快活不成了，还有啥好怕的？婆娘说，做这种事情也不回避，还像吃馒头一样。捡垃圾的老者说，这种世道，不丢人。婆娘说，啧啧，你还有理了。

捡垃圾的老者说，我看你有点浮肿，赶紧弄点来吃。婆娘说，你不要脸我还要哩。捡垃圾的老者说，想要活命，顾不上这些。婆娘说，人活脸，树活皮。捡垃圾的老者说，如果你嫌丢脸，我去给你弄，这种事情我有经验。婆娘听不下去了，朝他吐口水。

后来吃的东西越来越少，那个婆娘撑不住，到底还是饿死了。那天早晨，捡垃圾的老者听到屋里咔咔响，跑进去一看，发现婆娘在啃床梆，就问她搞啥名堂，婆娘鼓着两只眼说，我在啃苞谷粑。捡垃圾的老者把婆娘拖开，没想到，她一会儿就咽气了。

想起那个捡垃圾的老者，张催粮就感到恶心，有点想吐。其实肚里没东西，根本吐不出来。

张催粮沿着山脚往前走，他肩膀上挂着褡裢，里面结鼓鼓的。他走上十天半月，四处帮人择日看地。堪舆阳宅阴地时，要用器具装上粮食校对罗盘。张催粮给人做事不收钱，只要那点粮食。粮食虽然不多，但好歹能塞半截肠子。

前面有两道隆起的山梁，中间是一道峡谷，仿佛用啥东西划出来的。那时候，张催粮没想到会出事情。他挂着褡裢，提着竹棍钻到峡谷去了。这条路他走过几次，知道这里叫三岔河。真是奇怪，没有河水，偏偏叫三岔河。他想，河水也许在别的地方，只是自己没见着。

风擦着岩石窜来，松动的沙砾簌簌往下滚。张催粮两只眼睛乱冒火花，看啥都是绿的。他老想起那种观音土做的圆粑。张催粮吃过不少好东西，但这会儿，他想起来的只有那种圆粑。那种东西很有弹性，稍微一咬，牙齿马上就被弹起来了。

山路很不好走，总有许多石头，像馒头似的冷不丁从土里冒出来。张催粮的骨头就像被抽掉一样，如果不是竹棍撑着，他也许倒在地上了。那条褡裢不重，但张催粮觉得肩膀快被压断了。他实在走不动了，于是在路边歇脚。

张催粮坐在一块石头上。好像有什么东西硌着屁股，他挪着身体，重新换个位置，这回终于舒服多了。太阳不算旺盛，但石头温热。仿佛石头晓得他要来，专门把热量攒起来招待。张催粮想，要是自己也变成石头就好了，既不会挨饿，也不用跑来跑去。

张催粮感到那股温热像蚯蚓似的，透过裤子，慢慢往自己的肌肉里面拱。张催粮鼻梁酸溜溜的，差点流眼泪水。张催粮总是这样，挨冷受饿时，他经常想，与其活得这样造孽，还不如死掉算了。但有时候，照着温暖的阳光，或者嗅到点什么香味，他又幸福得想哭，简直莫名其妙。

张催粮记得第一次吃那种圆粑的情景。牙齿一嚼，满嘴香喷喷的，那条舌头像死蛇一样，蓦然活过来了。尽管他表面淡定，其实想淌眼泪水。张催粮很佩服磨刀匠，居然能把观音土做得这样好吃。他记得以前，磨刀匠扛着一条板凳走街串巷，到处喊"磨剪子嘞戗菜刀"。这会儿，张催粮又想起他的吆喝声了。

张催粮坐在那里看天。他看到天空像个碗似的罩在顶上，太阳像枚蛋黄，悄无声息地顺着碗沿滑向西边。张催粮把褡裢重新挂在肩膀上，站起来准备赶路，突然看到两个人从后面走来。他们走得很快。峡谷有点偏僻，张催粮走半天，鬼影都没见一个。现在，忽然有两个人急匆匆地走来。他仰着脸站在那里，觉得有些奇怪。

转眼工夫，后面的人就走到面前。张催粮见过他们，就是先前看王八五补胎，在公路边坐着的两个陌生人。他们衣裳破烂，估计是从外省逃荒过来的。张催粮想打招呼，但嘴巴刚刚张开，又闭上了。他看到陌生人的手里握着石头。

两个陌生人走过来，脸色不怎么好看。张催粮不知道他们要做什么，他开始慌张。两个陌生人站在那里，矮个儿不说话，只是悄悄舔嘴唇，看起来似乎有点紧张。高个儿伸手说，把东西拿来。张催粮说，拿啥？高个儿指指他的肩上。张催粮急忙护着褡裢说，这是我吃饭的家伙。

高个儿沉着脸，扬起手里的石头说，赶紧拿来！张催粮说，这是我的命根。高个儿说，你不拿我们就抢！张催粮额头上冒出一层细密的汗水，他焦急地看着路口，希望有人经过，但那里空荡荡的。高个儿狠狠地说，你再不拿，我们就动手了。张催粮想跑，但还没转身，脑袋就挨了一下。他伸手一摸，血淋淋的。

张催粮抡起竹棍乱打，但根本没用。他还没明白怎么回事，就被两个陌生人按在地上了。矮个儿压着胳膊，抢他的竹棍。高个儿骑在身上，攥着石头往他的脑袋上砸。张催粮瞪着独眼，看到陌生人脸颊高高鼓起，眼眶塌陷进去。起先他还使劲挣扎，后来身体就软下去了。

高个儿还不放心，又朝张催粮脑袋上连砸几下，见他没有动弹，才慢慢爬起身来。矮个儿站在那里喘气。高个儿发现石头上染着脏东西，就像抓着条毒蛇，慌忙扔出去了。他们看看对方，又看看地上的褡裢。高个儿蠕动着喉咙，把褡裢捡起来了，他伸手掏里面的东西。

高个儿掏出个罗盘，他愣眼说，不是。矮个儿也愣眼说，不是。高个儿说，明明听到是苦荞粑。矮个儿说，我早说不来，你偏要来。高个儿说，这狗日的！矮个儿说，你看，还跑这么远。高个儿觉得晦气，顺手把圆滚滚的罗盘扔出去了。他们相互埋怨了几句，然后顺着山路往回走。

这里是一条峡谷，两边隆起的山梁光秃秃的，就像两条刚从土里刨出来的红薯。张催粮躺在血泊里，身体僵硬，墨镜不晓得掉到什么地方去了。他是个独眼，那只完好的眼睛紧闭着，坏掉的眼睛却怪异地睁开。太阳亮晃晃的，仍然在天上。

（原载《大家》2017年第5期）

尹文武

王熙凤

王登峰住的地方叫幸福小区，以前这里是坝阳古城，古戏台、财神庙、迎春楼、马帮客栈等地名尚能解释很多年前这里曾是这座城市最繁华的所在。史料记载，马帮客栈在民国时期是这座城市最大的宾馆，客房七十余间，往来贵阳和昆明的马帮在这里住上一夜，去财神庙求个保佑，去戏台看场地戏，再去迎春楼逍遥一回，路途上就多了些踏实，多了些回味，对艰辛的感受就会少一些。

刘辣狗和张东羊到这个工地的时候坝阳古城还没有撤，他俩去客栈、戏台、迎春楼看过，看到的都是时过境迁的冷冷清清。还去财神庙求神，据说财神庙求什么都灵验得很。他俩主要的愿望是找到大钱，几个月了，大钱还是没有找到，也不知道去财神庙许愿是不是也像请客送礼一样，一两次是很难达到效果的。

老城区现在改造成了幸福小区。幸福一期工程是前年建好的，就是在老城区的边上紧挨城市主干道的沿路建了高房。二期工程拖了两年，今年年初才动工，原因是拆迁上遇到了一些问题。二期的A幢楼已经封顶，二楼一千五百平方米成了王登峰、刘辣狗、张东羊的住处。刘辣狗和张东羊比王登峰大五六岁，都是一个乡来的。工地有民工一百来人，其他的住惯了工棚，也不愿意搬来搬去。刘辣狗说，如果高楼卖出去了，就没有机会住了，今后买房的有钱人也算是步我们后尘，我们比他们还先享受。这种说法得到了张东羊的积极响应。王登峰是没有发言权的，他初来乍到，一切都得听刘辣狗和张东羊的。

幸福一期修的房子成一条直线，这条直线和对面的另一条直线之间的主干道叫中华西路。二期的面积大，占了坝阳古城的三分之二，先修的A幢楼和一期的房屋垂直，王登峰、刘辣狗和张东羊住的二楼是一个长方形，当初他们把板房建在远离一期的那一头，那头靠着一座小山，挡住了一些风，冬天了，风的脾气很大，来来去去总是呼啦啦的。A幢楼前面被政府规划成了另一条路，叫坝阳路，走势和A幢一样，也和一期的房屋垂直。那座小山也在幸福二期的范围，这些天被各种各样的机械挖着推着，黄烟滚滚。风把滚滚灰尘也带着到处走。王登峰、刘辣狗和张东羊又把板房搬到紧挨一期的这一头，三人把长方形的两个长边用空心砖封了一部分，距离比板房长一倍左右，这样也能挡住一些风，能挡住一些灰尘。王登峰睡靠山墙的这边。刘辣狗和张东羊是不愿意睡靠山墙这边的，主要是风大，山墙的这边也封了半人高的空心砖墙，这是按王登峰的要求封的，再高了光线不好，这幢房子还没有通电，王登峰要看书，只能依靠自然光。

吃罢晚饭，刘辣狗和张东羊约王登峰去迎春楼逍遥，王登峰说有事，不去了。都知道王登峰在扯谎，在这座城里，一无亲二无戚的，会有什么事呢？张东羊对王登峰有些不满，说："和我们一起降低了你的身份不是？"刘辣狗倒不在意，说："他不去就算了。"然后和张东羊下了楼。整个工地的都知道王登峰喜欢看书，这本来没有什么不好，但在人人都不看书的地方看书，就是不合时宜。

尹老板今天发了上一个月的工资，王登峰、刘辣狗和张东羊三人都无一例外地得到了一张"大红花"的奖励券。这是尹老板的新发明，他在很多场合都说要将这项发明申请专利，不能让那些头脑简单的暴发户偷师学艺。民工都不知道尹老板的名字，但只要知道姓氏是不影响称呼的，他们每天吃饭用的餐券上有尹老板的签字，奖励券上也有。尹老板应该是专门学过签字的，只签一个"尹"字，一笔画，这就很艺术。尹老板是个粗中有细的人，今天第一次和王登峰有了交流。尹老板其实是特意等着王登峰的，因为王登峰领到的现金最多。财务每月发工资都必须由尹老板签字，每月民工能领到多少工资，尹老板最清楚，财务部门用的公式是这样的：日工资乘上实际上班天数。民工只要进了城，工作起来都是很自觉的。除了各工种的领班，其他民工用公式计算的部分大同小异，当然这是理论值，实际上不是这么回事，工资中有很多的减项。

尹老板立志要做一个中国最有人性的老板。王登峰不知道这样的老板算不算有人性，但刘辣狗和张东羊说尹老板不是那种无商不奸的人，是最有人情味的。刘辣狗和张东羊在外面很多年了，好多工种都干过。王登峰是第一次出门，没有比较，不好说。

尹老板把一期已经建好的幸福大厦二楼按功能隔成了几个区域。有食堂，名字叫尹氏饭庄，整个工地的人都在尹氏饭庄用餐。民工先不用付钱，次月初从工资里扣。饭庄隔壁设有小炒部，是给民工开小灶用的，想吃顿红烧肉了或者白片肉了，去小炒部，按规定的价钱付上等面值的餐券即可。饭菜都不贵，和外面比较起来价格还要低一些，所以刘辣狗和张东羊说的也是实情。小炒部隔壁是便利店，卖些小吃和廉价的烟酒，价格也和外面超市的差不多，方便大家嘛，都是干体力活的，每天喝二两烧酒，解解乏也是必不可少的。便利店里的东西也可以用餐券换，不然还叫什么便利店？便利店旁边是娱乐室，其实就是麻将室，如果想玩扑克的，把麻将收起来换上扑克即可。在娱乐室打麻将或者玩扑克都是带彩的，大小不等，大家都是知道的，这年头玩什么都得带点输赢。尹老板不管这些，只是每桌按小时收费，每小时二十元，要花水电嘛，收点费用也是合情合理的。这个费用也可以用餐券代替。娱乐室再往里走，就是按摩室，按摩和喝二两的意思差不多，都是解乏。按摩室的名字就是以前这个老城区妓院的名字，叫迎春楼。名字一挂出来，民工都明白了，也有不明白的，比如刚来这个工地的时候，王登峰就不明白。每天到尹氏饭庄吃饭，都在同一层楼，时间长了，耳濡目染，王登峰就知道迎春楼的经营范围了，是挂羊头卖狗肉。早餐和中餐还好，走廊尽头静悄悄的，少了想法，晚饭后，你的眼光迈都迈不过去。去那里的民工也不忸怩，就像是去工地干活那样理直气壮。那些服务员呢，就站在走廊上，拉拉扯扯，嗲声嗲气。手脚是那个柔和哟，像没有骨头一样；声音也是那个柔和哟，如棉花一般。这个时候，民工们潦草地吃罢饭，喝二两烧酒，腿不自觉地就朝走廊尽头去了。

尹老板把他开的食堂、便利店、迎春楼等称为附属设施，他对大伙讲清楚了的。他说，我一个房开公司，赚钱得靠主营业务，就是修房子卖，所有的附属设施都是为了方便大家，不赚钱的，有些还是赔本生意。民工心里都有一杆秤，也到城市的旮旮角角去比较过，比较来比较去，还是尹老板的附属设施划算，而且还少了几块车费钱。

尹老板的奖励办法被他称为尹氏激励机制，民工听不懂这些，有几个老一点的民工是从人民公社走过来的，说："这不就是发大红花嘛。"尹老板说："对对对，就是大红花。"工地上的民工只要一个月内满勤就能得到一张名叫"大红花"的奖励券，这对民工来说不难，因为干民工这行不是旱涝保收，干一天得一天的工资，所以没有人愿意去睡大觉。老家那边的人不允许，都眼巴巴地等你的工资打回去生活；领班也不允许，各个班种都有工作进度。所以次月结算工资的时候，每位民工几乎都能得到一张"大红花"。

"大红花"有指定的消费地点，就是迎春楼，消费一人次就用一张券。"大红花"不像餐券那样标有面值，但大伙都会计算，对于工地上一些未婚的年轻人来说，一月一张"大红花"显然不能满足蓬勃向上的身体，有时想把那股蓬勃劲压下来，就只能用人民币去解决，就得花去一百五十元。这样等量换算，一张"大红花"就是一百五十元。民工一天的工资是一百元，一天的生活费是二十元，这还不算去小炒部开小灶和去便利店买烟酒的，所以去一趟迎春楼就花掉一百五十元在一些老点的民工看来是最不划算的买卖。老民工是过来人，对迎春楼经营的那些东西兴趣不大，说这既伤身体，还花金钱，是损了夫人又折兵的事。老民工每月拿到"大红花"会存起来，然后卖给更年轻的民工。虽说等量换算下来，一张"大红花"是一百五十元，但实际也还要不违背供求关系。刘辣狗和张东羊深谙此道，发工资这天“大红花”是最多的，理论上最便宜。所以刘辣狗和张东羊离开王登峰后并没有急匆匆地去迎春楼，他们去工棚找几个年纪大的民工。以前他俩就收购过“大红花”，以七十元一张的价格收购的，这样一算，凭空就赚了八十元，相当于干一天的纯收入。今天刘辣狗的收购生意没有以往顺利，原因是几个老民工要现钱，说赊账的话必须按一百五十元一张，一分不少，这叫赊三不如现二。老民工在外面混了多年，也是知道供求关系的道理，刚发“大红花”，人人都有，就烂贱了，卖不出好价钱，等放到月中，一般能卖一百至一百二不等。刘辣狗和张东羊早上发了工资后就把钱往家寄了。张东羊家屋里的来电话催了几次了，说家里要吃喜酒，礼钱都没有，都在等米下锅。自从来到这个工地后，刘辣狗和张东羊寄回家里的钱明显少了，并不是说尹老板在工资上克扣，没有这样的事，都说了，尹老板是个有人性的老板，相反来说，尹老板不仅不克扣，开的工资还比别的工地高一些，好多工地还是一天八十元，多点的最多也才一天九十元。尹老板开工资也是最及时的，好多民工就是冲着尹老板的这点好来的。刘辣狗和张东羊的钱不是拖没有了，蛋糕就那么一小块，给迎春楼凭空切去了一部分，拿回家的当然就少了。刘辣狗屋里的为这事还在电话里和他吵过架。

尹老板这个工地最大的好处是，只要有力气，有没有钱都能活下去，生活费，也就是餐券，是公司提前发的，次月结算，如果一个月未满就用完了，还可以到公司财务去赊。当初尹老板发明此项激励机制的时候，老板娘还颇为不满，说尹老板这些年吃饭撑憨了，菩萨心肠能找到钱？那是竹子开花骡子下崽的怪事了！第一次结算的时候，尹老板用事实回敬了老板娘，老子憨还是你这个木头婆娘憨！其他工地的民工朝尹老板的工地涌来，陆陆续续，源源不断，尹老板也是来者不拒，多多益善，民工多了，干活的人就多了，工期相应地就短了，融资的成本跟着就少了。好多老板找不到钱就是工期拖长了造成的，融资都是要付息的，工期越长，付的利息就越多。这种机制还有一些赚钱的地方，说起来有点复杂，尹老板就没有给老板娘讲。

迎春楼的消费是不允许赊账的，这也是尹老板的规定，所以迎春楼不能用餐券抵账。尹老板以前也是民工，知道民工在这方面的消费是个无底洞，如果放任自流，一个月的工资远远不够，这就相当于资不抵债，拆了东墙补西墙，窟窿会越补越大，这是风险的根源。但不赊账就会遏制消费，这和尹氏激励机制的核心又不吻合，这就有了矛盾。尹老板自有解决办法，他的解决办法证明他确实不是一个头脑简单的老板。只要民工每月满勤就能得到一张“大红花”，拿着“大红花”就可以到迎春楼免费消费，这就好比发烟给你抽，抽上瘾了你得自己去买。尹老板确实是一个有人性的老板，去迎春楼的民工每月消费满十次，尹老板又奖励一张“大红花”，这是对忠实顾客的优惠大酬宾。为了有可操作性，迎春楼有专门的服务质量反馈券，有服务员的签字栏，也有顾客的签字栏，当然，签字只是签上工号号码，所以尹老板的民工都有固定的工号牌，好多人还不明就里，说像个犯人似的。

王登峰在财务部的工资册上签完字，尹老板就说话了：“你是王登峰？”王登峰说：“嗯。”尹老板威严的脸上露出了不易察觉的微笑，小伙子挺节约的嘛，干民工是要耗体力的，不能亏了身体。王登峰这月也是领了两千四百元现金，每天工资一百，一个月是三千，扣除每天二十元的生活费一月共六百元，正好二千四百元，也就是说，王登峰除了吃饭，没有其他消费。尹老板对他的激励理论已经着迷，该机制的理论核心是刺激消费，载体是支付循环。换句话说，他希望在他那里领工资的人领到的工资都用其他消费抵消，这样就减少了现金使用，也减少了融资成本。尹老板是一个追求极致的人，他最大的理想是开一家银行，这样，他的循环支付就再完美不过了。这样的好处还有一个，就是从报表上看，到处都在开支，体现在实现的利润上就少了，上交的税款也就少了，实际上开支很少，那些减少的利润成了他腰包里的纯利，他说他是利润的搬运工。

尹老板通过刘辣狗和张东羊了解过王登峰，他说：“小伙子，你还准备去高考？”王登峰还是说：“嗯。”尹老板说：“人生不是只有高考一条路嘛，行行出状元嘛，像我，高考也失败，现在还不是混得风生水起。”尹老板说的是实情，他当初高考失败后进了城，用小恩小惠笼络了老家的一伙人，成了包工头，一步一个脚印，成了今天的尹老板。王登峰没有想过成为王老板，他想的是考上北京的学校。尹老板把“大红花”亲自递到王登峰的手里，这是最高待遇了，工地上的民工得到的“大红花”都是财务发的，王登峰此时想明白了，尹老板就是一个有人情味的人，他没有看懂这最高待遇后面是最高层次的鼓励。他接过“大红花”，嘴唇翻了翻，有句话在嘴边鼓了鼓，他想请求尹老板用“大红花”抵生活费，这样他每个月的收入就会多一百五十元。王登峰就是这点不好，碍口识羞的，刘辣狗和张东羊收购“大红花”的时候，他也想卖给他们，但也不好意思开口。

王登峰是九月份来工地的。高考时数学拖了后腿，灰溜溜地回家干了一个月的农活，他认命了，父母已老，已经供不起他了。他上高中的时候，是他在广东打工的三姐给的钱，现在三姐结婚了，再给钱三姐夫就不情愿了。就在他打算把年轻力壮完全交付给土地的时候，他收到了女同学的明信片。女同学考上了首都的一所大学，不好也不坏，但她在天安门照的那张照片绝对是好的。明信片是女同学自己做的，照片就印在明信片上，头发像波涛一样汹涌。收到明信片的第二天，王登峰就进城找刘辣狗和张东羊，王登峰目标很明确，干到明年三月份，就去复读参加高考。

王登峰已经有四张“大红花”了。王登峰得到第一张“大红花”的时候，刘辣狗和张东羊就要带他去消费，同一个地方来投奔自己的兄弟，当然要好好照顾。王登峰不去，他希望那张“大红花”能换成现钱，如果明年他能考上首都的大学，他也要去天安门看一看毛主席，这样他和女同学就平等了。当初他们在县中学读高中的时候就是平等的，现在距离拉开了，他得尽快弥补回来。所以王登峰的每一分钱都要从长计议，用钱的日子还在后头呢。

迎春楼就在王登峰那间板房的对面，从板房的那扇正方形的窗子，正好能看到迎春楼的包房。板房的窗子本来是用来采光看书的，现在多了一个用途。A幢晚上本来也没有电，王登峰的精力都集中在对面的迎春楼上。迎春楼的窗子都有很厚的窗帘，一丝光都很难透出来，但也有百密一疏的地方，窗帘杆的正中位置有一个固定杆子的塑料圈，从两边把窗帘拉到中间后就会被塑料圈挡住，窗帘就会留有一条缝儿，从王登峰这里看过去，刚好能看到迎春楼第二间包房里面的丝丝点点，就是这犹抱琵琶半遮面的丝丝点点让王登峰有了许许多多的想象空间。王登峰没有做过男女之事，对这方面的知识来自书本和影视，这怎么说也只能算作纸上谈兵，所以刘辣狗说王登峰那玩意儿是不是没有长成熟也让王登峰自己产生了些许怀疑，自己对去迎春楼是相当排斥，那么是不是在这方面有哪样不正常呢？王登峰每晚对迎春楼第二间包房的着迷程度超过了他大清早起床看书。那条隙缝让他度过了许多难熬的黑夜，那条隙缝让他产生了许许多多的联想，那条隙缝是他王登峰的专有资产，已经姓王了，他把那条隙缝称为“王熙凤”。

王登峰通过“王熙凤”看到各色人等，胖的瘦的，高的矮的，但都只是基本的轮廓。至于长成什么样，皮肤是好还是坏，他一概不知。可以说他看到的只是冰山一角，包房里的床在里角，从包房进去经过那条缝儿，或者从床上起来再经过那条缝儿，都是稍纵即逝的事情，更多的内容只能靠丰富的想象。有一天，那间包房的窗帘拉得潦草了一些，隙缝开得大了些，王登峰看到一个比较矮小的女子正和一个民工挑逗。王登峰突然就想到了他的三姐。村里的人闲言碎语中会时不时说到他的三姐，意思是说他三姐在广东是做那一行的。那时他正读高中，每个月三姐会按时寄钱回来。有一次没有钱了，他给三姐去了电话，过了几天，他收到了三姐的汇款，五十元，这是他三姐汇得最少的一次。又过了一天，他又收到了三姐的汇款，这次是八十元。他的眼泪就出来了，他知道三姐其实在那边也是很不容易的，他每用一分钱，心里都会疼着。高考失败后，他安慰自己，终于不用花三姐的钱了。三姐几个月前结婚了，结了婚的三姐还鼓励他去复读。但他知道，再用三姐的钱三姐夫会不高兴，三姐就会受气。

从尹老板那里拿到“大红花”出来，王登峰见到了这个矮小的女子。民工都叫她小桃子，说明她和民工们都混得很熟了。小桃子不仅矮，还瘦，脸白白的，像大病了一场一样，长得一点也不像王登峰的三姐，倒有几分像他在首都上大学的同学。小桃子手里拿了一大堆“大红花”，她是到公司兑换钱的。这也是公司的规定，每月迎春楼把收到的“大红花”拿到公司财务来兑换钱（当然，她们兑换钱的时候也有许多减项，比如吃饭的，比如在便利店买零食的），这些“大红花”又被公司奖励给满勤的民工。

王登峰故意在财务室门口等小桃子，他说："哎。"

小桃子也说："哎。"

就算打过招呼了。小桃子对王登峰的印象不错，因为其他民工虽然也被有的人瞧不起，但对迎春楼的，他们还是有高高在上的优越感的，打招呼都带有轻蔑和不怀好意。

小桃子没有见过王登峰，她说："新来的？"

"来几个月了。"王登峰通过那条隙缝见过小桃子很多次，又说，"我手头有四张'大红花'。"

王登峰等小桃子就是为了"大红花"的事，既然没有别的销路，小桃子也许是一条路子。

"哦，怎么不用？"小桃子说。

王登峰没有直接回答小桃子，说："你这个年纪应该去读书。"小桃子说："读什么书？学的东西都还给老师了。"小桃子长得确实不像三姐，但王登峰就是觉得像，当初三姐成绩也不错，但家里根本供不起姐弟俩一起读书，三姐就打工去了。两人快分手的时候，王登峰把四张"大红花"递到了小桃子的手里，小桃子退了回来，说："你在我这里消费，我就正大光明地收你的'大红花'。"王登峰说："你拿去公司兑钱嘛。"小桃子说："帮你兑钱？"王登峰说："也可以这么讲，兑了钱后给我多少都行，如果你需要的话不给也行。"

晚上王登峰还是通过板房的正方形窗子观察对面，这次观察的目的不同以往，他不希望看到小桃子的身影。张东羊中途回来过一次，他来找王登峰借"大红花"，他的那张已经消费了，消费完还意犹未尽，被迎春楼的服务员左磨右缠地又消费了一次。迎春楼是按次数收券或收钱的，张东羊已经没有券了，得付现金，现金已经寄回家了，没有办法，来找王登峰借。王登峰说没有。张东羊生气了，说："我看你就是小里小气，借了又不是不还你，况且你又不用，放着又不下崽，简直是浪费。"王登峰见张东羊生气了，就诅咒说："如果我身上有'大红花'的话我就从这个窗子滚下去，不得好死。"话说到这份上了，张东羊气冲冲地扭头走了，走的时候回头恨恨地又骂了一句："谎话连篇的，你真的会不得好死。"

张东羊走后，王登峰通过那条隙缝看到了小桃子。她是和一个民工一同走进第二间包房的。王登峰失望极了，但还存有一丝希望，就是希望小桃子和那个民工不要干那种事情。两人一晃眼就不见了，因为那条隙缝的可视范围有限，王登峰觉得视角有问题，头往板房正方形窗子左边移，看不到，又往右边移，还是看不到，卧在床上从正方形的下边往上看，看不到，又站在床上往下看，还是看不到，不知不觉地头就拱出了正方形窗子。

民工们知道工地上死了人是第二天一大早，警车接到报警后迅速出现场。张东羊中途赶回宿舍，差点脱不了干系，好在工地的看门员证实了张东羊走出宿舍的时间，那时看门员正好给家里打电话，张东羊和他打了招呼。通过高科技确认王登峰死在张东羊走之后，而那段时间没有任何人再来过A幢。

警察在A幢二楼王登峰住的板房里搜到了五本书，高三年级的语文、数学、物理、化学和英语，数学书里有一张明信片。警察初步做出了王登峰自杀的判断，高考失败后对生活灰了心，而明信片中的那个人可能在王登峰心灰意冷的时候，又给了他当头一棒。王登峰死时眼睛睁得很大，警察尸检的时候，他的眼睛还鼓着，眼珠子似乎还在转来转去，好像在探寻什么。这是警察疑窦丛生的地方，自杀的人，眼睛是悲观的，是迷茫的，是失去信心的。

刘辣狗和张东羊对王登峰自杀深信不疑，他们一直觉得王登峰阴不溜秋，话也不多讲，怪怪的。刘辣狗说连迎春楼这种地方都不感兴趣的男人对生活有信心才是怪事。张东羊多了一份心事，他更坚信王登峰是自杀，因为他说过王登峰不得好死。只是他咒王登峰的时候有个前提，所以希望在警察搜查的遗物中能得到什么证实，他确实没有听到王登峰身上有"大红花"的任何消息，这让他的心里好受了一点。

警车叫着赶到幸福小区的时候，小桃子正在酣睡，做这行的都是晚上工作白天睡觉，她睡的就是二号包房，迎春楼的服务员都睡在包房里。小桃子听到警笛声后就醒了，迎春楼的服务员对警笛声比较敏感。小桃子睡眼惺忪地从窗帘的隙缝中看到王登峰的死状，那时警察正好从死人的位置向四面八方瞭望，当警察的目光转到迎春楼的时候，小桃子迅速把窗帘拉拢过来，那条隙缝被她用头上的夹针别住了。小桃子想，王登峰给她的那四张"大红花"兑换成现金后真的不用给他了，为此，小桃子多少有些不安。

（原载《清明》2017年第2期）

2017年

尹文武

铃声悠扬

油菜花一开，雨季就来了，先是毛毛细雨，后来是中雨，到了清明的时候，就有了大雨。大雨过后，是晴天，太阳一天毒过一天，弯子人就改穿单衣了。

哑巴穿上单衣的那天，吴大跟着刘媒婆去张瞎子家商量结婚的有关事宜。

天气转好的时候，也是刘媒婆生意最好的时候，好像适龄青年的心思，也是在春风拂面的季节春暖花开。不过这些年，年轻人一茬一茬地进城去，刘媒婆已经没有多少服务对象了。年前的时候，张瞎子在刘媒婆面前说到他家幺女的事情，这才让赋闲在家的刘媒婆决定重操旧业。

张瞎子说他女儿张小群的姻缘在西边，不会超过两公里的范围。这话的暗示性不言而喻，从张瞎子家往西看，两公里范围内仅哑巴一家。哑巴家住的这个地方叫弯子，是村的所在地，以前有二十多户人家，渐渐地，寨上的人先后搬到东面紧挨省道的坎下去住了，仅哑巴家没有搬。建房造屋是需要花钱的，还要花劳力，哑巴一个妇道人家，还独自带着一个儿子，从哪方面讲，都没有这个能力。

哑巴的儿子吴大，小学毕业后就没有再读书，他的胡须在风吹雨打中渐渐茂密，说话的声音也变得莽声莽气，这是一个男孩走向成熟的标志之一。按理说，这个时候的吴大完全可以跟着其他人去打工的，但吴大不能去，他走了，他的哑巴母亲就没有人照顾了。这倒不是说哑巴生活不能自理，相反地，吴大还是哑巴一手带大的，吴大是怕他的哑巴母亲被人欺负，话又说不出，不就成了弯子人常说的“吃哑巴亏”吗？

相反，张小群倒是想去打工，但张瞎子不许。张小群有两个姐姐，读完初中先后去了江苏，起初在厂里上班，上着上着就嫁到当地了。两个姐姐回弯子探亲，说话的口径高度一致，说弯子比江苏落后多了，西部比东部发展缓慢。这是常识，张小群也是知道的，但经两个姐姐的口说出来，就有了鼓动性，所以张小群读完初中也不准备再读了，她的想法张瞎子清清楚楚，他拿出招牌动作，掐指一算，对张小群说："你的姻缘不在东边。"

张小群不乐意了，顶撞了她爹："不在东边那在哪里呢？"

在弯子一带，盲人基本就和"摸骨算命"画上等号。张瞎子不全瞎，是睁一只眼闭一只眼的那种，所以张瞎子是可以和"摸骨算命"撇开的，既然有一只眼睁着，就不影响看的功能，和常人就没有什么两样。当然，张瞎子看人看物的时候，头习惯往右偏，左眼狗咬耗子一般把右眼的事都做了。

张瞎子算命的灵感来源于民兵打靶，睁一只眼闭一只眼瞄得更准，那么是不是算命也算得更准呢？小试牛刀后没想到竟会声名鹊起。弯子人说，张瞎子用睁着的那只眼洞察一切，然后又藏在闭着的那只眼里面，所以在前途未卜之时，弯子人喜欢找张瞎子算上一算，提前知晓命运，努力把握命运，让人生不留缺憾。

张小群质问她爹："难道我的一生就走不出弯子了吗？"

张瞎子左手大拇指分别在食指、中指、无名指、小指上掐上一轮后，说："是的。"语气斩钉截铁。

张小群的犟脾气来了，一甩头说："你骗得了别人，骗不了我。我马上就走，看能不能走出弯子这个鬼地方。"

"慢着！"张瞎子喝了一声，把火塘门关了，头艰难地转了半个圆，语气就转得和蔼了，说，"我再算一算，看有没有改。"

张瞎子的名声就是靠"改"字树立起来的。既然先天的运势不可逆，那么后天的弥补就至关重要。这听起来好像很矛盾，事实上很有道理的。用什么来弥补，当然是婚姻。如果一个人的运势不好，找了个运势好的人结婚，运势不就往好的方向发展了！

这次张瞎子还是没有脱离这个老套路，又分别在食指、中指、无名指、小指上掐上一轮，不过这次换成了右手，说："也不是没有可能。"说完看着他的幺女，张小群也看着他爹，两人都不说话，像是拼耐力似的。张瞎子赶忙公布了答案："结了婚可以。"说完把头扭回到原来的位置，这是妥协的姿态，张小群的脸色才好看了。

张小群的犟脾气是惯出来的。张小群有癫痫病，弯子人叫"羊儿风"，她一旦瞪眼不说话，基本上就是犯病的信号，所以张瞎子一直都让着她。

张小群想着的是进城，至于和谁结婚她想得不是太多。

张瞎子对张小群的命与其说是算出来的，倒不如说是思考出来的。张小群初三还没有念完，就想着去她大姐二姐那儿，但是这大女儿、二女儿早就放出话来，说幺妹如果固执己见要去江苏的话，犯病的时候她们可管不了。所以张瞎子想，再想进城，也得结婚后，有个男人照顾才叫人放心。

每次牵线搭桥，刘媒婆都会到男方家说女方家的好话，又到女方家说男方家的好话，遇到裹搅的人家，多费口舌是难免的。职业使然，刘媒婆的三寸不烂之舌就这样练就出来了。同样的，张瞎子靠一张嘴吃饭，也非等闲之辈。所以在弯子，都说刘媒婆和张瞎子是两个口才最好的人。王家奶奶不知道事情的来龙去脉，对刘媒婆的这次媒约极不看好，都是一个寨子的，知根知底，你能把哑巴家说得好上天了不成？

当年张瞎子初出茅庐的时候，弯子人就请他算过哑巴的命运，找一个命运最不济的给他算，还不如说是对张瞎子的考验。

弯子人都知道，哑巴是爬上一辆农用车来到弯子的。下车的地方就是现在张瞎子家紧挨省道的这个叫坎下的地方。当时司机停车是为了小便，可哑巴以为车不走了，也跟着下车了，结果下了车，车又开走了。这时候，弯子小学的铃响了，“当——当——当——”，清脆、悠扬的铃声响彻在半山腰……

张瞎子听到铃声，灵机一动，就说哑巴的前世是个教书的。

后来的事实证明张瞎子说得有一定道理。

哑巴到达弯子小学的时候已经天黑。

哑巴下车是在下午的时候，听到的是放学的铃声。她听到铃声后就开始朝着铃声的方向走，但是弯子小学已经放学了，铃声响过一阵就没有了。没有了铃声的指引，哑巴走得盲目，走一走停一停，停一停又走一走，中途还到过路边的田埂上歇脚，此时田里的油菜花开得正艳，田埂上一些不知名的野花也开得正艳。这让哑巴回想起多年前的一个早晨，父亲给她穿上新衣，她以为她会和村里的同龄小孩一样走进村里的学校读书。那时候她家院坝边的那株桂花开了，父亲特意折了几朵大的桂花戴在她的头上，她跟在父亲后面高兴极了。父亲带着她朝着村小相反的方向，不久就坐上了去县城的中巴车。接着，她就在一个农贸市场走丢了。她先是到处找父亲，没有找着，然后又坐在农贸市场卖蔬菜的水泥平台下等，父亲还是没有来。她不知道是不是父亲故意丢下了她……

哑巴触景生情，开始折野花，折了几朵大的红花和黄花戴在头上，折了一把又一把，天就黑了。初春的风很大，铃声就是这个时候再次响起的。弯子小学的铃是半截铁轨做成的，挂在值班室和教学楼之间的一棵洋槐树上，那里是风口，风一吹，铃就碰到洋槐树干，铃声就响了。

敲铃的看门老头是一个秃顶，常年穿着蓝色卡其布的中山装。老头见校门口出现一个哑巴，就给了她一碗饭，哑巴吃了。老头又给她添了一碗，哑巴又吃了，但这时饭锅里已经空了。这两碗饭，是老头准备的第二天的午饭，一个人吃饭吃不了多少，所以老头喜欢晚上把饭菜多做点，把剩下的作为第二天的午餐。老头想，不就是一顿饭嘛，就算好事做到底吧，又给哑巴煮了一碗面条，没想到哑巴吃饱后就不走了。晚上，老头烧了一盆水给哑巴洗漱，洗净后哑巴就睡到了老头的床上。后来的很长一段时间里，张瞎子的那只独眼准确地看到，敲铃老头房间里的灯关得比以前早了，瞎子这时候想的是，这个秃顶艳福真是不浅。

看门老头是半年后突然销声匿迹的。消失之前，老头教过哑巴认钟。值班室里有一个时钟，老头怕哑巴不懂，又画了很多图教她认，其实画的每一张图都是敲铃的时间。老头一共画了十二张图，弯子小学一天上六节课，上下课各敲一次铃，一天就要敲十二次。老头说他要上街买些东西，让哑巴按照图上的时间敲铃，哑巴按照老头教的敲了，一整天，哑巴都很高兴。只是全校的师生很不习惯，一个挺着大肚子的人敲铃，怎么看怎么别扭，尤其让学生受不了的是哑巴敲铃千篇一律。老头敲上课铃快一些，敲下课铃缓一些，敲放学铃是慢悠悠的。无论急或缓，都要让铃声在空中完全散开来，再敲下一次。这样的铃声才会悠扬，才会婉转。哑巴把十二次铃都敲得急促，铃声全都闷在了一起，显得沉重，让学生一整天都处于紧张状态。

这次刘媒婆到哑巴家为张瞎子的幺女说媒，既然是张瞎子主动叫刘媒婆做的媒，张瞎子家这边的口舌自然免了，刘媒婆担心的是怎么对哑巴说，再说，就算你有天好的口才，又能和哑巴说些什么呢。刘媒婆无奈之下转而直接向吴大说明了来意，没想到从小和哑巴生活在一起的吴大也是闷葫芦一个。

弯子人嫁娶是讲究家族威望的，吴大能娶张小群，也算是捡了个大便宜，做这次媒比想象的却要容易。办酒的招客师是王家奶奶担任的，老是老点，但威望犹在。王家奶奶的威望是因为她有一个当屠户的亲家和一个同样当屠户的儿子，弯子人每次去买肉，都会少收一两块钱，还有要想吃笼猪肝或者要对腰子，只要王家奶奶一个电话，就能搞定。所以王家奶奶当招客师，安排人做事是最顺畅的。平常都是求王家奶奶的时候多，现在王家奶奶张罗事，大伙多出点力气也算是还点人情。

说起来，王家奶奶有如此高的威望还得感谢张瞎子。

王家奶奶的儿子叫王社会，当兵复员后大家一致认为他会吃公家饭，那时候乡政府的工作人员大多是转业军人。王社会有一天在乡上惹了祸，他把一个少妇睡了，少妇的男人当然不依，扬言要砍人。那男人虽然是个软蛋，但是老婆被人欺负了，总要发出点声音的。大家都理解，软蛋的嘴这么硬，不过是找个台阶下而已，所以王社会仗着他当过兵的履历并不害怕，可是当他再次去睡那少妇的时候，被软蛋连砍了两刀。遭了血光之灾后，王家奶奶找张瞎子算命，王家奶奶也是病急乱投医，也不管还没有站稳脚跟的张瞎子是不是真有名气。张瞎子把王社会的年庚生月推理了半天后，说王社会的一生就败在一把刀上。这说起来也是事后诸葛亮，王家奶奶急得团团转，那怎么办呢？张瞎子意味深长地说："还须刀来改。"然后就什么都不说了。

王社会养好伤是两个月后的事情，他拿着一把弹簧刀去乡街找人报仇，途经卖肉铺的时候，屠户说："王社会，报什么仇？人都被抓起来了。"王社会露出凶光，不说话。屠户又说："跟我杀猪算了，杀人犯法，杀猪不犯法，还能找钱。"屠户倒不怕王社会玩刀弄枪，要比刀法，谁又能比得过杀猪匠呢？杀猪是个狠活，屠户差的就是这种有血性的人。

王家奶奶知道这事后，想起张瞎子的话，硬是叫王社会去学杀猪了。王社会杀着杀着就当了屠户的女婿，结婚后仍然从事屠宰行业，生意做大了，现在已经做到县城里去了。

吴大和张小群结婚一周后，张小群就要她爹履行承诺，她也要进城去。就像之前张瞎子想的，张小群要进城，就得有人照顾她，所以吴大也得进城。吴大要是进城了，哑巴谁来照顾呢？

哑巴现在还住在学校里，她家一共有三间小平房，第一间是以前的值班室，第二和第三间是以前老师的办公室，村小撤销后，三间房都被哑巴用上了。学校还有一段围墙，正对教学楼的地方开有一个进出口，有两扇大铁门以前晚上是不关的，可自从有一个晚上有人敲她家的门，又转到房子后面敲窗户，想来试探守活寡的哑巴，吴大就在大铁门上上了锁。

此时，张小群去意已定，而吴大还在犹豫。张瞎子对女婿、女儿发话了，说："你们就安心去吧，还有我呢。"吴大对岳父说："你把家搬回弯子吧，你和我妈挨得近一些，有什么事有个照应。"

吴大和张小群走后的第二天，哑巴就去地里割油菜籽，仿佛是油菜花刚谢，油菜籽就胀鼓起来了，很难受的样子，一粒一粒的，都想往外蹦。此时的油菜籽其实还没有瓜熟蒂落，还很青涩，哑巴把油菜割了，就是不希望菜籽粒蹦出来。菜籽粒是很小的，蹦到土里就收不起来了，又一场或几场雨后，那些蹦到土里的菜籽粒就长出芽了，所以哑巴得在油菜荚还比较青涩的时候把油菜割了，这时候的菜籽粒想蹦却蹦不出来。

哑巴种的地，都是年轻人进城后丢荒了，哑巴就捡起来种的。哑巴一块地一块地地割油菜，全部割完后，先割的已经晒干了。哑巴带上一张床单，铺在地里，把已经晒干了的油菜籽小心地抱到床单上，用脚踩，用手揉，把想蹦出来或不想蹦出来的菜籽粒都弄出来。

蹦出来的油菜粒实在是太多了，装了七十多个蛇皮口袋，哑巴还专门做了一辆板车，这种车两个车轮，比自行车轮更宽一些，也更大一些。轮子上面的木板是几块镶成的，粗粝、厚实，所以运送货物的时候没有承重上的担忧。木板的前面有两个把手，哑巴就是就着把手拉。板车的重心在轮子的后面，遇到要刹车的时候，哑巴就会放把手，车就会往上翘，车后面有一根尾杆，这时候尾杆就戳在地上，摩擦大了，车就刹下来了。

虽然村小撤销了，但哑巴还坚持每天打铃，那半截铁轨，除了被敲的那一小部分，其余的都锈迹斑斑了。自从哑巴开始种地后，就不再按老头画的时间敲铃了，当然，也还是有一定规律的，就是早上起来敲一次，然后下地，中午回来敲一次，下午下地的时候敲一次，晚上收工回来再敲一次。一天四次，这是雷打不动的。张瞎子家的老房子在村小对面，搬回来住后，离哑巴家就不远了，张瞎子不用眼睛看，只要听铃声就知道哑巴什么时候下地了，什么时候又回来了。

吃过晚饭，张瞎子喜欢在弯子到坎下的路上走一走，到了坎下的时候，他会打开新房子的门，楼上楼下地看一看，都说房子要有人住，不然就会生霉，很容易坏掉。房子是用大女儿和二女儿打工挣回来的钱修的，一楼一底两层，八间房。有时候张瞎子想，如果老婆不走的话，两套房子两个人分别照看着就好了。他老婆生下张小群后很现实地跟着一个骟猪匠跑了。那时候张瞎子的算命天赋还没有显露出来，他老婆也还没有看到幸福生活的曙光，骟猪匠那把亮晃晃的骟猪刀，每天都弄回来很多猪睾丸，弯子人叫“猪蛋”，据说张瞎子老婆喜欢吃“爆炒猪蛋”。

张瞎子回到弯子的时候都很晚，走到哑巴家门口，张瞎子会习惯性地站一下。紧挨大铁门的三间小平房静悄悄的，大铁门的锁已经锁上了，张瞎子知道哑巴已经睡了，只有风在空荡荡的教室和洋槐树之间呼呼穿过。

有天晚上铃声一直未响，张瞎子就一直待在家里，一晚上都没有去坎下那边。三集《还珠格格》都放完了，还是没有听到铃声，张瞎子觉得不对劲，关掉电视，在夜风的裹挟下到了哑巴家门口。大铁门果然开着，张瞎子又去敲哑巴的门，因为弯子里流传“十哑九聋”的说法，张瞎子每敲一下，心就跟着跳一下，头还不自觉地往大门这边看一下。小平房在大铁门左边，所以往大铁门这边看的时候，张瞎子的头得往右拐，两个方向都得兼顾，头就甩得像拨浪鼓，显得紧张和局促。

以前寨子里牛马被盗的时候，也请张瞎子算过，张瞎子一般不说话，只说大致方向。这次，张瞎子准备掐指算一算哑巴去哪里了，再想，又没有其他人在场，摆弄煞有介事的招数不过是多此一举。其实不用算也知道，就两个方向，不是东就是西，东面是出村的唯一通道，西面就是哑巴家栽种的油菜地。张瞎子就是在寨子和油菜地中间的坡坎脚找到哑巴的，她的周围横七竖八地躺着扎好口的蛇皮口袋。张瞎子猜测，一定是哑巴的板车拉得太多了，下坡的时候没有刹住车。

哑巴摔得不轻，不然的话，就算连滚带爬，也早该回到家了。那晚是张瞎子背着哑巴回到家的，张瞎子准备叫辆农用车把哑巴送到医院，哑巴死活不依。张瞎子对哑巴这样节约不理解，哑巴栽种油菜多年了，当初弯子人都认为哑巴是挣钱为儿子娶媳妇，现在儿子儿媳都进城了，挣这么多钱今后也带不进坟墓。

哑巴的脚骨折了，腿红肿得厉害，几天后，张瞎子再把她送进医院的时候已经晚了，必须得截肢。三个月后，哑巴在回到弯子的当天做的第一件事就是叫张瞎子把那半截铁轨取下来，重新换了一根长的铁丝把那半截铁轨挂上去。重新挂上去的半截铁轨，就算哑巴没有了双脚也够得到。

张瞎子把哑巴的板车改装了，也是两个轮子，成了轮椅。哑巴轮椅的活动范围基本就固定在操场上，小平房和操场之间有一个半尺高的坎子，轮椅上不去，每天晚上哑巴要回房间睡觉的时候，张瞎子得扶上一把。哑巴已经够不到大铁门门锁的高度了，但她还是坚持晚上锁上大铁门，这个活儿自然就落到张瞎子身上。张瞎子第一次锁好铁门正要走，哑巴“呀呀呀”示意张瞎子赶快把钥匙从铁门钢柱之间的缝隙丢进小平房的坎子上，哑巴用废旧衣服做了一副手套，很厚，外面还补了一层胶皮。哑巴做这种手套也算是熟门熟路，当初她在县城行讨的时候，在平板车上趴行戴的就是这种手套。那时候的每天早上，她的脚会被老板用纱布包起来，洒上猪血，弄得就像现在这个残废的样子。

哑巴爬过来捡钥匙。张瞎子心想，何必呢，但转念再想，这样也好，免得寨上的人到处“翻话”。弯子人把嚼舌头说成“翻话”，每个人“翻”的时候都会添油加醋，“翻”到最后事实就“翻”没了，留下的都是一些与事实相悖而又耐人咀嚼的情节。年轻人进城了，留在寨子里的除了嫩娃细崽，就是老弱病残，而后一个群体正是喜欢“翻话”的主体，张瞎子不得不防。

张瞎子早上也要去扶哑巴去操场，但他没有大铁门的钥匙，而且哑巴又不能来开门，所以张瞎子得翻大铁门。毕竟年龄不饶人，张瞎子翻过去后已是满头大汗，他当时就下了决心，如果哑巴再不给他钥匙的话，他就不来照顾她了。但事实上，张瞎子一天比一天翻得早，每天翻过铁门的时候，张瞎子就去敲哑巴的门，哑巴穿戴好后，才爬过来开门。有天张瞎子敲哑巴门的时间实在是太早了，哑巴开门后见天还没有亮，又到床上去了。见哑巴不准备出来，张瞎子意欲进去，但哑巴不许，张瞎子发挥了手脚健全的敏捷，哑巴也不吱声，顺手拿来一根荆棘树木做成的棍棒，一副要打人的样子，张瞎子吓得知难而退。

逢赶场的日子，张瞎子一般都会去赶场。算命这个行当在进城的大潮下已朝不保夕，坐等上门已经是不行了，有一只闭着的眼睛作为招牌，再加上熟人的“一传十，十传百”，一上街生意没准就来了。最关键的是，趁赶场天去会一会刘媒婆。两人这些年像一个流水线的两个部位，相互帮衬，相得益彰。一个专算姻缘，有人就把张瞎子的那只独眼叫作“姻缘算”，算好了，刘媒婆就及时跟进，两个三寸不烂之舌几乎垄断了整个乡的婚姻上下游市场。尽管这些年，因为打工，自由恋爱占了很大比重，但张瞎子算出来的婚配也远远在其他算命先生之上。

这天哑巴也去赶场了，这是她截肢后第一次赶场，她是坐轮椅去坐农用车回来的，农用车上还拉回来上万块钱的塑料制品，当然也拉回了她的轮椅。前些年天干，哑巴的油菜籽收成不多，这次医脚就把她的全部积蓄花完了。今年雨水足，收成好，这季的油菜籽还是张瞎子帮她卖的，有六千多斤，卖了一万多块钱。张瞎子还在想哑巴的这些钱怎么用，这下可好，拉回来这些塑料制品，这一季的收成就等于没有了。

哑巴还是每天继续打铃，晚上的这次是在睡觉前。这次铃声一响，张瞎子再有什么重要的事都得放下，他知道哑巴要睡了，得去扶哑巴回房间。做完这些，张瞎子一天的事情才算结束。

可是，今天晚上哑巴一直没有打铃，张瞎子就躲在家里看电视，最近他看的是《新白娘子传奇》，入迷了。两集电视看完后，才想起还没有扶哑巴回房间。过去一看，哑巴正在操场上铺塑料地板，另外，滑滑梯、游乐组合器械、体能拓展器械都已经被卖家安装好了。张瞎子很奇怪，一个哑巴，莫非还能开幼儿园？哑巴见到张瞎子很高兴，她比比画画，张瞎子不知道哑巴为什么这么高兴。张瞎子示意哑巴要睡不，哑巴用手左右摇摆，意思是还没有。张瞎子想，哑巴不睡，自己也不能睡，就又走着去坎下的新房子看看，好几天没有去那边了。就是这天晚上，王家奶奶以一个长者的身份对张瞎子家长里短地唠叨了一番。

王家奶奶对张瞎子说：“你这辈子做了无数的好事，就没有想想给自己也算一卦？”王家奶奶说的好事，就是张瞎子促成的婚姻。王家奶奶还说：“我知道你什么都会算，但天天爬大铁门也不是个办法。”

看来自己翻铁门的事，早被弯子人“翻话”了。张瞎子什么都没有说，这个时候能说什么呢，说什么都不是一个算命先生应该有的矜持。张瞎了知道这些老弱病残为什么喜欢“翻话”，有年老话多的因素，也有为弱者抱不平、维护正义的因素。同病相怜，老弱病残喜欢站在弱者一方。这么说，弯子人已经觉得他不地道了，天天翻铁门，是倚强凌弱，是欺负一个不会说话比自己更残疾的残疾人。

王家奶奶继续她的语重心长，这也是她提出来的解决办法。她说：“和哑巴结合在一起有什么不可呢？是互相依靠，是亲上加亲。”王家奶奶还说：“哑巴是一根筋，就想着她以前的秃顶，你得打消她这个念头。”王家奶奶说的这些张瞎子其实也想过。

张瞎子理了光头的那天晚上，哑巴照常敲铃，以往哑巴一敲铃，张瞎子就会立即赶到，把哑巴扶进房间，这才算完成一天的功课。可是这天出现的却是一个穿着中山装的“秃顶”，他嘴里含着一个斑竹根做的烟斗。以前敲铃老头就喜欢含着烟斗抽叶子烟。“秃顶”就在大铁门门口转悠，哑巴看到他的时候，他也转过身，朝着东边的省道方向去了。哑巴“呀呀呀”地追上去，大铁门锁了，她出不去，以前的大铁门都是张瞎子锁的，那是哑巴快睡觉的时候，张瞎子锁了会把钥匙丢到小平房门口来。哑巴还是“呀呀呀”地叫，这次她是叫张瞎子。哑巴深信，只要学校开课，老头就会来敲铃的。她不知道各种设施都弄好了，老头为什么还要走呢？她好希望张瞎子这个时候出现，把老头追回来。

张瞎子戴着鸭舌帽到哑巴家的时候已经是几小时后，还没有等哑巴问，张瞎子就说见到敲铃老头了，他也用手比画，说老头比以前更老了。张瞎子指指哑巴的脚，还是用手比画，意思是说，老头见了你的腿，就不想留下来了。这个时候已经很晚了，弯子的老老小小先后都睡了，哑巴又一次敲响了那半截铁轨。她敲一次，要等山中的回音响过后再敲第二次，铃声余音绕梁，惊起夜鸟的鸣叫，敲着敲着，两行黏稠的液体从眼角跌进一片黑暗中。

第二天，张瞎子扶哑巴到操场，哑巴还是像往常一样，第一件事就是敲响洋槐树上的铃声，张瞎子失望极了。只是从那天以后，哑巴不再要求张瞎子锁大铁门，有时候风大，两扇铁门会被弄得叮叮当当地响。

当张瞎子头顶的头发长满时，幼儿园收到了唯一的一个学生，那是吴大和张小群的孩子，小孩还未满周岁。哑巴在操场上放了一张课桌，桌上放了影碟机和电视机，小孩高兴的时候，哑巴就放碟子给小孩看。电视上教“ɑ”，哑巴跟着教“呀”；电视上又教“o”，哑巴还是教“呀”；电视上再教“e”，哑巴仍然教“呀”。张瞎子担心这样教下去小孩会不会也成哑巴。

（原载《青年文学》2017年第6期）

树 弦

偷豆腐渣的人

一

关了灯，杨春天跟吴剩狗说，这几天我们家怕是遭强盗了。吴剩狗点燃一根烟，吸了几口说，丢什么东西了？杨春天说，豆腐渣。窗外几声弱弱的狗吠，像积雪压断树枝的声响。吴剩狗说，豆腐渣鬼要啊，谁大晚上的来偷不值钱的豆腐渣？要偷也是挑值钱的拿呀，除非强盗傻成精了。在鱼娘镇，骂没出息的人叫豆腐渣生的种，凡是跟豆腐渣扯上半毛钱关系的均为唾骂。由此不难想象，豆腐渣多么像乌鸦，走到哪儿黑到哪儿，甭提值钱了。杨春天说，真的有人偷豆腐渣，前几天我明明数过有三袋，养猪场的人来收时发现只有两袋半了。昨天我亲自装好的一袋，今早去看又被偷了半袋。吴剩狗说，嚷嚷啥？让不让人睡觉？丢了点豆腐渣就唠叨个不停，哪天要是真遭了贼把钱偷了，你是不是要找根绳子吊死在屋里？杨春天说，豆腐渣咋了？卖给养猪场也是钱。强盗今天敢来偷豆腐渣，明天就敢溜到家里偷东西。

吴剩狗把烟蒂丢在地上，扭头背对着杨春天。杨春天见吴剩狗不理她，也赶紧闭上眼睛睡觉，因为只要吴剩狗睡着了，鼾声赛过雷声，她要想睡着就比登天还难了。吴剩狗扭头后并没有直接睡，而是在思索这个冬天豆腐生意到底该怎样做才会更好些。自从采石场半年里连续发生两起事故造成采石工人死亡后，背井离乡来鱼娘镇采石的工人骤然减少；加上时值冬天，鱼娘镇白雪皑皑，厚厚的雪覆盖住山川大地，采石场提前两个来月就宣布放假到年后。采石场停止采石后，棚户区的工人就拖家带口地撤出了鱼娘镇，留下简陋的棚子被大雪压住，原本最多时有三百多人的棚户区现在仅仅剩下靠西方向的曹植藩家，以及棚户区外的几家本地人。吴剩狗家的豆腐坊是随着采石场的开采而诞生的。换句话说，没有采石场就没有他的豆腐坊。

采石场第一批工人里就有吴剩狗，大概过了大半年，采石场为了能留住人就花钱修了棚户区，只要是采石场的工人都可以把家人带过来分到房子住。吴剩狗趁机把婆娘杨春天接了过来。杨春天不像其他工友的女人，愿意在采石场上做杂工，或者去鱼娘镇上打短工，她就爱瞎琢磨，可琢磨来琢磨去，弄得吴剩狗都烦了，也没琢磨出啥来。

那日吴剩狗下工回来，约了几个工友在家喝酒，工人的生活简单枯燥，吃食当然也很随便。杨春天早上听到吴剩狗要约工友晚上喝酒，自然不敢懈怠，遂想起老家招待客人的招牌菜——酸汤豆腐。酸汤是现成的，就是平时用来腌青菜的水。她去鱼娘镇街头买来两斤豆子，在家忙忙碌碌地做起酸汤豆腐来。泡豆子，推石磨，小火煮豆浆，过滤豆渣，豆浆翻滚，倒入酸汤，不停搅拌，待锅中豆腐聚成一块一块的，就起锅倒入纱布中沥干水，过会儿，嫩嫩的豆腐便清香扑鼻。杨春天把一大盆酸汤豆腐端上桌，工友们赞不绝口，终于吃上最可口的豆腐了，比起街上那石膏点的豆腐，简直就是天上跟地上，剩狗就是有福，娶了这么一个婆娘。杨春天在一旁笑眯眯地说，喜欢吃，以后常过来，我还做酸汤豆腐给你们下酒。

其中一个工友说，干脆你就做酸汤豆腐卖得了，早上我们上工时，要是能喝上一碗豆花，那就快活得赛过神仙了。待工友们醉醺醺地散去后，杨春天就跟吴剩狗商量要做豆腐卖。吴剩狗说，想起一出是一出，这些工友能天天吃豆腐？杨春天说，我可以拿到鱼娘镇街上去卖呀，说不定比你一个月挣得还多。

豆腐坊开起来了，因为吴剩狗家在路口，所以每天都有人在回家时跟杨春天说，豆腐留点，我明儿来拿。这样一来，杨春天除了留下工友们预订的豆腐，剩余的她就每天早上六点来钟背着走半个小时到鱼娘镇街上卖。鱼娘镇卖豆腐的人很多，杨春天的豆腐凭借独特的味道赢得了一席之地。很快，豆腐坊的石磨就加到了四台，吴剩狗从采石场上下来，花钱租下采石场分配的房子，两口子正正经经做起了豆腐买卖。

采石场停工了，豆腐只能卖到鱼娘镇去。空空荡荡的棚户区，只有采石工人曹植藩家，但他家根本不会买豆腐。在棚户区，曹植藩家的日子过得苦不堪言：四川老家不敢回，回去后计生委的人就会找上门又是罚款又是拉他婆娘去结扎的；他太想要个儿子了，生了四个女儿也没见着儿子，现在婆娘肚子里怀着第五个。可想而知，六张嘴巴，天亮就张开，等着吃食，周而复始，他那点从采石场挣来的工资如耗子舔米汤——够敷张嘴，有时要是采石场上工天数少，连糊口都是问题。现在棚户区就剩吴剩狗一家与曹植藩一家，吴剩狗自然也不会奢望曹植藩会买他的豆腐，相反地，他一想到曹植藩就心生怜悯，采石场提前两月就停工了，接下的日子曹植藩该怎么过？可怜悯归怜悯，日子依旧是各扫门前雪，休管他人瓦上霜。吴剩狗该卖豆腐还卖豆腐，曹植藩该煎熬着就依旧煎熬着，井水不犯河水，偶尔碰面就相互打个招呼。

二

大雪天板车使不上，只能早起靠肩膀挑着走路去。吴剩狗早早就起了，抽完几根烟，喝了一杯酒暖身后，雄鸡才于鸡窝里拍打着翅膀，高昂地吼了几嗓子，遂躲在老母鸡旁边静悄悄地睡了。吴剩狗在豆腐坊里装点完豆腐，想起婆娘杨春天说豆腐渣被偷的事，特意去堆放豆腐渣的角落看了一番。豆腐渣撒了一地，从角落延伸到豆腐坊门口，直到消失在厚厚的积雪里。吴剩狗望着白茫茫的积雪，倒吸了一口冷气，豆腐渣真被人偷了！

下雪天，卖菜的人少，买菜的人也少。卖菜的人嫌天冷，宁愿不赚那点钱；买菜的人嫌麻烦，干脆买好三四天的菜，反正气温低菜坏不了。吴剩狗挑着豆腐，大街小巷地叫卖，但买豆腐者寡。装在筐里的豆腐像冰块儿，着实太冷了，吴剩狗从街头到街尾，从街尾到街头，豆腐没卖出去几块，自己冷得浑身麻木了——卖豆腐，大雪天卖豆腐给鬼吃啊。吴剩狗挑着豆腐回家了，杨春天见豆腐没卖出去，满是怨气地说，怎么回来这么早？豆腐都没卖完。吴剩狗窝着火说，卖给鬼，街上人毛毛都找不到。杨春天说，买卖，买卖，不叫哪能卖？不大声吆喝谁晓得你大雪天去卖豆腐了？吴剩狗把扁担丢一边，说，这点豆腐卖不了咱可以做成豆腐干嘛。杨春天说，做豆腐干费时费力，还卖不出好价钱。吴剩狗说，我就不信今天不卖豆腐我们就揭不开锅了。杨春天无奈，只好把筐里的豆腐拿出来放在温水里，浸泡到柔软了，挥动着菜刀切成筷子厚的豆腐块，一片一片摆放在竹篾做的支架上，然后在支架下面用柏树叶子烧出的烟雾熏豆腐，熏制豆腐干。

吃过早饭，吴剩狗从墙上取下捕鸟的网，在腰间别了一把砍柴刀，去山里捕捉画眉鸟。画眉鸟是一种可爱的鸟，在市场上颇受欢迎，每逢赶集的日子，鱼娘镇下街就是画眉鸟的交易市场，从其他地方来的商贩专门高价收购。只要吴剩狗闲下来，就会用网去山里捕捉画眉鸟，运气好，捕捉到三五只，也有一笔不小的收入；哪怕捕捉不到画眉鸟，能捕捉到野鸡或者斑鸠，也是不错的。吴剩狗出门时，杨春天泼冷水道，捕鬼鸟，下雪天莫要伤到自己哦，山里有好多猎户不是下套挖陷阱就是在地里埋铁夹子。吴剩狗说，唠唠啥，得罪了山神咋办？靠山吃山，鱼娘镇有许多猎户，吴剩狗不是职业猎户，但但凡跟打猎有关，比如捕捉鸟，也会被归纳为猎户，他们需要专门的师傅领进门。师傅每收一个徒弟，就会告诫徒弟莫要得罪山神，得罪了山神，莫说打不到猎物，小心命不保。每逢进山捕捉画眉鸟，吴剩狗最忌讳杨春天唠唠。背着网，嘴里叼着烟，吴剩狗走在棚户区的雪地上。没有采石工人的棚户区太寂寥了，雪像盐巴一样在地上撒了一层又一层，白得仿佛一张宣纸。在棚户区尽头，一片空荡荡的废料场上，生锈的拖拉机格外扎眼；两个约摸四五岁的孩子坐在上面，雪地里还有两个七八岁的孩子在玩雪。不消说，那是曹植藩的四个孩子，四个裹着旧棉袄的孩子，脸蛋冻得红扑扑的。她们不说话，但雪地里却有了丝丝缕缕的勃勃生气，让凛冽的寒风山路十八弯后慢慢回暖。

吴剩狗从口袋里掏出烟准备抽，可火柴怎么也划不燃，火柴梗一根一根地被丢在雪地上，焦躁的他充满怨恨，直言出门不利。环望进山的路，恰似没有路，前行一步都要自己去开垦。吴剩狗看着这四个可怜的孩子，不免有些心酸，杨春天是贤妻，可永远做不了良母，肚子就是大不了，年年寻医问药，年年心冷如灰，想要孩子的念头已经泯灭，莫说儿子了，哪怕生女儿也好呀，至少家里不会太冷清。原本是想领养的，或者别人丢弃在路边的婴儿捡一个，可杨春天却说万一哪天她怀上了呢？这好比曹植藩本意也不想生这么多孩子，偏偏事与愿违，让一群孩子跟着遭罪。吴剩狗注意到曹植藩的女儿们在玩雪的时候会不时抓起大把大把的雪往嘴巴里塞，嘴角全是白白的雪。

吴剩狗喊道，曹招弟，可不能带着妹妹们吃雪，会生病的。

曹招弟抹干净嘴巴，支支吾吾地说，肚子——饿——呀。

吴剩狗没听清楚，他朝几个孩子走去，半蹲在曹招弟旁边说，你说什么？

曹招弟说，肚子饿呀。

吴剩狗说，馋嘴的娃儿，没吃早饭吗？

曹招弟说，豆腐渣难吃吞不下去，还没有雪好吃。

吴剩狗说，你们都吃豆腐渣吗？

曹招弟说，娘怀了弟弟吃的是米饭，爹和我们都是吃豆腐渣。

吴剩狗拿出一团芭蕉叶包裹的饭团，递给曹招弟，说，拿去跟妹妹们分着吃。

曹招弟接过饭团，打开芭蕉叶，把冰凉的饭团掰成三份给妹妹们。吴剩狗问，你怎么不吃呢？曹招弟说，我吃雪吃饱了。吴剩狗说，晚上让你爹来我家，我找他有事。曹招弟说，爹摔伤了脚，在家躺着哩。

曹植藩摔伤了腿，定是夜里去豆腐坊拿豆腐渣回家时不慎摔伤的。曹植藩啊曹植藩，你日子熬不下去了就说呀，非要偷偷摸摸去拿豆腐渣，我吴剩狗难道是周扒皮，还是黄世仁了？吴剩狗边走边骂曹植藩，骂着骂着便想起了曹家艰辛的场景，又不由得头皮发麻，因为他小时候就是这么熬过来的，甚至在大年夜吃过糠团子，所以饥饿的苦他深有体会。现在棚户区就曹植藩和吴剩狗两家，邻里之间，何况都在采石场待过，吴剩狗觉得应该帮曹植藩挺过去，老吃豆腐渣也不是办法。

从废料场进山，走至山腰，吴剩狗取下网，在林间来来回回，给飞禽布了一张天罗地网，等着它们乖乖来落网。布完网，吴剩狗躲到隐蔽处，开始使出独门绝技——口哨。山林间开始有了鸟叫，画眉鸟叫、斑鸠叫、竹鸡叫，这一声接一声的鸟叫打破了林间的寂静。顺着声音的指引，不明真相的鸟儿真颤抖着飞了过来，撞在网上，只要有鸟儿被捕捉，吴剩狗就不吹口哨了，只管等，不管什么鸟儿被捕捉，附近的同类都会过来往网上扑，简直就是飞蛾扑火。不吹口哨了，吴剩狗就绕到离网很远的林间去转悠，说不准还能白捡一只被铁夹子夹住的兔子。果不其然，在一个草丛里，吴剩狗发现了一只失去两条腿的兔子。四条腿的兔子跑得快，两条腿的兔子就慢如蜗牛了。兔子看见吴剩狗，两条前腿拼命地跑，却跑不过吴剩狗的两条腿，唯有投降。吴剩狗抱着肥肥胖胖的兔子，想到今晚可以吃上了就美滋滋的。吴剩狗的手摸到兔子肚子，那肚子鼓鼓的圆圆的，是只怀了孕的兔子。犹犹豫豫了一阵子，吴剩狗把兔子放到一堆枯草上，黯然离去。在鱼娘镇猎户眼里，杀生，也要放生，怀了孕的就不能杀！

天阴沉下去，吴剩狗从网上取下两只画眉、一只竹鸡下山了。画眉在袋子里叫个不停，像在呼唤同伴，惊落了满树的雪。

三

火塘边，竹鸡肉在小小的铁锅里飘着香味。吴剩狗嗜酒，但白天从不碰酒杯，到了晚上就杯不离手，他仿佛天生酒量足，无论怎么喝，总醉不了。杨春天嚼着竹鸡肉唠叨着，酒罐罐莫喝了，多吃点竹鸡肉，香着哩。吴剩狗撸着嘴说，竹鸡煮豆腐好比牛郎配织女，能不香？杨春天差点把嘴里的竹鸡肉喷了出来，说，喝多了净弄洋相出来。吴剩狗说，没醉嘛，清醒着呢。杨春天说，那你在想什么？说的话牛头不对马嘴。吴剩狗说，今儿去山里捕鸟，路上看见曹植藩的几个女儿在废料场抓着地上的雪大把大把往嘴里塞。杨春天说，娃娃小，不懂事，你小时候就没吃过雪？吴剩狗说，曹招弟说她们是饿，顿顿都吃不饱。杨春天放下筷子说，活遭罪，可怜了几个娃。吴剩狗说，曹植藩家现在除了怀孕的婆娘吃米饭，其他人都吃不上米饭了。杨春天说，采石场停工早，他家捉襟见肘也正常。吴剩狗说，曹植藩家都无米下锅了，也不说一声。杨春天说，人活脸，树活皮。人家不开口，我们也不能把米主动送过去诋毁人家面子吧。

冬夜里的棚户区，留下来的两家人，日子却迥然不同。与吴剩狗家吃肉喝酒比，曹植藩家就寒碜多了，简直是天上和地下的差距。

清汤寡水的豆腐渣白森森的，见不到油星，曹招弟跟妹妹们狼吞虎咽地吃着。招弟娘端着小碗米饭硬是难以下咽，为了生儿子着实苦了几个女儿。曹植藩面容憔悴，胡茬像荒草在脸上蔓延，摔伤脚踝的疼比不上他心里的痛，望着碗里的豆腐渣，他既面红耳赤，又哑巴吃黄连。招弟娘说，曹植藩，我们还是找吴剩狗借些钱粮吧，等春天采石场开工了再还给他，老让娃儿们吃豆腐渣会拖垮身体的。曹植藩说，平日里没什么往来，人家怕是不借的，净浪费口舌。招弟娘说，冬天还长，这可怎么办啊？其实，曹植藩老早就想去找吴剩狗借钱粮的，但始终不开口的原因有二：第一，当年他父亲就是因为欠债被逼无奈，吊死在牛圈梁上，时隔多年他常常梦见父亲在上吊挣扎；第二，经年累月地在采石场上打炮眼，石粉尘让他患上尘肺病，他每况愈下的身体不晓得哪天就撒手人寰，既然不能照顾好妻儿，也不能为她们留下负担。基于这两点的考虑，曹植藩宁愿偷食豆腐渣，也不愿去欠下债。曹植藩继续说，我已发电报回老家把房子卖给堂弟了，钱应该快汇过来了吧。招弟娘说，你怎么不跟我说卖房子的事？曹植藩说，折价卖掉了，没敢告诉你，等生完这胎，甭管是男是女，我们都不生了，攒点钱回老家重新修房子。招弟娘摇摇头，连退路都没有了，这些年为了生儿子过的是什么日子，简直是被日子过。曹招弟玩弄着筷子说，爹，今儿在废料场吴叔叔让你晚上去找他。曹植藩说，他有说什么事吗？曹招弟说，没有。曹植藩想不到吴剩狗所为何事要找他，两个人原本就无交集，更谈不上称兄道弟，难道吴剩狗知晓了他偷拿豆腐渣的事？如果这样，吴剩狗怎会这么客气地把他请到家里，而不是直接来曹家大发雷霆，继而兴师问罪？

风在窗外呼呼地刮，昏暗的白炽灯隐隐折射，雪花落得很紧，碎棉花般纷纷落下来，覆盖住前几日的积雪。鱼娘镇遭遇五十年难遇的大雪，雪到底什么时候结束？无人知晓。在曹植藩看来，这场雪就像一个陷阱，把他死死困住了。

吴剩狗坐在火塘边没等来曹植藩，或许他真的是摔伤了脚来不了。

关门的时候，吴剩狗特意张望了很久，漆黑的夜晚，白茫茫的雪在飘，他脑海里闪过年幼时自己经历的那场大雪。门合上了，吴剩狗突然想起远方的家，那两座父母的坟墓，多少年没有去看望过了，鱼娘镇毕竟不是故乡。

吴剩狗躺在床上，沉思了一会儿后叫醒杨春天，说，春天，我们回家过年吧。

杨春天不耐烦，气汹汹地说，睡觉，睡觉，喝不得就不要喝嘛，喝多了就想些稀奇古怪的玩意。那个家多少年没人待了，早就变成老鼠窝了。

吴剩狗缄默了。

四

深夜时分，曹植藩还是去了吴剩狗家，棚户区静悄悄的，仿佛这里没有人间烟火。雪落得很急，落在树上，落在地上，落在屋顶上，落在曹植藩的身上，多像上天抓起一大把盐巴撒在经年累月的伤口上呀。一瘸一拐的曹植藩吃力地挪动步伐，深一脚浅一脚地走，鞋子已经湿透，将双脚冻得麻木，几次踩空了，险些跌倒。曹植藩选择深夜出门，从他手里拿着的蛇皮口袋便知，并非去会吴剩狗的。大雪降临，断了收入后，怎么填饱六张嘴巴成了头等大事，要不然他也不会在冬天来临之际发电报回老家折价卖掉房子。

吴剩狗的磨坊里冒着青烟，飘荡着诱人的豆腐干香。曹植藩闻到香味不禁吞了吞口水，但正在熏制的豆腐干是雷池，他坚守着内心那点卑微的道德感。于是，他用手去捏了捏温软的豆腐干，把手指放在嘴里舔舐，就算是吃到了诱人的豆腐干了。曹植藩绕过石磨，绕过灶台，来到堆放豆腐渣的地方，他半蹲下来，伸手摸，鼓鼓囊囊的袋子坚硬如冰，心怀惭愧的他却在如履薄冰。雪夜里，无论怎么黑，因为有了雪的衬托，都显得很明亮，仿佛天空下安置了一盏白炽灯。他怎么也想不到，在这寂寞的雪夜里，竟然有一双眼睛在盯着他，甚至连眨都不眨——这个人就是吴剩狗。

喝了酒的吴剩狗夜里总想喝水，加上长期以来的习惯，睡觉于他而言只是一种仪式。在他摸黑起来喝水的时候，他看见一个黑影穿过院子走进了磨坊。原本丢些豆腐渣吴剩狗就毫不在意的，何况偷豆腐渣的是可怜的曹植藩，纵然偷盗越过了底线，但他想到用来喂猪的豆腐渣竟然被人偷去当米饭吃，心就软成了雪花。吴剩狗悄无声息地溜出门，躲在磨坊外的一个小角落里，屏住呼吸，盯着磨坊里的曹植藩；那只小黄狗死死地跟在吴剩狗后面摇尾巴，见主人不出声它也不出声。死要面子活受罪，宁愿大晚上的来拿猪吃的豆腐渣，也不愿意撇下脸皮来找我。吴剩狗暗暗地骂。

只见曹植藩在豆腐渣袋子前双膝并拢，跪在了冰凉的地上，他双手微微张开，身体向前倾，匍匐着地。连续重复三次，仿佛在拜祭什么，一个男人在雪夜别人家的磨坊里朝天叩首，大地都是颤颤巍巍的。吴剩狗瞪圆了眼睛也没看出曹植藩在干什么，难道他在祈祷？

微微弱弱的声音，在寂静的环境里，吴剩狗还是听清楚了曹植藩的话：

“吴剩狗兄弟，我真没有办法了才狗急跳墙来偷豆腐渣的。采石场停工早，偏偏恰逢大雪降临，日子无法维持了。苍天在上，请不要怪我，亏欠你的下辈子我当牛做马偿还，我不能让孩子们顿顿喝凉水。”

磨坊里的曹植藩打开装豆腐渣的袋子，并没有直接把豆腐渣装进自己带来的袋子。晚饭时，他没有吃多少，碗里的豆腐渣差不多都分给了女儿们，长夜漫漫，现在腹中空空，闹起了“革命”。他双手捧着豆腐渣往嘴里塞，口腔被食物塞满的感觉让他疲惫的双眼充满了血丝。吴剩狗揉了几回眼睛才看清楚这幕。几次三番，吴剩狗都想站出来，可脚步总迈不出来，他知道，此时出现就等于彻底扼杀了曹植藩对生活的坚守，以及努力维护的一个男人的尊严。吴剩狗知道，此时不是出现的时候，这种场面下定然会抹杀了曹植藩最后的救命稻草。

吴剩狗如雪人一样站在角落，览尽曹植藩的一举一动。

吃完手里的豆腐渣，曹植藩打开袋子，把豆腐渣一捧一捧装进去，这做豆腐剩下的残渣俨然成了宝贝。吴剩狗眼角湿润，一种不可名状的滋味涌上心头。因为同样受过穷，知晓那折磨人的苦难，所以才会感同身受。面对宁愿让家人吃豆腐渣也不愿意找人哭穷的曹植藩，吴剩狗很难去界定，但竭尽全力去支撑起一个家的男人就是铁骨铮铮的汉子，还没彻底被生活击败。

装吧，多拿些，豆腐干也拿吧！吴剩狗差点把这话吐了出来，但又活生生憋了回去。

曹植藩装了小半袋子豆腐渣就不再装了，装豆腐渣的过程他始终保持着跪的姿态。他把吴剩狗家装豆腐渣的袋子小心翼翼地合拢，搞得跟打开前无异，然后提着小半袋子豆腐渣慢慢起身。

曹植藩欲走时还朝吴剩狗卧室的方向鞠躬，然后才转身离开磨坊，又深陷大雪的包围之中。那深深浅浅的脚印，像延绵不绝的沟壑，在他身后渐渐被雪花覆盖。

五

天空仿佛被撕开一道口子，几日来雪落得越来越猛烈，碗口粗的松树都被压断了，路上的积雪齐膝盖。豆腐坊不做豆腐了，吴剩狗两口子落下了一阵子清闲，整日围在火塘边打瞌睡，偶尔他也会踏着没膝的大雪去山里捕鸟。一条怎么喂都瘦骨嶙峋的小黄狗是他们忠诚的伴儿。日子孤独，亦死气沉沉。杨春天说，等雪融了，我们再去省医院治疗吧，身边没娃，就像炒菜不放盐一样寡淡无味。吴剩狗说，你都折腾成什么样了，吃了多少药，打了多少针，还治疗，不要命了？杨春天说，我不怕，哪怕到了五十岁，能生儿育女死都可以。吴剩狗沉思半晌说，那这是最后一回，不成我们就收养个娃。杨春天说，收养女娃，我怕以后怀上娃了还是儿子。吴剩狗说，小心眼多得跟蜘蛛网差不多。杨春天说，你甭说，我倒挺喜欢曹植藩家那三岁的小女儿曹来弟的，要不问问曹植藩让他把女儿过继给我们？吴剩狗说，你趁火打劫啊，曹植藩现在煎熬着呢，等开春再说吧。杨春天说，哪天我们请曹植藩家过来吃饭，探探口风。吴剩狗说，趁落雪，我们走路去石城，搭火车去省医院瞧瞧吧，反正现在豆腐坊没事做。杨春天说，我们走了，让曹植藩来帮忙照看家。吴剩狗说，待会儿你去做饭，我们请曹植藩一家过来吃饭吧。

六点来钟天就黑了，吴家冷冷清清的火塘边热闹起来。

杨春天穷尽厨艺，一桌子丰盛的菜肴令曹家人垂涎三尺，眼睛里都能伸出手来。吃饭时，杨春天挨着曹来弟，一个劲地往她碗里夹菜，比亲生女儿伺候得还好。蒙在鼓里的曹植藩喝下酒说，吴哥呀，都坐上桌了，你倒是告诉我为啥要请我来吃饭呀，不然这饭也吃不踏实。吴剩狗说，这些年你嫂子不能生养，我们打算再去省医院瞧瞧，想劳烦你帮忙照看家里，所以就请你们过来了。曹植藩说，邻里之间，带句话的事还搞这么隆重。

吴剩狗说，大雪天的，一起吃饭热闹嘛。杨春天插话说，好久没这么热闹了，饭都要多吃两碗。招弟娘在一旁尴尬地笑着，他家倒是热闹，但通常是吃了上顿没下顿的。

杨春天说，哎呀，来弟好乖，我要是有个这么乖巧的女儿该多好。招弟娘说，真喜欢就让她做你干闺女吧。杨春天摇摇头，说，我哪有这福分？招弟娘说，来弟要有你这干娘才是福分哩。两家人哈哈笑起来。吴剩狗跟曹植藩窃窃私语，没人听到他俩说了什么。曹植藩说，过天答复你，咱兄弟俩今晚多喝点。杨春天一直在给吴剩狗使眼色，让他探探曹植藩的口风，可吴剩狗只管喝酒，惹得她在心里骂，酒罐罐，酒罐罐，把正事都抛到九霄云外了。

夜里临睡时，招弟娘问曹植藩，吴剩狗说了什么？

曹植藩说，杨春天喜欢来弟这闺女。

招弟娘说，喜欢就喜欢呗，还偷偷摸摸地说。

曹植藩说，吴剩狗让我把来弟过继给他。

招弟娘说，你答应了？

曹植藩说，这不要跟你商量嘛，你就问了。

招弟娘说，那就过继吧，省得跟着我们受苦，退一万步说，不管来弟姓什么，也始终是我身上落下的肉，是我们的娃。

曹植藩说，你答应了？

招弟娘说，嗯。

整夜招弟娘都没睡好，曹植藩忍着疼痛也没睡好。他们翻来覆去想的是来弟，毕竟是亲生骨肉，突然就要管别人称爹喊娘了，多多少少有些伤心，更怕她以后受委屈；而眼下，光景越来越难过，娃儿的前程就不想了，单单吃饭就是天大的难题。得亏吴剩狗是好人，曹植藩深知，既然是吴剩狗先开口，那么来弟应该受不了苦，要不然他就不会答应过继的事。

六

吴剩狗携杨春天去省医院那天早晨，天空零星地飘着雪花，像鹅毛在飞舞。天山共一色，把棚户区氤氲于云里雾里。

曹植藩抱着来弟早早地过来了。

吴剩狗拿出五百块钱和钥匙一并交到他手里，说粮食在家里，让他自己拿。曹植藩话语哽咽，握住钱仿佛拿着滚烫的铁块。吴剩狗说，若是嫌麻烦，你们家就先搬到我家来住着，家里啥都不缺。曹植藩说，你放心地去，这里我会照看好，一针一线也丢不了。吴剩狗说，那麻烦你了。曹植藩点点头。杨春天摸了摸曹来弟红扑扑的脸蛋说，等我回来给你买花衣服哈。曹来弟扭过头，不理杨春天，把手指放在嘴里舔。曹植藩说，来弟怎么不理人哩？杨春天又摸摸来弟的头，心里暖暖的。

杨春天用头巾包裹住头跟在提着包的吴剩狗后面走在了白皑皑的雪地上，像饱经风霜的鸳鸯，在艰难等待命运的宣判。作为背井离乡的闯荡者，他们是幸运的；作为相依为命的夫妻，他们是失败的——归根结底，他们缺少了生命的延续，无论是在故乡还是在鱼娘镇，都把这种缺失称作“断尾巴牛”。

曹来弟转过头看着走路的杨春天喊道，春天娘，带着弟弟回来！

（原载《民族文学》2017年第10期；

《偷豆腐渣的人》获第三届贵州少数民族文学创作金贵奖·新人奖）

李世成

白天不熬夜

我在像“7”这一构造的过道里穿梭，人们在开某人作品研讨会，或是上面有人来办公地点调研。人群熙攘，没一个人认识我，我也没有必要跟谁打招呼。我决定下楼梯。在“7”的内角处我碰到躺在地上的孩子，他发着高烧，很难受的样子，时有抽搐。我默默抱起他，可他没有任何重量。没有谁前来帮忙。凭着印象我抱他去临近的山上，我应该救他。一个穿黑色衣服的老妇人何时接近我，我并未觉察到，黑影形如一根粗壮的黑色竹笋立身探头，化作人形，出现在我面前。她的沉默像根手杖坚实地甩尾过来，她带我走向那个寺院，途中拉着我的手反复告诉我，说那里有个僧医。我们匆匆忙忙向寺院走去。她没有一句安慰我或者安慰小孩的话，到寺院大门前她停住脚步，扯住我的衣袖不放，说，老僧看病不要钱，你把十五块给我。我二话不说给了她一张二十的。踏进院内，老僧肚腹被巨大的龟壳包裹着，他站立在我面前揉着指头说，意思意思。我把孩子让给老僧抱，孩子立刻从我手中弹出，变成一条黄鳝，接着黄鳝长条形的前躯弹出一只壁虎来，它们连在一块，壁虎剧烈地摇晃着脑袋，挥舞着脚爪。我把兜里的钱挨个掏出来，把面值较小的揉成团的纸币攥在我的左手心。我默然无语，妖僧也有足够的耐心，他手中的黄鳝以及壁虎越来越躁动。我真切感受到自己脊背发凉，一副逆来顺受任人宰割的样子，我们周围一片漆黑，只有壁虎和黄鳝还在不停地动弹，妖僧退到黑暗中等待某种于我来说是危机的契机。

孩子不救了？守在寺外的老妇人截住我。她说，你应该哭泣，或者讲故事给我听，你讲得让我满意了我就把钱还你。我摇摇头，我对什么都没印象了，为什么到这儿？这是什么地方？老妇人叹了一口气说，我是你祖奶奶也是可以的，可你祖奶奶不会这般逗你。说吧，正好我想听一些故事，我太闷了。人就是一阵烟，你这会儿见到我，下次……下次不知道是几百年后了。老妇人一直催促我快一些。

我有什么故事？我有点生气。

我出了一趟远门。我找谁？不知道，要找村里一个教过我的老师？村里我还能信任谁呢？后来遇到芦笙，芦笙是我堂兄，我们上初中时睡过一张床，他真诚并且有些担忧地向我倾诉他的第一次梦遗经历。我说不用担心，精满自溢，这是健康的。影子向我走来时我拦住他，我说你是谁。他说他是芦笙。脸单薄得我都不认识了，只有脸型和声音还像他。你帮我藏这一两千块，我一个月用了四千多，心情不好。我说。别说四千多，就算一万多也是他们的，真的好相似，我也是这么个情况。芦笙说。哥哥不知道我为什么出来，我只是心烦了就出来走一下，出来哭一下的。家里就只剩我和哥哥了，父亲几个星期没有归家，在山上度日，母亲，母亲出走了。我现在越来越怕他，我不明白为什么我们要在屋里一直待下去。我难得回来，一回来就发现他自我禁闭。他说，我们就是给人打工的，生命的存在没有任何意义，我们的时间应该完全用来陪伴自己。这些话，我从来没有听到哥哥说过。除去少年时期我们一起玩耍的时日，长大后我们分道扬镳的日子，通话间最频繁的用语也只是“好，就这样，就这样，好”，之后就挂电话了。无业游民、赌博成性，这样概括哥哥的生活状态再恰当不过了，他彻底扔掉了在工厂带班的工作，跑回来以赌博为生。白天睡觉，晚上出门。白天，我们的房屋被一切亮色光线拒斥了，所有暗色的东西都处于混沌状，将瓦房包围着，哥哥的被子不止一次掉落，我走过去给他盖被子，他睡觉的时候总发出老鼠咀嚼食物般的声音，那种声调还带有某种窃喜的意味。

这几天我都是趴在房梁上睡。天黑了，我掀开瓦片，看到几颗星星，有些耀眼。我把瓦片一角掰碎，朝一颗星星扔去，被它旁边的另一颗星星射出的一束星光击落，星光像掷向远方的刀片，发出轻微的震颤声。我将身体收缩，蹿到房顶上，一只母猫坐在房顶的另一端，正警惕并且哀伤地看着我。母猫翘起尾巴，动了动两条前肢，我的耳畔飘过猫抓门板的声音。喂，你在磨指甲吗？我听到声音了。母猫伸了个懒腰，向我走来，蹭了蹭我的膝盖。我盘腿坐在房顶上，星光发蓝，母猫靠着我，它也和我一样抬头望夜空。“喵——”母猫轻叫一声，撒娇，坐到我腿上。我抚摸着它冰凉的脊背，我手上的温度也好不到哪儿去。我将它抱起，抵住我的脸颊，它发出了类似于打鼾的声响。我说，猫啊，你吃饭没有？它眼睛睁开一半，又闭上。我脱掉外套将母猫裹住，放在我昨晚趴着的房梁上。我得去办事了。我说。

我在去往果园的路上遇到芦笙，我差点就认不出他来了。芦笙说，太累了，好不容易回一趟家，很多事情都想不通，我们每天都要吃饭，不吃饭就饿死。最难过的还不是这个。我说。是什么？芦笙问。每次上厕所我都无比绝望，我们的生活不如意就算了，还要闻屎的味道，每次蹲厕所，我都感到很伤心。芦笙瞪大眼睛看着我，他确认我的认真后开始沉默。

芦笙蹲在土路旁，背对着我，前面是一条乌黑的干沟。芦笙说，我们的一切，都是别人的。你还记得那个外公吗？姓王，我们祖上的一个太奶从他家来，她娘家那边的后辈，有被我们叫外公的，有被叫舅舅的，还有几个姨娘。我很久没见到他们了，在外打工这么多年我们就没遇到过。你还记得那个外公死前的模样吗？我亲眼见过他断气。我说。说来听听，我好奇人死前都是什么模样，有哪些呼吸是要走下坡路，有哪些呼吸要攀楼梯，有哪些呼吸要在云上盘旋……朝阳，你的脸色不好看，你是不是生病了？我没有回答。孩子们好吗？芦笙。我说。我一直叫他名字，我们同岁，他只比我大几个月。奶粉、玩具、自行车、电瓶车、上学、补课——粉末、铁制品、抽象事物，他们需要的东西逐渐升级。我现在想休息一会儿，我几天没吃东西了，不想吃，有时候吃饭令我感到伤心，每天按时吃饭更让我伤心，挣钱没有意义，吃饭让人伤心。我这次来是要来找你，刚好在路上遇到，你就像没看到我一样，我要是不和你打招呼，你是不是就当作没有见到过我？你不抬头，不看身侧，我和你错过了怎么办？我要是和你一样，低头走路，只知道走路，我去你家准要扑空。

芦笙转身递给我一根烟，我接上，他点起火柴，我吓得滚到沟里去了。芦笙用一根竹子把我掀起来，轻轻一挑，我弹回路面，摇摇晃晃。芦笙说，拿好，不要怕，火柴是个好东西，我不喜欢用火机，嗞嗞的声音一响火苗就跃起来，这样有趣味一些。我刚才落到沟里时，右手碰到一块大石头，有些疼，右脸颊却是奇痒无比，我伸手一摸，有深深的刺痛感，伴随着阵阵瘙痒。碰到毛毛虫了。芦笙说，他伸过脑袋向我倾斜，快点，把它们蹭掉。我双手按住芦笙的肩膀，用右脸去蹭他那浓密的头发。小时候我不小心摸到毛毛虫，也是将手插到土里，再把伤处往头发上蹭，痛痒减缓了，有毒的毛发不知道去哪儿了，应该有一部分还留在肉里。我握着芦笙刚才把我掀起来的那根竹子，不断地摩挲着。昨天还是今早，我没印象了，时间应该才过去不久，我的左腋下仍然有什么东西梗着。那是适才，我夹着一个米担子去算命，就夹在左腋下。我走到两个布依族姑娘跟前，两姐妹，他们没有用头巾盖住头，妹妹一脸关切、诚恳，她长得像一个我见过的姑娘，也许就是我以后妻子的模样。她们拨弄火堆，炙烤我的双腿，腿毛好像被烤焦了。姐姐对妹妹说，把火弄大一点，不大不小的，我都快要打瞌睡了。妹妹说，姐，先给他看手相吗？姐姐说，不用，你看他这扁担，就一劳碌命。你怎么可以在别人面前这么说，姐姐你快别说了。你心疼了？我和他有什么关系？他怎么害死你的你忘了？没有，那不是他的错。不是他的错？他要是那会儿会游泳，你会死吗？姐姐，你记错了，是我们自己落水的。他怎么一动不动，是内疚还是傻了？姐姐贴近我的面庞，我能感觉到她脸上细小的绒毛竖了起来，一丝冰冷的气息扑过。我像一条死蛇蜷缩在火堆旁，说不出是准备安逸烤火还是真的变傻了。少年时的那次溺水，水只到我腰部，可我把头埋在水塘里不知道该用多少力气抬头，我快要窒息了，一条泥鳅亲了我一口。我被那种突降的温和感唤醒。我抬头，哥哥像什么事情都没有发生过一样。怎么样？你能在水里闭气多久？哥哥心不在焉地问。实际上他也在担心，担心回去怎么跟妈妈交代，我们瞒着大人到水塘玩。妈妈仓皇失措地在村子里奔跑，一路喊我和哥哥的名字——朝阳，朝辉，朝辉，朝阳。听到最后，都不知道她先喊谁的名字了。朝辉和我被妈妈打了十几个巴掌，屁股有点火辣的感觉。他动了，叫醒他还是让他再休息一下？妹妹用眼神向她姐姐问询。哼！姐姐没有回答。太热了，我的手腕被火星烫了一下。妈妈以前曾用绳子捆过我。那次我和哥哥打架，我们一周至少打两次。我想挣断麻绳，怎么可能呢？手腕处传来的就是屁股挨揍的热辣的感觉，只不过这种疼痛感更加结实，也更加短暂，仅此而已。

我们回到家，当天晚上，吃完饭妈妈还不忘教训我们。死了才好，说什么都不听，不是打架就是去玩水，别人家孩子怎么就那么懂事，你们打架怎么不出去打？怎么不在寨坝上打给大家看？啊？打架，玩水，一天喵呜哇啦吼，你们把脸藏哪儿了？接近凌晨了，我抱着哥哥睡，可我睡不着，我要想些什么才能睡，我不知道一躺下就能睡着的滋味。她们的哭声又在我耳边响起，我把哥哥抱得更紧一些。那个水塘用布依话说是“潢哪牢”的音，“哪牢”是那片田地的名字，“潢”是针对水塘说的。

你不爱说，我也不拦你。你说你在帘城上班？你真以为是你带孩子来看病？是小孩带你过来的，他姓黄，叫黄善虎。师父把他收养在后山，每一个阴天的傍晚他都要穿草鞋从坡上下山，用草叶编出一尺厚的坐垫，从坡上梭下去，有时也顺着陡坡滚下去，滚烦了就把脖子扭断，把手指扔在路边。经过河边他都会朝河流流向跪拜，磕七个头。这有点像你家祭祖时你妈妈总是点七根香。你们是不是很喜欢“七”这个数字？你家现在过节就没人点香？你妈妈呢？你爸爸总该在家吧？你哥哥呢？我知道每次你妈在偏屋的砖灶点燃香，要么叫你爸上香要么叫你，三支插在神龛竹筒香炉里，一支插在供阴阳先生的神位前，一支插在堂屋神龛下接近地板的竹篾缝里，称敬土地，还有两支，分别插在砖灶边和大门旁。香的味道很好闻对吧？我很喜欢。你知道吗？芦笙回家了，他说他要去你家找你，你这会儿去果园能在路上遇到他。你是不是还有一两千块钱？藏在哪里你好好想一想，二十年前你第一次藏钱的时候，把那一角钱塞进石墙的某个缝隙，后来你忘记塞在哪个位置了……

黄善虎每天跑去河边跪干吗？我问老妇人。谁知道，他喜欢呗。那他没头了还拜什么拜？噢，刚才忘了告诉你了，他犯了一些病，具体什么病我也说不上来，就是和忘事、无聊有关，他想起脑袋扔哪儿了才又折回去捡拾安上，手指也是沿着来路找寻一番。如果顺利，他很快就会找回原来掰掉的手指。通常，他扔手指前都会生出一丝疑虑，他也害怕找不回。有几次，他找不到他的手指扔哪儿了，就坐在路边大哭，到深夜，他师父听到他的哭声，从山上直立翻滚下山——就是那种头脚着地翻滚，知道吧？确实让人心疼，他害怕回去见他师父，他师父会一直盯着他，不说话，也不问他的手指扔哪儿了，干吗掰断手指扔着玩。——你也能猜到啊，就是这样，老僧滚多了也会觉得无趣，后来就不再管他的徒弟了，是徒弟吧？要么是养子。说山上的事干吗呢？说说山下的事情吧。你和芦笙几年没见面了？五年？有这么久吗？

芦笙也挺让人心疼的，有三个孩子了，三个都是男孩。这次回来，是听从他妈妈的意见，回家看看犯了什么，怪哪里。你幺娘打算带他去桥边看看，桥边算得可准了。芦笙为什么总是不想吃饭。就在昨晚，他已经昏迷了，怎么叫都叫不醒。喊寨子里的仁先给喊魂，仁先是后辈中把这项技艺做得最熟练的一个了，却也没有办法。你幺娘只好自己“立筷”看看，用三根筷子放在半碗水中立着，这会儿她倒不着急了，她知道筷子总有立稳的时候。是王家外公念到芦笙，您老人家就站着啦；是罗家姑奶挂牵小儿，您老人家就站着啦；是从萧家岭来的太太回来，您老人家不要轻言，老人家挂牵孩子，孩子受不了，是您老人家和孩子问话，您就站着啦；是和太公结为义兄弟的苗家太公和孩子说话，您就站着啦；爷爷在世时总是护着芦笙，是您老人家回来看看，您就站着啦；不知道是哪位亲戚，还没到过节就来串门，我念到名字您老人家就站着让我看看啦……

猜不到吧？你幺娘念到你名字时，筷子就自然立起来了，对，你心存疑问也是合理，你幺娘每回都把筷子顶端涮一下水，到你这儿刚好立住。你就不好奇，或者稍微怀疑一下，是别的什么原因？你幺娘说，朝阳小时候经常和芦笙去河边玩，冲撞哪里，哪里就给个提示啦。这下倒好，只是提起你名字而已，不过这有什么呢？像你这般年纪，噢不对，比你还小，小很多，十岁左右，我经常做梦，梦到比真的事情可怕多了。想听听？你不用担心，你幺娘只是念起你名字而已，不碍事，没有对你做什么。我那会儿的梦，相信有部分也是你们经历过的。梦境中，天空下起了一种像雨一样的东西，发出嘶嘶嘶嘶的声音，但更像针尖，绵密的针尖从天上刺下来。也许起始时段，它们大一些，如钢钎，如铜柱；又或者是，起先它们如针尖一样细小锋利，扑到你眼前时，愈加放大，你的眼神在躲，你恐惧的双目紧闭，眼珠在紧闭的眼皮下滚动……还有哪些，我们的梦境会是雷同的，你告诉我。小时候我也怕，害怕梦到彝族的老妇人，害怕梦到妖气的和尚……我妈妈说，梦到彝族人，尤其是彝族的老奶奶，就是见到自己死去的祖上亲戚。我倒不是害怕她们会把我怎么样，每次梦到她们，她们都想要把我抱住，或者背我到什么地方，我拼命跑啊，就是迈不开步子。有时我正沿着石墙上走，就看到她们了，她们张开怀抱，或者默不吭声地站在远处，在一旁看着我。我当然要跑啊，可就是跑不动，我想要开口喊，却发不出声来。好不容易跑脱了，还是说不出话，看到寨子里的熟人，想要喊他们帮我一把，与他们同行，可你知道，这是不可能的，即便旁边就是自己的爸爸妈妈，你也喊不出声来。

“潢哪牢”你知道吧？你听说那里淹死过一对姐妹吗？大的十二岁，小的十一岁。人有时候就像一只蚂蚁，一只只蚂蚁。人如果当初不把自己称为“人”，应该可以叫“蚂蚁”或者其他，但“蚂蚁”这个符号也有可能不会出现，或者不会适时出现，“人”还会是“人”他们自己，但不一定会想起，噢，我们是“人”。我们就像一群蚂蚁，彼此陌生的蚂蚁。我就在你面前，你也正好经过我身边，可我不知道你的名字，就这样，一个个“你”从我身边经过。

对了孩子，你知道你在帘城的时候，那天爬黔灵山，你在山上被猴子推下山去了吗？好好好，你只是落床了，我是骗你的。

姐姐，他好像醒了。

两位姐姐，这是哪里？

扑哧，他叫我们姐姐。

别和他逗，这里是桥边。

我来桥边做什么？

谁知道你。

你们像我见过的蚂蚁。

我说出这句话，那位妹妹脸上露出了愁容。为这，我姐姐刚才还怪过你，她说你见死不救。你们是说“潢哪牢”？那次我确实听到哭声，声音从水底传来。我把脑袋伸进水里，我不敢在水中睁开眼睛，我害怕，只能用耳朵去听。哭声愈加凄苦，我不能犹豫了，猛地睁开眼睛，没有我想象中那样，眼睛并不疼，在一层层透明的暗绿色液体包围中，我看到两只蚂蚁在水中挣扎，它们逐渐向深水区陷去。救我，我听到声音，可我不会游泳。

这不怪你，妹妹说，我们现在不也过得很好吗？这里是去桥边的必经之路，信得过我们的人可以找我们姐妹俩算算时运，算算姻缘。那年我们深陷“潢哪牢”，我们也不想哭，可在水里待着实在太冰冷了，那儿就是一个水牢。我们要筹集八百一十个人同情的意念，才能解脱。太难等了，我们足足等了三年，并不是每一个人都能接收到我们求救的信号。每年夏天都有一群群孩子到“潢哪牢”玩水，要是其中有一个不会水的人把我们捞上来，我们就不用等那么久。会水的把我们捞上来还不算，我们还会被踢进水里，要怪就怪我们落水的时辰不对——泥鳅产卵时节——因为我们，水塘被搅乱了，它们没个安宁日。我们受到惩罚也在情理之中。可这有什么关系呢？这都是命运，这是我们姐妹需要经历的劫难。

你拿起扁担，这是要去哪里？姐姐开口。不知道，遇到你们我就在你们身旁坐着了，我可能走了很久的路，很困，就想歇一会儿。我的后脑勺有些僵硬，脑仁时有阵痛感，我就想和你们在一起烤火，也许我可以好好睡一觉，然后继续赶路。也许我走错路了，我应该要去找我堂兄，或者其他人。我们寨子里，我一个也不信任了。有没有什么办法，一眨眼我就可以回到来时的路，从某个路口走回去，我从哪里来，就可以回到哪里去。可能是我睡觉时没用枕头，我好像是落枕了，我记得我身边还躺着一只猫，今天还是昨天早晨，我真的忘了，好像又是某个大白天里。我真的什么都记不得了，你们可不可以帮我看看？能算最好了，我害怕和你们道别后，我什么都记不得了。

只能自救啊，你犯的事不太严重。可既然一切由你开始，你生命的某一个按钮脱落了，自然得从你的记忆开始补救。你闭眼试想一下，现在有什么东西可以刺激你？我无法闭眼，却开始盯住姐妹俩的胸部。姐姐脸上现出愠怒之色，右手握住我放在她身旁的扁担，被妹妹给按住了。妹妹用眼神指了指我涣散的眼神。姐姐轻呼出一口气。我脑子里出现棉花的形状，小时候我在小王寨的河边，第一次见到棉花，我的姨娘们在欢快地摘棉花。晚上睡觉，我私藏几朵棉花放在枕头下，有阳光的味道。我开始闭上眼睛，发现其中一条走往达长寨口的路。

大年初一，达长一年一度隆重的出行祭神时段，途中经过一片橘子林，村里的老先生、有声望的长辈以及大量的青壮年都去了，四散在大人们中间和周围的是一群小毛孩，少年朝阳是其中之一。这天，他路过那片橘子林，被橘子花香吸引了，自甘落于人后。他一直注视着某一朵橘子花，眼睛一点也没有眨，这期间一只蜜蜂飞过来停在那朵花上，他笑着看蜜蜂，看花朵。透过花朵，一个朦胧的身影慢慢朝这朵小花走来，越来越近，越来越清晰，是一个漂亮的姐姐，他看清了。陌生姐姐面无表情地靠近他的方向，从她身旁走过，消失于那条他适才经过的林中小道。他没有回头看她。少年朝阳注意到同村的姐姐，胸部看起来是那么绵软，因为同村姐姐胸部的存在，仿佛整个世界都是用棉花做成的。

同村姐姐走在回村的路上。少年朝阳无心跟随大人们出行祭神，且随同村姐姐走回村，仍旧是一百米的距离，走走停停，走走停停。

起风了。哥哥起床有一阵了，在砖灶那里拨弄着，火早就熄灭了。

他把火钳丢在一旁，上竹楼，把一袋苞谷核丢到堂屋。火燃得最旺的时候他把精块煤错落搭在上边。这些煤块，发亮发亮的，妈妈以前说过，这是我们家买得最好的煤块，以后留给我结婚时烧。哥哥在发呆，他可能有些饿了，整个白天都在睡觉，不饿才怪呢。哥哥自言自语，有人在哭。他朝着墙壁走去。你想去安慰他，首先你得忘掉自己的事，忘掉“难过”。他在墙壁上哭。哥哥用耳朵贴着砖墙。你看到了吗？哥哥说，他紧贴着墙壁，双脚拒绝任何支撑，指甲陷进墙壁。哭声从他的发梢传来。他的影子开始发白，哭声照亮影子……你想在他躯体完全陷入墙壁内前，拽住他的哭声，这无异于一场抢救。你截获他的哭声，他顽固地拒绝你，溜进墙壁的怀抱。你抓住的是什么？你紧盯着哭声，它也在看你，闪动着它略有僵硬的触角。它的双耳，在等你说话。你的难过不见了。它说，别人的悲伤来了。

哥哥继续自言自语。

其实赌钱只是一种消耗生活的方式，我们很多时候被生活消耗着，反过来，我们就不能主动消耗生活一次吗？我也不喜欢赌钱，以前在厂里，那时候下班最热衷的事情就是邀约一帮青年，大多是没有成家的，我们聚赌并不在乎输赢，即便如此，我们谁都没有真正赢过，赢了的去酒吧几趟，就没了。我们赌钱，实际上是轮流看钱，谁赢了谁负责那几天的吃喝玩乐。我们一个个都是穷光蛋，可是我们对这乐此不疲，还能找到其他更好的消耗方式吗？谁能告诉我？

朝阳，以前你问我是不是在赌钱，我从来没有承认过。我害怕你伤心。可每一次问你要钱，我心里都有着巨大的负罪感。我不应该让你承担……你总是对我说，好好规划生活，生活还是可以相信的，我们一起努力。就算我现在答应你，明天立马出去挣钱，你能出现在我面前？你倒是回我一句话看看。外面风很大，朝阳，这让我想起十七年前，我们跟随妈妈去帽坡基锄地，临近傍晚，暴风雨就快来临，经过横岗鞍，风大到什么程度，就算我俩抱在一起，风也能把我们吹飞，就像那头老泊寨的牛，它在山顶悠哉闲逛，突然来了一场大风，把那头骄傲的公牛给卷走了。妈妈用她近一丈长的头巾拴住我俩，系在她腰上，顺着横岗鞍的土坎走，风从汪海方位扑上来的，妈妈不能走山冈上那无比光滑的土路，下了一个坡坎，顺着坡坎走回家。那次你我吓坏了，脖颈快缩到锁骨往下了，我这么说你是清楚的吧？妈妈今年有些心事，重返沿海那边打工去了。爸爸也有心事无法释怀，住到帽坡基上，自己搭了个草棚，他在山上几个月了，我没有去山上找过他，也不见他回家收拾什么必要的物件。

这几天，我睡觉总听到房梁上有猫在撒娇，太惹人厌了。哪天我得自制一把土枪，给它射个四脚朝天。这些天，我老觉得赌桌上的钱湿气太重，我总是听到孩子的哭声，就像两只蚂蚁在我的两只耳朵内打架，四只蚂蚁，你感受到吧，它们在我的耳朵里扑、撕、咬，非常刻苦。我连续一周没有赢钱了，一切不会无缘无故吧？还有，最近总有个老妇人在我耳边叽叽喳喳地说个不停。她念叨什么我没法听清，我输钱不要紧，赌钱有输就有赢，这就像我每一次回忆起我们小时候，每回忆一遍，你就多在我面前笑一次，我多叫一遍你的名字，你就能再叫我一声哥哥。可你个王八蛋，我忘了你从十几岁开始就不再叫我名字了，老是“朝辉，朝辉”嚷个不停。

我们有多久没有坐在一起好好聊天了，朝阳？芦笙把手上的竹竿扔到沟里。这几天我总是听到有个声音在喊我，可我分辨不出那是谁的声音。想了几天，我终于想清楚，那是你的声音，你在叫我。对了，从什么时候开始，你就不再叫我二哥？不对，你从来没有叫过我一声“二哥”，我们同岁，你说同岁不必分那么清楚。

我从什么时候开始不叫芦笙二哥，从什么时候开始不叫朝辉哥哥。我倒是想好好叫几声。不过有什么必要呢？我拔起一棵斑竹，把夜色拨亮一些。我们的头顶上覆盖着老树的枝枝蔓蔓，藤藤条条。一只松鼠高兴地翘起尾巴，前脚更换抹着嘴巴。松鼠吃盐吗？芦笙笑着问我。我们的情绪一下子畅快了许多。不知道，你看，松鼠嘴边的胡须，你能看清吗？有点模糊。芦笙说。你的火柴呢？我问芦笙。我怕它被吓到。芦笙说。没事，它既然敢在这儿跳，就说明它不怕我们，下来，我说。松鼠扭头看了我一眼，犹豫着。我把斑竹顶端伸向它，它不再犹豫，几步就跳到我怀里。我抚摸着它柔软的毛发，这家伙可爱干净了。我说。它们的窝儿也特别干净，有机会我真想邀约它们一家，它的所有亲戚，给我搭个大窝，以后我就在树上住了。芦笙对我笑了笑说，它叫什么名字？名字？你叫什么名字？我问怀里的松鼠，它叽叽两声，用迷茫的眼神看我。你叫大猫好了。我说。大猫，亏你想得出来。芦笙说。有没有什么是你害怕的，朝阳？芦笙问我。

小时候每次出门，妈妈都告诉我，不要踩别人在路上“搭桥”用的石板。搭桥，实际上那不能称作“桥”，就一个大小适宜的石板而已。人们常说，孩子身体不太好，或者想让孩子顺利成长，就选一条道路“搭桥”。实际上那是他们攒运气的一种愿景。尤其是刚铺下的石板，更不能从上边踏过，要从旁边绕过，遇到那种将大红花放路边某个石板上的，更不能捡拾。那又是什么一种情况？芦笙笑问。那种“红花桥”，一般是不会生育的青年铺的，其实也没什么可怕，只是少时被大人们用一种神秘的、暗含威慑的腔调给唬住了，人们有愿景是好事，不是吗？

小松鼠在我怀里睡着了，我的右手还是没有停下，一直抚摸它的腰身，这盈盈一握间，干净、温暖、踏实。我找不到其他感触了。我送你回去吧，芦笙。我说。芦笙出来有些时候了。不要紧，你回去怎么办？芦笙问我。能怎么办，我不知道，我也有愿景，我想从那片橘子林过去，搭上一座真正意义上的石拱桥。昔日滑坡地段，现在有一个缺口，人们需要爬上走下，给他们搭一座石拱桥，像河北的赵州桥那样，我想要这么一座桥。过桥来，就走进橘子林。石桥烟雨，橘子花香，有情人终成眷属。看对面山上，流水寨。那是什么？芦笙笑。鬼火。我笑。

小时候，每次看到对面山上有人点火烧山，我们总会说，那是鬼火。天真的何止这些呢？我甚至以为，我们寨子后的大山，天穹就像锅盖一样扣在山顶，我想，站在山顶，伸手就能摸到天穹了吧。对了芦笙，你怎么想到要来找我？找你还需要理由吗？我们不再说话。小松鼠不知道什么时候离开我的怀抱。我顺着斜搭在大树枝上的斑竹看去，小松鼠在那儿蹦来蹦去。大猫你醒了？我说。小松鼠朝我扮鬼脸，回过身去，将屁股对准我们的方向摇摆。看它可爱的样子，我们好气又好笑。我出来他们会不会着急？芦笙问。当然会了，幺娘一向疼你。我说。我不知道，算是我自找吧，很多事情，我们都是自找的，不是吗？有时我觉得生活让我无比尴尬。芦笙说。尴尬？我犹疑了一阵。你不觉得吗？芦笙说，让你觉得尴尬和无措的，可能就是一些本可避免抑或杜绝的事变得“应该”了。而你，还得随时为这份“应该”做准备，为尴尬做好接应。比如呢？我问。比如，芦笙说，比如单方面的爱的热情、无缘之恋的怨的讽刺……甚或你这边，久住的颓废与悲观……

你发现了？

什么？

悲观？

不是吗？

……

朝阳，怕什么就梦到什么，你信吗？我们的生活何尝不是一场梦，是吧？大猫。芦笙呆望着树上的小松鼠。

其实也没什么，很多时候，一块闹钟，一幅窗帘，就可以解救你我。让你重设闹铃，你想要哪一首歌？芦笙问。

《运动员进行曲》。我说。

芦笙说，我们都害怕，我到你梦里找你，你往我梦里找我，在某个交会处，我们遇到了。我们此刻在闲聊，我们一起等天亮。天亮就好了，你信吗朝阳？大猫你信吗？

回去就好了。闹钟，窗帘。清风吹拂窗帘，我们就撤。回去就什么都不同了，你可以继续放荡人生，浪荡江湖。芦笙说。

我沉默。

你昨晚几点睡？芦笙回过头问我。

昨晚——我想想——不是昨晚了，今天凌晨四点我才睡。下午，我依然很乖巧地躺在床上。白天没有理由熬夜，对吧芦笙？对吧大猫？

（原载《芳草》2017年第6期；

《白天不熬夜》获第三届贵州少数民族文学创作金贵奖·新人奖）

夏立楠

春　河

一

西伯利亚的冷空气吹了足足五个月，卡布斯朗河的河床结了一米多高的冰。我站在河床上，搓着手，看着父亲用一把十字镐打凿着河床，河床上冰花四溅。父亲终究没有成功，他凿出一个个孔子，把电筒伸进一个个冰窟窿里，我以为真的会有鱼游过来，事实上我们都错了。

库尔班老人是从河对面的村庄出来的，他赶着一群羊。我真不明白，这样冷的天气，周遭遍布大雪，山上能有什么草给羊吃。他骑着一匹枣红马，优哉游哉地走过来，跟在他身后的牧羊犬欢腾着，像是在为今天可能会猎到一只野兔而激动着。

“你这样是捞不到鱼的！”库尔班老人在枣红马的屁股上抽了一鞭子，“啪——”马朝着我们的方向刨着蹄子。

“为什么？”父亲抬头看了看他。

“卡布斯朗河里的鱼太小，冬天都躲在石头缝里，懒得不想出来了。”他笑了笑，“你等来年春天再来吧，到时候我保证你满载而归。”

父亲嗫嚅着双唇，想说什么，始终没有说。库尔班老人又在马屁股上甩了一鞭子，马和羊群都朝着西面踽踽走去。

回到家，父亲推开院门，把手中的十字镐和渔网放在鸡圈上。我们褪掉了手中的手套，钻进屋里。

母亲依然躺在右边那间不起眼的屋子里，我撩开她的门帘，她显然没有察觉到我的脚步声。为了让母亲的病能早日康复，父亲几乎花掉了所有积蓄，就在年后的这几日，母亲突然说自己想吃河鱼了。

河鱼是卡布斯朗河里的鱼，没有专人喂养，也没有吃鱼饲料。每年春末夏初，天山上的雪得了阳光，暖气流动，雪水就化开了，流进卡布斯朗河里，河水融开冰床，欢腾地往下游游去，穿梭在一朵朵浪花间的就是河鱼了。

母亲的额头上敷着一块毛巾，这个冬天以来，她都是这样度过的。这已经是她生病的第八个月了，身体每况愈下。我用手轻轻抚了抚她的毛巾，额头上的汗水已经将毛巾濡湿，我决定给她换块新的。

父亲似乎在敲煤，我听到了他敲击煤块的声音。冬天很冷，烧在屋子里的炉子如果煤炭供应不上，那么暖墙就不会有热气，屋子里也不会暖和。

母亲是在我为她敷毛巾的时候醒来的，她的眼角起了褶皱，眼皮耷拉着。

她说："楠，你们都回来了？"

我说："是的，可是爸爸没有凿到鱼。"

母亲握着我的手，看了看墙上的那些挂历。挂历是1997年的，本来是厚厚的一大本，是香港回归祖国的纪念性挂历，每个月附有一幅画，总共十二幅，分别是香港的夜景、外景等照片，很美。

父亲把挂历分散开来，贴在墙上，这样屋子里就添了不少喜气。

母亲说："弟弟呢？"

我说："出去玩了。"

自从母亲去年秋天遭遇那次突然性的晕厥，她的病况就陷入了一种不良状态。除夕前几天，有位阿姨来看她。两个人聊着聊着，母亲就哭了。阿姨要回湖南了，母亲想起了老家，她说自己已经六年没有回去过了，不晓得外公外婆身体如何。阿姨说："你现在得好好养病，病好了就可以回去了。"母亲一定是感觉世事浮沉，这位阿姨的告别预示着她们以后再也不会相见。

不是吗？以前母亲的朋友和她道别，最后总是会失去联系。

弟弟走进屋子，父亲对他很不满意，问他这个早上跑去了哪里。我走出母亲屋子时，弟弟正背着手，往屁股兜里塞一小盒擦炮。弟弟低着头没有说话，父亲严厉地说："还不进屋做作业。"

"大过年的，你别吼他。"母亲的声音从内屋传来。

父亲说："你想吃点什么？"

母亲说："随便吧，下午还得去看赵医师呢！"

父亲说："那我做带鱼吧……"

二

父亲送母亲出门后，我和弟弟在屋里做作业。弟弟从屁股兜里摸出那一小盒擦炮，我说："你花多少钱买的？"

他说："一块钱。"

我心里不悦，尽管一块钱不多，但是这个节骨眼上，家里已经很困难了。就在我们做作业之际，有人敲院门，砰砰砰的。我放下作业，朝屋外走去。

开了院门，站在门口的是克里木叔叔。克里木叔叔戴着帽子，胡子拉碴的，嘴里习惯地叼着他的莫合烟。

"嗨，小巴郎，你大大在家吗？"

"没有，出去了。"

"哦……要是他回来，你给他说我找他有事。"

"好的，克里木叔叔。"

其实我不知道他姓什么，只知道所有人都喊他克里木。年前的秋天，爸爸和几个叔叔给他修过一次羊圈。我们的住所怎么说呢，在汉族人和维吾尔族人的交界处。那天晚上，克里木叔叔很热情，他吩咐他"洋刚子"[①]做了一顿很好吃的拉条子，我们坐在一张毛毯上边吃边聊，毯子就摆放在他家的葡萄藤下。

送别了克里木叔叔，我又进屋继续和弟弟做作业。八点过了，还不见爸妈回来，我决定把早上没吃完的饭菜热一热。和弟弟简单吃过晚饭后，我怕父母需要洗脚什么的，就打了一壶水烧着。九点过的时候，传来了开院门的声音。

是爸妈回来了。

父亲用自行车载着母亲，母亲的头上盖着棉帽，这个冬天，她的身体越发虚弱。

母亲是父亲搀着进的门，母亲说："楠，你帮我打盆热水吧。"

我从门口找来盆子，提起炉子上的水壶往盆里倒水，又掺了点冷水在里面，伸手调了调。我给母亲找来一张小板凳，母亲挽起裤脚，自己把脚伸了进去。

"听赵医师这么讲，我是不能吃水果了？"

"是啊！"父亲站在一旁，弟弟也从内屋走了出来。

"我的两个儿。"母亲伸手揽我的头，同时示意弟弟到她怀里。

"你不用太担心了，现在医术那么高，就算工资低，只要有机会，我都会把你看好的。"父亲说。

---

① 洋刚子：音译，指妇女、媳妇。

母亲叹了一口气，这口气和前些日子叹的一样。有阿姨来看她，她向别人讲自己的病状。躺在床上，她感觉天旋地转，早上起来本来要送弟弟上学的，结果才站起来，就晕倒了。弟弟跑了出去，朝着父亲的工作车间跑。父亲回来后，母亲仍然昏迷不醒。父亲用自行车把母亲载去医院，在一间不大的诊所里，母亲呕吐不止，整整换了两个盆，里面全是吐出来的血。医生说母亲是煤气中毒，父亲不信，这才转院，查出了病症。

母亲的脚洗好了，她说自己不想吃饭，想睡觉。父亲决定给她熬点粥。熬粥的时候，我告诉父亲，克里木叔叔今天来找过他，父亲沉默了片刻，说知道了。

父亲让弟弟照顾母亲喝粥，然后让我把炉子封了，他去过克里木叔叔那就回来。

走的时候，母亲说："你就给他讲，看能不能缓缓。如果不行的话，也不要耽误人家，他可以找别人看看。"

三

克里木叔叔有一栋房子，这栋房子的正面朝着卡布斯朗河，屋子前后种满杨树柳树。春天的时候，屋子被草地包围，有牧民在草地上放羊。这是这栋房子的优势，也是父亲想买下它的理由。在母亲没有生病的时候，我曾听到他们的聊天。

"孩子大了，我们总不能一直挤在这栋租来的房子里。"

"是的，这里很快就要拆了！"

父亲从克里木叔叔家回来时，沉默不语。

我说："爸爸，克里木叔叔不同意吗？"

父亲说："嗯，毕竟他也需要钱，我再想想别的办法。"

三月中旬的时候，父亲还是没有想出更好的办法。春风来了，卡布斯朗河的冰开始消融，像往年一样，水依然清澈无比。克里木叔叔的房子周边再次长满绿草，柳絮纷飞。

我在小溪边洗鞋，看到有人住进克里木叔叔的那栋房子。那天，克里木叔叔帮着他们搬箱子，还清理了堆放在院墙下的麦垛。

我跑回家，告诉父亲，克里木叔叔的房子住进了人。

父亲说："正常的，他等不了我们。"

母亲在吃过赵医师开的药后，气色像春风一样，渐渐地舒展开来。

父亲说："房子的事情先搁着，你妈的病多亏了赵医师，要不是他，还不知道要走多少弯路。"

母亲说："看怎么感谢人家。"

父亲说 ："我打算买点羊肉送去。"

母亲说："库尔班老人的可能会便宜些，你可以去那里买。"

父亲听了母亲的话，晚上带着我去了库尔班老人家。库尔班正在用喷火器烧一只羊头，他家还没吃晚饭。

"库尔班大叔，我想买两腿你的羊肉。"

"哦，你该早点来的，早上杀了一头，要买的话，后天才能再杀了。"

"是买给孩子补补吗？"库尔班停了停手中的喷火器，目光从我的身上扫过。

父亲从衣兜里摸出一包烟，递给库尔班。库尔班把羊头放下，在裤兜里摸打火机。父亲见状，连忙给他点上。

"不是，我买来送人的，所以你看可以便宜点不？"

"你洋刚子的病好些了没？"

"好多了。"

"该给他们补补的。外面买一公斤四十，我给你三十吧，后天早上来，我挑最好的给你。"

"好的，不过我还有事情拜托你。"

"什么？"

"可以帮我物色一栋房子吗？我们住的地方要拆了，想物色个房子，最好宽敞点的。"

"这个没问题，找到了我给你讲。"

从库尔班老人家出来后，我问父亲："为什么我们住的地方要拆呢？"父亲说："那里快要被拆来搞绿化了，据说会种上大片大片的杨树。"这样讲，我没有怀疑，此前我们已经住过很多地方了。

有一次搬家，母亲和父亲吵架。那是在三年前吧，我们才刚刚搬到那里，只住了三天，就有人来说那个片区要拆了，让我们赶紧走。母亲埋怨，说没有一个固定的住所。

父亲只是点起烟，若有所思地沉默着。加上我和弟弟一直没有当地户口，上学总是要花高价，这不是长久的事情。父亲在心里谋划着，早点有一栋自己的房子，不管遮风避雨还是长久居住，都会比现在好很多。

不料，没多久，母亲就生病了。

四

赵医师家比我想象中的要好很多。

他家住在卡布斯朗河边上的一个小区里，走进那片看起来较为豪华的住宅区，我就像个没见过世面的小孩，东瞅西望。在没有到达赵医师家时，父亲嘱咐我，到了别人家要有礼貌，懂得喊叔叔阿姨，还有，不要像现在一样东张西望。

我站在父亲的身后，他按了门铃，开门的是一个阿姨。不用想我也知道那是赵医师的夫人。

阿姨开门让我们进去，我照着父亲的样子换了鞋子。

父亲说："也没有好的东西，带了点羊肉过来，感谢赵医师了。"

阿姨说："来就来吧，还买什么东西呢！"

她说话时，父亲把装在蛇皮口袋里的羊肉递了过去，她朝厨房提去，并喊我们坐下。我和父亲都坐了下来，稍微环视了下屋子，总觉得不习惯。她从屋里走出来，端来两杯茶，说："你们坐会儿，赵医师出去了，一会儿回来。"

在她家屋里待了半晌，依然不见赵医师来，父亲就给阿姨说下次再来，赵医师忙，就先不打扰了。

我和父亲是走着回去的。路上，我心里有些不悦。那块羊肉花了几百块钱，买来的时候，父亲一直挂得挺高，我和弟弟都够不着。起先弟弟还以为是买来一家人自己吃的，要是他知道是买来送人的，不知道有多失望。

我说："爸爸，妈妈的病还有多久才能好呢？"

父亲说："赵医师说的，你妈胃不好，这三年里不能吃冷的东西，包括水果，大肉也少吃。"

我想到母亲三年都不能吃大肉，心里有些难过。母亲在没生病的时候，每天给我们做饭，还养了十来头猪。在她养猪之前，铁热克镇要在卡布斯朗河边上修堤坝，母亲跟着工程队干活，每天在河坝里筛沙子、抬石头，就是这样饱一顿饿一顿，才把胃弄坏的。有一次我和弟弟去河坝玩，母亲和两个阿姨筛沙子，弟弟图好玩，接过母亲的铁铲铲沙子。其中一个阿姨笑着说，让他体验下，看看钱的难挣。

和父亲走到家后，母亲问："送了？"

父亲说："送了，只是没遇到赵医师，不然想问问那事他能不能帮上忙。"

母亲说："顺其自然吧，生这次病，我都没想那些了。"

母亲说这话，其实我是明白的，父亲一直想给我和弟弟把户口落下来，赵医师虽然不是政府部门的人，但是医生总是和农民工不一样，身份高，路子也会宽些，或许能找到门路。母亲在生病后就开始想家，想那个远在千里的南方。很多次，她都会和来看她的阿姨说："昏在床上的时候，我只是在想，如果我死在了这个地方，我的两个孩子怎么办？他们都还那么小。"

弟弟是在天快要黑的时候回家的。他的数学不太好，周末的时候，数学老师专门腾出时间来给他和班上的几个孩子补课。

弟弟到家后，最先看的是那块羊肉。羊肉本来是挂在墙上的，现在不在了。

弟弟问："羊肉呢？"

我说："送人了，那是爸爸买来送给赵医师的。"

弟弟不高兴了，说："我们都没得吃，为什么要送人？过年的时候，过年的时候我们都没有买羊肉吃。"

说着说着，他就"哇"的一声哭出来了，眼泪顺着脸庞扑簌簌地滚了下来。

五

那是一个明媚的上午，阳光从窗外透了进来。父亲走进我和弟弟的屋子，说："快起来，今天我们去捞鱼。"捞鱼是弟弟很喜欢的事情，距离上次弟弟因为羊肉闹不愉快刚好一周，父亲近来一直想着如何弥补他。没有什么比捞鱼更好了，不仅能得到一份美味的晚餐，还能改善他们之间的关系。

我和弟弟起了床，洗漱完走出屋子。父亲爬到鸡圈上找他的渔网，我们有几个月没有捕鱼了。现在是春末，正是卡布斯朗河里的鱼活跃的时候。

网子被一些旧木块压住了，父亲用力掀开木块，一扯，网子不小心刮到一颗钉子，就这样，"嚓"的一声，撕出一个大口子。

看样子是不能捞鱼了，弟弟脸上露出担心之色。

父亲说："没事，你们找一只桶来，我去找网子。"

我和弟弟进屋，找到一只装有水的红色塑料桶，我们把桶腾了出来。父亲拿着一只大渔网回来，说："怎样？在库尔班老人那里找到的，他今天要去放羊，说是有个地方的鱼很多。"

跟着库尔班老人的羊群一路往南方走，那是一条大河，河的名字我不记得，也没听任何大人讲过。库尔班老人骑在枣红马上，说："我不和你们去了，我的羊过不了河，我就在附近的柳树林里放它们。你们过了独木桥，继续朝南方走，一直走到那个山脚下就到终点了。"

"那里有河吗？"

"是的，那里的鱼很多，不过得要耐力，正是考验这两个小巴郎[①]的时候。"

父亲决定带我们去，和库尔班老人作别后，我和弟弟、父亲踏上了过独木桥的路。桥不长，在父亲的牵引下很快走过，岸的那边，是一块块黑色的麦田。当然，田地里似乎什么作物也没长。我们顺着田埂边的小路走，一直走到一条马路上。

---

① 巴郎：指男孩或年轻小伙。来源于维吾尔语，是维吾尔族长辈对晚辈的称呼。

马路修在山坡脚下，路边有水渠，里面流淌着湍湍春水。柳絮早已经纷飞完了，现在都抽出了绿芽。透过路边的柳树林，映入眼帘的，是一个农庄。这个农庄具体叫什么名字，可能父亲也不知道。拖拉机在地里犁地，发出哒哒哒的声音。

弟弟说：“爸爸，他们在种什么？”

父亲说：“还没种，是犁地，准备种小麦。”

我看见人们拉运牛粪进入田地，同时拖拉机驶过，地里的土壤就像浪一样，一层层地卷起来，又落下去。走到一处山脚下时，出现在我们面前的是一个岔路口，父亲困顿了，不知道该往哪走。

我觉得该走左边，弟弟说走右边。争论不下，父亲说：“走左边吧，左边是下坡路，而且那边有人，我们过去问问，反正感觉应该离库尔班老人说的地方不远了。”

走到一块麦地边时，父亲问一个正在套马的人：“你好，请问前面是不是有一条河呢？”

“是的，你们是捞鱼的吧？”

“对。”

那人把马套在了一株老柳树上，父亲走上前去，递给他一支烟。

他说：“你们这样捞鱼不好捞，缺一样东西。”

父亲说：“什么？”

他说：“铁锹。”

我和弟弟，还有父亲，都愣住了。

六

大叔叫买买提，是当地的农民，靠种麦子和放羊为生。那天真得谢谢他的铁锹，否则我们就不会捞到一大桶鱼。

准确地说，那不算是河，而是三条并肩流淌的小溪。溪水最后汇入卡布斯朗河，那是一处比较险峻的河口，我和弟弟走到那个河口时，卡布斯朗河正流入一处落差较大的地方。水声哗啦啦的，说实话，有些害怕。

起先我们是在稍微朝上一点的地方捞鱼的。父亲拿着那把铁锹不知道该怎么用，买买提叔叔下了马。

他说：“网子布在下游虽然能捞到一些鱼，但是这里的鱼多是群体出动，往往发现一条就会有一群。这个时候最好的方法，就是利用小溪挨靠着的优势，把一条溪的水截堵了，让它改道进入另一条溪。”

他说完后，就跳在了马背上，说是要去小溪的上游一趟。我们没问是去做什么，他只是说，捞好了，铁锹放在他家门口就可以了。

我和弟弟一直观察着溪水，溪水清澈见底，我们想看看到底有没有鱼。

还是父亲眼尖，他在一处沙柳的背阴处发现了一群鱼。二话没说，就用铲子铲着溪水边上的石沙，噼里啪啦地，全往小溪里铲去，几下就堵截了溪水，迫使水改了道。鱼游不上去，只能往下游，父亲让我们快往下游去，找一个狭窄的地方下网。

新疆的地多是沙地，渗水快。鱼群往下游动着，白花花的鱼肚子开始翻腾，水越来越少，过了一会儿，基本没什么水了。干涸的小溪沟里鱼群翻滚着，跳跃着，有些最终落进了渔网，有些没有落进，我和弟弟挨着一直捡，全部捡进桶里。考虑到小溪沟里可能有新产的鱼卵，父亲又把改道的溪水扯了回来。

那天我们去还买买提的铁锹时，他已经不知何时到了家，正在屋子门口清理牛粪。

我说："谢谢你，叔叔。"

他说："不用谢，以后常来。"

买买提不知道，我也没有想到，那是我第一次去那个山脚捞鱼，也是最后一次。多年以后，我再也没有见过当初借我铁锹的买买提叔叔。

我要抓鱼给他，他说不用。

晚上，妈妈熬制了鱼汤，那时候她的病已经好了很多。吃到一半的时候，克里木来了家里。父亲喊他吃饭，他说吃过了。

克里木的样子像是遇到了急事，来了也不坐，说是有事情要跟父亲讲，说完两个人就出门去了。

饭间，我问母亲："舅舅最近来电话了吗？"

母亲说："来了，他们可能下个星期就到新疆来。"

"真的？"弟弟显然被母亲的话惊住了。我们从来没有回过南方，也不知道南方是怎样的，更无法记起舅舅的音容。

饭快吃完的时候，父亲回来了。他说克里木的房子出了事情，房了卖给了别人，但是还没收到钱。那人把他屋子里的东西搬走了，现在人找不到了。刚才来是报警的，顺便想问问，看我们愿意买不。

母亲缓了缓说："算了吧，下个星期哥哥就要过来了。"

我明白母亲没有说出来的意思。

七

舅舅来的时候，家里很热闹，父亲让我和弟弟去商店搬啤酒、买好吃的。那时候我才知道，原来我的舅舅长这样。很小的时候见过，但那时候年纪尚小，岁月冗长，谁又能记得住呢？

舅舅来了几天，发现没事可做很乏味，他让父亲帮他找活。他们给他找了一个在铁热克老厂拆平房的临时工作，具体房子拆后用来做什么，我们谁也不知道。

阿克苏的气候和南方的湿润气候是无法相比的，舅舅的体质适应不了这样干燥火辣的天气。他的鼻子开始流血，一连数日，他都流着鼻血，母亲急着给他找医生，医生也没什么良方，只是说水土不适。

舅舅决定要走，他和父母商量，把我们两个小孩都带走，这也是他来的目的。

母亲说："以前还想过买房子，那时候总是搬家，现在觉得没买还好。这户口一直上不了，读书就一直花高价，现在是小学，等以后读初中、高中了，肯定供不起。"

父亲没有说什么，这些道理谁都明白的。

三个大人陷入了沉默，唯独我和弟弟很高兴，我们没有参与他们的谈话，我正和弟弟玩着解毛线团的小游戏。说实话，我没有父亲那么多顾虑，我的内心对南方充满幻想，这么多年，我们一直四处为家，却一直没有一处是自己真正的家，我多想回到那个生我的地方……

舅舅带我们走的那天阳光很好，我们坐上一辆开往拜城县的夏利出租车，和我们作别的父母站在路边挥手，越来越远，越来越小……

大概一个多月的时间，我们的暑假就快要结束了，那时候父母还没有真正下定决心回老家。他们可能只是想着，或许让我和弟弟先回一趟吧，过了暑假，还可以再回新疆的。

有天舅舅给父亲打电话，说要开学了，到底给不给我和弟弟报名？父亲在电话那头陷入了沉思。

再后来的一天，舅舅家里的座机打来电话。但舅舅不在家，电话里换了个声音。

那头说："嗨，巴郎，你猜我是谁？"

我不用猜也知道他是谁。

我说："你是克里木叔叔。"

他说："是的，前天赵医师来过你家了，说你妈妈的病没什么大碍，如果能去气候更好的地方，对休养更好。可是这可坏了，你大大① 他不买我的房子了，他还喊我给他干活。我买走了你家的一些柜子，我让他送了我一样东西。"

我说："什么？"

他说："闹钟。"

---

① 大大：音译，是对爸爸的称呼。

我说："不行的，我们汉族人是忌讳送这个的。"

他说："我不管，这个闹钟很漂亮，如果我不拿走，就会被库尔班那个老头拿走。他也在给你家搬东西呢。"

我笑了。我想起了卡布斯朗河，这两天，河里的水一定又涨了。要是没涨水，我可能会因为玩水再次被父亲追得满山跑了……

（原载《清明》2018年第1期）

2018年

冉正万

一只阔嘴鸟

只要注意一下相框，就会发现漂亮油漆遮不住材料的低劣。这是合成材料。照片上每张脸的表情都不一样，年长者比较僵硬，虽然告诫自己一定要放松，但无法做到。年轻人假装严肃，其实满不在乎。在镇政府工作的孙女像教幼儿识字一样指着照片上的人问爷爷这是哪个，他们是谁，和哪个是一家。他全都能答对，从没出过错。他八十二岁了，并不糊涂，偶尔假装糊涂，以便和孙女玩这种一问一答的游戏。孙女每次都像奖励小孩一样称赞爷爷“真厉害”“真聪明”。

照片是两年前的国庆节拍的。他抱着两岁大的曾孙女坐在第一排；身后是四个儿子和两个女婿；第三排是四个儿媳和两个女儿；第四排是孙辈，十个人；第五排十二个孙辈、七个曾孙辈，曾孙辈抱在孙辈们的怀里；第六排是身材高又年轻的曾孙辈，九个人，九张脸像九个初升的太阳，没有发福，距离又最远，九个人占据的宽度比第二排的六个人还短。

相片装框挂在墙上后，看上去像一棵枝叶繁盛的大树，以他为根，以儿孙辈为横出的枝条，以曾孙辈为花和果。同时也像一个菱形的陀螺，寓意生生不息且永远不倒。

他很喜欢这张照片。一个人在家时，他像伟大的艺术家悄悄欣赏自己的杰作一样，露出会心一笑，既得意又满足。同时还有小小的怀疑，担心这不是真的，担心出现什么变故。

除了自己，他不愿失去他们中的任何一个人。孙女的游戏他一次也没错过，但数清楚到底多少个人却总是出错，他不是忘了数某个孙辈怀里的孩子就是忘了数自己。正确答案是五十二个人。数错后重数，乐此不疲，他有的是时间。

拍全家福是大学当教授的小儿子的主意，“一定要把全家人聚齐，拍张全家福！”说了四年才实现，有两次还是他自己一家缺席。这次终于聚齐，比发起时多了三个人，少了两个人。当时奶奶还在，曾孙辈有一个没成家，两个没生孩子。照片扩冲好后，全都说好，从现在起每年拍一张。但一半人知道这是不可能的，即便聚齐，人数也一定会有变化。就像装满玉米的口袋，一旦有玉米漏出来，即便有人努力去堵塞漏洞，还是免不了有玉米漏掉。

老人想到的不是玉米，而是一堆土豆，只要从中拿走一个，其他土豆就有可能滚下来。看上去全都活蹦乱跳，但老天爷要带走谁是不用和他商量的。他一个人在家时越来越不敢看照片，就像看多了不吉利。越不想失去的东西越容易失去，这是他年轻时就感悟到的，是颠扑不破的真理，进入老年后感悟更深，也更加灵验。不过，越是不敢看又越是想看，他像年少时珍惜零食一样，给自己规定每天吃多少次，每次吃多少，以便延长零食带来的快乐。但计划总是落空，刚开始还能勉强执行，只要少掉一半就会自暴自弃地给自己开脱，干脆一顿吃完算了，吃过瘾就不再想了。吃完后又立即后悔，东西没有了，食欲依旧旺盛。现在也一样，他劝自己每天看一次就行了，但等不了多久又不知不觉地站在了相框面前。他像少年一样惭愧，像中年一样耍滑。愧疚抑制不住的贪爱之心，同时又包庇地想，看又看不烂。

相框之上有一台石英钟，这是二十多年前买的，当时刚开始流行，这是全村第一台石英钟。每当报时的钟声响起来，悦耳又悠扬，听着满心欢喜。石英钟还显示日历，虽然花花绿绿的挂历也很流行，但他更喜欢石英钟上的日历，因为它是动态的，人还在睡梦中，新的一天就已经滚动显示出来了。对一个勤快人，这仿佛是一种鼓励，一种提醒。不知何时，石英钟不再报时，时针和秒针一动不动，分针从六往上走，走到十退下来，像爬坡乏力的老太太。最后终于走不动，在六和七之间摇摆，现在彻底安静下来，停在了一年前某一天三点三十一分。电池没电了，儿子和女婿都说过，下次记得带电池来换上。他自己也想过，应该抽时间去买一对电池。现在没人再提这事了，看时间的工具太多了，用不着石英钟。当他意识到石英钟停摆的时间，正好是相框挂上去的时间，他禁不住深受震动，巧合即暗示，虽然他不清楚这意味着什么。从这天开始，他就宁愿时针永远不要朝前走，仿佛时间一旦朝前，一切就有可能另当别论。

他的担心是有根据的。拍照提前两个月，老伴就会在上面。她病倒后躺了半个月才过世。按照本地风俗，下葬后第四十九天要垒坟，所有的孝子必须回来，哪怕往坟上只加一捧土都行，这既是仪式也是昭示。坟垒得越大越说明人丁兴旺，昭彰家族和睦，后人有地位有教养。照片正是垒坟结束后在老房子前面拍的。与安葬时不同，相隔近两个月，心里已不再悲伤，阖家团圆是多么难得，全都禁不住面带微笑，为这难得的团聚真心赞叹。照片挂上去后，小儿子说：“要是妈在上面就好了。”平时听力不好，但这句他清清楚楚地听见了，眼泪一下滚出来。她断气时他都没有流泪，因为他早知道死是必然的，她年纪大又浑身是病。这天晚上，他像孩子一样凝噎，他难过的不是死亡，而是突然袭来的孤单。过了五十多天，他才意识到再也听不到老伴痛苦的呻吟。

还有一个没能参与拍照的亲人是他长孙。长孙在镇政府当电工，能说会道，见到任何人都笑嘻嘻的，嘴甜，能随时随地见机说出逗人发笑的歇后语或谚语。十二岁进养老院——福气来早了点，杀猪不吹气——软打整，肚脐眼打屁——妖（腰）里妖气。都说他应该去当演员，保证能逗乐好多人。镇政府工资低，当电工又危险，在县水利局当局长的三女婿（也就是长孙的三姑爹）准备把他调到电站去当调度员，就在办手续的前一天，他爬到电杆上架线和电杆一起倒下来，后脑勺砸在石头上，流血很少，但没能救活。全家人都反对让老人去殡仪馆，骨灰盒拿回来下葬也没让他参加。长孙的死讯传来，他连连唏嘘："老天爷，你不把我这七老八十的带走，把年轻人带走干什么呀？"平时，别的年轻人死了他也如此感叹，但人人都看得出两者的区别，情分是大不相同的。虽有不同，情感又真实不虚。他不怕死，怕的是不讲公平正义。死是一个人的事，公平正义是所有人的事。也许正是没有参加长孙葬礼的缘故，他常常忘记他已经死去，老是感觉他出门久不归，不时在心里想，乖孙好久没来看我了。他喜欢他永不凋谢的笑容。

照片上的人因他凝聚，他观看时不想厚此薄彼，对某个人多看几眼，或者对某人视而不见。实际上他做不到平分秋色。他最心疼的是怀里的曾孙女。总觉得她像一口气，像一个脆弱的鸡蛋，不小心翼翼保护就有可能破碎。小女孩的声音一历耳根，他的身体就有反应，仿佛祖孙之间对上了宿世的暗号，终于找到了自己人。他捉住她的小手，赞美她乖巧、聪明，她会做出害羞状，低眉顺眼，仿佛承受不住老祖祖的夸奖。这在他的一生中从未经历过，年轻时喜欢的女子也没有这种表情，虽然也害羞，也腼腆，但很快就会笑嘻嘻的。他觉得这不是血缘关系在起作用，而是他们之间甚深的因缘。他们的人生注定将擦肩而过，他并不遗憾，唯有感谢上苍给他这么珍贵的礼物。

他的眼睛不好，他自己知道，别人也知道。有一天他竟然看见一滴眼泪挂在大儿子的脸上，看得真切，他吃了一惊，立即想到，他在为死去的儿子悲伤，那是他唯一的儿子呀。他顿时感到应该和儿子谈谈，应该劝劝他，人死不能复生，你岁数不小了，要好好爱惜自己。他没有为此和他交谈过，这无疑是最大的疏忽。进入老年后，子女们的事他尽量少管，但作为父亲，他觉得他的宽慰也许比别的人管用。正想着，发现这不是眼泪，而是上方的石英钟淌下的液体，电池稀出水了。液体很稠，还有一滴悬在半空，似已凝固。他忙找来毛巾，把相片上的水擦干净，以免电池水腐蚀照片。照片轻微受损，儿子的脸变模糊了，比平时更忧郁。作为长子，他对他管教最严，现在觉得过头了，完全没有必要。他是几个子女中最老实最听话的，弟弟妹妹都爱欺负他。现在想来，和他的纵容与严苛不无关系，不许他申斥，甚至不允许他说他受到委屈，因为他是大哥，大哥就应该像个大哥的样子。大哥是什么样子呢？不苟言笑？忍辱负重？这也太不公平了。他觉得他可以对他心生怨恨，可他偏偏是子女中最孝顺的，他有容忍一切的能力和胸怀。想到这里，他又难过又惭愧，一滴浑浊的眼泪不知不觉滚了下来。老大，下辈子我们不要再做父子，我们做兄弟吧，我一定让你开开心心的。

但是，来生是否能够相见？他不敢保证。那么，我就是永远对不起你的父亲！他用叉衣服的叉子把石英钟捅下来，“咣当”一声摔在地上，散了一地，还腾起一股呛鼻的灰尘。原处反倒显眼，白净得发亮。上了年纪后做事，指东打西、力不从心的时候多。今天捅石英钟又准又快，感觉是另外一只手替他完成的。石英钟散开了，时间并没散开，他一下子明白了，钟表记录的时间容易破碎，真正的时间无边无际又无始无终。就像在大海里舀了一勺水，勺子消失后，水也不会消失，它终究可以通过一种或几种途径回到大海。以身体为载体的生命和勺子里的水一样，身体消失了，生命其实可以通过另外的途径回到它原本的存在，在它的存在里生生不息。

石英钟消失后，老人感到轻松了许多，同时又期待和担心将有什么事发生。一生的经验告诉他，轻松过后一定会有预料不到的事情，有可能是好事，也有可能是坏事。

当一只绿得像翡翠的大螳螂“啪嗒”一声落在相框上，老人既如释重负，又忍不住露出骄矜之色。螳螂足有两寸半长，和照片上的人差不多一样大。它趴在某一个人相上，仿佛在和他拥抱。它移动迅捷，路线毫无规律。一旦停止前进，就嗒嗒嗒地搓着两只钳夹，像在为照片上所有人鼓掌，赞赏他们拍了全家福。

依照本土习俗，家里有人离世，在三年之内凡是进家的动物都是不能打的，它有可能是逝者回来探望，回来寻找。这当中又以螳螂最受重视。一是螳螂命短，所以逝者化作它的形象在转世之前回家看看是极有可能的；二是螳螂命大，一只没有头的螳螂可以活上十天，这和怨鬼长哀不绝很相像。如果是家里原有的动物，比如老鼠、蟑螂，反倒可以不去管，看到可照打不误。

老人自然想到这可能是老伴回来了，“过了这么久才来。”他不无抱怨地看着大螳螂。螳螂毫无反应，这一点和老伴很像。她做事情时，他说什么她就像没听见一样，手里的活不停，要做上一阵才去接他的话。螳螂鼓完掌，沙沙地走了几步，然后举起前臂，像作揖一样拜了两下，然后轻轻地搓着前掌，再次左顾右盼，触须像武生挑动涮翎，有板有眼。它作揖的样子不像老太婆，倒像祈祷的少女，明亮的复眼透着机灵和虔诚。

老人疑惑而又欣喜，说：“你还当女人？”只听见“嚓”的一声，螳螂飞走了。老人暗想，她害羞了，像年轻时一样。同时又想，也许就是一只普通螳螂，与老伴无关。

在镇政府工作的孙女回来看他，同来的还有她的同学，老人一眼就看出来了，这个年轻人极有可能成为自己的孙女婿。年轻人说：“我们在筲箕湾看见一群竹鸡，它们一点都不怕人，走在马路两边，一边十几个，车头离它们一米远才钻进草丛。我开得慢，估计没听见我们的声音。”孙女正在看手机，笑着说：“我查到了，又叫泥滑滑或山菌子，还有古诗写它们呢，‘山鸟自呼泥滑滑，行人相对马萧萧’。”年轻人说：“山菌子，那就是说它们的肉太香了，可惜没有枪。”老人说：“竹鸡不怕人，你不吓它们，它们敢在你旁边打架争食。”他还说：“打竹鸡可以不用枪，但必须是晚上，手电射住其中一只，不会跑，像被使了定根法一样。它们晚上睡树枝上，一个挨一个，如果其中一个掉下来，另外一个会移过去。”年轻人问没有枪怎么打，他教他用鱼线做活套。

暖风让人昏昏欲睡，孙女叫他上床休息，他强打精神说不用。他知道的，真要爬到床上，睡意马上消失。话题一旦与他无关，他就容易打盹儿。孙女很聪明，尽量让他参与到话题中来。她问他看过哪些电影，还记得不？他说记得，有个电影叫“萨拉热窝”，电影是在冬天看的，下雪天又是露天院坝，很冷，以为萨拉热窝是个暖和的地方，热窝嘛，电影的内容记不得了，印象最深的是“萨拉热窝”几个字。孙女立即用手机搜索，告诉他电影全名叫《瓦尔特保卫萨拉热窝》，萨拉热窝现在是波黑的首都。老人摇摇头，他没听说过波黑，能想到的是黑黑的波浪，难道和石油有关？瓜子皮洒落在布满裂纹的水泥地上，还有糖纸和香蕉皮。孙女每次回来都会买一大堆零食，明亮的嗓门要不了多久就把邻近的孩子和大人招来。老人喜欢水泥地上落满瓜子皮，这给他一种“萨拉热窝”的感觉。他对帮他煮饭洗衣的罗家嫂嫂说过，不必马上把院子清扫干净，但她理解不了，以为他担心这额外的劳动增加她的负担，他为此赌过气，不理她。

孙女和她的同学原打算和他说说话就回去，由于竹鸡的出现，又得到了逮捕的招儿，他们决定晚饭后去捉竹鸡。老人很高兴，吩咐罗家嫂嫂多炒两个菜。平时留任何人和他一起吃饭都难，表面上怕给他添麻烦，其实是不愿和一个老头子同桌吃饭。他留客的计谋偶尔得逞，比当年准许去看电影还快乐。罗家嫂嫂凉拌了鲜笋，早上挖土时顺便挖出来的刺竹笋，只用糊辣椒和酱油，别的都不放，又脆又嫩，透着竹子特有的清香。两个年轻人大赞这道菜好吃，在别处吃不到，尤其是还能减肥什么的。他不能吃这么凉的东西，年轻人这么喜欢，他比他们还要满足，暗想这个月多给罗家嫂嫂一点钱。

夜幕降临后，两个年轻人还陪他喝了会儿茶。去早了竹鸡还没睡，容易惊醒。聊了一阵，连他也觉得差不多了。没有月光，启明星很亮，这是捉竹鸡最好的夜晚。他上床躺下后，听到汽车发动的声音，像小孩得知父母走亲戚没带他一样皱了皱眉头。不过，总的来说，他很满意。想起萨拉热窝，当时五十岁不到，转眼间几十年灰飞烟灭。怎么会老得这么快？连他自己也不解。可怕的石英钟，几十年光阴被它“咔嚓咔嚓”吞噬了，连渣也不吐。

白天到来，似乎并不比醒着时快，他舒了口气。两个年轻人捉了七只竹鸡，怕影响老人休息，直接回街上去了。下午约了几个好友，把竹鸡宰杀后爆炒。“太香了，香到省外去了。”孙女在电话里打着哈哈说。

不知为什么，老人放下电话后闷闷不乐，心里扬起一片透明的尘埃。放在过去，所有人，包括他自己，会很简单地得出结论：有好吃的没叫上他一起吃。现在别人也许仍旧这样想，但他绝对没有这种想法。他早就咬不动任何爆炒的佳肴了，肉必须炖得一抿就化，还不能多吃，多吃一口身体就会抗议。今天他连看全家福也没兴趣，就像终于看烦了看厌了，再也不想多看一眼。很像熟过头的柿子，全身都在往下塌陷，心情和脑门都薄饧饧的。也像被一个搞怪的窃贼偷走了骨头，留下一堆皱皮落胯的肉，他只能干瞪眼，无限甜咸。

早早上床躺下，一会儿清醒，一会儿没入睡眠，两者没有界限，他也没有试探界限的意图。昨天那只螳螂“噗”地一下飞到额头上，他下意识挥手赶了一下，醒来发现并无螳螂，才知道这是一个梦。不过，连是否挥了一下手也不敢肯定，因为双手仍然捂在被子里面。他笑了笑，在梦里又做梦，并且同时存在，有点意思有点好玩。在梦里随波逐流，这即将结束的一生不也一样？梦见即看见，看见即梦见。体会到这些后既轻松又不无张皇，轻松是身心的感受，张皇的是这种失重状态恐怕不是常态，终究会“砰”的一声堕落。他跟着一条猎狗奔跑，突然出现一棵大树，猎狗一闪身绕了过去，他改变动作已经来不及，直接朝大树撞去。心想必死无疑，大树却像母亲一样敞开怀抱，让他顺利通过。前面不再有猎狗，只见一片玉米地。玉米将熟未熟，发出闷人的香味。好像有人在打扫，像打扫院子一样。但地上全是扫不走的东西，像玩具，细看才知道是没有头的鸟、断成两截的蛇，它们没有死，像活着一样走动。鸟试图飞起来，刚飞起来又栽到地上；蛇想把断开的身子接上，但两截各自蠕动，只差那么一点点又错开了。看着让人着急，却又帮不上忙。正想离开，一只愤怒的猫头鹰向他扑来要啄他的眼睛，他用手臂护住眼睛，猫头鹰啄他的脖子、胳膊。除了猫头鹰还有麻雀，麻雀个头小，但更灵活，它们朝他全身进攻，哪怕啄不痛也要啄上两口。最糟糕的是，两截断蛇已经连上，正吐着信子嗞嗞朝他爬过来，扁扁的小脑袋摇摇晃晃，身体刚接上，还没掌握平衡。他想叫叫不出来，想跑脚下却像生了根的树一样。蛇已经缠在脚脖子上，他感觉到肉肉的，它还不咬他，要从裤管里钻上来。我死定了，他想，这是一条毒蛇。他感觉它已经在他大腿上咬了一口，不重，像在试探哪里下口更好。好吧，既然这样，那就死吧，好在对死亡早有准备，没什么好害怕的。“你看你！”一声熟悉的责备，看见老伴跪在山神庙前。他从来不信这些，出于对老伴的怀念也跪了下去。

“你看你”有时是埋怨，有时是嗔怪，有时是嘲笑。老伴声调不同，内容也不同，但他完全能理解。

整整一天，这一声响亮的“你看你”都在他脑子里回荡。除了责备，似还有着急和恳求。罗家嫂嫂切蒜薹时，一截蒜薹突然从菜板上飞出来，像长了腿一样。她笑着把它找回来在水里涮了涮。老人顿悟，昨天那只螳螂确定是老伴的化身，磕头作揖不是求菩萨保佑，而是做给他看，要他跟着她学——“你看你！”再不学就晚了，来不及了。他的身体快要回到泥土了，生命不知道往哪里去。

他从没打过猎，也不喜欢。年轻时看见鸟看见野兔都想吃，不是什么野味的问题，是因为肉食本身的吸引。当时天下无肉，其他人也一样，看见蚂蚱都想吃。说话讲笑爱用“麻雀再小也是肉”“老母猪也是一道菜”“有肉不吃喜欢啃光骨头”，全都和想吃肉有关。打猎被当成好吃懒做，所以不喜欢。但他打过鸟，杀过蛇。

当时他有一把弹弓，就“枪法”而言他是最差的，别人打鸟打灯泡一打一个准，他打树打电杆全凭运气。但有一天他打死了一只鸟，是一只阔嘴鸟。阔嘴鸟站在水田边低矮的野李子树上，离他只有三米远。他捡了颗石子射过去，石子从树杈下面穿过，偏离太远。阔嘴鸟看见了，它没逃。绿胸蓝尾，黄黄的大嘴巴。阔嘴鸟最好笑的地方是，被射击后只要没死，就要回头寻找真相，是好奇心最重的鸟。这只鸟的好奇心更重，大概以为是飞虫，低头四处寻找。他笑嘻嘻地又捡了颗石子，这次正中阔嘴鸟的脑袋。他把它捡起来，鸟还没死，头上只有一点点血迹。他想，若是不死就把它养起来。但没过多大一会儿，阔嘴鸟死去了。他把它拎回家，叫母亲炒来给他吃。母亲呵斥他，叫他快点拿去埋了。他很沮丧也很委屈但又不敢违抗母亲的命令，把阔嘴鸟埋在菜园。

一直以来，他为没吃掉它感到遗憾，一口到嘴边的肉没吃让他心有不甘。这份不甘和他所有的生活比起来如毛尘上的水，小得自己都不知道，甚至知道也不会承认。后来的内疚若有若无似是而非，是自古以来生存之道的最大公约数，古老得可以忽略不计，“你看你！”“你看你！”“你看你！”……

阔嘴鸟站过的树杈早就不见了，水田也变了样。他拿了一支香、一沓纸。出门前有点犹豫，怕人家问他干什么。试了试火机，如果一下点燃马上就走，如果不是，那就再考虑一下。火机没有问题，明亮的火苗闪烁着柔弱的光芒，他的心被照亮了。

他觉得阔嘴鸟不可能原谅他，毕竟要了它的命。他希望它知道他在忏悔。

晚上竟然没有做梦。天亮后他认真准备了一下，因为路途比较远。当时刚参加工作，整天无所事事，他扛着同事的气枪，在树林里在田野中追逐。不是为了吃肉，纯粹是为了好玩。枪法依然差劲，追逐了三天，只打死了一只雀鹰，从头至尾有筷子那么长，嘴像鹰，毛像麻雀。它站在电杆上，中弹后飞了二三十米才掉下来。把雀鹰提回来，同事两把扯下羽毛，撕掉脑袋和脚爪，只留下鸟的胸脯，只有小孩的手掌那么大。抹上盐挂起来，等积攒够了再炒来吃。

搭车、步行，到达目的地已经是下午了。电杆居然还在，只是多了几根，电线像枯藤一样又多又凌乱。这似乎告诉他，无论世事如何变化，有些事是永远不会变的。

接下来他去了箩箕湾，向孙女同学捕杀的竹鸡忏悔。

再次站在全家福面前，感受和以前大不相同，他坚信照片上的任何一个都不会先他而去。他希望好好做个梦，梦见老伴，梦见那些没有头的鸟，希望它们在梦中继续给他启示。但它们没有走到梦里来。他想，也许是自己还不够虔诚，它们还得看他更多的忏悔。家里人得知他的行为，有的觉得可笑，有的觉得他善良，有的觉得这不过是一个无聊的老人为了打发时光。不过，他们更担心的是，别人会因此揶揄他们，说他们家的老人神经、有病。他呢，拜忏的次数越多，越来越不管闲话，更不会听取家人的劝告——差不多就行了。

他觉得还差得远，还有很多故意杀死的，无意中杀死的生灵。搬进新家时，一只老鼠老在半夜里啃这样啃那样，连包过黄糖的报纸都啃。他用预备在枕头边的砖头、火钳、扳手砸过。但老鼠成精了似的，一点没受到伤害。当时年轻，不想从热被窝里起来。有一次，它蹿到床上来了。他买了个捕鼠器，放老鼠药，发誓一定要消灭它。有天半夜他从朋友家归来，正要进屋，朦胧中看见门口有个东西，一脚踩上去，听见"咔嚓"一声。从听见声音和踩下去的感觉就知道是老鼠，真是无比畅快。他像超额完成学习任务的小学生一样，让全家人欣赏这只老鼠。现在想起它来，他没有犹豫，第一时间在菜园里插上香。小型的死东西全都往菜园里埋，不是因为尊重它们，而是觉得这样处理比较干净。

和孙女的争论一直在继续，谁也说服不了谁。也只有孙女敢和他争，她不怕他生气，她有让他消气的办法。他很少生气，孙女天一句地一句也透露着可爱和天真，让他一如既往地感到受用。她的父母嗔怪她时，他反倒会站在她这一边。

孙女说："老鼠、害虫，它们不是应该打吗？不收拾它们，它们就会害我们，让农业减产。"她刚被提为管农业的副镇长。

"嗯，你有没有问过老鼠和害虫的妈妈，问问他们的儿女？它们会不会也和你一样，认为它们该死？"

"哈哈，问它们干什么呀？它们就应该被消灭。如果满大卜都是老鼠和害虫，人怎么办？"

"不会满天下都是老鼠和害虫。"

"怎么不会？一切皆有可能。"

"不会的，这种事从来没有发生过。"

"没有发生不等于不会发生。"

"老鹰和蛇，还有我们不知道的东西，不会允许它们成为大地上唯一的主人。"

"爷爷，你这是悲天悯人，也许我老了也会像你一样慈悲。但现在我做不到，我就是不喜欢它们。"

"我也不喜欢它们，从来没有喜欢过，我现在也讨厌它们的样子，可这不等于我可以要它们的命。”

他希望老伴站在树叶上看着他，告诉他，他所做的是不是她所希望的，还有哪些应该做的事没有做。不管在哪里看到螳螂，他都会想起老伴，希望她再来一句“你看你”。

黔北高原四季壮丽地更替着，秋天到冬天，天空比以往任何时候都更辽阔，也更空虚。时间在乡间缓下了脚步，几十年前开垦的玉米地正在变成树林，梯田正在变成旱地。田坝里曾让人引以为豪的面积达四亩的大田里，紫荆树密不透风，栽种它们的人和儿子进城开饭馆去了。走在田野里，走在山道上，走在树丛中，他的速度很慢，慢得像蚂蚁磕头，不过他的心在飞翔，在明亮的天空下翻飞，像农民相信土地一样相信大地上的一切。他觉得他还能活很久，但彼岸的使者任何时候来召唤他都不怕，都可以放心地把自己交出去。这么想着，他禁不住独自发笑，就像和阎王成了亲戚，可以和他开开玩笑，你来或不来都与我无关。

往事越来越温柔。他和几个小孩在放牛时烧了堆火。他们喜欢玩火，用火头把枯叶烙出一个个圆孔是其中一种玩法。红色的火头穿叶片时，带给他青春欲望得到满足似的小小的一毫秒的喜悦。大人不允许玩火，说玩火尿床。弟弟说，你死后，阎王会叫你从这些洞钻过去，钻不过去就打屁股。他问谁告诉他的，弟弟说没人告诉他，反正他知道。他觉得弟弟在咒骂他，两人为此打了一架。弟弟比他小两岁，又机灵又壮实，他们打了个平手，两人都哭了。照片上没有弟弟，几年前患脑溢血去世了。

这天晚上终于做了个又长又累人的梦。一个人走在旷野里，天空越来越低，像一块黑布就要将大地上的一切覆盖。他感觉呼吸困难，想躲开浸透了水的棉絮似的天幕。他拔不动腿，它们生锈了，一动就看见碎片纷纷往地上掉。地上到处是照片，上面的人一个也看不清楚。再这样下去，肯定会被闷死的。他越来越感觉到窒息，越来越恐惧。天幕上出现一个金色的孔洞，不止一个，有的很清晰，有的模模糊糊。他奋力一跃，旱地拔葱，居然从其中一个孔穿了出去，呼吸一下畅快得如同站在广阔的原野上，如同新生，太好了，太高兴了。心有余悸地抬头一看，他穿过的圆孔是天上的星星。那么我到了另外一重天？四下里却又是见惯的景色。管他的，呼吸畅快就好。不知怎么就来到一间屋子里。屋子当中立着一块板子，板子上有很多圆孔。墙壁像钢板一样结实，他一点也不心慌，轻轻一跃，非常轻松地从其中一个圆孔钻了过去。想起小时候吃桃子吃下了一条虫。他担心虫子在他肠子里作怪，叫母亲给他调辣椒水，他要辣死它。母亲拿来一个粪瓢，叫他蹲在上面，不一会儿告诉他，虫子已经屙出来了。现在，他比这条虫子更灵活，能从任何一个孔钻进钻出。他感觉自己不像一条虫，更像一股风。穿过针尖一般大小的圆孔时，他并没有感觉身体变长。只要他出现在圆孔面前，圆孔就会立即和他的身体一样大，穿过去后再恢复原状。他觉得太好玩了，忍不住穿进又穿出。隐约听见母亲叫他的小名，叫他不要再玩了。他嘴上答应了，又玩了一阵才停下来。

玩够了，站在开满鲜花的园子里，看到老伴不再是螳螂，而是一只蝴蝶。她没和他说话，专心致志地寻找又大又亮的露珠，好把露珠当镜子，把自己打扮漂亮点。他知道她就要转世成人，不好好打扮不行。如何知道的不清楚，反正就是知道。听到身后沉重的撞击声，他发现那块板子已经变成一张放大的照片，圆孔不再是圆孔，是全家福上人的面孔，是他的亲人们的面孔。他们想钻过来，但孔太小了，对他们来说小得塞不下一根指头，难怪撞击声那么大。他想帮他们，可一点也帮不上，他既无法把孔扩大，也无法把板子移开。有人焦急地哭起来，他既难过又无能为力。回头叫老伴帮忙，连喊几声才想起老伴已经死了，已经变成螳螂或蝴蝶，再也帮不了他了。这时前面出现一只阔嘴鸟，他走过去，阔嘴鸟飞了起来，他也一下飞了起来。阔嘴鸟越飞越高，他感到身边呼呼飘过的白云，他想踩上去，又知道根本不可能踩上去。天空变成虚空，没有云，甚至没有空气，阔嘴鸟还在飞，他惴惴不安地跟随。这是要飞到哪里去呀？阔嘴鸟没有回答，又粗又短又宽的嘴发出嘹亮的叫声，他看着它脚爪上的卷形鳞，感觉自己的脚上也包着卷形鳞，像厚袜子。

天亮后，他呆呆地坐在大门口，看着雨丝拉长的生命线。他想给孙女打个电话，想请她把照片再放大，大到不能再大。但他明白，即便把每个人的脸放到脸盆那么大也是穿不过去的，就像他不能代替他们去拜忏一样。他惆怅而又缓慢地转着两个大拇指，它们互相为轴，像两个老朋友，相对无言，唯有轻轻摩挲。好多年没有人叫自己的小名了，在梦里没当回事，现在特别想再听一听。这时罗家嫂嫂撑着伞从竹林后面走来，有点像母亲。他幽幽一笑，笑容还没展开就皱起眉头并抿了一下嘴，像刚刚得知真相的孩子。阔嘴鸟飞走了，自己还在地上。

（原载《长江文艺》2018年第1期；

《一只阔嘴鸟》获2019年《长江文艺》2017—2018双年奖）

石庆慧

蚂　蟥

一

小说刚入局没多久就卡住了，我正冥思苦想一个合理的情节。燕子抖了一下我的窗口，我懒得理睬，隐身着呢，她怪不着我。可是，这丫头就是那么倔强，一副不到黄河心不死的态度。没一会儿，又抖了一下，又抖了一下，连着抖了十几下，简直不让人活。

“干吗呢，还让不让人活了？”我没好气地发过一句话，又在后面扔了颗炸弹。

“就知道你在，还跟我诈尸！”她发了一个伸舌头眨眼睛的笑脸符过来，一副调皮捣蛋的样子。

我发了一串敲打的表情。

她说：“请我吃饭。”

“凭什么？”

“我心情不好！”

“你心情不好关我毛事？”

“你请我吃饭，我向你倾诉，我心情好了，你亦有所得，两全其美。”

“把我当垃圾桶啊？还两全其美，美你个头。”

“你可以变废为宝嘛！”

“那也要看有没有回收的价值，如果是臭气熏天的腐烂之物，我要它有何用？”

“含金量绝对高，快拿你的垃圾桶过来接吧。”后面还跟了个勾手指的图片。

我请燕子到我家对面的简餐厅吃煲仔饭，这家简餐厅几乎成了我特定的请客地点。一是离家近，不用走远；二是环境好，一小间一小间的卡座，不完全封闭也不相互影响；三是简单，要吃什么，各点各的。经济，还很小资。我不太喜欢为吃一餐饭大费周章，耗时耗力。

燕子却丝毫没有为我着想的意思。她先是要了杯饮料，点了些小吃，说是主食晚点再考虑，然后拿了本杂志，一副慢慢消遣的姿态。

我说："你肚子饿了就吃饭，有苦水就尽管往外喷，别整些没用的东西来浪费我时间。"

燕子笑了笑，一点也没有心情不好的样子。她说："慢慢来呀，氛围有了，话才出得来嘛。一点生活情调都没有，我真不知道你那些文章是怎么写出来的。"

"我关注的可不是什么小情小调。"我没好气地回说。

"知道！知道！大作家自然是要关注民生，关注底层百姓的，要不然我才不会冒着挨领导批评、惹同事生气的风险跑来跟你透露消息，我们领导可是特意交代了这个事尽量不要外传。"

"除了报纸上登的，你们领导哪件事不交代不要外传？"

"这件事不但不宜外传，而且还不知道如何外传，你总得容我酝酿酝酿。"

看燕子不像故作神秘，我的兴趣就浓了。

燕子在一个机关部门当会计，整天与数字打交道，思想却远比我这个业余爱好写作的人民教师复杂。她总说："人在江湖混，必须小心又小心。"我便笑她活得累，比一个思想家都还累。她说："所以呀，我得比你会享受生活，不然太亏了。"我对她撇撇嘴，说："弄点小情调就是会享受生活了？你别看我有些时候似乎在吃亏受苦，其实那是在享受更宽广的人生。""理解，理解，我这不有事没事就来让你享受更宽广的人生了吗？"她说。

我和燕子经常这样分享着彼此的人生。我猜她这次要告诉我的事与金钱有关。难道是她们单位有人挪用公款或是以权谋私、贪污？我说："如果是挪用公款、贪污一类的素材我可消化不了，你应该找纪委或检察院。"她"呸"了我一声，说："你就不能盼我点好。"

我只好慢慢喝着咖啡，静等燕子酝酿。

二

终于，燕子说："还记得杨玉英吗？"

杨玉英？这个名字似乎有点耳熟。我想了想，拍了一下脑袋，哦，终于想起来了，是两年前燕子她们单位车祸事故的女主角嘛。我还记得，最初听到“杨玉英”这个名字，以为是个美女，即使不是美女，也该是个既干练又内敛的女子。但燕子当时立刻打击了我。她说：“美女？内敛？真佩服你的想象力，人家可是个五十多岁的农家妇女，个头不高，衣着土气，皮肤老糙，但又撮着嘴，眼睛贼圆贼圆的，显出一副农村妇女所没有的城里人的精明和不怕事的气度。你不知道那样子多让人讨厌。”

我不太认同燕子的描述，带了情绪的描述，再美的人也会被说得丑陋不堪的。燕子说：“是真的丑，而且是吓人的那种，不然你哪天自己见一见。”

我最终没有去见。我不是无聊的猎奇者，我只是个供朋友倾诉的垃圾桶。全国几乎每天都有那样的事件上演，报刊、网络上这类新闻多得都让人失去了阅读的兴趣，虽然那时我也曾费心地做过一些假设，但终究觉得没什么新意而不了了之。

当时我的论调是，没有谁天生下来就特别的美或特别的丑，遗传决定着我们容貌的轮廓，但长大后是讨喜还是讨厌却是在成长的过程中慢慢形成的。话说名如其人。名字一般是父母给我们取的，寄托着父母的愿望，父母也往往会朝着愿望努力培养子女。这个叫杨玉英的女子，如果容貌完全没有名字留给人的那点美好想象，我想，她一定是在生活上遭遇了诸多变故，历经世事沧桑后，人逐渐给长偏了。

燕子说：“你的奇言怪论还真是多。不过，你看她做的什么事，你就知道她是个什么人。”

事件的大致情况是这样的：两年前，燕子她们单位的驾驶员小刘在一个拐角的巷道里倒车，不小心把挑着担子的杨玉英给碰倒了。小刘怕得要命，赶紧下车扶起杨玉英，问她摔伤没有。杨玉英一边捡起掉落的东西，一边摆手说没事没事，好像嫌小刘碍着了她般，捡完东西挑起担子就准备离开。车上的领导不放心，说还是去医院检查一下，免得以后出了什么事说不清。就这样，杨玉英极不情愿地被送进了医院。但是到医院之后，情况就发生了一百八十度的大转变。杨玉英先是走起路来一瘸一拐的，尽管拍片说没多大问题，但杨玉英老是哼哼唧唧地喊脚疼得厉害。她哼得太难听了，医生就给她涂外用药。没人知道她是过敏体质，涂了药后，她的两只脚肿得像吹了气的猪蹄，最终连下床走路都难了。杨玉英在医院住了好几个月，当然后面只是在医院挂着床号，人却跑到燕子她们单位向领导哭诉她家庭有多困难，说她爱人死得早，两个孩子都还未成家，她肩上的责任多么重大，万一留下后遗症如何是好。领导听了两回就不耐烦了，都躲着她，她也就由起初的哭转变为后来的破口大骂，每天一闹。最后，经单位多次找她亲戚帮助调解，除保险公司报销所有住院、护理、误工等费用外，燕子她们单位也同等报销这些费用，另加一万元补偿，合计是两万五千八百三十五元。此外，驾驶员小刘个人又补她五千元，她才肯在调解合同上签了字。

我说：“人家受了伤，担心以后会留后遗症，多要点钱也无可厚非。”

燕子说："你是站着说话不腰疼，那简直就是牛尾巴上的糯蚂蟥，凭你怎么甩也甩不掉，如果是你遇上，不觉得厌烦么？"

燕子这个比喻倒是蛮贴切。蚂蟥我是清楚的，小时候下田干活最怕遇到的就是蚂蟥了。俗话说："水里的蚂蟥，粘上就难脱。"被蚂蟥叮上，如果不懂得方法，无论你怎么抖，怎么甩，怎么用蛮力去扯，都是扯不掉的。它就像一条弹力极好的橡皮筋，你用多少力它就能将身体变得有多长，而一松手，另一端仍旧吸附在你的腿上，像吸盘一样迅速吸着你的血。等它吸饱了掉落下来，看着流血不止的伤口，你气愤至极，想要置它于死地，你用刀将鼓胀的它砍成几截，满地的血，你以为它死了，其实那些血都是你自己的，你把它砍成了几截，它就变成了几只，每一只都在血泊中蠕动。你用石头将它砸得稀烂，但等你转身，那稀烂之物又黏合成了一只完整的蚂蟥，仍旧活着。你拿到太阳底下暴晒，想它是生活在水里的生物，离了水自然会死掉，可是只要到了夜晚或早晨，有了一点点的露水，它又活了。这种难缠的虫子专爱吸人的血，样子又丑陋不堪，极为可怕。其实，对付它的方法很简单，被它叮住了，不要慌，吐一泡口水它自然就掉了，再把它丢到火灰里，或者洗衣粉、食盐之中，它挣扎几下，犹如水泡脱水一般，瞬间每一个细胞都死了。

我说："再厉害的蚂蟥也没什么好怕的，只要用对了方法，什么蚂蟥也糯不起来。"

见我不认同，燕子对我撇了撇嘴，说："如果是你摊上这样的事，你怎么办？"

我摊上这样的事？假如我是那个驾驶员小刘吗？还是假如我是燕子单位的领导？抑或假如我是杨玉英？我觉得不如都假设一番，这挺有意思。

我想，假如我是驾驶员小刘，自己有错在先，首先是要沉得住气，不管别人怎么恶语相加，都得听着忍着。然后不管人家要求合不合理，也都必须笑脸相迎，只要在自己能够承担得起的范围内，尽量满足对方要求，积极应对处理，切不可将事情拖得太久。

燕子说："小刘就是这样做的呀。换作我，早跟那个人扛上了，即使一方有错在先，另一方也不能一味胡搅蛮缠吧。"

如果我是燕子单位领导，应该是最不乐意被纠缠的，最好是快刀斩乱麻。这就不能因为心烦就躲，也不能仅听小刘或办公室的单方面情况反映，要主动与对方面谈，了解对方诉求，如果要求不是太过分就爽快答应，并督促下面的人将事情尽快处理，如果要求太过分则想办法从中调解。我想那一百多天的住院一定并非杨玉英的本意，而是你推我我推你，将球抛来抛去给抛出来的。

燕子说："你是不当领导不懂得当领导的难处，你以为当领导就可以翻手云覆手雨了？其实当了领导要顾虑的事情更多。答应干脆了，一是怕对方会得寸进尺，二是怕引起与受害方合谋套取公用资金之嫌。不管合不合理，也不管赔偿多少，这种事情都得拖一拖，磨一磨。只是杨玉英太难缠，事情磨得太久了而已。"

“这是什么逻辑？既怕纠缠，又有意让事情拖延？”

“说了你也不懂。”燕子用眼睛白我。

“如果这样，还不如干脆交由法院处理。”

“你真是个单纯的理想主义者。”燕子经常这样讥嘲我，这次她又这样，“你以为交给法院就可以摆脱纠缠摆脱烦恼了？这种事谁会交给法院处理？”

法院不就是处理各种协商不下的纷争的吗？我不知道为什么不会交给法院处理，但燕子的语气不容我多问。在燕子面前，许多时候我就像个住在象牙塔里不谙世事的学生一般。

这是我和燕子那个时候的对话。那次对话让我明白，有些事不能一蹴而就。这让我联想到了恋爱，你不能因为爱人家爱得要死就立马要求与人家上床，不管你爱得有多深都得有个水到渠成的过程，让人家一点一点明白你的心意。我还想到了买东西讨价还价，得一点一点地退让，太爽快了反倒让人疑心。也就是说，杨玉英事件，不管赔偿多少，燕子她们都必须经过杨玉英的一阵纠缠与闹腾，而且必须闹腾到一定程度，这赔偿才显得合情合理。这样一联想，这事似乎还挺合逻辑的。可是，我真想偷偷骂一句，这是什么狗屁逻辑！

事后，回到自己住处一个人的时候，我悄悄地想，假若我是杨玉英，假若是我被公车撞了，我是否也会抓住机会狮子大开口？我从小就喜欢假设，或者说喜欢幻想。大概穷人、弱者都是比较爱幻想的，比如人在渴极饿极的时候，会望梅止渴，会画饼充饥；比如那个卖火柴的小女孩，寒冷的夜晚，她却在微弱的火柴光里看见了温暖的火炉、肥美的烤鹅、美丽的圣诞树和慈爱的奶奶。

我曾经假设过如果我突然中了五百万会怎么样。五百万，于我这个年薪还不到五万的人而言，那简直是个天文数字。我是这样想的，如果我中了五百万，我首先买栋豪宅，让父母兄妹都住到里面去，一家人其乐融融，然后再买栋酒楼，开一家高档酒店，日进斗金，从此不愁吃不愁喝，想干什么就干什么。可是有人提醒我，买豪宅或开酒店，五百万只做得了一样。如若买豪宅，兄弟姐妹都不在一个城市工作，不解决工作问题一家人住到一起是不切实际的，再说，买了豪宅，说不定还会跟原来的朋友有所疏远，自己独自成了笼中鸟岂不得不偿失。若开酒店，那我将整日忙碌，既没有时间看书，也没有时间写作，更少有时间与朋友闲聊，经营得当日进斗金，经营不当，嘿嘿，整个人生就陷到泥潭里面去了。阿Q式的想法让我感到意外之财的可怕，所以，对于是否能中五百万，我并不怎么渴望。事实上，我从来就不曾买过彩票。

那么，五百万我都不在乎，两三万的赔偿款我又岂会放在眼里。然而，真的不放在眼里吗？我想到了一件事，学生时代，一次挤火车回家，由于时间紧，买了张一块钱的站台票就上车了。上车之后，许久也没有人来查票，看到火车上人挤人，我想列车员查票时往人堆里挤一下或者厕所里避一下也许就躲过去了，于是我萌生了逃票的念头。后来查票我果然就逃过了。可是下了车，出站时我却找不到别的出口，想沿着铁轨走远一点然后翻过围栏，但一个小姑娘在这人生地不熟的地方，感觉此举太危险，为逃一张几十块钱的票冒这样的风险不值得。我想在人挤人的时候蒙混过去，但还是被拦下了。那一刻，我紧张得仿佛整个世界的眼睛都齐刷刷地盯着我，而我赤身裸体。我支支吾吾地解释说车上太挤票给弄丢了。大概因为我做贼心虚，工作人员一下就听出了我话语的虚假，他训斥我说："年纪轻轻就不学好，几十块钱难道比你的诚实还可贵吗？"我的脸"唰"的一下红到了耳朵根，羞得无地自容，一边乖乖地补票，一边对自己的逃票行为追悔莫及。我想如果我不是因为口袋里钱少得可怜，如果不是因为一张站台票就上得了车，如果不是车上人太拥挤给我提供了浑水摸鱼的机会，或者我身边有一个认识我的人，我一定不会想要逃票。在老师同学亲人们眼里，我向来是那么诚实乖巧的孩子，谁能想到我心里也会生出逃票的念头呢。那一刻我意识到人性的可怕，心想，一旦失了监督失了约束，人心的邪恶就会生长出来。

或许我们不会对那些遥不可及的钱财有过多的妄想，但面对迎面撞来的机会，谁又愿意轻易地错失？我信用卡透支的几千块钱还等着还呢；眼看冬天就要到了，如果能多些余钱买台空调该多好啊；除了这些急需的开销外，有一笔钱出去旅行一趟也很不错。这笔钱承载着我这么多真实的需求，我会不去争取吗？听燕子描述，杨玉英的家境应该不比我好，等着用钱的地方可能更多。即便家境好，谁又会跟钱过不去？何况这钱是用命换来的。这样一想，便觉得杨玉英即使提了过分的要求也是可以理解的，我们指责她其实就是在指责我们自己。而这个社会往往是，我们更多地应该指责自己，却总是去指责别人。

燕子说："如果人人都能如你这般想，这个社会就不会存在纷争和矛盾了。你总是把事情想得太简单太理想主义，而人心的矛盾与复杂，又岂是你能够猜度得透的。"

猜度不透就不猜了，好在事情后来终究处理好了，了结了，我不用再听燕子唠叨，燕子也不用再为我的假设而烦恼。只是一年时间过去了，燕子为何又要重提此人？

燕子说："事件是过去一年多了，可是你想象得到吗？杨玉英再次理直气壮、气势汹汹地卷土重来。"

三

接着，燕子讲述了她一天的所遇。

早上，燕子刚到办公室坐下没多久，就听到隔壁办公室喧嚷起来。只听一个声音响亮地说道："你们怎么能这样欺负人呢！你们也太欺负人了你们！你们看吧，合同上明明写的是两万五千八百三十五块，可你们打的这两笔款加起来才多少，你们自己看，自己看吧……一万一和四千八百三十五，……嗯，两笔加起来才一万五千八百三十五块，整整少了一万块，一万块啊——当初你们说好多补我一万，我才答应签这合同的。可是签了合同，你们又不补这个钱，堂堂机关党委部门，你们怎么能这样不讲信誉，坑蒙我一个老百姓呢！你们坑蒙我一个老婆子，你们的良心过得去吗？你们的良心被狗吃了吗？”这个声音越说越亢奋，噼里啪啦，像放鞭炮一样，不容人插嘴，一听就是泼妇骂街的阵势，似乎有意要将整栋办公楼给引爆。

那人正是杨玉英，燕子第一眼差点没认出她来，她比一年多以前在医院住院时看上去还糟糕些。燕子看了杨玉英拿来的调解合同和银行清单，发现那两笔款后面均注明由平安保险公司转入。燕子想，这不纯粹是胡搅蛮缠吗？

燕子将当时的账单翻找出来，她们做的是现金账，有杨玉英签字摁手印的领款册子。驾驶员小刘那里也有杨玉英签字的领款收条。燕子将册子和收条给她看，跟她解释，说那两笔款不是他们单位打的，是保险公司打的，他们给的是现金。杨玉英不相信，说她没有领现金，当时是留了卡号，因为小刘说让她签字摁手印后，才能报得出账来给她打款，后来她看到卡里确实有钱进账就没在意，现在才查到账上的钱与协商的不一致，这才来要求燕子她们单位将所欠部分补给她。

大家好说歹劝，说时间久了，也许她给忘了，既然不相信那两笔款不是他们打的，不如由银行来证实。小刘带着她去银行查账，她终于相信那两笔钱是保险公司打给她的。

下午，杨玉英再次来到办公室。她一进门就大声大气地嚷嚷：“那两笔钱不是你们转的，那你们一分钱也没有给我。我受伤住院，涂药过敏，你们这样对我，还有没有良心？”

驾驶员小刘一听她的声音，立马一副苦涩的表情，燕子及同事们也都纷纷摇头，说真是“蚂蟥无骨头——两头吸血”。大家只好再次拿出她签的收条和摁了手印的领款册子给她看，并软语相劝，说你老人家是不是因为时间久给忘记了，当时是付了现金给你的，有你的签字为证，你好好想一想。

“不用想，我就是没得拿过钱。我还没老糊涂，也没有不清不楚，我可以对天发誓愿，我要是从你们这儿领了钱，天打五雷轰！”

“如果没有收到钱，怎么会写下已收到两万五千八百三十五元的收条呢？”

“那收条看字就不是我写的。”

“那是你说不会写才由人代写，但是下面落款是你签的字。”

“字是你们诓我签的，手印也是你们诓我摁的，你们诓我签字摁手印，说过几天得了钱就给我转账，结果你们又没有给我转，你们这样欺负我一个老婆子，是要遭报应的。你们如果执意不肯拿给我，我也只有来拜天了，每天拿香拿纸来行政大院这里拜天！”

“你要觉得我们欺负你，你可以去信访局反映，可以去法院告状啊。”

“我不去信访局！也不去法院！我就老命一条，你们若不尽快给我处理，不补钱给我，我也只好拿命来跟你们拼了。”

办公室主任给她倒了杯水，说：“您老消消气，钱也不多，才两三万，哪用得着拿命来拼？”

“你们说钱已经提出来，他（驾驶员）又不拿钱给我，我就是要拿命跟他拼。”

驾驶员小刘在一旁嘀咕：“钱我已经拿给你了，你不承认而已。”

“好，你说钱已经拿给我了，在哪里拿的？谁可以作证？”

大家望向小刘，想这么大笔钱，小刘总不会是悄悄地拿给杨玉英，总有人可以作证吧。小刘沉默了一会儿，说：“在我办公室里拿的，当时就我们两个，拿完了才写的收条嘛。”

杨玉英再次咆哮起来，用手指着驾驶员说：“我可以对天发誓，除了之前跟你得了五千块钱，真没跟你拿过一分钱。老弟，你也是上有老下有小，你敢拿你崽来跟我发誓愿么？你敢跟我到高盘的庙里去烧香发誓愿么？”

她声音极其洪亮，又放大了嗓门，一副有意要吵得整栋楼都沸腾的架势。只可惜这栋楼的人早都练就了处世不惊的本领，并没有不相干的人来围观。

新来的小琴坐下来安慰她，说：“有事好好商量，好好解决，你说你没收到钱肯定不甘心，但也不要说狠话，事情又不是没有商量的余地。他说他已经把钱给了你，那他也不甘心，时间久了，记忆都会模糊，不如我们去银行把所有清单都调出来看一看，如果没有这笔钱，我们也就更有理了不是？”

杨玉英之前没有见过小琴，大概以为小琴也是来办事的群众，又感觉小琴是站在她这边的，终于答应离开办公室，跟小琴和小刘去银行查账。据小琴说，他们去调了她几张卡的清单，她的一张农行卡去年11月27日、28日分别有两万和一万两笔钱存入。这个日期刚好比她签协议的日期晚了几天。小琴问起她这两笔钱，她顿了一下，然后解释说那钱是她妹以前跟她借去做生意还给她的。

“事情哪有这么凑巧？”燕子说，“你看这不显而易见么？得钱拿去存了还要来闹腾，简直是自己掴自己耳光。更可气的是，都已经查到这份上了，她居然仍旧扬言要在正月十五元宵节时到行政大院来拜天，你还见过比这更无耻的人吗？”

四

燕子讲述的时候，为了尽量还原故事的现场感，总是将人物原话搬出来，有时连声音腔调都一同模拟。对于燕子的这一才能，我特别佩服也特别羡慕，常由衷地感慨她这样好的记性和表演才能，不去当演员真是可惜了。

燕子见我一副欣赏演讲般的表情，对我笑了笑说："如果你在，你一定能够连同她的表情、动作、神态都准确地描述出来，那才叫一个精彩。人生如戏，全靠演技。高手在民间。今天我算是见着真正的超实力派演员了。"

说完，燕子便埋头吃东西，似乎在等我发表看法。

我什么都没说，也跟着吃东西。

燕子说杨玉英比一年前住院时看上去还糟糕，这句话仿佛一根刺扎到了我。我在想这一年间这个女人究竟经历了些什么。燕子关于杨玉英的描述与表演让我想起了我的母亲，我觉得燕子描述的这个杨玉英事实上与我的母亲有几分相似。我母亲一连生了三个女儿，在村子里很不被看重，但凡小事，便总有人想要占几分便宜，而父亲在外地教书，性格温吞，不太管事，生活的担子便落在了母亲身上。母亲没上过学，但能说会道，性格也泼辣，谁也别想从她身上哪怕嘴上占一丁点便宜。那么，杨玉英也承担着家庭的重担吗？她的生活又发生了怎样的变故，才将她一步步训练得这般刁缠，这般损毁着她的容颜？不管怎样，我的母亲本质是善良的，虽然有些时候也会为了一些芝麻小事与人相争时不惜撕破脸面，但真正是非面前却自知好丑。而且我母亲也如杨玉英一般相信鬼神，相信天地，相信冥冥之中自有一双眼观照着这世间，因而，无论做什么事，闹归闹，却不敢太过出格。可是，我不能确信的是，杨玉英在经历了生活的种种磨砺之后，是否还保持着那份农民的质朴与善良？她对天地对自然存着的这份敬畏，是信仰还是一种为达目的的手段？

屋子里之前一直扬着高调的说话声，现在突然安静下来，让人感觉有几分不自在。我倒没什么，我陷在自己的设想里，想假如我私底下去杨玉英家了解情况，我将会遇到一番什么景象。不自在的是燕子，她急切用声音打破这份安静，她问我："你说正月十五杨玉英会不会真的来拜天？"

"难说。如果她真的领了那笔钱应该不会来；如果她确实没领过那笔钱，是一定会来的。"

燕子喜欢听我分析，我虽然话不多，但一两句简单的话却往往能让她茅塞顿开。

燕子惊呼："你的意思是说她没有领到那笔钱？这……怎么可能！"

我不置可否。但我觉得杨玉英的话也有一定道理。关于县财政的报账制度我也略知一二，报现金账的话必须各项手续齐全，有发票或是领款人签字的册子才能报账，报得账后才去付款，所以领款册子上有杨玉英签字摁手印也不能表示她当时就领到了钱。还有一种情况就是先写一张借条把现金借出来，等各种单据齐全了再去充借条。杨玉英事件显然不属于后者。走现金账本来就不太符合财务制度，但地方上为了简化程序，许多单位都喜欢走现金。

“她在领款册子上签字摁手印肯定是还没领到钱。”燕子说，“可是，收条呢？如果没有领到钱，她又怎么会单独给驾驶员小刘签了一张领款收条呢？再说，没签合同之前，杨玉英几乎每天都会来单位闹一场，让单位领导和同事们坐立不安，若是签合同当天没领到款，隔了一个多月她的卡才有进账，这一个多月，你说她能坐得住吗？从签订调解合同到现在，时间已过去一年多了，这一年以来，她竟然都不去关注她死皮赖脸才争来的赔偿款？你觉得这说得过去吗？”

我没有回答。燕子又说：“幸好小刘机灵，让她又签了一份收条，不然还真的说不过去了。”

我说：“就怕是小刘太过机灵了。”

燕子问：“你这话什么意思？”

我没有任何证据，不好说得太白，便说：“笨一点的人肯定会当着大家的面将钱交给杨玉英，或者让人将交钱的过程拍照下来。”

“谁会想到这人竟那么痞呢？人与人之间总该还存点信任吧。如果是你，没遇到这事之前，你会想到这么办吗？”

是啊，我只怕连收条都不好意思开口让人家写。可是，她不是留得有卡号吗？“若按照我的习惯，我会把钱存给她或转账给她。只要是存钱或转账，银行就会有记录，那么多钱，那么难数，我干吗要给她现金呢？”我说。

“这个我也不知道。”燕子做了个鬼脸又去吃东西了，一副事不关己没心没肺的样子。

我问燕子：“如果到那天杨玉英真来行政大院哭天拜地，你们打算怎么处理？”

燕子说：“谁知道呢？办公室将资料提供给她所在的社区，现在正由社区同志去做她的工作。我只是祈祷她不要再来才好。”

作为局外人我不好做什么评说，只是觉得这个事情不能这么简单粗暴地处理。我对杨玉英背后有着什么样的故事产生了兴趣，决定要去见一见燕子嘴里那副让人生厌的面孔。

五

要燕子问得了杨玉英家的地址，我便决定去杨玉英家拜访一下。去之前，我先去了趟社区，我假借了燕子的身份，说想来了解一下杨玉英的情况。社区里的几个年轻同志一听说杨玉英，话匣子就打开了，仿佛有万千故事急着往外喷似的。

“杨玉英啊，她可是我们社区明星级的人物了。”

“抱歉呀领导，你们单位的那个事我们实在无能为力，我们社区还有好多事，都做不了她工作呢，你们还是自己想办法吧。”

“我觉得她当时肯定是碰瓷，她还真有眼光，专朝公车整。如果遇到私车，说不定人家宁愿将她撞死多赔些钱，也不想惹得满身骚。”

“杨玉英是谁？有名的钉子户啊。我听说当时修滨河路时有块地迟迟拿不下，就是她一哭二闹三上吊从中作梗。路修好了还不主要是方便她们这些河边户。”

“最让人啼笑皆非的是，头一天才为他死去的儿子来要抚恤金，第二日又说他儿子还没死应该给低保。”

几个年轻人越说越气愤，我了解了一些相关事件后就出来了。虽然我对他们的讲述并不完全认同，因为很多事他们也是道听途说加主观判断，但抚恤金这个事却是确有其事，而且刚刚发生。说是杨玉英有一个儿子年前在外地打工不知怎么突然死了，杨玉英先是跑到社区闹着要国家发给她抚恤金，后来见争抚恤金无望，便又说她儿子没死，要争低保的名额。

这是什么人嘛？如果说之前我对燕子的描述还持着怀疑的眼光，想为杨玉英争得几分让人同情的因素，从社区办公室出来，我对杨玉英也产生了极度的反感。亏我之前还将她与我母亲相比，现在想来那简直是对我母亲的亵渎。我母亲纵使有千般不好，但她有一个最大的优点，那便是勤劳。她不仅一生操劳，还教育自己的子女要勤奋，要靠自己的双手创造美好的生活，单就这一个优点就足以让她获得子女的爱戴与世人的尊重。我的父母以超凡的辛劳将五个子女都培育成了大学生。而杨玉英这样的人，不靠自己的手脚好好过日子，却整天想着通过一些歪门邪道挣些意外之财，那不犹如一个寄生虫一样吗？这样的人比那些纯粹的懒汉更让人厌恶。

有了这样的感观，想再去杨玉英家就有些犹豫了，我还有必要，或者说还有勇气去直面这样一个人吗？但是，不曾到一个人家里去，不曾亲自接触过这个人，我不是也一切都成道听途说了吗？又怎么能轻易定性这个人留给我的印象呢？

我们住在城里，见面、吃饭、玩乐，都有商家为我们提供特定的场所，很少到人的家里去，加上城里高楼式的建筑模式，家变得越来越隐蔽，于是人与人之间的交往便总觉得多了层面纱般的生疏与隔阂，人也就有了多张面孔。在单位，在路上，在家里，面对熟人，面对陌生的人，不同的环境呈现出不同的面孔，让人很难辨清哪一张面孔是最真实的。但是农村，或者说农村式的居住模式就不一样了，左邻右舍谁对谁不一清二楚，你只要到了一个人的家，你就了解了那个人的一切。在我的老家就流传着一句俗语，“一看屋二看床三看周边四看郎”，意思是男方家来说媒，女方家都要先去男方家看过才能决定是否点头，这是我们那个地方娶亲嫁女必走的程序，叫“看屋”。看屋，一看房子，是单门独户还是三间大屋，是自立门户还是与兄弟合住；二看床上的棉被，看家里的摆设；三看屋外周边的环境，有没有院落，有没有齐整的柴垛，打扫得干不干净，与邻居和不和睦。看了这些，再跟周围的邻居一唠嗑，这个家庭富不富有，人勤不勤快、实不实诚便都知晓了。因而看屋不单单是看房子，而是去了解一个人的底细。我想，还是只有到杨玉英家里走一趟，才有可能对她这个人有个比较立体的认识。

我邀燕子一同前去。燕子撇撇嘴，说这不是她的任务，领导不去，小刘不去，她去做什么？以什么身份去？最主要的是她一刻也不想多见杨玉英的嘴脸。我也不知道自己该以什么身份去，但是，且去了再说吧。

杨玉英住的这个地方叫江边寨，旧时曾是小城最繁华的一带，靠近河边，建有好几座码头。小城以前陆路交通极不发达，与外界的联系主要依靠都柳江的水运，那个时候，各种船只在这片地区登陆，卸货的，出船的，交易的都挤在这里，好不热闹。但后来都柳江的水一年比一年清减，再也托不起吨位重的大船，小城又开通了高速与高铁等交通要道，城市建设的重心也移向了别处宽广的地带，江边寨便如同那些荒芜的码头，逐渐成了城市一个被遗忘的角落。

这片地区离城不远，但又自成一隅，没有商业开发的楼盘，也不是规范的居民小区。有的有钱人家修建了自带花园的豪宅，大多数人家建的是两三层独门独户的小洋楼，而豪宅、小洋楼间也偶尔夹杂着一两座老旧的木屋。居住在这个片区的有在机关部门工作的公务员，有经商做买卖的商贩，也有以耕田种地为主的农民。可以说，这个地方既是乡村的缩影，也是城市的一角；既有历史的痕迹，也不乏现代的元素。从这些混乱的建筑中，我似乎能够感受到这里生活的混乱。而杨玉英，不过是这混乱生活里的一粒尘埃吧？我顺着门牌找去，可门牌也是乱的，找了许久也没找到，我只好去问那些在屋门口闲坐着的老人。

一个老人将一栋砖木混合结构的老房子指给我，说："喏，那就是杨玉英家。"看到大门开着，我准备过去。老人提高了嗓音在我身后追问："她出去了，你找她什么事？"我说我是居委会的，想过来了解些情况。老人便又问："是不是她儿子的抚恤金批下来了？"我转过身，觉得老人知道的挺多的，便过去跟她聊起来。

老人说："玉英是个苦命的女人，丈夫二十多年前就去世了，她没有再嫁，一个人拉扯两个孩子，不容易啊，又要干农活，又要做点小买卖，能将人养活、养大就不错啦。两个孩子也忒不争气，从小就不好好读书，总给母亲惹事。长大了也不安心找事做，一个说要去外地打工，去了两年，一分钱没寄回来，年前却忽然接到通知说死在了外地。玉英和小儿子去将骨灰领了回来，哭得那个伤心啊，真是够可怜的。你说，政府会给发抚恤金吗？"

"那要看是怎么死的，知道是怎么死的吗？"

"不清楚。玉英说是突然发病没人救死的，但也有人说是被人打死的，有的说是遭谋杀。”

“那可能得不了，哪有一死人政府就发抚恤金，你说是吧？何况人是在外地没的。”

“这些年国家政策好了，不是好多人在外头死了都能得国家赔偿的吗？”

“照你这样说，凡死人了国家都要赔偿，国家哪有那么多钱？那些因公事之类的死亡才有可能得抚恤金的。”

“想想也是不可能的，但是听说现在国家有的是钱，想着法子要送给我们这些农民，只可恨那些当官的大多贪到自己口袋里去了。有些钱我们自己不去争就不会得，还白白便宜了那些当官的。”

“这些你都听谁说的呀？”

“我儿子说什么网上都挂着呢。”

我终于明白什么叫愚昧。没文化可怕，一知半解更可怕。可是，一时间我又能跟这个老人作何解释呢。我想了想说：“贪污只是个别，你说国家有的是钱，可是你有没有想过那些钱是谁给国家的？以前我们还给国家上粮，现在粮也不上了，是哪些人给国家钱？国家又为什么要把钱白送给我们呢？”

老人捋了捋额前的头发，嘴角边露出一丝不好意思的憨笑。停了一会儿，说道：“我就说嘛，大伙都劝她不要去讨什么抚恤金，她就不该把死讯报上去，那样说不定还能争点低保。现在不成了‘扛子不上栅，担子两头滑’了吗？唉！”

“你是她亲戚吧？”我问。

“也算不上是亲戚，邻里邻居的，相处几十年，为她不值罢了。”

老人顿了顿，压低了声音凑近我耳朵边，说，“还有她那个小儿子。说是留在家搞创业，倒腾过西瓜，摆过地摊，跟别人学过修理，一事无成，做什么都亏本，现成天跟一群不学好的东走西窜，听说还吸毒……”

正在这时，一个女人走来。老人赶紧顿住，舒展了脸上的表情，咧嘴笑道：“玉英回来了？有位社区的同志来找你。”

我望向那个女人。女人穿一身粗布衣服，完全一副农村妇女的打扮，个头一米五左右，对于我们总穿高跟鞋的年轻人来说是矮了些，但对于南方总是干农活的我们父母一辈而言，也算不上矮小。女人的容貌第一眼有种让人不忍直视的感觉，细看每个部位，倒没有哪个部位长得特别不好，是那种人生的悲苦全都写在脸上，内心长期不得舒展所产生的怨气也全都堆积在脸上而形成的丑陋。乍一看，眼睛有如烟熏般难受，我强忍了就要掉下来的眼泪。

我望着女人，女人也望着我，用一种警惕的目光。我对她笑了笑，喊了声：“姨妈，你好啊！”

女人将我带去她家，找了个小凳子给我，说：“妹，家里乱得很，随便坐。”说完，她一屁股坐在大门的方棱上。她的家倒也不怎么破败，冰箱、电视虽然样式有些老旧，但也都还齐全。只是脏衣服、农耕用具之类散得到处都是，一派乱糟糟的景象。这让我想起了母亲的一句话。当我们将家里弄得脏乱的时候，母亲就说："不收不拣不成家，一个人要是让家门口长了草，那这个人的心里也长满了草。"女人家里的这份乱，让我觉得这女人的生活乱了，心也乱了。

我开门见山，我说我是记者，想来了解一下车祸赔偿的事。一说到这个事，女人情绪就激动起来，噼里啪啦将整个事件又说了一通。不管她怎么抱怨、指责、哭诉，我只认真听着，并用笔在本子上做着记录。或许是她从我的沉默中感觉到了一丝诚意，末了，女人拉着我的手说："姑娘，你一定要帮我，一定要帮我们这些穷人好好写一写。我真的没有得领过那笔钱，让我对谁发誓，发什么誓愿都可以，我就是没领过那笔钱。那笔钱说不定被谁私底下吞了，却非赖给我，你一定要帮我说话，帮我们穷人申冤。"

女人一口一个穷人，让我感觉仿佛卷入了一场阶级斗争般，心里有说不出的难受。看到女人可怜的样子，我很想相信她说的话，但综合我所得到的见闻，却又有些迟疑。我弄不清眼前这个女人到底是可怜之人还是可恨之人，抑或可怜之人必有可恨之处？看她的言语情态不像在演戏，但也许像燕子说的那样，她的苦情表演已成了她生活的惯常，所以我未能察觉得出也未可知。我没有解决的办法，只好温言细语地劝道："姨妈，你不要急，也许是哪个环节出了问题，等我一一做了调查，细细理下来总会理清楚的。"

"哪会理得清楚？他们人多势众，官官相护，认定我拿了这笔钱，我又没个说话的人，我要不去闹一闹，谁会理我？"

我有些想笑，一点小事，怎么还扯上了官官相护？但我又不敢笑，我想，对于他们完全不了解机关工作的人而言，行政大楼本身就是一种威严与震慑，而在里面工作的人不就都是干部与领导么？我说："闹事也不一定能解决问题，如果闹大了吃亏的还是我们自己。"

"亏就亏，亏了也得让大家都晓得。现在这些上班的，不就怕我们百姓闹事吗？不闹一闹，就不会有人来处理我们的事。"

杨玉英一副将事闹定了的样子，我也没有更好的理由劝慰。正想转移话题去问她儿子的情况，她儿子却顶着个光头从后门闪了进来，穿着皮衣皮鞋，乍一看挺时髦的。但身材偏瘦，显得衣服又空又大，仿佛衣服不是他的。细看，衣服易磨处都起了斑点，正哗哗地要往下掉皮。

他一进门就欲开口说什么，见到我赶紧闭了嘴巴，一双眼睛滴溜溜地在我身上转，然后又看了看他母亲。他母亲别过脸去什么也没说，而我也没有起身离开的意思，他就不管不顾地喊起来："妈，你拿到钱了没有？你要再拿不到钱，我就只有死路一条了。”

我本想弄清是怎么回事，杨玉英却对我和他儿子摆了摆手，示意谁都别说话，然后对我说道：“姑娘，我家里还有事，你先回去吧。”她儿子在一旁摆出一副我不走就要揍人的样子，我只好抽身出来。杨玉英却不放心似的在门口盯着，我走了好远，就要转角了，回头去看，她还在那儿盯着。我只好拐过转角，消失在她的视线里。

虽然我不清楚她儿子究竟有什么事，但看来燕子说的是对的，那些传言都是对的，我觉得很难过。我想，这还是我纯朴善良的乡亲吗？是我熟悉的社会吗？到底是哪里出了问题？为什么出了事情机关部门不愿上法院，一般百姓也不愿上法院，大家都喜欢用一种非常的手段来解决呢？为什么出了一点事，目光就只盯着赔偿款、抚恤金、低保之类的国家补助？我不禁对我所惯常持有的同情产生了怀疑。

我将我的所见所闻说给燕子。燕子说：“如此家庭，也就无怪她会有那些无赖的举动了。这下更显而易见了吧，杨玉英定是因为生活陷入困顿，才会想着在一年多之后，重又翻出这个事来诈取些钱用。”

我说：“她肯定是还要来闹事的，你赶紧跟你们领导汇报下，尽早想些对策。”

“还能想什么对策，她爱闹就闹呗，我倒要看她最后怎么收场。”

六

正月十五元宵节，杨玉英果真到行政大院去拜天了。让人措手不及的是，她并不是一个人去，而是带了二十几个人。大清早，上班之前，他们拉着一条“交通肇事伤人，赔钱天经地义”的横幅堵在大院门口，杨玉英在中心花坛四周插满了香烛，然后披散着头发，挎着一篮钱纸，抓一把抛向天空，就大喊一声“天啊，地啊，请为我们百姓主持公道啊”，引得进出上班的人和过往群众纷纷围观。虽然燕子她们单位领导召开了紧急会议，立刻制订了解决方案，但由于人越聚越多，场面变得异常混乱。

我是接到燕子电话后赶过去的。

电话里，燕子说：“你不知道，那些人就像恶棍一般，个个凶神恶煞的，根本就不听你讲道理。”

“干吗不报警啊？”

“报警？事情岂不是要闹得更大。”

“还能大到什么程度？难道为这一点钱真要弄死人？”听了燕子的描述，我心里涌起一股莫名的火气，已经很难平心静气地说话了。

燕子说：“一两块钱或一两句话就打死人的报道还少吗？”

“那你们就不怕这个事情被人拍摄放到网上去？”

“最怕的就是这个啊。部里已经在进行舆情监控了，若有舆情还想邀你当网评员呢。”

我赶到的时候，公安民警也正在入场维持秩序。我想我毕竟到过杨玉英家，与她有过交流，想过去劝说几句。还没靠近杨玉英，不料背后忽然飞来一根木棒，打在我的后脑勺上，我只觉得头部仿佛被什么东西强烈地震了一下，嘤嘤嗡嗡的，一会儿便什么都不知道了。

我醒来时，已躺在医院的病床上，燕子正守在一旁。见我睁开眼睛，燕子埋怨我道：“我是叫你来看热闹的，又不关你的事，你掺和进去干什么呀！”

我起身，摸了摸后脑勺，没有出血，只是肿了一个包，应该没什么大碍。我说：“我没事了，走吧，去看看事情怎么样了。”

燕子将我按下去，说：“走什么走啊，你还没做检查呢，万一得了脑震荡呢。就是没得也要做个全面的检查，将检查出来的所有毛病统统算在这次事故上，也叫杨玉英来赔偿你的损失。”

我笑她：“这不说气话吗？做人怎么能这样呢？”

燕子说：“别人不都那样吗？”

“别人那样，自已就要那样？”我不理燕子，强行起来走了。

回去的路上，听到有人谈论这件事。一个说：“听说今天一大清早有人在行政大院闹事，知道吗？”另一个说：“是嘞，好像还打死了个不相干的人。”“那闹事的有没有被抓起来？”“肯定被抓呀，来了好多警察。”“死了人肯定要赔钱，谁来赔呀？”“那些人本来就是去要赔偿款，他们哪有钱？肯定是政府赔嘛。”

我听着既生气又觉得好笑，可是却堵不了他们的嘴。如果我告诉他们我就是那个被打的人，谁会信呢？不过，我也用不着太较真，流言传一段时间之后自然会消失，让我觉得悲哀的是，他们不为死者（传言的）感到遗憾和惋惜，不为这样的流血事件感到愤恨和不齿，最关心的却是赔偿问题，而一切的赔偿还想当然地全推给了政府。

我急切地想要知道事件的结局。当我再来到行政大院，一切已经风平浪静，整个院落都已被重新打扫过，一点痕迹都不见，仿佛什么事都不曾发生过一样。

事情处理得还真是神速。我想，那么问题一定是得到解决了，我特别想知道这件事最后是怎样解决的。

“怎样解决？那还用问，肯定是涉事单位立马出钱了事呗。钱又不多，权当折财消灾。”行政大院我另一部门的朋友如是说。

“这样的话，群体闹事又一次胜利，这不是助长歪风邪气吗？”

“早就成惯性了，还在乎助长不助长。‘人活一张脸，树活一张皮’，只要你丢得下脸面，你有什么诉求也可以采取这种方式，没有达不成的。”

我叹气出来，仍心有不甘，这毕竟是朋友的猜测，不能代表事件真实的结局。我直接去了燕子她们单位。

事件的结局有些意外。杨玉英当场就一分不少地拿到了那笔赔偿款，但这笔钱却是由驾驶员小刘个人出的。办公室主任说，经报账员详细查阅报账记录，报账单上的日期是11月25日，领导签批是26日，29日才从县财政局报到账，并于当日由经办人驾驶员小刘签字领取，然后由他转给杨玉英。但小刘让杨玉英签的收条却是25日。虽然小刘解释说当时是没注意而签错了日期，为了息事宁人，他也只好花钱买教训。

事态终于平息，谁也不再谈论这个事，但我却想起母亲常说的一句俗语来。小时候，当母亲揭开锅盖，食物的香味飘出来时，我们迅速地围拢过去，母亲就会笑着说："真是蚂蟥听不得水响。"当有人想强占我家山林临界的那棵大杉树时，母亲也骂那些人："你们就是蚂蟥，听不得水响！"现在，我似乎对这句俗语有了更深的体悟。

有了这样的感悟，我便想跟燕子分享，还想问她，这个事件存在着这样的日期差，作为会计经手这些单据的她，难道之前就没有发现吗？可是，燕子不见了。我假设过我是驾驶员小刘，假设过我是单位领导，假设过我是杨玉英，却唯独没有假设过我是燕子。有人说那是因为我本身就是燕子，燕子就是我，我们是生活在这个尘世里最好的朋友，也是生活在这个尘世里的矛盾体。

（原载《民族文学》2018年第2期）

李　晁

午夜电影

她是夜间来到这里的。校长和那个讲一口上海话的教务主任来城里接的她，她和男友小武等在单位基地门口。他们比约定的时间到得晚，教务主任对此表示了泛泛的抱歉，校长却没有丝毫表示，他透过降到一半的车窗问，都收拾好了？那就走吧。

此去路程并不远，一个半钟头，到达时天完全黑了下来。还在路上时，车外已是一派朦胧，冻雨无声地下着，校长那响亮的呼噜声甚至盖过了车声，三长一短，短的那一声尤其让人心惊，听上去那口气是无论如何也上不来了。不仅如此，她更担心校长那摇摇欲坠的庞大身躯，那肉山随时可能崩塌，朝自己这头倾斜过来，一路上，她揪心的只是这个。接着车下高速，真正进入镇子，她才晓得目的地到了。水汽弥漫的街道上浮着一道蓝光，转眼又是山道，碾过一道坎，车身猛烈颠了一下，校长咳了一声，终于苏醒。

到了？他问。

到了。司机回答。

起初，她只看到校园建筑的一派轮廓，影影绰绰的，实体都隐在浓密的行道树后，黑森森地存在着，有渐强的奔腾声在那里回旋，像无数匹马在奔走，打着响鼻。车刚停下，校长丢下一句“晚安”，人就弃车而走，霎时隐没在暗夜里。教务主任一指车前的铁门对她说，司机带你上去，好好休息。她点头，感谢了忙不迭抽起烟来的教务主任。她下车，一下站到风里，有种快要飘起来的感觉。这是一处风口，学校在山坡上的事实也让她有一丝说不出的讶异。她在门前深吸了一口气，闻到淡淡的煤烟、肥皂水以及什么东西沤在墙角的腐烂味。

她被分到初中部，教历史，一周七节课。子弟学校自有一种氛围，与外面的其他学校不同，耳边回荡的依旧是熟悉的单位口音。可她终究是新来者，在那间两个人的办公室里，和另一位英语老师格格不入。英语老师姓张，是个三十出头的女人，窄额细眉，目光犀利，脸上散发出丝丝缕缕的冷淡气息。张老师教高三，所以更衬出她的尴尬来，她也不知道自己为什么会被安排来这里。报到时，教务主任只是潦草地指了指办公室的位置说，喏，就是打底当头那间。说完便埋首桌前，没有带她过去的意思。

她一下站到门前，不知该说什么，人立在门框里，像帧照片被定格，可没人出来问一句，甚至连她的到来都没有察觉，这让她恼火，她敲了敲门。我是吴莉莉。她忍不住说。

屋里人这才打桌上扬起脸来，斜睨了她一眼。她不禁打了个寒战，正待解释时，女人开口了，你就是吴莉莉？我是张勤。她接不上话，心里预备的回答没了去处，此后更是如此。张老师只是端坐在办公桌前，长久地静默，不声不响，看上去这是她与世界相处的唯一方式。她不理解，学校竟还有这样的人，难道就因为她是校长夫人？她的家她远远瞧过一眼，在校长办公室的背后，一条石板小路延伸进的一个凹形院子，院墙内伸出一棵橘树，还有一架木马在月亮门内纹丝不动，很少有人去那里。

她知道张老师每个周末都回城，所以她有时坐留守处的车，有时到高速公路上去拦那些开往省城的班车。她就在路上遇到过她，一个人，一身素衣，而那些不眨眼的车子就像狂风一样掠过她，不知减速。那些疾驰而来的依维柯、尼奥普兰她不是没有坐过，开起来是飞的，轻飘飘的，空间狭小沉闷不说，过道还被车主加塞了塑料板凳。她几次回城就蹲坐在这样的板凳之上，被两旁人挟持着，碰上查车时刻，售票员总是站在过道上扯开嗓子喊，注意了，前头查车，中间人头埋一下，大家好过。于是从后往前，过道上的人像多米诺骨牌一样倒下来，她的背就一次次被一个中年男人的头压住，而她的脸也险些贴上前面一人的屁股。这时候，她不得不怨恨起小武来，自己明明做司机，却从来没来接过她。而她急匆匆回去，也不过是和他待上一两个晚上，完成一个女友的义务，然后兴趣索然地回来。

她不走，小武却来了，一个人游手好闲，白日睡得充足，晚上精力充沛，只是折磨她，她简直没法好好休息，只盼着这野兽般的人赶快走。可让她没有想到的是，就在小武走的前一天，张老师竟对她讲，晚上来家吃饭，叫上你那位。这让她很是意外，这是哪一出？她猜不出来。中午与小武说起时，小武倒见怪不怪。不就吃个饭吗？还能吃了你。她也就懒得跟小武讲其中的古怪了，说了他也不明白。

放学前，张老师果然先走了。她提出去帮把手，被一口回绝。一顿便饭，哪里用这么多人？说着人就出了办公室，走出老远，她还透过窗户看她，依旧是一道震慑的背影。

她和小武掐着时间出门，朝那扇月亮门里去，院子里很干净，粗糙的水泥地坪，透着冬日的萧瑟劲儿，一小圈花坛绕着这排平房，花坛里满是枯萎的菊花，实在没什么看头。进了房门，竟无人，她蓦然喊一声“张老师”。一个声音很快在侧门内响起。吴老师，你们先坐，马上就好。是教务主任的嗓音。她意外，目光呆呆地从侧门边回到屋内，客厅里异常素净，没有任何杂物，一组灰色布艺沙发安静地落在大门左侧的窗下，朝着日出的方向，窗头一角还能瞥见一小段江水在山脚拐弯。她顿时喜欢起这个位置来。沙发旁是一架书柜，一些原版书和杂志堆在那里，还有很多电影碟片，可屋里连台电视也没有，只有一扇鹅卵形穿衣镜立在墙角。她对镜捋了一下出门前吹干的发丝，却见到镜中有人出现。是教务主任，他从餐桌后的推拉门里出来，手中是一盘颜色鲜浓的红烧肉，抬头间对转过身来的她说，食堂吃久了，换换口味，很久没做，吴老师尝尝。校长也跟着出现，手里端着一只热气腾腾的汤锅，骨汤的味道立即飘散。等放下汤锅，教务主任顺势调整起桌上的菜碟位置，双手挪动，样子像极了老电影中的侍者，举手投足间有一种自信。他很快点上一支烟，给小武也发了一支。她这才介绍起身边人来，可看上去他们对小武的来龙去脉已了如指掌，她都不用多说什么。校长跟着问起这些日子是否还过得惯。她浅浅答一句“蛮好的”。几个人表面熟络起来，张老师这才进屋，不大的客厅里悄无声息地多出一个身影。她打量一下小武，讲一句“都来了”，算是开场，然后上桌。校长这才致欢迎辞，是对着她和小武的，这让她感到郑重，整个人都僵硬起来，甚至没有感谢校长和校长夫人的一番美意。好在气氛随之一转，与她无关了，教务主任立即说起了局里的人事变动和改革风向，他一再提及小武的“老板”，说即将升任局长了，可喜可贺。这些话自然是冲着小武说的，可小武却全无兴致，对任何恭维的话都无动于衷，眼下，他正费力地对付一条盘龙黄鳝，头也不抬一下。

宴请之后的办公室氛围并没有多大改观，张老师见到她也只是一径点点头，没有更多的交流意愿，脸上表情依旧寡淡。可她总觉得与张老师相关的什么东西被她忽略了，又一时想不起那是什么，想忘记又偏偏萦绕在心头。直到一次她又路过那扇月亮门，目光再往门内探时，门内空空，脑子里这才闪过一个事物——木马，那架油漆剥落的木马，从前见过，做客那天却无端从院子里消失了。看张老师年纪，许是有孩子的，可她从未见过那么一个小人儿。

她问她，在办公室里，两个人的氛围总让人觉得可以说些什么，可她一开口，对方目光中的躲闪就令她犹疑，她跟着不安，直到她反问，你不知道？他们没告诉你？

她摇头，告诉什么？她看见她眼角的颤动，仿佛一种评估，但很快，对方就细声讲起来。是个男孩，去年没的，白血病，保到五岁。简短的几句，让人震惊，她哪里想到会是这样的结果？她连声说着“对不起”，可悔恨终究难以表达。这些事原本可以向别人打听的呀，为什么非要问她？她觉得自己干了一件蠢事。

寒假的时候，她约一个姐妹逛商场，在商场二楼女装区看到一个酷似张老师的女人。她们拥有同样的身段，侧身是浅浅的一弯弧线，一丝一毫也不多占这个世界的空间似的。要不是女友被导购小姐缠住，她都想上前相认，打一个招呼了。这不会给她添更多的麻烦，她知道。然而还没等她迈开步子，女人却从上行电梯上回过头来，不是她。她失落的同时也舒了一口气。

除夕那天，她编好短信给她，感谢她的关照，当电视里传来新年报时声时，她及时掏出手机摁下发送键，可迟迟没有回音。直到返校前几天，她才接到一个电话，询问她是否愿意和她一块回学校，有便车。是她的声音，她简直惊喜，还以为这号码她已弃用（她是从教师通讯录上抄来的）。她自然满口答应，她早在家待腻了，产生了新一轮的厌倦与窒息，想象中的寒假生活也不过如此。父母内退在家让她难以忍受，人还未见得多老，就陷入琐碎得不能再琐碎的关于鸡毛蒜皮之事的纠缠中，能提前离开，她求之不得。

她再次站在她曾离开的地方，基地门脸还是老样子，不过是吊上了几只大红灯笼，例行贴着“欢度春节”几个字。气温比她第一次离开时冷得多，但路面还未下凝。她就在路旁等她，不时跺着脚，怪只怪她又来早了。但这次无人迟到，一辆白色马自达很快停到跟前。车子很新，她没有在意，直到车窗降下，响起一道浅浅的喇叭声，她这才俯身往车内看，她端然坐在驾驶位上，她就更惊讶了，原来她会开车。

她们很快上路，她的驾驶技术挑不出任何毛病，车速竟也不低。她没有问她是什么时候买的车——对她来说这些肯定都是无聊至极的问题，她不如不讲，依旧与她保持一种办公室状态，即彼此感知对方的存在，又没有必须交流的负担。如果她不说什么，她也可以让自己成为一件行李。出了七零八落的郊区后，她们就行驶在山间了，这里的山说大也不大，但绵密，永无尽头似的，这让她绝望。然而让她更加绝望的是那些远山上孤零零的房子，孑然独立，她不知道里面的人如何能忍受这与世隔绝的生活。

三月的时候，山色起了变化，一种鲜嫩的颜色出现，山腰上好几丛杜鹃正蠢蠢欲动，而河岸边的梨花、李子花、桃花已经绚烂。隔壁办公室的王老师还给她们摘来几枝桃花，插在从化学实验室里讨来的玻璃烧瓶里，房间陡然有了春意，她不由得赞叹了几句。只有张老师一如既往地视若无睹，她简直害怕她会说出什么煞风景的话来，然而没有。她这才凑近去闻那桃花细细的味道，好几只花苞还紧裹着，在已经打开的花朵的背后或其他不起眼的关节处悄然存在，这倒有几分像她的处境了。

房间也不再冷得瘆人，这是天气回暖的好处，她在外面的时间也变得多起来。一次，她一个人在黑下来的校园走动，步伐轻盈，无声无息，在几栋教学楼间穿梭，听各处的响动，黑暗给她一种隐匿的快感。

一个七八级台阶，台阶上的花坛无人打理，已被杂草占据。地坪里一棵法国梧桐笔挺着，全然没有城里行道树的猥琐，它的主干被锯除，那些丑陋又残缺的枝杈茫然地向四周伸展着。一间狭长的红砖屋，窗被铁栏封住，窗帘死死把守着屋内的秘密，不释放出一丝一毫的信息。就连那门也经过了特殊处理，外层包着白铝皮，夹层是塑料泡沫，敲上去是哑声，门和门框几乎天衣无缝。她将手指按在咬合处，再贴上耳朵谛听，却什么也没有听到。离开时她照一眼门牌，三个斑驳的美术字贴在门框上——电教室。

转天午休，她无意中提及这处地方，张老师一眼递过来，你去过了？语调升了半拍，她却无知，只顾说，那里平时都没用的吗？好冷清啊，倒像——倒像一间停尸房了。她也不知道自己为什么会这么突兀地形容起来，那印象开始强烈，可昨晚明明没有这样的体验。张老师脸上带过一丝波澜，她也不觉，只听到一句“有时候放放宣传片，学生看看，平时不咋用的”。

又一个周末，张老师换了装束，紫罗兰色烟囱领羊绒衫，篦过的头发根根收束在一个髻里，因而显得脸更加紧致，一张薄唇上涂了口红，分散了原本的深紫。第一次见到她，就被她这张嘴唇吸引，比较起来，自己的几乎称不上唇色了。还有那淡淡的香水味，那味道一经身体的微温便散发出一种她从未感受过的味道，令人迷惑的味道。

这是她回城时的样子。

她知道她走了。晚饭后，那辆白色马自达短暂地出现在通往山下的路上，车灯早早亮起。她正好站在操场尽头的那排皂角树下眺望小镇。暮色之中，镇子在山脚一路匍匐，星星点点的灯光勾勒出镇子的轮廓与边界，从西边的大坝到东边的铁路桥，正好是它的长度，一条微小的银河或不规则的幕布，很有 种异域感。等她转身，身后的世界已是大片的黑暗，几盏绿铁皮灯罩的老式路灯亮在有限的教学楼和办公区的阴暗处，远远的，带不来更多光明。

她只是好奇。

呈梯级式的办公区层层叠叠，红色砖墙，一处处院子，各自相连。有些地方被木板封闭起来，成为死路。更多的地方院子套院子，几进的深度，遍布凋落的花坛与园圃，远眺时有一种神秘感。

她又闯入这里。起初她根本没注意，以为又是一处办公区的进深，一个衰落得无人照拂的场所，不想是故地重游。

一扇门疏忽大意，门缝里迸出一缕光，细听有大提琴的柔软曲调，她惊奇起来，以为是一处琴房。她楼下就住着一位音乐老师，时常有钢琴叮叮咚咚的曲调传来，并伴随一个小男孩的失声哭泣，这画面让她想笑。她的手指不自觉地弹奏起来，一曲烂熟了的《致爱丽丝》，手触到门边时，不及细想，一根指头点开，她一半的脸露在光里，门内却黑着。起初，她只看到一块屏幕散出的朦胧光芒，一段哀婉的音乐随着投影仪的光线上下起伏。原来有人在这里看电影。她立在原地，目光搜寻着躲在这里看电影的人，可座椅区昏暗，她搜寻一圈才发现两段模糊的身体，身体正结束交谈，一胖一瘦，开始分明，而随着电影画面的陡然转暗，她几乎又要看不见他们了。可短暂看来的一幕已让她难忘。她一下呆住，嘴角迟迟发出一个不和谐的只有自己能听见的破音，啊。

她险些忘记回避，忘记自己的出现打乱了电影的旁白和屋内的氛围，甚至打乱了对方的沉重呼气与吸气。在两段身体的惊觉之间，她夺门而出，可门外布满青苔的排水沟绊了她一下，她几乎就要摔倒，可身后并没有声音追上来，也没有人要求她停下。她只顾疾走，竟不觉外间变了天，春雷一阵阵在山顶炸响，最初的一个惊雷惊吓到了她，轰然的巨响，在她逃离的路上。在明白那只是一道春雷之后，她生气的只是自己竟没有发现那是雷声。

回到屋子，还有不安，挟着窗外的疾风劲雨，开始蚕食这四处漏风的屋子和屋子里的她。

她开始等待，等待一个电话或者一道敲门声的响起，等待一个声音出来告诫她，有些事情……可是没有。她不理解这沉默，哪怕得到一次严酷的训斥也要比这令人好受得多。

愁闷难解时，小武倒来了，让她到镇上去。他送领导来开会，可以抽空见见。她这才下山，可去得早了，小武还没到。她一个人在留守处办公大楼外等候，四下看看，才想起以前竟没好好看过这里。这一带的红砖房还是三十年前修大坝时建起来的，地名依旧沿用当年的称呼，比如吊装队、机电队、厂房、设计院、俱乐部等。主街是一条“人”字形斜坡，谷地里是单位医院的所在，早年栉风沐雨的生活她没能赶上，等她来到时，这里的一切已有了颓败的迹象。

草草走完一圈，小武的黑色大切诺基才飞扬跋扈地赶来，穿黑色夹克的男子一俟车停就大步下来，晃一眼看还以为是年轻些的父亲。留守处前早候了一拨人，校长的身躯竟也插在人群里，占了好几个位置似的。她看了他几眼，竟有些眼生，可校长端然得像庙里的佛，当男男女女围上去争喊来人时，他却不动，身旁陡然一空。

等一行人涌进门洞，小武靠近，她才问他有没有听说校长的事。小武吊儿郎当，讲一句，你们校长，不是相扑么？她笑不出来，对小武的玩笑感到恼火。她把刚才看到的一幕讲了一遍，小武才说，这有什么奇怪的？五滩水电站晓得吧？有很多外国公司参建的那个，局里重点工程，什么法国杜梅茨、德国霍尔梯夫、意大利英波基洛，欧洲一流的公司，他在那里干过，听说也是个领导。小武扬扬得意地说了一通，重点落在那些他也说不清楚的公司之上，她倒有了一种释然，再问什么，小武只是答不上来。

两人沿着河边走，赶上丰水季，河水渐涨，淹没了冬日河床上的大片鹅卵石，杂草冒起来，一下换了色彩，绿盈盈冒出一脚高。小武却提议不如回一趟学校，看眼时间，似乎还来得及。她拧了一下记小武，每次来，总是急匆匆的，见缝插针办事，简直没有多余的话可言，上回坐着抽烟的工夫还讲了一句风凉话——你好像胖了。她穿衣穿到一半，索性立住，将套进脑袋的圆领衫又整个褪下来，人笔直地站在床头，俯瞰自己，不时捏一捏紧要部位，还好，一切还紧绷着，并没有兵败的迹象，她踹一脚小武。上次的隐忧她还没和他说起，她无法想象，两地生活，多一个孩子，她哪能周全过来？她又不是校长和校长夫人。

分别时，小武才神秘地说，你的事我和老大提了，他答应了。

她意外，问一句，我什么事？答应什么？

小武看着她，几乎要跳起来。调动啊，你不是最讨厌这里吗？还真想待一辈子？

这是第一次，她看见小武坏坏的脸上写满了成就。

小武走后，她才上山，路过校外的教师宿舍时，看见王老师正在收拾簸箕里的萝卜干。一个大男人在暮色里悠然地干着女人的活计，一双筷子搛来搛去，却没有半分的滑稽。她突然想到什么，好像为谁开脱。踏进校门时，路灯一下亮起，山风开始拂面，竟有了暖意，她放慢步伐，路过办公区时，发现梧桐树下的两个熟悉的身影，那一幕又无情地钻出来。她尴尬，本想避走，却还是被打上招呼。吴老师回来啦？小武没来送你？宋主任的公鸭嗓响起，那架宽大的镜框几乎盖住了他一半的脸，漫画人物般失真。她只好立住，看另一个敦实的身影打树下出现，校长一下站到亮处，投下一片更大的阴影。回来了，澡堂还没关。一种务实的关切，她竟有些感动。她看着他，想瞧出更多的变化，可那脸上什么也没有，仿佛她从未发现什么，那一幕也从未上演。心思乱起来的只是她，是她触到了这个变化，并且没人来解释这一切是怎么发生的，或许别人早已心知肚明，唯独她没有。

她见到她时，张老师回城的装束已换成一贯的浅色套装，一丝肃然之气又回到她脸上。短暂的自由结束了，她想，她还不知道吧，她已掌握了那个秘密。她鬼魅般落进自己的位置，回避她的存在。这一次，换成了她长久地沉默。她不动时，她却有了反应。莉莉，你病了？她问。她就只是摇头，见她仍不住地望着自己，她只好问，张老师，你回城做什么呢？轮到她有片刻的慌乱了，她看得出来，好像这是个显而易见的傻问题，无从作答。

她又碰到他，在春末频发的暴雨过后，她匆忙赶去上课，在通过办公区和教学区的那个拐角时，一头撞上巡视回来的校长。这一天的煤渣路上布满了密密麻麻的飞蚁尸体，褐色的，她从来没有见过这么多的飞蚁密集地死在一条路上。她小心翼翼地，可还是听到蚁虫躯体被碾压的声音，那细微的爆炸，让她头皮发麻，她索性飞奔起来，就这样一头撞上了他。校长仰了仰身体，仿佛早有准备，还一手扶起身子歪斜起来的她，双手落在她肩膀上的力恰到好处，她却一阵觳觫，抱歉的话更是一句也讲不出来。她顿在那里，等着他训话。可校长只是指指她脚下，说一句“慢一点，鞋带松了”。她就尴尬地望向那双跑鞋，松松垮垮的，蓝色鞋带果然从那个蝴蝶结中掉出来，长长地拖出一地，不成形状。她顺势蹲下去，遮掩尴尬，还有几分恼火，恼火自己的狼狈，目光矮下去的瞬间才又瞥见校长的脚步一点点走远，每一步都那么吃力，她就怎么也系不好那个结。

她没想到校长还会来，在上课时，办公室里只剩她一个人。他进门，她却没有觉察，待发现时，校长才示意她坐，她当然很警觉。她记得这是他第一次来这间办公室，至少她来后是这样。他站在那张空缺的办公桌前看了看，又绕到椅子旁，指肚悄然划一下桌面，没有灰尘。

吴莉莉，你可以走了。他说着，绵软的大手从西装的口袋里掏出了一纸文件。

是调令。

她惊诧，没想到事情竟推进到这一步。她双手接下那张薄纸，看见校长的签字就落在主管领导那一栏里，利落的，笔锋没有半分的犹豫。

谢谢校长。她说。

他回以微笑，却没有走的意思，顺势在那张空缺的椅子上坐下来，几乎要坐不下去。她生怕那椅子承受不住校长的体重，会瞬间崩塌什么的，可椅子看上去比她以为的要坚固，虽然她明显听见榫头的脆响，椅子明显在调整某种姿态迎接他，像她一样。

难为你和她一间办公室，张老师——是这样的人。这一句就稳住了她，好像要解释什么。她哪里晓得校长今天来的目的不完全是她的离开？她简直无从防备。

是吗？她问，张老师以前也这样？她当然不信。

她果然看见校长嘴角一动，似笑非笑，里面的苦味她也看出来了。校长说，以前她可不是老师，我也不是校长。

校长竟主动说起以前，她满是意外，以为故事就要开场，可校长却没有继续说下去的意思，话锋一转，对她说，那天是你吧？她看见校长意味深长的眼神，一时没有转过弯来，不晓得他什么意思，难道，难道他们竟没发现那是她？

见她沉默，校长也没有责备，没有一丝兴师问罪的意思，只是告诉她，我以为她带你去过，很久了，她一个朋友也没有。

她听到了“朋友”两个字，有些不敢相信。张老师是以“朋友”待她的吗？她觉得好笑，那个地方又和做朋友有什么关系？她心里种种存疑。可这一刻，她也顾不上是否唐突了，直接问出来，张老师，她晓得吗？

校长眉头一蹙，封锁住一个表情，她看不出这方面他有什么好隐瞒的，她跟着不动。直到校长坐够了，一下起身，椅子再次发出动静，仿佛也松了口气。她起身送他，被他拦住，两人一时挤到门口，校长背对她说，有些事情，不是你想的那样。还是来了，她想，她还是听到了这解释。可不等她表态，校长叹息一声，有时候，你和她像，也许你们能成为朋友。

“也许你们能成为朋友。”她一再琢磨这句话，不明白校长为何如此判断，为什么他来只是想说张老师的事？张老师是需要朋友的人吗？她疑虑，虽然比起初来，她和她的关系已大大改善，可她仍是那一个人呀。

她的时间也不多了。因为要走，更多人无视起她的存在，连往常擦身而过的招呼都省略了，她觉得这样也很好。她确实不喜欢这里，不喜欢这所建在山麓上的学校，不喜欢这里的红色仿苏式楼群和那些锈铁栏杆，以及路灯、煤渣操场、木头电线杆上的电铃，更别提那些能爬出猩红色蜈蚣来的竹席天花板。一切看上去都那么老朽，像一个老仓库被人突然揭了顶，露出历史的陈迹与凋敝。

张老师，我要走了。她终于说出来，虽然她明白她早已知晓自己的动向，可这段时间里，她们谁也没有说起。

这就算告别了，她等着她反应。

她果然还是那样，没有在意她的情绪，说话前抿一口水，她的杯子里永远只倒半杯水，好像能随时抽身离开。这样也好，她说，你还年轻，待在这里也没有意思的，迟早要回去，早点多好。

再没什么郑重的话了，直到离开的前夜。屋里还有小武，这是他们在这里的最后一晚，小武没有像往常那般纠缠上来，只是站在房间里看她收拾最后的一堆衣物，狠狠吸烟。随即电话响起，打破了这份静寂，还是那个声音，只一句“晚上有空吗？来看看电影吧”。

她觉得她等到了这个时刻。

还是那几级台阶，一个凹型院落，红墙黑瓦，一棵直耸的法国梧桐，春天已从这里过去，她果断换起了夏日行装。她看见院子里的那道颀长的身影，喊一声“张老师”，语调温柔，却也仅限于此，没有更多的寒暄。她转身推开虚掩着的房门，等待她进入。

她又一次来到这里，如同初见。

这是一个能容纳四五十人的封闭空间，四扇大窗被厚厚的红色法兰绒窗帘遮挡，常年垂地，一丝天光也透不进来，房间里浸出一股久未通风的味道。教室是阶梯式，果然酷似一座小型影院，就连座椅也像是从电影院里搬来的，绵软适人。幕布就落在讲台上，音箱则高高地架在房间的四个角落，空间虽大，却透着一种私密。很明显，这是她的领地，她都不用求证。

见她茫然，她让她先找一个位置坐下，她准备放电影了，投影仪里很快射出第一缕光。她顺势在第一排正中的位置坐下，这个位置正对着屏幕，可她却让她再往后坐两排。那才是最佳观影位。她说。她只好转而绕到第三排坐下，这时头顶的灯熄掉，只有一道柔和的光芒在眼前铺展，她眨了眨眼，不敢相信这一切竟是真的，她有种身处梦境的错觉。

她一直记得她放的那部电影叫《西西里的美丽传说》，她竟没有看过。她觉得电影里的女人就像是她，而自己，不过是围绕在风华绝代的玛莲娜身旁的那个少年，只是见证。

她不动时，她才起身，然后灯光亮起，她和她就整个从黑暗之境中剥离出来，像两枚白森森的水煮蛋。女人再看她时，神情里已有了异样之处，她还看到她从手袋里掏出了一张相片，缓缓地递过来。木质相框的边缘已经泛白，相框内孩子的脸白皙到透明，却乌发乌眼。照片的背景再熟悉不过，半边的月亮门露出来，身后的橘树开始挂果，一个男孩歪头冲着镜头，肩头露出一把木剑的柄，一条鲜亮的红领巾扎在胸前，双手伸展，童颜威武，一个哪吒的表情。看着这混搭的一切，她简直要笑起来。落幕的一句是，这是我儿子，皮埃尔。

（原载《人民文学》2018年第2期）

丰一畛

后遗症

本来没打算炸酥肉，时间有点来不及。去菜市场的路上，还想着买点现成的荤菜。菜市场离学校不远，拐角就有三家卖猪头肉的，平常褚楚都在中间那家买。她觉得中间那家干净些，可巧今天那家的位置空着，没出摊。褚楚也明白，摊位紧挨着，蝇子都是乱窜的，她的感觉挺可疑，不过犹豫了会儿，她还是去了鲜肉摊。拎了肉、菜往回走，忽然想起许东陌肯定想吃馒头，便折返回去。付过钱，抬头看见馒头店旁边的两元店正在上新货，两元店不只卖两元的东西，其实是家日常用品店，她拐进去。好几样东西都该买，当然先不买也行，再磨蹭了会儿，时间真就来不及了。回来时，她一路小跑，刚过了操场旁长长的缠绕着藤蔓的走廊，还没上楼，身上已起了汗。绿藤上的花都谢了，楼梯口有一股荼蘼到腥臭的味儿。

是三角梅吧？其实她也不确定。去年11月份，许东陌第一次来老校区看她。她坐在这走廊沿的木椅上等，他拉着箱子走过来，瓷砖上的光点摇摇晃晃，皮轮滑动的声音有些滞重，压得她的心也有些摇晃。许久不见，那些亲密的感觉仿佛被一层薄而韧的陌生冻住了。他们努力地微弱地笑，他张了张嘴，这个长亭子挺好的，这是蔷薇吗？她笑出了声，那层膜破了。傻瓜，这是三角梅！

就叫三角梅了。或许这些藤蔓也不知道它们叫三角梅，或许别人都不叫它们三角梅。不过，有一个男人叫了。褚楚的心里一阵慌乱，对许东陌，她好像真的有了切切实实的依恋。在他们的关系里，他爱她多一点。这她也承认。她去找过他，但他总来找她。从什么时候，她盼望他来了，从什么时候，他们有了未来。

楼是老楼，层距高，每次拎着菜爬到六楼，她都要喘一会儿。

洗了菜，切了肉，调了面糊，油才刚热，敲门声响了。隔壁的园园老师探头，一只脚伸进来，说，做的啥？褚楚收收心情，说，酥肉。还会做肉呀！园园啧啧了两声。她们搭过一段伙，六楼的四个女孩子，两个免费师范生手艺都不错，倒是她和园园两个研究生，做出来的菜好像不是为了被吃，而是专供挖苦的。尤其是园园，做菜总做出搞笑的效果。一会儿过来吃？褚楚口是心非。不了，在外面吃了个盖饭。园园退出门，“呀”地喊了声，褚楚，你男朋友来了！褚楚压抑着兴奋，一瞬间里，好像真不兴奋了。屋子陡地亮了一片，又暗了，接着又亮了，她看见了许东陌的眼睛，有疲惫，更多的是热切。褚楚系着围裙，手里夹着筷子，许东陌走上来，他是想抱她的。可园园还站在门口，故意似的推了推门，我说怎么炸酥肉呢！走了哈！褚楚迎过去，也仿佛故意似的跟园园又寒暄了几句。门关了，插销插上了，迟到两分钟的拥抱显出了过分的尴尬。好了好了，褚楚说，围裙上有油。

许东陌去整理行李箱。房间是间学生宿舍，四个角四个上下铺的铁架子床，有点拥挤。褚楚不喜欢拥挤，更不喜欢凌乱，他被说过几次了，习惯了去把箱子挪到床底下。褚楚说，我给你买了馒头。许东陌答，谢谢哈，我们家宝贝最好了。褚楚又说，我要炸酥肉，忘了，放了很多花椒。没事，许东陌过去帮忙，你爱吃就好了。褚楚是南方人，或许总忘了，或许不想将就，每次做菜都要放不少花椒。房间有个后门，卫生间在右手边，所谓厨房，就是后门出来的这一小块未封闭的空间，也可以叫后阳台，主要是左手边的这个半人高的台子。以前学生们在上面洗衣服，现在放满了锅碗瓢盆。正对后门的墙只比台子高一点。对面，也就有个一两米远，是栋更老的筒子楼。两栋楼靠得近，几能握手，下面巷子里终日不见阳光，潮湿阴暗不说，各种乱搭的电线盘绕扭曲，发着emsp滋滋的响儿，让人望而生畏。上次来陪褚楚逛街的时候，许东陌专门去瞧了瞧，这条巷子有个形象的名字，叫黄泥井。许东陌总结了经验，褚楚做饭，他要陪着，或打个下手，或夸奖几句。即使帮不上忙，也要候在一边。因为这个事，他们没少拌嘴，后来他学乖了，或者说妥协了，矛盾还在那儿，尽量让它在那儿就好了。他来找她，说好了第一顿出去吃，庆祝他毕业。她同意了，不过临时又改了主意。在省城下了火车，坐大巴来小城之前，他找了家沙县小吃。褚楚心是好的，想自己烧菜，可他饿了一上午了，很难再能耐下心来等待一顿耗时良久几乎不可能合自己口味的饭菜。去吃个沙县小吃，让矛盾服下一粒安眠药，代价只有一点点，就是他要谎称他正期待着她亲手烧的菜。他是期待的，期待见到她，顺便期待一下她循着性子做的饭菜也未尝不可。这样，吃了饭还在期待着她做的饭，听起来就不像个悖论了。

平心而论，酥肉炸得还可以，就是太麻了。他们吃饭，饭桌是个课桌。他吃得少，解释说，火车上颠得厉害，肚子不舒服。这也是实情。饭后他去洗碗，一人做饭另一人洗碗也是个不成文的规矩。褚楚却将他支到一边，说，你笨手笨脚的，还是我来，我洗得快。他就陪在一边说话。

吃了饭，洗了碗，打扫了卫生，没事可干了。她下午没课，礼拜六怎么可能有课？初中生连晚自习都没有。里右的下铺是她的，里左的下铺是他的。她已帮他铺好了床，还装了蚊帐。另外两个下铺，外右，放了杂物和一台小冰箱，外左，被褚楚改造成了衣橱。上铺，里面的两个闲置着，外面的两个堆着不常用的杂物和被褥。其实，左边的两个架子床之间，右边的两个架子床之间，还都镶了带木制小门的衣柜。一边四个，上下各两个，两边共八个，正好配八张床。这些小衣柜也都派上了用场，有的专放内裤、胸罩，有的专放包包，褚楚还专门给他留了一个。房间小、破败、寒酸，大理石的地板甚至被时光浸泡出一种擦不掉的油黑色泽，高处还残留着几张没来得及撕下来或撕得不彻底的明星大头照，仔细观察，类似的痕迹还不少，小柜门上，铁架子上，厕所间里。然而，毫无疑问，它现在看上去秩序井然，简陋却不失温馨，古旧却不乏活力。这是褚楚的功劳。她珍视这个小房间，珍视她的劳动成果。他也珍视，无论如何，这是他们迄今为止第一个可以称得上“家”的地方。

她说她要洗个头。卫生间里没有热水器，电壶又太小了，烧起来麻烦。他去接了桶水，用热得快烧。水烧着，他们躺在小床上聊天。躺谁的床上？各人躺各人的床上。躺一块？那好吧，躺你床上吧，你个大油头，再把我枕头弄脏了。褚楚已经被抱过去了。她非要躺外面，他只能往里，侧起身体。木板床太窄，他斜起脸看她，看她脸上细细的绒毛。他吻她，轻轻地抚摸她的身体，他的心好像可以两用，他在听她说话的。她说她是幸福的，他那么宠她。她表达幸福的方式很简单，就是跟另外三个女孩子对比。园园、慧丽、新雨，去年她们一起来到小城的这所中学教书。

当时来小城，褚楚着实思量了一番。她想留在省城，可没有现成的机会，只能去考。当时许东陌还没毕业，因为他，因为他带来的不确定性，她没那么决绝了。恰好，省城建新机场，小城被并。又恰好，小城的这所中学去师范大学招人。她想，进可攻退可守，这也不失为一种明智的选择。来了她却后悔了，学校骗了她。说好了教高中，却让她代初一的课；说好了素质教育，历史却一点也不受重视。园园、慧丽、新雨，一个化学老师，两个数学老师，她们偷偷补课，月入几千。可没人要补历史啊！她的心情一落千丈。

还好，许东陌真的三年就毕业了！还好，除了她，她们的感情要么空白，要么一团糟。

他右手环过她的脖子，将她搂得紧紧的。她移了移身体，嘟嘴啄了下他的额头。那个诅咒我们的男人又找你了没？这是个小插曲，但促使他早几天来了。找了，我没理他，你不会真因为他提前来的吧？褚楚翻起身，打量他，终于找到了个活计似的，掰过他的头，挤他脸上的小粉刺。学校组织了个大合唱，褚楚被领导硬拉进去。高中部的一个数学老师也在其中，看上她了，从群里找到她的微信，申请好友。她通过，还带着好奇。他们聊天。刚聊褚楚就知道他是想追她了，但她假装不知道，继续聊。她将此事复述给许东陌，语气里有欣喜。那个男老师向她表白，她说她有男朋友，他说他调查过。那又怎样？不在一个城市，迟早会分的。他说得理直气壮。这话明显冒犯到了许东陌，当然也冒犯到了褚楚。褚楚也觉得这话有点过分，可她印象更深刻的却是这个男老师的勇敢。电话里，她说，一个学校的，同事关系，人家没捅破那层纸，直接不理人家了不好。她说得在理，她想适度满足自己的虚荣心。他也想，他根上不想，可没办法，只能想。但麻烦的是，怎样的虚荣心才是适度的？常在河边走，哪有不湿鞋的？她在电话里念他们的聊天记录，那个男人步步紧逼，褚楚像辅导功课一样跟人家入情入理地解释，男朋友博士毕业了，找个工作能把她带走，她马上要辞职了……然而说这话时，他们不过打过两次照面，微信互动了三天而已。他们说得着这话吗？她没有惋惜的意思，这才哪到哪，可他的进和攻、她的退和守，让许东陌听出了惋惜的意味，好像如果没有他许东陌，他们就会顺其自然地在一起，顺其自然地培养出一份好的感情。他竟然是勇敢的，因为预言了或者诅咒了他们三年多的感情会因异地分居而草草结束。或许，是他太纵容她了。他想怪一怪她那时不时出来捣下乱的虚荣心，甚至恨一恨。可他怎么怪又怎么恨呢？一个男的和一个女的只能有且只有一种恋爱模式，不知怎么，悖论就来了，不知怎么，他们就只能如此相爱了。

他追她时，她跟前男友已经分开了半年。他们出去约会、吃饭、逛街，她总会提到她的前男友，以至于他们不得不给他起了个名字，因为这前男友比褚楚小，就叫他小男生。她说，抱歉，总在你这里提起别的男人。他说没关系，他当时确实觉得没关系，他喜欢上了她，而她不只是现在的她，还是无数个过去的她的叠加。她感激他的宽容，梦里梦到小男生了也会放心地跟他分享，更因为这种分享对他产生了更多的信任和好感。客观上她像是利用了他的宽容，如果这叫宽容的话。然而这又肯定不能说是利用，他喜欢上了她，喜欢的是她的全部，包括她挥之不去的记忆。他也奇怪，普天下所有的爱情都是自私的，他那么投入，却为什么不吃醋呢？他的宽容或纵容让他们的聊天看上去百无禁忌。他们都体会到了一种从未有过的自由的感觉。那感觉像什么呢？褚楚说，就像爱本身。她朝着爱的方向一路奔驰，似乎更变本加厉了。像汇报工作一样，她向他陈述着她跟小男生开房的次数和经历。小男生吻过她的全身，不止一次；她帮小男生打过飞机，不止一次。她还比较，将他和小男生比较，比较他们亲吻和抚摸她的技术，比较她内心铭记的感觉。但我没跟小男生做过。褚楚跟他强调，像在邀宠。

当时分手，是褚楚跟小男生提的。换句话说，褚楚把小男生踢了。可她的虚荣心让她理所当然地幻想，小男生还对她念念不忘。她先找了男朋友而不是小男生先找了女朋友，这让她的幻想获得了佐证。等小男生找了女朋友，并在QQ相册里公开了一张女朋友的侧脸照，她有点躁动了，放大了照片反复观摩，还拉来许东陌求证，我漂亮还是她漂亮？没有可比性啊，不过你漂亮。褚楚开心地笑了，说，我知道一切回不去了，其实挺想祝福他的，哥哥放心，我会珍惜现在的。她喊许东陌“哥哥”，喊他的时候，让他觉得，她事实上非常清楚分寸在哪里。然而，就像她知道许东陌吃不惯麻、炒菜要少放些花椒一样，分寸她感觉到了，可她会忘的，忘了或许会后悔，甚至会很后悔，但她确实会忘的。

就在他们已经在一起而小男生还没有找到女朋友的某一天，她去找了小男生。她去找了小男生，还住了一夜。

她给他发短信，说是去告别。

这次，他委托了同学，学历学位证发下来之前，先来了。

褚楚的眼睛大，他看见自己的眼在里面动，既惊悚又陌生。除了粉刺，她还对他鼻头两侧凹陷处的油质感兴趣。她趴着头，皱着眉，像个医生一样勾着指甲盖清理，间或伸手抽张纸擦拭。她猜到了他在想什么似的，忽而嘲讽道，总之还是怕媳妇跟别人跑了吧？他平躺着，闭了眼，脸抽搐两下，伸手揽她的腰。那个男老师确实不地道，我说把园园介绍给他，他说他只对我情有独钟，还说会死缠烂打，结果，园园昨晚发了张截图，他又去找园园聊天了。许东陌想问问，设若那人真要死缠烂打呢？又想这事可以翻篇了。园园觉得这男老师横冲直撞，说话噎人，直接拉黑了，我也准备取关了。褚楚冷不丁地跳下床，拿来手机。哦，我以为还没删，原来已经删了。她划着微信，理了理头发后，点开了QQ。听首歌吧。什么歌？*Cannonball*。英文啊，啥意思？炮弹。啥？你先听听。他外语还可以，但只能看不能听，他皱起了眉。是我们的感情太好了还是我越活越没心没肺了？她摩挲着他的头，更像在自言自语。怎么了？要不是他在QQ上莫名其妙地发来这首歌的链接，我好像都忘了这世界上还有个人叫小男生了。许东陌没接话，他拧紧了眉，考验他听力的时候猝不及防地来了。他们确实很久没聊过小男生了，就像一件事慢慢淡了那样。她跟小男生只谈了两年，而他们，已经在一起三年有余。或许过去了的终将了无痕迹吧？褚楚凄然地莞尔一笑。我可不像你说的，总干藕断丝连的事，他早分享了这首歌，发得无头无尾，我是听了两遍，心里也好想起些波澜，可真的一点翻涌也没有。歌已在单曲循环，他起身抱她，一直抱着。他不知道说什么好，去亲她的眼睛。那我陪着你再听一遍这首歌吧，就像，就像永远的告别。

Stones taught me to fly

Love，it taught me to lie

Life，it taught me to die

So it's not hard to fall

When you float like a cannonball

……

他们抱着，耳朵里的声音汇聚成一种结实的空洞。那空洞好厚啊，白茫茫的。他还沉浸在其中，她忽然说，不听了不听了。停顿了几秒，她惊叫道，哥哥，水该烧爆了。于是他们起身，他去拔热得快，她去洗手。水已很烫，褚楚兑了点凉水，还是烫。她又不想洗头了，拉着他进来，说还是聊会儿天吧。他随手关了后门，转身亲吻她，她迎上来，他们吻了好一会儿。他抚摸她的背、屁股、大腿。她的呼吸急促，那声音里自带了某种味道，她身体的味道。想要吗？她说。想死了。他说。他的脑子里还回想着那首歌的旋律。他们不聊小男生了，好像他们的感情同时也淡了。小男生像他们的催情剂，她的，也是他的。她来感觉了，自己退到床边，飞快地脱着衣物。他也脱他的。套套呢？怎么那么笨，说了多少次了，事先不准备好。他没法反驳，也顾不上反驳，赶快去小衣柜里翻。他们做爱了，久别更胜新欢，这或许才是他满脑子里盛着的事……没几下，她说她要在上面。他们换过来。她仰着头，微弱的沉醉之声类似电流，闪出金灿灿的光，传过来，痉挛了他的思绪。没几下，她停了，推了推他，躺里面，蜷着。他央求，她不动。他去掰她的腿，她没有反抗。他轻声说着抱歉。她还是翻了身，对着墙，双腿收缩，蜷得更厉害。时间好像定住了一会儿，一秒、两秒、三秒……她开口了，我小裤呢？他找来她的小裤，套进她的腿。褚楚深吸了口气，呼出来，又深吸了口气，呼出来，陪我去卫生间撒尿好不好？他像得了赦令，抱起正穿着胸罩的她。

卫生间里有两个并排的蹲便，这设计挺独特，感觉既为学生着想，又不想那么为学生着想，既是独立的，又是公共的。刚搬进来时，褚楚给他发过卫生间的照片，说它是老式蹲坑向现代厕所的不完全过渡。最初谈恋爱那会儿，她进厕所，门闩插得死死的。后来，常常淘气似的不关门。有了这间卫生间，她去撒尿，偶尔也叫上他。起先，他们都尿不出来，后来，她先尿出来了，再后来，他也尿出来了。如果她心情好，撒尿时，他还会亲她。她蹲在她的坑上，他蹲在他的坑上，他撅着屁股，她翘起屁股，嘴就对上了嘴。撒完尿，她说，要不我们洗个澡吧，正好把头洗了。洗了回床上躺会儿，晚上去吃牛排。去吃牛排是她提议的，他满口答应了，将那桶水提进卫生间。香皂、洗脸盆、舀热水的塑料杯、兑凉水的小盆、洗发水、沐浴液、干毛巾、换洗衣服，门开一条缝，他进进出出。舀热水的杯子也是她刷牙漱口的杯子，放在后阳台边上，他取出里面的牙膏牙刷，转身瞥见对面阳台上蹲着条宠物狗。那个中年男人，曾经被园园老师骂过变态的，正对着它的鼻子拍照。他踅回卫生间，可以洗澡了，他们说起了悄悄话。

不知是有暴露癖，还是看到对面住进两个年轻的女老师故意的，对面的男人喜欢全身赤裸着在阳台上走动。阳台正对着园园老师的后阳台，斜对着褚楚的，高度呢，跟这边的差不多。阳台左边有扇门，门外是楼梯，楼梯一侧是室外卫生间。楼梯墙也是半封闭的，跟阳台处在一条水平线上。园园老师第一次看见那男人黑乎乎的下体，吓坏了，哭着敲褚楚的门。她还在褚楚这边睡了两晚。但躲是躲不开的，她警告了那个男人，还骂他。他却充耳不闻，我行我素。没办法，还是得躲，园园老师只好在后阳台上安上了窗帘。窗帘几乎把整个后阳台都给封住了。门外的楼梯墙正对着褚楚这边。园园老师憎恶对面的男人，褚楚则好奇与这个男人有关系的那个女人。这女人是许东陌先发现的。褚楚这里没网，要蹭附近的，她下了把万能钥匙，在房间里就能连上一个，好像是楼下的。许东陌用两个手机，还都是苹果，不过是家里人去日本打工带回来的水货苹果，下不了万能钥匙，只好蹭园园老师的。园园老师的网信号弱，房间里收不到，每次上网，他只能去厨房与后阳台的夹角那里。那一次，很晚了，褚楚早睡了，他看了个电影，临睡前想刷刷微信，去到外面却赫然发现，对面的楼梯墙边站着个黑影。不是那个男人，拿烟的姿势像个女的。他假装去卫生间，避开了。后来，褚楚也碰见过几次。她观察过，确实是个女的，总是晚上来，隔三岔五地来，不知道什么时候走，从没见过。她有那男人房门的钥匙，她来时，有时男人在，有时不在。她从不在门里边正对着园园的阳台抽烟，而是站在楼梯墙边。他们讨论过，她站在那里的时刻具体是什么时刻，进门之前？出门之后？上厕所之前？上厕所之后？他们猜测过他们的关系，夫妻？情人？兄妹？

他们洗着澡，水声哗哗，有一些热气升腾起来。对面的男的和那个女的到底是什么关系？也像我们，一对狗男女？褚楚的身体没那么拘谨了，神情也像是已从刚才性爱的快与不快里跳脱出来。她可能是个妓女吗？应该不会吧。我还没见过妓女呢！褚楚的感慨让他哭笑不得。谁是妓女？妓女又不会挂上牌子，你走在大街上，那么多女的，谁知道谁是干什么的。是啊，说不定我每天都见到妓女了，说不定我也是个妓女，刘哈，刚才还卖了一次。她啪啪甩了他一身水，快给钱！快给钱！记账上好不好？他跟着打趣。她的脸阴郁了下，突然不说话了。怎么了？没事，你赶快洗，洗好了出去用电壶再烧点水，我怕洗头不够了。

他便胡乱抹了几把身体，擦两下，套上大裤衩，出去了。

他们睡了会儿，醒来时，房间里影影绰绰的。她选了出门的行头，戴好隐形，化好妆，天已黑了。东面楼群的夹缝里，一枚小小的月亮也陪着他们出来了，它黄澄澄的，边缘有棕色的晕。月亮的左下方，楼顶的一盏指示灯周期性地明灭，那灯是红的，估计月亮的晕光来自那里。巴瑞斯牛排店在香港城里头，不远，就在学校正门那条街上。他们吃过一次，不记得为了什么了。到了门口，推门，推不动，已经上了锁，牛排店的光本来就暗，他们没注意，看门上，广告已经贴出来，门面在转让。酥肉还剩了不少，真要在外面吃啊？说好了庆祝毕业的。那好吧，去吃个火锅好了，嘴里寡得很。褚楚做了决定。他们打车，去了旭海时代广场。

小城有两样东西出名：一样是羊肉汤，他们去尝过，没觉得有多好吃；另一样就是这家火锅店。火锅店的老板从小城起家，也就十多年的工夫，分店开到了北上广，开到了国外。旭海是小城的地标性建筑，实际上整栋广场大楼都是这家火锅店老板的产业。火锅店在四楼，电梯开了条缝，望一眼，他们顿时后悔起来，人太多了，要排队，而且看样子不知要排到什么时候。整层楼只有这家火锅店，他们还没来得及交换下心里悔意的程度，电梯口两个女服务员的腰已经弯下来，不好意思的空当儿，他们被引到了等候区。桌子上摆着免费的零食和水果，服务员帮他们叫了号，问他们喝什么，饮料和果汁也是免费的。服务确实很周到，女服务员的打扮也精致，可等待是漫长的，嘈杂的声音渐渐沤烂了说话的兴致，她和他，他们先后掏出了手机。等轮到他们，褚楚的脸色已变得相当难看。

是个半开放的小包厢，没那么吵了，但旁边桌位上的欢声笑语还是会洇过来。他们选了鸳鸯的锅底，在iPad上点了菜。一个新的服务员，第四个接待他们的服务员了，专门负责递毛巾、倒水、上菜。气氛有些沉抑，他们埋着头吃，话很少。她间或冲着他笑，笑容是做出来的，既勉强又坚决。他们干了杯，他张了下嘴，没说什么。他想再跟她聊聊那些更重要的事的，他们之前聊过了，在电话里，但毫无疑问，他们都不踏实。他毕业了，“何去何从”的问题再次降临。C城，她想去的省城，没有好的机会，怎么说呢，有一家研究所，如果争取，会有希望。不过，要命的是，它给的条件苛刻，几乎没有安家费，更不考虑家属事宜。K城，邻省的省会城市，有所高校抛来了橄榄枝，安家费及科研启动金是个诱惑，关键地，学校承诺解决配偶的编制。C城是她的理想，K城是他们的现实。事实上，C城和K城没有什么本质的区别，在哪里，他们都是要淹没进人潮人海。尤其对他一个北方人来说，所有的南方城市都是陌生的，C城和K城皆远在天涯。然而，她似乎受了委屈，C城跟她到底有什么关系呢？她不过在那里读了四年书而已，一个上大学之前没出过小县城的人有资格对一个大城市情有独钟吗？她说她会跟着他去K城，可她明显受委屈了。还有，真要去K城的话，他们这个暑假就要先去领个证，女朋友是一样物种，配偶是另一样。她去过他家，见过他的父母。他还没去过她家，没见过她的父母。传言，她的父亲活过了半百至今没去过几次省城，但他同样对C城情有独钟。他又张了下嘴，努力地想开个话头，服务员过来下菜，他放弃了。等服务员离开，褚楚喊了声“哥哥”，她没抬头，停顿了半晌说，要跟你说件事。他的身体咯噔了下，每次说事之前她要强调说个事，他都会哆嗦。他坐正了，按了按桌布，目光移到她的头发上。好啊。他说。

你第一天来，我不是不想和你做爱。二十五个博士，顺利毕业的只有三个，你是其中之一，我知道，为了我们一直在一块的可能性更大些，你拼了。我也看到了你的能力，觉得你是个值得托付的人。可哥哥，你还记得吗？我们第一次做是在办公室里，我硕士导师的办公室。我们在办公室的桌子上做过，皮椅上做过，木头沙发上做过。那沙发中间的一根木头断了一截，每次做完，胳膊疼，腿疼，背疼，心里更疼。旁边是学院的期刊阅览室，易老师在里面办公。办公室不隔音啊，易老师打电话的声音能听到，高跟鞋走动的声音也能听到。哥哥，不能说你逼我的，可我屈辱啊，咱们开始的方式太寒酸了。我摆不脱这道阴影，每次感觉来了，这道阴影也来了……

褚楚哭了，泪无声地砸，她边哭边执拗地往嘴里塞着菜。他摊开双手，抹了一把脸，又抹了一把脸。她说，对不起。他也说，对不起。

一个拉面小哥走过来，褚楚眨了眨眼，妆有点花，最后一颗泪还汪在眼角。她伸手，他递过去两张餐巾纸。拉面小哥走到他们桌子前，站定了。他为他们表演了拉面的绝活。免费的。他强调。面拉好了，也送给他们。待他真要将面下到汤锅里，褚楚说，谢谢，不用了。一切都是免费的。他又强调了一遍。免费的，就非要不可吗？褚楚瞄着那小哥两手中还有些忽闪的面条，冷冷地问。小哥看了她一眼，目露困惑。许东陌发现他还挺帅的。抱歉。拉面小哥恢复了职业的笑，鞠了躬，去下桌了。一会儿，下桌那里传来了一阵骚动，许东陌扭头，几个女孩子正在跟他合影，还抢着要发朋友圈。

回去的路上，他们不说话。褚楚坐后座，先下了出租车。他付了钱，跟在后头。她以为他一直跟着，上楼梯时回了下头，发现他岔进了操场，走起了圈。她一个人进到房间，坐着发了会儿呆才开了灯。要做点什么？她换了衣服，去看那条金鱼。鱼缸放在冰箱上头。去年刚搬进来，她买了三条，跟他说，一定好好养，当个信物，养到他把她接走为止。寒假回来就只剩这一条了，她拿着鱼食盒子过去，才两天没换水，这条也死了，浮在水面，像个寓言。她又想哭，颓然地将所有的饲料都倒进鱼缸里。

她坐回床边，有点累，该卸妆了，该敷面膜了，该刷牙了，可她什么都不想干。她扭头看见了他的手机。他带了手机的，这是另一个。真够奇葩的，他家人去日本打工，贪便宜出卖信用换来了这两个毛病迭出的苹果5。一个只能打电话，系统没更新，微信、QQ、微博都用不了。桌上的这个，冒着险更新了，软件大部分时候能用了，可没法打电话，拨的明明是她的号，竟然会打到另一个女人那里，简直令人匪夷所思。她早劝他赶紧把它们丢了，换个国产机，他舍不得。他宁愿给她添几条裙子，也不愿扔他的苹果手机，这个傻瓜！她盯着那手机看，给她找事似的，那手机忽地叮当了下。她拿过来，密码是她的生日，四位数。他的博士导师在微信上找他。不是已经毕业了吗？这三年里，他跟她抱怨过无数次，抱怨得她烦了，发火了，他才再不敢多说。怎么说呢，人在屋檐下，不得不低头，他导师攥着他的命根子，没有导师的同意，他无法申请毕业。可那老男人太黑了，拼命让他做课题，牛马也没有这么用的。不是干不干活、干得多干得少的事，憋不住了，他跟她囫囵，梦啊，是梦碎了啊，原来做学术是这个样子的，原来教授们都是这个样子的。

她注意到了一条微信。一个月前他发给导师的。导师又派给他个活儿，几万字，短时间内就要完成。这工作原本不属于他，负责的人撂挑子了，导师硬塞过来。他不得不做。可这任务涉及的是魏晋南北朝时期的史实考证，他一个学社会学的，根本做不了。但他做了，东拼西凑做了。书很快出来，他坐立不安，想得脑仁疼，有些内容算是抄袭吗？被人查到就吃不了兜着走了。他向导师坦白这件事，微信的结尾，他讨饶，也像威胁，他又开始大把大把吞食安神的药片了，他的神经衰弱症复发了。

这些事他没说，或许是早先她堵了他的嘴的缘故。近一年，他来得频繁了，借口说，他在北方的那个城市失眠得厉害，想来她这里睡个安稳觉。来了，确实睡得着觉了，还打呼噜，震耳欲聋的，每每吵得她心烦意乱。她确实以为失眠只是个借口，呼噜打得那么响，会睡不着觉吗？

她没洗漱就躺床上了，脑袋里的情绪翻搅着，不知道揉成了个啥。她给他留了门，他还没回来。她听见了火车的汽笛声。一次，两次……小城的火车站当然也是个小站，每天没几辆车在这里停。停车才会鸣笛，还是只要过路就要鸣笛，她不晓得，只隐约记得，好像从未在白天听到过汽笛声。难道所有的火车都只在夜里经过小城吗？她感觉头昏昏的，有一种不知像什么的声响嗡嗡击打着她的后脑勺。恍恍惚惚中，她睡过去了。隐隐约约里，他回来了，放下了手机，又拿起了手机。他蹑脚推开了后门。她想告诉他，最后一条金鱼也死了。她说了，他好像没有听见。

半夜里，她醒了，被他的呼噜声扰醒了。他蜷缩得像只虾米，却发出了类似某种动物的低吼。房间里透进来一点月光，已经涣散得不成样子的月光。她站起来，站在他们的床中间。夜晚也不是那么静，房间里落满了一层层的响动。最上面，他的呼噜绑上了冰箱制冷的声音，像条无形的绳子，悬在空中。很奇怪，它们应该是最重的，却飘在那些细小的动静之上。那下面呢？那些沉淀物呢？她屏着呼吸蹲下来，却听到了那链条的崩塌。他“吧嗒”了两下嘴，呼噜停了，说起了话，是梦话吧？

到底有没有整点到站的火车啊？

什么？她挪到他的床边。

她跳下去了。

谁？

不是说好汽笛在整点响了就一块跳吗？

怎么了啊？

她跳下去了，Like a cannonball！

Like a cannonball！ Like a cannonball！他叫了两声。她瞪大了眼。他也站起来了。他醒了？还是在梦游？许东陌！许东陌！极度的惊恐让褚楚也叫起来！她去拉他，他挣开了。他想去开后门，她挡着。他掉了头，开了前门，跑出他们的小家。

楼道高而窄，台阶也高而窄。褚楚站在六楼的楼梯口，楼下操场上有个孤孤单单的身影，她刚才做梦了？

（原载《作品》2018年第2期；《小说选刊》2018年第3期转载）

2018年

黄方能

余韵——郝仁和他的袁芬

一

郝仁在外面吃了晚饭回家，面对楼下的电梯口和步梯口，不假思索就选择了步梯。虽说住在十一层，郝仁觉得走步梯就是一种锻炼，不必再刻意去散步徒步什么的。再说，上十一层楼和“坐十一号车”两个数字还是吻合的呢。

当然，要是和袁芬一起，郝仁是会陪她坐电梯的。袁芬有高血压，不喜欢走那么高的步梯，把头转得晕乎乎的。

郝仁一步一步地上着步梯，一个转折一个转折地转着，身上开始感觉出热乎来，慢慢地毛毛汗也开始往外冒，腿脚及筋骨却伸屈自如，呼吸均匀，他觉得很爽，很惬意，很有意思。遗憾的是，步梯上已积了灰尘，很少有人上下，他几乎只看到自己踩出的脚印，他良好的自我感觉没人知晓，他走步梯的行为也只是偷着乐。

开了灯，关了门，换了鞋，郝仁几乎是有点张扬地扑向崭新的布艺沙发并倒在了上面。在沙发散发出的棉布味道中，郝仁对屋里的装置不乏欣赏，玄关、鞋柜、门框的颜色棕褐而发亮，餐桌的颜色与屋里的底色一致，既古色古香又不乏时尚，这是按照袁芬的意思办理的。没有吊顶，现在的房子被开发商建筑商合伙把空间压得很低，就没用吊顶了，只是四周挂了圈石膏模型；电视机是挂式的，不是日货，而是国产，沙发是布艺的，很大气，茶几很精致，地板是白色的瓷砖。选地板的时候，郝仁说客厅地板也和卧室、书房那样用拼花木地板吧，袁芬说不，客厅里进出的人多，需要常常拖地，木地板不沥水，还是用瓷砖好。

郝仁到卫生间洗了把手，然后倒了杯水喝，没喝完，他把杯子拿在手里，站到客厅外面的阳台上观赏夜景，觉得市里的夜景还真是和县城的不一样。县城里有一条宽阔的乌江穿过，市里也有河流，虽然小一些，却不止一条。这座城市被誉为“四面环山，三面环水”，大江小江各一个方向流来，汇合之后则形成了三江的阵势。三江交汇的地方有一个岛屿，岛屿上有一个亭子，四面挂了彩灯，闪闪烁烁的，那闪烁还映到波光粼粼的河水里，如梦似幻，真是有点漂亮。三江交汇的这一面，郝仁居住的楼房边便是三江公园，被称为休闲绿地公园，公园名牌是沈鹏题的，公园里的一面墙上雕有贾平凹撰并书的赋，公园中还有冯骥才书的“三江毓秀”四个字被刻在一墩人造石上，门联、廊道楹联均是通过公开征集并由当地书法家们写的，可以说花了相当一部分钱才营造出一点人文的氛围。可是看着看着，即使广场舞跳得很热闹，郝仁还是觉得一个人观看有点孤单。郝仁已多次和袁芬一起在阳台上观赏这夜景了，他们除了观赏三江中的岛屿、亭子及闪烁的彩灯，还观赏三江几岸公路上以车灯的形式呈现的车流，观赏在三江公园及河边步道休闲的人们，在桥栏上垂钓的人们。

不过郝仁心中有数，袁芬就快从县城调来了。

郝仁从县城调到市里来的时候，房子是提前买下了的，装修一下就住进来了。装修之前、之中，袁芬多次来市里和郝仁一起确定方案，与装修公司商谈价格，选择并购买装修材料，监督工程质量和进度，真是辛苦袁芬了。郝仁又一次觉得有个能干的妇人真是件好事情。

郝仁调到市里来了，住进新房子了，才觉得老头子说的什么事情都要未雨绸缪的话还真没错。郝仁感觉到，老头子说的未雨绸缪就是下棋看三步五步，其中应该也包括这三江公园边房子的地理位置。郝仁原先在县农资公司工作，这三江公园离市农资公司很近，袁芬在县里的水厂上班，这三江公园离市里的供水公司也近……

郝仁到市里以后，不担心袁芬的工作，袁芬的工作就是抄水表，累了，不想动了，她可以开点钱请人代劳，这在她们水厂已不是秘密。儿子在省城读大学，郝仁担心的是袁芬一个人的时候难得混时间。与人聚会吃喝打牌毕竟不是天天有，有也只是隔三岔五的事，所以郝仁得不时电话问候袁芬。

郝仁打电话给袁芬，一般先说，喂，在做哪样呢？

袁芬大多是说，耍呀，在家里耍呀，看电视，看韩剧，我还能做哪样呢？话音里有一种懒洋洋的满足。

郝仁继而问，衣服洗没有啊？没洗的话，周末我回来洗。

袁芬就来一点幽默，晓得，你现在已经是市里的干部了，县里的衣服我还是自己洗吧。

郝仁以前被袁芬领导得服服帖帖，有时连衣服也被她领导着洗，如今，袁芬的话语里已现出对郝仁的体贴。郝仁于是就说，我虽然先到市里来了，可县里该我做的活我还得来做呀——你今天穿的是那套肉色的内衣吗？穿起像没穿一样……

袁芬说，你在外面给我规矩点哈，不要经常饿蕣蕣的，谨防出问题犯错误。

郝仁说，我这不是想到来给你洗衣服吗？干脆把你也一起洗了。

二

郝仁这天晚上打电话给袁芬，袁芬却没接，郝仁不知道是什么情况，是人机分离吗？比如她把手机放在卧室的床头柜上人进了卫生间，或者手机放在客厅的茶几上，人却在阳台上晾衣服？郝仁又打，还是没有接。那么，袁芬是下楼去买哪样小东西，本来买了就要上楼的，却遇到了熟人，被熟人拉到哪儿去玩耍了？郝仁再打还是没有接，就不再打袁芬的手机了，而是打邻居的手机。郝仁打给罗鸣，罗鸣是郝仁在农资公司时的同事，和郝仁的关系要好，罗鸣虽然在公司里当着支书，可他自己并不认为支书是个官，再说，和郝仁的老头子比，他那支书也确实不是个官。不过他终究是公司的支书，不是科级也是股级，人们还是首先把他当作头头对待。罗鸣的妻子在公司卖农药，袁芬爱和罗鸣的妻子一起玩耍，再说两家也是一个楼梯间里错层的邻居，郝仁在五楼的右边，罗鸣在七楼的左边。可是罗鸣说他回乡下看老人家了，没在家里，不过正在回县城的路上。郝仁说，那好吧，等会儿联系。郝仁又打给县里一个局长的妻子，那局长除了管着农资公司，局长的妻子也是郝仁在农资公司时的同事，袁芬有时也爱和她一起玩耍。可是局长的妻子说她在贵阳，她已经出来几天了，在贵阳办点事。郝仁再打到水厂袁芬的一个要好的同事那里，同事倒是在县城，可她没有和袁芬在一起。郝仁请袁芬的同事到他农资公司宿舍五楼的家去看一下，看看袁芬究竟是哪样情况。袁芬的同事到他家的过程中，郝仁又打袁芬的电话，还是没接。郝仁便毛焦火辣得很，又打罗鸣的电话，请他直接回宿舍，看看袁芬究竟是个什么情况。

过了好久，袁芬的同事才回电话，说她已在他家屋门前了，是的，农资公司宿舍他家门前，她门也拍了，里面没有反应。她也打袁芬的电话了，也没有接。

郝仁犯难之时急中生智，在电话里告诉袁芬的同事，要她敲开对面家的门，如果对面家的男主人在家，就请对面家的男主人从他家的窗户上爬过去，把他家的窗户打开，看看袁芬在里面没有？如果在里面，是哪样情况，迅速和他联系，看怎么处理。如果对面家的男主人在家，他再给他打电话。

袁芬的同事说，我尽量，门都还没敲开呢，也不晓得人家在没有，不晓得人家愿意不……

袁芬的同事说得也是，不晓得人家愿意不。郝仁早就感觉到，他作为县委书记的儿子被安排进农资公司，公司里的人当时很漠然，直到多年后他调离公司，公司里的人还是很漠然。

郝仁又打罗鸣的电话，罗鸣说他和他的妻子已经上到五楼了。郝仁说袁芬的同事就在门前，他让她协助罗鸣，想办法从隔壁家的窗台上爬到他家去，看看袁芬是哪样情况。

郝仁觉得手里的电话都发热了，感觉过了好久，袁芬的同事也没回电话。这个过程中，郝仁很是着急，着急也是干着急，他不敢打电话，不是害怕结果，而是害怕他的电话干扰他们爬窗台，怕出现意外。袁芬的同事终于回了电话，对面家的门开了，男主人不在家，女主人同意借用她家的窗台，罗鸣也乐意从对面家的窗台爬到他家去。可郝仁明白，毕竟是五层的楼上呀，毕竟是夜间呀，就算有明晃晃的别处照射去的光，也不是看得很清楚，毕竟从一边的窗台爬到另一边的窗台很危险呀。郝仁感觉又过了好久，袁芬的同事才回话说，郝哥，袁芬在屋里，袁芬在屋里，罗鸣说好像看到袁芬在屋里，现在罗鸣已经在你家的窗台上了。这个时候，郝仁更是不敢问袁芬是怎么回事。然后，郝仁又听袁芬的同事说，罗鸣进屋去了，暂时还不晓得是哪样情况，但好像听他“哎呀”了一声。

这“哎呀”的一声郝仁好像也听到了——他已叫袁芬的同事不要挂机，一直让手机处于通话状态，这样他在手机里听到的差不多就是现场直播，像广播电台那种只有声音没有画面的现场直播。

然后，郝仁听到袁芬的同事说，罗鸣已经把你家的门打开了，我都进屋了。袁芬的同事说，郝哥哎，情况不好啊，袁芬倒在地上，嘴里还有白沫。郝仁说，那她怕是发哪样毛病了，高血压发了？——请你们迅速送她去医院吧！我迅速找车，连夜赶回来。

罗鸣的声音，郝仁，你这妇人问题严重呢，我们都不是医生，怕不敢动啊，万一动出了哪样问题，不是害她了？再说，哪个又负得起责任？

郝仁说，哥子，我们是弟兄，是朋友，现在就指望你们了，我的妇人也是你的兄弟媳妇嘛。

罗鸣说，郝仁，你的妇人现在趴在地上，口吐白沫，我估计是发了脑溢血。如果是脑溢血的话，首先是可能有生命危险，其次是即使没有生命危险，也有可能瘫痪或成为植物人，我是说有那种危险，三是抢救及时、抢救得当，才不会留下后患。你赶快通知她的亲人来吧，看怎么处理。

郝仁说，这个时候怎么叫得来她的亲人啊？她娘家的亲人都在城郊乌江边的村子里，就是叫到了也赶不及啊。我就是她的亲人啊，我不是也赶不及么？你们是我的兄弟妹子，是我的亲人，就是她的亲人，全靠你们了啊！

三

郝仁把妻子袁芬发急病的事向老头子作了汇报，再向他们老干所的所长报告，请求派车送他回县城。也许老头子通过他的渠道把招呼也打到所长那儿了，也许所长本身就觉得救死扶伤的事应该支持，所以答应得很爽快。

杭瑞高速过境这里，从市里到县城也在线上，可工程还在建设中，郝仁坐的车只能走国道。先是沿着一条被称为流着矿泉水的河流往上走，直到河流变成河沟，然后还要爬一面山坡，爬上苗王坡顶后再下山，一般要四个半小时，快一点也要四个小时，除非再快一点，把车开得有点像赛车一样，那也要三个多小时。司机对郝仁说，郝哥，我理解你的心情，希望我开快点，可是，我们得保证安全不是？不管是你的安全还是我的安全，都得保证。

郝仁很无奈。

郝仁坐在车上除了对车速感到无奈，更对袁芬的发病感到愧疚。他先想到并跟司机说起的是，他要是不调到市里来，可能袁芬就不会发病，就是发了病，有他在身边，也会得到及时而恰当的救治。而现在，袁芬什么时候发的病、发病之前遇到了什么情况，他居然都不知道，知道她发病了却不能及时出现在她的身边。

司机说，郝哥，你也不要忙，不要慌，我们这不是在赶去吗？肯定有办法的。

郝仁接着想，可能女人都爱面子吧，尤其是给他郝仁这样的干部子弟做妻子的女人。袁芬在人前得了有个性、不受郝仁左右的虚名以后，实际上做家务、带儿子却很累，洗衣服、拖地总是一丝不苟。郝仁出差回家或是在外面过夜之后，袁芬总要他换衣服，每次洗了衣服之后，家中的水磨石地都让她拖得亮晶晶的；袁芬给儿子洗澡、讲故事、哄儿子入睡从不马虎，她给儿子洗澡，大多洗得儿子嘻嘻哈哈的，哄儿子入睡哄得循序渐进，儿子很快就发出了小小的鼾声。可袁芬虽然个子小小的，却偏偏又火气重，洗了衣服拖了地，给儿子洗了澡哄睡觉后，转身却对着郝仁数落，说郝仁懒散，不爱学习，不思进取，虽说没有当官，却也没脱官家子弟习气，只喜欢坐在那儿喝酒打牌，对别人评头论足，很少想想自己。袁芬火气重地数落过郝仁，她的心事重得就像她的头发一样卷来卷去。水厂的效益虽然稳稳当当，可农资公司却有点摇摇晃晃。本来农资公司在供销系统和商业系统的公司中已算是好的了，可是市面上的化肥、农药、农膜虽然到处都是，却并不都是从农资公司出去的，农资公司早已开始摇晃。袁芬要郝仁想想办法，看能不能调出农资公司。郝仁说他想不出哪样办法。袁芬说，你想不出办法再找别人帮忙呀，你兄弟在地区的银行，接触的人不少吧？郝仁说，他在银行也不容易，放贷风险大，拉存款也不好拉，晓得能完成任务不噢。袁芬说，那老头子在地区当大干部，他也想不出办法？——郝仁细想起来，袁芬本身口味重，油盐吃得重，家里家外辛苦，火气重加上心事重重，血压就慢慢升高了，还自以为没什么事。郝仁想起，袁芬到市里指导装修房子期间，好像就有突然昏厥的现象，她回县城以后，就是今天，几小时前，也许有人不知道她有高血压，开她个什么玩笑，譬如说谎称他郝仁在市里有了女人，长得怎样比她年轻漂亮，她忽然血压就冲到了头顶而昏倒了……连郝仁的调动袁芬都是始作俑者，那么，兴许郝仁调不调到市里来，袁芬怕都难逃这一劫？

其实郝仁在县里的农资公司上班的时候并没有仔细想过他会不会调到市里来。单位是企业，他又是工人身份，即使老头子在市里是开会坐主席台的高干，要把他调到市里，也不容易——除非，除非是企业调企业，比如县农资公司调市农资公司，可那又有哪样意思呢？企业大都要死没死，要活不活的。

谁知上面来了一个政策，对外公布的是凡离休干部的子女还在企业工作的，可解决一人到事业单位工作，自己找单位，占工勤岗位编制，实际也有照顾老干部子女的意思。快要退休的老头子找到县里管事的老部下，就把在县农资公司上班的郝仁调到了县交通局下面的海事处。郝仁进农资公司是老头子在县里当书记的时候办的，工作从看仓库到卖农药到做业务员，虽说越做越往上，可要说特长，郝仁工作了多年也没什么特长。郝仁的关系虽然在海事处，人却在交通局上班。局里发给郝仁一台照相机，要他负责搞宣传。可能那时老头子就为他调到市里来开始未雨绸缪了。郝仁说，搞宣传？我又没搞过，怎么搞啊？老头子说，我不可能去教你拍照片吧？我不可能包办你的一切吧？我不管你怎么搞，总之你要给我做出成绩来。郝仁说，我都四十多岁了，还拿成绩来做哪样？老头子说，拿成绩来做哪样？郝仁，这样的话亏你说得出口。你要为你的工资出成绩不？你要为你的妻儿出成绩不？你要为你的父母出成绩不？

郝仁拿着照相机去交通建设工地拍了照片，除了印在简报里，也把照片往县里的报社投寄，报纸也发表了一些。照片照多了，有好看一点的了，郝仁先是参加县里办的一些展览，后来就独自办了交通建设成就展。展览中好的照片和关于展览的报道又都刊登到了报纸上。郝仁把这些成绩交给老头子，老头子看后很高兴，说，这就对了嘛，我没要求你像我这样从政干到退休，但你做点力所能及的工作比如这拍照片总可以呀，我去给你谈调动也好说话一点儿嘛。

老头子虽然退休了，却硬是发挥余热把郝仁调到了市里的老干所。以前老头子把二兄弟郝义从县里的农业银行调到地区农业银行的理由是身边需要人照顾，这次的理由同样是身边需要人照顾，说二儿子郝义虽然在身边照顾他，可是二儿子二儿媳也太辛苦了，得让老大郝仁来和老二郝义轮换一下。再说，老大郝仁对关心、体贴、照顾老干部这个工作充满了热情，还能拍摄出吸引人眼球的优质照片，他很适合为老干部们服务。

郝仁到市里工作了，妻子袁芬还在县城，得把她也调来不是？按规定，如果不是副县级以上干部，如果都是由人事局行文调到行政事业单位，解决夫妻分居问题，得有三年以上的年限。老头子做的决定是袁芬就调市供水公司，本身供水公司效益也不错，本系统调动、企业调企业也好调些。老头子带着郝仁亲自上门，到供水公司找经理探听情况，到城管局找局长争取支持，然后由郝仁出面，请供水公司签了同意接收的意见，拿回县里的供水公司签了同意调出的意见，再到这边的主管部门城管局签了审核意见，就等着人事劳动和社会保障局行文了。

哪晓得袁芬却在这个节骨眼上发了病，还不知道有多凶险。

郝仁自责，都怪他没得哪样出息，习惯于在大树底下乘凉，习惯于依赖和服从老头子。要是自己有主见并坚持不调来，袁芬即使发了病，他也会在她的身边，让她得到及时而恰当的救治。

四

郝仁赶到县城医院的时候，虽然有所预计，但当时的景象还是让他惊呆了。

袁芬不但没有醒来，而且鼻孔里插了管子，手指上夹着血氧夹，手腕上插着输液管，瓶子就挂在病床上空的挂钩上，胸部也连着心电监护器。郝仁拉着袁芬的手说，袁芬，袁芬，你是怎么了呀？怎么成了这个样子啊？袁芬吔……郝仁的眼里顿时有点潮湿。

罗鸣说他们经过咨询过医生，送到医院来的过程中，没有产生剧烈的运动。医院对袁芬的病情很重视，这是好事，但同时也说明，她的病情很严重。

袁芬的同事说，郝哥，你家这个袁芬啊，我们要得那么好，经常在一起，从没听她说过她有高血压。

郝仁抱拳做作揖状，说，感谢你们啊，发现了袁芬在家里，又把她送到医院来。她好了以后，我一定让她好好感谢你们。郝仁心想，袁芬没有向同事透露她的病，怕是和有的领导一样对自己的身体状况保密。

夜已经深了，司机送袁芬的同事离去以后，罗鸣说，郝仁，你来了，确定一下怎么医吧。根据医生的提示，像袁芬这个情况，眼前的目标是希望她能醒过来——

郝仁说，看情况吧，我们全力配合医生的治疗，搞好护理。你辛苦了，先眯一下吧，我来照护她。

袁芬躺在病床上，床单雪白，床头露出的袁芬的脸虽也白，却不及床单白，倒是泛出点儿黄。袁芬的表情看上去很平静，实则是以平静打底，既难掩平素就有的占强劲，更难掩痛苦的痕迹。郝仁从被窝里拉出袁芬的手拿着，深情地说，袁芬，你是怎么了呀？我是郝仁呀，你听得见吗？你要是听见了，你就做出一点反应呀，你不愿说话，手拇指动一下也行。我是你的郝仁啊，我来看你了啊，我来照护你了啊。我来陪你把病医好，然后我们一起回去，先在县城的家里住一段时间也行，等市里把你的调动文件下了，我们就搬到市里三江公园边的新房子去——你不是去确定过装修方案，去督促过装修进度，去检查过装修质量吗？那新房子装修好了，你也到那里去住过了。你说你还没有调去的时候，你就只是那儿的客人，只有等你调去了，工作单位在市里了，你才是那儿的主人。眼看就要调了呀，眼看你就是那儿的主人了呀，你怎么就得病了啊？你快点儿好起来吧，袁芬，我的袁芬吔……

郝仁说得声情并茂，已有些热泪盈眶了。

第二天早上，袁芬的母亲、兄弟来看袁芬。母亲看见袁芬答应也不答应她，眼睛闭着动也没有动一下，就包不住眼泪水了，说，芬芬哩，你是怎么搞的啊？怎么搞到了这一步啊？

袁芬的兄弟看上去则很气愤，但他尽力平静地说，郝仁哥，我说句实话，你要是不调到市里去，怕我姐就不会这样——落到这一步。

郝仁正在犹豫怎么回答舅子，袁芬的母亲插话说，怎么说话呢？这怎么能怪郝仁调动工作呢？人往高处走，将心比心，哪个都是一样，你郝仁哥有这个条件，调到市里也是顺理成章的。要怪啊，也只能怪我们袁芬命不好，得了这个病，还要怪怕也只能怪你爸给她取这个名字不好，袁芬，哪样名字不好啊？取个袁芬。

郝仁的舅子说，妈，你这个说法我不赞成。要这样说的话，你们当初就不该开这门亲，不就是郝仁哥的爹是县委书记吗？你们把姐嫁到了他们家，就一切都按照他家的规矩来办事，他们要把郝仁哥调到市里去，我姐就命中注定难逃这一劫，她就是该着的？

郝仁不同意舅子的说法，他以儿子的口吻说，外婆啊，舅舅啊，我说句老实话，袁芬和我结婚以后，首先是我们两人相处得很好啊，然后，我和我们家都没有亏待她啊。

袁芬的母亲说，郝仁，你也不要说了，哪里亏待她呢？简直是让她过上了幸福生活。你们给她转了户口，给她找了工作，把她安排进水厂，她有工资拿，不用做活路，多好啊。你们的儿子读得书考上了大学，房子又是高楼大厦，宽宽敞敞的，世人都说袁芬找了个好婆家啊。

郝仁的舅子说，妈，你说的是以前。现在呢？现在她一觉睡着，人事不省，这何时是个头啊？

郝仁的舅子说他还有事，先去忙事情去了。

袁芬的母亲留下来陪女儿。

岳母和袁芬的同事一起照顾袁芬，郝仁便回家带需要的东西，充电器、脸盆脸帕、水杯之类。郝仁到卧室看了一下，根据罗鸣和袁芬同事的描述，袁芬大概是在卧室里走动的时候血压忽然升高的，因为事发突然，袁芬要么想躺到床上去没能成功而倒在了地上，要么是躺到床上了，因为痛苦而挣扎着又从床上滚到了地板上，一直挣扎到不能动弹的时候——因为郝仁和儿子都不在身边，袁芬就是发毛病也受了好多苦啊。

五

三天了，袁芬也没有醒来。

罗鸣在走廊尽头的楼梯口对郝仁说，医生暗示医好了也可能是植物人，我建议你，是不是放弃了算了？

郝仁很生气地说，罗鸣，我非常感谢你为袁芬所做的一切，我为我们这么多年的感情感到欣慰。可是，你怎么能这样说呢？你还是我的朋友不是啊？你还是我的哥子不是啊？这个时候竟然说出这种话来！我是那种人吗？妇人有点病就放弃，趋利避害？我们多年的夫妻感情可是很牢固的啊！

罗鸣说，你误解我的意思了郝仁，我是说你应该考虑清楚，你花起银钱即使把她医好了，也可能是个植物人。而植物人，还得花费银钱呢，何时是个头啊？怕你这后半辈子都要陷进去啊！到头来，却是人财两空啊！

罗鸣也太直了，直戳戳地说出这些话来，郝仁连跟他断交的想法都冒出来了，不是看在他冒着危险翻墙入室救袁芬的面上，他就把断交的话说出来了。亏得罗鸣还是个支书，在县城的单位里大大小小也是个头头，还是个古诗词兼汉俳爱好者，都写到当上县诗词楹联学会的副主席了，还是个乌江奇石收集者，沾点艺术的边边，为了把乌江边奇形怪状的石头背回家，都背成腰椎间盘突出了。

医，该怎么医就怎么医，就是卖房子也要医，砸锅卖铁也要医！郝仁说得斩钉截铁，一点儿都不含糊。

从省城回来探望妈妈的儿子也焦虑地说，要医，怎么能不医呢？

这天上午医生查房的时候向郝仁问了一些袁芬的情况，也向护士了解了一些指标。医生说，像袁芬这种情况，醒来也不是没有可能，但是可能性不太大。脑出血导致的植物状态如在三个月内不能醒来，以后苏醒的机会极为渺茫；如三个月内醒来，相对康复可能会好一些，但都会留下严重的后遗症。所以在医院继续医治的意义已不大，你们是确定继续在医院观察一下呢，还是弄回家去静养？你们考虑一下吧！

等医生查完房回到办公室，郝仁便去问医生的实话。医生说，关心这个病人的人不少，有专家有领导也有亲友，我说的都是实话，这也是关心这个病人的人的意思，不花钱或者少花冤枉钱。

郝仁的心都凉一半截了。他硬撑着说，感谢医生的好心，但我们还是不甘心，如果我们想弄到外面去看看，这没什么问题吧？

医生说，像袁芬这种情况，最好不要让她颠簸，当然，你们要弄她到外面去看看，那是你们的权利。

一个星期了，袁芬也没有醒来。

郝仁向老头子和兄弟通报了情况，决定把袁芬转到贵阳，请他们往他的银行卡上打点儿钱，他过后还给他们。老头子和兄弟都到县医院看过袁芬了，郝仁只好在电话里向他们借钱。在此期间，郝仁把从家中带到医院的脸盆脸帕带回到农资公司宿舍五楼的家中。他准备把脸盆脸帕放回卫生间的时候忽然想，晓得这脸盆脸帕还是不是我们的啊，搞不好这套房子要卖掉，要是关起门卖的话，屋里的东西就不是我们的了。为了看一眼他和袁芬、儿子生活了十来年的地方，郝仁把客厅、阳台、厨房、大卫生间、书房、卧室和小卫生间都走了一遍；为了给袁芬留一点纪念，郝仁又把脸盆脸帕带了出来。

罗鸣、袁芬的同事来医院帮忙。郝仁和舅子把袁芬连床一起推出病房，他们推着或护着袁芬，走过过道，进出电梯，穿过巷道，直把袁芬推到双排座车子跟前，然后换到担架上抬上车。

郝仁和舅子一同送袁芬到贵阳医治。郝仁请水厂派的车，车上确实需要个女同志，找不到合适的人了，郝仁想要么就算了。叫袁芬的同事去吧，人家水厂已经派车派驾驶员了，不好再提要求了，再说，一个女的跟着三个大男人一起也不方便。可是袁芬的同事却主动提出送袁芬到贵阳。

从县城到省城要经过九个乡镇、两个县城才到遵义上贵遵高速，再走剩下的一半路程，一直都是朝上走。

省城的变化自不消说，司机用了导航才开到省医院。郝仁和舅子抬袁芬，袁芬的同事护着袁芬，等电梯，进电梯，出电梯。郝仁好不容易通过老乡找到老乡，谁知省医院的及时检查和判断也如出一辙，也说意义不大。说要么住院观察一段时间，可能住院观察的结果还是现在这样，要么回家静养，好好地陪护，多和病人说话，醒来也不是没有可能。

郝仁想既然来都来了，也不好就撤退，便决定让袁芬在省医院住院观察一段时间，由儿子抽空帮忙照料。

袁芬的鼻孔里仍然插着管子，手指仍然夹着血氧夹，手上仍然插着输液管，瓶子仍然挂在病床上空的挂钩上，胸部也仍连着心电监护器。医生护士叮嘱，要常常和病人说话，有些话还要不厌其烦地重复，以唤起病人的记忆。郝仁给袁芬洗脸洗脚的时候便对袁芬说，袁芬哩，你当初是多么漂亮的一个人儿啊，好多一表人才、风度翩翩的人追求你你都没答应，你嫁给我，是亏了的啊。你嫁到我家来以后，尤其是儿子出生、让你到水厂上班以后，你以照料儿子和工作辛苦为由，少做家务了，少洗衣服，少拖地，做了菜饭吃过以后也少洗碗，家里的其他人都说你变了，是我把你娇惯的。我可不这样认为，你那么漂亮，又是处女，还给我生了儿子，我是该多做点事才对得起你啊。袁芬哩，我念起你的好来，真的是很感动。

袁芬的兄弟、同事和司机离开以后，仍由儿子抽空帮郝仁在医院照料袁芬，郝仁一坐下就不厌其烦地和袁芬说话。说过一会儿话后，郝仁用从家中带到县医院然后又带到省医院的脸盆到走廊转弯的地方打来烫水，把帕子放到烫水里浸泡后给袁芬洗脸。他在烫水里加了一点冷水，让水温适度，然后用手指蘸水，往袁芬的脸上抹，往她的眼睛边抹。郝仁想，袁芬可能表面上没有感觉，实际怕是有呢，再说，即使她没有感觉，他郝仁和儿子，和别的人看着也好一点啊。郝仁给袁芬洗了脸，又给她洗手。他拿着她的手，一个指拇一个指拇地给她洗，他也像他们恋爱的时候那样抠她的手板心，试图通过抠痒痒唤起她的一点感觉。当然没有。没有也没关系，沉睡的病人要醒来也需要一点时间。洗过了手，郝仁又给袁芬洗脚，还是一个脚趾一个脚趾地捏，抹掉那些汗渍，他也抠她的脚板心，轻轻地抠，就像做游戏一样。

郝仁边护理边对袁芬说，有人见你长得漂亮，动摇你对我的真心，想在我们之间横插一杠子，你就泼脏水淋他，他只得灰溜溜地跑了。后来你对我说，是我最先在乌江河边的桑树林中看见了你，看上了你，你一辈子都念我的好，不会变心。袁芬哩，你说你念我的好，现在却是我在念你的好啊。我念起你的好来，你的不好也是好了。比如当初家里来了朋友，你因什么事对我有意见，一点面子也不给我和我的朋友们，你拉着儿子阴悄悄地就出门了，你给我生了儿子，你有资格拉着儿子出门而不顾及我和我的朋友们；比如后来三朋四友聚会，吃了饭打牌，都是你代表我们家庭在参与，根本没有我的份儿，我也觉得只要你高兴，你打牌就打吧，你有资格代表我们家打牌，我不打也没关系的。而现在，你要是还能拉着儿子阴悄悄地出门，你要是还能和我争牌打，该有多好啊。

六

袁芬在省医院的病床上躺了半个月也没有醒来。

郝仁征询老头子的意见，母亲和兄弟的意见，还有岳母和舅子的意见——当然是在电话里征询，亲人们的意见也是在电话里提出的，都是根据郝仁的实际情况提出的，都建议郝仁把袁芬从省医院转到市里的医院。

老头子和兄弟都说，你让袁芬在县里医了一段时间，也到省里医了那么一段时间，都不见效果，也是没得办法了啊，你也尽了责任了。当然，你要继续医，我们也支持你，毕竟你们两人一路走来这么多年，已有很深的感情，到市里的医院来医也方便得多。

郝仁的母亲在医治袁芬的事情上态度却有点儿迟疑，她说都医了这么久了，也没有效果呀，账倒是欠了一大笔。袁芬的兄弟也认为没必要医了，医也是白花钱，不如把那钱给小孩留起，让他毕业以后买房子买车子。

袁芬的母亲则说，郝仁呀，袁芬得这个病了也是没得办法，你要是还有能力呢，就再医她一下吧，她只要还有一口气，我们看着她也是活起的。至于小孩，儿孙自有儿孙福呢，我们这些人哪个不是靠自己的双手生活的。

郝仁再征询儿子的意见，儿子不假思索就说继续医他的母亲，不用把钱财给他留起。

郝仁综合亲人们的意见，把袁芬转回市里以后，没有回三江公园边他们新装修出来的家里，而是进了第二人民医院，让袁芬睡在病床上继续接受治疗。

账欠了一大笔，还要继续医治，郝仁就考虑把县城农资公司那套五楼的房子卖掉。老头子率先发表意见，郝仁，古话说“置物不穷，卖物不富”，那是指平常情况，你这非常情况呢，也情有可原。但我还是要提醒你，你可要慎重考虑，考虑清楚呢，路要一步一步地走稳，不要踩虚脚了。郝仁说，晓得，你是语重心长，但是我目前这个情况，也只能这样了。还真是关起门卖的，里面的什么东西都没搬出来。郝仁先还了一些账，比如舅子的，他催得紧，生怕郝仁拖他，甚至赖他；比如同学同事朋友的，人家虽然没有催促还账，但那意思很明显，人家也只是帮你救急，不可能把借给你的钱像银行那样作为死账呆账处理掉。同学同事朋友能在急难关头借出钱来，郝仁已经很感激了。剩下的就是老头子的和在银行工作的兄弟的还没还，他们都说，郝仁要继续给袁芬医病，他们的账可以先欠着，暂时不忙还。

到市里的医院了，郝仁觉得方便多了，老头子和母亲可以不时到医院看看，兄弟和兄弟媳妇可以不时到医院看看，郝仁有时也可以到单位去晃一下。其实单位对他也够可以的了，叫他认真照顾妻子，单位的事同事们多担待一点就过去了。单位的女保健员有时也到医院看看。

医生交代，要让病人保持卫生。郝仁坐在病床前一边给袁芬剪指甲，一边跟袁芬说话。郝仁又给袁芬洗了脸擦了手，洗头的时候他把袁芬的身子抱横在床上，让头发悬在床沿，他把装了水的脸盆放在下面，用缸子舀了水淋到袁芬的头上，那水滴流在盆子里，一点儿也没洒。水淋湿了头发，郝仁才往袁芬的头上挤洗头膏，然后搓揉头发，三下两下之后，再用水冲掉，重新挤洗头膏，泡沫就起来了，白白的，郝仁的手在泡沫中轻轻地慢慢地抠动。郝仁记得袁芬原先就是这样在他生疮的时候给他洗头的，他当时觉得很舒服，他想袁芬现在也一定很舒服吧，她只不过是不爱说、懒得说而已。用水冲掉那些有点虚幻的泡沫以后，郝仁用手摸着那些湿湿的头发说，袁芬啊，你也有了白头发呢，我们是不是都已经老了？郝仁接着用干帕子把袁芬的头发揉干，揉得深情款款，轻轻慢慢，再用吹风机把它们吹干。他像稔熟的理发师一样，左手理着袁芬的头发，右手里的吹风机就吹着那些头发，吹得一根一根的，干酥酥的。吹干之后，才又在到医院看望的单位女保健员的帮助下复位。

女保健员说，郝仁，你为什么要瞒着大家啊？你妻子的闺蜜和我是好姐妹——就是她水厂的那位同事，她不打电话给我说，不知你要什么时候才说？

郝仁说，是嘛，她的闺蜜不能来帮忙照顾她了，闺蜜的好姐妹又出现了，这很好呀。可是这也不能怪我保密呀，我并不知道你们是好姐妹。

郝仁说想请做保健按摩的人到医院给袁芬按摩一下，可能按摩一下袁芬会好受一点。他不会按摩，也想趁机学一下。女保健员说，你是脑子真转不过弯呢，还是在装？我就是保健员呀，你请我呀。郝仁恍然大悟。

女保健员给袁芬做起按摩来，确实动作娴熟。站着时有点儿像芭蕉树，斜着则像是芭蕉叶，郝仁真像闻到了一股芭蕉树叶的味道。在女保健员的按摩中，没有知觉的袁芬像有了知觉一样，像是在享受按摩一样。郝仁说，袁芬，你可是在享受地厅级老干部的待遇啊！莫说一般干部，就是正县级干部也享受不到啊。好受吧？舒服吧？

之后，郝仁便学着女保健员的样子给袁芬按摩，按摩颈部、肩膀、手臂、大腿小腿，试图让袁芬苏醒过来。

七

在市医院躺了一个月后，袁芬也没有醒来。

先是郝仁的母亲提出不用医了，她说，都医了两个月了，一点效果也没有，还医个哪样啊？你郝仁费了心尽了力不说，除了报销以外，还花了一套房子的钱。

郝仁的兄弟也说，哥，怕不用医了啊？都到这个程度了。

老头子的话当然高屋建瓴，即使不说他当领导坐主席台时的全局意识，就是如今写着古诗词担任着市诗词楹联学会会长的状态，看问题也是高瞻远瞩的。他有一首诗把他如何学诗就道得很明白——吾生七十未从心，轻身漫步进诗门。拜师学诗勤苦练，不为名利为抒情。老头子说，郝仁，你对袁芬的感情我们看得到也理解，可这具体问题不是也要具体分析并做出处理吗？就像你妈和你兄弟说的那样，袁芬得了这个病，你医也医了，钱也花了，心也尽了，力也尽了，适可而止吧。老头子担心郝仁听不明白，进而又说，三江公园边才装修的那套房子，你留来自己住吧，就当是袁芬留给她儿子的吧！

郝仁无可奈何，眼泪汪汪地接受了家人的提议，放弃了对袁芬的治疗。

可是，当郝仁看着护士抽了留置管时，却看见袁芬有了一点反应，她的嘴巴动了一下！不是好像，而是真的动了一下！郝仁一手拉着袁芬的手，一手摸着袁芬的脸说，袁芬，袁芬，你知道我们抽了你的留置管吗？你不赞成抽留置管吗？

当护士接着又抽氧气管时，郝仁的一只手无意识地拉着那氧气管，并对护士说，可不可以再等一会儿啊？护士摇了摇头说，你是经过深思熟虑才做出的决定呀。护士不经意间抽走了氧气管，郝仁迅速把手指伸向袁芬的鼻孔，感受着袁芬的鼻息，那鼻息像游丝一样绕着他的手指——郝仁感觉他这边后退一下，袁芬那边却前进一下……

郝仁迅速跑向医生办公室，说他反悔了，他决定继续医治袁芬，请医生安排重新上器械。

医生摇头叹息，说袁芬这只是功能性反应，并不是意识性反应，没有用的。

护士重新给袁芬上器械后，郝仁当机立断，电话向袁芬的水厂领导报告，说他决定干脆把袁芬弄到重庆去医，去西南医院，或者去解放军第三军医大学附属医院，请水厂派车支持一下。县城水厂方面回答得很勉强。郝仁接着又打电话叫舅子同水厂的司机一起来市里，然后他们一起去重庆。郝仁的舅子在电话里迟疑着说，县医院说不行了，你转到了省里去医；省里还是不行，你又转到了市里；市里不行了，你还要转到重庆去，有没有这个必要啊？你有完没完啊？郝仁一听就火起，说，你怎么能这样说呢？人生了病就要医，天经地义，怎么叫有完没完呢？郝仁发过了火，才又缓和一下语气说，怎么没有这个必要呢？重庆毕竟是直辖市，还是国民党撤到后方的旧都呢，肯定比贵州好。

家里人知道郝仁的决定后都很生气，老头子急匆匆地跑到医院说，不是说好了到此为止吗？你想过吗？你这样一来，就意味着你三江公园边那套房子不是你的了！

郝仁说，不是我的就不是我的。本来那就不是我一个人的，那是我们两口子共同努力得来的。现在袁芬生了病，我卖我们共同的房子给她医病有哪样呢？

老头子说，我不爱和你说，你狗日的死脑筋，一根筋，傻大毛！

郝仁心中的火又被激起了，回答说，死脑筋就死脑筋，一根筋就一根筋，傻大毛就傻大毛，这也比我在你眼里什么都不是，就像团空气一样要好得多，强得多，是不是？我记得我的事情，除了跟袁芬结婚是我自己决定的以外，其他的都是你在决定——你就让我再决定一次，要得不？我当惯了领导的父亲大人！

郝仁的气话使得老头子更生气了，他激动地说，莫非你还认为你的事情我给你决定错了？你不好好读书，老子给你安排了工作，你媳妇是农村户口，老子给她转了户口又安排工作，我决定错了？你说农资公司不行了，想调出来，老子给你调到交通局后，又从交通局调到市老干所，老子决定错了？

郝仁的兄弟赶忙扶住老头子劝说，爸，哥不是这个意思，不是这个意思。

郝仁说，我不好好读书，你只晓得一心当你的领导，你好好管过我读书吗？

老头子激愤地说，怪老子给你做的决定多了，你只怕还怪老子没决定让你当个哪样小头头啊。现在我可以告诉你：第一，国家单位是国家的，不是郝家的；第二，莫说没拿个哪样小头头给你当，像你这样处理事情，就是让你当上了个哪样小头头你也只会搞烂菜！我工作几十年，当领导干部几十年，其中一个重要的内容就是阅人、识才，还看不清楚你那几根肠子是怎么弯的？不相信你就等着看，你一时冲动卖第二套房子给袁芬医病，绝对是个错而又错的决定。也就是说，你至今为止做出的两个决定，跟袁芬结婚是对的，让袁芬去重庆医病是错的，你的是非功过正负相抵就等于零，其意义只在于有了一道算式！

郝仁的母亲说，老头子，你少说两句吧。郝义，扶你爸爸到旁边休息一下。

郝仁说，你当领导有你的当法，你怎样留官名那是你的事；我当群众有我的当法，我怎样立身处世，怎样留人名这是我的事情，你影响不了我！

郝义把老头子扶着离开以后，老太太说，郝仁吔，儿哩，我就明说了吧，你这袁芬医不医都是个死，你该给你自己，给你的儿子留点家财啊——袁芬要是说得出话，也会这样说啊！

郝仁让老头子一番轰炸、讥讽以后还没完全缓过神来，但他换了一种语气说，妈吔，正是因为袁芬说不出话，我才要这样做啊。我不这样做，我心里不安啊。妈吔，你愿意让你儿子的后半生过得心神不宁么？再说，要是袁芬哪一天忽然醒了过来，不是全都好了吗？人能生万物，有人就有一切啊……

老太太连连摇头说，完了，完了，难得劝得转了。她转身对一旁郝仁的儿子说，郝浩，你就没有哪样话要对你爸爸说的吗？对你爸爸说几句吧，啊！

郝仁的儿子表现出犹疑，他说，爸，你真要弄妈到重庆去医呀？那不是又得花好多钱？

郝仁说，是得花些钱，花些钱就花些钱，我们把三江公园边那套房子卖掉就是。

儿子说，可不可以不卖那套房子，先向亲戚朋友借点钱，然后再想办法还啊？把你和妈共同买的那套房子留下来，做个纪念？

郝仁说，儿子，我知道你的心情，你既想医你妈的病，又不想卖那套房子，这怎么可能呢？能借到钱的地方爸爸都借了，要再借也不是件容易的事情。再说，我还得继续尽我的心，尽我的力啊。

儿子一脸愁苦，说，爸，其实我也很矛盾，妈生了病，是该医，要是哪儿保证能医好，我们花好多钱都该医。可是你弄她到重庆去，也不能确定就能医好啊。另一方面，我的同学中已有人开车上学了，他们好像都不考虑买房子的事情，只是讲享受生活，到哪儿去旅游、玩耍，我觉得那样的态度也不可取，人还是应该自力更生、艰苦奋斗……

老太太说，听见没有？郝仁，你儿子虽说言不由衷，意思却很明显啊。

郝仁想起袁芬为医他的疮去求人的事，更觉得该把她送到重庆去医治。那时他的左边羊子窝（腿根）生了一颗疮，先是红肿，继而扩散，肿大，严重的时候化了脓，他连在屋里走动都很艰难了。医院也进了，土医师也请来看了，就是不见好转。袁芬的母亲搜肠刮肚，想起他们的远房亲戚中有一个人能医疮，就去向他讨药。可是那远亲脾气傲，得知袁芬的母亲是为女婿讨药以后，硬是要袁芬去他才发药。袁芬知道那远亲是在为难她。她自从嫁到郝家以后，就少了和远亲一家的往来，那远亲分明是要袁芬去当面低一下头，求他。果然，袁芬和表妹一起去后，那远亲的话语阴阳怪气的，一见面就说，哎哟，这不是袁芬吗？好多年没看见了呀，听说你嫁到当官的人家去了，发财了，今天是哪股风把你吹来了呀？袁芬恭恭敬敬地喊了一声表叔，说，对不起哟，这些年你家有哪样事情我也没得信，也没得来。远亲说，没得事，没得事，我们这种穷山沟里的亲戚，没得事的。袁芬说了郝仁的疮，说，郝仁要是能走动，他一定会来当面向你讨药的。远亲笑着说，没得事，没得事，我们没得事你们有事，你这不是来了吗？来了就行了嘛。袁芬你放心，你既然来到门上了，药我肯定会拿给你的。袁芬摸出钱来递过去，远亲说，袁芬，这钱呢，我还是收下哈，你是拿药去治病，我要是不收的话，怕你还以为我这药有欺假……郝仁听袁芬回来说起，觉得真是委屈了她。郝仁的疮确实也是用了远亲的药才好的。袁芬觉得她为了医郝仁的疮受点数落，让人扫脸也值得。可郝仁明白，袁芬究竟是为他才让人数落和扫脸的啊。

市里虽然有通重庆的火车，可是搭火车还是不太方便。经过征询、上网查证，县城水厂的司机仍然开了导航行驶。在网上查的情况是，从市里开车到重庆的总里程为五百四十多公里，经过本地的一个县城以后，还得经过重庆辖下的秀山、酉阳、涪陵、彭水等地，开车时间约七个小时，油费不确定，经过高速公路收费站的总过路费约两百元。

郝仁和自己的兄弟、袁芬的兄弟，还有老干所的女保健员把袁芬送到重庆后，由两个兄弟抬袁芬，郝仁则在中间护着，女保健员在前面引路，等电梯、进电梯、出电梯。因为在网上有预约，在重庆西南医院没等多长时间就得到了检查，可惜，经过检查，结果还是和先前一样。

郝仁的舅子说，哥大爷，这回又如何？是还不死心呢还是撤退？

郝仁没想到袁芬的兄弟会说出这样的话，不就是耽搁他两三天活路，至于吗？还是亲姐弟啊。郝仁也是想把百分之一的希望转变成事实啊，他不能眼看着一个活生生的人一直昏迷不醒甚至被放弃啊！再说了，人家外人司机都没多说什么……

八

袁芬又一次回到了市里的第二人民医院。

郝仁原本也想让袁芬回三江公园边那套新装修出来的房子中去住几天的，无奈郝仁已经在去重庆之前把那套房子卖掉了，袁芬已回不去了。

也是关起门卖的，里面的东西一样也没有拿出来。郝仁对袁芬说，袁芬，三江公园边那套房子我们回不去了也没关系，省得上上下下的麻烦。

从重庆回来以后，郝仁的母亲问郝仁，那女保健员是不是对你有点意思啊？你看她时不时到医院来帮你照料袁芬，还陪着你去了重庆，不是对你有点意思她能这样吗？郝仁说，妈，你在说些哪样呀？老太太说，我说些哪样你不明白？我是说袁芬就是这个样子了，你要是觉得那女保健员可以，就不要错过了啊。兴许她看到你这样对待袁芬，她看到了你的精神所在，受感动了呢。郝仁说，妈，你不要这样好不好？我现在的任务就是好好照顾袁芬，守住我跟她在尘世的这段最后的缘分。郝仁的母亲说，我了解过了，那女保健员是某个老干部的儿媳，她丈夫遭车祸去世了，和我们还是老乡，我看你们也还合适呢。郝仁说，妈，你别打扰我好不好？

九

郝仁继续在医院照料袁芬，他知道袁芬有脚癣，给她洗脚后，便朝袁芬的脚趾间夹纸巾，他把纸巾撕成小块，没有折叠便往每个脚趾缝夹一块。脚趾缝里不是有些水珠吗？就让纸巾吸那些水珠。那些纸巾夹在袁芬的脚趾间，有点像山野间开白花的马尾草一样飘动，好像就有了一点生气似的。

接着，郝仁又想起不如用脚癣一次净给袁芬泡一泡。泡脚癣一次净的时候，脚趾间、脚板、脚趾都有点痛，要是在痛的过程中，袁芬有了反应那不是更好？既对脚癣有疗效，又对醒来有帮助。郝仁把袁芬的脚放到加了脚癣一次净的水里，很快就提了起来，他条件反射地觉得袁芬还像以前一样，会腾地收起脚来，然后他又把袁芬的脚放到水里，他索性不动，袁芬的脚也没有动一下。唉，袁芬还是没有反应。

要给一个昏迷不醒的人洗澡真是件难事。在下班后的时间里，在周末的时候，女保健员到袁芬的病房来看看，郝仁就请她帮忙给袁芬洗澡。郝仁说，我本想等儿子来了叫他帮忙洗。女保健员说，等个哪样儿子哟？儿子也有儿子的不便呢，我来都来了，我帮你洗。郝仁说，我平常一个人的时候只是给她抹一下身子。女保健员说，抹一下也行，全面给她洗一下也行，你去打水来。郝仁就端了从县城农资公司的家中带出来的盆子去走廊尽头打水。打来一盆水后，女保健员说，再打一盆呀，床的两边各放一盆，我们可以一边洗一会儿。又打了一盆水后，郝仁把床摇了起来，让袁芬的头和身子像靠在床上一样。当郝仁用从县城农资公司的家中带出来的帕子打湿后给袁芬抹左边的颈项时，女保健员便撑着袁芬的肩膀，不让袁芬偏过去；女保健员给袁芬抹右边肩膀的时候，郝仁便撑着袁芬的腰部。女保健员说，郝仁，像你这样的男人很少见呢，妇人病成这样了，既卖了两套房子给她医病，还这样精心照顾，难得呢，我看你简直就是个好人。郝仁说，这是我应该做的，也是我能够做的，毕竟我们一路走来，既有感情，又有恩情呢。我以前没有照顾好她，现在照顾补起啊。郝仁抹到袁芬的乳房时，女保健员说，她都这样了，你还想着她以前的好，真让人羡慕啊。郝仁说，我这笨脚笨手的，用得着你羡慕吗？女保健员说，我一直都在服侍别人，从没有别人服侍过我。要不哪天你也服侍我一下，让我感受一下别人服侍的滋味，如何？郝仁看见的女保健员，眼里已有一种像光一样的东西在闪烁。郝仁说，好吧，你帮我服侍袁芬，我哪天服侍还你。女保健员说，我可不是要你还呢，我是要你心甘情愿服侍我一回。郝仁便有点迟疑，但看见女保健员这样认真细致，郝仁心里就生起深深的感激之情，心想哪时有空闲了，一定要好好感谢一下她。

谁知这次郝仁和女保健员联手给袁芬洗澡以后，袁芬不但没有醒来，反而停止了呼吸，奔她的世界去了。

袁芬究竟还是走了。

郝仁感受着生离死别的悲伤，全身都像散架了一样。

老头子和老太太都对郝仁说，悲伤个哪样？袁芬搓磨你也搓磨够了，你该出的力不该出的力都出了，该费的心不该费的心都费了，你没有对不起她的了。

兄弟和兄弟媳妇则对郝仁说，哥，你也要想开点儿，嫂子她早死早托生，你也早解脱。

处理袁芬后事的过程中，郝仁想起罗鸣的话来，也觉得他说得有道理。在殡仪馆，郝仁对从县城赶来吊唁的罗鸣和袁芬的同事说，兄弟、妹子，谢谢你们为袁芬所做的努力，我还说等她好了以后好好感谢你们，没想到我食言了，对不起你们啊。

罗鸣说，郝仁你不能这样说，医生都只能医得了病，医不了命，你哪能这样说呢？作为朋友，我们也只是尽了点小小的责任。

作为朋友，罗鸣当然是好样的，至少是事先就把袁芬的病的利害关系给郝仁说清楚了。当然，事实也是这样，袁芬走了，两套房子也没有了，郝仁落得个人财两空。可是郝仁觉得心里很踏实，对袁芬他也算尽了心尽了力。

袁芬的同事小声问郝仁，郝哥，我那个在你们单位做保健员的姐妹如何？还好相处吧？

郝仁苦着脸笑了一下。

郝仁用医治袁芬剩下的钱还清了所有的欠账，包括老头子的，包括兄弟的。只是儿子的脸色不大开朗。

兄弟和兄弟媳妇见郝仁没有住处，让他住在他们的一套旧房子里。旧房子是银行早些年的一套职工宿舍，前有走廊，后面是厨房和卫生间。厨房没有抽油烟机，只有换气扇；卫生间里没有浴霸，只有白铁皮焊的一个水箱架在墙上，接了电线拉闸烧水洗澡；卧室里有写字桌，两边的抽屉各三个，当中的抽屉宽一点儿，只有一个，床是高低床；客厅里的沙发是木板夹竹板那种，也有笨重而占地宽的木沙发，还有座式电视，郝仁知道这些都是兄弟一家以前用的，现在留作纪念的家具。郝仁把他从县城家中带出来的那个脸盆也带到了兄弟的旧房子里用着。

曾经一表人才的郝仁，由于长时间照料昏迷不醒的袁芬，早就没有拍照片了，也有一段时间没跟老头子和罗鸣学写古诗词了。现在他想重新提起笔，写写他和袁芬的爱情、感情和恩情。郝仁少了与外界的接触，衣服和头发都有点油腻，没精打采的。与家人、同事和朋友在一起闲聊的时候，郝仁自嘲，照顾了两三年病人，身心俱疲，哪来精神啊？郝仁的母亲见他这样，又着急又心疼，就又提起女保健员，说，都过去一年了，你也该考虑和她的事儿了。郝仁苦笑着说，我现在要钱没钱要房没房，叫我怎么好开口？母亲说，妈看得出来，她对你有意思，你一个大男人就该主动些，不然给拖黄了，可有你后悔的！郝仁说，她要是能看上我这个人，到时候她自然会说的，你就别操心了！母亲说，都整整一年了，还要等到什么时候？郝仁笑了笑说，不急，不急。

（原载《民族文学》2018年第3期）

句芒云路

不等式

我与母亲相依为命的云落城，是一个市区面积两千多平方公里、人口逼近两千万的现代化城市。将它冠以“现代化”，是因为那些奇怪的物质——看不见、吃不了、闻不出、触摸了可能会致命的东西——电，它在这座城市的各个角落安营扎寨、繁衍生育，同粮食、蔬菜、牲畜等一道供养着我们的肉身与魂灵，并将我们相互串联捆绑在一起。它们无所不能，也无孔不入。

在一个平静平安也平淡的傍晚，母亲让我去她位于科技园的别墅并讲了下面的故事。当时，我还不知道我的遗书已被发现。我的软件工程师母亲定是在对遗书做逻辑缜密的分析后，认定我准备杀了某个人然后自杀。那封遗书前两个小时刚打印出来用白色信封封好，满以为等过几天母亲读到遗书的第一个句子，她的女儿已经获得想要的死亡。

两层半的别墅一如既往地乏善可陈，充斥空间的是千百钵水养的白鹤芋，钵子是大小一致的正方体玻璃杯，杯垫是一张张圆形朱砂红绣片，跃然其上的是些形状怪异的黑色咒符。白鹤芋青翠鲜亮的叶子间透出来的白花不像花，像变异的叶子，闻不到丝缕香气。这些植物陪在母亲身边的时间比我多得多，我自然知道它们的别名、功效和花语，却不明白母亲痴爱它们的理由。母亲坐在它们面前开始讲述时，取出了一支圆珠笔和一小叠白纸，建议我边听边记些关键词，要不然我很快就会听糊涂的。

我刚才说和母亲在云落城相依为命，但更准确地说是相望而行。她住城南，我住城北，乘坐无堵车风险的地铁需要两个多小时。平日里我们都像机器一样准点开机、关机，然后按各自程序在各自轨道上运行，一年最多见两三次，每次真正共处的时间只能以小时来计算。我们像生活在云落城里的千百万人一样，用短信、电话、微博、微信、QQ、邮件等进行文字或语音上的隔空交谈，像那晚三个多小时见人见物的面谈实在是个异数，不亚于一场严重的突发事件。

一直听到最后，我才明白母亲想和我说什么。如今这个故事就寄存在我的电脑里。我确已对自己的大脑丧失自信，不敢确定多年以后它是否还会忠诚地帮我牢记这个充满设计感的故事，它更像我的软件工程师母亲在做的一次以人为元素的编码、推导和演算。我对电脑也不完全信任，它说不定有天也会苍老、瘫痪，甚至突发疾病一命呜呼，所以我给自己的电子邮箱发了一份，并打印了备存。它让我觉得走近了母亲。

第一个小时的讲述

1. A是喜欢B的

十九岁那年的秋天，A带着新剪的发型，拖着沉重的棕色箱包从筑县到云落城郊的某座计算机职业学校报到。高考落榜了，父母能想到的补救措施就是让她掌握一技之长。那时，计算机专业特别受追捧，他们如果能够预知它的复杂与艰深，估计会送女儿另学医护之类的专业。A存心想给自己博份好心情，同时给学校的老师同学们留个好印象，结果理发师不讲职业道德，或是发挥失常，她一觉醒来后发现镜子里自己头发奓开得活像一个大写的字母A。

因为这个丑化了自己的发型，A提前一个小时出了门，与邻居C不告而别，昨晚原本说好一起去客车站的。当然，迎接C的是云落城最好的大学。

于是，似乎就这样走向了分岔口，在阳光倾斜、桂花暗香浮动的秋天。后来，A情愿把伞举给邻桌的B自己淋成落汤鸡，把一颗心交给人家摔在地上践踏，却死也不愿转身接受招之即来的C，以及那些随时无偿提供的呵护和疼爱。后来回想，似乎也不为什么，就为B有一头飞扬跋扈的长发，而C始终像电脑里的黑体字与宋体字孵育出来的孩子：平板，生硬，从不旁逸斜出。还有一个完全不像理由的理由：C的优秀让A感到压力和自卑，而B的顽劣却能让A轻松自在，他们在一起的每秒钟都充满了冒险。

基础太差、英语太烂的A与B实在没学到什么，仿佛大家不约而同选择那所校舍永远灰不溜秋的学校，仅仅就是为了完成宿命中的相遇。在街上裸奔，在网上裸聊，半夜煲电话粥，在山上给一帮相互戏称“摄鬼”的摄影师当裸模，然后把钱买酒喝……貌似只在这个时代才有可能发生的荒诞不经，A在那些年都主动或被动地与B一起经历了，换作就读于名牌大学的C，可能吗？恐怕把他放进太上老君的八卦炉再修炼五百年都不可能。

校内校外，B随时随地都戴着一副不知道什么牌子的墨镜，一根黑色的耳机线，有时是为了装鬼扮酷，有时是为了隐藏，眼镜的形状简直就是一个大写的字母B。浑身洋溢着荷尔蒙的B有种流里流气的帅，像流氓堆里的好人，又像是好人堆里的流氓，后来人们发明出的“2B青年”一词，简直就是专门给B这类人量身定制的。外人永远无法想象，待人接物时时处处温静柔婉的A，B只需一句话或一个小动作，便能轻易让她像字母A一样人格分裂，裂出一个放浪形骸的A。

2.C欠D一个婚礼

D在上班第一天，即真正成为一名刑侦摄影师的那刻见到了身着制服的C。血腥、恐怖的案发现场，从头到脚都干净利落的C让D顿生好感。虽然早有训练和心理准备，但狰狞可怖的尸体还是让D当场呕吐了。接到C伸手递来的湿巾，D内心莫名感动，似乎就那样轻率地交付了芳心，决定了永生不悔的事情。

D用第一个月工资加上父母的资助，给自己买了一台当时云落城最新最贵的数码相机。买到后拍摄的第一个人自然是C。为了迎接C的出现，D在咖啡厅里枯坐了三个多小时。终于，C在D的视野里出现了，这个走得头正身直、天塌下来随时准备顶着的男人，让D心神荡漾。隔着雨水玻璃，她颤抖着手指按下快门，将路过的C悄悄地定格在了自己的眼里和心里。

D做梦都想C能给她一场婚礼，哪怕简单到一枚戒指都没有，哪怕短暂到结婚第二天就离异。C是方正、拘谨的人，但见过他的人无不感觉他是上帝用心刻画出的一道优美弧线，就像字母C。阴差阳错，或者说一切都没来得及，C的生命像一道优美的弧线被人用橡皮擦掉后，D宿命般地成了字母D——一个永远残缺的半圆。D美丽姣好的身体如一张洁白的蝉翼纸，C拿到了笔和墨，但从未在上面书写下一撇一捺。

C人间蒸发之后，D把自己封闭了起来，从此工作、家里两点一线。如果有人问D想穿越到什么时代和什么地方，D肯定会说她只愿留在21世纪，留在云落城。在D看来，其他时代枯燥而单调，没有她挚爱的全视角数码照相机，也没有她赖以生存的江河一般取之不竭看之不尽的影视剧。

委实，D没事就坐在她那张足足有两米五长的大床上看电影或电视剧，那是她与C的婚床，C一次都没有在上面睡过。无论是什么影片，D从不看最后一集，虽然可能错过了有情人终成眷属的欢喜，但也同时躲过了生离死别的痛苦。有关警察的电影或电视剧一播出，C就会第一时间找到，无论多么剧情拉杂都会看得心醉神迷。

没有电影或电视剧声音的陪伴，D根本无法入睡，所以每晚看到最后，不是D在看电视，而是电视在看蜷缩在被窝里的D。从电视机音响游荡出的声音悬浮在D的头顶，从电视里散射出来的光轻抚着D清瘦、苍白的脸，像D圈养在自家的一轮方正的月亮。

3. D经常被E梦到

除工作之外，镜头无须对准案发现场，D喜欢透过雨水模糊的玻璃窗，用自己购买的相机捕捉她愿意将之定格的场景。自从隔着雨水玻璃给C拍了第一张照片后，这个取景方式就成了D的怪癖。相机在手的D会完全忘了自己，瞬间成为一个能掌握时间的魔法师，一个能在时间的河流里打捞珠贝的渔人。

相机内存卡满时，D会挑选出一些拿到E的店里冲洗出来。E的店子挨着江，有时饭后散步走着走着就到了，很方便。店子的装修很有个性，所有东西非黑即白，包括老板E自个儿的装束，也是一年到头黑白两色。D将自己从来都是黑白颜色的照片从店里取回后，会小心翼翼地钉在客厅沙发斜对面的墙上，冲一杯咖啡慢慢欣赏。这是D发明的另一个打败孤独的办法，不看电影或电视剧的时候，目光就在一堵密密匝匝住满人的墙上逗留，此时便不会觉得房间空荡清冷了。

D每次送来冲洗的照片，E再忙都不会假手旁人。在人所共知的那面，E是个浑身上下充满棱角、光芒四射的人——就像字母E的右面。左面的E是个空空荡荡的谜。

看到D隔着雨水玻璃拍下的男人女人，被雨点模糊、遮掩、变异的嬉笑怒骂哀嗔痴，或有着与D类似的寒凉和落寞，E即使身处人群喧闹的店中，总难以控制心头的疼痛，他无数次幻想着一把把面前瘦瘦小小的D揽入怀里，近距离打量她的眼睛。据说人的眼睛有5.76亿像素，他想强迫她用这台特殊的超高清照相机，把自己照到她灵魂的内存卡里去。

4. F是E的闯入者

一年到头身上只穿黑白两色的E，在给F拍摄婚纱照的时候把人家的心魂同时摄取了。

作为一个光芒四射的人，E在躯体上无疑是个让人难以挑剔的男子。从见到的第一眼起，F就无法自控地瞅着E身体中部微微凸起的位置发呆，臆想着那里拘囿着的东西一旦被释放出来，自己带着狂猛的兽性进入她的身体，会是怎样的一种激烈情景？F不敢再想下去，只能用仅存的理智提醒自己，风情万种地将站在身边的G环腰抱住，像千千万万即将进入婚姻的男女们那样亲昵，甚至更亲昵。

据说男女婚前拍照最初缘于迷信一个“一拍即合”的成语，但F却在拍照瞬间后悔把自己嫁给在网络游戏上认识的G。在云落城这样的现代化城市里，总有一拨接一拨的年轻人把生活过成网络游戏，或把网络游戏过成生活。F无疑属于这类，她在见到E后即想以最快的速度改签自己的人生行程，有如在游戏世界里那样，换个昵称和账号，以全新的身份重新开始。

F坚信E才是她想要寻找的男人，就像字母E与字母F命定的缘分。字母F比字母E少一横，所以F认定自己即是《圣经》上说的那个被造物主取走一根肋骨的人，只有和E在一起她的身体才不会隐隐作痛。

在一个雨雪交加的圣诞节，F披着一头栗色短发，穿着一袭轻薄、摇曳的绯色婚纱闯进E的店子，她像一只打着哆嗦的火烈鸟。那天是他们相识的第十二个纪念日，每月的这天F都会来找E，展开她狂热、执着且风格百变的追求，其中固定的仪式之一就是让E给她拍各种大胆、暴露的写真集，无论E开出怎样的高价或是送她怎样的眼神都毫不退却。真是一个要风度不要温度的傻女人！众声哗然中，E不由得脱下他的黑色大衣给F披上，唯恐天下不乱的年轻店员和顾客们在一旁用力鼓掌并大声喊叫起来：在一起！在一起！

让E糟心的事随即如电影剧情一样发生了：D在店外赫然出现，用拔枪一样迅捷的动作举起手中相机，隔着雨雪和玻璃对准了他与F，大概静止了一分钟不到，瞬即不见。玻璃是中空隔音玻璃，外面的声音几近于无，但那一刻E愕然听到了从D手上发出的“咔嚓”声，像一颗子弹，从耳朵射入心脏。

幸福得哭起来的F不知道窗外发生了什么，E的黑色外套温煦如阳光。差不多有半个小时，把妆哭花的F整个身子都悬挂在E的身上，E无法挣脱，只能无所作为地看着D从玻璃窗外走过、消失，像一片鸟羽沉入深不见底的海。

5. G对F说，我就是要和你藕断丝连

G一直觉得和F在一起的日子像一场游戏。他们只不过是把曾经在网上迷恋的游戏在现实进行某种意义上的实践和还原。在那个桃花源般的幻境里，他们相识、相爱，在众多网友的祝福声中办了一场盛大的婚礼，还生了两个孩子，一男一女。那种虚拟的生活实在太真实了，以至于当他们真的在现实中走到一起，现实反倒虚假得像场惨淡无趣的游戏，包括F的见异思迁和各种任性。同是在网络世界中生活过和生活着的人，F是真的认为人生随时可以重新注册，生活随时可以像机器那样恢复出厂设置。但G做不到，爱上一个人或把一个人从生命中忘掉，绝非像安装和卸载游戏软件那样可以一键操作，记忆里真切的悲欢也绝非磁盘里的数据和痕迹，随时可以一键粉碎或清除。

与F和平离婚两年多后，G经人介绍认识了性情孤僻的H。正式求婚并得到H应允

的第二夜，G把自己灌得酩酊大醉后登录到当年与F一起结婚生子的那款游戏，以匿名的方式给F寄送了一首歌，其中有句歌词是：

谁甘心就这样
彼此无挂也无牵
我们要互相亏欠
我们要藕断丝连

事情怎么会这样呢？离婚的时候不挺骄傲挺洒脱的吗？G有时不得不相信自己就是字母G，天生喜欢勾连。

6. H生活在两个世界里

在所有人包括丈夫G的眼里，H都是个静如止水的人。前任F太闹腾了，G最终选择H，最大的原因就是认为H适合过日子。H委实是这样的女子，不打牌，不抽烟，不喝酒，不泡夜店，无不良嗜好，整天没事就埋头看书或写作，长年累月下来，H成了字母H一样的人，虚构与现实这两个世界经常会相连、混淆在一起，让H精神恍惚，不知身在何处。

H的文章通过网络到处流传。H不写婚恋言情，不写玄幻武侠，也不写古装穿越，读过H文章的人都惊讶H为何能运用文字这一简单工具，架构出那么多离奇、古怪的灵异空间，缔造出那么多血肉饱满、情感丰富的幽灵，只有H知道，自己只是喜欢和文字在一起做游戏，像土耳其的一位作家那样，脑袋里有怪东西想与人分享。

以稿费为生的H自认为是个平凡的人，但从偏僻的小镇到繁华的都市，然后经人介绍嫁给生活优渥的G，在她身上发生的很多事就像癞蛤蟆吃到天鹅肉一样奇迹。后来，H不得不承认，天鹅肉远没有想象中的那么好吃。

离婚的男人没一个好东西！你会后悔的！这话是青梅竹马I咬牙切齿告诫过H的，可当时热恋中智商为零的H怎么肯信？

7.I也觉得自己不是个好东西

婚后多年，无论I怎么捣鼓，J的肚子一直没有动静。这个胸大臀圆、心思从来不会像字母J一样拐弯的女人，I与她结婚的主要目的就是按照父母的谆谆教诲传宗接代。如果说I确实就如字母I，J确实就如字母J——小写的字母i和j，那个任务即是随时随地压在他们头顶上异常沉重的小黑点。

I埋怨J的肚子像字母J，钩太短，没有好鱼钩怎么能够钓到河里的鱼？I以此为由在他们的小镇上花天酒地，和不下四个女人发生过不清不楚的关系：K、L、M、N……只有I自己知道，那些在他世界里经过的女人，都是其中有一处长得像H，要么眼睛，要么鼻子，要么声音……就像字母I是字母H的一部分，I一度以为他会顺理成章地娶到青梅竹马的H，让自己成为H的一部分，或让H成为自己的一部分。H的长相太普通了，什么特征都没有，但正因为如此，让他总能在很多女人身上找到酷似她的零件。这实在是一件让人气恼的事情。

有段时间，I与J暂住云落城，期望借助现代科技手段达成生儿育女的夙愿，整个疗程下来周期漫长且麻烦，两地来回跑既伤钱又伤神，所以找个邻近的小区租住了下来。I一直不明白他那沉默寡言、不善交际的老婆J是怎么认识邻居D的，后来才知道她们一个爱拍照，一个爱被拍照。

I认真看一个女人的时候会摘掉眼镜，就像和他的邻居D一样喜欢透过雨水玻璃摄影。有次他们在小区里的草坪碰见了，有一句没一句地谈了一小会儿，才知道原来他们都觉得看事物难得糊涂，糊涂难得，得不到的人才叫爱人。

8.O和X合伙开了个婚恋网站

拥有千万注册用户的"壹+壹"婚恋网站，背后的主人是O和X。两个独身主义的男人共同致力于红娘事业，这在O和X自己看来都觉得是命运不怀好意的玩笑。

作为I同父异母的弟弟，O身边也从来不缺女人：P、Q，或是R……O也知道，他身边的女人可能也从来不缺男人：T、U，或是V。一切都是你情我愿，逢场作戏，谁认真谁输。现在这个时代，爱情可能是易碎品、奢侈品、变质商品，但绝对不是生活必需品。何必呢！哪里来那么多死去活来的爱情？看到那些被书本或肥皂爱情剧迷得昏头昏脑的女人，O觉得真是太好笑了。

O愿意做个字母O，让自己内心深处叫作爱情的那个位置空空荡荡。不是说婚姻是围城，外面的人想进去，里面的人想出来吗？所以不如作壁上观吧。O频繁出入于不同女人的身体，就如同出入于各种灯红酒绿的酒吧、歌厅一样肆意。没有喝酒和没有泡女人的时候，O常常一个人抱杯茶坐在阳台上，目光越过别墅区里枝繁叶茂的玉兰树，让心事和斜下方的江水一起静静流淌。

不缺钱，不缺女人，人人都艳羡O在各个方面都把自己武装成一个毫无破绽的字母O，但人人都不知道O同时是个画地为牢的字母O。自从发现母亲S是自己这辈子最想占有的女人起，O就知道自己这辈子能公布于世的恋爱纪录肯定为零了。

9.X拒绝钻石

选择独身，选择经营婚恋网站，然后选择帮人设计婚戒的X回观自己的人生选择，怎么看都像多米诺骨牌效应。四十岁后，X为珠宝店家设计的婚戒再没有用过钻石，而O的母亲即店主S纵容了他的这一行为。作为一个成功的珠宝商人，S将店面开到了世界各地，也将X设计的婚戒代销到世界各地，这些连锁店勾连起来在地图上看就像一个卧着的字母S。婚戒售后的大部分费用归X，店里只收取一点象征意义的材料费和宣介费。S不缺钱，用她的话说，她愿意与O、X共同完成一件怪有意思的婚恋事业。

X偏爱银和玉，银能祛毒，玉能辟邪。在这点上，X和O的思想是同步的，把钻石牵强附会给爱情，什么恒久远，什么永流传，欺诈毒害了多少人啊。比较起来，X更愿意相信一位僧人对他说过的话，“所有今世成为夫妻的男女，前世结的都是恶缘”。

如果身边有真正意义上的寺庙，向来素食主义的X大概会住进去，成为一名虔诚的教徒，就像字母X一样将自己生而为人的欲望全部封杀、禁锢起来。没有任何人知道X独身的原因，有心给他张罗婚事的亲朋问起，X总会微笑搪塞。与O的玩世不恭不同，X对爱情这种物质始终保持敬意，否则他也不可能设计出让客户满心欢喜的婚戒。只是在X看来，真正美好而持久的爱情，不是相交，而是平行；真正适合戴戒指的地方，不是无名指，而是尾指。

10.Z死得暧昧又诡异

一个梅雨霏霏的午后，D跟随同事赶至位于闹市区的案发现场，直至离开，D都没有想起把滴落在相机壳上的雨水擦掉。铺着洁白床单纹丝不乱的床上，年约五十岁的男人一丝不挂，与一个桃木雕成的裸女相拥而死，合体摆成一个畸形的字母Z。他们十指相扣，右手小拇指戴的戒指极其普通，像一根芭茅草打结而成的环，看上去什么图案都没有。

“他是故意的！他就是故意要气死我！”在接受现场盘问时，张牙舞爪的Y让D有些厌烦，她把镜头对准她，差点遭到攻击，幸好被眼疾手快的同事拦了下来。报案人是死者Z在艺术界的朋友，他说雨还没下之前接到Z的电话约一起出去喝酒，没想到却是最后一次听到Z的声音。作为妻子的Y，是那天最后一个到现场的观众，她在外面打麻将，接到警察电话才摇晃着一身肥肉汗流浃背地赶过来，雨水，抑或是泪水，混乱了她那涂得五彩斑斓的面容。

报案的朋友在接受审讯时语气肯定地说，Z应该就是故意的，Y是出名的母老虎，Z私下不知受到了多少次家暴，他几次在醉酒后说不想活了，他就是故意要把他们的结婚纪念日和自己的忌日焊在一起，把自己和另一个女人焊在一起。他故意约他喝酒，实际上是想由我来报案，像他那样痛快而极端的死法，如果最先看到的人是Y，估计第一反应就是鞭尸，然后挫骨扬灰。

案由不蹊跷，蹊跷的是Z的死因。法医在解剖Z的遗体后一无所获，只能得出一个没有结论的结论：排除他杀，排除服毒，排除因病猝死，排除器械敲打致死。因为案件毫无头绪，后来便永久性悬置。警察穷尽所有蛛丝马迹也没能弄明白导致Z死亡的原因，以及平日里沉默寡言的男人为什么会与一个根本不是女人的女人做出那样惊世骇俗的事情。

对于案件，D向来只负责拍照，不关心案件本身。但这次，D在将照片导入单位电脑后，偷偷拷贝了几张。这样做是违规的，但一切似有鬼使神差，势在必行。回家后，D把图片进行了编辑剪裁，只留下相扣的十指，并把背景处理成了灰黑色的沙砾，给客厅那堵满是人面的墙壁又增加了一个住户。经D编辑剪裁后的图片，完全看不出来自案发现场，也完全看不出其中有一只手不属于人类，俨然是一对在地质灾害中双双殒命、生死不离的情侣。

第二个小时的讲述

第一个小时的讲述告一段落，第二个小时的讲述尚未开始前，我用手机叫来晚餐——味道还不错的广式生滚螃蟹砂锅粥。这就是身处现代化城市的好处之一：只要有钱，你可以把生活简化到连饭菜都让别人做好，然后送上门来。

如果时间允许，我更愿意起身去厨房，亲自动手煮两碗青菜瘦肉粥；如果条件允许，我也愿意天天和母亲坐在一起用餐——事实上，母亲的别墅自始至终都没有厨房和餐厅。如果这些都不是如果，我或许就不会写那份遗书了。我们都是孤独的人，但都同时不惧孤独且不屑掩饰孤独，在这点上，我真是深得母亲的基因。

面对面坐在因砂锅粥陡然多出几丝人间烟火味的房间，我向母亲提出她的讲述中遗漏了一个人，或者说还有一个字母只字未提。当时，母亲正埋头把一勺粥往嘴里送，我在她的发丛里看到了一大茬新生的白发。

我这才发现她居然没戴假发。我看过母亲七岁生日那年的照片，发型是母亲的养父帮剪的：齐耳的短发覆盖在母亲细圆的脸上，像一扇线条柔软的木门。自从养父死后，母亲将自己掉落的头发积攒到足够数量后，请人按她七岁生日照片上的样子做了个发套，然后天天戴着。她向我讲过，每次养父给她理发，都是她生命中最幸福的时刻。特别是第一次，养父把她从收容所接出，剪刀在她脏乱、扭结的长发间嚓嚓作响时，她真的听到了雨水落在麦苗上的声音。

我的问题似乎在某种程度上引起了母亲的惊诧，她把粥吞下去后咳了两下，看上去竟像撒下弥天大谎被人揪出破绽后心里发虚的孩子。

没有绚烂的晚霞，坠落中的太阳不知道是否另有目光在关心。当我们一起抬头望向窗外，只见天色已黑，城市各种角落里的霓虹蠢蠢欲动。母亲难得地用温情的目光表扬了我，我能听得那么认真让她非常欣慰，然后她说故事才刚刚开始，希望我还能继续保持倾听的兴趣。

1.A离开了B，偶尔会想到C

不好好读书的后果之一是不能好好养活自己。作为各个方面资本都匮乏的女人，A毕业后留在云落城的一家小发廊当起了洗头妹，后来学做理发师，工资是底薪加提成，每洗完或剪完一个头发可以有一笔提成进账。有时，除了帮人洗头，还帮人洗身体，在发廊上班的女人，大多都是以这样的方式养活自己，A没觉得自己有多么地不堪和卑贱。

A没事就把店里的宣传海报在微信朋友圈转发分享，每拉到一个新客户她就会有一笔小奖金。在微信朋友圈这种虚拟又现实的空间里，A的好友通讯录里什么人都有，就是没有一个真正说得上话的人。A也不指望和谁说得上话，她小小的野心就是当她能独立门户的时候，他们依然是她稳定的客户。

作为一个相貌普通的洗头妹和理发师，A最能吸引客人的地方在于她能用手机上的一款绘图软件快速而精确地绘出他们的脸型，配上数十种发型供其选择，让他们成为想要的那个自己。

进了发廊A才知道留长发的男人基本不靠谱，看似离经叛道、与众不同，其实并非如此。最不能忍受的，是他们有时对头发的操心程度甚至超过对一个真心热爱他们的女人。有一天，A让工友给自己烫了一个大爆炸的发型，祭奠那些逝去的曾经飞扬跋扈到不食人间烟火的青春。

虽然A偶尔也会为主动上门的B洗头、理发、洗身体，但A知道，她少女时期深爱的B在他的不归之路上越走越远了。当年他们共同学习的专业，之于她，仅仅用来给顾客设计发型，而他则是将“计算机专业”转型成了“计算”专业，每天挖空心思计算如何将他人财富据为己有。B常常神龙见首不见尾，A每每想到宋体字一样安稳、坚定的

C，心里都会痛一下。她离开筑县的第二年，C也和父母搬离筑县，不再是她抬头不见低头见的邻居了。

2.D在X那里订制了两枚戒指

要不在你们的指环上分别刻一个空心胶囊？

接到D的订单后第七天，设计师X提出的方案，让D瞬间黯然，低头捧起刚刚加糖的蓝山咖啡抿了一小口。这个男人真不是浪得虚名，也不是凭空要高价。

在你们的故事里，他是虚空的字母C，你是只有一半的字母D，这是你们姓氏第一个字母合在一起自然形成的样子。你心甘情愿接受这样的命运，即使胶囊里装的全是毒药你也甘之如饴。你活得让人心疼，却拒绝有人来疼你，你以为自己有药就不必再找医生。

X就这样戳中了D的泪点。

D很快收起眼泪，也很快收起内心的悲凉，将它们和苦香莫辨的咖啡一起咽了下去，爽快地支付了定金。分别时，D微笑着和X握了握手，轻轻地道了声“谢谢”。那时，她内心汹涌着一种冲动，特别想和面前的男人拥抱一下。在找到他之前，她听人说过他和一个朋友开有一个美女上千的婚恋网站，却一直独身，具体原因不知，看来人在这世上，真是各有各的孤独，这是没办法的事情。

希望你能再遇到一个你爱的同时爱你的人，不要让另一枚戒指太孤单。

正式交付戒指的那天，D接受了X亲友式的拥抱，听到了这份诚意满满的祝福。X也接受了D的怪要求，与她隔着雨水玻璃拍了张模糊不清的合影。

3.E的极端和秘密

说来像是一种病，越是正经和严肃的女人，E越是着迷；着装越是保守、严实的女人，E越是想偷窥和破坏。给不计其数的女人拍过所谓的写真集，面对一具具全裸或半裸的躯体，E半点欲望都没有，包括投怀送抱、面容姣好的F，其心境如同医生面对手术台上的病人，屠户面对一头宰杀后鬃毛被剔刮得一根不剩的猪。

曾在一家夜总会当保镖——打手的另一种称谓，是E从不告人的秘密，就像字母E，永远只给外人看他参差有序的一面。在那些黑白颠倒、唯钱是命的日子里，房间里永远看不到日月星光，角落里的霓虹时而阴郁，时而狂暴，不着调的音乐和浓烈的烟酒味道，或率领或裹挟着众生的荷尔蒙四处飘荡。夜总会的女人们没有生意可做的时候，经常裸着身子如美人鱼般游来游去，闲暇之余，甚至一丝不挂地和他们在一起抽烟、打麻将、消磨时间。所以，还有什么好激动的呢？生而为人，身体大同小异。但D绝对是与众不同的，随时随地戴着的相机是她观察世界的第三只眼睛，可以把万物摄入其中的大眼睛。

一些重要客户的照片由E亲自修饰，他们相信只有他能让他（她）们的面容看上去没有半点瑕疵。操作软件的时候，即使眼前的画面活色生香，E也如同尽职尽责的园丁在心无旁骛地修剪草木。D送来冲洗的照片全是黑白的，一看就知道大多是偷偷抓拍的，有些角度不太理想，却让E莫名动心。能准确把一个个转瞬即逝的美好画面拍摄下来，不是有幸，就是有心。那堵横亘在画面前端的雨水玻璃，像古时新娘戴的盖头，欲盖弥彰，不动声色地勾引人心。

E一直觉得Photoshop的研发是人类的一项伟大发明，在它那里，所有人都被抽象成一张图片、一些数据、一些图层，只需将附带的工具运用好，所有的呈现都可以以假乱真。D的照片从不要求E帮作后期修饰，所以E对D拍的照片只使用过一种工具，即Photoshop里的放大镜，他总是试图通过放大被拍人物的眼睛，在他们的瞳孔里搜寻D的踪迹。

不管什么时候进店都像一杯行走的咖啡，穿得像男人一样的D，常常让E莫名其妙地血脉偾张。但她寡淡、冷漠同时不失锐利的眼神让他望而却步，他能大致猜到她从事的职业。梦确实是反的，E无数次在梦里打开D严丝合缝的衣裳和拘谨的身体，在梦中，他在她的领地勇猛无比、所向披靡。

4. F患上了爱情后遗症

从一开始就错了，F不知道一年到头只穿黑白两色衣服的E，在感情上也是黑白分明。一直不肯死心的F不明白，她主动裸裎在他面前的那一刻，就注定了她永远不会获得他的垂青。

值得男人付出爱情的女人绝不会轻易打开和交付自己的身体和灵魂……E还对F说，一个有智慧的女人会把自己的信息和数据严严实实地隐藏并保护起来，绝不会像一枚可移动硬盘，随随便便就与他人的设备接口连接，给病毒侵染自己的机会。移动硬盘与电脑连接时，所有文件都可以不断地复制、粘贴、传播、转移，但爱情不是，永远不可能是。

F恨透了E，也恨透了自己，但直至七十七岁那年死去，她都没有试图更改她的怪癖，即每年他们的相遇纪念日，一定会去找E给她拍一套个人写真集。后来，这件事与爱情没有任何关系了，她只是单纯地想在他面前一次次脱下所有，让他帮忙用镜头铭刻：一个花朵般美好的女人是怎么一年一年地枯萎、凋零。

5. G被祝福，也被调侃

与F离婚时，G很清楚像F那样的女孩子满大街都是，而且一茬接一茬，一个比一个生机勃勃，只要他愿意，随时随地可以再网一个，然后再过一次乃至无数次的虚拟生活。但出于一种潜意识上的逆反心理，G挑了一个快绝种的女人继续他的第二次婚姻。这种极端行为造成的后果是，G看到自己一天天变成了自己曾经最鄙视的男人：公司、家里两点一线，不抽烟，不喝酒，不赌博，不偷腥，不逛夜店，不玩游戏……这种非渣男的生活G感觉不上好，也感觉不上坏，但至少活成了父母希望的样子，得到了所有亲朋的祝福。

有天在超市遇到一位曾在游戏世界里一起鬼混的朋友，对方差点没认出G，还夸张地做出一副笑哭的表情，说，兄弟，你怎么会来买这些幼稚的东西，大脑中毒了吧？G没想过要把自己像电脑一样重装个系统，也不想安装杀毒软件，更确切地说，他不再把自己当作电脑，也厌倦了虚无的游戏。

经历过爱情的人多少会留下一些后遗症，落实到G身上，就是偶尔会在很多个伸手不见五指的夜晚想起F，甚至看着H在自己的撞击下呻吟叫喊时，身体呼叫和渴望的却是那个与他在游戏里把一生过完了的女人。

6. H不时会感觉有电流穿过身体

H让G知道，世上的女人可以分成三种，有灵魂的和没有灵魂的，还有一种是通灵的。与G将电脑用来游戏相反，H是将电脑视为锄头，在一片看不见的原野上，像一位农人那样，进行日出而作、日落而息的耕作。电脑前面的H极其安静，经常显出一副魂不附体的样子。虽然一起吃喝拉撒，但G经常感觉H不是在和他生活，而是和那些盘缠在她大脑里面的神灵鬼怪一起生活，她一直觉得他们是最无助、最需要关爱的人。她的写作也是为了他们能够得到救赎，所以她写出来的东西通常如有神鬼相助。G不时会莫名其妙地吃醋，不是觉得她热爱写作而冷淡了他，而是莫名其妙地认为，他这位性格孤僻以及有点性冷淡的现任，会借助文字与那些只有她看得见的人拥抱、欢笑、哭泣、同生共死，甚至做爱，甚至生儿育女——就像他曾与前任F在虚拟的网络世界中干过的那些事。

H怕见人，也怕见光，炽烈的阳光会让她发生严重的过敏反应，全身迅速蔓延出悚人的红斑，久久不能消退。嫁给G之前，只在雨天偶尔出门的H很少与人交往，每天见得最多的人就是镜子里的自己。H靠电脑里码出来的文字换成钞票养活了自己，她会让人家将稿费直接打到她的银行卡或是微信，又或是支付宝等，这样买吃喝拉撒的东西时也不用出门，可以省掉出门见人见光的麻烦。

真是大隐隐于市，这种生活方式是H喜欢的，这样她就似乎完全逃离了以前噩梦一般的生活。宅在家里时H喜欢听《绿度母心咒》，听着听着就会感觉有电流穿过身体，有日月照耀，有无数双看不见的眼睛和手臂在安抚自己。

7. J怀上了I的孩子

J非常感谢她的临时邻居D，这个独来独往的女人并不如她外表那样高傲、冷漠。在D的帮助下，识字不多的J学会了上网，学会了注册、安装QQ，以及如何在网上查找各种自己需要的信息，等等。那个专治不孕不育的医院最终没能治好J因为堕胎太多造成的习惯性流产，反倒是D推荐的一位老中医给她带来了福音。但从某种程度上说，D的一份好心，却为J悲惨的后来埋下了伏笔。

怀孕前后，J只要逮到D就会央请她给自己照相，然后全部上传到取名为“喜喜欢欢”的QQ空间里。J一脸憧憬地对D说，等宝宝以后长大了，再拿给他看。她多次强调并毫不怀疑，她肚子里的孩子一定是“他”，而不是“她”。一说起以前流掉的“女儿们”，J的泪水总会大颗大颗地滚下来。

QQ空间这种事物让J讶异了很长一段时间，但她深信如D所说，这是一种可以穿越时间和空间的电子事物，以后孩子只要输入密码进到她的QQ空间，就能听到她说给他听的话，看到他们的合影——虽然当时他还躲在她肚子里。

J不太喜欢黑白照片，但D只肯照黑白照片，J无奈之下只好接受，她不可能再找到另一个更好的而且免费的摄影师。J曾不无忧虑地对D说，黑白照片看上去会不会有点像遗像？D一笑置之，说，万物本来就是没有颜色的，包括人。

8. O和X想撮合的人

如创办前所预期，O与X用心经营的“壹+壹”网站撮合了很多单身男女，位居各大婚恋网站之首。有好事者分析，原因是创始人O制订的奇葩协议，比如：出生日期必须填写到具体时辰；对优点和缺点的陈述必须各占50%，哪一边多一字或少一字都无法注册成功。

通过网站认识最终走入婚姻的男女是不是因为爱情，能不能白头到老，O与X不得而知，也不感兴趣。婚介无原罪，他们觉得应该是因为东方的月老已死，西方的丘比特之箭已用完，临死之前都不怀好意地把大任降给了他们。

私底下，O最想撮合的是X，X最想撮合的是O。O说，如果X肯结婚，我一定给他开张支票，数目由X自个填写。而X说，如果O能找到心仪的人，我愿意给他设计出世界上最漂亮的戒指，不但不收一分钱，而且会在每年他们的结婚纪念日倒贴一大笔贺金。

每有新会员注册的时候，O与X都会用自己的方式帮对方关注、留意、分析。O喜欢从星座学说来分析人的性情，X则愿意从生辰八字上进行推理。但两人最终发现，哪怕是在一个女人如过江之鲫的网络空间，他们都只愿意帮人家做嫁衣。

9. X这样收取他的设计费

“壹+壹”网站带给X的最大利益就是每有一对男女决定走向婚姻，都会请他设计一枚世界上独一无二的戒指。X的设计确也担得起他索要的天价。因为传说拥有戒指的人们只要不丢失他们的戒指，大多都能白头到老，不管是举案齐眉式的爱情，还是张敞画眉式的爱情。所以也有好事者分析说，“壹+壹”网站的成就，并非O制订的各种奇葩协议，而是X设计的戒指和他独特的收费方式：他用所收取的费用建立了一个基金会，每年会像颁发诺贝尔奖一样，在顾客结婚纪念日当天返还一笔数目相当可观的利息作为婚恋贺金，直至男女双方感情破裂，背叛发生。

在这个爱情、婚姻都快餐化的时代，深知人心的X就这样用他的戒指——他将它形容为属于这个时代的月老的红线，把物质与精神紧紧地捆绑在一起。

对于他如何获知和界定顾客是否感情破裂、背叛发生，迄今为止依然是个谜。

10. Z身上长出的Y

Z的死让Y极度难堪和痛苦，那天在场的所有人都看到了（没在场的后来也都听到了），常年被Y颐指气使的男人Z居然冒天下之大不韪，选择与一个木雕女人交媾而死，僵硬的脸上张扬着情欲满足的幸福。一个月不到，Y的体重就从一百八十斤锐减到一百三十斤。再无心麻将的Y把自己变成了字母Y——一个见什么都想叉两下出气的字母，让身边所有亲朋都感到厌烦、害怕和无语。Y一次又一次地去纠缠那些负责案件的公安人员，把人家狗血淋头地骂完了惹毛了，又痛哭流涕地请求人家一定要给她查个水落石出。在梦里，Y一次又一次使尽全力想将Z和木雕女人分开，但都无可奈何，紧紧交媾着的他们长成了一个整体。

有一次还是在梦里，Y眼睁睁看着Z和木雕女人身上冒出一棵棵绿芽，样子就像一个个站立着的字母Y，Y这才突然醒悟过来，她内心其实是很深爱和需要Z的，她就是寄生在他身上的芽，但可惜那么多年，她给予他的全是冷嘲热讽和暴虐。一切都太迟了，他宁愿将戒指戴在小拇指上和一根木头一起腐烂，也不愿与她活在这个世上，把婚戒戴在无名指上，然后每年去领一次X返还给他们的高额婚恋贺金。

负责案子的公安人员曾试图从木雕女人身上找到突破口，查找木雕女人的制作者、Z的购买方式，以及是否以某个女人为原型等，但可惜他们运用了各种高科技刑侦手段，也没有查找到那个在Z生命和生活中出现的女人。

与Z紧密交媾的木雕女人丰乳肥臀，面容古朴安详，嘴角微撇形成的笑容神秘、诡异，像来自古老而遥远的非洲。

第三个小时的讲述

毫无预兆地，屋顶的灯一声不响地灭了。与此同时，住所里所有运行中的电器像人一样全部戛然猝死。我与母亲意识到停电了，我们在漆黑成一团的白鹤芋中间站起身来看向窗外，整个世界沉浸在黑暗中，一片死寂。

母亲的别墅里没有蜡烛，她也不打算让我出去买。我刚准备打开手机自带的电筒光，她就让我摁掉了。她说不如就这样一起待会儿，云落城极少发生停电这种事，说不定就是有意要她在黑暗中将故事结束。

我问母亲，如果电一直停下去，就像人死不能复生，你手头的科研计划被迫停止，你是否愿意离开科技园和我一起住在老家的屋檐下？在伸手不见五指的黑暗里，我听到了母亲仿佛来自深渊，不无疲惫但无限温柔慈爱的声音。

母亲说，今晚叫你来，就是已经决定和你不再分开，直到死去。

我说，好端端的怎么就说到死了呢？

母亲说，接下来我说的都是死。

10. Z获得了另一种生存

Z并没有真正地死去，与木雕女人戴着尾戒紧紧互握的手代表他活了下来。

D将处理后的黑白照片匿名上传在某家摄影网站后，图片便在网络上到处流传，A、B、C、E、F、G、H、I、J、K、L、M、N、O、P、Q、R、S、T、U、V、X、Y都在某个时间浏览网页时无意中看到这张图片。其中，只有X知道，Z与木雕女人手上的戒指同样出自他手，那两枚普通得像根芭茅草打结而成的环，有一个字母隐藏在天然的纹路里，只有当事人和他这个设计人知道。

9. 因关注Z而关注Y的人们很快喜新厌旧

地球上每时每刻都有各种事件发生，网络上每时每刻都有各种吸睛的图片、视频等待人点击。人们很快忘记了Y——那个对着丈夫尸体破口大骂的肥胖女人。这种忘记就像一种被动死亡，Y死在了人们的遗忘里。

8. X死得突兀却又似在预料之内

X死于一场空难，好友O并不感到突兀。让他脊梁骨发凉的倒是X前些天给自己买了份号称“亿万身价”的意外保险，并嘱咐他万一自己有什么意外，如何如何。一个人如何能提前预知自己的死期呢？保险公司亏大了，但最终还是按合同履行了赔付责任。

按照嘱咐，O给好友X制作了一个墓碑。墓碑上什么都没有，只有一个怪异的二维码。后来每年清明节，O给X扫墓的时候都会扫一下那个二维码，之后那些曾买过X设计的戒指的夫妇，都会在其结婚纪念日当天收到一笔数目相当可观的婚恋贺金，直至他们互毁婚约，分道扬镳。O不无感伤，他失去的朋友实在是一个智慧而又博爱的时代月老。

7. X的死，对O是个沉重的提醒

X的灰飞烟灭让O突然明白，难得来世间一趟，空手空脚空着心回去，肠子一定会悔青的——如果人变成鬼后还有肠子的话。

O接下来做的决定，一是将网站全权交给了助手经营和管理，二是搬回家与母亲S同住。虽然S不理解、不习惯，但O一意孤行给自己和母亲戴上了X生前为他殚精竭虑设计的那对戒指。只要同在一个屋檐下，每天早上起来之后和晚上睡觉之前，O都会深深地亲吻S沟壑丛生的额头和如雪如水的白发。

那是O一天中最渴望的时刻，为了让母亲安心，O娶了母亲最疼爱的那个女孩子，过起了凡夫俗子的生活。或许以前自己本就是凡夫俗子一枚，但O总觉得，以前的自己确切死去，再也不会复活，包括他曾经认识的P、Q，或者是R……以及她们的T、U以及V。

一切恍如隔世。

6. J与I与孩子的坟墓

过程就像人们后来在网上看到的视频，因为I拒绝在剖宫产手术协议书上签字，难忍临产阵痛几次央求医生无望的J从医院大楼十一层决绝跳下，一地血淋，一尸两命。

很长一段时间，I都不敢出门，更不敢上网。H有天来看I，说着说着忆起当年的青梅竹马，I讶异于H的记忆力，一件件一桩桩，犹如昨天刚刚发生。在H的建议下，I在一家专门供人做网上祭奠的网站注册建造了两座坟墓：一座是J和孩子的，供人点灯、烧香、献花；一座是自己的，供人砸砖、唾骂。I希望，最先把虚拟的砖头和唾沫砸到他虚拟坟墓的人，是与他有过关系的K、L、M、N。

有天，I收到一个不知寄件人的电子邮件，点击打开后他很快泪流满面，长时间趴在电脑桌前一动不动，如同死去一般。邮件的附件里全是妻子怀孕前后拍的照片。I缓慢而小心地将它们逐张打开，全屏显现在电脑屏幕上，J的面容是黑白色，但每一个笑容都鲜艳异常。

又有一天，I收到一个不知寄件人的包裹，层层打开才知是一对看上去普通得不能再普通的银戒指。内附蓝色纸签，上面的内容是：上帝宽恕真心悔过的人。

5. H没能收到G的礼物

怕见人怕见光的H虽然深居简出，但还是没能逃过生命里的劫。公安人员通过她使用导航软件留下的痕迹破的案，查实她因为好心送一名孕妇回家，被其夫奸淫，之后掐死。在她之前，已有四个女人遭到了同样的毒手。

G在公安局看到了H的手机，上面生出一层猩红色的锈，据说那对夫妇不敢丢弃她的手机，一直泡在卫生间的脏水桶里。眼睁睁看着H被推入火化炉时G落泪了，出事那天离H的生日还有三天，G为妻子准备的礼物是一枚价值不菲的戒指。

G记得H常说她的脑袋里有怪东西，但她的骨灰与常人无异，更没有像某些得道高僧那样在焚化之后留下舍利子。H还说总有很多魂灵纠缠她，要她写出他们的爱恨悲欢，特别是曾经受过的伤害，但在到处充斥着死亡气息的火葬场，G没有看到一个怪异的人或影子来为他的妻子送行。

G想，也许是因为H完成了她的写作使命，和他们一同去了一个他无法理解和看到的世界。

4. G与F劫后重生

很多年以后，失去H的G，与没有得到E的F重新生活在了一起。

偶尔在闲谈时回望曾做过的傻事，他们会默契一笑，在内心生发出一种共同的情绪：多好吧，大家都是在各自劫难中死过一次，有幸获得重生机会的人。

G与F不扯结婚证，不生养小孩，不玩任何网络游戏。G在乡下买了一块地，既种粮食和蔬菜，又种鲜花和果木。他们给它取名“若本若彼”，是当地人对桃花源的称谓。后来有好事者通过大数据统计发现，G与F是拜访X坟墓次数最多，也是获得婚恋贺金最多的夫妇。

3. E相信会有人替他和D活下去

宿命般的共同爱好让E和D越走越近，他们没事就一起出去，给天地间的万物众生拍照。受E的感染，D慢慢地不再只在雨水天里隔着玻璃拍照。

E体悟了住在爱的隔壁的美好，同时体悟如此相望着慢慢老去，未尝不是另一种霍乱时期的爱情。早在很多年以前，E也学人去X那里订制了一对天价戒指，但应该属于D的那只，E一直没有送出去。

E从来没想过要去X那里获取婚恋贺金。

E临死前总结自己这辈子的时候还是很欣慰的，无数次，他与D面对同一个或同一群人，拍下他们的善良、敦厚、慈祥、纯澈，也拍下他们的木讷、刻薄、阴冷、悲苦……E相信停留于时间和空间的摄影作品，是属于他与D的黑白肤色的孩子，流淌着他们的精神与血液，当他们某天离开人世，它们会替他们长久地活下去。

2. 有些人的死亡叫作虽死犹生，比如C

关于C的死，在人间没有留下任何痕迹，仿佛被某种系统软件恶意或善意地屏蔽抑或清除了。但在D这里，C是一个随时可能回来的人。自然而然地，D继承了C的衣服、C的手机，包括继承了他在网上注册的各种账户。她每天以他的名义在微信、QQ、微博发布信息、晒图，除了几个最亲近的人，没有人知道C早已在一次执行任务中不幸牺牲。

也幸得是在云落城这个现代化的城市，让D能以这样的方式，代替着C，也代表着C继续生活。

1. A去见B最后一面

A清楚地记得，QQ系统设计的表情最初是四十九个，疑问、惊讶、发怒、咒骂、抓狂、惊恐、发呆、安慰、微笑、难过、拥抱、再见、流泪……几近把人常有的表情一网打尽。让A一直想不通的是，设计QQ表情的人为什么让每张有着阳光之色的小脸都光秃秃的，一根头发都舍不得给它们?

A戴着婚戒去监狱见B最后一面，在身穿囚衣、头发光秃秃的B面前，A将四十八个QQ表情演绎了个遍，除了那个拥抱的表情。有五桩人命案在手的B自始至终都面无表情，她们分别是K、L、M、N，以及最后那个怕见人见光的女作家H。

A抬头看到探视室的天花板上方安装有四个摄像头，包裹圆突镜头的机壳怎么看都有点像字母C。它们从四面八方监视着案犯B，记录着他的一言一行，但没有一台机器能扫描解读出他苍白的灵魂和黑暗的内心。

故事讲完时意外恢复供电，屋内外灯明如昼，我仍觉得夜那么地黑，那么地深，那么地沉。母亲疲惫异常，让我担心她那些苍白的睫毛一旦重重合上再无力睁开。她交代遗言似的与我说，看，孩子，很多事情都是个不等式，包括爱情，你永远不能要求你爱的人也爱你，就像爱你的人也不能要求你爱他一样。

我没有说话，我想到了那份准备过两天邮寄给母亲的遗书，听到了母亲没有说出的话：看，孩子，死亡是个变形的恒等式。

我想再提W时，母亲歪头靠在沙发上睡着了。真难为她了，精心编造了那么多人物和那么多种死亡，但真搞不懂为什么独独没有W呢？那是故意在编程中留的一个后门，还是一个她不想也无法填补的漏洞？又或是因为二十五个字母都将无法制止地死亡，她必须留一个字母活着。有些生命和物事，不说出，就意味着不会消亡。

我回房间拿出一床毯子，但害怕盖的时候打扰到母亲，又放了回去。我把空调温度调高五度，给她盖了床看不见的毯子，同时把大多灯光关掉，只留墙角的一盏立式落地灯。

我完全没想到，当我蹲在落地灯边端详母亲的睡态时，一转眼看到了近在眼前的字母W，它就雕在种养白鹤芋的正方体玻璃杯上，一面一个！因为有水和棕色的沙石，不凑近根本看不到。我被自己的发现震着了！我了解母亲的性格，所以我无须再查看其他花钵便已知晓母亲的别墅充斥着成百上千个W。

如你所料，我回到自己的住处后，悄悄销毁了还散发着碳粉味的遗书。

我改变主意并非全是母亲的功劳。我只是突然不想死了，一如我之前也是突然想死。母亲精密的计算和分析在我身上没用，就像优秀的老师往往无法教育好自己的孩子。除了她，我不爱世上的任何一个人，也没有一个人真正爱过或爱着我，写遗书时我以为自己与母亲的爱同样是个不等式。我不想杀死谁，我只想毁坏自己的肉身，释放自己的魂灵。

母亲是业务顶尖的软件工程师，所以我后来一度揣测过，母亲说的故事应该半真半假，时真时假，真中有假，假中有真，其中定有自己的影子。比如，我以为母亲的养父就是故事里X的原型。母亲七岁的时候，我的外祖父因誓死捍卫他的祭司身份，死于一场混乱的群体性事件，疯癫的外祖母失踪于山林前，将母亲狠心遗弃在街头，是养父救了她。像故事里的X一样，他给人设计婚戒也从来不用钻石。

在养父生前，母亲最大的癖好就是给他的戒指建立档案，诸如购买者的姓名、地址、联系电话、恋爱故事、样貌、性格特征等。只要母亲愿意，她完全可以在戒指中植入一块芯片——以母亲的能力，这种事轻而易举。当戒指找到自己的宿主，母亲便可以通过录制到的声音，追踪、记录、想象他们的爱恨悲欢、生离死别。如果这一切确是事实，那母亲的讲述十有七八是真的。至于她为什么故意遗漏W，料想我再怎么纠缠，时机不到她决计不会说出。

作为一代祭司的女儿，母亲天赋异禀并聪明绝顶，她把大多时间、精力和智慧，都贡献给了她热爱的人工智能研究，这应该才是我们虽然同城却极少见面的真正原因。和其他野心勃勃的科学家不同，母亲所做的只是为了复活她生命里最重要的两个男人：一个是生育自己，能沟通鬼神、救赎灵魂的祭司父亲；一个是养育自己，对世人充满爱和善意的父亲。

可以试想，那些暗藏芯片的戒指带着既定的光荣和使命，像有毒的苹果，像带刺的玫瑰，像美丽的镣铐，像甜蜜的咒语，也像其他应该像的物事，在人间到处流传，陪伴着、监听着无数A、B、C、D、E、F、G、H、I、J、K、L、M、N、O、P、Q、R、S、T、U、V、X、Y、Z的声音，收集他们在世上制造过、产生过的痕迹，这是一件多么美好而可怕的事情。

（原载《民族文学》2018年第6期）

2018年

魏荣钊

游民柳三

省城照壁巷是条路，是条不长不短的斜坡路。也可说是条街，一条小街。这条路车来车往，人去人来，甚是拥堵。路两边密密匝匝镶嵌着高矮不一的砖混房子，有一面的房紧贴着山坡往上攀爬，一直延伸到山的另一面。这里曾经是城市的边沿，或者说是城乡接合部。这些年城乡接合部被迅速开发，成片的高楼拔地而起，而叫照壁巷的这条街几乎一成不变，路还是那样窄，上上下下的小汽车、摩托车不断，偶尔还有板车穿插其中，人流、车辆常年拥挤慢行，时有堵得水泄不通，连人也过不了。道路虽窄，房子虽破，但各种小吃店、小商店一个挨一个排满了这条斜巷。这地段住的人杂，有很多外来人口，有打工的，有做小本买卖的，也有不务正业靠偷鸡摸狗或抢劫混日子的小青年。还有一大群租住民房的特殊职业者，一到天黑，他们搽脂抹粉，香气十足，成群结队下山去赚钱，半夜三更带着一脸的疲倦潜入斗大的出租屋内，数数当晚用“肉”换来的票子，然后酣睡到第二天中午，再慢条斯理地走到巷子里找点可口的东西慰劳肚子。一年四季，周而复始，这成了他们生存的固定方式。他们之所以能在这样的地方“安营扎寨”，一是因为房租便宜，二是因为这里几乎是被遗忘的角落，在这样的地方干着这样的营生相对比较安全。

多年前，一个小房开商在照壁巷的半腰圈了一块地修建了两栋步梯房，房价相对便宜，房子一完工，我就凑了些钱把自己的身体搬到了这个地方，成了照壁巷的一分子。刚住进小区不久，小区旁边的斜坡上又盖起了一栋砖房，据说是社区盖的房子，六七层楼的房子一直不见有单位或住户入住，到底建来何用也不清楚，倒是一楼宽敞的大厅在房子刚竣工不久便开起了一个网吧。网吧生意一直火爆，白天晚上都坐满了上网的年轻男女，偶尔还见几个年纪大点的男人进出。因此，这一片也多了不少治安事件，时常在三更半夜听到吼骂声和打杀声从网吧或网吧附近传来。有一次还杀了人，虽然没有杀死，但足够引起派出所的高度重视，网吧差点被关停。后来，听说网吧老板出了不少“血”，网吧才得以保住。我是在小区门口的麻将馆认识柳三的。那段时间，我十分郁闷，一是教师中级职称没评上；二是老婆成天不做事，还疯了似的动不动就打骂孩子，深更半夜不让孩子睡觉，强迫孩子背书、写作业，老婆的社会病弄得人心烦意乱。我快要崩溃了，虽然最终尚未崩溃，但也差不多堕落。每天从学校返回就不愿回家，就在小区门口的小麻将馆昏天黑地地打麻将。我就是在麻将馆和柳三认识、交往上的。

其实一开始，我并不怎么喜欢柳三。柳三比较瘦，面部和猴子脸差不多，最要命的是，柳三右脸耳根到脖子的衣领深处有块又大又长的疤痕，只要头一动，疤痕就扯上扯下跳动，看着实在可怕。改变我对柳三的印象是柳三的“麻品”。我的“麻技”本来就很差，加上那段时间心神不宁，麻将打得稀里糊涂，不但老输钱，动不动还被人抓错。一次牌桌上，我手上有三张一筒，轮到我摸牌时，我摸了一张一筒起来，我立即心花怒放地“杠”下。杠完四张一筒后，按规则必须要在麻将最后那墩牌的尾部补（摸）一张，结果我只“杠”牌未摸（补）牌，就把手里的牌打了出去。我刚打出手中的牌，坐我侧面的胖女人立马抓我的错：没“杠”牌，吃包子！

包牌不用说二话，直接数钱给另外三家人。这是规矩。这时我又是尴尬又是气闷。柳三坐在我对面，他轻言细语地说，算了吧，一看人家林老师就不是经常打牌的人，不熟悉业务，这回就不要包了。胖女人拉着脸说，不熟悉，不熟悉敢上桌打牌，拿钱开玩笑！我感激柳三的好意，但我没有吭声。胖女人接着还要说什么，我把牌一推，数钱认账。

打到晚上十二点钟散场时，我输了两百多块钱，心里甚是烦闷。散场后，我叫住柳三，我说我请他到门口的小馆子喝酒。柳三住在小区背后巷子深处的贫民窟里，之前听麻将馆的女主人说，柳三住的房子不是自家的，是租别人的。我和柳三平时在小区门口遇到，彼此也只是友好地点个头，几乎没有说过什么话，也不管他住什么地方，是不是自己的房子，是个什么情况。麻将馆的女主人叫他柳三，认识他的人都叫他柳三，总之大家都叫他柳三，我也就叫他柳三。他叫我林老师，当然也是听小区的一些人这样叫所以也跟着叫的，碰到我的时候他招呼我林老师，我叫他柳三。我叫他柳三并不等于我比他大，其实后来才得知，柳三比我还大好几岁。按说，叫他老柳才得体，可大家都叫得这么顺口，我也不好叫他老柳。

柳三见我叫他喝酒，很高兴，二话没说就和我进了小馆子。

我们要了一个青椒炒肉和一个炒花生，然后从旁边的小烟酒店拿了一瓶茅台镇出品的白酒。我给柳三倒满一杯酒，说，你打麻将和气，技术好，宽谅人，难得。柳三说，这种小麻将本来就是为了娱乐，何必认真，一认真就没人和你玩了，几块钱一张牌，搞得那样紧张，没必要。柳三喝了一口酒，继续说道，那几个婆娘打牌就是那个屌样儿，你要有个闪失，她绝不饶你，她要错了，叽叽喳喳还有理得很。妇人就是妇人，要计较，就没法和她们玩了……

我们边说边喝酒，主要是柳三说得多，我听。他也主要是说麻将桌上的事儿。其时，我几口酒下去，麻将桌上的不快早已被酒精稀释殆尽了。

我和柳三很客气地喝了几杯酒，但彼此都比较理智，喝下半瓶酒后，都说不喝了，说酒这个东西，喝多了伤身体，喝到恰到好处最舒服，然后就各自散了。

后来，我又和柳三被麻将馆的女主人拉去打了几次麻将。我发现每次和柳三打麻将，柳三身上都没有多少钱，少的时候只有二三百块，最多的时候也只有六七百块。但柳三的牌品很正，尽管是打麻将的老手，但从来没有人发现他搞名堂，耍手脚，输了就是输了，没钱了就下桌，从没见他赖人的账。倒是偶有见他输干了开口向麻将馆的女主人借钱继续战斗。

麻将馆的女主人十分势利，动辄喊柳三打麻将，但背地里又说柳三的不是，看不起柳三，说柳三是个懒人，成天游手好闲，不干活。可当她凑不起一桌人打麻将时，又拼命叫柳三凑满一桌，无论是白天还是黑夜。确实，柳三算是这一带出名的游民，他没工作，也没做什么事，白天可以睡到自然醒，晚上可以玩到瞌睡来，没人管也没人问。我有些奇怪，一次我随意中问了下小区值班室和柳三关系不错的保安，我说，柳三什么都不干，哪里来的钱吃饭，还要打麻将？

保安就是照壁巷的老住户，一问才知道，他和柳三原来还是小学同学。保安说，柳三每月有一点退休工资，不多，几百千把块。保安的话让我感到有些惊讶，原来柳三是有工作的。保安还说，柳三不是一个人，他有个儿子，刚考上大学呢。由于我是随意问的一句话，所以保安也是随意抖出了两句话。我不好细问，保安也没细说，但从此我对柳三有了好奇心。

柳三还是那样地生活着，每天走到外面小区门口优哉游哉，麻将馆的女人喊他打麻将，有时他很爽快，有时说不打就不打。不打的时候，一定是兜里分毫不见，如果柳三兜里有几十、百把块钱，他是乐意和麻将桌上的老头老太们“战斗”的。但凡没事可做的人都无聊得很。

暑期中，我见过一次柳三的儿子，那是周末的一天傍晚，我和柳三正在麻将馆打麻将，突然走进来一个小伙子，冲着柳三叫爸爸。胖嘟嘟的，很健康，哪像柳三饿饭般瘦骨嶙峋？小伙子看上去有些含蓄、内敛，话也不多，根本不像当下的城市孩子那般活泼。柳三见儿子走进来，也不像其他父亲面对孩子有愧意，而是大言不惭地对儿子说，身上有钱没有？给我一点，输了。儿子似乎是专门送钱来的，摸出一百块钱给了柳三，然后说了句什么就走了。在场的人问柳三，这是你儿子？好像有点不敢相信。柳三说，我儿子，在东北读书，放假回来了。柳三轻描淡写，丝毫没有炫耀儿子的出息，连在东北读大学的“大学”二字都省略了。

这让我对柳三更是有些好奇又顿生敬意。好奇的是，柳三明目张胆地打麻将，面对儿子不仅不羞愧，还向儿子要钱打麻将，好像儿子反倒成了他的监护人。其次，觉得这对父子亲如兄弟，和谐、理解、懂得，这种关系多么不易。这让我进一步想了解柳三的情况，既然有儿子，那老婆呢？柳三长得有点丑是事实，脸上有一块长长的影响形象的疤痕也是事实，讨不到老婆也完全有可能。难道这儿子是抱养的或收养的？我想，柳三应该是个有故事的人。我还没来得及了解我对柳三的一些疑惑，有一天晚上我又被麻将馆的女人叫去打麻将，牌桌上柳三也在。还没打几圈，柳三就说身上没带多少钱，输完了。他不说自己没钱，而是说钱带少了，听起来很有面子。他要我借钱给他，开口说，林老师，先借我一百块钱，明天还你。凭着我对柳三的好感，我不能不借。我给了他一百元，没打几圈，柳三就把一百元钱输光了。他不再开口也不可能再开口向人借钱，他知道别人不可能借给他，于是只好散伙。

柳三说他第二天还钱，我以为他真的会说话算话，结果第二天没还钱，第三天还是没还。大概是身上太紧张了，没钱还吧。我想。一直拖了个把月，我都想不起了，有天下午在门口遇上，他突然走上来，说，林老师，真是对不起，我还你一百块钱。我愣了一下才想起是这么回事。其实我也不是忘了，只是下意识地放下了这件事，一百块钱当请他吃饭喝酒了。

柳三摸出一百元钞票递给我，我说，算了，你先放着用。我话音未落，他伸过来的手就缩了回去，说，那就过几天再还你。我无语。估计柳三的包里还是很羞涩，但又碍于面子，怕我问他，才不得不强迫自己提还钱的事。也许我这一推辞，正中他下怀。没过多久，柳三果然还了我的钱，这让我深感意外。又过了一段时间，柳三从他居住的那个深巷里走到我居住的小区门口，遇到了，我们依然点头、打招呼。大家都知道，柳三是一个闲人，没事就爱到我居住的小区门口闲逛，东瞄瞄，西看看，或者在小区门口走来走去，偶尔和亲近他的人说说话，打个招呼。在这一带，很多人称他为游民，他也不生气。有人开玩笑嘲笑他，还是游民好，自由自在，有钱难买自由呢……柳三一听，回道，哪个不想上班？哪个想无聊？问题是要找得到班上啰……柳三很委屈地说着走开了。

这天，我正走到保安室的门口，柳三走上来无头无脑地对我说，哪个人不想做事？是没人要啊……他说他到很多地方去求过职，找过事做，可人家一看他脸上和脖子上的疤痕，马上就说，我们不要人了，招满了，对不起……

其实，有一段时间，我看到柳三在宝山路的街边学摆摊。这一带路边的屋檐下，有很多摆着工具修水管的、疏通下水道的、安装电器的民工师傅们席地而坐等着活儿。柳三不知道从哪里弄来扳手、夹钳、电钻之类的工具，像模像样地混在那些来自乡下的民工之中。我不知道这个活儿能否赚钱，总是难得见着有人上去搭理他们，他们坐在地上你看我，我看你，或是看着大街，无精打采而又巴巴地希望着什么。我想，既然有那么多民工长年累月坐在这个地方等活儿，说明就有生路。当然，我不知道柳三是否招揽得到活路，请他的人到底多不多，我们相遇的时候我从没问他这个问题。然而，时间不长，柳三就再没有去宝山路的街边"蹲点"了，又回到原来的状态，游走，闲逛。包里有几个钱的时候，麻将馆的女主人一喊，柳三，打麻将！柳三便停步下来，抬起头说，打嘛。

柳三走上来跟我解释他并非不想做事而是找不到事做。我一头雾水，柳三却有点难为情地说出了他真正找我的目的。他说，拿点钱给我，我儿子学校要交什么考试费，没办法……他没说借，改说拿了。我也有点为难，老实说，像柳三这样的人，请他吃饭喝酒都不是问题，吃了就吃了，喝了就喝了，借钱这种事最好不要惹上，一旦惹上，难免没完没了。他要真还不起你，你也拿他没辙。可是面对柳三无助的样子，我心软了。我问，两百？他说，三百，儿子打电话来说还差三百……尽管我有些疑惑，有些不情愿，但我还是从包里摸出了三张"大团结"给他。他把钱揣在裤兜里，说，过几天还你。我心想，过几天，一个月能还我就不错了。

果然，一个月后，柳三没有兑现承诺。虽然我不缺这三百块钱，可是心里总不舒服，毕竟他说的是借，而不是送。有天，我忍不住问小区的保安，也就是和柳三一起长大的保安，问柳三的情况到底怎么回事。保安说，柳三之所以成了今天的样子，是他自己"点火烧鸡巴，自家害自家"。保安说，柳三以前有工作，在一个工厂当工人，混得还不错，人前人后人模人样的，可这人好赌，赌得昏天黑地，不可收拾，结果连房子都输了。老婆寒心了，抛下不到两岁的孩子跑了。柳三被债主追上门来逼债，房子没了，还带着个哇哇大哭的孩子，柳三觉得走投无路了，就在自己身上浇了半桶汽油点燃，结果人没死，留下了脖子上长长的疤痕。后来工厂也垮了，柳三提前办了退休手续，一个月就靠千把块钱度日，还要养儿子，是有些艰难。孩子大了，经济越来越紧张，后来柳三就去街市上开了个夜市摊，专门卖烤鱼，本来生意做得挺火的，哪知道有一天晚上，几个和他称兄道弟的小黄毛来吃烤鱼，闲聊中言语不和，小黄毛拿刀抵住柳三的腹部，柳三说，你敢杀我？小黄毛真就对着柳三的腹部狠狠捅了一刀。柳三被送进医院，幸亏抢救及时，没死，保住了一条命。后来，小黄毛被抓了起来，关键时刻柳三却说小黄毛是他的好兄弟，杀他是因为喝酒了一时冲动，结果小黄毛很快就被放了。这是柳三遭遇的第二次凶劫，之后柳三的身体就没以前健壮了，人变瘦了，从此再没有出去找什么事做。就在小巷里租了一间狭小的房子一住就是二十来年，都不知道他是怎么过来的，还要送儿子读书，真是个奇迹，居然还把儿子送上了大学……

保安对柳三的描述轻描淡写，让我对柳三更是有了种好感。

虽然看上去柳三是个底层人的穿着，其实他什么都懂，什么都明白，就是兜里没钱，腰杆挺不直，说不了大话。可偶尔也听到他在小区门口跟人讲道理，谈论政治或新闻事件什么的。他一出口总是和别人的看法不一样，甚至说得很深刻、透彻，一般人难以抵达的思想深度。他对时事十分了解，对政治也很敏感，总是语出惊人，与人云亦云的人的观点简直大相径庭。由于我们小区的用水没有进入城市用水管网，是一个小提灌站输送，所以用水一直不正常，动不动就停水。这一次停了一个多星期，没有任何人作任何说明，搞得居民非常恼火，大家闹着准备去找政府反映，七嘴八舌，意见颇多，但始终没有好主意。这时，柳三从巷子里的一头闲逛到了小区门口，他背着手，站在一旁，声音不大地说，我给你们出个主意，保准管用，用不着你们跑到政府去找当官的，当官的会主动来找你们。

柳三的办法是，叫小区的老头、小孩提着桶去下面的主街道——宝山路上堵路，老人和孩子提着桶站在路中间，就喊“我们要喝水”。吃饭喝水是民生问题，电视上天天说民生是大事，连水都喝不上，是不是大事……柳三这么一说，大家马上就响应起来，动员孩子和老人集中到一起。当一群老人孩子来到小区门口，还没来得及去堵路时，消息早传到了居委会和区政府，领导们一刻也不敢怠慢地驾车来到小区做解释工作，并承诺晚上一定来水。

从此，很多人对柳三刮目相看，我也觉得柳三鬼点子多，脑筋好用，而且一用一个准。

然而柳三还是柳三，还是那样游手好闲，无所事事，依然有人瞧不起他，甚至在一些人的眼里他是个可以忽略不计的人。正因为如此，柳三也很潇洒，他也没把别人当回事，我行我素，想怎么着就怎么着，随着自己的性子行事。有一天，柳三又跟我坐在小馆子喝酒，喝高了告诉我一个秘密，他说他不但没有钱，还长期没有女人，但日子还是要过，还要过洒脱点，遇到女人能搞就搞，要钱也搞，不要钱更是要搞。他说，这坡上小姐很多，老的小的都有，和他们关系搞好了，偶尔不要钱和你搞一次，不过大多数都要钱，没钱她们才不肯和你上床呢。一天晚上，柳三在外面和朋友喝酒，很晚才回去，走到照壁巷，路边的小门面全都关门闭户了，他迷迷瞪瞪走到照壁巷快出头的地方，头一扬，见路边站着一个女人，女人大约三四十岁，他趁着酒劲凑上去，女人知道他的意思，于是说，走吧！他就跟在女人的身后，走进一个小巷子。女人把她带到一栋小砖房的一楼一间潮湿的独屋里，屋里好像什么都没有，倒是有一股浓浓的霉味和一张床孤零零地靠在墙边。柳三一进屋就一把把女人抱起来放到咔吱咔吱响的床上，几把就把女人的裤子挂了下来，女人担心他不满意，还配合他自己把衣服也脱了。不知道是酒醉的效果，还是女人的单纯，事后柳三总是忘不了这个女人。他说，这个女人很有意思，她的身体很有弹性，而且还有一种第一次和女人做事的快感，舒服极了，很久没有那样的感觉了。柳三精疲力竭后，他是知道规矩的，一摸包里只有五十块钱。他很尴尬地把五十块钱递给女人，女人接过五十元的票子，温和地说，可以多给一点吗？柳三说，没有了，对不起，真的只有五十块，下次多给你点！女人没有吭声，虽然有点不情愿，但也没有生气，她拿起裤子遮住敏感处坐起来，看着柳三穿起裤子走出门。柳三说，这可是个温柔的女人，一定是个“下水”不久的女人，可能是遇到了什么困难才走上这一步的。柳三说他跟好几个小姐做过事，都得先给钱，后做事，而且少了一百是不做的。可这个女人，做事前根本没问他要钱，做完事也没有因为柳三只有五十元钱而发怒。柳三说这个女人很让他有想头，可是那天深夜以后，他就再也找不到这个女人了，他多次试着在照壁巷里寻找、观察，可总是找不到那天晚上这个女人给他的感觉。他觉得有几个女人有点像她的样子，但终归不是那个女人，也不知道是他喝酒醉了对女人的形象记忆模糊了，还是女人之后就搬走了。他有意无意地在照壁巷找了很长时间，最后还是放弃了对女人的寻找。柳三说这好像一个梦，那个令他魂牵梦萦的女人好似一个幽灵，转眼就消失得没了踪影。

这之后，我有很长时间没有看到柳三在小区门口闲逛了，但我没有忘记他还欠我三百块钱。一天下午，我从学校回家，在小区门口随口问保安，好久没有看见柳三了，他去哪里了？保安说，在他的屋里睡觉。我说，睡觉？大白天睡觉？这不是柳三的习惯嘛。保安说，被派出所的人揍了一顿，养身体呢！我说，这么回事？派出所能和他有什么瓜葛？揍他没道理啊。保安说，你去问他就知道了。

我一直不知道柳三到底住在巷子深处的哪里，根据保安的描述和我的问询，我找到了柳三住的屋子。柳三住的地方说是个狗窝也不为过，这一带的房子都是民房，矮小、阴暗、潮湿，柳三租的房子在一楼，只有六七平米宽，屋里有一床铺，铺的旁边有个油腻腻的电热炉，炉子上放着一口锅，锅生锈不说，而且灰尘爬满了锅面。屋子很暗，大白天，柳三也只能开着不算明亮的灯。柳三躺在床上，其实不是床，那是用水泥砖垫起来的用几块木板镶起来的铺，木板上的垫子很薄，褶皱不均。柳三弯在铺板上，对我的到来感到有些愕然，不过，很快就打消了疑虑。他自言自语地说，我还该你三百块钱呢，过阵子再还你，放心，不会忘的！我说，我不是那意思，是听说你被派出所警察打了，有点奇怪。他侧了下身子，坐起来，咳了两下说，没事，撞他妈的鬼了，那些狗日的。我问，到底怎么回事？柳三说，那天晚上倒霉得很，晚上，一个女人把我带到狮子路的坡上，搞完事，女人不让走，要我陪她睡觉，我就和女人睡到了凌晨两点钟，醒来又搞了一次，我觉得不踏实，就强行离开了女人。

柳三津津乐道地告诉我，他从女人的小房子出来，朝狮子路往照壁巷方向走，快走到交叉路口时，被几个巡夜的年轻警察拦住，问他是干吗的。他说，不干吗，老百姓。警察说，老百姓三更半夜还在路上走？一个小警察盯着他不怀好意地说，老百姓，我看你就不像个老百姓。警察要他出示身份证。这下坏了，他没有带身份证在身上的习惯。拿不出身份证，小警察们就请他跟他们去派出所一趟。柳三没办法，只好跟着警察去了派出所，一到派出所，之前那个对他不怀好意的警察认为他是吸毒的，还说，不吸毒怎么那么瘦？风都吹得倒。无论柳三怎么解释，警察就是不相信他是这个城市的普通老百姓，话说得很难听，俨然把他当成了犯罪分子。他忍不住骂了一句警察草包，坏人抓不到，专整好人……于是招来两个小警察的一顿拳打脚踢，当时就把他打晕过去。他被关了一夜，第二天早上，派出所对他进行尿检，才证实他确实不是吸毒的，虽然样子像吸毒犯。他对警察没有任何依据就把他抓到派出所，还殴打他以及没有任何说法又把他赶出派出所感到十二分的愤怒，他走出来的第一个念头就想告派出所的警察，可他认真想了想，怎么告他们？去哪里告？谁会理他？但凡没死人，是没人理的。他一想到残酷的社会现实，最后忍了。他知道，告也是白告，哪怕跑断了腿，说破了嘴，也不会有人为他这样的小老百姓撑腰，主持公道，结果只会是气上加气。他说，就是这样的情况，没有办法，只好躺在屋里自己养心养伤。

柳三好像是在安慰我一样，说，其实也没有什么大碍，就是全身酸软，没有力气，躺在铺上不想起来。柳三慢条斯理地和我说着他的遭遇，感觉嘴巴有点干，伸手去枕头下面摸烟，结果摸出一盒几块钱一包的空烟盒。我见他很想抽烟的样子，就把身上刚买的一包烟给了他。他说，一支就行了。我说，你拿着呗。

十多天后，柳三恢复了元气，又开始出现在小区门口，依然游荡着逛来逛去，只是人瘦了一些。遇到我，他也不提还钱的事，只说他惯常跟我说的那句话：林老师上课去了！

晚饭时间，每当我心情不悦时，就爱在门口的小店里随便要两个菜，再要个小二锅头放松心情，见到柳三在门口晃悠，照样叫他进去喝一口。他和我喝酒便喝酒，或者扯些别的闲话，只字不提还我钱。我也不想问，我想，如果问他，他说没钱，反而影响了彼此的心情。

我感觉柳三有些越来越难混。终于有一天晚上，柳三和我坐在小店喝酒时告诉我一个消息，他说他已经找到班上了，是附近的百花小区的物管处叫他去管理电梯和做一定范围的卫生工作。他说这个活儿是一个朋友给他找的，这个朋友是他在工厂时的工友，搞工程早发财当老板了。

柳三上班了，每天小区门口一个瘦男人晃来晃去的那道风景消失了。

现在，柳三好像变了个人，比以前精神多了，偶尔看到他吹着口哨走出或走进照壁巷，脚上好像安了吹风机，走过去时，地上还带起薄薄的灰尘。真有点春风得意的样子。有天傍晚，我从学校回家，见柳三在小区门口站着，站得像一根电线杆那么笔直。走近了，我问他在等人吗。他说，是的，等你呢，林老师。口气不容置疑。我说，等我？他见我有点疑惑，马上说，林老师别紧张，没别的事，请你喝回酒，每次总是你请我，今天我请你。他把我拉进小店，说，物业公司发工资了，我先给儿子汇了三分之二，三个多月没给儿子钱了，儿子都快穷疯了。柳三有点正式，买来一瓶不错的白酒，又点了三个菜、一个汤。他对我说，林老师，不好意思，借你的那三百块钱，等下个月发工资再还你，反正欠你时间长了，再该一个月你也不会怪我吧。

柳三好像很高兴，那瓶酒基本上都是他喝的。每次倒进杯子的酒，他都抢先喝尽，然后又倒，我还没喝上一口，他又把杯中的酒咕噜喝了下去。酒喝多了，话就多，而且言不由衷。离开小饭店时，他嘴里念念有词：下次，我还请你喝，有工作了，林老师，你人不错，看得起人，不多了，不多了……有些莫名其妙！

这天以后，我有一段时间没有遇到柳三，后来学校又派我到北京学习了半个月，回来的第一天晚上，同学请我吃饭，说是为我接风。同学朋友聚在一起，饭桌上自然也就放开喝了，最后大家都喝高了，于是你一言，我一语，高谈阔论，说古评今，抨击时弊，直到深夜十二点大家才散伙。我晕晕忽忽打的回到照壁巷，没想到一到照壁巷口，就见上去的车都退了回来，说上面在打架，死人了，路堵死了。我下车步行往家走，走到网吧门口，见网吧对面的路上闹哄哄的挤满了人，凑近一看，一个人弯曲地横在地上，昏暗的灯光照着一地鲜红的血。横在地上的人脸贴着地面，看不清楚，大家嚷嚷着说，警察怎么还不来。我正疑惑，小区的保安从人群中冒了出来，他走近对我说，你知道是谁吗？我说，谁啊？他说，柳三。我心头一紧，问保安，怎么回事？保安说，也怪柳三多事，关他什么事，充什么好汉嘛，现在好了……保安告诉我，事发时他也不在，他是听到吵闹声后才走过来的。听旁边一个摆小摊卖洋芋粑的妇女说，柳三下夜班走回来，这时，从照壁巷坡下走来一个女人，肩上挎着个包，刚走到网吧门口，一个小青年从网吧里走出来，女人还没走过网吧门口，突然小青年冲上去拉着女人的包猛拽，结果把女人拽倒在地，但女人始终没放手，柳三正好遇上，没有多想，走上去朝小青年的屁股就是一脚，小青年屁股挨了重重一脚，放开了手，没想到这时候从网吧里冲出来两个男青年，冲到柳三面前几秒钟，没听到什么声音，柳三就倒下了。三个小青年见柳三倒下后，一挥手跑了。那个妇女随之提着自己的包也朝路的一头走不见了。待有人走过去看横在地上的人时，才发现是柳三，柳三在地上挣扎着想爬起来，但还是失败了。最后大家才发现柳三腹部和腰背大出血，流血的部位几乎是对穿的，没过几分钟，柳三就没动了。

我走过去，用两个指头放在柳三的鼻孔边，感觉柳三已经没了气息。我以为没人打医院的急救电话，掏出手机正要打120电话，救护车就鸣叫着开了上来，接着警察也来了。医院的抢救人员慢条斯理地在柳三身上检查了一遍，然后问看热闹的人，谁是他（指柳三）的家属？没有人回答。小区的保安见没任何人说话，只好站出来对救护人员说，他没有家属，只有个儿子，在外省读书。救护人员见围着的人们无动于衷，只好叫把人抬上车，另外一个救护人员说，好像没呼吸了。来的几个警察，其中年龄大的一个说，赶紧把人送医院去救，不能再耽误时间，不管结果是什么。

柳三被救护车拉走了，我感到有些不安，觉得柳三完蛋了……

第二天，从医院传来消息，说柳三死了，停在医院的太平间。警察验尸后，柳三在太平间又停了一天才由居委会负责送去火化，待柳三的儿子从学校赶回来时，柳三人已经不在了。柳三的儿子没钱给柳三买墓地，只好悄悄把父亲的骨灰盒抱到城郊的山坡上刨了个坑埋了，据说那里是柳三小时候常去玩的地方。

不到一个星期，三个行凶作案的小青年落网，那个被小青年抢劫的女人也很快被找到，讯问得知，女人原来是一个卖淫的小姐。本来警方准备给柳三申报“见义勇为”奖励，结果认为他救的人是个卖淫女，便没了下文。

有天，我从小区门口过，突然想起柳三，就对站在门口的保安说，柳三欠我三百块钱呢。

（原载《民族文学》2018年第8期）

曹 永

杀 手

月亮不怎么好，微弱的光线像凉水似的，薄薄地洒在山坡上。他们并排坐在那里，脚边是一个鼓鼓的背包。他们的裤带上插着个硬邦邦的东西，那个东西像冰块一样，硌得腰身不舒服，他们恨不得抽出来，顺手把它扔出去。当然，他们只是这样想。他们坐在那里，就像两个菩萨。

黑三突然说，我原来看你打过架。老骆说，那时候你应该还小。黑三说，我当然还小。老骆感慨说，好多年前的事情了。黑三说，我看到你抡起石头砸玻璃。老骆说，他自讨的。黑三说，听到玻璃响，他从屋里跑出来，没讲两句，你们就打起来了。老骆说，他像泡鸡屎！黑三说，你手重，把他打得满脸是血。老骆说，这么多年，我就打过一次架。黑三说，搞不清怎么回事。老骆说，那次娃娃发高烧，我抱到诊所，他正在打麻将，竟让我先等。

黑三说，就这点事？老骆说，娃娃烧得像个炭块，我焦急得要命，但他硬让我等半个多小时。黑三说，那确实不像样。老骆说，这种情况，我肯定要找麻烦。黑三说，他满脸是血，还几次爬起来要跟你打。老骆皱着眉说，比鬼还难缠。黑三说，后来你用砖块砸他的后脑勺，“咚”的一声。

老骆嘴里有点苦，他舔着嘴唇说，我当时以为那个狗东西死掉了。黑三说，那你怎么不跑？老骆说，看你说的。黑三说，我看到你坐在他的诊所门口。老骆说，嗯。黑三说，难道你不晓得他哥是公安？老骆说，当然晓得。黑三说，那你还打。老骆说，他做缺德事了嘛。

黑三说，你不怕他们来抓？老骆说，那没办法。黑三说，你先砸玻璃，接着砸他的脑袋。老骆说，这种事情，谁都忍不住。黑三说，如果把他打死，你要抵命的。老骆说，我晓得。黑三说，那你还坐在他家门口。老骆说，我不想跑。黑三说，啧啧，你真倔强。

老骆顺手掐根草茎放在嘴里，缓缓地说，我要讨回公道，总不能因为怕公安就算了。黑三说，后来你坐牢了？老骆说，坐过两年。黑三说，倒也不算长。老骆说，他们跑来找我，说只要把医药费掏出来，事情就算完了。黑三说，你怎么不同意？

老骆侧过脸说，你这话问得有点怪。黑三说，怎么怪？老骆说，既然把他砸进医院，要是再掏医药费，那跟没砸有啥区别？黑三说，掏钱比坐牢好。老骆说，这不是钱的事情。黑三说，你这是固执，驴脾气。老骆说，凡事都讲道理。黑三说，我懒得跟你说。

老骆嘀咕，明明是你提起来的。黑三说，跟你讲不清楚。老骆吐掉嘴里的草茎，说，真想喝水。黑三说，我也想喝。老骆说，我们没吃晚饭。黑三说，我倒不饿。老骆说，我也不饿。黑三说，那你说吃饭的事。老骆说，我只是顺嘴这样说。黑三说，其实我们应该吃点东西，这样做事的时候有力气。

老骆没再说话，黑三也没说，山野里静悄悄的。山脚是鱼娘镇，从半坡看去，镇上的灯光有些散乱。他们眼睛看着一个方向。风从树梢吹过，声音怪异，他们多少有点害怕，身体绷得紧紧的。他们并肩坐着，但老骆看不清黑三的面目，甚至觉得他的眉目像几个泥疙瘩。

黑三说，你在想啥？老骆说，啥也没想。黑三说，你肯定在操心娃娃。老骆说，我横竖搞不明白。黑三说，有啥搞不明白？老骆说，你说，好端端的，怎么摔个跟头，就把脾脏给摔破了？黑三说，这种事我确实没听过。老骆沮丧地说，这些天，我都在想这个事情。黑三说，我只听过摔断手脚的。老骆说，就是。黑三说，这个东西隔着肚皮嘛。

老骆说，刚开始我还不信。黑三说，有些事情说不清楚。老骆说，倒霉起来喝水都会硌牙齿。黑三说，总能治好的，医生有这个本事。老骆说，他们说得摘除。黑三说，摘啥？老骆说，摘脾脏。黑三说，啧啧，它又不是黄瓜，说摘就摘？老骆说，所以我弄不明白。黑三说，摘掉不会影响身体吧？老骆说，他们是这样说的。黑三说，有时候就会碰到怪事。

月亮仍然在天上，像个什么东西，看起来灰不溜秋的。风从矮处刮来，贴着地面，钻进他们的两条裤腿，他们感觉裤脚那里痒痒的。树叶窸窸窣窣，虽然看不清楚，但肯定是树叶在响。风吹的时候，树叶总会发出这种响声。

黑三感觉有点冷，他缩着脖颈说，还在医院？老骆说，忙着凑医药费。黑三说，现在不用考虑这个问题了。老骆看着灰蒙蒙的背包，觉得它像块石头。刚拿到背包的时候，他们的心就突突地跳，嘴里渴得要命。后来，心就不怎么跳了。

黑三说，治好病，让他接着读书？老骆说，难道跟我到处做苦力？黑三说，能读书真好。老骆说，我记得你读过书。黑三说，的确读过几年。老骆说，后来怎么不读了？黑三说，我爹坐牢后我妈改嫁，就没读了。

老骆认得黑三他爹，就在县城卖菜，听说因为斤两的事，把一个老师给打死了。黑三说，离开学校，我就天天打架。老骆说，我可不喜欢。黑三说，我也不喜欢。老骆说，那你还打？黑三说，只有让大家都怕我，才能找到活路嘛。老骆说，噢。黑三说，我从小过的就是这种生活。老骆说，噢噢。

黑三说，我经常蹲牢房，这次蹲得最久。老骆说，蹲了几年？黑三说，六年半。老骆说，时间是有点长。黑三说，你也觉得长？老骆没说话，他晓得那种滋味。黑三说，那个家伙赌钱耍花招，被我打断几根肋骨，差点没活过来。

老骆的鼻孔有点不舒服，于是伸指头去抠。终于，他从里面挖出个什么东西。他用指头捏着那团东西，捏得圆滚滚的。听到黑三的话，他说，啧啧。黑三又说，从牢里出来后发现世道变了。

老骆使着劲，想把那团东西弹出去，在弹出一声细响后说，六年多了嘛。黑三说，以前的名声不顶用了，找不到事做。老骆叹气说，这年头就是不好找事做。黑三说，几个跟我混过的家伙，现在都有钱了。老骆说，你去找过他们？

黑三没回话，他撑着手从地上站起来。夜色愈来愈暗，树林黑森森的。老骆看到他往前走几步，然后在裤裆那里摸索。即便离得很远，老骆也能听到尿水冲着泥土那种唰唰的声音。老骆也想撒尿，但他懒得动，坐的时间久了，他感觉屁股酸痛。

看到黑三伸手朝背后摸，老骆有些紧张。他以为这次要走，但黑三提着裤带，重新坐到那个地方。黑三说，好像有点冷。老骆说，晚上都冷。黑三说，树丛里边有东西。老骆说，有啥？黑三说，我只是听到响声。老骆说，你尽讲鬼话。

他们并排坐在那里，像两个闷葫芦。黑三恨恨地说，狗日的！老骆惊讶地说，咦，你这个人。黑三说，我没骂你。老骆说，我就说嘛，好端端的。黑三说，他们脸色怪怪的。老骆说，原来跟你混的那几个？黑三说，后来我去找老五，他就介绍了这单生意。老骆嘴巴闭着。

黑三说，目标姓金，是个老板。老骆说，记得是。黑三说，他有很多钱。老骆说，你晓得？黑三说，我当然晓得。老骆说，我可没听说。黑三说，他姐夫是县公安局的领导。老骆说，这是老五告诉你的？黑三说，我以前就听过他姐夫的名字。老骆抱着膝盖，没吭声。

黑三说，我当时就觉得不该接这个活。老骆说，现在怎么办？黑三说，我也不晓得。老骆咬着牙说，实在不行，我们把钱退掉？黑三说，不可能。老骆说，怎么不可能？黑三说，没这个规矩。老骆盯着那个地方，感觉额头冒出了一层汗水。

他们好半天没吱声，过了一会儿，黑三说，月亮不好。老骆说，嗯。黑三说，如果月亮好，可能要方便些。老骆搂着膝盖，将头埋得很深。黑三说，真想抽烟。老骆说，我早就想抽，你不让。黑三说，抽起来有光。老骆说，这里是山坡。黑三说，那也不好。

前面是黑压压的树林。这时，从树林里传来一阵响动。他们竖起两只耳朵，蓦然探出半个身子。好像是兔子，又或者是别的什么动物，顺着树林，跑到山顶上去了。他们松了口气，屁股落到原来的地方。老骆说，原来这地方有老虎和豹子。黑三说，现在肯定没有了。老骆说，你有把握？黑三说，这地方树林矮，它们待不下去。

老骆埋怨地说，抽烟也不让。黑三说，先忍着。老骆说，这里是坡上。黑三说，要是抽，会留下烟头。老骆说，离得这么远。黑三说，还是谨慎些好。老骆说，你这个人。黑三说，我真不该跟你。老骆说，这话不顺耳。

黑三说，你跟老五到底是啥关系？老骆说，我们是亲戚。黑三说，我就说嘛。老骆说，你讲话怪模怪样的。黑三说，要是跟别人，就没这么麻烦。老骆说，啧啧，还嫌我麻烦。黑三说，我怕你不敢动手。老骆说，你看过我打架的。黑三说，那时候你还年轻。老骆嘀咕了一句什么，黑三没有听清。

他们坐在那里，远远地看着鱼娘镇。黑三说，我身上有点酸。老骆说，坐的时间长了。黑三说，我晓得。老骆说，太阳刚落坡我们就坐在这里了。黑三说，嗯。老骆说，总不能一直坐下去。黑三说，我不想动。老骆说，我也不想动。

老骆说，金老板怎么招惹人家了？黑三说，他原来打矿石。老骆说，他们争矿？黑三说，听说矿山上有几家人的祖坟。老骆说，这样确实不好。黑三说，破坏风水嘛。老骆说，就是。黑三说，后来山体塌陷，几家人的祖坟也陷进去了。老骆说，啧啧。黑三说，那些人跑去阻止过，但根本没用。老骆说，怎么没用？黑三说，他有背景嘛。老骆说，这种鬼事。黑三说，世道就是这样，只要靠山硬，啥都好做。

他们盯着那个地方，沉默了好大一阵。山上尽是泥土和树叶腐烂的味道，闻起来不怎么舒服。有风吹来，他们感到头发微微颤动。好像有鸟儿从头顶划过，他们抬起头，啥都看不清楚。只有月亮，像根豆芽似的挂在天上。

黑三说，幸好不是冬天。老骆说，怎么幸好？黑三说，冬天冷，待不住。老骆说，噢。黑三说，冬天有雪，有足迹。老骆说，到底怎么办？黑三说，我不晓得。老骆说，我想退钱，你又说不行。黑三说，当然退不掉。

老骆说，难道没有别的办法吗？黑三说，我想不出来。老骆说，完事以后呢？黑三说，你啥都要问。老骆说，真想抽烟。黑三说，现在抽烟不好。老骆说，你说别抽，我就没带。黑三说，那你说抽烟的话。老骆说，我只是这样说。

老骆背上痒，于是反过手，想用指头去挠，但够不着，只能来回扭着身体。黑三说，你做啥？老骆说，没做啥。黑三说，那你不好好坐着，扭来扭去。老骆说，你这个人。黑三说，时间好像不早了。老骆用鼻孔应声。黑三说，总不能坐到明天早上吧。胳膊碰到那个硬邦邦的东西，老骆的手就缩回来了。黑三说，这样耗下去不是个事。老骆说，我没耗，只想多坐会儿。黑三说，再坐就来不及了。老骆说，我又没说不走。

他们站起来，跺跺脚，拍拍屁股上的灰尘，开始顺着山坡走。黑三挎着背包走在前面，老骆跟在后面，他们的腰部都挂着硬东西。光线有点暗，路不怎么好走。他们像两个哑巴，埋头往前走。他们走得很轻，几乎没什么响动。

这时候，远山早就已经被夜色淹没了，两边都是树林，黑乎乎的。有时候，风会冷不丁地从里面冒出来。老骆说，你看。黑三说，看啥？老骆说，远处有团火。黑三说，可能是鬼火。老骆说，也有可能是什么人烧的。黑三说，甭管它。老骆说，有点看不清。黑三说，确实不好走。老骆说，摔倒就不好了。黑三说，嗯。老骆说，白色的是石头，明亮的是水洼，灰色的才是路面。黑三说，你还晓得这个。老骆说，我经常走夜路。

先前山上很安静，但这会儿有鸟叫，声音很凄凉，简直像鬼叫。枝条不时伸过来，像手那样抓挠他们，似乎在拼命阻止。他们有点慌张，拨着树枝，夜猫似的往前钻，有时摸到毛茸茸的叶片，会把他们吓一跳。

走到山脚，他们的呼吸渐渐粗重起来。前面就是鱼娘镇。街头有一盏路灯，很高，也很亮，像个独眼龙似的，怪模怪样地盯着他们。他们担心遇到人，但周围很冷清，只有几条野狗在前面晃荡。

他们走到那个地方了。灯光透过窗口，斜斜照射出来，碎玻璃似的铺在地上。老骆低声说，我没经验。黑三说，这种事谁都没经验。老骆说，你说怎么干？黑三说，进去再说。老骆说，总该有个计划。

他们在门口站了一下，开始敲门。里面问，谁呀？他们沉着嗓子应了一声。门终于开了，一个南瓜似的脑袋从里面探出来。接着，他们看到一具肥胖的身体挤在门框里。黑三说，金老板？肥胖的身体慢慢挪开，让出一条缝来。

他们钻进去，在宽敞的房间里，看到一把特制的大铁椅。他们从来没有见过这种大铁椅。他们正在惊诧，就看到金老板摇摇晃晃地走过来，把身体放在铁椅上。铁椅有许多花纹，金老板刚坐上去，肥肉就顺着花纹鼓出来了。

老骆握着背后的硬东西，两条腿微微颤抖，额头也在慢慢冒汗。

金老板把两条胳膊搭在铁椅的扶手上，斜眼说，你们找我做啥？

黑三打开挎包，把它放在面前的茶几上。金老板伸过头，看到里面全是钞票。黑三说，这是十万块。金老板以为他们找姐夫帮忙办事，依然保持姿势坐着。黑三说，有人出这笔钱，让我们取你的命！金老板瞪着眼说，你说啥？

黑三把刚才的话重复了一遍。金老板说，你们没开玩笑吧？黑三摇头。金老板撑着扶手站起来，喘着气说，在这个地盘上，谁他妈敢打我的主意！黑三没想到目标居然胖成这样，他缩回手，悄悄攥紧腰上的硬东西。

金老板说，到底谁请你们的？他们仰着脸，没吭声。金老板挥手说，你们不说，我也能猜到。他们看着金老板的指头，觉得像几个竹筒。金老板说，是不是朱治国？他们四目相顾，都没听过这个名字。金老板说，要不然就是张老七。

他们握着背后的东西，满脸茫然，金老板开始变得烦躁，说，那肯定是王晋元，这个狗杂种居然这么狠！他们在看金老板的肚皮。坐在铁椅上的时候，金老板的肚皮像块毛毯似的，松松垮垮盖在他的大腿上。现在，那块肚皮在他们眼前甩来甩去。

金老板忽然拧过头说，你们应该知道我的背景。

他们看着金老板，见他肥脸上满是油光。

金老板严肃地说，你们要考虑清楚。

黑三说，我们没有办法。

金老板说，你们真要动手，肯定逃不掉！

黑三说，已经没退路了。

金老板站在那里，眼睛像两个核桃似的紧紧盯着他们。这让他们感到很不自在。屋里非常安静，气氛愈来愈紧张。突然，金老板转身朝另一个房间奔去。他们以为目标跑去找武器，慌忙把背后的硬东西抽出来，那是两把锋利的刀。

他们跟在后边，看到一堆肥肉在前面剧烈抖动。他们看着手里的家伙，害怕尺寸不够。他们想，要是戳不进去，事情就更麻烦了。他们咬紧牙关，刚准备动手，没想到金老板探出半截身体，迅速从门后扯出一个沉甸甸的纸袋。

金老板看着他们手里的家伙，警告说，最好不要乱来！他们绷着身体，满头是汗。金老板把纸袋扔到地上，说，这里也有十万。他们眨着眼，没明白意思。金老板说，我不管你们是什么人，也不管是哪个请来的，拿着钱，赶紧走！

老骆脱口说，让我们去哪儿？

金老板不耐烦地说，只要离开鱼娘镇，管你们去哪儿！

他们手里的刀寒光闪烁，两人都瞪着眼，不知怎么办。这时，街道上传来脚步声和说话声。听到声音越来越近，他们都紧张起来，金老板甚至把半个肥胖的身体扭朝门的方向。但那些脚步没有停留，径直从门口走过去了。

老骆仿佛几年没喝水，嘴里渴得要命。老骆把目光投向黑三，见他站在那里，喉咙上下滚动。老骆攥紧刀柄，舔着枯裂的嘴唇，他觉得自己应该做点什么。就在这时，忽然看到黑三走过去，弯腰把纸袋提起来了。黑三拎着纸袋喊走。老骆没动，他在那里鼓眼。黑三把纸袋塞到老骆手里，使劲拽着他的胳膊。

月亮仍然悬在头顶，脏兮兮的，简直像块刚用过的抹布。鱼娘镇无比安静，来的时候，街上还能看到几条野狗，现在鬼影都看不到一个。他们全身是汗，有风吹过，身上一阵冰凉。他们顺着来时的路，埋头往前走。

光线越来越暗，看啥都是黑影。灰色的路面像根烂草绳，弯曲在草丛里。碰到陡路，他们走得有点费劲，总把一只脚先探出去，摸到实在的位置，才敢把身体的重心彻底放上去。

夜色更黑，风也更冷。跟来时相比，啥都不一样了。黑三挎着背包走在前面，老骆拎着纸袋跟在后面，他们感觉那东西沉甸甸的。先前下坡，没弄出多少响动，但爬坡就不同了，他们的鼻孔和嘴里喘着粗气，很不均匀。

终于，他们再次摸上半坡。老骆站在树丛边撒尿，他已经憋了好长时间了。虽然看不见，但他能感觉到有些尿水溅到鞋上了。撒完尿，他打着冷噤说，从来没见过这样的胖子。黑三说，我也没见过。老骆说，你说有多少斤？黑三抹着汗水说，这可不好猜。

老骆摸到黑三的旁边，盘腿坐下，说，累得要命。黑三说，我也觉得累。老骆说，真是奇怪。黑三说，搞不懂你在说啥。老骆说，明明啥都没做，还累成这样。黑三说，就是。老骆说，可能是走得太快了吧。黑三说，其实也没多快。老骆说，怪我们爬坡？黑三说，鬼晓得。

他们远远看着山脚，那里灯光凌乱。老骆说，你说他会不会报警？黑三说，我们啥都没做。老骆说，我们拿了他的钱。黑三说，是他自己给的。老骆说，我从来没见过这么多钱。黑三说，我也没见过。

他们感觉有点疲惫，就顺坡躺着。他们把手垫在头底下，看着天空。月亮还是那个鬼模样，四周黑乎乎的。老骆说，这里是不是原来坐的地方？黑三说，拿不准。老骆说，我觉得是。黑三说，管它了。老骆说，嘴巴有点难受。黑三说，嗯。老骆说，真想抽烟。黑三说，你又说抽烟的事。老骆说，现在完事了。黑三说，你带烟了？老骆说，没带。黑三说，真不想跟你讲话。

他们像两捆柴火似的并排躺在山上。过了好大一阵，老骆突然欠起身来，说，我横想竖想，总觉得不对劲。黑三吓了一跳，说，你又在想啥？老骆说，这样做不地道。黑三说，你给娃娃弄医药费，现在弄到了。老骆说，不是这个道理。黑三说，没见过你这样的。

老骆站起来说，我的钱，你帮忙送到医院。黑三瞪着眼说，你要做啥？老骆说，既然收人家的钱，就该把事情做掉。黑三说，你也收金老板的钱了。老骆说，不一样。黑三说，怎么不一样？老骆说，他欺侮人家。黑三说，怕你是撞鬼了。

雾气从谷底飘上来，山上越来越冷。黑三翻起身刚想阻拦，看到他抽出刀，随即退回去了。老骆用指头去摸刀刃，发现它有点粘手。老骆很满意，他知道，只有锋利的刀才会这样粘手。

远处是鱼娘镇，那里灯光明亮。老骆握着刀，起身往前走。晚风迎面吹来，仿佛冷水泼在身上。老骆听到黑三在后面说自己是驴脾气，但他要赶时间，懒得搭理他。他握着手里的家伙，顺着山坡走。仍然是那条路，灰蒙蒙的。

（原载《天涯》2019年第2期）

戴　冰

杀　心

他捏着一根拉直了的曲别针，在那只壁虎灰白色的肚皮上戳了个洞，把一些不知是血还是油的混浊的黏液挤出来，装到一个瓶盖里。

那只壁虎是他偶然从院坝的石缝里掏出来的，之前，它一直躲在石缝里冬眠。

他来到院坝的水池边，稍微拧开一点龙头，朝瓶盖里加了几滴水，用手搅匀，小心地端着，穿过堂屋，悄无声息地朝厨房走去。

路过奶奶的卧室时，他伸头进去探了一下，见奶奶面朝墙壁，不时发出轻微的鼻息，就像她的鼻腔里有一些细而硬的东西在相互摩擦。

正是下午一点，不只奶奶，还有他的父母和住楼上的二叔叔，都在睡觉。堂屋的两扇大木门关得严严实实，让堂屋一片暗沉。靠墙安放的大铁炉子散发着热气，有种不干净的味道，那是因为铁炉子的四角吊着几块湿抹布。

厨房比堂屋更幽暗，气味也更浓重。他家和奶奶家虽然同住一幢房子，但分开做饭吃饭已经好几年了，煤、火、厨柜、碗筷等都是分开的。他家的厨柜摆在厨房右边一张大方桌的旁边，半人高，只放得下装油盐酱醋的瓶子和他们一家三口的碗筷，剩饭剩菜、多出来的碗和盘子之类就只能放在大方桌上，用一块很大的双层纱布盖着。如果父亲要请朋友吃饭，碗筷盘子不够用，还得向奶奶借。奶奶的厨柜跟他家的厨柜样子很相似，但要旧得多，也要大得多，几乎是他家厨柜的两倍，所以看上去也像他家厨柜的奶奶。

他先把奶奶家厨柜右边的一扇木门轻轻提起来（如果不提起来，门会压着转轴，发出刺耳的声响），再一点一点打开。厨柜用隔板分成五层，上数第三层就放着奶奶和二叔叔中午吃剩的菜：糟辣白菜、鸡杂芹菜、凉拌折耳根、清煮娃娃菜……每样都只剩一点，鸡杂芹菜最少，只有碗底一小撮。它们都还散发着轻微的热气。他把瓶盖举起来，在糟辣白菜和鸡杂芹菜里分别倒了几滴，还剩一些，他想想，全部倒在了装凉拌折耳根的碗里。

他有意避开了那碗娃娃菜，因为娃娃菜是用清水煮的，这种深褐色的黏液滴在里面，会变得非常醒目。

在抓到那只冬眠的壁虎之前，他实际上已经尝试过许多别的方法。比如朝奶奶的茶缸里吐口水，因为他曾听说过，人的口水是世界上最毒的东西之一，如果拌上米饭喂麻雀，麻雀吃了之后就会立即死掉；他还在奶奶家的剩菜里放过缝纫机油、黄沙、他的尿……但除了黄沙被他二叔叔尝出来，别的没有任何效果，甚至没被任何人发现。有一次，他去厨房奶奶家的大厨柜里偷奶奶每天下午用来调荸荠粉的红糖，发现红糖已经受潮，变得黏糊糊的，看上去像鼻涕一样恶心。他于是受到启发，分成两次，每次按住一边鼻孔，朝那个陶罐里擤干了他所有的鼻涕。他知道鼻涕是吃不死人的，连生病都不会，他就经常把流出来的鼻涕吸进嘴里，然后吞下去。他这样做只是因为做了之后心里舒服。

后半间与后墙之间的通道里传来几声耗子的吱吱声，他知道那只耗子趁着人们熟睡的当儿，又出来觅食了。

那是他有生以来见到过最大的一只耗子，接近一只肥猫的四分之三。他从没看见过它的样子，只是从后半间的窗户里看到过它的背，每次都只能看到它的背。它显然已经十分衰老，这一点从它迟缓的动作和几乎脱光了毛的背脊上就可以看出来。但它同时又是威严的。他曾见过一只半大的猫围着它转圈，惊骇地号叫，它却始终嗅着地面，头都没抬一下。那只猫最后突然闭嘴，决绝地跳到一根靠墙的木方上，越过墙头，尾巴在空气中模糊地一闪，消失在墙的另一边，就像是因为羞愤而跳墙自杀。

听到那只耗子的响动，他就知道他奶奶快要起床了。他已经测验过好几次。每天下午，只要他听见那只耗子出来觅食的动静，不出五分钟，他就能听见隔壁奶奶起床穿衣服的声响。

他曾把这个在他看来非常神奇的现象告诉父亲，他父亲却不以为意，说："这不稀奇啊，午睡的时候屋里安静，耗子才敢出来，而奶奶年纪大了，瞌睡少，总是第一个起来嘛。"

他说那只耗子和奶奶的动作也很像。这样说的时候，他半弓着腰，双腿交替，慢慢抬起来，又慢慢放下去，就像游泳时在浅水里行走。

这个滑稽的动作把他父亲逗笑了，他说："不许学老人，这样不礼貌。"又说："他们都老了嘛，只要是动物都会老，以后我会老，妈妈会老，你也会老。”

他眼睛一亮，想起才从一本小画书上看到的话，大声说：“人也是一种动物。”

“对了，”父亲说，“这话就说得有点知识了。”

他得到表扬，得意了好半天，但还是固执地认为那只耗子和奶奶之间有着某种他说不清楚的联系。

很多年之后，他觉得他想通了这个问题，他实际想要给他父亲表达的是，那只耗子和奶奶身上，都有一种让他厌恶、痛恨同时敬畏的东西。

他厌恶和痛恨的其实不止他奶奶一个，还有他的两个叔叔以及五个姑妈。

几乎每个月，总有那么一个就像永远过不完的下午或者晚上，在奶奶的召集和主持下，两个叔叔和五个姑妈会从这座城市的四面八方聚集到大房子的堂屋里来，散坐在沙发、茶几和临时搬出来的几张高凳上，每人手里捧着一杯茶，在他父母的四周围成一个半圆的圈，一一数落他母亲的种种不是。比如给奶奶的赡养费拖欠了两个星期；去重庆探亲带回来给大家的米花糖少得简直不成体统，有一次甚至是馊的，而且各家多少不均；某天说的某句话流露出对某个姑妈或者叔叔甚至奶奶本人的不满，他对奶奶不礼貌，却没有受到惩罚……要他母亲解释、道歉、保证。这种时候，他通常会被父亲严厉地命令待在他住的后半间不许出来。但他光着脚，躲在后半间和堂屋之间的茶房里，手心里攥着汗，从头到尾屏气凝息地偷听，什么都听得清清楚楚。他能听见六姑妈勺子刮瓷碗一样尖厉的声音、八姑妈胆怯的声音、五姑妈冷漠平静的声音，以及父亲一会儿替母亲解释一会儿替母亲道歉的声音。父亲解释或者道歉的声音有时会被奶奶突然的插话打断：“你别替她说，你等她自己说。”这样几次之后，就会传来母亲断断续续的辩解声，中间夹杂着倒嗝似的抽泣……偶尔，两个叔叔和五个姑妈互相也会埋怨指责，但这种情况不多。如果遇到这种情况，他就会平静地回到后半间，做作业，看画书，或者画画。

大家都把这种聚会叫作“家庭会议”。在他奶奶看来，不时地开开这种“家庭会议”很有必要，因为谁对谁有意见，都可以当面说清。

但每次这样的会议之后好几天，他父亲的脾气都会变得非常暴躁，而他母亲则终日沉默寡言，脸色灰暗，仿佛支撑身体的什么东西被抽空了，变得既瘦小又干瘪，走起路来就像踩在水波上。这时候，他就得十分小心，不能做错什么事，否则父亲母亲都可能打他。父亲的手掌又宽又厚，一般不多打，只是随手一耳光，就会令他在差不多十秒钟的时间里处于一种分不清上下左右的晕眩状态。但相比之下，他更怕母亲发火，因为母亲发起火来，一下就能达到歇斯底里的程度。曾经有一次，因为五姑妈的儿子（他的三表弟）偷了大叔叔的糖，而他分得了两颗，被他母亲抓住后领，穿过院坝，穿过又长又黑的巷道，一直来到大街上，作势要把他推到那些迎面驶来的公交车或者大卡车的轮子下。那次，他被吓哭了。他害怕的不仅是那些隆隆作响的庞然大物，更是他母亲那种声嘶力竭的嗓音和脸上变模变样的神情。

之后，他就学会了在那几天时间里尽量不露面。如果是上学期间，他会头天先告知父母，说第二天下课后会去同学家做作业，然后第二天就真的在一个同学家里做作业，直到晚饭前几分钟才回来；如果是放假期间，除了吃饭上厕所，他就整天待在后半间看画书做作业。他知道，只要看见他在看书和写字，他母亲就会欣慰，觉得他在干正事，觉得她受的全部委屈得到了些许的补偿。

从他父母无意间的对话里，他知道这种状况其实在他出生之前就已经开始了，而且随着两个叔叔和三个姑妈陆续从外地调回来，似乎愈演愈烈。

只要某天某个姑妈或者叔叔出现在隔壁卧室，和奶奶悄声说话，而且一说几小时，他就知道过不了几天，又要开家庭会议了。在和奶奶说话之前，姑妈或者叔叔们一般都会先进到后半间，命令他出去玩会儿。他知道那是因为后半间和奶奶的卧室只隔着薄薄一层木板，非常轻微的响动也能听见。这时候，他就会一声不吭地离开后半间，带着一种大祸临头的战栗，来到堂屋，躲进爷爷留下的那张大西餐桌下面，找一个最幽暗的角落，在那里一直待到奶奶的房门重新打开，叔叔或者姑妈们从里面出来。

发现这个规律之后他兴奋了好一段时间，因为加上那只耗子和奶奶之间的联系，他觉得自己已经发现了两件就连他父亲和母亲都不知道的事情，他据此认为自己从此不再是个孩子，而是个真正的大人了，只是别人还不知道而已。

有个周三的下午，五姑妈来到后半间，命令他出去玩会儿，然后从那扇开在木板之间的小门进到了奶奶的卧室。他离开后半间，立即告诉了母亲。他反复强调他发现的那个规律，还用一种威胁的口气对母亲说："每一次都是这样的，不信你看着吧。"结果是他母亲从那天下午开始，直到家庭会议真正举行，一直都脸色灰暗、沉默寡言，身体变得又瘦小又干瘪，无论谁多说句什么话，她都会连声辩解，前言不搭后语，声音又高又尖，就像一只受到惊吓的猫，突然竖起了全身的毛。

从那之后，看见哪个姑妈或者叔叔进到奶奶的卧室说话，他就不再事先给母亲说了，只是独自躲在大西餐桌的下面，看着不时出现在眼前的大人们的腿脚晃来晃去。他越来越喜欢躲在大西餐桌下面，蜷成一团，在一块浓重阴影的庇护下，有种与世隔绝的静寂，就像阴影之内是一个世界，之外是另一个世界，两者互不相干。他常常在那团阴影里睡过去，睡得比在冬天被子里的夜晚还要香甜，甚至听不见他母亲叫他的声音。

他母亲把搬离这座院子的全部希望，都寄托在他父亲的单位能分给他们一套单元房。每次开完家庭会议，他都能听见他母亲又一次逼着他父亲去找人说情，看能不能分到一套房子。"再旧再小都可以。"她说，"再在这座房子里待下去，我肯定不疯就死。"

这些话让他恐惧，他无法想象如果有一天他母亲真的死掉，会是一种什么情形。有个黄昏，他来到正在写字台前做事的父亲身边，突兀而不可抑制地说，几乎哽咽起来。“我们搬出去吧。”他说，“要不我死在大桌子底下可能都没人知道。”他父亲惊极而笑，说：“为什么是大桌子底下呢？”

有天中午，父亲下班回家，和他母亲说了一会儿话之后，他母亲一下变得满脸欣喜，专门来到后半间，从后面把一只手按在他的肩膀上，悄悄告诉他，说房子的事情有回音了，明年，最多后年，他们就有可能分到一套房子。

他目瞪口呆，那感觉就像睡得正香，突然被人扇了一记耳光。他不敢尖叫，因为奶奶正待在隔壁，但他满心狂喜，不知如何是好，于是把嘴按在手臂上，模仿了一个响亮而悠长的放屁的声音……

但紧接着发生了好几桩事情，让他觉得他已经没有耐心等到真正搬家的那天了。

那几桩事情，严格说来，实际上只是一桩。事情是这样的：有个周六的晚上，十点左右，他母亲让他去拌点稀煤把铁炉子的火封了。他家的铁炉子安在奶奶家大灶台的旁边，煤池则砌在后半间的屋檐下，与奶奶家的煤池不过几步远。两家的煤池里都装着干煤面，但奶奶家封火的稀煤，二叔叔每天一早就会事先拌好，晚上需要封火时，直接铲起来就可以用；他家的却是晚上封火时现拌。拌煤和封火都是比较讲究的事，煤拌得不能太干，也不能太稀，而且要拌得均匀；封火也一样，四周要封得严实，中间的出气孔不能堵塞，必须始终保持透气——两件事只要一件没做好，第二天起来，火不是烧过了，就是封熄了，所以拌煤、封火这样的活，一般情况下都由他母亲亲自来做。但那天他母亲不知有什么事，临时脱不开身，就让他去拌煤封火。他原本没经验，加上一向马虎，于是根本没拌，只是铲了一铲干煤面，拿到厨房，从蓄水缸里舀了一点水淋上去，就这样潦潦草草把火封了。第二天一大早，他正在做梦，梦见自己是一只猫，四肢着地，轻飘飘蹲在屋顶那些残破的、长着苔藓和草叶的瓦片上，看院子里那只巨大的耗子庄严地四处踱步，做出一些不可思议的动作，比如突然立起来，前爪合十，朝着大门的方向缓慢地躬身作揖，就像在迎接一个尊贵的、长着长胡子的客人。梦里，他没觉得那只大耗子的举动有什么可笑，相反，他很想学学那种看上去非常古老和优雅的礼数。但他刚在瓦片上学着那只大耗子站起来，两手还没并拢，就被他父亲猛地从被子里拽了出来。原来那天是周日，六姑妈一早就从家里赶了过来，捅开奶奶家的火准备做一锅酸菜粑粑当早餐，无意间看到他家的铁炉子，发现稀煤因为封得不规则，整笼火已经烧过熄灭了。她又去奶奶家的煤池拿煤，发现他家的煤池里没有头天晚上拌煤的痕迹，于是得出一个结论——有人用奶奶家的稀煤封了他家的火。

“拌没拌过煤，一眼就看得出来。”六姑妈宣布说，“池子里全是干煤面，看不到一丁点水渍。”

不到一小时，两个叔叔和五个姑妈已经全部会聚到了堂屋，他们神情严肃，走动和泡茶时都轻手轻脚，因为奶奶说了，这不是一点稀煤的事，而是一个人的品行问题。

堂屋里的空气像沥青一样黏稠。他站在堂屋中央，面对奶奶，飞快地说话，重三遍四地陈述着头天晚上的整个过程，越说越快。他不敢停下来，他觉得一停下来，那些沥青就会直接敷到他的鼻子和嘴巴上，让他无法呼吸。

他母亲一听他的陈述，立即就相信了他。“他本来就是个喜欢偷懒和做事马虎的人，”她说，“我一听他这样说就知道他说的是真话。”接着，他母亲还列举了许多他偷懒和做事马虎的例子，比如做作业，明明是乘法，做着做着就变成了加法；比如让他淘米，他懒得用手搓，就用筷子伸进去随便搅搅了事；再比如让他拿件什么东西，他必把旁边另外的东西打翻……所以他父亲才总结，说他“烧香打菩萨”“头上长角，身上长刺”。

他母亲的话立即被机警的六姑妈抓住了要害。“对啊，”她说，“他既然做事这么马虎，为什么拿着一铲子煤面，从后墙根一直走到厨房？我数了数，三十多步呢，居然一丁点煤面没洒出来，这不是件怪事吗？”

为了验证六姑妈的话，奶奶打头，两个叔叔和五个姑妈居中，他的父母跟着，从他家的煤池开始，一步一步，检查到厨房他家的铁炉子旁。一路上的确没有发现煤面，倒是在奶奶煤池的外边找到小拇指大的两团稀煤。

六姑妈看奶奶，其余的叔叔和姑妈互相看。他知道除了他母亲，所有人都相信是他偷了奶奶的煤，剩下的事就是看他父亲如何惩罚他了。

许多年之后，他父亲八十岁生日那天，他给父亲提到了这件事。他说没有发现煤面也不能证明就是他偷了奶奶的煤，而奶奶的煤池旁边发现两团稀煤，完全可能是二叔叔或者奶奶本人晚上封火铲煤时掉落出来的。

他父亲毫不迟疑地对他的话表示同意，但强调说，在当时那种情况下，也没有谁能证明他说的是真话；加上奶奶、叔叔和姑妈们平时都埋怨他们对他不够严厉，所以他最后不得不选择相信了六姑妈的结论。

那天他父亲没扇他耳光，可能是怕奶奶、叔叔和姑妈们认为那样太轻饶了他，而是提着他的后领，把他一直提到院坝中央，铲了一铲人造砂，铺平了，让他露出两个膝盖跪在上面。

他面对堂屋跪着，能看见他母亲发疯一样抓挠他父亲的衣袖。“你们不能这样冤枉他……”他听见她这样大喊大叫。他目不转睛地看着他母亲，想让她也看到他，那样，他就可以对她笑一下。但他母亲从头到尾，一眼也没朝他这边看。后来他父亲把他母亲拖进了他们的卧室，关上门，之后他一直没看见他母亲出来，也没再听见她喊叫的声音。他知道，即使他母亲真的发了疯，也救不了他。

快到中饭时间，他的两个膝盖沁出了血，表哥表弟表姐表妹们也跟着姑爹和婶婶们陆续地来了。看见他跪在砂子上，每个人都很惊讶，大人们进到屋里去询问。表姐表妹们胆子小，不敢看他，更不敢和他说话，都跟着大人们进了屋；表哥表弟们却很兴奋，他们每人端一张小凳子，当成马骑在上面，“笃笃笃”地围着他转圈。

可能是几个姑爹和大婶婶集体说情的结果，等到堂屋里支起大圆桌，姑妈和姑爹们开始从厨房往外一碗一碗端菜，他父亲这才命令他起来，还煮了碗面条，让他端到后半间去吃。

他母亲自从那天上午被父亲拖进卧室后，就像死人一样躺在床上，不吃不喝，一直躺到第二天中午。第二天中午他吃的还是父亲煮的面条。吃完之后他开始做寒假作业，做到一半，估计父亲已经出门上班去了，就想去和母亲说说话。但刚从后半间出来，他就看见他母亲穿戴整齐，正穿过院坝，走向大门的方向。他母亲走得像影子一样无声无息，就连鸡笼里的鸡都没有发现。他立即判断他母亲是准备去跳河，悄悄地跟了上去。

他的两个膝盖昨天已经涂了紫药水，有些破皮的地方结了一层薄薄的痂子，但走动时被裤子摩擦，仍有密密麻麻的刺痛感。

他母亲的背影在人群里时隐时现。他不知道一个准备跳河的人会是一种什么心情，那是他完全无法想象和理解的。他觉得他母亲的背影突然变成了一个陌生人的背影，他不敢上去和她说话，只能闭着嘴，紧紧地跟着。

穿过那条幽暗的、连接着院坝和大街的长长通道时，他曾以为她母亲会去朝阳桥。那是整座城市最高的一座桥，他常常和同学或者表哥表弟们在上面玩，把羽翼宽大的纸飞机冲着桥外面广阔的空间死命扔出去，看它们飘飘荡荡地滑翔，很远很远，直到钻进青灰色的烟雾里。他还从大人们的嘴里听过，每年都会有那么两三个人义无反顾地从桥上跳下去，其中一个曾是他母亲的朋友。河水几十年来渐渐干涸，水位越来越低，特别是冬天，大大小小的卵石显露无遗，远远看去，就像无数仰面朝天、拼命想要呼吸空气的黝黑的小脸。他想他母亲一定是看中了朝阳桥那令人头晕目眩的高度和河床上那些坚硬的卵石。

但母亲出门之后却转向了右手的方向，与朝阳桥的位置背道而驰。他不记得那个方向有什么高的地方可以跳下去，于是他怀疑他母亲想出了一种比跳河更加可怕的方式。

他跟着母亲一直走，到了大十字，又转朝市委大院的方向，最后进了一幢三层高的楼房。他恍然大悟，知道母亲是去他父亲的一个老朋友家。那个朋友的儿子叫多多，跟他一般大，他还记得第一次去多多家时，多多慷慨地送了两本小画书给他，一本叫《消息树》，还有一本叫《夏伯阳》。

他没有跟进去，只是站在楼下仔细观察。他发现每家的窗户外都搭着一个伸出来的牛毛毡遮雨篷，人没法直接从窗户掉到人行道上，只会一次接一次地从那些牛毛毡雨篷上滚下来。

但独自往回走的时候，他一点也没感到轻松，他觉得他母亲这次没跳河，下次也是会跳的。

快要走到家时，一个卖簸箕的小贩和另一个卖冻疮药的小贩打了起来，他们互相搂抱着，剧烈地在地上翻滚撕扯，大大小小的簸箕散了一地。其中一个绊了他一下，他朝前一扑，右边的膝盖猛地擦在地上，正碰到那些沁血的地方，痛得他立即涌出了眼泪。就是在那一瞬间，他觉得在他母亲真的跳河之前，他必须尽快把他奶奶弄死。

同样是他父亲八十岁生日那天，他也给他母亲提到他跟着她一直走到多多家的事。他说这么多年，他一直忘记问她是去干什么了。

他母亲开始完全没印象，后来突然想起来，说就是去问问房子什么时候分得下来啊。他这才知道，多多的父亲一直都在帮他们联系分房子的事。

那天他母亲有点奇怪，问他："你当时跟着我干什么？"他没敢说他以为她是准备跳河，只是含含糊糊地说那时他刚看完一本讲破案的小画书，正学着上面的故事跟踪人呢。

"那你咋现在才想起问？"他母亲又问他。

他说："我正准备写篇小说，就是写当年和奶奶一起住在大房子里的那些事。"

说这话时，他已经用差不多三十年的时间写了几十部短篇小说，还出版了十本书。他母亲看过其中几篇，看完之后很严肃地总结，说他的小说里有一种情绪，就是小时候住在大房子里时那种氛围造成的。

"你还没放学，他们就在你爸爸面前告你的状。"他母亲说，"等你吃饭，你爸爸就开始教训你，这叫气裹食，所以有段时间你胃不好，还记得不？"

他听了这话，觉得惊讶，因为他从来没有意识到他的小说里还有这样一种东西。但他想起有个朋友的确写过一篇关于他小说的评论，结论是"抑郁的人最好不要读这些小说"。

那天听他说准备写一篇有关大房子的小说，他母亲一下子从沙发上立起身子，兴致勃勃地问他："小说叫什么名字？"

他犹豫了一下，说："原来准备叫《少年的黄昏》，后来决定叫《杀心》。"

他母亲皱了皱眉头，说："这个名字有点吓人，人家会不会给你发表哦？"

他说："但我想来想去，只有这个名字最合适。"

"谁想杀谁？"他母亲又问。

"不是真的想杀。"他说，"我只是想表现一个孩子心里那些最黑暗的东西。"

"还是前面的名字好。"他母亲又说，"你准备写多长？"

他说："可能一万来字吧。"

他母亲一下很失望，说："我还以为你要写几十万字呢。"

他有点内疚，觉得母亲反反复复说那些事已经说了一辈子，他只写一万来字，的确是少了些。

那只耗子的声音消失了。他像刚才打开时那样，先把厨柜门提起来，这才慢慢关上，然后拿着那个瓶盖往回走。走到厨房通道的拐角处，他一挥手，把瓶盖从那只猫自杀的方位扔到了后墙外面。

他蹑手蹑脚回到后半间，在写字台前坐下来，屏住呼吸，歪着头仔细听，还是没有听见那只耗子的声音，也许它感觉到了他走路时的震动吧。没一会儿，他就听到了隔壁奶奶起床穿衣服和咳嗽的声音，同时，窗户外面那只大耗子又发出了响动，这次是啃什么硬壳东西的咯咯声。

这再次证明了奶奶和那只耗子之间不可思议的联系。他觉得下一次可以给父亲提供一个新的证据，那就是那只耗子只怕别人，却不怕奶奶。

对那些从壁虎肚子里挤出来的黏液，他原本一直寄予很大的期望，觉得如此肮脏恶心的东西，一定具有无与伦比的毒性，但刚才这个新的发现却动摇了他的信心：那只耗子连猫都不怕，他又怎么保证那些脏东西一定会对奶奶起作用呢？

果不其然，第二天中午，在他家那张小竹桌上吃饭时，他有意选择了背靠厨房的位置（那是他父亲吃饭时爱坐的方位），这样，他就可以从头到尾看到奶奶他们吃饭了。

那天和奶奶吃中饭的有二叔叔、五姑妈和六姑姑，他们围在大圆桌前，一面吃一面聊天；二叔叔添第二碗饭之后，回到座位上，还给奶奶她们说了一个他小时候打架的事情，他们一起哈哈大笑。

吃完饭，直到他母亲把碗洗了，从厨房出来，也没有看出奶奶他们有任何异常的表现。

他注意到，那天中午，奶奶是先给头天的剩菜里加了好多新鲜白菜和肉片，煮成一锅才端到桌上来的，他不知道那些脏东西的毒性是不是因此被冲淡了。他觉得下一次也许可以考虑把整只壁虎放进去，但这个念头刚冒出来，就被他自己打消了。他很清楚，把整只壁虎放在剩菜里，比把那些黏液放在娃娃菜里更容易被发现；何况冬天的壁虎都躲得不知去向，他也不知道在哪里可以重新找到一只。

他回到后半间，躺在他的小铁床上，满心沮丧，意识到剩下的唯一途径，似乎就只有去向小莽三求助了，虽然那是一件他特别不情愿的事情。

小莽三比他大得多，那年差不多已经有十七八岁，是大表弟他们大院里所有男孩的领袖，因为他打架很厉害。他曾亲眼见到小莽三向别人展示他身上的种种伤痕，其中有刀疤，有砖印，有被火药枪发射的小铁砂打出来的褐色麻子点，像雀斑一样密集。他最喜欢给人看的是他背上的一道刀疤，从后颈一直延伸到腰部，曲折回绕，像一条狰狞的暗红色的大蜈蚣。他还听大表弟替小莽三吹嘘，说小莽三一般情况下不打架，但只要一开打，就不会住手，一直要把对方打得爬不起来才算数。还说小莽三对武器也从不挑剔，能找到什么就用什么。据说有一次他去朋友家吃喜酒，口袋里除了一张面值两元的礼钱、一块手巾、一包香烟和一盒火柴之外，空手空脚，连一根皮带都没系，因为那天他穿的是一条松紧带的裤子。走到半路，三个南门“米哈依部队”的成员突然从路边一家门面窜出来袭击小莽三，追得他在那些小街小巷里四处乱钻。但他最后在地上发现了一根弯曲的锈钉子，于是捡起来，用那块沾满鼻涕的大手帕，一面跑一面绑在右手拳头上，回过身，扎得对方三个人浑身是眼，其中一个还得了败血症，差点死在医院里。

但那些男孩子们同时又非常喜欢他，因为他很会说故事。小莽三像孙悟空一样长着一个尖嘴，大家管那叫“苞谷嘴”，说故事时，他的嘴对着谁，谁就会产生一个错觉，觉得像是专门在对着他一个人说。

在他的心目中，小莽三是一个见多识广到不可思议的传奇人物。有很长一段时间，只要到周末，他就会到大表弟家住的大院去，要大表弟带他去听小莽三说故事。他至今还记得小莽三说的一个福尔摩斯故事中的情节，说是有一天晚上，福尔摩斯正在办案，突然感觉天上出现许多流着脓、没有睫毛的眼睛，正眨巴眨巴地盯着他，但抬眼去看，却又什么都没有。稍大些后，他翻遍《福尔摩斯全集》，怎么也找不到这个情节。

他对小莽三原本是心悦诚服的，但寒假前一个周六的下午，小莽三悄悄把他拉到一旁，怂恿他去偷院坝里一个男孩姐姐晾在厨房里的内裤和胸罩，他不敢。小莽三从此就不待见他，还厉声呵斥他，要他滚出听故事的人群，从那之后他就再没去过大表弟家。

去向小莽三求助让他倍感屈辱同时又胆战心惊，他不知道小莽三看到他会不会当众羞辱他，甚至打他，但他觉得自己已经别无他法。

他找到小莽三时，小莽三正坐在大院深处一棵沾满灰尘的樟树下做塑料花。

在那之前，他趁着父亲午觉的当儿，悄悄在父亲的中山装口袋里拿了一毛钱揣在身上。那时一毛钱可以买一包九颗装的姜糖，他想也许看在钱的分上，小莽三愿意听他把话说完。

樟树下还有两个跟他一般大小的女孩，其中一个手里托着一张牛皮纸，纸上有一小撮白糖，她不时把手抬到嘴边，伸出舌头舔一下。

他也见过别人做塑料花：从各种颜色的塑料瓶上剪出圆形塑料片，再用剪刀顺着边沿朝中心剪成几瓣，最后放到蜡烛上慢慢烘烤，直到塑料片卷曲起来。但小莽三似乎没这样的耐心，他左手拇指和中指捏住一块塑料片的中心，食指拨拉，右手拿着一个烫头发用的火钳，烧得半红，夹住转过来的每一片被剪开的叶瓣，往上一提，再朝里一转，叶瓣就拉长并且卷曲起来，比在蜡烛上烘烤出来的更加秀气和精致。

“好漂亮。”他说。

小莽三瞟了他一眼，低头继续做，好一会儿才对那两个小女孩说：“这算什么？我还会打毛衣。”

他紧紧攥着裤袋里的那一毛钱，往前走两步，低声对小莽三说：“我准备给你一毛钱。”

小莽三还是不理他，但突然对那两个小女孩挥挥手，说：“滚滚滚，又不是做给你们的，看什么看。”

等两个小女孩走远，他才假装好奇，问小莽三：“那是做给哪个的？”

“李艳。”小莽三简洁地说。李艳就是大院里那个男孩的姐姐。

“现在我根本不需要你帮我拿。”小莽三一脸炫耀，“我和人家都说好了，我给她做一个花发箍，她就把她的内裤给我。”说完，他又补充一句，“而且是刚脱下来没洗过的那种。”

他为小莽三的事情终于有了着落感到欣慰，他知道这样一来，小莽三就不会像原来那么厌烦他了。

他把捏着钱的手从口袋里掏出来，递给小莽三。

“我想请你给我想个法子。”

小莽三接过钱，看都没看就揣进裤兜，问他：“什么法子？”

“我想弄死一个人，”他说，“但下了好多次毒，都毒不死。”

这样说的时候，他感觉自己的声音都在颤抖，肚子里一个很重的东西直往下落。

“下的什么毒？”小莽三问。

他一面想一面说：“口水、黄沙、鼻涕、从那只大耗子爬过的木板上刮下来的灰，还有那只壁虎肚子里挤出来的黏液……”

小莽三笑了，放下手中的活路，在衣服两边搓了搓，怜爱地摸摸他的脑袋，说：“真是个小娃娃。”

他羞愧地低下头，好让小莽三更方便抚摸到他。

“那些怎么行？”小莽三说。他一屁股坐到地下，掏出一包朝阳桥香烟，弹一根出来，就着炭火点上，像一个中途休息的工匠那样惬意地吸一口，吸得那样深，呼气出来时一点烟子都看不到。

“不过真正的毒药不好找。”小莽三说着，把烟翻过来，若有所思地盯着烟头看，好一会儿才平淡地说，“只有用炸弹。”

“炸弹？”他有点蒙，他以为炸弹会比那些真正的毒药更难弄到。

“当然不是电影里的那种炸弹。”小莽三说，“是土炸弹。”

据小莽三说，那个土炸弹也是福尔摩斯发明的，虽然做起来非常简单，但全世界只有三个人知道，除了福尔摩斯本人和他的助手——一个叫华生的人，第三个就是他小莽三了。

制作土炸弹的方法听上去很简单：用一个小玻璃瓶，装三分之二生石灰，再加三分之一自来水，拧紧瓶盖，扔在对方的身边，不到三分钟，瓶子就会爆炸。

“如果你只想让人受点伤，这样就够了。”小莽三说，“如果你真的想让人死，那你就再在瓶子里装点小钉子、小铁砂什么的。”

小莽三这样说的时候，他在脑子里过了一遍，发现做土炸弹需要的所有的东西，都放在他唾手可得的地方。

但小莽三警告他，不许把教他做土炸弹的事告诉任何人。“炸死人我可是不负责的。”小莽三说。接着他叹口气，露出一种悲哀的神情，眼睛似乎看到很远的地方。“等我死了，你还可以拿来卖钱，五角钱卖一次。”

他奶奶九十三岁无疾而终的当夜，他和表哥表弟表姐表妹们为她守灵。大家无事闲聊，说到许多小时候的事。比如三表弟偷五表弟的牛奶喝，被大叔叔一脚从堂屋直踹到院坝；再比如四表弟把奶奶的锑盆装上瓦片，敲扁了拿到废品收购站去卖，发现后，被捆在院坝的夹竹桃树上，有二叔叔的朋友来，他还主动打招呼；等等。大家几乎忘了那是一个应该悲伤的场合，一个个笑得直不起腰来。大表弟碰巧就坐在他旁边，于是他们聊到了小莽三。大表弟说：“小莽三先是和他们院子里一个男孩的姐姐谈恋爱，后来那个男孩的姐姐跟另外一个人好了，他于是吸上了毒；‘严打’那年，他因为和几个舞厅歌手一起在甲秀楼顶上跳‘黑灯舞’，以流氓罪判了几年刑，在狱中把毒瘾戒了，出狱后还考了一个厨师证，在一家餐厅当厨师；他爹妈高兴坏了，以为他从此可以重新做人，不想他又重新开始吸毒；后来有人介绍他到海南发展，他也高高兴兴去了，但渡轮才坐到一半，他突然起身走到甲板上，一秒钟也没耽误，直接跳进了海里，最后连尸体都没找到。”

据大表弟推测，是长期吸毒破坏了小莽三的神经，导致他行为反常。

“所以小莽三死的时候实际上是个神经病。”大表弟说。

他没有向大表弟说做炸弹的事，他觉得要是传到他父亲，或者两个叔叔，还有仅剩的两个姑妈耳朵里，他们不知会有多么震惊的反应。他只是给大表弟说，当初小莽三教给他一种用生石灰加自来水制作炸弹的方法，为此他还付了一毛钱给他。

大表弟听了就笑，说小莽三也教过他这个法子，不过他没给小莽三钱，而是用一包他从家里偷来的麦乳精换的。大表弟试验过，压根不会炸，最多只会开裂。他说小莽三这样的事情做得多了，大多数情况下都是胡说八道哄人的，不过他教人用开水烫手上的湿疹，效果倒真的不错。

"只要你忍得住，"大表弟说，"把双手浸在开水里，会烫脱一层皮，湿疹当然也就好了嘛。"

但在那个天光明亮的下午，他哪里知道小莽三会随口骗人呢？

他回到家里，大人们才刚刚午睡起来，整幢房子里到处是窸窸窣窣的声音。谁也不知道午睡这个把小时，他已经出去一趟又回来了。

自来水是现成的，生石灰也不用找，这幢房子里的每个房间，差不多都能在墙角找到一袋用来除潮的生石灰，他住的后半间就放着两袋。只有瓶子让他犹豫不决。

他母亲和奶奶的房间里，都有一个专门用来装药的柜子，奶奶的药柜很大，薄薄地靠在卧室窗户左边的墙壁上，从上到下全是一排排的小抽屉，跟街上中药铺的药柜一模一样。他母亲装药的柜子放在床头柜上，比起奶奶的来，要小得多，但也要漂亮得多，看上去就像一幢缩小的古代的房子。后来他才知道，那实际上是一个梳妆台，是他外婆送给他母亲的结婚礼物。

两个药柜里都有不少是玻璃瓶子，虽然他的印象中，那些瓶子都装着药，但他可以随便挑一个，倒掉其中的药片；此外，他还养着三瓶洋虫，他也可以腾空其中一瓶，用来制作土炸弹。

洋虫是二表哥送他的，都是黑色的老洋虫，就放在后半间写字台右边最上面的一个抽屉里。他待那些洋虫像宝贝一样，曾把过年时得的一件新棉衣从衣角那儿撕开，扯出几团棉花来，塞进瓶子里，给它们做了个新家，为此被他父亲扇了一个耳光。他平时喂那些洋虫爆米花和核桃，但只要他跟着父母亲出去做客，得到一点杏仁饼干、年糕片之类的，他都会自己吃三分之一，其余的带回家，留给这些米粒一样小，根本看不清面目的小虫子。原本他还想养一只狗或者一群鹅黄的小鸭子，但听二表哥说，天气暖和的时候，洋虫会生出幼虫和蛹，可以卖给那些养蛐蛐的人，因为蛐蛐是用来打架的，吃了洋虫的幼虫和蛹，蛐蛐会变得非常勇敢，到时候他可以替他卖掉，作为酬劳，一只洋虫给一分钱。他对"吃了洋虫的蛹和幼虫会变得勇敢"这个说法很感兴趣，曾问过二表哥，说人吃了会不会也变得勇敢？二表哥说当然会，但不能屙屎，只要一屙屎，把那些幼虫或者蛹屙出来，人就会重新变成一个夹屎鬼。

他最后还是决定腾空一个装洋虫的瓶子。二表哥送他洋虫时曾反复叮嘱，说洋虫怕冷，冬天时最好装在瓶子里，如果没有瓶子，只有纸盒之类，那就要放在近火的地方。

他决定腾空一个装洋虫的瓶子时，也没打算把洋虫换到纸盒之类的东西里去，他就想让它们死。不知为什么，他觉得让自己心爱的洋虫死掉，似乎抵消了从小莽三那儿回来的路上一直堵在他胸口和喉咙里的什么东西，那些东西沉甸甸、黑漆漆的，让他走在路上几乎喘不过气来。有那么几分钟，他甚至以为他已经几年没有发作过的哮喘又要发作了。

倒出来的洋虫暴露在冰凉的空气里，果然很快就死掉了。他把那些死掉的洋虫连同棉花一起，埋进了他奶奶窗户下一个残破的花盆里。

他找不到那么多小钉子，更找不到铁砂，只好用他父亲的订书针和一些人造砂来代替。他觉得订书针更细更小，钻进肉里也许更容易；而他跪过的人造砂，印象中那么坚硬，跟铁砂也没啥差别。

装着生石灰和订书针的瓶子如今就放在他的写字台上，旁边还有半杯自来水，瓶盖上扎出来给那些洋虫透气的小孔，已经被他用胶布封死。随时，只要把自来水倒进去，拧紧瓶盖，一枚据小莽三说能让人血肉横飞的炸弹就可以开始倒计时了。三分钟，他记得很清楚。

现在只剩下最后一个问题，那就是他怎么，还有什么时候，把炸弹放在他奶奶的身边。要完成这个计划，必须具备两个起码的条件：一是不能让任何人看到他把瓶子放在奶奶身边；二是在他把瓶子放到他奶奶身边后，他奶奶至少得有三分钟不能离开那个地方。

他想来想去，觉得趁他奶奶午觉时把瓶子塞进她的被窝是唯一万无一失的办法。

第二天中午，刚吃完中饭，他母亲就当着奶奶和二叔叔的面，让他去拌煤面。“不要到晚上临要封火才来拌。”他母亲说。

他来到煤池，朝煤面堆得最厚的地方淋了一瓢水，用一把小铲子开始拌煤。整个过程中，他不时闻到一股隐约的、腐臭的气味。拌完煤面，他提着铲子，循着那股臭气一直来到房子侧面停放着奶奶棺木的那间大棚子，在四角垫着砖头的棺木下面，他发现了那只大耗子布满蛆虫的身体。耗子的头部连带着脖子血肉模糊，他一看就知道那是被猫咬的。夏天时，他看见过被猫咬死的麻雀或者小鸡，情形跟那只耗子几乎一模一样。

他洗干净手，回到后半间，坐在写字台前的椅子上，浑身冰凉。那只耗子的突然死亡，让他预感到经过那么多次的不同尝试，这一次他奶奶应该必死无疑。

离天气转暖还有至少一个月的时间，他很后悔当初没有问问二表哥，如果直接吃几只洋虫，会不会出现跟吃那些幼虫和蛹一样的效果？成虫的屁股他倒是舔过，母虫是甜的，公虫则有一种神奇的触电般的感觉。

他已经听见隔壁的奶奶在脱衣服和揭被子了。他坐在椅子上，把药瓶和自来水从靠窗的位置拿到写字台的中央。他等着他奶奶睡熟。

看着窗外后墙斑驳的立面，他眼前一阵发暗，就像在某个猝不及防的瞬间，苍老的黄昏倏忽而至。

（原载《钟山》2019年第4期）

陈永忠

鸭 客

一

木良生产队的人想不通，一向温顺的木良河怎么一夜之间就变成了暴怒的河狮了呢？

来宝从梦中惊起。他的养父老鸭客晚上就睡在河岸稻田旁的月亮床上。

慌乱的人群打着手电、火把四处呼喊老鸭客，汹涌的河水正冲锋陷阵一般从寨前呼啸而过，呼喊声只传出几米远很快就被洪水吞没了。

等到天亮，一夜未合眼的人群才在下游一里远的河岸边发现老鸭客的月亮床，它被一棵横倒在河坎的柳树拦住了去路。

没有谁发现老鸭客，他的老伙计黄狗也不见了。来宝蹲在地上，垂头，耷拉着眼皮。他的喉咙有点辛辣，哑了嗓子，眼圈还残存着泪痕。

“怕是凶多吉少。”

“这就难说了。”

“哪个晓得突然就涨水了，只下了几颗雨。”

“木良寨虽然只下了几颗雨，也许上游下了暴雨。”

人们围在来宝跟前讨论着这场不可思议的洪水。

老发猛咂了口叶子烟，吐了一口口水，长长地叹息一声。

“要是我不让他回月亮床，就不会……可是谁又能拦得住他呢，几十年的习惯了。还好你没去。唉，吉人自有天相吧，从来也没听说过清水江上的鸭客会被水淹死，我想他不会出事的。”老发挨着来宝，手在他肩上轻抚了一下。

老发是老鸭客多年前相认的老庚。老鸭客每次放鸭经过木良生产队都要进老发的屋里喝两口。那次，他们款[1]起来很投缘，居然是同年同月同日生的，于是，就在堂屋结拜了兄弟（当地叫打老庚）。

老鸭客的习惯是改不了的。昨晚，都过十二点了，老鸭客有些醉意，老发苦苦相留，说鸭群就关在屋坎脚的田坝子里，大黄狗精灵得很，老远就能嗅到动静，没得事的。可是老鸭客只答应让来宝留下来住在他家。

老发看得出，老鸭客心疼来宝，宁愿自己露宿也不让来宝吃苦。五年前，十一岁的来宝讨饭到镇上，遇上赶集的老鸭客，老鸭客问，你会放鸭不？来宝鸡啄米似的点头，老鸭客牵着他回冷水寨给自己当崽。老鸭客光棍了五十来年，平白捡了个儿子，自然爱惜，轻易不让他跟着受罪。往回，他出门放鸭都让来宝留下看家，等他回来。

老鸭客放了大半辈子的鸭，他熬惯了鸭客的孤独与清苦。

他路过侗寨，在地里干活的侗家女唱山歌善意调侃：

看鸭客，
哪个湾湾都到歇，
哪个湾湾都到住，
问你值得没值得？

鸭客听了，会心一笑，答道：

我是看鸭客，
哪里黑了哪里歇，
鸭子长大吃霸腿，
你讲值得值不得？

到了晚上，那妇女又唱：

看鸭客，
天上月亮想找伴，

① 款：方言，聊天、谈话的意思。

地上鸭客还打单，
问你心宽不心宽？

客鸭好像听出点名堂来了，然后回唱道：

哥不憨，
天上月亮弯又弯，
地上鸭客还打单，
你讲哥心宽不宽？

那时，老鸭客还年轻，听到这样的歌声，也有不想走的念头。可是，转念一想，唱歌归唱歌，看鸭的事，耽误不得，唱完歌还得继续赶路。于是，等对方唱出想留他的歌时，他就不太敢接了。

天一亮，鸭群又要出发了。

老鸭客头戴斗笠，身披蓑衣，手执竹竿，出现在田坝子里。他手上的竹竿一头破成五片，用棕毛缠成手掌模样的小铲子，赶鸭时一边吆喝一边撮软泥远远洒向鸭群。那软泥好比抽牛抽马的竹条子，高高扬起，轻轻落下，无声地催促鸭群，咱们该赶路了。

鸭客类似于草原牧民，随时与鸭群迁徙。从冷水寨出发，一路沿着溪沟和田坝，朝清水江码头方向走。这期间，要穿越几十个侗寨。每到一个寨子，他和他的鸭群就要在那里待上好几天，任鸭群在每一块水田，每一段沟渠撒欢。每年两次，几年走下来，鸭客与那里的人们就相熟了，彼此招呼起来叫得亲切。有人请老鸭客到家里吃饭喝酒，老鸭客也毫不客气，捡几个刚下的鸭蛋揣在荷包里，交代他的伙计——那只忠实的黄狗好生替他看着鸭群，他便钻进寨子，和那家的男主人一边喝酒一边款放鸭过程中遇到的奇闻怪事。老鸭客有一个雷打不动的习惯，就是从不在谁家过夜，再晚都要回到鸭群，回到月亮床。那时，他的马灯还亮着，黄狗见主人回来了，摇头摆尾迎接，没有一丝怨气。老鸭客走出屋檐前当然也没忘记向主人家讨碗剩饭剩菜带给他的伙计。

老鸭客晚上在野地里睡觉的床架子叫月亮床。月亮床类似门窗的活页，睡觉时将活页打开，就是一张小床，用竹帘子分别撑在床的两头，形成月牙一般的拱形，再蒙上塑料薄膜，以挡雨露。晚上点亮马灯，远远望去，就像一轮弯月照在田野里。第二天，老鸭客启程，将月亮床对折收拢，挂在肩上，轻便自如。

老鸭客住的寨子叫冷水寨，那里有养鸭的传统，家家户户都养，人们养的鸭叫三穗鸭。为什么叫三穗鸭？老鸭客与男主人喝过两杯之后，卖起关子来，不直接讲鸭，而是讲冷水寨种的稻子可不是一般的稻子。一年秋天，有人在一块水田里发现一株禾苗居然抽出三线穗子，真是奇怪。而且穗子特别长，谷粒要比一般的穗子多出百十粒。当时，就有寨上的老人把其中的三穗割下来，放在宗祠供着，说这是老天的恩赐。有人笑称这么长的穗子，只要三穗就能养大一只鸭。虽是有些夸张，但冷水寨出现“一禾生三穗”的怪事很快就传开了。卖鸭的时候，人家问是不是出三穗那个寨的鸭，老鸭客便自豪地说是。冷水寨的三穗鸭就越来越有名气了。老鸭客很享受这份荣誉，他发誓要养出最好的三穗鸭。

男主人又问，听说嫩鸭不好养呢，搞不好还没赶上田坝就死去一大半，是不是？老鸭客说，可不是，三穗鸭分为春水鸭和秋水鸭。端午节出栏的叫春水鸭，而秋水鸭则要在稻子开始扬花的时候领来养。刚出壳的小鸭全身暖黄暖黄的，像毛线团子，喙和蹼是红色的，像抹了口红和穿了双红袜子。小家伙们喜欢挤在一起“叽叽叽”地叫唤着，憨态可掬。就是身子骨还太娇嫩了，得精心调养。先不忙将小鸭赶下水，得在鸭棚里圈养二十来天，让它们长“老练”一些，等到稻谷开打了才可赶到田坝去放养。秋收过后的田坝到处是遗落的谷子，还有田螺、鱼虾、秋虫等，那些活食既可口又营养，鸭子吃了，长得又快又肥，还节约了生产队的粮食。

原来还有这么多讲究，要是我这样的大老粗就不行。男主人表示钦佩。谦逊的老鸭客就说，也不是想象中那么难，关键是要懂鸭。

别人养鸭最怕生病。可老鸭客不担心，他会打理它们。以为那几只垮了翅膀，趴在地上拉稀的病秧子没救了，谁知道他采了什么药草，捣成浆放在食盆里，鸭子啜了两口，一杆烟的工夫，它们又扇动翅膀唱着歌直奔鸭群而去。

老鸭客的名声也跟三穗鸭一样广为人知。他本来有个小名叫老干的，经过别的生产队，人家不知道他叫什么，只要远远听见“咿呀——来呀——来呀”的唤鸭声，大家便知道老鸭客来了。久而久之，人们见到他就叫他看鸭客或者鸭客。后来捡了个小的，人家就问：“鸭客，听说你捡了个娃崽，有名字没？总不能跟你叫鸭客吧？”鸭客答：“有有有，叫来宝。”人家便知道他把这天上掉下的娃崽当成宝来待了。

如今来宝已经长到十六岁了，老鸭客才同意他跟随。来宝第一回同老鸭客出远门放鸭，没想到就出事了。

老发打发人又往下游找了几日，仍不见老鸭客身影，大家都没有办法。只好安抚来宝把四散到河湾、田坝边角里的鸭子呼唤拢来，一清数仅剩下两百多只，还有七百多只不知冲到哪里去了。老发对来宝说，赶到清水江码头去卖了吧，还有五天就是端午节了，兴许能卖个好价钱，多少挽回点损失。你伯（当地人对父亲的称呼）应该没事的，说不定，到时他正在码头等着你呢！

二

来宝赶着剩下的鸭，边走边问清水江码头的方向，经过三个生产队，走了五天半，正好赶在初五上午到了清水江码头。

这时，清水江码头一片繁忙，从柳川公社放排下来的木商，大多在初四晚上就云集于此。木商们在水上漂泊了十天半月，像水中的鸭子，腹中早已被水淘空，他们将木排划进水湾停当，打算第二天在此歇脚，过完端午节再走。每年这个时候，老鸭客的鸭子最受欢迎，一会儿工夫便全买走了。而今年，人们见是一个小鸭客来卖鸭，数量又那么少，不免引起围观和骚动。

来宝朝人群扫了几眼，他希望出现的人并没有出现。

人们不认识来宝，有人问："老鸭客呢？怎么没来？"

接着，有人疑惑："怎么只有这么些鸭子呀？染瘟病损失了吗？"

来宝的眼泪终于忍不住了，把头埋在胸前。

大家突然安静下来。

"这伢崽怎么了？"一个讲湖南话的汉子拨开人群来到来宝跟前。

"我伯被水冲走了……鸭子也冲散了，就剩这些……"

来宝抬起头，用手抹了一把泪水。

"哦——唉——"大伙似乎才明白过来，想起几天前的那场大水。

湖南汉子伸手拍了下来宝，说："男子汉莫要伤心，你伯没事的，你们说对吧？"他用眼睛扫了一遍围观的人，说："清水江上的老鸭客是淹不死的，可能被冲到哪里找不到路回家了，过段时间自己会回来的。这样吧，鸭子是少了许多，咱们匀起买，今天过节，人人都尝点三穗鸭，同时也帮帮他吧，多出点价格，去年不是两块一只吗？今年五块，我先来。"说着，汉子将钱塞进来宝手里，从竹帘里提起一只鸭钻出人群走了。

这时，大家拍响手掌，表示支持汉子。不大一会儿，来宝的鸭子一只不剩。人群仿佛一下子从眼前蒸发了。他收拾好东西，听见江面上传来"嘭嘭"的鼓声，那是清水公社一年一度的划龙舟比赛。有人喊："龙船划过来了，龙船划过来了！"来宝没见过划龙舟比赛，要放在之前，他一定要去看看热闹，可是现在，他没有心情。

他漫无目的地沿着码头台阶往上走，台阶的尽头连着一条长长的青石巷子街，巷子很安静，人们大概都去河边看龙舟去了。来宝看见不远处一家国营饭店窗口还冒着热气，他才觉得肚子有些饿了，便加快步子。饭店里除了一名中年妇女散漫地坐在那里发呆，并没有其他人。她旁边靠窗的灶台半锅水冒着热气，桌上的簸箕盛着几颗无精打采的红薯。那年月，街上见得最多的只有饭店，一般城里才有。这清水镇水运发达，也才配得起有这么一家国营饭店。虽然是饭店，却没什么吃的可卖。来宝丢了一毛钱在桌上，从簸箕里捡了三五个红薯兜在衣角里，他和中年妇女似乎没说一句话就出了饭店门。

来宝抱着红薯边吃边走，他吃得很着急，一度哽在喉咙里，脸皮立刻涨红起来，不得不腾出手来捶几下胸口。好在没走几步，就有一口石头水井，他趴在井沿上，把嘴伸到水面上用劲吸了两口，站起来，感觉肚子一下鼓胀了许多。还剩下一颗红薯，他不打算吃了，留着路上应付。这会儿还有半天工夫，他得到巷子的另一端小码头等回头船。当然，他可以走路回去的，那样还不用花船钱，坐船的目的是希望沿江打听老鸭客的下落。他觉得老发庚爹和湖南汉子讲得在理，养父一定还活着，现在鸭卖完了，他得去找。

船还没来，只有三个人在小码头候着。来宝一屁股坐在青石上。五月，中午的阳光暖洋洋的，只一会儿来宝就困了，顺势靠在一段木头上睡去。来宝似乎做了个梦，在梦中他看见养父歪在一块水田里，下半身被泥水淹没了，他想将老鸭客拔出来，这时有个声音高喊，千万别动他，好像又有谁使劲推了他一把，一个激灵，他醒了过来……发现刚才坐在旁边不远处等船的年龄和他差不多的姑娘歪倒了，另外两个妇女中年轻的一个正在着急地呼唤她："姑娘，姑娘，你怎么了？快醒醒！"

老的则用手死死掐住她的人中。

"这是怎么了？"来宝赶紧起身跑过去。

"刚刚还直直地坐着，突然像倒下一截木头，怪吓人的。"老的说。

过了一会儿，姑娘似乎有了反应，喉咙里发出一种声音，像水龙头将要断水突然又要来水的咕咕声。

老的松开手，又过了半分钟，姑娘像从睡梦中醒来一样，转动眼睛看见跟前的人，想挣扎着坐起来，可是没有成功。

"一定是饿晕了！"老的似有所悟，说着示意年轻的从颈后将姑娘扶住坐立起来。

来宝这才想起，自己还有一个红薯，忙摸出来，凑到姑娘嘴边，说："红薯，我这里有红薯。"姑娘突然张开双手夺过红薯往嘴里塞。

"慢点啊，慢点，当心噎着。"老的一边着急地喊，一边跑向河边，她用手捧起一捧水急急地跑回来，这时，姑娘手里的红薯所剩无几了，嘴里已经没有空间，两腮鼓鼓的，等不到咀嚼就想往里吞咽，脖颈的筋膨胀起来。一直搂着她的妇女赶紧说："快，快喝口水。"随即将她的脸按到那捧水的手里。

"可怜哟，饿成这个样子。"

"唉，这年月，到底咋了？"

姑娘将最后一口红薯咽下后，感觉像挑担子累了，歇脚一阵子才平静下来。听到两个妇人这样感叹，才觉得不好意思起来。

这时，船来了。两个妇女见姑娘没事了，便各自上了船。来宝也准备跳上船，回头看姑娘欠身欲起，却仍旧坐下去。“怎么，你不走？”来宝问。姑娘不答，慢慢站起来，跟在来宝身后上了船。

小木船划动着江面，慢悠悠行驶。经过好几个寨子，也没有人上船。那两个妇女与船家扯着闲话。老的那个妇女说：“今年的雨水比往年好，应该不会饿着人了吧。”船家应着：“好什么好，雨水都成了灾。头几天，上游涨水打下好多秧苗来，还听说，有人被水冲走了。”来宝本来想跟船家打听打听，但听他这么说，大概也问不出什么名堂来。索性，懒得开口，就听他们闲扯。

小船又靠了两个码头，两个妇女先后下了船。船夫问：“你们俩在哪里下？我的船再过一个寨子，走到前面那个叫长滩的地方就不走了。”来宝知道，长滩离庚爹住的木良只有两里路了。几天前那场莫名其妙的大水，让他还回不过神来。眼看又要回到木良，他怕到这个地方。船到了码头，他不得不离船上岸。奇怪的是，这个姑娘在前面的那些寨没有下船，一直同他坐到这里。来宝付了钱，跳到岸上。船夫在岸上将船绳拴好，用力拉船沿，好让船紧挨着岸石，等着姑娘下船。见姑娘仍坐着不动，他便提醒道：“姑娘，到了，我只走到了这里。”来宝跟着看过去，立刻明白她一定是没有钱付船费。来宝说：“快下来吧，我这里有钱，帮你付了。”姑娘看见来宝把钱递给船夫，这才下了船。

天色已经暗下来。来宝想在长滩借宿，明早雇船直接回冷水。但他转念又想，万一他伯回到木良与庚爹正喝着酒等他呢？即使他伯不在木良，庚爹是不是打听到在哪里了？他还是决定趁早走这两里旱路赶到木良去。天刚擦黑，来宝到了庚爹家。遗憾的是，庚爹不在屋，庚妈说他去下寨喝酒去了，明天回。庚妈招呼来宝进屋，一边张罗着饭菜，一边问鸭子的价格好不好，打听到他伯的消息了没？来宝只有长长地叹了口气。庚妈又说了些安慰的话，劝来宝不要太着急。来宝正无味地吃着饭，听见大黑狗叫得厉害，像是有人来了。庚妈推门出去，大黑狗回头对她呜咽两声，继续朝着屋下稻田狂吠。庚妈仔细看了看已经模糊的夜色，看不出什么动静，就骂大黑瞎眼，乱叫。大黑还在叫唤，随即被庚妈象征性地踢了一脚。等庚妈进屋，大黑又呜咽了几下，表示委屈，然后又恢复了狂吠，甚至冲下院坝跑到路上，叫声有了几分警告。这似乎要发起攻击的叫声，引起寨上的狗狂吠一片。来宝已经吃好饭，他感觉有些不对，对庚妈说：“大黑一般不会乱叫的，一定是发现了什么。”让庚妈找电筒出来，他去看看。门口曲曲折折的田坎路，这时已经被禾苗遮住，但田块之间的分界线还是能看得出来的。电筒光在禾苗的稻田里来回游动，突然，光线照见一个人影，人影立即用手挡了一下这束强光，随即背过身去……

吃罢饭，姑娘才说出她的苦衷——

她是下寨人，叫春秀。爹妈饿死了，她去清水公社投奔唯一的姑妈。谁知姑妈因招待放排人吃饭收钱，被人污为投机倒把，天天拉到街上游行批斗，姑妈不堪折磨，投江而亡。姑父从此以酒消愁，后来就神志不清，一天夜里将房子点着，八岁大的儿子活活烧死。春秀在镇上逗留了几天，不知往哪儿走。饿了，有时别人送点红薯给她，有时几天都无东西进肚。她实在待不下去了，她想回下寨，但是想到婶子一家对她恶言相向，她就犹豫了。今天中午，要不是来宝相救，她恐怕早就见阎王了。现在，她也不知道去哪儿，她觉得来宝人好，就一直跟着，但姑娘家又觉得有些害臊。下船后，她不知往哪儿走，她跟到门口田坝，看着来宝走进人家，她在原地站了好一会儿，然后不知不觉地朝这儿来了。她听见大黑狂吠，也不敢再靠近……

第二天清早，春秀不辞而别。

更让人想不到的是，来宝随身的帆布包也不见了。不用说，肯定是春秀，这个来历不明的姑娘偷走了。

"这可要命了，包里卖鸭的钱一共一百多块钱呢，这是公家的钱，怎么得了？"来宝急哭了。

"呸！真是人心隔肚皮。好心收留她，却恩将仇报，天底下还有这样的人，年纪轻轻的，真看不出。"庚娘也跟着又气又急。

那年月，一百多块钱，对个人来说是个天文数字。来宝一下子就蒙了，怎么回冷水寨向生产队交差？

偷钱的人，肯定走远了，寻是寻不着了。出门快三个月，又耽误了这么久，按常理，鸭客早就该回生产队报账了。如果再不回，说不定队长会派人来寻。可现在，钱丢了拿什么报账，就算东拼西凑，人人都穷得响叮当，谁有闲钱可借？

这娘儿俩正愁得像热锅上的蚂蚁，将近中午，庚爹才回来。他听说这事，也没辙。

"这样吧，"庚爹说，"赶紧回冷水，我陪你去。如实向队长报告，走一步看一步。"

三

来宝回到生产队，如实报告因涨水鸭群损失大半，养父下落不明，剩下的鸭卖了钱却被偷了……又加上庚爹帮助说明，队长好歹没说什么，叫来宝回屋休息两天再说。

然而没过几天，寨子上就有关于来宝不好听的话传出来——

队长找到来宝，脸色明显不同了。

"你还真会撒谎，险些被你蒙混过关。"

"队……队长，你说……说什么，我不懂。"

“别装了，你这个来历不明的野……”

队长想装出他的斯文。

“涨水，我知道，水是从上游涨起来的，流过我们冷水才到木良的。我问你，涨水能淹死鸭子？更淹不死老鸭客，老鸭客比鸭子还鸭子呢，谁不知道他的水性？再说了，就算损失一些，就像你说的只剩下两百多只，那钱呢？被偷了，编吧，真会编。你俩爷崽一定是想占有生产队的鸭钱，思想不纯，就是个坏分子……”

“小杂毛，坏分子，老实点，跟我们走。”受了队长的眼神，两个红卫兵一齐上来架着来宝拖走了。

来宝要饭的时候虽然受人白眼，但跟着老鸭客后，长这么大，从来没见过这种阵势，现在老鸭客又不在身边，早已软泥一堆。

在村公所黑漆漆的房子里，生产队长和红卫兵几人轮番逼问，折腾了几夜，来宝始终还是那几句话——鸭被冲了，钱被偷了。他们用鞭子抽他，用锥子锥指头……来宝终于晕过去，他们趁机将他血糊糊的指头按在写好的纸上。

生产队长召集社员开会，宣布对来宝的处理结果：白天抬石头修水库，接受劳动教育，晚上去开会学习，从思想上接受社员群众的批斗。

在超负荷的体力劳动和精神折磨下，来宝很快就病倒了。他在一间草房子的床上晕睡了几天。寨佬找到队长说：“再怎么以阶级斗争为纲，咱们侗寨有侗寨的规矩，不能斗死人。”队长虽然不情愿，但祖辈生活在清水江边，从内心来讲，最后那丝善良还在血管里流淌。他请寨佬找来草药，来宝高烧不退，他也担心会死人的。

寨佬撬开来宝的嘴巴，灌了半碗药水进去。来宝依旧晕睡，讲着胡话。

深夜，来宝终于醒了过来，四处一片漆黑，他不知道身处何处。他透过土墙的缝儿，看见外面有一缕弱弱的光在闪烁。他起身拉开房门，不由得退了回来，他看见两个红卫兵，还有队长蹲在地上，灯芯在马灯里有气无力地跳动着。不等他退回屋内，外面三个一齐跨步上前。队长说:“你终于醒来了，你不用怕，是寨佬交代我们守在这里的。”来宝还半信半疑，另外两个附和着说：“我们找到你伯了，他正在寨佬家，病着呢。寨佬交代过，你一醒就带你过去看他。”来宝看他们面色和表情不像平常那样凶恶，就放松了警惕，跟着他们出了草屋。队长提着马灯在前面引路，两个红卫兵紧随来宝身后。四个人就这么走着，四周很安静，除了“噗噗”的脚步声。走了一段，来宝明显感觉前面的队长越走越快，他似乎快跟不上了。他叫队长慢点，看不见路。队长仿佛没有听见，快走变成跑步，后面的两个怕他跟不上，似乎一边一个搀扶着他的两个手臂，也跟着跑起来。前面的灯光不见了，那两个人索性将他提起来，一个抬头一个抬脚，将他高高举过头顶，飞快地来到一处悬崖，下面是万丈深渊。

“伯，救我——”

来宝猛地从床上坐起来，把床前的人吓了一跳。

“这孩子一定是做了噩梦，总算醒过来了。”寨佬慈祥地望着来宝，并帮他擦了下额前的汗水。

队长叹了口气，两个红卫兵也跟着叹气，他们的步调总是一致。

来宝挖他们两眼。三个人感觉有些不自在，队长站起来说，“我们还有事，先走了。”

四

来宝身体还很虚弱，生产队暂时放松了对他的看管。

这天，来宝觉得无聊，跑到张家看孵鸭。这里的人把孵雏鸭叫“抱棚”。成年母鸭只会下蛋，可不管繁衍后代。雏鸭要从蛋壳里出来，必须要人工孵化。来宝早就听老鸭客说过老歪叔是他们生产队远近闻名的抱棚师傅。张老歪正在将炒热的谷子倒进木桶里，抹平后，放上一层鸭蛋，然后再覆盖一层谷子，如此重复，直到把整个木桶装满为止。来宝这才知道，孵鸭的初始温度是不足以孵化出雏鸭的，要通过这种叫“炒谷”的方式提升鸭蛋的温度。鸭蛋需要的恰当温度是最难掌握的，老歪叔的绝妙之处是把鸭蛋贴着眼皮去感知。他的眼皮就相当于酿酒师傅的舌头，品一小口就知道有几度，而且还八九不离十。

来宝看得正在兴头上，忽然有人拍他的肩头，一看是张家叫冬狗的二儿子指着后面，表情神秘地努了下嘴。来宝不看不打紧，这一看，差点没冲上去，狠狠将那人扇上几耳光。

春秀说：“我知道你恨我，我不打算让你原谅我。你回来后的情况，我听寨佬讲了，是我害了你。”春秀走过来，来宝怒目圆睁。春秀说：“走，跟我走，我让你看一个人。”春秀转身走了。

在寨佬的家里，来宝怎么也不会想到，他失踪五个月的养父回来了。

庚爹庚妈也在。庚爹说：“我说过的，你伯不会死，会回来的，你看，被我说中了吧。”

来宝扑倒在老鸭客面前，声泪俱下。他要把这些天来受的委屈都哭出来。

这时，队长他们三人也赶来了，亲眼看到了这样的场面——

无论来宝怎么哭喊，老鸭客都无动于衷。过了好一会儿，他才喊出一句“咿呀——来呀——来呀”。

“你伯认不得你了。”春秀说。

“怎么可能？伯，你怎么了？我是你的宝儿呀！”来宝抬头望着老鸭客。老鸭客目光散漫呆滞，一言不发。

来宝慢慢站起来，眼睛直视春秀。春秀眼神先是躲闪，不过马上镇定下来，目光迎着来宝。

“在木良，是我拿走了你的卖鸭钱。”春秀说。

来宝表情非常难看，大声地问：“为什么？”

春秀说：“在木良，我对你和那两个婶娘说的都是假话。那时，我饿晕在清水公社码头，是因为我去公社找姑父借钱，他是公社的干部，我知道他有钱，可是自从我姑姑去世以后，姑父像变了个人似的，对我们一家人不理不睬。他只给了我几个馒头，就把我轰出门了。我不甘心呀，又去了两次，姑父索性不开门，还放狗咬我。我几天没吃东西，是你的红薯救了我。”

“你借钱做什么？”

“埋我爹呀！”

“埋你爹？”

“是的。那时，我爹死了，停在草屋里，等着我借钱埋啊。”

春秀不等来宝再问，接着说：“涨水的第二天下午，水退了许多，我爹到河边找他的渡船，却在滩上发现了你伯。我爹背他回屋，你伯吐了几口泥水，醒了过来。你伯全身被刮伤，我和爹去山上采草药，回来时，却发现你伯正朝河中心走去，嘴里还喊着‘咿呀——来呀——来呀’。河中心水有多深，你知道吧？况且还很急……要不是为了救你伯，我爹还好好地活着。”

“啊？怎么是这样的？”

“怎么不是这样的？我爹拉不住你伯，只好转到你伯前面努力地将他顶回来。这时，又来了两个寨上的人，他们加入到营救的队伍中。你伯被拉回来了，我爹却沿水底的斜坡滑向河心，被水卷走了……我爹好傻，为了救一个毫不相干的人丢了性命。”

春秀再也控制不住，背过身去小声抽泣起来。

“怎么是这样？怎么是这样？”来宝不知道说什么，他低下了头。

场面安静了好一会儿。

春秀突然转过身来，继续说：“你还想知道我为什么要拿走你的钱吧，我想体面地将我爹埋了。我从小就没了娘，是爹将我拉扯大的。生前我不能为他做什么，死了，我要让他有一个好去处。那天你救了我，我稀里糊涂地跟你上了船，路过我家却忘记下了，下去又能怎样，一分钱没有。就这样我，我又跟到你庚爹家。那晚，你和婶娘谈话，我知道你伯走失，知道你有钱，所以……”

“孩子，我们错怪了春秀。”庚妈说。

来宝的脸上早已挂满愧意。他想安慰一下春秀，可又找不到合适的话。屋子里再一次变得很安静。要不是老鸭客突然喊声“鸭子，鸭子”，大家还沉浸在春秀不幸的回忆之中。

五

春秀带回了老鸭客。寨上的人知道了事情的原委，并不像先前队长污蔑的那样。如此一来，来宝并不是坏分子，生产队再要批斗来宝已经说不过去了。眼看秋水鸭养殖时间到了，队长正愁没有人替生产队放鸭。如果这件事没搞清楚，让一个有问题的人去放鸭，那是犯错误的，谁也不放心。这下好了，队长可以名正言顺地将秋水鸭的养殖交给鸭客了。

可是老鸭客的状态，队长已经不放心再把鸭子交给他了，只能把任务派给来宝。让队长想不到的是，来宝并不愿意接受任务。

来宝说：“我伯是这个样子，我如何安心放鸭？你还是另派人吧，你派我做什么都好，别派我放鸭。”

队长说：“另派人？我派谁？没有哪个有你们父子的鸭放得好，派别人，我不放心。没得关系，你伯在家，队上让他休养些日子，等他恢复了，再派点轻活给他，如何？”

来宝还是不同意，他觉得他还不适应队长的转变，他还是愿意去抬石头，他得陪陪伯。

队长说：“不会让你再去抬石头了，我知道你对我还有看法。这样吧，派你去张家‘抱棚’给老歪叔打下手，学点抱鸭崽的技术，行不？”

来宝也不好再不下台阶，勉强同意。他也想跟老歪叔学学“炒谷抱棚法”，掌握用眼皮去量鸭蛋的温度，弄清楚鸭崽是怎么从蛋壳里出来的。

春秀到冷水来，住在来宝家。鸭客的草房子，一头住鸭客父子，一头住春秀。春秀把这对父子的家里里外外收拾得整整齐齐，寨上的人羡慕不已，说这老鸭客前辈子修来的福气，这次又大难不死，今后有的是福享。

老鸭客哪里知道这是他的福气？他现在除了唤鸭，也不知道自己身在何处，整天吵着要回家，还有鸭群等他去放。他还说，他少了几只鸭，必须找回来，天黑了，会被水猫叼去的，他得为生产队负责。

冷水寨的人知道，老鸭客不仅懂得鸭的品性，会放养，少生病，长得快，而且非常本分，他从来不私卖鸭子和鸭蛋，即便有时他揣了几个鸭蛋去别的寨子上讨酒喝，他也会把它记在心上，回来后从自己的工分上扣除。当初生产队派放鸭都是两人一组，别人觉得他太老实，不愿意跟他一起。后来，那些不安分的鸭客被生产队收回了放鸭权，只派老鸭客一个人放鸭。

当他嚷着要回家的时候，来宝就问："伯，您的家在哪里？"

老鸭客说："在水边。"

"这就是水边呀。"

"这水不大，我家水边水很大。"

"那您记得您家是哪个寨子不？"

"好像是木良，对，就是木良，应该从这里下去几个寨子就到了，要是放鸭走的话，要走两个多月。"

春秀问："叔，您家里还有哪些人？"

老鸭客想了一下，说："还有个儿子，我儿子还在家等我呢。"

老鸭客在发愣的时候。春秀对来宝说："来宝哥，你还是答应队长去放鸭吧。"

来宝不解地问："为哪样？"

春秀说："我叔的病医得好。"

来宝更不懂："这与放鸭有关系吗？"

"有。你想，叔什么都记不得了，只记得涨水那天的事情。我想只有通过放鸭才能恢复他的记忆，你说呢？"

"噫，我怎么没想到呢？"

来宝一拍脑袋，骂自己真笨，亲了一下春秀的脑门朝村公所跑去。

春秀的脸一下子红了，像天边的一片晚霞。

（原载《民族文学》2019年第4期）

尹文武

枪声

一老一少上了艄公的木船，十五分钟过后，就到了尹家凹的地界。走过一百米左右的河沙地，是一小段陡峭的岩坡路，然后就是一片开阔地。开阔地是栽了油菜的一湾湾梯田，那时候油菜花刚谢，一条条的嫩瓣儿就像是挂在油菜枝上的风铃，跟着河风摇来摆去。再往上走，就是尹家凹寨子了。

太太上楼给财主续茶。两个多月来，这项工作一直由太太亲自做。从去年腊月开始，财主天天都在三楼看一本叫《易经六十四卦》的书，就连大年三十也没有下过楼。

“你嗅到什么味道没有？”每次太太上楼，财主都问。

虽然大年已经过去一个多月了，太太还是这么答：“什么味道？还不是年味呗。”

财主连说了两个“不是的”，摇摇头，一手端起茶杯，一手提起杯盖，沿着茶水杯沿从左至右划拉过去，吸溜一口，又问：“新茶不是上市了吗？”

太太说：“成品可能还要一两天后。”

太太下楼，财主走出房门，站在三楼的回廊上，问：“放船的回来没有？”

管家忙跑到一楼的天井，仰着头答：“最快也要明天到。”管家上了年纪，背已经有些佝偻，看得出他说得很费劲。

财主家有一支船队，共三条船，除了艄公在渡口上载人过河的那条客船外，还有两条大货船。尹家凹产煤，尹家凹的煤炭就是通过这两条船顺流而下，拉到涪陵，卖掉后又从涪陵拉回井盐，卖到息烽、开阳等地，从中赚取差价。

进寨最先经过的是肖大河家，他家的花狗趴在院坝边的花椒树下，对一老一少警惕地打量一番，确定之前确实没有见过，遂对背着木弹弓、提着木磨盘的两个陌生人汪汪汪地表示不满。花狗的态度得到了尹二林和尹永财两家黄狗的有力支持，三条狗对两人形成围攻之势，然后全寨的狗用吠声积极响应。

财主家住在寨子的最上面，有长五间的三层主楼和两幢两层楼的厢房，用回廊相连，全是柏木做的，板壁用土漆漆过。这些财产主要是船队长年累月穿梭在乌江上建立的奇功。尹家凹人私下都说，财主的前世一定是狗，羡慕他生了两个嗅觉灵敏的鼻孔，从家长里短和平常日子中能嗅到别样的东西。当初财主建立船队的时候，就是嗅到了煤炭和盐能够带来的丰硕利润。战乱纷飞，物资紧缺，物价飞涨，两船煤炭拉到涪陵，除干打净，能赚对本。两船井盐，拉回息烽、开阳，除干打净，又赚对本。换句话说，一趟下来，财产就翻了几倍。那时候的财主还只是一个名叫尹家有的普通男人，他把赚的钱买了地，请了长工和短工；生意越做越大，又请了下人；为防土匪，购买了二十支土枪。就这样，尹家有朝着财主的身份一步一个脚印地慢慢靠近。

全寨的狗制造了不小的动静，却没有实质性的效果，灰了心，该回窝的回窝，该游荡的游荡，最后只剩下财主家的两只在家门口一唱一和。最先闹事的那只花狗一直跟着一老一少到了财主家朝门口，更有兴趣的事情让它转移了视线。财主家有两只狗，一只黑，一只白。黑狗为公，白狗为母。这对狗长期厮守，虽无夫妻之名，但有了夫妻之实。花狗一直跟在白狗的屁股后面，黑狗吃醋了，率先向花狗宣战。

狗吠的声音与打架撕咬的声音有本质上的不同，管家提着一根木棒出来，想花狗也太不自量力了。出来就看到了坐在朝门石狮子后面的一老一少。老的靠在木磨盘上，少的靠在木弹弓上，他们唱："弹棉花啊弹棉花，半斤弹出八两八，旧棉花弹出新棉花，弹好了棉花姑娘要出嫁……"

管家一甩手，一仰一倾地进了屋，吩咐厨房煮了两碗面条。

一老一少并没有接玉卿端出来的面条，还是自顾自地唱。玉卿不悦，噘了嘴，说："什么人，还嫌弃不是？"

玉卿不悦也不完全是针对一老一少不接她的碗，每次尹大双出门放船，她心里都空空的，脾气就变得很坏。

玉卿是太太娘家那边的亲侄女，尹家有成了财主后，太太就把侄女接过来有福同享。在太太的惯伺下，玉卿在财主家随心所欲地做一些厨房、卫生、端茶递水的杂事。财主家有的是人手，干活的事不缺这位亲侄女。

太阳完全落到河斜对岸的羊子岩背后，零零碎碎、杂乱无章的脚步声从主楼和厢房的不同楼层传出来，到了财主家吃晚饭的时间了。管家又一次佝偻着背出来，准备在吃饭前把一老一少打发走。管家说："如果饿了，我叫人给你们做吃的；如果不饿，就请走吧，兵荒马乱的，不会有人请你们弹棉花的。"

一老一少不答，只管自个儿唱。管家有点生气，进了屋，叫家丁来赶。财主不知什么时候下了楼，站在天井里。他说：“请他们进来吧，这些天天气好啊，正好可以把家里的几床旧棉絮翻新一下。”

太太和管家都认为让两个陌生人住进来不好。财主说：“不让他们住进来，怎么知道好还是不好？”

没有人问这两个自称父子的一老一少姓什么名什么。因为是弹棉花的，财主家上上下下都叫他们老谭和小谭。老谭和小谭被安排住在东厢房的一楼，这个区域住着船工和家丁。

厢房也是长五间布局，除了一楼中间那间是一个通间，其余的每一进都是两间。弹棉花的父子俩就被安排在右厢房一楼的那个通间。三条长凳，上面放一张凉席，弹棉花的准备工作就算就绪了。因为是旧棉絮，所以多了一道扯线的工序，这事由老谭来做，扯完线后，老谭还用铁爪把棉絮抓松。小谭负责背着木弹弓弹棉花。

尹大双和尹小双今年二十五岁，他们到财主家已经有二十个年头了。尹家凹人在春节有类似于漂流探险的“冲滩”习俗。一条小木船，载上几个人，从滔滔滚滚的上游冲到同样滔滔滚滚的下游。据说冲滩会冲走过去一年的霉运，带来新一年的好运。其实，能不能带来好运谁也无法知道，但带给大双、小双两兄弟的是厄运却是肯定的，他爹就是冲滩时翻船死在乌江里的。父亲去世后，母亲改嫁，他俩成了孤儿，尹家有收养了他们，不承想这两个孤儿为他日后成为财主打下了扎实的基础。尹家凹人水性好，尹家有建船队的时候，尹大双和尹小双就负责放船。这两条货船分别叫乌江一号和乌江二号，大双是一号的船长，小双是二号的船长。他们的手下，还各有五名船员。

这趟活是从去年腊月开始干的。俗话说：“正月忌头，腊月忌尾。”一年的头一个月和最后一个月都忌讳出远门。财主破天荒地在腊月安排这趟活，大家都认为财主是财迷心窍。自去年年关以来，就有源源不断的小道消息传来，息烽保安团要到各村寨抓壮丁，用人海战术阻止北上的“赤患”。一趟活下来，一般要两个月左右。财主这样安排，有惹不起躲得起的意思。但这两个月，抓壮丁的事情却没有发生。

由于乌江水系的深切割，沿途呈峡谷地貌，两岸悬崖峭壁，风景是好，路途多了艰辛，一路上要经过几十个白天黑夜的风餐露宿。在息烽和遵义的交界处，有一个乌江镇，镇建在乌江河边，这是船工必须要停靠住一晚的地方。大双和小双每次从涪陵回来经过乌江镇，都去迎春楼，把疲惫吃掉喝掉玩乐掉。他俩是船长，怀揣着这趟生意的银两，有雁过留声的底气。其实这些花费都是两条货船赚回来的，羊毛出在羊身上，财主也是睁一只眼闭一只眼。大双和小双虽然经常光顾迎春楼，却没有固定的服务人员。这一次，服务大双的是一个叫婉儿的女子。大双知道自己应该享受到的待遇，他站着，举着双手，等着婉儿过来给他宽衣解带。

婉儿低着头，不动。

大双打着酒嗝，醉眼蒙眬地说："莫非还要我来帮你脱不是？"

婉儿还是低着头，不说话。

大双借着酒兴，说："你不帮我脱，我就来帮你脱。"说着就过去拉扯婉儿。

婉儿"扑通"一声跪下，抱着大双的腿，说："大人，你就饶过我吧。"

谁知大双也"扑通"倒下了，那晚他喝高了，腿早就打战，站立不稳。次日一早，大双酒醒，掀开被子，见自己睡在地上，又见婉儿坐在床上。大双说："你昨晚没走？"

婉儿又跪下，说："大人，好人就做到底吧。"

大双说："我是什么好人？"

婉儿说："大人是好人。"

大双这才知道昨晚什么事都没有做成，白丢了些银两，但他想不通的是婉儿昨晚为什么没有走。

婉儿说："我是等你醒来把我带走。"

大双说："带你去哪里？"

婉儿说："你是好人，只要离开这里，带我去哪里都行。"

船工都反对大双带上女人。船工都是男的，在河道上行驶，免不了要解手，以前想小便了，掏出家伙，对着大河就撒，想大便了，也是蹲在船沿，在身前搭件衣服，勉作遮羞解决。现在多了个女人，就得把船停靠在能够停靠的岸边，还要找个隐蔽的地方，麻烦不少，浪费了不少行程。

按以往经验推算，两条船应该是早上到达尹家凹，实际到达晚了半天。玉卿一大早就去河边割猪菜，太太说："我家玉卿怎么一下子变勤快了？"

玉卿说："船队不是今天要回来了嘛。"

太太故意逗她："你怎么知道船队今天回来？"

玉卿说："放煤下去二十天，拉盐回来四十天，今天就是第六十天了。"

"船队去时油菜还未开花，回来时花都谢了，时间过得真是快啊。"太太说。

玉卿早上没有等来船队，下午又去河边割猪菜。

船队终于来了。

船队一到，本来就三心二意的玉卿不割猪菜了，她跑到河岸，她要去看丑八怪大胡子。

玉卿把大双叫成丑八怪，因为大双每次出门放船都不刮胡子，满脸胡子拉碴。小双就不一样，他总带上香皂和刮胡刀，每天早上精心打理一番。但玉卿偏偏就喜欢丑八怪，有次她拉着大双的长胡子说，可以编辫子了。太太逗她，说男女授受不亲，拉了别人的胡子以后就得嫁给人家。玉卿说她才不嫁呢。再大一些，玉卿知道嫁人是怎么回事了，看到大双就多了层别的意思。男大当婚，女大当嫁，太太心里也在盘算着，如果玉卿真嫁给大双，也是不错的选择。大双勤快，不仅为丈夫成为财主立下汗马功劳，而且，按他和小双两兄弟的能力，今后另起炉灶，组建自己的船队也是没有问题的。如果玉卿嫁给大双，就相当于招了一个上门女婿，船队就更稳固了。

大双出了船舱，玉卿正想笑他嘴巴都被胡子遮得看不到了，是一个没有嘴巴的野人，然后就看到了被大双牵着走下来的婉儿。

玉卿把食指伸得直直的，问："尹大双，她是谁？"

船工上了岸，高兴了，说："你叫大双哥哥，这姑娘你该叫嫂子喽。"

玉卿用鼻子"哼"了一声，甩手走了。大双才想起叫住她，回去通知当家的安排人员下盐。玉卿走过河沙地，走过岩坡，把大半天才割到的半背篼猪菜挂在肩上，怏怏地回去了。

太太说："我家玉卿是心里边勤快啊。"意思还是说懒惰，谁知玉卿呜呜呜哭了。太太说："我随便说说，你真放心里去了？"玉卿一抹眼泪，说："尹大双带了个女人回来。"太太脸僵住了，好一会儿才回过神来。

大双和小双回到尹家凹后，照例要去给财主报平安。以前是两人一起去，这次是大双和婉儿先去。大双和婉儿先跪下，大双说："我见姑娘可怜，就带回来了。"

财主把那本《易经六十四卦》放在茶几上，又把左手上的一串黄花梨手串取下来，一珠一珠地顺时针拨动。每拨动一下，旁边的座钟就跟着"嗒"一下。财主这些日子一直盼着大双、小双早点回来。大双、小双放船去的是北面，正是财主这些天关注的方向。

但财主什么都没有问，自顾自地玩着手串，眼睛平视着，好像前面的两个人，还有漆着土漆的柏木板壁都挡不住他的视线。大双又说："今后婉儿就在老爷家当下人吧。"说完和婉儿低着头等财主发话。

财主说："就是为了带回来给家里当下人？"

大双说："如果老爷同意，我想娶她做老婆。"

财主说："行了，花了多少？"

大双说："十五个大洋。如果老爷同意，今后就从我们的工钱里扣。"

财主把手串放在茶几上，站起来，转过身说："就算是我给你们的贺礼吧。"

大双和婉儿的婚礼当晚举行。太太问："那玉卿怎么办？"财主说："什么怎么办？"太太说："玉卿哭得像个泪人儿似的。"财主说："大双和婉儿的喜酒一办，玉卿就死心了。"太太难得地生气了，说："哼，胳膊往外拐了。"

大双和婉儿的婚房安排在左厢房二楼。

老谭和小谭经过一天的努力，翻新了两床旧棉絮，不算快也不算慢，现在正好可以拿来布置新房。大双和婉儿进洞房的时候，小双拿着在涪陵给玉卿买的发卡找她。每次小双出门放船，都会给玉卿买东西，香皂、肥皂、牙膏、牙刷、雪花膏等。第一次玉卿不收，小双说是大双买的，玉卿就收下了。

玉卿说："你给我出去。"

小双说："大双给你买的发卡你也不要吗？"

玉卿把房间里的香皂、肥皂、牙膏、牙刷、雪花膏全部砸在地上，说："都是你骗人，尹大双从来就没有给我买过东西。"

小双说："我知道瞒不了你，我就是比他晚出生一炷香的时辰，难道什么都不如他？"

玉卿说："你要有能耐，也去带个女人回来。"

小双把大双的喜酒喝成了闷酒，醉醺醺地倒在床上，透过格子窗就能见到隔着一块院坝的西厢房。大双正在吹花烛过洞房夜。小双睡不着了，爬起来。船工是四人睡一间房，他叫起其他三位，说："老子们打牌。今晚别人快活，我们也要快活。"他们打的是长牌，每张牌呈长条形，两头印有或红或黑或红黑间杂的点，两两组合成十四点并筹足三十一个红点后，就算和牌。东厢房一楼有一间活动室，就在老谭和小谭住的那间的隔壁，房间里有一张方桌和四条凳子，这是财主专门腾出来给船工娱乐用的，船工常年奔波在乌江里，打牌是他们唯一的爱好。

老谭和小谭也来看打牌，小双对老谭说："来快活几圈。"

老谭笑笑，摇摇头。小双又看着小谭，小谭也笑笑，摇摇头。

小双和了一把，轮到他当庄，他把牌一分为二，放在两只手里，指关节抖动，长牌散开成了扇形，两个扇面交叉合在一起，重复两遍，牌洗好了。他一边摸牌，一边问老谭、小谭："你们不赌？"

又说："现在做什么都是赌，人生下来不就是赌个运气。有的人放次船能捡回来个老婆，有的人主动去拍马屁人家都不理。"

老谭说："我们玩的不是这个。"

小双说："说出来，我们学学，长牌还不是我们从四川带过来的。"

老谭从包里拿出了四块木雕，分别送给牌桌上的四个人。小双问："赌什么？"

老谭笑笑，说："木雕上面是什么就赌什么。"

其实船工们放一趟船回来很累，他们大都和大双的年纪差不多，大双现在和女人睡，自己是一个人，都没了睡意，准备打牌至天亮。老谭和小谭中途去了他们自己的房间。

夜很深了，老谭和小谭又来看打长牌。小双对老谭说："睡不着就来整几圈。"

老谭笑笑，突然问："我送给你的东西呢？"

小双想想，从裤包里掏了出来。

老谭把同样的话又问了其他三人，几个人也都从裤包里掏了出来。

老谭说："我输了。"

小双说："你怎么就输了？"

老谭说："我们的这种赌法叫诚信赌，我要回我送的东西，你能随身拿出我就输了。"

小双哈哈哈笑出了声，说："你送我们的是诚信木雕喽。"其他船工也哈哈哈笑了，大家觉得这真是个笑话。

老谭送给大家的是一块雕有鸡的木雕，按老谭的说法，输了就得按图上的东西赔。老谭当然没有鸡，所以得按同等的价格赔。一只鸡大概十文钱，所以老谭赔了四十文钱。

小双觉得老谭和小谭有点傻，说："这不是明摆着输给我们嘛。"

老谭说："不一定，如果你们不能随身拿出来，我不也就赢了。"

这晚，财主也没有睡，他不声不响地推开了活动室的门，他说："我来和你们赌一把。"

船工们都觉得耳朵听错了，赶快站起来，退到一边。财主右手向前送出去，说："你们都去睡吧，没有你们的事了。"

老谭说："掌柜的说笑了，我们哪敢和你赌？"

财主说："你们不是弹棉花的。"说完一把拉过小谭的右手，小谭用力抽了几次，抽不回。

财主说："弹棉花就要拎木槌。"财主抓起小谭的手扬了扬，又说："拇指、中指和无名指就应该有老茧。"

老谭说："我们除了能弹棉花，其他的都不会。"

财主说："把你们的衣裤包翻出来。"

老谭看看小谭，小谭又看看老谭。

"我赌的也是诚信。我猜你们的衣裤包里有几块雕有船样的木雕，如果我说错了，算我输。"财主说，他加重了语气，"把衣裤包翻出来。"

小谭想，怎么财主能料事如神呢？老谭用肘拐了小谭一下，小谭把空着的左手伸进裤包，又抽出来，手指还未摊开，财主顺势沿小谭的掌心一抠，木雕的持有者转瞬之间就易了主。

打算落空了。老谭和小谭故意先输，吊高船工的胃口。他俩真正想赌的是已经在财主手里的这些木雕，待打牌的四名船工睡了后搞突然袭击，那时候衣裤都是脱了的，怎么能随身拿出送给他们的木雕呢？

财主说："弹棉花也算是走南闯北，听说有支队伍在北面打倒了许多土豪劣绅，这事你们怎么看？"

老谭说："土豪是仗势欺人的豪强，劣绅是横行乡里的恶霸。依我看，你们这地方既没有土豪，也没有劣绅。"

财主哈哈哈笑出了声。管家听到财主的声音后，不知道他和弹花匠之间发生了什么事，带着两个家丁进来。家丁像头壮牛，木墩一样抱着手站在财主后面。

财主用力一捏，木雕碎了。财主说："我输了，我的三条船从今天起就随你们使用了。"

财主说完，背着手就走，出了活动室的门又说："你们的木雕雕得太粗糙了，应该去请大水井的雕刻师重新给你们雕几块。"

熟睡中的太太被财主弄醒，财主说："我已经知道空气中飘来的味道了。"

太太说："什么味道？"

财主说："火药的味道。"

太太说："年刚过不久，当然有火药的味道了。"

财主说："你不懂。"

太太说："就你懂……"

还没有等太太说完，财主就压在太太身上，说："有了火药，就要燃烧，你想说的不就是这个吗？"

第二天小谭起来弹棉花的时候，老谭去了大水井。尹家凹的寨子集中在一块平地上，只有雕刻师家住在峁上，峁的旁边有一条沟，沟里有一股山泉水，是全寨人的饮水源。

拿着雕刀正工作着的雕刻师问："客官是从北面来吧？"

老谭说："就从寨子过来。"

雕刻师说："来寨子之前呢？"

老谭说："从金沙来。"

雕刻师说："金沙在西北面，金沙过去是黔西，黔西过去是仁怀，仁怀过去是赤水，就是北面了。"说完就把木雕递给老谭。

老谭说："我还没有说雕刻什么呢。"

雕刻师是专门雕刻金缕玉衣的。金缕玉衣是通过小块的金丝楠木雕片连接而成，就在他和老谭谈话的这段时间，他把木雕已经雕刻好了。雕刻师在金丝楠木雕片上雕刻的是一个精致的"筏"字。筏就是竹筏，这不难理解，尹家凹河边有很多斑竹，正好可以做竹筏。但砍伐这些斑竹得经过寨上同意，老谭又去找财主。

老谭一进财主家门，玉卿就拉着他说："我想跟你们学弹棉花。"之前她已经找过小谭了，小谭说他定不了，得他爹才能定。

一大早，婉儿就去做家务，也就与和下人们在一起的玉卿抬头不见低头见。玉卿对太太说："心烦得很。"太太说："哪天我重新给你物色个比大双更好的就不心烦了。"那会儿婉儿正在扫地，头晚大家又吃又喝又玩，到处都弄得很脏。太太不说大双还好，一说大双，玉卿就更气了，她把婉儿扫成堆的垃圾一脚踢散开，说她去学弹棉花算了。太太说："你想做什么我都不反对，但得你姑爹同意才行。"太太知道玉卿说的是气话，找个理由搪塞她。玉卿真赌气找了财主，财主说："你看他们在弹棉花，他们就是弹棉花的啊？"这话绕来绕去玉卿听不明白，愣了。财主又说："不行！"说完站起来，双手背着，看着窗外。玉卿看到一向很健壮的姑爹头上有了一些白色，背已经开始前倾。

老谭对玉卿说："弹棉花是男人的活，不是女娃儿做的。"

玉卿说："你们不是弹棉花的？"

老谭笑了，说："我们现在不就是在弹棉花吗？"

玉卿眼珠子顺时针转了一圈，逆时针又转了一圈，想了想，说："也是。"她把姑爹的话想了一遍，又说："你们说弹棉花就真是弹棉花的啊？"

老谭笑出了声，说："姑娘的话我听不懂。"

玉卿说："不说这个了，现在正式打赌，我猜你现在要去找我姑爹。我说对了，你们就教我弹棉花。"

老谭确实要去找财主，他把手插进裤包，就摸到了有"筏"字的那块木雕。

老谭敲财主门的时候，财主还在看着窗外。窗正对着乌江河，白花花的江水，一直向前翻腾着。财主转过身来，说："进来吧。"

老谭说："有一事还想请掌柜的指点迷津。"

财主说："我们还是打赌吧，上次输了你，这次想赢回来。"

老谭说："上次是掌柜的承让了。"

财主说："我这里也有一块木雕，为了公平起见，这次你猜。"

昨天主持完大双的喜酒后，财主也去了雕刻师家。他和雕刻师分析弹花匠的来头，雕刻师说，弹花匠不一定就是弹花匠。财主说，我也看出来了，他们想要船，我给了，他们还想要什么呢？雕刻师反问，我们除了能提供船，还能提供什么呢？两人没再说话，坐着喝茶，喝一口，对望着笑一下。

财主对老谭说："如果你赢了……"财主停了一会儿，又说："只要我有的，你们想要什么就拿去吧。"

老谭想了一会儿，说："人。"其实老谭还没有开赌，他说的是他现在的想法，他确实太需要人手了。

财主说："你又赢了。"财主的木雕上雕刻的就是"人"，这是昨天他和雕刻师喝茶的时候雕刻师现雕刻的。

老谭说："再次谢谢掌柜的承让，我赢了，你也赢了，我们共赢。"

财主说："需要哪些人你自己选吧。"

民国二十四年（1935年）农历二月二十六日，天还没有亮，老谭、小谭和船工就去河边砍斑竹，扎竹筏。考虑到大双新婚，没有人叫上他。这天上午，息烽保安队奉黔军王家烈命令，到达尹家凹，他们以"国难当头，匹夫有责"的名义把大双和财主家年轻一些的男丁当作壮丁抓走，同时拿走土枪十六支。那天，财主尹家有一直站在他家三楼的窗口边，他看到保安队在渡口陡峭的岩口处构筑工事。

乌江从上游下来，在尹家凹凸着向外拐了个弯，这一段地势平缓，河面宽阔，是天然的好渡口。从渡口往尹家凹方向走，先是一段河沙地，再是一小段陡峭的岩坡路。保安队构筑工事的地方正是"一夫当关，万夫莫开"。

下午二时许，金沙梯子岩方向有机枪声响起，差不多同时，尹家凹人都听到了从寨子里响起的枪声。卧倒在工事里的保安队长把头低了下去，他大声问身边的人，谁开的枪？左右的兵都摇头。保安队长说，我们被夹击了。然后率队朝左面的小长岗方向逃窜。

下午三时许，中国工农红军一小分支从金沙梯子岩通过竹筏和木船横渡乌江。大约七时许，队伍到达尹家凹。尹家凹人把泡好的明前茶装入五十多只木桶，用最淳朴的方式欢迎中国工农红军。

红军渡江时，由于风急浪高，乌江二号被江水掀翻，牺牲红军两名，船筏队长尹小双跳河救人，一同牺牲。

那天，尹家凹的狗都没有吠叫，它们全都躲在各家的猪圈上，注视着发生的一切。财主尹家有一直没有下楼，红军经过他家门口的时候，玉卿在人群中找到老谭，她拉住他，说："你不讲诚信？"

老谭笑笑，说："我怎么不讲诚信了？"

玉卿说："我说你不是弹棉花的，我说错了没有？你输了就应该教我弹棉花。"

老谭说："你都知道我不是弹棉花的，又怎么教你弹棉花？"

玉卿说："那你教我打仗。"

寨志记载：张玉卿，女，民国六年（1917年）生于新场张家寨，从小寄养于尹家凹开明人士尹家有家，民国二十四年（1935年）加入中国工农红军，同年八月初，壮烈牺牲在四川毛儿盖地区。

尹家凹加入中国工农红军的还有婉儿，她也在过草地的时候牺牲在四川毛儿盖地区。关于她的姓，不详，出生年月，不详。

后来尹家凹人都说，如果玉卿和婉儿死在尹家凹，一定能穿上雕刻师的金缕玉衣。在尹家凹人看来，死后能穿金缕玉衣，是对其一生的最高评价。但寨志上没有关于尹大双的只言片语，关于他的民间传说很多，有说他后来参加了中国远征军，在滇缅与日本鬼子作战，再后来去了中国台湾。有说他加入了中共地下党，战斗在隐秘一线。

民国二十四年（1935年）农历二月二十六日，尹家凹寨子里响起的枪声一直是个谜，有人说就是尹大双带头开的，但已无法考证。有一点可以肯定，财主尹家有有土枪二十支，保安队拿走十六支，还有四支不知去向。而财主家每次放船，乌江一号和乌江二号都会各放两支，以防匪患。

（原载《黄河文学》2019年第5期；《小说月报》2019年第8期转载）

游筑京

猫 眼

雪花被钢铁般坚强的阡城人吓着了，十来年一直没露面。这天傍晚不知怎么了，雪花突然飘下来，如鹅毛，若棉花，似柳絮……

“好美啊！老公，我好多年没玩过雪了，明天我们一起堆个漂亮的雪人好不好？”孙茜看着窗外轻舞飞扬的雪花，久藏的少女心像眼前久违的雪一样飘洒而出。

“这么大的雪，明天村里的那些老人、孩子不知道冻成啥样呢！哪有闲情玩嘛！”

李卫国的话比外面的天气更冷，把孙茜的少女心冻成冰坨。

老天爷也被李卫国的话气着了似的，一使劲，抱床大棉被，一下子就把世界捂住了。山川、树木、道路、房屋，都被捂在洁白的棉被下面。

天亮没多久，洁白的棉被撕裂出纵横交错的口子，行人踩下的脚印像黑芝麻洒落在厚厚的白雪上，星星点点的黑不溜秋的脚印，很是扎眼。一些人借着给孩子堆雪人的由头，构筑出自己的愿景来：跑车、美人鱼、大元宝……

李卫国起得很早，他匆忙到二楼敲了队员部的宿舍门，快速走下一楼，走出了村委会的办公楼。

村委会院子的积雪没过了脚踝，山坡上的积雪更厚。

这么厚的积雪，行车不安全，得封路。还得入户去查看水表有没有冻坏，虽然之前通知过各家各户保护水表，李卫国还是不放心，得亲自去看。还有那几户孤寡老人，这么冷的天，别冻着了……李卫国越想事越多。

李卫国边想边走，踩着积雪向村委会外面走，两排十公分深的脚印在他身后延伸。没多久，他抱着一捆稻草又回到村委会的办公楼。进了屋，跺掉脚上的积雪，上了三楼的宿舍。一进屋，放下稻草，一声不吭地开始编草绳。这活李卫国干起来轻车熟路，他分拣出十几棵稻草，在根部打个结，一只脚踩住，往手心里吐口口水，将稻草分成两半，交叉在手心里一搓，再交叉，再搓，不时添上几根稻草，草绳顺着他的手心不断生长，不到一分钟，一根两尺长的草绳就编好了。

“老公，你搓那个干吗用？”

孙茜正在刷牙，含着一嘴泡沫问他。

“等会儿你就知道了。”李卫国对孙茜露出一个得意的笑。

“说不说？说不说？”

孙茜几步窜到李卫国面前，把满嘴的泡沫往李卫国脸上凑。

“哎呀！这狗粮天天撒，我们这些单身狗都被撑死了！”

“你们虽然是单身，却有无数美女可以去追求，我们家李卫国只要我一个老婆，我秀个恩爱安抚他一下嘛！”

哄笑声中，孙茜洗漱完去了食堂。

八位扶贫队队员全部到齐没一会儿，孙茜甜美的声音从食堂飘上来：“楼上的客，下来吃早饭喽！”

早饭是面条，一人一大碗。红色的西红柿辣酱、黄白相间的姜米和蒜泥、绿色的葱花上卧着一个荷包蛋，看上去让人食欲大开。这大冷天的，没有什么比吃上一碗热腾腾的热汤面更合适的。

“哎呀！书记，传授点经验给我们嘛，我们也找个像嫂子这般上得厅堂下得厨房的贤能夫人，不然脱贫攻坚一结束，我们的胃都会哭的！”

“这个嘛，告诉你们一个秘诀：首先得有力气。”

李卫国一本正经地说，队员们巴巴儿地听，生怕漏掉一个字。

“为啥得有力气呢？因为你们这位嫂子是我在路上捡到的，我用大背篼这么一兜，就扛回家啦！”

哈哈哈……队员们集体爆出一阵哄笑。

“你个李卫国，看你每天脱贫攻坚忙的，心疼你舍不得打，你还自己找打来了，过来……”

李卫国眼看着孙茜拿着筷子凑过来，端起碗就跑去走廊，孙茜追了出去，村委会楼内的角落瞬间被笑声填满。

早饭在嬉笑中结束，八位扶贫部队员准备向各自包保的组进发。李卫国给每人发了两根草绳，要他们绑到鞋子上。

“绑那个干吗？”从小在城里长大的孙茜从没见过稻草还可以这么用，好奇地问道。

“防滑，防滑，车轮上铁链，咱们上脚绳。”李卫国边说边给孙茜的鞋上绑草绳，“绑住我这个傻白甜媳妇，免得她一出溜滑沟里去，就不知道被谁捡回家呀！”孙茜顺手轻轻捶了一下李卫国的肩膀：“你还说！”

村委会再次响起欢笑声。

队员小军一脸羡慕地看着李卫国：“啧啧啧，有媳妇的人就是不一样……”

队员刘强看不过去，怼了小强一句：“你这是酸葡萄吃多了，自己没本事，还怪人家撒狗粮。”

“哎呀，不是怪书记撒狗粮……咱也不是没本事找媳妇，可你看眼下我们天天待在村里，哪有时间去追女朋友谈恋爱嘛？”小军一脸的委屈。

“走走走！废话多！尽说屁话不好好干事，活该你打光棍！”刘强拽着叽叽呱呱的小军就往雪地里走。

村口马路边立着“路面凝冻，禁止车辆通行”的牌子，一行人在村口各自散开，很快，山坡那边洁白的被面印出好几道长长的暗花。

刚开始，孙茜嫌弃草绳绑在鞋子上不好看，她说：“奇丑无比！”她取掉草绳，发现地面上的积雪凝冻结冰，每一脚踩下去都听到清晰的碎裂声，每动一下脚都战战兢兢，吓得又让李卫国给重新绑上了。若没草绳，定会一步一滑，一步一摔。

李卫国捡了根树枝给孙茜当拐杖，牵着她的左手向前走。没一会儿，孙茜的右手就冻僵了，几乎握不住拐杖，她用左手紧紧握了握李卫国的右手。李卫国的手又大又粗糙，但是这粗糙的大手却像电热宝一样，给她注入一股坚实的暖流，这一股暖流涌遍孙茜的全身，右手用力握住拐杖，继续向负责的组走去。

组里多是老人和孩子，青壮年劳动力都外出打工，春节尚远，外出的青壮年归期尚远。

突降的大雪把老人和孩子的梦都封住了，很多户人家还没醒来，村子里静悄悄的。李卫国和孙茜慢慢查看房前屋后，尽量不发出声音，不吵了他们的美梦。李卫国一一检查，看房子、猪舍、牛圈有没有被雪压坏，自来水管有没有冻裂等。这一看不要紧，好多家的水表因为没保护好，已经爆裂。李卫国拿出笔记本，一一记下。

工作队只有孙茜一个女性，她厨艺还好，除了帮扶组的工作之外，厨师的重任便自然而然地落到她肩头。一圈检查下来，十点过了。孙茜得赶回村委会给队员们煮午饭。

两人走到张正榜家，恰好是个岔路口，李卫国打算继续挨家挨户查看，孙茜下山回村委会煮饭。李卫国蹲下检查孙茜脚上的草绳。

张正榜老妈蔡大娘刚好打开门，看到李卫国与孙茜正在院门口，蔡大娘就急忙招呼：“李书记、孙医生，天这么冷，你们怎么上来了？来来来，快进屋来，吃了饭再走！”孙茜连忙道谢，说：“村里已经做好了，等着我们回去吃。”

“进来，进来！喝杯热茶暖暖身子再走，天这么冷还上来，冻坏了！”蔡大娘边说边跑向院门口拉人。

“好好好！我们喝完茶再走。”李卫国应和着蔡大娘，和孙茜急忙迎上去，生怕蔡大娘摔着。

“你们已经来过我家了？看到院子里几排脚印。”蔡大娘问。

“是，我们已经来过你家了，估计您睡着呢就没扰您。”

“你们真的太好了！我儿子不在了，媳妇也在外面打工，你们天天来看我，我觉得我儿子还活着……”蔡大娘的眼泪哗哗往下流。

“哎哟，大娘不哭。现在政策这么好，你孙女又乖，媳妇也孝顺，打工挣钱养着你们，日子会越来越好的，不哭啊！”孙茜搂着蔡大娘的肩膀劝慰着，自己的眼泪也不争气地掉下来。

李卫国和孙茜两人不敢多说话，怕话越多蔡大娘越伤心。喝过一碗茶两人就起身道别。蔡大娘三两下扯掉扫帚上的竹棍，递给孙茜：“你那树枝不好用，给！这个棍子更硬实。”孙茜接过蔡大娘递过来的棍子，鼻尖一酸，轻轻拥住蔡大娘，眼泪又往眼眶外涌。

好不容易从蔡大娘家出来，一看时间已经十一点多了，李卫国实在不放心孙茜一个人走山路，说：“没剩几家，一会儿我自己上来就行，先给你送回去煮饭。要不那几个小子中午一回来，冷锅冷灶的，饿着他们我也心疼。”他边说边拉着孙茜往回走，步子有些急，孙茜几乎得小跑才能跟上。

孙茜的手冰凉冰凉的。这双手，当初结婚时细皮嫩肉的，现在变得有些糙了。李卫国心疼地把孙茜的左手包在手心里，捂着，攥着，走着……

远远地能望见村委会的房子了，李卫国干脆把孙茜的左手揣进了自己的口袋里。孙茜从没走过这么远的路，还在这样的大雪天。看着疲于赶路的孙茜，李卫国恨不得把她揉成一团，揣进怀里捂着，捧着，疼着。想着县城里的母亲和两岁的儿子，这大雪寒天的，自己心头的一老一小又是怎么过的呢？“唉……”李卫国忍不住轻叹一声。孙茜也跟着“唉”了一声，两人就到了村委会，各自忙活开了。

李卫国和孙茜的家在县城，当初两人同时被抽调下乡扶贫，家里就留下六十八岁一瘸一拐的婆和刚满两岁的娃。即使心里有一百个放不下心的理由，两人还是义无反顾地接受了下乡扶贫的任务。

近几个月，一老一小的互相依靠着，每一天过得倒也还行。

李卫国和孙茜异口同声叹气那会儿，这边，娃刚睡完上午觉醒来。婆给孙儿穿好衣服，抱着孙儿一瘸一拐地走到客厅，把孙儿放到沙发上坐好，再用电暖炉的围布把孙儿双腿围好，轻柔地说了一句：“贝贝乖啊，婆给你煮好吃的去。”说完就去厨房给做吃的。婆的腿半年前得了风湿性关节炎，右腿伸不直，好似短了一截，走路就成了一瘸一拐的样。

“阿树阿上两只黄鹂鸟。”好像妈妈的声音。

“阿树阿上两只黄鹂鸟！”小女娃的声音。

门外有人唱歌，贝贝双手抱住齐腰的塑料方凳，一步一磕地向门口移动。到门口，放下凳子，一手抓着门把手，一手扶着凳子，爬上去，再站起来，踮着脚尖趴在猫眼往外看。

歌声是从对门传出来的。门开着，一对母女坐在屋里唱着歌。贝贝知道小女娃叫苗苗，苗苗的妈妈叫阿姨。贝贝也会唱这首歌，也是妈妈教的。只是，他不记得妈妈什么时候教的，也不记得妈妈有多久没教他唱歌了。

“阿姨教唱歌了。”贝贝踮着脚自言自语。

“阿树阿上两只黄鹂鸟……”

贝贝跟着刚刚唱完这一句，苗苗一蹦一跳地唱着走到门口，阿姨跟着过来，牵着苗苗的手，另一只手随手一甩，“咣”的一声，门就关上了。贝贝盯着对家门上的猫眼一动不动，可是，他怎么也无法穿过那只猫眼，看到阿姨和苗苗。那扇门把声音也挡住了，再也听不清她们唱歌。

“哎呀，小祖宗！快下来，快下来！当心摔下来把你小屁股摔成两瓣！”

贝贝趴在门上，一动不动，他的眼睛好像长了钩子，能把对面的门钩开，看到门里的一切。婆的声音比步子快很多，过了好一会儿，婆才一瘸一拐地走到贝贝身后，把贝贝拦腰抱下来。

贝贝横挂在婆腰上，手脚乱扭：“不下来！不下来！我就要看！就要看！”

“外面有什么？还把你粘门上舍不得下来了，你看你这小手，冻得跟冰凌一样！”

婆放下贝贝，把眼睛凑到猫眼里往外看，过道空荡荡的，鬼影都没有！

贝贝身子还没站稳，又折回去爬凳子。

“你今天着魔了？”

婆二话不说，直接把贝贝抱住，往客厅电炉子那边走：“吃饭去，婆给你做了你最爱吃的黄水粑。”

婆的目光早就到了电炉子上的那盘黄水粑上，可是腿脚就是跟她较劲，半天迈不出去两步。因为这不听话的腿脚，婆都不敢带贝贝外出，怕摔着，怕车子，怕丢了，什么都怕，只能天天把贝贝关在家里。

客厅终究没有脚步长，婆再慢，也顺利把贝贝抱到了沙发上，用电炉子的围幔把他围住。婆剥开一个黄水粑，用筷子穿上，吹了吹，递给贝贝。

贝贝咬一口，直接把黄水粑往盘里一扔，没扔准，掉地上了。

“不好吃！要尧上的黄水粑，要妈妈来，妈妈来！”

“你看你看，糟蹋粮食了！”婆慌忙弯下腰把黄水粑捡起来，吹吹，送嘴里吃了，“那你要吃什么？婆马上去给你做。”

“不吃！不吃！要给妈妈……打电话，要妈妈回来！”贝贝踢着腿，眼里有了泪花。

“你妈忙得很，别整天打电话吵她。”婆嘴上不答应，手已经开始拨打儿媳的电话。

电话响了好半天，才听到声音：“妈，妈？”

电话里声音不太清楚，隐约听到在叫妈。

“茜啊，没什么事，就是贝贝，他要找你。”婆半天没走到沙发跟前，贝贝飞快地跑过来，抢过婆手里的电话。

“妈妈，快来，你不要我了吗？”

孙茜的声音断断续续的，听不清楚一个整句。贝贝着急了，大声喊：“妈妈，妈妈！我是贝贝呀！我都好久没见着妈妈了！妈妈！”贝贝的眼泪已经哗哗掉下来了。

“贝贝，是妈妈，能听见吗？”

“妈妈，你不要贝贝了吗？贝贝好想妈妈，苗苗姐姐有妈妈，贝贝没有妈妈。”贝贝号啕大哭。

“乖孙儿呀，我们是男子汉，不哭，不哭！”婆慌忙把贝贝搂在怀里，接过电话，“你们天天去村里，什么时候是个头啊？孩子都在家里憋坏了。”

“妈，这是我们的工作。”

“茜啊，你们早些回来吧。我倒没什么，可怜的贝贝，屁大个娃娃，天天见不着爹妈。”

“妈，听见了，听见了。”

“我叫你们早些回来。贝贝天天关在家里，想你们呢！”

“妈，有您在家守着贝贝，我们放心。现在天冷了，注意别让他玩水，别冻着。”

“嗯，嗯，没玩水，家里火炉暖和着呢，冻不着。”

“那你自已得小心啊！”

“喂？喂？喂？”

婆使劲对着电话吼，里面没有半点声音，每次都这样，说着说着就没声音了。

“妈妈回来吗？”贝贝还带着哭腔。

“你妈妈在乡下，有工作，回不来。贝贝乖，婆不是天天在家陪你的嘛。”婆把贝贝抱起来，慢慢走到沙发上坐下，贝贝脸上还挂着泪水。

“婆，我们去乡下。”

“傻瓜蛋，乡下有什么好！乡下又穷又苦，你看，给你妈打个电话都没声音，有什么好的！在家多好呀，有好吃的，也冻不着。”

婆把贝贝紧紧地搂在怀里，把贝贝的鞋子脱掉，把他的小脚捂到自己衣服里。

“乡下不好，爸爸妈妈还去，还不回家？”

婆不知道怎么回答贝贝，只是把衣襟撩起，拉着贝贝的小手往里面去。

贝贝的小手往婆胸口摸去，捏住婆的奶头，把头埋进婆怀里。晚上睡觉，为了哄他快快睡着，婆总把自己干瘪的奶头放到贝贝手里，贝贝都快忘掉妈妈的奶是啥样了。

炉子暖暖的，婆靠在沙发上睡着了，抱着贝贝的手也渐渐松开。

“这个破地方！”

孙茜狠狠地甩了甩电话，好像能把信号甩出来一样。孙茜正要重拨过去，听到后面有人喊李卫国。

“李书记，蔡大娘摔倒了，腿不能动。我们说送她去医院她不肯，打你们电话也打不通，没信号，微信也没反应。”

是刘强他们几个，他们包片的组比较远，回来正好经过蔡大娘家。

孙茜的心“咯噔”一下，刚刚婆婆打电话来，也不知道是不是家里出了什么事。她打开微信一看，又关掉，婆婆不会用智能手机，打开微信也没用。

李卫国打开手机，发现自己没开手机流量，没连接网络。

“走，回去！”

“吃完饭再去吧，现在马上十二点了。”刘强大声说。

“不行！蔡大娘年纪大了，天这么冷，耽搁不得。”

“嫂子别去了，她好不容易走下来，让她在村委会守着。”

“我们几个只有她是学医的，蔡大娘摔着了，当然得她去，了解伤情最重要。”李卫国握了握孙茜的手，不再说话，双眼默默地看了看她。

“走！”孙茜把竹棍重重地往地上一杵，向山上走去。

天气依然很冷，八个队员却大汗淋漓，每走一步，都会有汗水滴落，砸在厚厚的积雪上，不断砸出一个个小小的印迹，在凌乱的脚印周围，一路点缀出小小的星。

一点钟，八个队员到达蔡大娘家。

蔡大娘伤得很重，躺在老式竹沙发上，右腿完全不能动，膝盖没问题，估计是大腿骨摔断了，腿肿得厚厚的。

“得马上送县医院，耽搁不得。”孙茜说。

蔡大娘看到八个干部汗水咕咕往外冒，心疼得不行，知道他们肯定没吃饭又赶回来。叫孙茜先去做饭给大家吃，不然她哪儿也不去。

孙茜打开冰箱，看到一块新鲜的肉，认出是前两天给蔡大娘买来的，竟然没吃。

“大娘，给你买的肉怎么不吃啊？”

“就我跟孙女两个在家，我就想着等你们上来，做给你们吃。你们不吃我家的饭，以后我也不要你给我买东西。”蔡大娘似乎有些生气了，孙茜赶紧迎合：“吃！吃！我们今天不是在你家吃饭了吗？”孙茜也确实饿了，路面凝冻不能开车，只能先把蔡大娘抬到村委会再想办法用车子送去县里，这一伙人不吃饭没体力，肯定不行。

孙茜把饭煮在电饭锅里，这电饭锅也是她买来的。以前，村里电弱，煮一顿饭得一两个小时，村里人都烧柴火，不用电饭锅。脱贫攻坚政策下来后，换了大功力变压器，线路全部改造，还给每家每户安装了宽带网络，通组路、串户路也修好了。唯一还没解决好的就是村里地势太高，手机信号不好，经常没信号。

孙茜做饭，其他人也没闲着，想着用什么办法把蔡大娘抬回村委会。

没有担架，只能用木楼梯代替。路面还是凝冻的，要用楼梯把人抬回村委会很难，光有力气不行，还得解决防滑问题，一旦在路上滑倒，后果不堪设想。

之前搓的草绳不能再用，得换新的。李卫国在蔡大娘家拿了一捆稻草，重新搓草绳，这次搓得比早上的粗很多。刘强与其他几个人在楼梯上绑了一床被子、一个枕头，好让蔡大娘躺在上面。

一切准备就绪，饭也好了。

菜很简单，一个酸豇豆肉末，一个白菜汤。酸豇豆是蔡大娘自己腌的，白菜也是蔡大娘自己种的，没有化肥，也没有添加剂，吃起来格外香。

六岁的胜男吃得很快，一会儿就吃完一碗。她也饿坏了，蔡大娘就是一边煮饭一边煮猪食，到猪圈楼上抱柴时摔断了腿，被刘强他们看到弄进屋，到现在才得饭吃。

蔡大娘端着碗半天不动筷子，孙茜发现不对劲，以为她手也动不了，放下碗筷就要喂她。

“不不不，那个，孙医生，我不想去医院，我请个当地土医生包点草药就行。一把年纪了，哪那么金贵？我不能去花那个冤枉钱！前些年给我儿子治病还欠一屁股债没还，我不能再给家里添债！”

“你担心这个呀，放心，大娘，现在国家新农合政策特别好，你去医院治疗，报销百分之九十的医疗费，花不了几个钱，再不会像你儿子以前那样治不起病。”

“真的？”

“真的！年初让你们交合作医疗费的时候不是跟你说过吗？你忘记啦？”

“没忘，我就是，就是不放心。”

“放心，放心！咱们国家绝不会让一个老百姓看不起病，绝不会让一个老百姓挨饿受穷，共产党派我们攻坚队天天来干吗？就是带领大家摆脱贫困，过好日子的！放心吃饭，吃完咱们赶紧去医院，不能耽搁！”

“好，好，谢谢你们，谢谢共产党，谢谢政府……”

蔡大娘大口大口吃着，泪水奔涌。

吃完饭把蔡大娘弄上楼梯做成的担架，已经下午两点多。胜男太小，不能让她一个人在家，孙茜决定把她带回城里，让她在自己家，跟贝贝正好有伴。

李卫国联通蔡大娘家宽带，通过视频跟镇长取得联系，向镇长汇报情况后，请求他派镇里的越野车到村委会支援。把蔡大娘抬到村委会后，只有越野车才能把她送到县城。

大家以前都没怎么干体力活，突然把一个人抬到肩上，还加上原本就很重的木楼梯，各个人都被压得龇牙咧嘴。脚底是厚厚的凝冻的积雪，每移动一步都异常艰难。

胜男鼻子冻得通红，却坚持自己走，不肯要叔叔背，她说："叔叔要抬婆，多一个人背我，就少一个人抬婆了。"

孙茜眼里闪着泪花，把胜男护在自己身边，牵着她的小手稳稳地在雪地里行走。她突然发现，自己不但不需要李卫国保护，还可以保护别人了。

几个人抬着蔡大娘蜗牛一样在雪地里爬行，眼看天就要黑了，终于看到村委会的房子就在前面不远处，从来没觉得村委会如此亲切。

婆抱着贝贝靠在沙发上睡着了，响起均匀的鼾声。这时，外面又传来说话声，贝贝从婆怀里溜下来，拖着凳子往门口走去。

爬上猫眼，看到住在对面的苗苗穿着毛茸茸的衣服，还戴了一个红色的帽子。帽子又尖又长，吊在脑后，像个漂亮的尾巴，尾巴上有白色的小绒球。阿姨围着红色的围巾，跟苗苗的帽子一样的颜色，好看极了！苗苗牵着阿姨的手一步一跳地下楼，小绒球在她身后欢快地跳舞。

贝贝眼巴巴地看着她们走向楼梯，很快就看不见了。贝贝突然想起自己也有一个那样的帽子，他爬下凳子，去房间里找，抬头看到房间里挂着的相框。相片是他戴着那个帽子，手里拿着漂亮的彩色荧光球，爸爸抱着他，妈妈在旁边开心地笑。

贝贝打开衣柜找帽子，飞快地把衣服扒拉出来，地上铺满了，就是不见那个长着长尾巴的帽子。

贝贝抬起头，眼巴巴地看着挂在墙上相片里的那顶红帽子，和爸爸、妈妈。

贝贝把凳子搬进房间，爬上去，照片挂得太高，他站在凳子上仍然够不着。贝贝趴在墙上盯着相片看，突然他飞快下来，跑到婆的房间，婆的房间外面有个阳台，婆天天拿着一根竿子晾衣服。贝贝拿起晾衣竿就跑回屋，把晾衣竿举起来，还是够不着，再次爬到凳子上，举着晾衣竿去顶相框。顶了几次相框都没动静，贝贝双手举起晾衣竿，使劲往上一顶，相框落下来，一分不差地砸在贝贝头顶，"咣当"一声，掉到地上，玻璃碎成无数块。贝贝的头破了，人也从凳子上摔下来，掉在玻璃碴上。钻心的疼痛让贝贝的哭声刺穿几面墙，直冲婆的耳朵。

“贝贝！贝贝！”

婆瞬间惊醒，步子比任何时候都快，一分钟不到，就扑到了贝贝面前。

“天菩萨！”婆看着贝贝的额头突突地冒着血，已经看不清脸了。婆急忙去抱贝贝。贝贝哭得更凶了。

婆的手缩回来，贝贝身上扎满碎玻璃，婆的手也被扎出血来。

婆的身体开始发抖。

“天菩萨！怎么办？怎么办哪！”

婆站起来，扑向客厅，抓起电话拨打李卫国电话。好半天没动静，接着就听到一个标准的声音：“您拨打的用户暂时无法接通，请稍后再拨。”

婆挂断，再拨打孙茜电话，电话里再次传来机器人的声音。婆顾不上听，再次挂掉电话，抓起茶几上的餐巾纸就往屋里冲。

不敢再抱，婆用纸将贝贝的额头摁住，不一会儿雪白的纸就红透了。婆扔掉，取了更厚的一叠，摁住。另一只手抓起地上一件厚厚衣服，铺到碎玻璃上，把贝贝拉起来，站到衣服上，一颗颗取贝贝身上的玻璃碴。

外面天已经黑了，婆抱着贝贝下楼，不时嘴里吼一声，楼梯间的灯受到惊吓，颤颤地亮起，似睡梦中没有清醒。婆还没走完一层楼梯，它又睡着了，婆便再吼一嗓子，灯又亮起来。

楼层并不高，三楼，但婆却花了十几分钟才走下去。刚走到楼下，就看到对门的丽丽拉着女儿苗苗的手回来，苗苗手里拿着两个彩色的荧光球。

“天啦！贝贝这是怎么了？快快快！上车，我送你们去医院……”

丽丽迅速骑上踏板车，苗苗站在前面，婆抱着贝贝坐在后面。踏板车轰鸣，向医院冲过去，丽丽红色的围巾如旗帜飘扬……

鼓足最后的力气，李卫国一行人终于把蔡大娘平安抬到了村委会。越野车已经等候多时，按镇长安排，由李卫国与孙茜送她们祖孙俩去县城，也算给李卫国一个回家的机会，他已经几个月没回家看母亲和孩子了。

上车后，李卫国联系县医院急诊科，请他们一个半小时后在门口接病人。

晚上七点多，越野车停在医院门口，医院的护士迅速把蔡大娘抬进去，拍片检查。

办好住院手续，孙茜这才掏出手机给婆婆回电话。

电话一接通，就听到婆婆的哭声。

“茜啊，你可打电话回来了。贝贝，贝贝他……他脑壳砸破了。”

孙茜手机“咣”地掉到地上，愣了一会儿才把手机捡起来，见电话还通着，说：“妈，贝贝怎么了？”

“贝贝脑壳砸破了！”

“怎么砸破了？在哪里？”

“在医院，吊针呢。”

“哪个医院？”

“县医院三楼。”

“外科三楼？我马上到！”

孙茜发疯一样往外科跑，跑了几步又折回来喊：“李卫国！李卫国！去外科！儿子在外科！”喊完后又撒腿向外科跑。

李卫国听到孙茜叫他，看到孙茜飞快地在跑，也没听明白孙茜在喊什么，急忙去追。

到了外科，正四处找呢，就看到邻居丽丽提着一个保温盒过来。

“唉，你们这么快就到了？不是没打通电话吗？”

丽丽看到李卫国与孙茜，非常吃惊。李卫国与孙茜一脸蒙地看着丽丽。

“哦，你们还不知道贝贝受伤了？”

“知道了，刚知道，还没见着人。”孙茜终于反应过来。

“来，跟我来，我正好给他送汤呢。”丽丽领着李卫国与孙茜向病房走去。

“贝贝，你看谁来了？”刚刚走到六病房门口，丽丽就开心地喊贝贝。

孙茜一步跨上前，看到贝贝头上手上缠得跟木乃伊一样，“哇”的一声就哭开了：“都怪我！都怪我！是我没看好贝贝。”

见到孙茜，婆婆也哭着一个劲怪自己。

“妈妈，不哭，贝贝都没哭。不是婆砸的，是贝贝淘气。”贝贝伸出缠满绷带的手，给孙茜擦眼泪。

“妈妈不哭，妈妈不哭。”孙茜抱住贝贝，又飞快放开，不知道贝贝还有哪里受伤，生怕再给贝贝弄疼了。

“就是头被相框砸伤了，缝了十二针。手是被玻璃扎的，皮外伤，不严重。”丽丽知道孙茜担心，给她说了病情。

十二针！十二针！孙茜觉得自己的心都要碎了！

“我妈腿不好，是你把贝贝送到医院来的吧？谢谢你！太谢谢你了！”孙茜跟丽丽道谢。

“谢什么，我们是邻居，远亲不如近邻，苗苗她爸驻村这几年，你们也没少帮我。来，贝贝，喝鸡汤，阿姨特意给你熬的。”

“贝贝，喝，喝了好得快，我们再一起玩球。”苗苗举着两个闪着荧光的彩球，叫贝贝喝鸡汤。

“你们吃饭没有？我家里还有鸡汤，要不你们先去我家里吃饭，我在医院看着贝贝。”

“不了不了，你跟苗苗先回家，真是辛苦你母女俩了！”孙茜走过去抱着丽丽，心里千万个感谢，可一个字都说不出来。

“哦，对了，刚刚碰到一个朋友，安装监控的，我问他要了一个，晚上你拿回家去安上。你们村里手机信号不好，不是有宽带吗？安个监控，可以在手机里看到贝贝他们婆孙俩。贝贝他婆不会用智能手机，安个监控最合适。”丽丽从包里拿出一个摄像头递给孙茜。

“这个？我们不会安装呀。”

“我已经给你问清楚了，这种是3G模块内置摄像头，很简单，只要把摄像头装在家里，按里面的拨号和域名连接后就可以传输工作了。反正有操作手册，你按上面操作就行了。”

孙茜接过摄像头，只是抱着丽丽，一句话都说不出来，眼泪吧嗒吧嗒往下掉。

第二天，李卫国又回村去了，孙茜留在医院照顾蔡大娘。贝贝只是外伤，不需要住院，只是等伤口长好去医院拆线就行。

家里的监控已经安装好。晚上，孙茜打开监控，看到贝贝跟胜男正站在摄像头下面，贝贝仰着头，眼睛一眨不眨地盯着他头顶这个新的猫眼。

（原载《民族文学》2019年第12期）